T0153848

CLASSIQUES JAUNES

Littératures francophones

Sermons choisis

Réimpression de l'édition de Paris, 1936.

Louis Bourdaloue

Sermons choisis

Édition critique par Louis Dimier

PARIS
CLASSIQUES GARNIER
2021

Historien et critique d'art, Louis Dimier est spécialiste de l'art en
France depuis la fin du Moyen Âge et plus particulièrement de la
période du Grand Siècle. Il est l'auteur de plusieurs romans et de
nombreux essais sur la peinture française tels que les deux volumes
de *L'Histoire de la peinture française (1300-1690)* ou *Faits et idées de
l'histoire des arts*.   .

Couverture :
Louis Bourdaloue S. J. Document réalisé à partir de la numérisation
 mise en ligne par l'Abbaye St Benoît de Port Valais sur la base de l'édition
des Œuvres Complètes, 1864

ISBN 978-2-8124-1678-1
ISSN 2417-6400

AVANT-PROPOS

Les vrais textes de Bourdaloue

Les textes qu'on trouvera ici, diffèrent de ceux qu'on a tirés longtemps de l'édition complète des œuvres de Bourdaloue, donnée après sa mort par le père Bretonneau et dont les premiers volumes parurent en 1707.

Reçue comme authentique sur la foi de l'éditeur, cette édition a servi de modèle à toutes celles, soit complètes, soit choisies, qui deux cents ans durant ont vu le jour, non sans inconvénient, puisque durant tout ce temps, les lecteurs, quoique goûtant le fond des discours et appréciant l'instruction qu'ils procurent, n'ont cessé d'en trouver l'expression trop médiocre pour justifier l'immense réputation qu'ils avaient obtenue de leur temps.

Les travaux entrepris il y a quarante ans par le R. P. Griselle de la Compagnie de Jésus, sur les conseils du père Chérot, présentés dans une thèse à la faculté de Caen (*Bourdaloue, Histoire critique de sa prédication*, 2 vol. in-8° Lille, 1901), ont institué enfin un examen de ces textes, qu'on ne savait comment aborder. Tous les manuscrits originaux manquent. Il fallait s'aviser que les sténographies que les curieux de prédication envoyaient en ce temps-là prendre à l'église, et dont ils composaient des recueils, pouvaient en tenir la place.

C'était alors une industrie dont nous avons peine à nous figurer l'importance, les débouchés et les moyens. Un monde d'acheteurs recherchaient ces copies, des prédicateurs les récitaient, de dévotes personnes les glosaient, un témoignage du temps nous fait voir vingt sténographes occupés à les prendre autour de la chaire d'un prédicateur. Or on se saurait douter qu'en général ces sténographies sont fidèles. Car d'une part, dans la plupart des cas, elles offrent un discours parfaitement suivi; de plus, quand le même sermon s'y trouve plusieurs fois, la ressemblance d'une copie à l'autre, constatée même quand certaines variantes attestent des reprises du même sermon, démontre leur exactitude.

Un lot de ces sténographies prises de Bourdaloue vit le jour du vivant de l'orateur, en 1692, formant un volume de *Sermons pour les grandes fêtes* et un *Carême* en trois volumes, que Bourdaloue désavoua. Ce désaveu, qui parut dans le *Journal des Savants*, a servi de prétexte à décrier l'entreprise du P. Griselle. Il est pourtant certain qu'un pareil désaveu, ne visant qu'à garantir contre un contrefacteur la propriété des textes à leur auteur, n'engage pas l'authenticité. Même les termes de celui-là seraient à corriger, car après nous avoir avisés que cette édition contient sous le nom de Bourdaloue, des sermons « où il n'y a rien de lui », ce qui se confirme encore à la lecture, il ajoute que « les autres n'ont guère de lui que le texte (de l'Écriture) et la division », ce qui est contraire à l'évidence, puisqu'on retrouve presque tous ces discours dans l'édition Bretonneau, suivis trait pour trait quant à la pensée, et avec des lambeaux de phrases qui surnagent de l'un en l'autre.

Deux ans après cette édition clandestine, Bourdaloue reçut de ses supérieurs l'ordre d'en préparer une qui serait avouée de la Compagnie; un an plus tard, il en eut le privilège; neuf ans s'écoulèrent ensuite jusqu'à sa mort. Nous ignorons jusqu'à quel point, dans cet intervalle, la préparation fut poussée, partant dans quel état Bretonneau trouva les manuscrits de l'auteur. Du moins tenons-nous de lui l'aveu que cet état n'était pas celui d'une édition prête à paraître, puisqu'il déclare qu'à cause de ses continuelles occupations au dehors, Bourdaloue n'avait pas eu le loisir de «retoucher lui-même tous ses sermons et d'y mettre la dernière main ». Ainsi, les manuscrits ont dû se présenter à peu près dans l'état où MM. Lebarq, Urbain et Levesque trouvèrent ceux que leur publication de Bossuet nous fait connaître venant de ce dernier : tracés pour la prédication, imparfaits souvent, recommencés, repris et raturés pour le soin d'occasions nouvelles auxquelles on les faisait resservir. Telle est parlant en gros, la matière d'où il a fallu que Bretonneau tirât les textes complets, mis en ordre, et parfaitement ajustés, qu'il nous donne. Or, entre de pareilles sources et un tel résultat, il y a un abîme à franchir, qu'il n'a pu combler que par ses propres moyens : ce qu'aussi bien lui-même confesse, en ajoutant : « C'est à quoi j'ai tâché de suppléer. » Ainsi s'exprime, en tête des sermons pour les dimanches, ce diligent éditeur; dans les trois volumes de Pensées formées par lui de fragments laissés par son auteur, il use de termes plus explicites encore, disant qu'il a fallu qu'il mît « la main à l'œuvre pour disposer les matières, les lier et les développer, pour les finir et leur donner une certaine forme ». Et pour achever de nous instruire, il ajoute : « Mais je n'ai rien fait à l'égard de ce recueil *que je n'eusse déjà fait à l'égard des sermons.* »

Il est donc avéré que le texte longtemps reçu comme celui de Bourdaloue lui-même, ne nous offre, au moins dans l'expression, que les remaniements de Bretonneau, puisque disposer les matières, les lier, les développer, les finir, leur donner une forme, ne peut s'appeler d'un autre nom. Comme si ce n'était pas assez, passant à l'article qu'après la mort de Bretonneau, le Nécrologe de la Compagnie a consacré à la mémoire de ce dernier, qu'y lisons-nous ? Qu'au texte des orateurs dont il a publié les œuvres, il lui a fallu de grands talents pour « ajouter beaucoup de choses : *addere quam plurima* », pour limer et corriger des parties des discours : *partes orationum integras limare castigando* », quelquefois même « en fabriquer : *supplere fabricando* » : toujours (continue le nécrologe dans le transport d'admiration que lui cause une si précieuse besogne) toujours égal à lui-même, « soit qu'il mît ses pas dans ceux de son auteur, soit qu'il y ajoutât de son cru, *sive aliena premeret vestigia, sive per vacuum incederet* ».

Des témoignages aussi complets tracent à la critique ses voies. Quant au fond du discours, nous ne saurions assurer qu'une idée ajoutée dans le texte de Bretonneau à ce que fournissent les sténographes n'est pas de Bourdaloue lui-même, soit ajoutée par lui dans un commencement de révision, soit pêchée dans quelque papier vacant par l'éditeur ; mais rien aussi ne nous garantit qu'elle ne soit pas la fabrication de ce dernier, *suppleta fabricando*, dans les instants où il s'avançait seul, *dum per vacuum incedebat*, pour enrichir l'original.

En ce qui concerne l'expression, le parti à prendre est plus simple : il convient d'en tout rejeter; le travail avoué par Bretonneau n'y ayant rien pu laisser d'entier. Aussi, quand on compare son texte avec celui des sténographes, s'aperçoit-on que le discours n'est pas ce qu'on peut dire retouché, mais proprement récrit d'un bout à l'autre, et quoique les mêmes points s'y suivent en général avec le détail des idées, qu'il n'y a pas trois lignes de suite qui s'accordent pour les paroles. En sorte que la différence devrait être, venant de l'auteur, l'effet d'un repentir universel, chose qui ne s'est jamais vue : de si complètes transformations ne pouvant procéder de la part d'un grand orateur, que de changements dans le fond, qui ici demeure le même. Un témoin a conté que Bretonneau disait que « de trois lignes de son Bourdaloue, il y en avait une qui lui appartenait ». C'est l'impression qu'on en retire, et qui oblige absolument les curieux de textes autorisés, à ne se confier qu'aux sténographes et à l'édition subreptice, quoique commercialement désavouée.

Ils le doivent d'autant plus que le dommage encouru par la matière originale y est plus évident : ce qu'on a toujours trouvé de faible et de languissant dans l'expression de ces sermons venant apertement de la substitution. En quelque endroit de l'œuvre recouvrée qu'on prenne la peine de faire la comparaison, il se rend évident que ce que l'autre offre de manqué doit être restitué à Bretonneau, agissant dans la circonstance comme ont toujours fait les esprits prévenus, médiocres et pédantesques, quand le malheur des bonnes lettres leur a mis entre les mains et livré à discrétion, les œuvres d'un génie hardi et naturel.

Appuyé de ces évidences, Griselle ne pouvait manquer de penser à la publication des sources. Ainsi parurent successivement par ses soins, *Sermons inédits de Bourdaloue*, Lecène, 1901; *Nouveaux sermons inédits*, Beauchesne, 1904; *Sermons choisis*, même éd., 1904; *Sermons du Carême de* 1678, Bloud, 1911, outre plusieurs pièces isolées dans la *Revue des sciences ecclésiastiques*, la *Revue d'histoire littéraire de la France*, les *Études*, la *Revue de Lille*, la *Revue Bourdaloue*, le *Prêtre*, etc. En 1919 enfin fut entreprise l'édition authentique complète de l'œuvre jadis défigurée.

Par malheur, elle n'était conçue que comme une publication d'archives, où l'on rend les pièces telles qu'on les trouve, tandis que, s'agissant d'un auteur, on a toujours eu soin de tirer des sources différentes qui nous sont offertes d'un ouvrage, un texte unique issu de leur comparaison et des lumières fournies par chacune d'elles. La subreptice, que Griselle commençait par reproduire, y fut donnée en cette sorte, avec l'inconvénient de négliger les corrections procurées par les manuscrits, que sans doute on se promettait de publier à la suite. Ajoutez que la subreptice embarque des sermons qui ne sont évidemment pas de Bourdaloue, en confirmation de l'affirmation de celui-ci, que dans plusieurs « il n'y a rien de lui ». Dans le volume des *Grandes fêtes*, six sur dix sont d'un autre orateur : cela se reconnaît à la lecture, et dans le *Carême*, une main du temps ne s'est pas privée d'écrire sur l'exemplaire que la Bibliothèque nationale conserve, que deux de ces sermons « ne peuvent être de Bourdaloue ».

A cet encombrement superflu de textes controuvés ou de redites inutiles, l'édition nouvelle se condamnait à joindre des notes grammaticales souvent peu importantes, et que du moins, en pareil cas, les éditeurs ont toujours pris soin de renvoyer dans un glossaire : si bien qu'il fut aisé de prévoir qu'une machine si pesamment montée ne fournirait qu'une faible course. L'édition lancée comme complète, cessa après le second volume paru en 1922. Griselle mourut et l'entreprise périt. Dans des proportions plus modestes, ce volume est composé pour en recueillir les fruits, que seule une mauvaise méthode aura empêchés d'aboutir.

Le choix des sermons qu'on va lire a été réglé sur trois conditions, l'excellence, la célébrité, un état suffisant des sources; la troisième étant naturellement la plus essentielle des trois, puisqu'il ne pouvait être question de donner des textes imparfaits. Or il y a des sermons que ni la subreptice ni les recueils manuscrits ne fournissent sans défaillances ou (ce qui est pis) sans évident rapetassage. D'autres sont glosés, c'est-à-dire entremêlés de réflexions par les mains pieuses qui en ont pris copie. Il fallait laisser ces pièces-là. Quant aux autres, il ne s'agissait pas de s'attacher à une seule source, et de la reproduire avec ses fautes, mais de faire usage des autres pour la corriger. Partout où ces sources rassemblées permettaient d'établir un texte, il a pu entrer dans ce recueil.

Cette édition ne comportait pas un état détaillé des leçons prises à chaque source; le nom d'édition critique, qui lui convient pourtant, m'obligeait à nommer pour chaque sermon la provenance des textes qu'on va lire et qu'il convient d'énumérer. Outre l'édition subreptice, et pour passer aux manuscrits, ce sont, dans l'ordre d'importance, le recueil Montausier au séminaire de Saint-Sulpice de Paris, celui de la bibliothèque d'Abbeville, celui de la bibliothèque de Grenoble, un recueil de huit sermons au séminaire de Saint-Sulpice, le recueil Perrot du Coudray à M. Darel, expert en autographes, tous ces recueils formés (sauf erreur du copiste) des seuls sermons de Bourdaloue. Dans les mélanges, le recueil Phelipeaux au Cabinet des manuscrits de Paris, 22945 à 22948, les recueils 9637 et 24855 du même Cabinet. Enfin, aujourd'hui égarés, mais utilisés par Griselle, un recueil Montausier, un autre recueil à Reims et le recueil Maurisset d'où il avait tiré son petit volume du Carême de 1678.

Montausier avait réuni les sermons de Bourdaloue en trois tomes dont le recueil de Saint-Sulpice fait l'un; un autre est depuis longtemps égaré, le troisième, dont Griselle a pu se servir encore, appartenait aux Jésuites de Lyon, sur lesquels il fut confisqué en 1903, avec leur bibliothèque, et perdu. Le petit recueil de Saint-Sulpice inconnu de Griselle a été reconnu par moi en 1934, sur la présentation que m'en fit M. Levesque, bibliothécaire du séminaire, et utilisé dans la publication que je fis du sermon sur les peines de l'enfer avec préface, *Revue Apologétique*, juillet-août 1935.

Vie de Bourdaloue

Bourdaloue naquit en 1632 à Bourges, d'une famille ennoblie par l'échevinage et qui plus tard fut alliée au ministre Chamillart. A seize ans, sans l'aveu de son père, il se présenta comme novice aux Jésuites, qui, ce dernier consulté, le reçurent à leur noviciat de Paris, rue du Pot-de-fer-Saint-Germain

(Bonaparte d'en haut). Son scolasticat fut au collège de Clermont, aujourd'hui lycée Louis-le-Grand. Comme père de la Compagnie, il débuta dans l'enseignement. Un carême qu'il prêcha à Malzéville en Lorraine, qui le fit connaître comme prédicateur à trente-trois ans, fut cause à ses supérieurs de joindre ce ministère aux fonctions qu'on lui assigna au collège d'Eu, à Amiens ensuite, puis à Rouen, d'où s'ensuivirent sans doute les sermons que dans son édition, Bretonneau a rangés sous le nom de Dominicales. En 1669, la chaire des Jésuites de Paris (église Saint-Paul-Saint-Louis) le reçut pour une station d'avent, qui frappa le beau monde du Marais logé près de cette maison, et qui y allait aux offices, de surprise et d'admiration. Engagé par le roi l'année suivante, il prêcha le carême à Versailles, la semaine sainte à Saint-Germain et l'avent aux Tuileries.

Il avait alors trente-huit ans. Sa réputation alla aux nues. L'auditoire fut saisi par ce qu'il y avait de direct, de sobre, de mordant, de pathétique, dans des discours qui ne ressemblaient à rien de connu. Jamais on n'avait entendu tomber de la chaire des paroles si vives et si sincères. Peu soucieux d'innover dans la forme, il mettait comme les autres dans ses discours les trois points dont la critique n'a pas manqué de médire, comme opposés au style de la simple homélie, qui retranche des formes d'école, étrangères à l'édification. Mais c'est oublier que Bourdaloue ne se proposait pas seulement d'édifier, mais d'instruire, et ne pas prendre garde que toutes ses meilleures pièces, où cette division fonde sur le texte choisi par lui dans l'Écriture, en reçoivent un renfort de clarté, dont il n'était pas même esclave, puisque au besoin il ne s'est pas gêné, quand les premiers points s'étendaient, pour accourcir ou renvoyer le dernier. Au vrai la parole de Bourdaloue ne se moquait pas moins des assujettissements d'école que des ornements de la rhétorique.

Bossuet avait quitté la chaire, n'y remontant que pour l'oraison funèbre; Desmares oratorien, qui avait la faveur, ne put soutenir la comparaison; tout fut désormais à Bourdaloue. Honoré d'un brevet de prédicateur du roi, par lequel Louis XIV le retint à son service, il prêchait à la cour le carême, tous les deux ans; à Paris les paroisses fréquentées de plus de personnes illustres, étaient Saint-Roch, Saint-Sulpice, Saint-Paul comme proche du Marais, Saint-Eustache comme paroisse de Monsieur, frère du roi; dans l'intervalle que lui laissait Versailles, Bourdaloue y portait tour à tour la parole, ainsi qu'à Saint-Jacques-la-Boucherie, à Saint-Gervais, à Saint-André-des-Arts, à la Salpêtrière, etc., n'ayant presque jamais quitté Paris.

Un ministère si assidu et si fêté ne pouvait manquer de lui valoir de grandes relations dans le monde. A la cour, le maréchal de Bellefonds, le duc de Grammont, le duc de Charost, chez les princes la duchesse d'Orléans palatine, chez les ministres Colbert et Louvois, dans la robe les Caumartin, les Lepelletier, les Lamoignon surtout furent de ses amis. Chez ces derniers, tantôt à Paris dans l'hôtel de la rue Pavée, tantôt à Bâville à la campagne, il ne cessa de rencontrer l'accueil le plus empressé et le plus cordial. Bâville principalement fut pour Bourdaloue une retraite choisie, où rencontrant quantité de beaux esprits du temps, Boileau en tête,

Huet qui fut évêque d'Avranches, Santeuil, sans compter ses confrères en religion, Bouhours, Rapin, Maimbourg, etc., il faisait estimer la simplicité de ses manières autant que le sérieux de sa conversation.

Le parti janséniste, qui tenait de fortes positions dans le monde, et que le succès des *Provinciales* rendait considérable dans les lettres, ne pouvait manquer de prendre ombrage de cette ascension d'un jésuite. Un autre aurait peut-être usé de ce succès pour humilier l'adversaire, du moins dans les rencontres où le sujet de la prédication l'engageait à lui faire tête. Attentif à la seule doctrine, ferme dans la seule exposition, étranger par son caractère aux malices de la controverse, Bourdaloue se contentait jusque dans ces cas-là, de faire briller sur les points attaqués, la saine lumière de la vérité, si naturellement que l'esprit de parti s'y cherchait sans s'y retrouver, que d'un côté comme de l'autre, la bonne foi ne pouvait qu'applaudir, et la contention se taire.

Mme de Sévigné en porte témoignage dans le récit du fameux sermon de Saint-Paul, où le sujet du devoir pascal porta l'orateur au sein de la controverse touchant la communion indigne. « Tout le monde disait, écrit-elle, que c'était marcher sur des charbons ardents, sur des rasoirs. » Cependant « tout fut traité avec une justesse, une droiture, une vérité, que les plus grands critiques n'eussent pas eu le mot à dire ».

Des raisons controuvées ont semé le préjugé que Bourdaloue, au moyen d'allusions que saisissait son auditoire, désignait parfois les personnes, et l'on y a joint la légende que, parlant en général les yeux baissés, il ne les rouvrait que pour darder sur celles-ci un regard qui les révélait. Cela est sans fondement; des allusions pareilles n'ont existé que dans l'imagination d'un auditoire mondain toujours prêt à les croire, et les yeux fermés ne sont qu'une fable. Ce n'est toutefois pas sans raison qu'on a dit que Bourdaloue mettait dans ses sermons des portraits; mais, comme il est aisé de le voir, ce ne sont que des peintures morales, qui ne touchent pas les particuliers.

Une des allusions prétendues aurait concerné la retraite dont un courtisan, Tréville, prit le parti en réparation d'une vie mondaine et dissipée. Mme de Sévigné, qui la rapporte, ne le fait que sur la foi d'autrui, et c'est en vain que Sainte-Beuve a cru la reconnaître dans un sermon sur la piété chrétienne, qualifié pour ce rapprochement de sévérité de la pénitence, où rien n'en produit l'évidence, et dont on ne saurait même déterminer la date. Ces allusions aux gens étaient si fort contraires aux habitudes de Bourdaloue, que même les allusions aux choses n'ont jamais procédé chez lui qu'avec une extrême discrétion.

Le même Sainte-Beuve et Veuillot se sont fort étendus sur celles qu'il fit au Tartufe dans le sermon sur l'hypocrisie, et aux *Provinciales* dans celui de la médisance, sans soupçonner que les traits les plus appuyés de ces sermons, qu'ils citent en italique, sont de Bretonneau, non de Bourdaloue, lequel nomme « la risée publique » à laquelle sous couleur de combattre la fausse dévotion, les pratiques de la vie chrétienne ont été livrées par Molière, mais sans mention distincte de théâtre et d'un personnage de comédie, et pas davantage ne s'abaisse quand il s'agit des *Provinciales,* à des précisions comme celles-ci : *on exagère, on empoisonne les choses : ce*

qu'un a mal dit on le fait dire à tous, etc.; bien assuré
que le ton de la criaillerie et de la dispute porté dans
un discours d'instruction aux fidèles, loin de rendre
ses coups plus roides, n'eût fait que les affaiblir.

Il n'est pas malaisé, en lisant les sermons, d'imaginer l'action vive et le feu qu'il dut mettre à les
prononcer. Le témoignage d'un malveillant dit qu'il
en devait le succès au « charme de sa déclamation »,
nous dirions l'empire de son débit, et Bretonneau à
une « rapidité dans la prononciation, qui l'emportait
de temps en temps et entraînait avec lui ses auditeurs ». Joints à la solidité du fond, de pareils dons
d'orateur faisaient le prodigieux effet dont les
contemporains ont porté témoignage, la presse à
étouffer dans les églises quand il prêchait, les chaises
retenues dès six heures du matin pour trois heures
de l'après-midi, et même occupées dès le mercredi
par les laquais pour le dimanche, le surprenant
éloge répandu dans la correspondance de Mme de
Sévigné, puis ces mots fameux, du Bourdaloue qui
« frappe comme un sourd », du maréchal de Grammont disant tout haut au milieu du sermon : « Il a
raison »; du prince de Condé, enclin à l'impiété qui,
voyant Bourdaloue s'avancer vers la chaire, rompit
le brouhaha de l'assistance en s'écriant : « Voilà
l'ennemi ».

On pourrait demander si ce genre convenait à
l'oraison funèbre. A l'applaudissement du public,
il réussit cependant à faire celle du grand Condé,
après celle de son père, quand le cœur de l'un, puis
de l'autre, fut placé en 1683 et en 1687, dans le
superbe monument élevé aux Jésuites aux frais du
président Perrault et dont les figures sont maintenant à Chantilly, sans rien sacrifier de l'édification

de la chaire chrétienne : « Je ne viens pas, disait-il au second, à la face des autels, étaler en vain la gloire de ce héros, ni interrompre l'attention que vous devez aux saints mystères, par un stérile récit de ses éclatantes actions. »

Hors les carêmes et les avents, les sermons qu'il donnait étaient ceux des dimanches d'un bout à l'autre de l'année liturgique, les panégyriques des saints, enfin les sermons de vêture ou de profession dans les couvents. L'édition de Bretonneau ayant taillé là dedans pour n'en composer que deux avents, un carême, un cours complet de dominicales, une retraite, enfin un lot de « mystères » arbitrairement choisis, aucun tableau en acte de cette prédication, mutilée au surplus dans son expression même, ne nous est rendu dans son ouvrage : les noms propres y étant effacés, les dates omises, en un mot l'original si soigneusement brouillé, que tout ce qu'on a pensé y reconnaître d'un ou d'autre sermon signalé par les témoins, n'est ni établi, ni probable.

La maison professe, où Bourdaloue faisait sa résidence rue Saint-Antoine, est aujourd'hui l'église Saint-Paul-Saint-Louis. Aux travaux qu'exigeait de lui la préparation de ses stations, il joignait là le ministère de la confession. Moins distingué dans cette grande réputation, du premier venu de ses confrères, que ceux qui s'adonnaient à des travaux d'histoire ou de poésie, l'apostolat avait tous ses instants. Sous cette forme, nul doute que nous en eussions possédé de précieux effets dans les lettres de direction qu'il dut écrire en assez grand nombre, et dont, par malheur, il ne nous reste que quatre dans leur texte authentique, adressées à Mme de Maintenon. Le reste, au nombre de cinq, figure,

tristement démarqué et perdu dans le rhabillage,
sous le nom d'exhortations, en queue de la suite
ainsi qualifiée de Bretonneau.

On conçoit aisément qu'une prédication soutenue
et éclairée de l'effort ainsi porté dans le particulier,
n'ait pas seulement enchanté les esprits, mais ait agi
fortement sur les âmes. Aussi ne saurait-on la saisir
tout entière que dans son pouvoir de conversion,
incomparable dans ses meilleurs endroits. Quand
l'édit de Nantes révoqué obligea de songer à gagner
les esprits de ceux qu'on forçait à rentrer dans
l'Église, comment en conséquence aurait-on pu
omettre d'user de Bourdaloue pour les instruire?
Apparemment réclamé par Bâville intendant du
Languedoc, fils du grand Lamoignon son ami, il
prêcha à Montpellier le carême de 1686.

Ce déplacement faisait événement dans sa vie.
Depuis qu'il habitait Paris, il n'en avait fait qu'un
semblable pour prêcher un carême à Rouen en 1677.
Nous ne savons quel fut le succès de celui que les
nouveaux convertis entendirent. Un témoignage du
temps nous le fait soupçonner compromis par la
méthode même de ses sermons, plus propre à fondre
les résistances du cœur chez les catholiques infidèles,
qu'à réduire l'esprit des dissidents. Une adresse
formelle à ces derniers, que Bretonneau introduit
dans son second sermon des Cendres, l'a fait communément regarder comme une pièce de cette station;
mais comme le corps du discours contient une invective contre les hérésiarques, qu'assurément Bourdaloue ne prononça pas en pareil lieu, il faut renoncer
à se faire une idée de la manière dont il s'y prit.

Il n'y a pas de témoignage que la prédication qu'il
recommença dans Paris ait accusé la décadence.

Il s'y adonna jusqu'à la fin de ses jours avec le même constant succès. Sa dernière station à la cour fut l'avent de 1699. Toute la première partie de l'année 1704 il prêcha des sermons et des vêtures. Il mourut le 13 mai de cette année, d'une inflammation de poitrine prise en prêchant, après deux jours de maladie, dans le regret universel de la compagnie dont il était l'honneur, de ses nombreux pénitents et de toute la capitale, qu'il faisait accourir depuis trente-cinq ans. L'histoire des lettres offre peu d'exemple d'une pareille constance dans la faveur publique. Bourdaloue quittait le monde âgé de soixante-douze ans.

Bourdaloue orateur

Le style de Bourdaloue se présente dans les remaniements de Bretonneau, à peu près comme se présenterait celui de Rubens ou de Raphaël en peinture, sous les retouches d'un maître à dessiner d'école professionnelle. Le scrupule grammatical des classes élémentaires, les routines oratoires de la rhétorique de collège, ont défiguré à l'envi, sous les corrections de cet éditeur aussi aveugle que zélé, tous les mouvements de dialectique ou de passion, tous les essors de sympathie et d'images qui font le charme de cette éloquence; en sorte qu'il n'y a rien qui diffère davantage du Bourdaloue de nos éditions que le Bourdaloue véritable.

Jugeant sur ces morceaux récrits, on a répété à l'envi que Bourdaloue ne parlait qu'à la raison, alors qu'on ressent partout chez lui une sensibilité aussi ardente, et les traits d'une imagination aussi forte que celle de pas un orateur. Sans aucune recherche d'ornement ni de magnificence dans le

discours, libre de tout entraînement de style, il
attache et retient par un feu intérieur qui, dicté
par l'apostolat, ne jette d'éclairs que ceux de la
pensée même et n'éclate que pour l'imposer, dans
un contact si pressant, que les endroits, fréquents
chez Bourdaloue, qui supposent un dialogue entre
l'auditoire et lui, ne semblent faire autre chose que
prolonger en somme celui qui court par toute la
pièce, avec la pensée muette des écoutants.

Cette vie essentielle du discours est ce qui donne
naissance à ce style lié, qu'on a peine à couper nulle
part, où la phrase foisonne et s'enchaîne sans répit,
où la pensée ne semble se poser que pour rebondir
par un *pourquoi?* un *je m'explique*, un *concevez ma
pensée*, etc., tellement que l'auditeur saisi et entraîné,
porté sur un flot perpétuel, s'intéresse à cette suite
de pensées comme au plus pathétique des récits; ce
que Mme de Sévigné a fort bien exprimé quand elle
dit qu'on était « pendu et suspendu à ce qu'il disait,
d'une telle sorte que l'on ne respirait pas » et encore :
« Il m'a souvent ôté la respiration par l'extrême
attention avec laquelle on est pendu à la force et à
la justesse de ses discours; et je ne respirais que
quand il lui plaisait de les finir *pour en recommencer
un autre de la même beauté.* » Ceux qui prennent la
parole pour un divertissement, ne concevront jamais
ce mérite-là; ils y seront même insensibles, quoique
ce soit en effet le seul qui compte. Bretonneau
reproche précisément à son auteur des « façons de
parler particulières, un style diffus et périodique »
qui est cela même qu'il prend pour un défaut, qu'il
ne peut souffrir et qu'il tue. Aussi faut-il avouer
que ce style ne s'observe à ce point que dans peu
d'auteurs, dans Descartes, dans Saint-Simon, dans

les Provinciales de Pascal, dans le cardinal de Retz, dans Mme de Sévigné elle-même, qui l'a si parfaitement ressenti et dépeint. Seulement Saint-Simon, Retz, Pascal, Mme de Sévigné y mêlent la satire et l'enjouement; Bourdaloue comme Descartes n'y verse d'autre passion que celle de la vérité; l'un et l'autre uniques à cet égard, l'un dans le discours écrit, où le mouvement moins rapide, exerce pourtant le même ascendant par la forte liaison des parties, l'autre dans le discours oral, qui court et se précipite et par moment éclate et tonne, non au moyen de figures mises exprès, mais par le simple effet d'un mouvement de l'esprit, dont ces figures ne sont que le signe, ou si l'on veut l'épanouissement.

Qu'après cela l'orateur en parlant ait laissé passer des négligences qu'il eût effacées à l'impression, il n'est pas défendu de le croire; mais cela est de peu d'importance. Ce qui en a beaucoup, c'est de ne pas confondre les changements qu'il aurait pu faire avec ceux que la pédanterie ou l'esprit de collège peut suggérer. Nous ne jugerons jamais Bourdaloue que sur des discours sortis de sa bouche, et que peut-être il eût perfectionnés; dans ce que nous tenons de source tout au moins c'est lui que nous écoutons, j'ajoute c'est ce qu'ont écouté ceux qui lui firent une réputation telle, qu'en dépit de la mutilation que ces discours ont endurée longtemps, elle aura passé jusqu'à nous.

ORDRE SUIVI DANS CETTE PUBLICATION. — A défaut d'un ordre liturgique rendu impossible dans un recueil que le hasard des manuscrits commande, j'ai suivi un ordre des matières, où la Providence vient la première, la correction des vices ensuite, en troisième lieu les fins dernières, puis les spiritualités, grâce, amour de Dieu, résignation, paix intérieure, ce dernier discours terminé par l'effusion célèbre où l'orateur se dit content de Dieu. Vient ensuite un sermon de culte, un mystère, une vêture et deux lettres de direction.

SERMONS CHOISIS

DE

BOURDALOUE

SERMON SUR LA PROVIDENCE [1]

> *Cum sublevasset oculos Iesus et vidisset qui multi-*
> *tudo maxima venit ad eum, dixit ad Philippum :*
> *unde ememus panes ut manducent hi? Hoc autem*
> *dicebat tentans eum; ipse enim sciebat quid esset*
> *facturus.* JOANN., c. 6.
>
> Jésus ayant levé les yeux, et ayant vu qu'une grande
> quantité de peuple venait à lui, dit à Philippe :
> D'où achèterons-nous du pain pour faire manger
> tout ce monde? Mais il disait cela pour voir ce
> qu'il dirait, car il savait bien ce qu'il devait faire.

S'il est vrai ce que dit saint Augustin, que les miracles sont la voix de Dieu, et qu'autant de fois qu'il fait paraître ces signes extraordinaires de sa puissance, son intention est de nous parler, de nous instruire, de nous faire entendre nos obligations et nos devoirs, *Deus cum mirabilia operatur loquitur*, il ne faut pas raisonner beaucoup pour reconnaître d'abord ce que le Sauveur du monde a voulu nous faire entendre par le miracle rapporté dans l'évangile de ce jour, puisque la voix de cet homme-Dieu est si éclatante, si distincte et si intelligible, qu'il est comme impossible de n'en pas comprendre la signification.

Car qu'est-ce que nous représente aujourd'hui l'Évangile? Un peuple qui s'abandonne à la conduite d'un Dieu, des milliers d'hommes suivant Jésus-Christ, et quittant leurs maisons sans aucune provision ni subsistance, un Dieu touché de compassion de voir tant de misérables, un Dieu s'appliquant avec tout le zèle de sa charité, à pourvoir à leurs besoins, un Dieu distribuant ses dons libéralement, amplement, magnifiquement, des pauvres nourris au milieu d'une solitude, des pains multipliés pour les rassasier, voilà ce que l'évangile nous représente, et tous ces miracles joints ensemble, nous prêchent si visiblement la vérité d'une providence, que je croirois m'éloigner de son esprit et manquer à mon ministère, si je m'arrêtois à quelque autre sujet. *Interrogemus ipsa miracula quid nobis loquantur de Christo, habent enim si bene interrogantur, etiam vocem suam :* interrogeons, dit saint Augustin, les miracles que Jésus-Christ a opérés, pour savoir ce qu'ils nous disent; car comme Jésus-Christ est la parole substantielle et le Verbe de Dieu, il n'y a rien dans lui qui ne parle, et ses actions comme ses paroles ont un langage et une expression qui leur est propre. Or, voici ce que le miracle de la multiplication des pains nous dit.

Il nous dit qu'il y a une providence qui gouverne le monde, et sous la conduite de laquelle il est juste que nous nous rangions dépendants d'elle, non pas comme le reste des créatures destituées de raison, par une nécessité indispensable, mais comme raisonnables par le choix de notre volonté. Cependant, il se trouve des hommes dans le monde, qui ne veulent pas entendre cette voix, d'autres qui après l'avoir entendue, n'en comprennent pas le mystère, et d'autres qui en le comprenant, n'en sont pas pour cela persuadés. C'est pourquoi je joins à cette voix du miracle la voix de la prédication, dans l'espérance que j'ai, que toute foible qu'elle soit dans ma bouche, étant fortifiée par la grâce que Dieu lui communiquera, elle produira dans vos cœurs tout l'effet que je prétends.

C'est ici une des grandes matières de la religion; il

s'agit de savoir si Dieu pense à nous, s'il y a une providence qui règne sur nous, et ensuite quel fond nous devons faire sur elle. Pour tirer de ce mystère toutes ces instructions si nécessaires, demandons l'assistance du Saint-Esprit, en disant à la sainte Vierge : *Ave Maria.*

Deux choses, selon saint Augustin, sont capables de toucher l'homme et de faire impression sur son cœur, le devoir et l'intérêt ; le devoir parce qu'il est raisonnable, l'intérêt parce qu'il s'aime soi-même. Ce sont là les deux ressorts qui ont coutume de le faire agir ; mais il faut, ajoute saint Augustin, que ces deux ressorts se remuent tout à la fois pour produire dans le cœur de l'homme un plein et entier effet. Le devoir sans l'intérêt est d'ordinaire foible et languissant, et l'intérêt sans le devoir a quelque chose de bas et de honteux ; mais l'un et l'autre joints ensemble ont une vertu efficace à laquelle il est presque impossible de résister. Il s'agit, chrétiens, de représenter aujourd'hui à l'homme l'obligation qu'il a de reconnaître cette providence comme l'arbitre souveraine de sa vie, de la prendre pour la règle de ses actions, de s'attacher à elle, de la consulter et de ne rien faire que dépendamment d'elle. Or pour cela, je prends l'homme par ces deux motifs capables de le toucher, par la considération de son devoir et par la considération de son intérêt ; par la considération de son devoir, en lui montrant le désordre qu'il commet quand dans la conduite de sa vie, il secoue le joug de la providence pour vivre dans l'indépendance de Dieu ; par la considération de son intérêt, en lui montrant le malheur dans lequel il tombe après avoir secoué le joug de la providence et qu'il est privé par sa faute de la protection de Dieu.

Concevez bien ma pensée. Rien de plus criminel que l'homme qui ne veut pas s'assujettir à l'empire de la providence, voilà mon premier point ; rien de plus malheureux que l'homme quand il n'a plus de part aux grâces et aux faveurs de la providence, voilà mon second point. Dans la première partie je vous ferai connaître la nature de ce péché, dans la seconde je vous ferai voir la punition de ce péché; l'une et l'autre consoleront les justes qui vivent dans la soumission à la providence, l'une et l'autre inviteront les pécheurs à rentrer dans l'ordre et la soumission qu'ils doivent à cette providence, et toutes deux feront le partage de ce discours et le sujet de vos attentions.

PREMIER POINT

Pour bien comprendre un désordre, il faut en examiner les causes et les principes. Je parle, chrétiens, d'un homme du monde qui s'est comme émancipé de la conduite de Dieu, et qui s'est fait pour ainsi parler le déserteur secret de la providence, sans s'en être déclaré autrement que par la suite d'une vie mondaine, ce qui est aujourd'hui le plus essentiel et le plus capital de tous les désordres qui règnent parmi les hommes. Je veux vous en exprimer le caractère, et voici comme j'ai conçu la chose.

Quiconque se détache de la conduite de la providence, ou il le fait par un esprit d'infidélité, parce qu'il ne reconnaît pas cette providence, ou il le fait par caprice et par libertinage, parce qu'il ne veut pas se soumettre à elle. S'il le fait par un esprit d'infidélité je vous demande quel désordre plus grand, de ne pas croire ce qui est non seulement croyable, mais ce qui est le fondement de toutes les choses croyables, de ne pas croire ce qu'ont cru les païens les plus endurcis et dont l'infidélité n'a pas été jusqu'à nier une providence, de ne pas croire ce que nous avons cent fois expérimenté dans nos personnes, et que nous sommes forcés d'avouer dans certaines occasions où ces témoignages s'échappent comme malgré nous, de ne pas croire par le motif même qui nous oblige à croire, et de douter d'une vérité qui sert à établir les autres. Or voilà l'état d'un homme du siècle qui ne reconnaît pas la providence. Il s'égare, dit saint Augustin, dans les premiers principes, parce que la première connaissance qu'il doit avoir, est qu'il y a un être souverain et une providence qui gouverne le monde. Ainsi, ou il efface Dieu de son esprit, ce qui est le comble de la réprobation, ou par un horrible blasphème, il se fait un Dieu monstrueux, qui abandonne ses ouvrages, qui n'est ni juste, ni sage, ni bon, parce qu'il ne le peut être sans la providence. Il se réduit, ajoute saint Augustin, à être plus que païen dans le christianisme, ou plutôt à prendre le parti le plus infâme dans le paganisme, puisque de toutes les sectes païennes, pas une n'a douté de la providence sinon celle qui par un libertinage déclaré, s'est attachée à la volupté et à la débauche.

Ce n'est pas tout. Comme le mérite de la foi, comme parle l'Ecriture, est de nous faire espérer contre l'espérance même, le péché d'infidélité de cet homme est de le rendre infidèle contre sa foi même; car sans s'en apercevoir, il a comme malgré lui une foi de la providence; il croit, par exemple, qu'un état ne peut être gouverné que par la sagesse d'un prince, qu'une maison ne peut subsister sans la conduite d'un père de famille, qu'un vaisseau a besoin d'un pilote pour faire heureusement sa navigation; et quand il voit ce royaume dans l'ordre, cette maison se maintenir, ce vaisseau éviter les écueils et arriver au port, il conclut sans hésiter qu'il y a une raison supérieure et un esprit qui y préside, et cependant l'aveugle qu'il est, il n'en veut pas conclure autant pour le monde entier, et il s'efforce malicieusement de se persuader que sans une providence, ce grand univers se maintient dans cet ordre qui fait tous les jours le sujet de nos admirations. Or n'est-ce pas là s'aveugler au milieu de la lumière, combattre ses propres sentiments, et être le prévaricateur de sa foi?

Ajoutez à cela une preuve sensible et personnelle de la providence, que l'homme trouve dans soi, et que son obstination lui fait éluder; car il n'y a point d'homme qui, se représentant le tableau de sa vie passée, ne doive s'arrêter à certains points fixes, c'est-à-dire à certaines conjonctures où il s'est trouvé, à certains périls dont il s'est échappé, à certains événements ou heureux ou malheureux, qui ont été autant de démonstrations de la providence, et dont il est obligé de lui tenir compte. Cela est généralement vrai de tous les états; mais il l'est singulièrement de ceux qui vivent dans le commerce du grand monde; car qu'est-ce que le monde, dit Cassiodore, qu'une grande école de la providence, où pour peu qu'on y étudie, on apprend qu'il y a une raison supérieure à celle des hommes, qui se plaît à renverser leurs desseins, à ruiner leurs entreprises, et qui est la souveraine de toutes choses? Il n'y a point d'esprits plus convaincus de cette vérité que ceux qu'on appelle les sages du monde; cependant par un secret jugement de Dieu, il n'y en a point pour l'ordinaire de plus infidèles qu'eux à la providence, pourquoi? Aveuglement horrible, consommation de péché. Car comme ç'aurait été par exemple, un grand péché à Joseph [3] de douter de la providence après les miracles singuliers qui s'étaient faits dans sa personne, dont il avait été le témoin et le sujet, de même les grands du monde, doutant de cette providence, sont doublement coupables, et de démentir jusqu'à leur propre expérience, et de refuser leur hommage à un attribut dans lequel Dieu prend comme plaisir de les élever.

Je dis plus, leur désordre va jusqu'à la contradiction, refusant de rendre librement à la providence un aveu qu'elle arrache d'eux par nécessité; car un homme du siècle qui vit dans un profond oubli de la providence tant que les choses lui réussissent, est le

premier à murmurer contre elle quand elles ne lui
réussissent pas; et soit que la nature supplée au défaut
de sa raison, ou que son infidélité soit bizarre ou
inconstante, soit que ce soit un soulagement pour le
libertin d'avoir quelqu'un à qui s'en prendre dans
son malheur, il accuse par désespoir la même providence qu'il désavoue par orgueil. Or quoi de plus
contradictoire et de plus malicieux, que de ne pas
reconnaître une providence pour lui obéir, et de
l'admettre à³ même temps pour s'irriter contre elle?
C'est cependant le péché le plus ordinaire des gens
qui vivent dans le grand monde.

Mais ce qui me paraît étrange, est de voir, comme
je viens de dire, qu'ils doutent de la providence par
les raisons mêmes qui l'établissent, et par les motifs
qui en devraient être les plus puissantes convictions.
Car sur quoi le libertin fonde-t-il son doute? Sur ce
qu'il voit le monde rempli de désordres. Hé! c'est
par là, dit saint Augustin, qu'il doit conclure qu'il y
a une providence; car pourquoi ces désordres lui parais-
sent-ils désordres, sinon parce qu'ils répugnent à
un certain ordre? or quel est cet ordre, que la providence? Il ne comprend pas comment la foi de la
providence peut s'accorder avec la prospérité des
méchants et l'adversité des gens de bien, et il se
trouve que c'est dans cette conduite secrète que les
Pères ont adoré la providence, et qu'ils se sont écriés
avec saint Paul : O profondeur des trésors de Dieu,
que vos jugements sont incompréhensibles! Or,
n'est-il pas étonnant que ce qui a fortifié la foi de
ces grands hommes, affaiblisse celle du libertin?

Mais s'il y avait une providence, me direz-vous,
arriverait-il dans le monde tant de choses dont les
hommes sont scandalisés? Et moi, je vous réponds :
De ce que les hommes en sont scandalisés, n'est-ce
pas une preuve de la providence? Car d'où viennent
ces scandales, d'où naissent ces murmures, sinon

de ce que les choses ne sont pas dans l'ordre où elles
devraient être? Or n'est-ce pas là de quoi il s'agit,
c'est-à-dire n'est-ce pas là reconnaître une providence secrète? Si les hommes ne se scandalisaient
de rien, il n'y aurait point de Dieu, et peut-être
l'impie aurait droit de dire dans son cœur qu'il n'y
en a point : *Dixit insipiens in corde suo, non est Deus ;*
mais tandis⁴ qu'il se scandalisera, la providence sera
à couvert; elle aura droit de prescription contre lui,
ce scandale lui donnant toute son autorité et servant
à la rendre souveraine. Or ces scandales subsisteront
toujours, parce qu'il y aura toujours une providence;
il se commettra des péchés honteux, il se fera de
noires perfidies, et tout cela justifiera la providence;
ces péchés n'étant honteux que parce qu'il y a une
providence qui y a ajouté la honte, ces perfidies
n'étant noires que parce qu'il y a une providence
qui met en crédit la bonne foi et qui autorise l'honneur. On commettra des actions dont on rougira,
qu'on désavouera, qu'on enragera d'avoir faites, et
ces hontes, ces désaveux, ces dépits seront autant
d'hommages forcés qu'on rendra à la providence.
Car que dirait l'impie, si on ne rougissait plus du
mal, si on ne s'en cachait plus, si on ne le désavouait
plus, si on n'en appréhendait plus le châtiment?
quel avantage n'en tirerait-il pas contre la providence ! Il se fait donc infidèle par la chose même qui
appuie la foi, et voilà le désordre de ceux qui secouent
le joug de la providence par un esprit d'infidélité.

Que s'ils le font par une simple révolte du cœur,
appliquez-vous à ceci, que s'ils le font par une simple
révolte du cœur, quel autre désordre, de reconnaître
une providence qui gouverne toutes choses, et de ne
vouloir pas se fier à elle, de s'élever contre elle, de
se proposer des moyens par lesquels on parvienne
à ses fins malgré elle, non seulement de se détacher
d'elle par apostasie, mais de la combattre et de

s'attaquer à elle comme à son ennemie ! car voilà les
degrés de ce crime marqués par saint Grégoire pape;
tomber, dis-je, dans tous ces désordres, qu'y a-t-il
de plus indigne? Et cependant voilà ce qu'on appelle
la vie du monde. Soit que l'on croie dans le monde
une providence ou non, on en fait une égale abstrac-
tion, parce que l'on vit comme s'il n'y en avait point,
et que celui qui en est le plus persuadé dans la spéculation, est le premier dans la pratique à la méconnaître et à ne la pas consulter. On croit une providence, ne perdez rien de ma pensée, on croit une
providence, et cependant l'on agit avec le même
empressement dans ses intérêts, avec la même dupli-
cité dans ses affaires, avec le même abattement dans
l'adversité, avec le même chagrin dans ses méfiances,
avec la même chaleur dans ses entreprises, avec la
même présomption de ses forces, que si on ne la
croyait pas. Or lequel des deux est le plus injurieux
à cette perfection divine, dit Salvien, ou de la nier
absolument, ou de vivre comme si on ne faisait
point de fond sur elle?

Car si cette providence tenait dans nous le rang
qu'elle y doit tenir, si nous nous considérions comme
des sujets attachés à elle par des lois indispensables,
si nous agissions dans cette disposition, il n'y aurait
rien dans nous qui ne fût réglé, nous ne serions ni
inquiets, ni téméraires, ni pusillanimes, ni fourbes,
ni malicieux; nous aurions des soins sans embarras,
des intérêts sans attachements, des avantages sans
orgueil, nous n'abuserions pas des biens de ce monde,
nous conserverions cette sainte modération de désirs
dont parlait saint Paul, qui nous ferait paraître
humbles dans la prospérité, pourquoi? Parce que
tout cela est renfermé dans la soumission d'une âme
fidèle à la providence. Mais parce que le monde qui
règne dans nous, nous fait abandonner cette providence, nous tombons dans la confusion et dans le

désordre, et nous nous attribuons ce qui ne nous appartient pas. Nous recevons des grâces sans les reconnaître, nous souffrons des peines sans en profiter; ce qui devrait nous rendre humbles entretient notre orgueil, ce qui devrait nous fortifier nous affaiblit; des sujets de douleur nous nous en faisons des matières de joie, d'une joie raisonnable nous nous en faisons une noire tristesse, et tout cela parce que ce premier mobile de la prudence ne nous fait plus agir; or dès là, comment ne serions-nous pas déréglés et criminels, puisque ajoutant cette erreur de conduite aux autres, il ne nous reste qu'un étrange égarement, où tous nos pas sont autant de chutes?

Car prenez garde à ceci, qui vous fera mieux comprendre cette vérité qu'aucune autre considération. Quand un homme du siècle fait ce divorce avec la providence, il ne le fait que par l'un de ces deux motifs, ou pour vivre au hasard et pour suivre à l'aveugle ce cours de fortune qui l'emporte, ou pour se conduire selon les vues d'une prudence humaine; or l'un et l'autre ne se peuvent faire sans désordre, et sans violer toutes les lois de la conscience et de Dieu; car de n'avoir pas d'autre règle que cette fortune à laquelle on se laisse conduire, sans parler des injures que le domaine de Dieu en souffre, n'est-ce pas dégénérer dans l'idolâtrie, qui, comme remarque saint Augustin, au lieu d'adorer une providence dans certains événements, aimait mieux se faire une divinité bizarre qu'elle appelait fortune, l'adorant et lui rendant tous les devoirs de la religion, ce qui était la dernière de toutes les indignités, dit Minutius Félix : *Quid enim indignius quod una toto orbe fortuna commendatur, una cogitatur, una colitur?* Ne fut-ce pas le même sacrilège qui provoqua l'indignation de Dieu contre les Israélites? *Et vos qui dereliquistis Dominum, qui obliti estis montem sanctum meum, qui ponitis fortunæ mensam et libatis super eam ;* et vous, mondains, qui m'avez lâchement abandonné (ce sont les paroles de Dieu dans Isaïe) vous qui vous êtes oubliés du respect qui m'est dû, qui dressez des autels à la fortune et qui lui faites tous les jours des sacrifices, sachez que ce crime ne demeurera pas impuni, et que vous périrez tous par le glaive : *numerabo vos in gladio et omnes in cæde corruetis.* Or ce sacrilège n'a pas seulement lieu parmi les Juifs, il se voit dans le christianisme, et on peut dire que par un scandale qui a toujours régné dans le monde, le dieu et l'idole de ce monde, c'est la fortune. C'est à elle qu'on adresse ses vœux, c'est à elle qu'on a recours dans ses misères : *qui ponitis fortunæ mensam ;* c'est dans ce monde que la fortune trouve autant d'idolâtres qu'il y a de personnes intéressées; c'est là où l'on sacrifie pour elle ses services, ses devoirs, ses engagements, ses respects.

Qu'un homme soit établi dans une haute fortune, sans autre titre on est prêt à faire toute chose pour lui; ses volontés sont des lois; ses crimes sont honorés comme des vertus, c'est la divinité de la terre; mais cette fortune lui tourne-t-elle le dos, ces faux adorateurs sont les premiers à le méconnaître; à peine conserve-t-on pour lui les devoirs de la charité, pourquoi? Parce qu'on ne regarde en lui que l'idole de la fortune, qui est le plus grand outrage que l'on fait à la providence. Non pas que notre religion défende d'honorer ceux qui sont élevés, non pas qu'il ne soit permis d'user de leur protection, car pour lors nous nous attachons à eux, dit saint Grégoire, non pas comme aux arbitres de notre fortune, mais comme à des moyens que la providence nous fournit pour l'accomplissement de ses desseins, mais est-ce ainsi qu'en usent les hommes du siècle? S'ils ne regardaient les grands que dans cette vue, c'est-à-dire comme des instruments que Dieu leur fournit, rechercheraient-ils leur protection pour des choses

injustes, pour contenter leurs passions, pour satisfaire leurs vengeances, pour opprimer celui-ci, pour
perdre et persécuter celui-là? Est-ce pour cela que
la providence a fait des hommes puissants? Est-ce
pour cela qu'elle a établi cette dépendance et cette
subordination des uns aux autres? Voilà pourtant
où aboutit cette grande maxime de suivre le torrent
de la fortune, maxime qui entretient l'orgueil de
l'homme, l'oubli et le mépris de Dieu.

Car quel orgueil qu'un homme compte sur soi,
fasse fond sur soi, et le fasse jusqu'à dire avec cet
impie : *Manus nostra excelsa, et non Dominus fecit
hæc omnia;* c'est moi qui me suis fait ce que je suis,
c'est mon adresse, c'est ma vigilance, qui a établi
ma maison; tout cela est l'ouvrage de mes mains.
Quel orgueil qu'un homme, qui ne peut se passer en
mille choses du secours des autres, fasse ainsi fond
sur soi! Et pour réduire cette vérité à une espèce
particulière, quel désordre qu'un père s'estime capable
de disposer de ses enfants, de leur mettre de grandes
charges sur les épaules sans savoir s'ils en pourront
porter le poids, sans consulter Dieu ni se régler sur
les ordres de la providence! que d'effroyables condamnations n'attire-t-il pas sur lui et sur eux! Car quand
il entreprend de se conduire selon son caprice, il est
responsable de toutes les suites de sa présomption,
et comme la prudence est sujette à mille erreurs
quand l'amour-propre s'y mêle, il est épouvantable
de combien de chefs cet homme se trouve chargé au
jugement de Dieu.

Quand je me mets sous les ordres de la providence,
quand après avoir consulté Dieu selon les règles de ma
religion, je décide quelque chose, j'ai cette confiance
que si j'y ai manqué, Dieu suppléera à mes défauts,
et ne m'imputera pas mes égarements, pourquoi?
Parce que j'aurai fait tout ce que j'aurai pu pour
m'instruire de sa volonté; mais quand j'agis indépen-

damment de sa providence, je m'engage à répondre
de toutes les suites qui en arrivent; et pour demeurer
dans l'exemple que je viens de vous proposer, quand
un père dispose de ses enfants selon les lumières de sa
prudence et les règles fautives de sa raison, qu'il élève
trop les uns, qu'il abaisse trop les autres, qu'il a trop
d'indulgence pour ceux-ci et trop de sévérité pour
ceux-là, qu'il destine à l'Eglise ceux qui étaient pour
le monde, et établit dans le monde ceux qui se seraient
sauvés dans l'Église, il est responsable de tous ces
désordres. Si, avant toutes choses, il avait consulté
Dieu, Dieu ne les lui aurait pas imputés; mais parce
qu'il n'a voulu suivre que ses lumières, c'est à lui à
en répondre. C'est pourquoi Salomon disait à Dieu :
Donnez-moi, Seigneur, cette sagesse qui est assise à
vos côtés et qui préside dans vos jugements, afin qu'elle
travaille avec moi en tout temps et en toute occasion :
*Da mihi sedium tuarum assistricem sapientiam, ut
mecum laboret omni tempore* [4]. Chrétiens, la belle
prière ! faites-là tous les jours à Dieu, vivez dans la
soumission de sa providence, regardez-vous comme
les substituts et les instruments de sa providence, et
d'autant plus que vous avez d'engagements dans le
monde, attachez-vous d'autant plus à elle. Sans cela
non seulement vous serez les plus criminels, mais
encore les plus malheureux de tous les hommes; c'est
le sujet de mon dernier point.

SECOND POINT

C'est un sentiment de saint Augustin qui ne peut
être contesté, et que j'ai toujours trouvé digne de ce
grand docteur, quand il dit que Dieu ne serait plus
Dieu, si nous pouvions trouver hors de lui un bonheur
solide, et que l'une des preuves convaincantes de la
divinité de son être et de cette qualité qui lui convient
d'être notre souveraine béatitude, c'est l'expérience
funeste qui nous fait connaître que nous tombons

dans toutes sortes de malheurs quand nous nous
détachons de lui : *Jussisti, Domine, et ita est, ut omnis
inordinatus animus pœna sit sibi;* ainsi l'avez-vous
ordonné, Seigneur, et cet ordre que vous avez établi
s'exécute, que tout esprit qui se dérègle et qui veut
sortir des règles de la sujétion où il est, devient lui-
même sa peine et son supplice.

Or, ce dérèglement est proprement celui dont je
vous parle et que j'ai fait consister dans un renonce-
ment secret de la providence, et il ne faut que l'avoir
conçu pour être persuadé de ma seconde proposition,
que le plus grand malheur est celui de cet état, pourquoi? Parce que dans cet état, l'homme demeure sans
conduite, ou est abandonné à sa propre conduite, ce
qui est la source de ses maux; parce que dans cet état,
l'homme renonçant à la conduite de la providence de
Dieu, il se prive de la plus douce consolation qu'il
pourrait avoir dans ses disgrâces; parce que dans cet
état, l'homme quittant Dieu, il oblige Dieu à le quitter,
et à retirer de lui cette protection spéciale qui fait la
félicité des justes; enfin parce que ne voulant pas
dépendre de Dieu par une soumission libre à l'empire
de son amour, il s'assujettit aux lois les plus rigoureuses
de sa justice. Imaginez-vous, disait Salvien dans le
traité de la Providence, un vaisseau en pleine mer
battu des vents, bien équipé à la vérité, mais qui n'a
ni pilote ni gouverneur, mais abandonné à la merci de
ces éléments et à la fureur de l'orage : tel est dans le
commerce du monde un homme qui se soustrait à la
conduite de Dieu; car au défaut de cette providence, à
qui aura-t-il recours, et s'il se détache d'elle, où trouvera-t-il quelque chose de stable? Il ne lui restera que
deux choses : ou de mettre son appui dans les hommes
ou de le mettre dans soi. Or, de quelque côté qu'il se
tourne, sa condition est toujours déplorable; car hélas !
d'être réduit à moi-même, qu'y a-t-il de plus terrible
et de plus capable de m'abattre?

Si je me trouvais seul au milieu d'une vaste solitude, exposé aux risques de mon propre égarement, si dans une maladie considérable, je n'avais personne pour veiller à mes besoins et que je me visse abandonné de tout le monde, si dans une affaire où il irait de ma ruine totale, tout autre conseil que le mien m'était refusé, dans quelle consternation ne serais-je pas ! Comment donc étant au milieu du monde, où les écueils sont si fréquents et les chutes si ordinaires, pourrais-je m'assurer, n'ayant point d'autre guide que moi? En effet ce qui fait le malheur de l'homme, c'est d'être obstiné à se gouverner soi-même. Ce n'est pas ce qui est hors de lui qui le rend malheureux, ce ne sont ni les adversités de la vie, ni les embarras du siècle, ce ne sont pas même les tentations et les persécutions du démon: il peut en faire la matière de sa vertu et le sujet de sa couronne; mais ce qui le rend malheureux, ce qui fait sa peine et son supplice, est cette volonté fière, orgueilleuse et rebelle qui veut se conduire elle-même, et qui refuse de se soumettre à toute autre lumière qu'à celle que ses passions ou son entendement corrompu lui fournissent. Car pour lors, voulant être l'arbitre de ses actions et étant intéressé dans sa propre cause, il se condamne à vivre dans de terribles irrésolutions et dans de furieuses inquiétudes, ne pouvant plus s'assurer de rien, ne pouvant asseoir aucun jugement solide, n'ayant qu'une imagination blessée et sujette aux différentes altérations de son tempérament; pour lors, étant agité de passions contraires, il croit, il doute, il assure, il nie, il veut, il ne veut plus; l'envie le dessèche, la colère le transporte, la tristesse l'abat, l'amour le bourelle, le désespoir le précipite, la joie l'évapore, la douleur, l'ennui, le chagrin l'affligent et renversent toute l'assiette de son esprit.

Je sais qu'il a une raison, dont il peut se prévaloir; mais s'il ne s'en prévaut, à quoi sert cette raison, dit

saint Augustin, sinon à lui découvrir des biens qu'il
ne peut plus posséder, à lui proposer des maux qu'il
ne peut plus éviter? Tout autre conseil que le sien lui
paraît mal fondé, il se défie de son prochain, il se
dégoûte de sa conscience, il affaiblit les lumières de
son esprit, afin d'être son propre guide. Et cependant [6]
combien d'agitations différentes, combien de pensées
qui se suivent et se détruisent, aujourd'hui prenant un
parti, demain le quittant, aujourd'hui donnant dans
une opinion, demain la combattant. S'il se laissait
conduire à Dieu, s'il s'abandonnait aux lumières de
sa providence, qu'il y trouverait de solidité, de consolation et de plaisir! Il fixerait ses pensées vagues, il
modérerait ses passions déréglées, il déterminerait ses
irrésolutions, il adoucirait cette cupidité, il fortifierait
cette raison, et dans cette soumission, il trouverait
tout son bonheur; mais parce qu'il le cherche où il
n'est pas, c'est-à-dire dans le faux jour de ses lumières,
il n'y trouve que de l'inconstance, que de l'égarement
et de l'affliction.

Que fera-t-il donc, persuadé de cette insuffisance de
soi-même? mettra-t-il sa confiance dans les hommes?
Autre misère encore plus certaine, puisque c'est le
Saint-Esprit lui-même qui l'a déclaré : *Maledictus qui
ponit spem in homine.* Car sans parler du reste, dans
quel esclavage cet état ne l'engage-t-il pas; quelles
bassesses ne lui faut-il pas commettre, dans quelles
inquiétudes ne le jette-t-il pas? Peut-on voir une misère
plus grande que de ne subsister que par autrui, de
dépendre du caprice d'autrui, d'être esclave de l'injustice d'autrui, et dans l'attente d'une protection imaginaire, d'être obligé à le ménager, à le flatter, à s'inquiéter si on lui plaît, si on est dans ses bonnes grâces,
si on le contente? Cela seul n'est-il pas capable d'affliger une âme libre et susceptible d'honneur? au lieu
que ce qui ferait sa félicité, serait sa dépendance et sa
soumission à la providence d'un Dieu qui ne lui peut

manquer. *Scio enim cui credidi,* disait saint Paul, *et certus sum;* je sais à qui j'ai confié mon dépôt, je sais à qui j'ai donné mon cœur et ma liberté, ce n'est pas à des hommes volages, ce n'est pas à des hommes pleins d'amour-propre, qui comptent pour rien les services qu'on leur a rendus et l'assiduité qu'on a témoignée auprès d'eux, mais c'est à Dieu, le meilleur de tous les maîtres, le plus zélé de tous les pères, le plus généreux de tous les rois.

En effet, dit saint Jean Chrysostome, faisant une judicieuse réflexion sur la matière que je traite, en effet, si cette providence pouvait être suppléée par la protection des hommes, ce serait par la protection des grands, par l'amitié des princes et des souverains de la terre; or croiriez-vous bien et pourriez-vous bien le penser, c'est sur ceux-là que le Saint-Esprit nous défend d'établir nos espérances : *Nolite confidere in principibus neque in filiis hominum.* Ne vous fiez pas aux grands, ni aux enfants des hommes. Et afin que l'expérience rende votre malheur sensible, c'est que ce sont ceux-là dont la faveur fait plus d'esclaves, dont l'impuissance ou le défaut de volonté fait plus de mécontents : *neque in filiis hominum, in quibus non est salus.* Cependant, ô étrange aveuglement du siècle, ô désordre qu'on ne peut assez déplorer, on aime mieux être malheureux en s'appuyant sur la créature, qu'être heureux en se confiant à Dieu, et malgré les fréquentes épreuves de mille fortunes, renversées malgré la faveur de ces divinités de la terre, qui sont souvent des divinités dures et impitoyables, mais toujours vaines et inutiles, à peine a-t-on le courage de s'en défendre, et par un horrible enchantement, on préfère plutôt la bizarrerie, la violence et la servitude des hommes, qu'à jouir du repos et de la liberté des enfants de Dieu.

Si vous ne m'en croyez pas, demandez-le aux rebelles de la providence, je veux dire aux idolâtres de la fortune, demandez-leur, et vous verrez s'ils n'en conviendront pas. Suivons le grand torrent de la fortune, cherchons la faveur, l'intrigue, le crédit, rendons-nous actifs, ardents, vigilants pour faire nos affaires : c'est ainsi qu'ils parlent dans le cours de leurs prospérités; mais quand après avoir fait jouer tous les ressorts de leur politique, et que par une disgrâce qui les jette dans la confusion, ils se voient méprisés et rebutés de ceux mêmes dont ils attendaient le plus, ah ! c'est pour lors qu'ils rendent un hommage, quoique forcé, mais toujours véritable et solennel, à cette providence qu'ils méconnaissaient. Mais c'est aussi pour lors que Dieu se venge de l'injure qu'ils ont faite à cet auguste attribut, et que pour insulter à leur misère, il les renvoie à ces dieux imposteurs dans lesquels ils avaient mis leur confiance : *Ubi sunt dii eorum, in quibus habebant fidiciam, de quorum victimis comedebant adipes et bibebant vinum libaminum; surgant et opitulentur vobis et in necessitate vos protegant ;* où sont ces divinités ridicules sur lesquelles vous vous appuyiez, où sont ces dieux de chair dont vous mangiez les victimes qui leur étaient offertes? intéressez-les dans vos disgrâces, obligez-les à vous secourir, dites-leur qu'ils viennent pour vous défendre. Mais comme ils sont incapables de vous rendre aucun secours, c'est ce qui vous fera malheureux, après avoir été criminels.

Il ne tient cependant qu'à vous de vous exempter de ce crime et de ce malheur, et pour cet effet, dites avec saint Paul, qu'il est juste de vous humilier sous la main toute-puissante de Dieu, qu'il vaut mieux que sa volonté se fasse en vous par votre soumission, que malgré vous par votre rébellion. Aussi, pour me servir des termes même de l'Apôtre, agissons tous, non comme des esclaves forcés, mais comme des ministres fidèles et zélés de la providence, par notre patience dans les afflictions, par notre conformité entière à ses ordres et à ses décrets : *exhibeamus nosmetipsos sicut Dei ministros in multa patientia,* ce sera le moyen de nous rendre heureux en cette vie par la paix d'une sainte et véritable résignation, pour achever notre bonheur dans le centre d'une paix éternelle, que nous attendons dans la gloire. *Amen.*

SERMON SUR L'AMBITION [7]

Respondens autem Jesus dixit : Nescitis quid petaetis.
Potestis bibere calicem quem ego bibiturus sum?
Dicunt ei : possumus. Et audientes decem indignati
sunt de duobus fratribus. MATT., c. 20.

Jésus-Christ leur répondit : Vous ne savez ce que
vous demandez. Pouvez-vous boire le calice que je
boirai ? Oui, lui dirent-ils, nous le pouvons. Ce
qu'entendant les autres disciples, ils furent émus
d'indignation contre ces deux frères.

Ce n'est pas sans une providence particulière de
Dieu que Jésus-Christ, étant venu enseigner aux
hommes l'humilité, choisit des disciples dont les sentiments étaient entièrement opposés à cette vertu,
et qui dans la bassesse de leur condition, ne laissaient
pas d'être ambitieux et jaloux de l'honneur du monde
avant que le Saint-Esprit fût descendu dans leurs
cœurs. Il voulait, disent les Pères, en nous instruisant
des petits désordres de leur ambition, nous faire comprendre l'excès de la nôtre, afin que nous faisant des
leçons sur une matière aussi importante qu'est
celle-là, ils nous servissent de règle pour réformer
nos mœurs, et nous réduire à cette sainte humilité
sans laquelle il n'y a point de salut. C'est ce qui se
passe dans notre évangile. Deux disciples se présentent
au Sauveur du monde pour lui demander avec la
dernière instance, les deux premières places dans
son royaume, et jugeant que le royaume du Fils de
Dieu était temporel, le grand désir qu'ils ont de
s'élever les porte à en faire la demande, et leur ambition est si grande qu'elle excite contre eux la colère

de Jésus-Christ, qui les accuse de présomption et d'aveuglement tout ensemble.

Voilà, chrétiens, l'idée sur laquelle nous nous devons former pour reconnaître en quoi consistent les désordres de l'ambition, pour en distinguer dans ces deux frères les véritables caractères, pour en apprendre les suites et les effets funestes, et à [8] même temps en rechercher les remèdes dans la réponse que Jésus-Christ fait à ces deux frères. Car c'est le sens de notre évangile, et c'est le sens qu'il faut que nous en retenions. Il y a certains péchés, dit saint Chrysostome, qu'il est aisé de combattre, et qui se détruisent quasi d'eux-mêmes, parce que le monde ne peut s'empêcher de les condamner; mais il n'en est pas de même de l'ambition. Bien loin que le monde la blâme, il s'en fait une vertu. Si c'est un péché, dit-on, c'est le péché des grandes âmes, et nous avons cette pernicieuse maxime que nous aimons mieux avoir le péché des grandes âmes que la vertu des petits et des simples. Cependant Jésus-Christ a dit qu'à moins que nous ne soyons petits et humbles comme des enfants, nous n'entrerons jamais dans son royaume. Tâchons donc de bien pénétrer cette vérité, et de nous exciter à de nobles sentiments d'humilité, après avoir demandé les lumières du Saint-Esprit par l'entremise de la plus noble de toutes les créatures, à qui un ange dit : *Ave Maria.*

Dans la suite de mon évangile et dans les paroles de mon texte, le dessein du discours que j'ai entrepris, est si naturel et si facile, que je croirais faire tort à mon sujet si j'en choisissais un autre ou si j'y ajoutais la moindre circonstance étrangère. Le Sauveur du monde, après avoir entendu la proposition de ces deux frères qui lui demandaient de tenir les places d'honneur dans son royaume, leur déclare qu'ils ne savent ce qu'ils demandent : voilà la première partie de mon évangile. Le même fils de Dieu leur demande à son tour s'ils peuvent boire le calice qui est préparé pour ceux qui le doivent suivre, c'était le calice de sa passion et de ses souffrances, et eux, sans s'informer de ce que c'est, sans se consulter, sans demander avis à personne, répondent hardiment : *Possumus,* nous le pouvons : voilà la seconde partie. Les autres apôtres qui étaient présents et qui écoutaient ces deux frères, s'indignèrent de leur prétention, murmurèrent contre eux, et s'abandonnant à la jalousie, se seraient divisés si Jésus-Christ ne leur avait parlé en maître et promis de les satisfaire : *Et decem indignati sunt :* voilà la troisième.

Or je ne cherche point d'autre partage de mon discours que celui-là; car voilà les trois véritables caractères de l'ambition. Elle est aveugle dans ses recherches et dans ses poursuites, elle est présomptueuse dans ses sentiments et dans ses pensées, elle est odieuse dans ses suites et dans ses effets. Je dis qu'elle est aveugle dans ses recherches et dans ses poursuites; c'est le fils de Dieu qui lui attribue cette première qualité, en disant à ces deux disciples : vous ne savez ce que vous demandez : *nescitis quid petatis.* Elle est présomptueuse dans ses sentiments et dans ses pensées; ce sont ces deux disciples qui justifient cette seconde qualité, répondant au fils de Dieu avec hardiesse et témérité : *Possumus.* Enfin elle est odieuse dans ses suites et dans ses effets, et ce sont les autres apôtres qui servent de preuve à cette troisième qualité, en faisant paraître leur indignation contre ces deux frères : *Et decem indignati sunt.* Il s'agit de remédier à ces trois grands désordres, et c'est ce que le Saint-Esprit fait dans notre évangile en proposant les maximes les plus saintes de l'humilité de Jésus-Christ. Car (prenez bien garde à cela) si l'ambition est aveugle dans ses recherches et dans ses poursuites, c'est l'humilité qui doit éclairer cet aveuglement : voilà ma première proposition. Si l'ambition est présomptueuse dans ses sentiments et dans ses pensées, c'est l'humilité de Jésus-Christ qui doit corriger cette présomption : voilà ma seconde. Enfin si l'ambition est odieuse dans ses suites et dans ses effets, c'est l'humilité de Jésus-Christ qui doit en étouffer la haine et l'envie : voilà ma troisième. Trois vérités qui sont de la dernière importance, et pour lesquelles je vous demande une attention toute particulière.

PREMIER POINT

Quoiqu'il n'y ait point de passion qui n'aveugle l'homme et qui ne lui fasse voir les choses dans un faux jour, en lui cachant ce qu'elles sont, et lui laissant paraître ce qu'elles ne sont pas, on peut cependant dire avec toute sorte de vérité que ce caractère convient particulièrement à l'ambition. Car comme la science du bien et du mal fut le premier fruit que l'homme rechercha et qui fut la source de tous ses péchés, aussi l'ignorance, l'aveuglement et l'erreur furent les premières peines dont il se sentit frappé. *Error et tenebræ peccatoribus concreata sunt.* Vous diriez que ce supplice a été aussi ancien que lui, que son aveuglement et sa première prédestination ont été inséparables, puisque l'un et l'autre ont une même époque de leur création; cela cependant n'est pas; mais ce que le prophète veut dire, c'est que le premier homme voulant connaître par son ambition les choses comme Dieu (c'est l'explication qu'en donne saint Ambroise), Dieu l'humilia en lui ôtant même la connaissance des choses comme homme, en le rendant extravagant dans ses désirs, ridicule dans ses projets, plein d'illusion dans ses jugements, faible et ignorant dans ses desseins.

Voilà le point de morale que notre religion nous propose comme un point de foi, et qui est si bien établi, qu'au rapport de saint Augustin, les païens mêmes l'ont reconnu. Oui, quelque ambitieux qu'aient été les sages de l'antiquité, et à quelque degré de faste et de gloire que leur présomption les ait élevés, ils ont avoué qu'en cela ils étaient aveugles, et ç'a été le chapitre le plus ordinaire et le plus clair où leur éloquence a fait l'éloge de l'humilité, contre les ridicules recherches de l'ambition. Quel aveuglement, ont-ils dit, de désirer toujours d'être ce qu'on ne peut jamais être, de fuir à tout moment d'être ce que l'on doit être nécessairement, quel aveuglement de s'ôter la satisfaction et le repos, d'être toujours dans l'inquiétude et dans le trouble, de prendre plaisir à s'accabler d'ennuis et de se faire gloire de cet accablement ! N'est-ce pas être aveugle, de se flatter de sa condition, de bâtir sur le penchant d'un profond abîme, de mener une vie d'esclave, de gêne et de servitude, de n'être ni à Dieu, ni à soi, mais de dépendre malheureusement d'autant de gens qu'on a de supérieurs ou de compétiteurs au-dessus de sa tête ! Voilà cependant le funeste sort de l'ambition, qui toute fière qu'elle est, achète l'honneur aux dépens du bonheur et de la liberté. Car combien de complaisances serviles, combien de mortifications secrètes, combien d'assujettissements honteux, combien de rebuffades injurieuses ne faut-il pas souffrir pour venir à bout de ses desseins ! Et après cela, combien d'espérances frustrées, combien de prétentions échouées, qui ne laissent que le blasphème dans la bouche et la rage dans le cœur ! Peut-on concevoir un aveuglement pareil ? N'est-ce pas s'abandonner volontairement en proie à ses passions, renoncer à sa propre félicité, se résoudre à porter son enfer au milieu de soi et être déchiré par mille bourreaux intérieurs, que de s'abandonner aux recherches de sa présomption ? Voilà, dit saint Augustin, comme ont raisonné les sages du paganisme ; et si avec tout cela ils n'ont pas laissé d'être ambitieux, ç'a été ou parce qu'ils se sont contentés de ces belles spéculations sans les réduire en pratique, ou parce que selon la loi de Dieu cette passion ne devait être guérie que par la grâce du divin réparateur.

Mais sans aller chercher ces beaux sentiments dans ces anciens philosophes, voyons ce que des bouches moins suspectes nous en ont dit, écoutons là-dessus le plus grand et à même temps le plus sage de tous les princes ; c'est le Saint-Esprit qui nous va parler par la bouche de Salomon. Y a-t-il rien, disait ce grand roi, de plus aveugle que l'ambitieux, qui borne ses desseins à des choses si peu dignes de lui, à construire de beaux palais, à entasser de belles maisons, à édifier d'un côté pendant que d'un autre on tient le marteau pour détruire, à être superbement vêtu et à être regardé d'une populace ignorante ? Je sais, dit-il, par ma propre expérience ce qui en est. J'ai été aussi grand et aussi puissant qu'un prince le peut être ; jamais homme n'a été plus riche et plus opulent que moi ; toutes les choses ont réussi comme je le souhaitais, j'ai fait de grands projets et de hautes entreprises, j'ai prétendu y trouver de la satisfaction, et je n'y ai rencontré que trois choses opposées : une consommation de néant et d'indignité, une vanité chimérique et illusoire, et une affliction d'esprit qui ne m'a donné aucun repos. Quelle folie donc, continue-t-il, de voir un homme passer toute sa vie au dépens de son repos et de sa conscience, à thésauriser sans savoir pour qui, et amasser du bien sans faire réflexion pour qui est-ce que je travaille *? Quelle misère donc que celle d'un homme dont les dépouilles passent en des mains étrangères et qui laissera du bien à des gens qui se moqueront de lui ! Enfin quelle folie et quel enchantement et fascination d'esprit (tout ceci est de Salomon) de mettre son ambition à laisser des enfants riches, à les élever selon le monde pour être ensuite le sujet de leur raillerie et de leur mépris, et être obligé de dire dans l'amertume de son cœur : *Filios enutrivi, et ipsi spreverunt me ;* j'ai nourri des enfants, je les ai élevés dans la splendeur, et pour ma récompense, je n'ai trouvé que des ingrats, qui ont fait tout le sujet de ma confusion et de ma honte.

Tout cela sont autant de preuves convaincantes de l'aveuglement des ambitieux : mais je me trompe, cette conviction était due à l'incarnation de Jésus-Christ, qui selon saint Jérôme est la condamnation de l'orgueil et la censure de l'ambition du monde. En effet, sans sortir de notre évangile, voyez quelles sont les recherches des ambitieux, et vous comprendrez aisément que la morale de Jésus-Christ a je ne sais quoi dans sa simplicité, qui les bat en ruine, le voici. C'est qu'un ambitieux dans le sentiment de Jésus-Christ conçoit les choses d'une manière contradictoirement opposée à ce qu'elles sont en elles-mêmes

Car il se trouve (voilà ce qui montre cet aveuglement) il se trouve que dans l'idée du Sauveur du monde et dans la vérité des choses, les honneurs sont des charges et des fardeaux, et que les ambitieux les envisagent comme des grâces et des bienfaits; c'est que les honneurs dans la vérité des choses sont des engagements à servir les autres, et que l'ambitieux les considère comme des prééminences qui lui attirent du respect; c'est que dans la vérité des choses les honneurs sont comme des calices d'amertume, et que l'ambitieux ne les embrasse que comme un fonds qui ne lui doit produire que de la satisfaction et de la douceur; enfin c'est que dans la vérité des choses, les honneurs sont quelque chose de sacré, et que l'ambitieux les regarde comme des avantages purement temporels : quatre erreurs que le fils de Dieu renverse aujourd'hui dans la personne de ces deux disciples dont il est parlé dans notre évangile, pour l'instruction et l'édification des fidèles.

Les honneurs du monde sont des fardeaux, peut-on le nier sans donner le démenti au Saint-Esprit et sans accuser les saints d'ignominie et de faiblesse? qui se voyant engagés dans les dignités soit ecclésiastiques, soit séculières, ont tremblé de frayeur à la vue de si fâcheuses et si incommodes charges. Cependant l'ambitieux en juge tout autrement, et par un aveuglement étrange ou plutôt par un déguisement criminel, il se fait de ces fardeaux une grâce et un bienfait. De là vient qu'il se tient heureux de les avoir, qu'il n'y a point de ressort qu'il ne fasse jouer pour se les mettre sur les épaules, et qu'au défaut de sa capacité et de son mérite, il emploie la ruse, la cabale et souvent quelque chose de pis que tout cela.

Voyez, je vous prie, les mesures que prennent ces deux frères de notre évangile. Pour faire agréer leur injuste requête, ils ont l'adresse de faire parler leur mère, ils y emploient les prières, les soumissions et les adorations. Ils demandent les premières places dans le royaume de Jésus-Christ par les termes les plus affectueux et les plus humbles, ou pour mieux dire, les plus ravalés. Belle idée de ce qui arrive tous les jours et de ce que nous voyons qui se passe dans notre siècle, où l'on n'arrive aux honneurs que par des bassesses d'âme et des lâchetés indignes d'un honnête homme. Mais qu'est-ce que le fils de Dieu répond? *Nescitis quid petatis;* allez, vous être des aveugles, vous ne savez ce que vous demandez. En effet, si un ambitieux, dans la recherche et la poursuite qu'il fait de l'honneur, faisait réflexion à la charge qu'il s'impose, bien loin de s'y porter avec tant de furie, il faudrait toutes les raisons et divines et humaines pour l'y engager; mais parce qu'il est aveugle, il a des sentiments tout contraires, et Jésus-Christ est obligé de lui dire : *nescitis quid petatis.*

Secondement, qu'est-ce que les honneurs du monde? Saint Bernard m'apprend que ce sont des servitudes spécieuses, c'est-à-dire des engagements à servir autrui et se regarder comme un homme d'autrui, et qui doit moins songer à soi qu'à son prochain. Car c'est le véritable caractère que le Sauveur donne aux honneurs de ce monde, et cette idée du Fils de Dieu n'est pas une fausse idée, une idée exagérée ou imaginaire. Ce n'est pas seulement l'idée qu'un chrétien en doit avoir, mais celle qu'un homme dans quelque état qu'il soit, s'en doit former. Un grand, dit Aristote, est né pour les petits; un roi est un homme né pour ses peuples. Or, si cela est véritable de la royauté, il l'est beaucoup plus des autres conditions.

Voilà l'idée des grandeurs humaines; ce sont des servitudes spécieuses. Je sais que le monde ne convient pas de cette règle, parce que (comme dit le Fils de Dieu) parmi les nations, ceux qui sont élevés au-dessus des autres, ne songent qu'à dominer et à se faire servir; mais il n'en sera pas de même parmi vous, parce que celui d'entre vous qui est le plus grand, doit faire état qu'il est le serviteur des autres; et s'il en agit autrement, il se méconnaît, car le Fils de l'homme n'est pas venu pour être servi, mais pour servir; or il ne serait pas juste qu'il y ait des grandeurs sur la terre plus indépendantes que la sienne. C'est pourquoi le chef de l'Église, quelque supériorité qu'il ait sur tout ce corps mystique, ne prend point d'autre titre que celui de serviteur des serviteurs de Dieu, titre qui subsiste encore aujourd'hui et dont il se fait honneur, contre les fausses règles de l'ambition du monde.

Mais qu'arrive-t-il? Un homme, au lieu de regarder les honneurs comme des engagements à servir les autres, il [10] les considère comme des prééminences et comme des titres majestueux pour se faire respecter, honorer, obéir, servir, et dire comme ce centenier de l'évangile, quoique dans un sens bien différent : *Habeo sub me milites, dico uni vade, et vadit;* j'ai beaucoup de soldats sous moi, mon application n'est que de me faire obéir, et eux, par un respect qu'ils me doivent, sont attentifs et soumis à mes ordres. Si je dis à l'un : marche, il marche; si je dis à l'autre : viens, incontinent il vient. Cet esprit de domination est si universellement répandu dans toutes les conditions, que les états les plus saints n'en sont pas même exempts. *Video totum ecclesiasticum zelum fervere pro sola dignitate tuenda*, dit saint Bernard : je vois que tous les ministres de l'Église ne s'empressent qu'à faire valoir leurs droits, qu'à se faire honorer, qu'à maintenir leurs privilèges, et tout cela faute d'avoir compris que les honneurs du siècle ne sont que des engagements à servir les autres.

Ce n'est pas tout. Les honneurs sont des calices de souffrances, Jésus-Christ l'a dit, son oracle sera éternellement vrai, non seulement parce qu'il l'a dit, mais parce que l'ordre de la providence y est intéressé, pourquoi? Parce qu'il est impossible, dit saint Augustin, de soutenir une dignité non seulement en chrétien, mais même en homme raisonnable, sans être déterminé à souffrir; mais que fait l'ambitieux? Il regarde ces honneurs comme un fonds qui ne doit lui produire que de la satisfaction et de la douceur, et il est du nombre de ces gens qui, comme dit saint Paul, se plaisent en eux-mêmes : *sibi placentes*, qui ont de l'amour pour leurs personnes, et qui, au lieu de veiller sur les autres, se font un malheureux repos et une tranquillité criminelle.

Enfin ces honneurs sont quelque chose de sacré, de spirituel et de divin. Pourquoi? parce qu'ils sont des participations et des écoulements de l'autorité de Dieu. Cependant un ambitieux les considère comme des avantages purement temporels; il n'y envisage que le gain et le revenu. Combien me rapportera cette charge, que retirerai-je de cet emploi? Horrible profanation et qui, par un aveuglement épouvantable, se rencontre non seulement dans les dignités séculières, mais dans les ecclésiastiques. Je vous dis donc, pour

finir cette première partie, que vous êtes instruits de
ces vérités, ou que vous ne l'êtes pas. Si vous n'en
êtes pas instruits, vous êtes dans l'aveuglement que
le Fils de Dieu reproche aujourd'hui à ces deux disciples; si, en étant instruits, vous ne laissez pas de
vous abandonner à cette passion, votre aveuglement
est plus déplorable que le leur, et vous donnez encore
plus de sujet au Fils de Dieu de vous dire : *Nescitis
quid petatis*, vous ne savez ce que vous demandez.
Nous voyons ce que les apôtres lui répondent, et
comme dans leur réponse ils font voir que l'ambition
est non seulement aveugle dans ses recherches et dans
ses poursuites, mais qu'elle est encore présomptueuse
dans ses pensées et dans ses sentiments, c'est mon
second point.

DEUXIÈME POINT

La réflexion de saint Ambroise est très considérable
et pleine d'un grand sens, quand il a dit qu'un homme
passionné de l'ambition doit être ou excessivement
injuste ou furieusement présomptueux : injuste s'il
recherche des honneurs dont il se croit indigne, présomptueux s'il se persuade en être digne; et comme il
arrive très rarement qu'on se rende cette justice à
soi-même, de se croire indigne des choses que l'on
souhaite, ce père conclut dès là [11] que le principe le
plus ordinaire qui fait agir l'ambitieux, est la présomption de sa propre suffisance. Or c'est de là que je tire
la preuve de ma proposition pour vous faire voir le
désordre de l'ambition.

Car prenez garde à toutes les circonstances qui
s'ensuivent de ce raisonnement. Un ambitieux prétend
à tout, par conséquent il se sent capable de tout; un
ambitieux ne met pas de bornes à ses désirs, par conséquent il n'en met pas non plus au sentiment qu'il a de
sa suffisance; il ambitionne les premiers rangs dans
l'Église et dans l'État, par conséquent il se porte ce

témoignage qu'il est plus parfait que tous les autres; car s'il se croyait inférieur à eux en mérite, il ne voudrait pas commettre cette injustice de s'élever au-dessus de leurs têtes.

Qu'est-ce en effet qu'un homme préoccupé de cette maudite passion? C'est un homme, répond saint Ambroise, qui croit pouvoir soutenir tous les fardeaux et la charge qu'il poursuit; c'est un homme qui, selon les différents états auxquels il serait engagé, croit avoir assez de force, assez de lumières, assez d'intégrité, assez de zèle, pour remplir les premières places de l'Église, s'asseoir sur les fleurs de lis [12] et entrer dans le conseil des rois. Il ne reçoit jamais de récompense qui ne lui soit due, ni de faveur qu'il ne croie avoir méritée. Demandez-lui si dans cette charge il pourra s'acquitter dignement de son devoir, s'il a toutes les dispositions nécessaires pour y entrer, s'il a assez d'assiduité, d'application, de diligence, de fermeté d'esprit, pour rendre justice à chacun, pour ne pas opprimer l'innocent et soulager [13] le coupable, assez de générosité d'âme pour s'élever au-dessus des censures et des murmures des autres; après lui avoir exposé toutes les difficultés qui se rencontrent dans les grandes conditions, et les obstacles qu'il y faut surmonter demandez-lui s'il pourra tout cela, et incontinent sans hésiter, il vous répondra : *possumus*, oui je le puis. Mais, quoi qu'il en dise, cela même prouve qu'il ne le pourra pas faire, et même ne le fera pas, pourquoi? Parce que la présomption est un empêchement essentiel et un obstacle certain à le faire et à le bien faire.

Ne voyons-nous pas par une expérience quotidienne, que les hommes les plus pleins d'eux-mêmes et qui se flattent davantage de leur vertu, sont les premiers à se laisser corrompre et à faire les plus grandes fautes, pourquoi? par une belle raison de saint Augustin : parce que, dit ce père, dans quelque sorte d'emploi que ce soit, on ne s'acquitte jamais bien de son devoir que lorsque l'on se défie de ses forces; or cette défiance est formellement opposée à la pensée d'un ambitieux, qui est infatué, ou pour ainsi dire fasciné et ensorcelé de son faux mérite. Ajoutez à cela que presque toujours ceux qui sont les plus incapables, sont ceux qui sont les plus ardents à se pousser. A peine entendrez-vous un homme bien sensé [14] se rendre témoignage à lui-même de sa capacité, et dire : je le puis, j'ai droit à cela, j'ai toutes les qualités et les dispositions requises pour occuper cette place. Cette témérité n'appartient qu'à un esprit léger et vide de la vertu; d'où vient que la modestie, dit Aristote, a de tout temps été la vertu des parfaits, et la présomption le vice des ignorants et des faibles. Parce que l'avancement d'un homme dans la recherche des dignités et des honneurs du monde ne laisse pas de dépendre des demandes qu'il fait pour s'établir, il arrive que les premières places sont toujours remplies par les plus indignes, pendant que les plus sages et les plus vertueux demeurent sans emploi. Pourquoi? parce qu'il n'y a rien de plus hardi ni de plus insolent qu'un ambitieux. Il s'ingère partout, il se loue, il se flatte de tout, et s'efforce de prendre, quelque indigne qu'il soit, un ascendant et un empire absolu sur les autres.

Il n'y a rien de plus commun que ce désordre, car où trouverez-vous des gens qui prétendent aux honneurs du monde, qui rentreront en eux-mêmes pour reconnaître ce qu'ils peuvent, et qui par un zèle anticipé de leur conduite, se défieront de leurs propres forces, je vous le demande encore un coup, où en trouverez-vous? Ah ! pour les arts mécaniques il y a des apprentissages, pour les sciences plus abstraites il y a de rigoureux examens, on y fait de fâcheuses et de difficiles épreuves; il n'y a qu'à l'égard des fonctions ou de l'Église ou de l'État où l'on ne s'examine jamais. C'est là qu'on dit avec une horrible effronterie : *possumus*, nous le pouvons. C'est assez qu'il y aille de l'intérêt de cette famille d'être placée dans un tel rang, cette nécessité tient lieu de tout, et si la loi demande quelque chose de plus, si elle exige quelques épreuves, on les subit par cérémonie, et on se moque de l'ordonnance.

Mais l'insolence de l'ambition va encore plus loin, car non seulement elle répond pour elle, mais elle répond même pour les autres. C'est ce qui paraît dans la mère des enfants de Zébédée; l'évangile nous faisant remarquer que ce fut cette mère qui porta la parole pour eux, et qui par conséquent les jugea dignes d'occuper les premières places dans le royaume de Jésus-Christ. Or, c'est ce que l'on voit tous les jours dans notre siècle. Un père est assez présomptueux que de croire que son enfant est capable; c'est assez même qu'il lui appartienne pour l'en croire capable; ses défauts sont des vertus, ses imperfections sont des adresses, il excuse tout ce qu'il y a de mauvais, il loue et il fait le panégyrique du peu qu'il s'imagine y avoir de bon. Je dis plus, ce père peu chrétien, tout persuadé qu'il soit de l'incapacité de son enfant, ne laisse pas de lui préparer de grandes charges, l'honorant en cela plus que Dieu; ce qui est le grand désordre du christianisme : *honorasti filios tuos plus quam me.* Car combien voyons-nous de pères qui, pour honorer leurs enfants, ont déshonoré Dieu en déshonorant l'Église, qui ont élevé aux dignités ecclésiastiques les plus mal faits de corps, les plus stupides d'esprit, et ceux qu'ils ne croyaient pas capables de posséder aucun honnête emploi dans le monde ! En vérité, n'est-ce pas un grand abus? et cependant, avouez-le franchement, n'est-ce pas là l'abus de notre siècle? Ah ! que le grand Salvien aurait donc plus de raison de dire de nos jours, qu'il ne l'avait de le dire de son temps, que tous ceux que l'on croit indignes de succéder aux charges de leurs pères, sont ceux qu'on élève aux ministères les plus redoutables, et que l'on ne croit pas indignes de la consécration et du ministère sacerdotal. *Qui indigni censentur hereditate, digni censentur consecratione.*

Mais enfin, direz-vous, supposé ce principe, quel parti y a-t-il à prendre? Il n'y en a point d'autre que celui de l'humilité, qui est de ne pas présumer de soi, de n'être pas si facile à être persuadé de sa capacité, de rabattre la moitié de ces sentiments de présomption que l'on a, et de tâcher de se perfectionner toujours et de se rendre digne des choses dont on se croit digne. Je vous avoue que ces idées sont bien éloignées de celles du monde; mais je ne suis pas ici, chrétiens, pour vous instruire de la pratique du monde, je suis ici pour combattre l'orgueil de ce monde, pour arrêter son insolence, et donner des bornes et des règlements à sa présomption par l'exemple et les maximes de l'humilité de Jésus-Christ.

Il n'y aura que cette vertu de votre divin Sauveur qui vous inspirera les justes sentiments que vous devez avoir de vous, et qui devant [15] d'entrer dans aucun emploi, vous fera dire comme Moïse à Dieu: mon Dieu, qui suis-je pour me charger de la conduite des autres, moi qui ne puis me gouverner moi-même? Ce seront les pensées que l'humilité de Jésus-Christ vous donnera. Hors cela, votre ambition sera et aveugle dans ses recherches, et présomptueuse dans ses desseins, et odieuse dans ses suites et dans ses effets. Je n'ai plus qu'un mot pour achever le dernier point.

TROISIÈME POINT

Il y a deux sortes de grandeurs, les unes naturelles et légitimes qui sont établies de Dieu, les autres extraordinaires et injustes, et qui s'érigent pour ainsi dire d'elles-mêmes. Ainsi, si celles-là sont les ouvrages de la providence divine, celles-ci sont les productions de l'ambition humaine, et aussi il ne faut pas s'étonner si ces deux sortes de grandeurs produisent des effets bien contraires, non seulement dans ceux qui les possèdent, mais même dans ceux qui n'y ont aucune part et qui les envisagent d'un œil désintéressé. Les grandeurs naturelles, c'est-à-dire celles qui sont ordonnées de Dieu, portent un certain caractère qui attire le respect et la bienveillance; c'est par ce principe que nous rendons des hommages volontaires aux souverains du monde et aux puissances légitimes. Bien loin que leur élévation nous choque, nous la regardons avec des sentiments de joie; bien loin de contredire à leur autorité, nous avons du zèle et nous prenons les armes en main pour les défendre, pourquoi? parce qu'elles sont établies de Dieu. Au contraire, ces grandeurs irrégulières qui se sont érigées de leur chef, ces grandeurs auxquelles on ne parvient que par des moyens honteux, des ruses, des cabales et des concessions, ces grandeurs dont la plupart des politiques du siècle se glorifient, en disant aussi insolemment que ce roi dont il est parlé dans l'Écriture : *manus nostra excelsa et non Dominus fecit hæc omnia;* c'est notre crédit et non pas Dieu qui nous a faits ce que nous sommes, enfin ces grandeurs que Dieu n'autorise pas, ont je ne sais quoi d'odieux qui nous fait révolter contre elles, pourquoi? Parce qu'elles paraissent comme autant d'usurpations qui vont à notre renversement et à celui des autres, et c'est ce qui les rend odieuses et insupportables. Voyons-en la preuve dans notre évangile, l'application en est admirable.

Saint Pierre vient d'être élevé à la plus haute dignité dont un homme mortel soit capable, qui est d'être le chef visible de toute l'Église. Les autres apôtres ne s'y opposent point. Pourquoi? parce qu'ils savent bien que saint Pierre n'a pas brigué cette dignité, mais que c'est un effet du choix de Jésus-Christ. Saint Jacques et saint Jean, au contraire, ne font qu'une simple proposition, et les autres apôtres s'en scandalisent, pourquoi? Ah! répond saint Chrysostome, la prééminence de saint Pierre ne les choque pas, parce que saint Pierre ne l'a pas recherchée; au contraire, la prééminence prétendue de ces deux apôtres excite leur indignation, parce qu'ils savent que ce sont eux qui l'ont demandée et qui s'en sont crus dignes. J'en dis de même à l'égard de ce qui se passe dans le monde.

Il y a deux sortes de grandeurs. Il y en a qui viennent de Dieu et qui semblent être attachées aux anciennes familles; mais il y en a qui sont des productions du vol et de l'injustice, de la division et de la partialité; or je dis que ces dernières sont toujours odieuses. Car qu'est-ce qu'un ambitieux qui les poursuit? C'est un homme haï par profession des autres hommes, un homme à qui la prospérité de ses frères est un supplice, et qui ne peut la souffrir sans la combattre, un homme qui ne peut endurer aucun compagnon, un homme à qui la faveur d'autrui est un horrible tourment, un homme dans qui il n'y a ni foi, ni intégrité, ni sincérité, toujours prêt à s'élever et à supplanter les autres ou à les décrier. N'est-ce pas là un monstre dans la politique? cependant c'est le véritable caractère d'un ambitieux. Ah ! mes frères, dit saint Augustin, si vous étiez aussi modérés que vous êtes emportés, le seul danger où vous vous exposez d'être haïs de tout le monde et de ruiner par conséquent dans les autres la charité chrétienne, arrêterait le cruel progrès de votre ambition.

Regardez donc Jésus-Christ comme votre modèle. Son humilité, dit un père de l'Église, doit être comme un grain de sable capable d'arrêter tous les flots de vos passions. Vivez chacun content dans l'état où Dieu vous a mis, soyez doux et humbles de cœur comme votre divin maître, et vous trouverez un véritable repos. *Discite a me quia mitis sum et humilis corde, et invenictis requiem animabus vestris,* sur la terre par la grâce, et dans le ciel par la gloire. *Amen.*

Cum autem immundus spiritus exierit ab homine, ambulat per loca arida, quærens requiem et non invenit. Tunc dicit : revertar in domum meam unde exivi et veniens invenit eam vocantem, scopis mundatam et ornatam. Tunc vadit et assumit septem alios spiritus secum, nequiores se, et intrantes habitant ibi. MATT., c. 12.

Lorsque l'esprit impur est sorti d'un homme, il va dans les lieux arides cherchant du repos, et il n'en trouve point. Alors il dit : je retournerai dans ma maison d'où je suis sorti; et revenant il la trouve vide, nettoyée et parée. Et en même temps il va prendre avec lui sept autres esprits plus méchants que lui, et entrant dans cette maison ils y habitent.

C'est une doctrine fondée dans toute l'Écriture, qu'il y a plusieurs sortes de démons, et saint Grégoire pape remarque que la différence qui se trouve entre eux vient des différentes espèces de péchés auxquels ces esprits de ténèbres engagent et sollicitent l'homme. Car il y a, dit saint Grégoire, un démon d'orgueil, il y a un démon d'avarice, il y a un démon de colère et de vengeance, et chacun d'eux a sa malice particulière. Celui dont il est aujourd'hui parlé dans l'Évangile, est un démon impur : *cum immundus spiritus exierit ab homine ;* et le Fils de Dieu qui nous en donne l'idée, nous le représente premièrement comme un démon malheureux qui est sans cesse dans le trouble, qui souffre de continuelles inquiétudes et qui dans ses désordres [17], n'a point de repos, il est même incapable d'en avoir : *quærens requiem et non invenit ;* secondement comme un esprit opiniâtre et obstiné à retourner de nouveau dans une âme dont il a été chassé, quoique il la trouve ornée de la grâce et nettoyée par la pénitence : *revertar in domum meam unde exivi, et veniens invenit eam vacantem, scopis mundatam et exornatam ;* enfin il nous le représente comme un esprit de légion, c'est-à-dire qui ne marche jamais seul, mais en compagnie d'une infinité d'autres démons plus méchants que lui, quoique ce soit lui qui leur donne l'entrée : *tunc vadit et assumit septem alios spiritus nequiores se.* Peinture admirable de ce démon d'impureté, que le Fils de Dieu nous expose aujourd'hui : *immundus spiritus.*

Il est important, chrétienne compagnie, que je vous en parle une fois pendant ce carême; mais il est encore plus important que vous en conceviez de l'horreur; parce que si ce démon était banni du monde, le monde serait un véritable paradis, au lieu que quand il y règne, il n'est qu'une image de l'enfer : c'est de quoi il faut que je tâche de vous convaincre aujourd'hui. Mais pour cela j'ai besoin de toutes les lumières et de toutes les grâces du ciel, ayant des vérités à traiter capables de convertir un démon, et dont, si vous êtes assez malheureux de n'en pas profiter [18], j'aurai peine à ne pas tirer un présage de votre impénitence et un caractère de votre réprobation; parce qu'à l'exemple des caractères que les sacrements de l'Église impriment dans l'ordre du salut en représentant ce qu'ils opèrent et opérant ce qu'ils représentent, je dis, pour vous donner d'abord l'idée de mon dessein, que le péché d'impureté représente l'état de la réprobation, qu'en même temps il opère et produit cet état. Péché d'impureté, signe visible de réprobation, c'est mon premier point; péché d'impureté, principe effectif de réprobation, c'est mon second point, voilà tout le partage de ce discours. Demandons les lumières du

Saint-Esprit par l'entremise de la sainte Vierge.
Ave Maria.

PREMIER POINT

Quatre choses, chrétienne compagnie, spécifiées
dans l'Écriture sainte, nous expriment l'état où est
réduite dans les enfers une âme réprouvée : les ténèbres
et l'obscurité au milieu d'un feu dévorant : *mittite
eum in tenebras exteriores;* le désordre et la confusion
dans le séjour de toutes les misères : *terra miseriæ
ubi umbra mortis et nullus ordo, sed sempiternus horror
inhabitat;* la condamnation à l'esclavage et à la servitude du démon : *et diabolus stet a dextris ejus;* enfin
le ver immortel d'une conscience toujours déchirée :
et vermis eorum non moritur. Voilà l'idée que le Saint-
Esprit nous a donnée de la réprobation; or je dis
que le péché d'impureté attire après soi ces quatre
choses par une suite inévitable, parce qu'il n'y a
point de péché qui jette l'homme dans un si horrible
aveuglement d'esprit, ni qui l'engage dans des désordres
si funestes, ni qui le captive davantage sous l'empire
du démon, ni qui excite dans sa conscience un ver
plus insupportable, et tout cela par une vertu qui
lui est propre. D'où je conclus que ce péché est un
caractère qui représente l'état de la réprobation.
Appliquez-vous donc je vous prie, à l'explication
que je vais faire de toutes ces choses.

Je dis qu'il n'y a point de péché qui cause à l'homme
un aveuglement plus effroyable que celui-là, pourquoi? Excellente raison de saint Chrysostome dans
l'homélie IVᵉ sur l'Épître aux Romains : parce que
ce péché étant un attachement excessif et un assujettissement infâme de l'esprit à la chair, il rend
l'homme tout charnel : d'où vient que saint Paul
parlant d'un impur, ne l'appelle pas homme simplement, mais homme charnel; or, prétendre qu'un
homme charnel puisse avoir des connaissances rai-

sonnables, c'est prétendre que la chair soit esprit,
ce qui est impossible; et par conséquent, conclut
saint Chrysostome après saint Paul, il est impossible
qu'il conçoive jamais ce qui est de Dieu : *Animalis
homo non percipit ea quæ Dei sunt.*

En effet, prenez garde à ce raisonnement de saint
Bernard. Quand un homme se laisse emporter à
l'ambition, c'est un homme qui pèche, mais qui
pèche en ange, parce que l'ambition est un péché
spirituel; quand il succombe à l'avarice, c'est un
homme qui pèche, mais qui pèche en homme, parce
que l'avarice est un dérèglement de la convoitise
qui n'appartient qu'à l'homme; mais quand il s'abandonne aux désordres de la chair il pèche, et il pèche
en bête, parce qu'il suit les mouvements infâmes
d'une passion qui lui est commune avec les bêtes.
Or, s'il pèche en bête, il n'a plus de lumières dans son
entendement, il est donc réduit à l'état pitoyable de
Nabuchodonosor, il est même réduit à l'état des
bêtes, je ne dis pas assez, il est dégradé au-dessous
de la condition des bêtes, puisqu'il n'y a point d'autre
différence entre lui et elles, sinon qu'il est criminel
dans ses emportements sordides, ce que les bêtes
ne peuvent être : *Homo, cum in honore esset, non
intellexit : comparatus est jumentis insipientibus et
similis factus est illis.* Vérité que l'expérience ne justifie que trop, et dont vous tomberez d'accord avec
moi, si vous remarquez qu'il perd la connaissance de
trois choses (c'est ici où l'application de vos esprits
m'est nécessaire) : il perd la connaissance de soi-
même, il perd la connaissance de son propre péché,
il perd la connaissance de Dieu, peut-on se figurer
un plus déplorable aveuglement?

Il perd la connaissance de ce qu'il est, parce que,
comme dit saint Augustin, dans cet état il cesse
d'être ce qu'il était; et moi je dis en renversant la
proposition : il commence à être ce qu'il n'était pas,

et ces deux pensées reviennent à la même, parce qu'elles montrent toutes deux qu'il perd par le péché de la chair la connaissance de soi-même. En voulez-vous un des plus illustres, mais en même temps un des plus funestes exemples qu'il y ait dans l'Écriture? Par où commença la débauche de ces vieillards qui attentèrent sur l'honneur de la chaste Suzanne? L'Écriture nous le dit : *Everterunt sensum suum et declinaverunt oculos suos ut non viderent cœlum* : ils perdirent leur bon sens et détournèrent leurs yeux pour ne pas voir le ciel; car, avec quel front auraient-ils pu voir le ciel, des magistrats, des juges, et des hommes vénérables dans la synagogue par leur vieillesse? Ah! ils n'auraient jamais pu le faire, et la seule vue de ces qualités dont leurs personnes étaient revêtues, leur en aurait ôté la pensée; il fallait donc qu'ils oubliassent ce qu'ils étaient, et parce que la conscience ne peut être ni séduite ni corrompue que l'entendement ne soit obscurci, il fallait qu'afin que cette conscience ne les contrôlât pas, ils perdissent tout le bon sens et effaçassent la connaissance de ce qu'ils étaient : *Everterunt* etc.

Saint [19] Clément Alexandrin fait une judicieuse remarque sur ce que les anciens poètes, qui étaient les théologiens des Gentils, représentaient leurs dieux métamorphosés en des bêtes brutes : ils avaient raison, dit-il, d'en user de la sorte, et la Providence voulait faire connaître par là que ces dieux étant devenus impudiques et adultères, ils méritaient d'être dégradés non seulement de la noblesse de l'être divin, mais encore de la condition humaine, et de se voir réduits au rang des bêtes. En effet ne faut-il pas que l'impudique se soit abruti pour ne pas faire de difficulté de prodiguer sa santé, de hasarder sa vie, de risquer sa fortune, de profaner son état et de prostituer sa réputation pour satisfaire sa brutalité : c'est cependant ce que nous voyons tous les jours. Un père s'oublie du rang qu'il tient dans sa famille et scandalise ses enfants dont il procure la ruine, non seulement pour le spirituel, mais encore pour le temporel pour fournir à ses débauches; un juge rend mal la justice et trahit sa conscience pour avoir de quoi entretenir son dérèglement; une femme s'oublie de son mari, dont elle profane la couche; un mari s'oublie de sa femme, et viole la fidélité qu'il lui a promise; est-ce là se connaître?

Ce n'est pas néanmoins là où je m'arrête. Je dis que ce péché fait perdre à l'homme la connaissance de l'action même qu'il commet; et je vous prie de donner ici audience à saint Jean Chrysostome, qui va vous apprendre par ma bouche une chose qui tient du prodige. N'est-il pas vrai, dit cet oracle de la Grèce, que c'est par l'expérience que nous arrivons à la connaissance des choses, et que nous ne les connaissons qu'à mesure que nous les avons expérimentées? Oui, sans doute; mais croiriez-vous qu'il en va tout au contraire en matière d'impureté, et que c'est l'expérience même que l'on en a qui la fait méconnaître. Une âme pure et innocente n'a que des sentiments d'aversion et d'horreur pour un péché si honteux, elle en fuit les moindres approches, comme elle ferait des monstres, et elle les regarde comme des écueils capables de lui ravir sa virginité. S'il arrive que par malheur elle tombe une fois, le péché dont la seule image lui faisait peur auparavant, ne lui paraîtra plus si honteux; cette première aversion se dissipe peu à peu, et elle n'a pas sitôt consenti à la passion d'un libertin, que de l'acte elle passe à l'habitude, de l'habitude au scandale, et du scandale à la dernière impudence.

Chose épouvantable, messieurs, dans le siècle où nous sommes, on traite ce péché de galanterie et de belle humeur, on en tire même avantage et on s'en glorifie quelquefois au mépris de Dieu et de la reli-

gion. Hé quoi ! traiter de galanterie un crime qui
fait rougir la nature ! que dirait-on d'un païen qui
aurait ces détestables sentiments ? mais que dirait-on
d'un chrétien qui considère une fornication et un adultère comme une bonne fortune, comme une belle
action, comme l'effet d'une grande adresse, qui s'en
vante comme d'un trophée signalé, et qui la met au
nombre de ses plus heureuses conquêtes ? n'est-ce
pas là faire le dernier outrage à Dieu et à la religion [20] ?

Enfin, ce péché ravit à l'homme la connaissance
de Dieu : c'est la remarque qu'a faite le savant Pic
de la Mirande, quand il a dit qu'il n'y avait jamais
eu d'athée qui n'eût été auparavant impudique, en
telle sorte que ce n'est pas l'athéisme qui conduit à
l'impudicité, mais que c'est l'impudicité qui entraîne
à l'athéisme. Et de vrai, ne voyons-nous pas que
c'est l'ordinaire des impudiques de révoquer en doute
les maximes fondamentales de la religion, lesquelles
pour détruire plus promptement [21], ils commencent
par la divinité, de l'existence de laquelle ils font un
problème. Et si vous me demandez la raison essentielle d'un procédé si damnable, je vous répondrai
que ces gens-là, ne pouvant accorder leur libertinage
avec la créance d'un Dieu, ils aiment mieux nier son
existence que d'admettre une divinité assez éclairée
pour connaître leurs désordres, et assez juste pour
les punir, et voilà proprement ce qui a fait que Salomon, qui savait toutes choses, perdit la connaissance
de Dieu en sacrifiant aux idoles de ses femmes.

Il consentit à adorer des idoles de pierre et de bois,
parce qu'auparavant il avait adoré des idoles de
chair, et il mérita de perdre les plus belles lumières
et les plus pures connaissances qu'il avait reçues du
ciel, parce qu'il s'était rendu l'esclave et l'idolâtre
des créatures; ce qui me fait ressouvenir d'un beau
trait de saint Augustin, qui, recherchant particulièrement en quoi consistait l'aveuglement des païens

à l'égard de leurs dieux, dit que c'est en ce qu'ayant eux-mêmes fait leurs dieux, ils les firent tels qu'ils voulurent, et ce en consultant leurs dérèglements et leurs plus infâmes passions. Car, de peur que les dieux n'exigeassent d'eux trop de retenue et de modestie, de peur qu'ils ne fussent des censeurs trop incommodes et des juges trop sévères de leurs déportements, ils s'avisèrent de faire des dieux corrompus et vicieux, afin que faisant des crimes, ils crussent les honorer en les imitant, et que les péchés mêmes passassent, selon la forte expression de saint Cyprien, pour des actes de religion : *Fiebant miseris religiosa delicta.*

Et ils portèrent leur aveuglement jusques à un tel excès, dit saint Augustin, qu'ils firent passer pour mère des dieux la plus détestable des créatures qu'ils purent trouver, une déesse Cérès, que le plus méchant homme eût eu à opprobre d'avoir pour mère : *Talis erat apud paganos Ceres, deorum mater, qualem puderet hominem pessimum habere matrem.* C'est dans cette même vue qu'ils adorèrent comme le plus grand de tous les dieux un Jupiter adultère, afin qu'ils eussent la liberté de s'abandonner aux vices les plus infâmes, non seulement sans honte, mais encore avec gloire, s'estimant bien plus obligés à faire ce que leurs dieux faisaient, qu'à éviter ce que Caton défendait et ce que Platon enseignait : *Ut cum talium deorum pravos imitentur affectus, magis intuerentur quod fecisset Jupiter quam quod vetuisset Cato aut Plato docuisset.* Mais sache, libertin, que ce n'est pas toi qui fais ton Dieu, mais que c'est ton Dieu qui t'a fait, que, quoique tu le détruises dans ton cœur, il n'en est pas moins véritable ni puissant, et qu'au reste il aime mieux être méconnu de toi que de passer dans ton esprit pour le fauteur et le protecteur de tes débauches.

Voilà, messieurs, les trois sortes d'aveuglements que le péché d'impureté produit dans un esprit; voilà

les ténèbres qui lui donnent le premier trait de ressemblance avec l'enfer; mais que dis-je? les ténèbres de
l'enfer ne sont pas si épaisses que celles de ce crime;
car enfin, celles-là sont extérieures, mais celles-ci sont
intérieures et pénètrent jusqu'au plus profond de l'âme.
Le démon, dit saint Bernard, n'a des ténèbres qu'au
dehors, et il est tout rempli de lumières au dedans,
il n'a pas perdu dans son supplice ces belles et ces vives
connaissances qu'il avait dans sa gloire, et on peut
dire qu'il n'a jamais mieux connu la sainteté, la justice
et l'éternité de Dieu que dans ces lieux affreux de son
tourment; l'impudique au contraire est tout investi
de lumières au dehors, et tout rempli de ténèbres au
dedans. Il a l'Écriture, l'Évangile, les commandements
de Dieu, les prédications, l'exemple des gens de bien,
la punition même quelquefois visible, des compagnons
de ses débauches; toutes ces choses sont autant de
lumières qui l'investissent au dehors, et au dedans ce
n'est qu'un aveuglement horrible, et des ténèbres plus
épaisses et plus noires que ne sont celles de l'enfer.
N'est-ce pas là le dernier de tous les malheurs?

J'ajoute en second lieu, qu'un impudique tombe
dans une confusion et un désordre plus épouvantable
que n'est celui des démons, et en voici la raison, qui
est de saint Augustin. Quoique l'enfer soit un désordre
et une confusion à l'égard des réprouvés, cependant,
dit ce Père, à l'égard de Dieu qui fait tout servir aux
intentions de sa justice et de sa sagesse, l'enfer est un
ordre, puisque c'est là où dans l'exercice de ses vengeances, il réduit tout selon l'ordre des châtiments
qu'il doit à chaque réprouvé à proportion de ses crimes;
au lieu que le péché charnel est un pur désordre sans
aucun mélange de rectitude.

C'est un pur désordre par rapport à toutes les lois
divines et humaines, éternelles et temporelles, naturelles et surnaturelles, qui le condamnent. L'esprit,
qui doit gouverner le corps, en est l'esclave, et selon

l'ingénieuse remarque de saint Chrysostome, il y a
cette différence entre l'impureté et les autres péchés,
que dans ceux-ci l'esprit se surmonte et se dompte
lui-même, et que dans ceux-là il se laisse surmonter
par la chair, qui ne doit être que son esclave : *In aliis
affectionibus et vitiis, animus a seipso vincitur ; in peccato autem carnali, pudet animum ab ipso corpore vinci ;*
jusque-là, dit ce père, que cette passion porte l'homme
à des désordres indignes des animaux les plus lascifs,
et lui font inventer des turpitudes qui sont inconnues
aux bêtes les plus immondes. Car, comme l'homme,
dit le même docteur, peut s'élever au-dessus des anges
par la chasteté et la pureté virginale qu'il conserve
dans un corps de terre et de fange, il peut aussi, par
son impudicité, se ravaler au-dessous des bêtes et se
prostituer à des infamies dont l'usage leur est inconnu.

Ce maudit péché a tellement désolé la face du christianisme, qu'il n'y a presque plus d'innocence au
monde. S'il y en a plusieurs qui ne se veulent pas
laisser aller à tout le mal qu'on pourrait commettre
dans une matière si féconde en péchés, du moins ils le
veulent savoir, ils en veulent entendre parler; s'il y
a un méchant livre, ils le veulent lire; s'il y a un
roman périlleux, ils le veulent avoir; s'il y a une comédie
dangereuse, ils y veulent assister par curiosité et sans
scrupule; comme s'ils étaient assurés pour lors que
Dieu leur donnera une grâce extraordinaire pour les
préserver du péché. Et cependant ces gens-là savent
bien par leur propre expérience qu'ils n'ont jamais
lu ces livres ni été en ces compagnies qu'aux dépens
de leur innocence; ils ne font pas réflexion qu'ils s'engagent dans des occasions prochaines, qu'ils sont
obligés d'éviter sous peine de péché mortel.

Mais l'idée que Tertullien nous donne de cet infâme
péché est belle. Il dit que tous les autres vices et passions sont aux gages de l'impudicité, pour lui rendre
service chacun selon sa condition, et qu'elle s'en sert

comme d'un train pompeux, pour l'accompagner dans
son triomphe : *Pompam quamdam atque suggestum
aspicio mœchiæ.* Elle se sert de la jalousie pour préparer du poison à ses rivaux, elle se sert de la calomnie
pour noircir leur réputation, de l'injure pour corrompre
les lois, du sacrilège pour profaner les choses les plus
sacrées, de l'envie pour tramer des trahisons, de la
cruauté pour inventer des vengeances, et de la rage
pour les exécuter sans pitié : *Pompam* etc. Ce péché
est la source de tous les désordres qui naissent dans le
monde ; c'est ce péché qui a troublé les États, désolé les
provinces, ruiné des villes entières, alarmé les familles,
jeté la division dans les armées les plus affermies. Il
ne faut que deux créatures pour remplir une ville de
querelles et de jalousies, de perfidies, de railleries sanglantes, de calomnies, de médisances et chansons
déshonnêtes, de dissensions, de haines, de meurtres,
de batteries, de scandales et de péchés. C'est ce péché
qui a fait naître tant de schismes, et toutes les hérésies
qui ont partagé l'Église. En effet, les carpocratiens, les
gnostiques, et les erreurs des nicolaïtes n'ont-elles pas
trouvé leurs principes dans l'impureté ? et nos hérétiques nouveaux peuvent-ils nier que ce péché n'ait eu
la meilleure part dans leur apostasie ?

Passons néanmoins toutes ces choses pour venir au
troisième trait de ressemblance que ce maudit péché
a avec l'état de la réprobation, qui consiste en ce qu'il
n'y a point de péché qui rende l'homme plus esclave
du démon que l'impureté. On peut dire que dans les
autres le diable se comporte en fourbe, mais que dans
celui-ci il agit en tyran, et que la chair, qui est d'intelligence avec lui, gourmande l'impudique d'autant
plus tyranniquement qu'il lui a été plus indulgent.
Dans les autres le démon est un usurpateur inquiet, qui
appréhende sans cesse d'être chassé ; mais dans celui-ci
c'est un possesseur paisible, qui ne croit pas qu'on le
détruise : *In pace sunt omnia quæ possidet.* Pourquoi

pensez-vous que le démon ait excité des persécutions
si sanglantes dans le berceau de l'Église naissante?
C'est que les chrétiens étaient purs et chastes, et
comme il ne pouvait pas les perdre par la voie de la
volupté, il tâchait de les débaucher par l'horreur des
supplices; mais comme ce stratagème ne lui réussit
pas, il changea de batteries, et ne pouvant pas perdre
les hommes par la cruauté, il tâcha de les vaincre par
la volupté. Et ce dernier dessein eut pour lui un meil-
leru succès que le premier, dit saint Léon, car les supplices consacraient les corps des chrétiens, au lieu que
l'impudicité les lui assujettissait; et les tourments
rendaient les martyrs victorieux de l'enfer, au lieu
que l'impureté les rendaient ses esclaves.

En effet, demandez à saint Augustin ce qui le tenait
captif avant sa conversion, et il vous répondra que
c'était sa propre volonté, liée et enchaînée à des plaisirs
infâmes : *suspirabam ligatus non ferro alieno, sed ferrea
mea voluntate.* Hé quoi, Augustin, se disait-il à lui-
même, sera-t-il donc vrai que tu seras toujours l'esclave
de la plus basse partie de toi-même, sera-t-il donc vrai
que tu te trouveras sans cesse gourmandé par des
passions qui sont plus propres à une bête que non
pas [22] à un homme doué de tant de belles connaissances et cultivé par tant de belles lettres? hé quoi !
ne secoueras-tu jamais le joug de la chair qui te tyrannise? Encore s'il était en ton pouvoir de te mettre en
liberté de temps en temps, et de n'être impudique que
quand tu le veux, ton esclavage serait plus suppor-
table; mais qu'un homme créé libre se laisse si honteu-
sement maîtriser par la chair et par les passions bru-
tales, qu'il n'ait ni trève ni liberté, c'est un état misérable, sur lequel il faudrait verser un torrent de larmes.

Et c'est de là que prend naissance ce ver de conscience, qui est le quatrième trait de ressemblance que
le péché charnel a avec les réprouvés dans l'enfer,
parce que Dieu, par un juste jugement, se sert de ce

ver rongeur pour punir la chair même : *Vindicta carnis est vermis carnis.* C'est un arrêt de la justice vindicative de Dieu qu'un pécheur sera puni par les mêmes choses par lesquelles il aura péché : *per quæ quis peccaverit, per hæc et punietur;* l'impudique a péché par sa chair, il faut donc que ce soit cette même chair qui fasse naître ce ver, et qui devienne le principe de son supplice. Et de vrai, à peine l'homme a-t-il commis ce péché honteux, que ce ver commence à lui reprocher son infidélité, et à changer ce moment de plaisir criminel en un calice de douleurs et d'amertumes. Ah ! funeste moment ! fallait-il que pour un plaisir si court, tu m'enlevasses mon innocence : *Gustans gustavi paululum mellis, et ecce morior,* fallait-il attirer sur ma tête la colère d'un Dieu, et m'assujettir à une éternité de flammes, fallait-il fouler aux pieds cette belle fleur de la pureté, dont la perte est irréparable ! Hélas ! peut-être que Dieu aura assez de bonté pour me donner la grâce de la miséricorde; mais, si j'ai une fois perdu mon intégrité virginale, Dieu, tout Dieu qu'il est ne me la pourra jamais rendre; pleurez, mes yeux, pleurez sur cette perte; elle est trop grande pour ne pas vous obliger à répandre des torrents de larmes.

C'est dans cette pensée salutaire, messieurs, que je vous laisse, pendant que je vous dirai un mot de mon dernier point, où j'ai promis de vous montrer que le péché d'impureté est non seulement le signe de la réprobation, mais la véritable cause qui la produit. Attention je vous prie, pour cette seconde partie.

DEUXIÈME POINT

Produire et être le principe de la réprobation dans une âme n'est autre chose que la conduire à l'impénitence finale, qui est le sceau de la dernière disposition à la damnation. Les réprouvés ne sont réprouvés que parce qu'ils sont exclus de la pénitence, car s'ils pouvaient se repentir par un regret sincère de leurs péchés, ils ne seraient pas réprouvés. Mais, parce qu'ils sont dans l'état d'une impénitence formée et consommée, ils sont damnés sans ressource et dans une impuissance absolue de se convertir à Dieu par un véritable changement de cœur.

Or, s'il y a jamais péché qui engage l'homme dans l'impénitence, c'est celui contre qui je déclame, qui est ordinairement la cause directe et le principe immédiat de la réprobation; non comme Tertullien l'a cru dans son livre *de Pudicitia, qui* se persuadait que tout péché charnel était irrémissible; l'erreur de cet Africain était appuyée sur deux chefs : le premier, c'est qu'il prétendait que l'impénitence lui était absolument attachée; le second, c'est qu'il mettait en fait que quelque effort que fît un impudique, il ne devait jamais espérer aucun retour à la grâce, parce que Dieu n'avait établi aucun remède pour l'expiation de ce péché. L'Eglise a justement condamné cette erreur, et pour m'attacher à ses décisions, je me contente de dire deux choses : la première que l'impénitence attachée à ce péché n'est que morale, c'est-à-dire que la conversion à la pénitence en est si difficile, qu'on la peut appeler moralement impossible, mais non pas physiquement; la seconde, que si un impudique meurt dans l'impénitence, cela ne vient pas du côté de Dieu, qui lui présente des remèdes pour s'en tirer, mais du côté de l'impudique même, qui pour l'ordinaire ne veut pas se faire la violence nécessaire pour secouer le joug de cette passion tyrannique.

Permettez-moi cependant de vous faire remarquer ici deux choses qui vous serviront d'une merveilleuse instruction, et qui à même temps [8] vous donneront beaucoup d'édification : la première, quel était le principe de l'erreur de Tertullien; la seconde, en quoi elle consistait.

Le principe de son erreur n'était autre chose que l'horreur extrême qu'il avait pour l'impureté, contre

laquelle il avait lu que Dieu avait fulminé tant d'anathèmes dans les deux Testaments; et voici comme il
raisonnait. Nous lisons dans l'Évangile qu'il y a des
péchés pour lesquels il n'y a point de pardon à prétendre en cette vie et en l'autre; or s'il y a aucun
péché qui mérite cette exclusion de pardon, c'est sans
doute celui qui est le plus sale de tous, je veux dire
l'impureté. Son principe était bon, mais sa conclusion
était mauvaise; c'est pourquoi il se plaignait ouvertement du pape Zéphirin de ce qu'il recevait à la
communion de l'Église des fornicateurs, et s'en scan-
dalisa si fort qu'il déclama hautement contre ce procédé. *Audio edictum esse propositum, et quidem peremp-
torium: pontifex scilicet maximus, episcopus episcoporum
dicit : Ego et mœchiæ et fornicationis delicta pœnitentia
functis demitto. O edictum cui adscribi non poterit :
bonum factum! Et ubi proponitur liberalitas ista?* j'entends que le souverain Pontife, l'évêque des évêques
(ainsi appelle-t-il celui de Rome) a fait un décret
capable de choquer tous les vrais enfants de l'Église
et de les porter à la rébellion contre la sainteté de son
siège : c'est qu'il reçoit les fornicateurs à la communion après avoir satisfait à la pénitence qu'on leur a
imposée. Voilà une ordonnance qui lui parut insupportable, et qui fut cause qu'il aima mieux se retirer
de l'Église, qu'il estimait être tombée en corruption,
que d'y persévérer en admettant les impudiques à la
réconciliation et au pardon.

Il se moque en effet de toutes les excuses que
les impudiques ont accoutumé d'apporter du côté
de l'infirmité de leur chair; car qu'on ne me dise pas,
disait-il, que la chair est fragile. Au contraire, elle
n'a que trop de force, puisqu'elle est capable de
subjuguer l'esprit et de l'accabler sous son poids :
Nulla tam fortis caro quam quæ spiritum elisit; et
ensuite de cela, il reproche au pape de ce qu'il excluait
plutôt de la communion des fidèles ceux qui reniaient la

foi et la profession du christianisme dans les tourments, que ceux qui la reniaient dans les délices et par les péchés de la chair. Quoi ! disait-il, vous ne pardonnez pas à une chair déchirée de coups de fouet et de peignes de fer, et vous pardonnez à une chair flattée et idolâtrée; sachez que celui qui a renié la foi dans les tourments est bien plus excusable que celui qui l'a reniée dans les délices. Celui-ci l'a fait sans y être forcé; mais celui-là y a été en quelque sorte violenté par la rigueur de son supplice et l'appréhension de la mort; lequel est-ce des deux qui a le plus péché et qui doit être estimé le plus criminel, ou celui qui a renié la foi en pleurant, ou celui qui l'a reniée en se divertissant ?

Voilà les raisons sur lesquelles il s'appuyait pour montrer que ce péché était irrémissible; mais il en ajoutait encore une incomparablement plus forte, à savoir que la chair de l'homme ayant été adoptée, anoblie et sanctifiée par l'incarnation, le péché qui l'a déshonorée n'est pas un simple péché, mais un effroyable sacrilège. Car enfin, que la chair de l'homme se soit licenciée, qu'elle se soit divertie, qu'elle se soit perdue avant la venue de Jésus-Christ, elle n'était pas consacrée par l'union de l'homme-Dieu : *luserit ante adventum Christi, caro nondum Verbo sociata;* mais après que le Verbe a contracté alliance avec elle, après qu'il s'est fait chair, qu'elle s'abandonne aux voluptés et aux derniers désordres, c'est le plus énorme de tous les crimes. Que le péché d'impureté ait été pardonnable dans la loi ancienne, les hommes n'avaient pas encore l'honneur d'être les membres de Jésus-Christ, mais depuis que cette chair a été anoblie par cette auguste union, depuis qu'elle est devenue le sujet des plus excellentes opérations de la grâce, ce péché me paraît irrémissible.

C'est ainsi, chrétiens, que Tertullien concluait, et voilà sur quoi il se croyait bien fondé de dire que

dans les trésors de l'Église il n'y avait point de
remède pour un impudique; et moi je dis qu'il y a du
remède, mais que l'homme s'en éloigne, et ne se
dispose presque jamais à le recevoir. Je dis que Dieu
ne l'exclut pas de sa miséricorde, mais qu'il s'en
exclut lui-même; je dis que la porte de la pénitence
lui est ouverte, mais que par la force de son habitude,
il refuse d'y entrer; et voilà la seconde vérité à laquelle
je m'attache, et qui me paraît si évidente qu'il ne faut
qu'ouvrir les saintes Écritures pour en être convaincu.

Car qu'y a-t-il de plus formel que cet endroit de
l'Apôtre où il dit que ceux qui s'abandonnent à
l'impureté, s'abandonnent au désespoir, que l'un et
l'autre se trouvent joints ensemble, que tous deux
se servent de moyens pour se soutenir : *qui desperantes
semetipsos tradiderunt impudicitiæ in operationem
immunditiæ omnis.* L'impureté est le commencement
et la fin du désespoir, parce que quand on se désespère
on s'y abandonne, et quand on y est abandonné,
ce désespoir se confirme. Quel moyen, dit-on, que je
puisse rompre mes chaînes, quelle apparence que je
quitte mon péché? Or ce qui fait tomber l'homme
dans le dernier excès, ce qui le désespère, n'est-ce pas
ce qui fait sa réprobation? réprobation qui vient non
pas de ce que Dieu l'exclut de sa miséricorde, ou que
l'Église refuse le remède de la pénitence à ce pécheur,
mais parce que ce malheureux le néglige et ne se met
jamais en état de se convertir. Car je vous le demande,
combien voit-on dans le monde d'impudiques qui
se convertissent, je dis impudiques par état, combien
en voit-on? Vous qui avez l'usage du monde, en con-
naissez-vous un dans qui la grâce ait opéré ce merveilleux changement? Je vois, disait saint Chrysostome, des âmes pures qui se pervertissent, je vois
dans le christianisme des sociétés d'hommes qui
vivent comme des anges, je vois dans le monde des
dames pleines d'honneur qui vivent dans un saint et

heureux mariage, j'y vois des veuves d'une réputation
et d'une vie irréprochable; mais d'y rencontrer des
chrétiens chastes après avoir vécu dans le désordre,
d'y trouver des dames qui recouvrent la grâce de la
pudeur après l'avoir perdue par l'impudence du
péché, c'est ce que je recherche, mais toutes mes
recherches sont inutiles, et pour un million qui d'une
vie chrétienne et régulière sont tombés dans la
corruption, à peine y en a-t-il un qui de ce péché ait
passé dans la voie du salut et dans les remèdes de la
pénitence.

Je sais que l'un et l'autre est possible, que l'Écriture
et l'histoire ecclésiastique nous en fournissent des
exemples : une Madeleine convertie, un Augustin
sanctifié et choisi pour être le vaisseau de la miséricorde divine, mais, hélas ! ce petit nombre est plus
capable de nous donner de la terreur que de l'espérance,
et si l'Église célèbre la fête de leur conversion, ce n'est
que parce qu'un impudique converti est un miracle
dans l'ordre de la grâce. Mais on voit tous les jours
ces sortes de gens se présenter avec douleur au tribunal
de la pénitence. Avec douleur, répond le chancelier
Gerson, rien moins que cela; ils y viennent sans
contrition pour le passé, et sans résolution d'amen-
dement pour l'avenir; ils y viennent pour confirmer
et mettre le sceau à leur réprobation, et avec des
circonstances qui font connaître que leur dessein
n'est pas de quitter le mal, mais de le fomenter.
Car pourquoi ces craintes d'être connus, pourquoi
ces vains ménagements, pourquoi ces changements
de confesseurs, pourquoi ce choix des moins éclairés?
Le grand secret serait de se mettre sous la conduite
d'un homme de Dieu, et c'est à quoi ils songent le
moins : ainsi ils ne rompent jamais véritablement
avec le péché. S'ils paraissent quelquefois le détester,
ce n'est que par une certaine bienséance humaine,
ou quelque fâcheux rebut, qui fait qu'ils se défont

d'une intrigue pour en renouer une autre; ils changent
de sujet et jamais de cœur, et le péché vit toujours,
subsiste et se fortifie dans leur âme.

Quand feront-ils donc une solide pénitence? dans
cette vie? ils ne s'y disposent pas; dans l'autre? elle
leur sera inutile. Les voilà donc réduits à cette impénitence dont je parle, et par conséquent dans l'état
d'une réprobation volontaire. Or qui a produit cet
état? L'impureté [23].

Mais quoi! me dira quelqu'un, faut-il donc qu'ils
désespèrent, et après leur avoir fait voir l'horreur de
l'abîme où ils se sont précipités, ne leur donnerez-vous
point de moyens pour s'en retirer? Leur mal est-il
sans remède? Non, messieurs, je ne prétends pas
les renvoyer sans remède; car sans sortir de notre
évangile j'en découvre plusieurs qui sont très propres
et très considérables, si l'on s'en veut servir comme
il faut. Ces remèdes sont en premier lieu la fréquentation des sacrements de pénitence et d'eucharistie,
en second lieu l'humilité d'esprit, en troisième lieu
une grande confiance aux prières et intercessions
des saints, en quatrième la mortification de la chair
et du corps.

Oui je dis que l'un des plus puissants remèdes est
la fréquentation des sacrements de la pénitence
et de l'eucharistie, dont le premier nous est représenté
par ces paroles : *Vade, ostende te sacerdoti;* allez vous
jeter aux pieds d'un prêtre, pour vomir dans une
parfaite confession tout le venin qui vous pèse sur
le cœur. Choisissez un directeur charitable et éclairé,
suivez exactement tous ses avis, et vous trouverez
dans ce sacrement une source de grâces auxiliaires
qui vous fortifieront contre les émotions de la chair
et les tentations du démon. Secondement à l'exemple
du centenier, priez le Fils de Dieu de daigner nous
faire l'honneur de venir chez vous; c'est-à-dire
approchez du sacrement adorable de nos autels,

pour y recevoir celui qui est la source de toute pureté, et dont le sang est le vin qui germe les vierges. Et ainsi, si le seul attouchement de sa robe guérissait autrefois les maladies les plus incurables, faut-il douter que la réelle participation de son corps et de son sang ne soit capable de guérir votre lèpre, si vous vous en approchez comme il faut.

Troisièmement, l'humilité d'esprit est un des meilleurs remèdes pour guérir cette maladie honteuse. Dites avec le centenier : *Domine non sum dignus;* seigneur, si je n'avais égard qu'à mes grandes misères et à ma propre indignité, je n'aurais jamais la témérité de m'approcher de votre sainte table; mais quand je considère que c'est vous qui par un excès de bonté m'y invitez, je détourne mes yeux de mes propres indignités pour n'envisager et ne suivre que les aimables attraits de votre charité bienfaisante, qui prétend que je m'approche de votre table pour vous y recevoir en qualité de viande [24], afin de fortifier mon âme, en qualité de remède pour déraciner mes habitudes criminelles : *Domine non sum dignus ut intres sub tectum meum.*

Quatrièmement, la confiance aux prières et aux intercessions des saints, que vous prendrez pour vos patrons et avocats auprès de Dieu pour obtenir par leurs moyen la grâce d'une sincère et solide conversion. Mais entre tous les saints auxquels vous devez avoir plus de dévotion, ce sont ceux qui auront été dans les mêmes désordres que vous; mais particulièrement jetez-vous aux pieds de la sainte Vierge, qui est toute puissante auprès de Dieu, qui est la mère de miséricorde et le modèle de toute pureté. Et comme elle a des horreurs et des aversions toutes particulières pour le péché charnel, elle ne désire rien tant que de vous servir d'avocate auprès de son fils bien-aimé dans le pieux dessein que vous avez de vous convertir à Dieu.

Enfin un des plus puissants et des plus infaillibles remèdes pour pouvoir sortir de ce maudit péché, c'est la mortification de la chair et des sens, que vous devez considérer comme vos plus pernicieux ennemis, puisque c'est pour leur satisfaire que vous vous êtes abandonné au péché. Il faut vous résoudre une bonne fois de faire une guerre continuelle à votre chair, qui est la cause de votre perte ; il faut faire état de traiter votre corps comme un malade, en lui refusant ce qu'il demande avec le plus d'empressement, et en lui donnant ce qu'il a le plus d'horreur à prendre. Fuyez toute délicatesse, fuyez tout ce qui est capable de flatter la chair dans le vivre et dans les habits. Traitez vos sens comme des esclaves, portez la mortification du Fils de Dieu sur tous les membres de votre corps, et par ce moyen, ayant déraciné le péché dans votre âme, vous y ferez succéder la grâce en cette vie, qui vous procurera gloire en l'autre. *Amen.*

SERMON SUR LA MÉDISANCE [25]

Nonne bene dicimus quia Samaritanus tu et dæmonium habes? JOANN. c. 8.

N'avons-nous pas raison de dire que c'est un Samaritain et un possédé?

Voici, messieurs, dit saint Jean Chrysostome, le plus injuste et le plus outrageant reproche qu'on puisse faire à un homme, mais à même temps [8] voici une évidente marque que la médisance qui le fait, ne respecte personne, et que quand elle s'est donné une fois la liberté de parler, rien n'est exempt de ses censures. Jésus-Christ, qui avait tant fait de miracles, prêché tant de vérités, guéri tant de malades, opéré tant de conversions, n'est pas même exempt des injures que vomit cette médisance. Les Juifs le chargent d'opprobres, et afin de le couvrir de confusion, ils lui donnent les noms qui parmi eux sont les plus diffamants, je veux dire ceux de Samaritain et de démoniaque : *Nonne bene dicimus* etc.

C'est à cette morale que je m'attache aujourd'hui, et je m'y arrête d'autant plus volontiers que l'Eglise est maintenant occupée à célébrer le grand mystère de la passion du Fils de Dieu, et que l'une des plus considérables circonstances de cette passion est la persécution que la médisance lui a faite. C'est pourquoi dans tous les endroits où les prophètes et les évangélistes représentent le Fils de Dieu se plaignant aux hommes de leurs cruautés, il ne parle presque que de ce qu'il a souffert de leurs langues.

Tantôt il se plaint qu'il les ont aiguisées contre lui :
acuerunt linguas suas, tantôt qu'il a souffert de sanglants outrages de leur malice : *contumelias passus
sum ab eis,* tantôt qu'ils l'ont environné et comme
assiégé par des discours remplis de haine : *et sermonibus
odii circumdederunt me.* Vous diriez que le reste de ses
souffrances ne le touche point, que les clous, la lance,
les épines et la croix même n'a rien eu que de délicieux
pour lui; mais à l'égard des maux que la médisance
lui a faits, il ne peut s'empêcher d'en parler comme
étant la cause la plus prochaine de sa passion et de sa
mort. C'est toi, Judas perfide, qui l'as trahi, dit saint
Augustin, c'est vous, Juifs impitoyables, qui l'avez
fait mourir : *Christum occidistis,* mais comment? *gladio
linguæ,* par votre langue, qui plus pointue et plus
cruelle que le fer de la lance, lui a arraché par la calomnie la plus belle de toutes les vies; de sorte que vous
voyez que dans ce temps je ne puis choisir de discours
plus propre ni plus édifiant que celui-là. Mais pour en
bien parler, j'ai besoin plus que jamais des grâces du
Saint-Esprit, que je lui demande par l'entremise de
Marie. *Ave Maria.*

Je me suis souvent étudié à connaître la nature de
cette passion qui nous porte à critiquer, à censurer
et à condamner la vie d'autrui, c'est-à-dire du péché
de la médisance, et après l'avoir sérieusement examiné,
je me suis étonné de deux choses, qui vous surpren-
dront sans doute aussi bien que moi, si vous y faites
un peu de réflexion : la première est que cette passion
de détracter et de médire, est dans l'opinion du
monde, la plus lâche et la plus odieuse, et que cependant elle est de toutes les passions la plus commune
et la plus universelle; la seconde, que le péché de la
médisance est celui qui nous engage dans les suites les
plus fâcheuses devant Dieu, et que cependant c'est
celui qu'on évite le moins. Voilà les deux choses qui

m'ont de tout temps paru surprenantes; car enfin,
pour peu de sentiment que nous ayons de l'honneur,
je dis même sans la grâce et le christianisme, nous
fuyons naturellement ce qui nous fait passer pour des
lâches et qui est capable de nous rendre odieux devant
les hommes; et pour peu de soin que nous ayons de
notre salut, nous haïssons ce qui est capable de nous
engager dans un mal dont, selon toutes les apparences,
il est impossible de sortir. Puis donc que[26] la médisance
produit l'un et l'autre de ces deux effets, il semble
qu'elle devrait être rare, et parmi ceux qui ont l'honneur en recommandation, et du moins parmi ceux
qui dans le christianisme font profession d'une vie
sainte et régulière. Cependant c'est de tous les péchés,
celui dont on se fait moins de scrupule, celui dont
on regarde moins les conséquences, et qui par une
suite nécessaire, est le plus général et le plus répandu
dans toutes les conditions. Ces deux sujets d'étonnement m'ont de tout temps donné de la compassion
pour la faiblesse et pour l'aveuglement des hommes,
et pour vous l'expliquer, je me suis déterminé à vous
en faire un discours particulier.

Rien de plus lâche et de plus odieux que le péché de
la médisance, et cependant rien de plus commun et
de plus universel : c'est mon premier étonnement et
mon premier point de ce discours; rien de plus dangereux pour le salut ni de plus engageant pour les conséquences que ce péché entraîne, et cependant rien de
moins évité dans le christianisme : c'est mon second
étonnement et le second point de ce discours. Commençons par le premier.

PREMIER POINT

Quand je dis que la médisance est le plus lâche et
le plus odieux de tous les péchés, ne vous imaginez pas
que ce soit une morale détachée des principes de la
foi; c'est la doctrine du Saint-Esprit, qui dans l'Esslé-

siastique s'est principalement servi de ces deux motifs pour en imprimer de l'horreur aux hommes; car, comme ils sont sensibles à l'honneur et à la réputation, il les a pris par cet intérêt, leur faisant voir que de quelque manière que l'on prenne ce péché, quelque couleur et quelque justification qu'on lui donne, il porte un certain caractère de lâcheté et de haine, et c'est ce que saint Chrysostome a admirablement bien prouvé dans une de ses homélies, par une évidente démonstration tirée de la nature même de la chose. Appliquez-vous sérieusement à la pensée de ce grand docteur, voici son raisonnement.

Ou celui duquel vous parlez mal, dit saint Chrysostome, est votre ennemi, ou votre ami, ou dans un état d'indifférence à votre égard, c'est-à-dire sans aucune liaison particulière qu'il ait avec vous. Si c'est votre ennemi, dès là [11] c'est une pure vengeance et une haine maligne qui vous engage à parler ainsi; quoi que vous disiez, vous passerez toujours pour une personne lâche, et on aura sujet de croire que si cet homme dont vous parlez mal était dans vos intérêts, vous ne le décrieriez pas, et que vous approuveriez peut-être la même chose que vous condamnez dans un esprit de malignité; et les sages, bien loin d'avoir du mépris pour votre ennemi, n'auront que de la compassion pour lui ou de la haine pour vous. Que si c'est votre ami (car cette passion n'a du respect [27] pour personne), quelle perfidie, de trahir les devoirs de l'amitié, de tourner en arrière [28] un homme en ridicule pendant que vous le flattez en sa présence, de le louer devant lui et de le déchirer devant les autres; quelle lâcheté de n'épargner même ni son parent, ni son allié, ni son propre père, quand il est question de railler et de médire ! Mais je veux que celui dont il s'agit, vous soit indifférent; quelle lâcheté plus cruelle que celle-là puisque vous n'en avez jamais reçu aucun mauvais office ! qu'a-t-il fait pour s'attirer tout le poison de votre langue et toute la malignité de votre calomnie? Voilà la lâcheté que je rencontre dans ce vice; mais vous la connaîtrez encore davantage par une seconde circonstance.

C'est que la médisance attaque l'honneur d'autrui, mais avec quelles armes? Elle se sert d'une espèce d'armes qui n'a jamais passé que pour avoir quelque chose de bas, c'est-à-dire des armes de la langue, qui, selon le Saint-Esprit, fournit et arrange les paroles de détraction : *Filii hominum dentes eorum arma et sagittæ.* Les enfants des hommes ont des armes, mais quelles sont-elles? ce sont leurs dents, disons mieux, c'est leur langue, qui coupe comme un couteau à deux tranchants : *Lingua eorum gladius acutus;* ils se servent de leur langue comme d'un rasoir bien affilé, pour faire cette plaie secrète (c'est toujours le Saint-Esprit qui parle) : *Sicut novacula acuta fecisti dolum.* Mais qui leur a fourni ces armes? C'est le démon, dit saint Augustin, qui voulant perdre l'homme, prit une langue pour le combattre, et c'est dans le sentiment de ce père, ce qui fait que dans l'Écriture, il est appelé homicide dès le commencement : *Ille homicida erat ab initio;* non pas, comme il dit, qu'il se soit servi d'épées ou d'autres armes pour tuer le monde, mais parce qu'il s'est armé de langue, qui porte des blessures plus mortelles que le fer : *Non ferro armatus, sed lingua.*

Cependant après tout, quelque succès que ces armes aient eu, le démon a eu honte de s'en servir, et se trouvant coupable d'une si grande lâcheté, il a quitté cette langue et l'a donnée, à qui? à l'homme médisant, pour s'en servir contre son ennemi et déchirer la réputation de son prochain. Admirez, je vous prie, le complot que ces langues meurtrières font même contre le Fils de Dieu, en la personne de Jérémie, et vous verrez jusqu'où va leur lâcheté. *Venite occidamus et percutiamus eum lingua.* Venez, se disaient-ils

les uns aux autres, venez, tuons ce juste, et le blessons
à mort, mais comment? *lingua*, par notre langue, qui
en viendra mieux à bout que tout autre instrument.
Or n'est-il pas vrai qu'il n'y a que des esprits bas et
roturiers [29] qui soient capables de semblables sentiments?

De plus faites réflexion sur le temps que cherche
le détracteur pour débiter sa médisance, qui est justement celui où la personne outragée est hors d'état
de se défendre; car ne croyez pas que le médisant
ose attaquer son ennemi en sa présence; tant qu'il le
verra devant ses yeux, tant qu'il trouvera des gens
qui prendront son parti, il ne dira mot; mais dès le
moment qu'il rencontrera une occasion, un silence,
ou une absence favorable, il vomira insensiblement
le poison de sa calomnie. Et c'est ici où j'aurais lieu
de m'étendre sur l'obligation que l'on a, non seulement de fuir la compagnie des médisants, mais de
leur résister en face, et de les empêcher de parler mal
d'autrui. Quiconque, dit le Saint-Esprit, prête l'oreille
à la détraction, il en est lui-même complice. Dans
la pensée de saint Bernard, ce n'est pas un moindre
péché d'entendre la médisance que de la faire, et selon
saint Grégoire, il y aura plus de personnes damnées
pour avoir lâchement écouté les calomnies que pour
les avoir malicieusement débitées. C'est en cela, chrétiens, comme disent les Pères, que Dieu vous a non
seulement recommandé la vie et les biens de votre prochain, mais son honneur et sa réputation : *Unicuique
Deus mandavit de proximo suo.* Vous devez être les
tuteurs et les protecteurs de leur gloire, et si le détracteur est un homme lâche, il faut que vous soyez assez
généreux pour vous opposer à lui, et que votre charité
vous donne de l'animosité, du zèle et même de l'indignation pour le combattre.

Mais pour vous faire voir encore plus dans le détail
la lâcheté qui est toujours inséparablement attachée à

la médisance, remarquez trois choses dans un médisant, qui doivent vous en inspirer de l'horreur : premièrement, que pour semer sa calomnie avec plus d'adresse, il ne s'explique jamais ouvertement, surtout dans les choses importantes; en second lieu, qu'il affecte de plaire et de se rendre agréable; en troisième lieu, qu'il se sert de mille motifs pour passer dans l'esprit des autres pour une personne honnête et consciencieuse; je m'explique. Si le médisant était réduit à ne parler qu'en public, à peine y en aurait-il aucun, parce que peu voudraient s'exposer aux outrages, à la haine et aux vengeances de leurs ennemis; mais il en est quitte à moins de frais, il peut tuer sans être vu, et ce n'est qu'en cachette et en secret qu'il parle. Pouvait-on mieux le dépeindre que fait le Saint-Esprit dans la Sagesse, lorsqu'il le compare au serpent : *sicut serpens mordet in silentio?* car, comme le serpent prend son temps et cherche le silence et la nuit pour piquer un malheureux qui ne s'en méfie pas, de même le détracteur cherche l'obscurité, ou l'absence de son frère, pour le perdre de réputation. Mais par là, dit saint Chrysostome, il ne voit pas qu'il se rend méprisable aux yeux des hommes, et qu'il confesse hautement sa honte, en se servant de circonstances si indignes d'un homme qui a tant soit peu d'honneur. C'est pourquoi David disait si bien autrefois, quoiqu'il ait haï généralement tous les détracteurs, quoique sa majesté royale fût incapable de souffrir des gens si préjudiciables à l'état, que cependant il avait une aversion particulière pour ceux qui se servaient du secret et de l'absence pour médire, et qu'il se croyait spécialement obligé à les persécuter et à ne leur pardonner jamais : *Detrahentem in secreto proximo suo, hunc persequebar.*

Ce n'est pas tout; pourquoi pensez-vous que la médisance se rende aujourd'hui si agréable dans l'entretien du monde; pourquoi emploie-t-elle tant d'arti-

fices pour se rendre spirituelle, pourquoi cette souplesse,
pourquoi ces signes dont elle s'enveloppe, pourquoi
ces louanges fausses et malignes faites avec tant
de restrictions et de réserves, pourquoi ces œillades
qui parlent sans parler, à quelles fins tout cela?
*Os tuum abundavit malitia et lingua tua concinnavit
dolos.* C'est que la bouche du médisant est toute
remplie de malice, et que sa langue ne s'étudie qu'aux
déguisements, aux faussetés et aux fourbes [30]. Autrement, dit saint Chrysostome, la médisance n'aurait
pas le front de se produire, si elle ne paraissait déguisée;
il n'y aurait personne qui ne la poursuivît, et qui ne se
déclarât ouvertement contre elle, si elle se montrait
avec ses traits véritables et naturels; voilà pourquoi
elle se farde, car ce qui fait encore le caractère le plus
essentiel de sa lâcheté, c'est que non seulement elle
veut plaire, non seulement elle veut s'ériger en
agréable, mais elle affecte encore de paraître zélée,
charitable et bien intentionnée; voilà le grand abus
du monde, et permettez, mes frères, que je vous en
instruise, et que j'entre dans le détail, puisque la
médisance, comme dit saint Chrysostome, est de la
nature de ces vices qu'on ne combat jamais mieux
qu'en les faisant paraître tels qu'ils sont.

On a trouvé dans notre siècle un moyen de médire
du prochain d'autant plus pernicieux qu'on s'en défie
le moins; on a inventé le secret de déchirer sa réputation, non plus par des emportements violents, non
plus avec des paroles pleines de chaleur et de bile,
mais par des maximes saintes, par des intentions
louables en apparence, et par un faux zèle de la gloire
de Dieu. Il faut décrier ces gens-là, dira-t-on, il ne
faut pas laisser le vice dans les ténèbres qui l'environnent; l'intérêt de la gloire de Dieu demande qu'on le
produise en public. Là-dessus, on se fait un grand cas
de conscience, et quoique souvent l'on ne sache ce que
l'on dit, on invente, on exagère, on ne rapporte les

choses qu'à moitié, on confond le général avec le particulier, on interprète, on juge, on décide, et tout cela par un principe de la gloire de Dieu : car l'abus est venu jusque-là [31].

Ah ! si à l'heure que je parle, Dieu révélait toutes les intentions cachées que nous avons eues en nous décriant les uns les autres, ou si dans un esprit sincère de pénitence, nous voulions les reconnaître, quelle confession n'en ferions-nous pas? Non non, mon Dieu, dirions-nous dans la componction de notre cœur, ce n'est pas votre loi qui nous a portés à médire; nous sommes prévaricateurs d'avoir voulu faire servir le motif de votre gloire à nos détractions. Si c'était votre gloire que nous eussions eue en vue, nous n'aurions pas senti une joie secrète dans les humiliations d'autrui, et nous ne nous en serions pas fait un avantage à nous-mêmes; si c'était votre gloire, nous n'aurions pas rapporté les choses autrement qu'elles étaient, nous n'aurions pas avancé des soupçons comme des vérités constantes, car votre gloire n'inspire à personne de mentir. Trouvant quelque péché à reprendre, la chose se serait passée entre eux et nous, au lieu qu'elle a éclaté indiscrètement en public; nous n'aurions pas raillé du mal, nous ne l'aurions pas découvert, pouvant le cacher avec facilité, et à moins de nous aveugler volontairement, nous ne pouvons rien voir qui nous engageât à la médisance. Voilà ce que nous dirions, si nous parlions franchement, et à même temps [8] nous avouerions notre faiblesse et nous conclurions que la médisance est le plus lâche de tous les crimes.

En second lieu, j'ai dit que la médisance est un vice universellement odieux, et à qui? A Dieu et aux hommes : à Dieu qui est l'amour même et la charité essentielle, et par conséquent une opposition formelle à la médisance; aux hommes, car qu'y a-t-il de plus odieux qu'un coup de langue qui n'épargne ni les grands ni les petits, ni le sacré ni le profane, et dont les têtes couronnées ne peuvent pas même éviter la persécution? qu'y a-t-il de plus odieux qu'un homme qui usurpe un pouvoir tyrannique sur la réputation de son prochain, qui s'en rend le maître et qui le déchire même lorsqu'il est hors d'état de se défendre? Or voilà le caractère d'un médisant; d'où vient que quand l'Écriture en parle, elle nous le représente dans le chapitre neuvième de l'Ecclésiastique, comme un homme terrible et redoutable dans le lieu où il fait son séjour : *terribilis in civitate sua vir linguosus;* et en effet, donnez-moi un détracteur, et vous verrez qu'il se fait craindre partout. Il se fait craindre dans les villes, il se fait craindre dans les communautés, il se fait craindre chez les grands, il se fait craindre dans les maisons particulières. Il se fait craindre dans les villes, parce qu'il y suscite les factions et les partis; il se fait craindre dans les communautés, parce qu'il y suscite des froideurs et des inimitiés; il se fait craindre dans les maisons particulières, parce qu'il y rompt l'union et la concorde, parce qu'il y inspire l'animosité et l'aversion; il se fait craindre chez les grands, parce qu'il y sème la discorde parmi les uns et les autres : *Terribilis* etc. Jetez les yeux sur l'état d'une ville et d'une province, ne trouverez-vous pas que les inimitiés n'y sont fomentées que par les paroles de médisance? Combien de familles brouillées par une parole dite à la légère, combien d'amitiés rompues par une raillerie qu'on n'a pas voulu souffrir, combien d'alliances faussées par un discours piquant, combien d'ordres tout entiers divisés par des paroles à double sens, et qui ne se seraient jamais divisés, si tous avaient parlé par un principe de la charité chrétienne !

En effet, qu'est-ce qui fait tous les jours des querelles secrètes, que l'on réduit au point d'honneur, qu'est-ce qui produit de sanglants combats, défendus par les

lois divines et humaines, sinon l'indiscrétion d'une
langue médisante dont on veut se venger? Ne seriez-
vous pas surpris si dans la suite de notre histoire,
vous voyiez des fleuves de sang répandu, et tout
cela pour un mot d'une langue médisante! Que ne
fait pas la médisance, quand elle se répand dans
ces satires et dans ces ouvrages de poètes dont il
n'y a que le démon qui ait été l'inventeur [32]? Des
siècles entiers se passent dans la médisance, et après
mille réconciliations, la plaie saigne encore, et la
cicatrice demeure toujours. Dieu qui est le protecteur
de la charité, et qui, comme dit saint Augustin,
a établi la morale chrétienne pour la faire régner,
la peut-il souffrir? Vous-mêmes à qui je parle, vous
rendrez un compte exact de tous les désordres qui
auront été causés par vos détractions, je veux dire
non seulement par celles que vous avez faites, mais
encore pour celles que les autres auront faites.

Avec quelle impatience n'avez-vous pas supporté
ce qu'on vous a dit, quels sentiments de vengeance
n'avez-vous pas conçus, en quelle rage cette médisance
ne vous a-t-elle pas jetés! ce que vous voyez dans vous,
considérez-le dans les autres; voyez combien vous
aimeriez cet homme, s'il n'avait pas mal parlé de
vous; considérez aussi combien vous seriez aimé,
si vous n'aviez pas mal parlé de vos frères. Car quelque
esprit que vous ayez [33], vous vous êtes privé de voir
cette personne, parce que vous avez cru qu'elle avait
mal parlé de vous, et réciproquement vous avez été
suspect à cette personne et elle vous a eu en aversion,
parce qu'elle a su que vous aviez médit d'elle; tant
il est vrai que la médisance est le plus odieux de
tous les péchés.

Mais ce qui m'étonne, est de voir qu'un vice si
lâche et si odieux est cependant si commun et si
familier dans le monde et dans ce que nous appelons
le commerce du monde. Ce n'est pas d'aujourd'hui

qu'il y règne, David s'en plaignait de son temps : *Omnes declinaverunt, simul inutiles facti sunt;* tous les hommes disoit-il, se sont égarés et sont devenus inutiles, car à quoi peut être utile un homme qui ne fait aucun bien, qui n'a ni charité, ni condescendance pour son prochain? *Non est qui faciat bonum, non est usque ad unum.* Or, répond saint Augustin, quelle est cette contagion universelle, en quoi consiste-t-elle? est-ce dans les désordres de l'avarice, est-ce dans les emportements de l'ambition, est-ce dans les excès de l'impureté? Non, c'est dans les désordres de la médisance : *Sepulchrum patens est guttur eorum; linguis suis dolose agebant;* voilà ce qui fait cette corruption générale : c'est que les hommes se sont servi de leurs langues pour blesser l'honneur de leur prochain, c'est qu'ils ont porté sur leurs lèvres un certain venin, qui a blessé tout le genre humain, et contre lequel personne ne se peut presque garantir.

En effet, quoique tous les autres péchés fassent aujourd'hui un progrès infini dans le christianisme, encore y a-t-il des conditions qui s'en défendent, soit par l'aversion naturelle qu'ils en ont, soit par la grâce de leur vocation. L'avarice, par exemple, ne trouve pas presque d'étendue dans les maisons religieuses, l'ambition à peine se rencontre-t-elle dans les conditions médiocres, et il y a une infinité de vierges et de saintes filles qui ont la dernière horreur, non seulement pour l'impureté, mais pour le moindre plaisir de la chair; vous diriez qu'il n'y a que la médisance qui exerce généralement son empire sur tous les hommes. C'est le péché des grands comme des petits, des souverains comme des peuples, des savants comme des ignorants; le dirai-je et ne vous en offenserez-vous pas? non, car je le dirai avec un zèle plein de respect, c'est le péché des prêtres comme des laïcs, c'est le péché des religieux comme des séculiers, c'est le péché des dévots comme des libertins. Je ne dis

pas que la médisance soit le péché de la dévotion,
à Dieu ne plaise; la dévotion est toute sainte, toute
pure, et lui attribuer aucun défaut, c'est faire injure
à Dieu et décrier insolemment son culte; mais je dis
que la médisance s'attache d'ordinaire aux âmes
les plus saintes et les plus dévotes, et que, comme les
vers s'attachent aux plus beaux fruits, ce péché s'insinue dans les âmes qui paraissent avoir plus de religion.

Encore une fois, messieurs, ne vous scandalisez
pas d'une morale si sévère. Saint Bernard, parlant
autrefois à des religieux, leur disait ces belles paroles :
Mes frères, si nous devions nous emporter comme
les hommes du siècle, à la médisance, pourquoi nous
fallait-il embrasser un état où nous recevons tant de
contrainte; *ut quid sine causa mortificamur tota die?*
Pourquoi ces mortifications continuelles, pourquoi
ces prières, ces disciplines et ces jeûnes? Fallait-il
tant de prières pour nous perdre avec les autres,
puisqu'un seul coup de notre langue est capable de
nous damner comme les autres hommes, quoique nous
soyons plus austères qu'eux, et que nous nous fassions plus de violence pour gagner le ciel, *ut quid* etc.?
qu'importe que ce soit par l'impureté ou par la médisance, par la bonne chère ou par la détraction, que
nous nous perdions, puisque l'un et l'autre est capable
de nous damner? C'est ainsi que saint Bernard
parlait à des religieux; c'est aussi de là que je tire
le second sujet de mon étonnement, que la médisance,
étant de tous les péchés celui dont les suites sont les
plus funestes, soit pourtant celui qui est le moins
évité dans le christianisme, comme vous allez voir
dans mon second point.

DEUXIÈME POINT

Tous les péchés de la religion qui s'adressent
directement à Dieu, engagent la conscience de ceux
qui les commettent à l'égard de Dieu; mais ceux qui

regardent le prochain et qui le choquent ou dans son
honneur, ou dans sa vie, ou dans ses biens, ont cela
de propre qu'ils engagent la conscience, non seulement
à l'égard de Dieu, mais encore à l'égard des hommes;
et quoique ce dernier engagement paraisse peu de
chose en comparaison du premier, il arrive cependant
qu'il entraîne avec soi des conséquences incomparablement plus fâcheuses et des dommages dont les
réparations sont plus difficiles à faire. Pourquoi?

Vous prévenez sans doute ma pensée; c'est que les
intérêts de Dieu, comme dit saint Jean Chrysostome,
peuvent être blessés, sans que les intérêts des hommes
soient endommagés, et qu'au contraire jamais les
intérêts des hommes ne peuvent être blessés sans
que ceux de Dieu y soient compris; ces deux intérêts
sont même tellement liés ensemble que jamais Dieu
ne relâche des siens, que ceux des hommes ne soient
réparés. Or il est plus facile de réparer les intérêts
de Dieu, que de réparer les intérêts de Dieu et des
hommes tout ensemble, parce que pour réparer les
intérêts de Dieu, il ne faut qu'une douleur surnaturelle
de l'avoir offensé, au lieu que pour réparer ceux des
hommes, non seulement il faut cette douleur, mais
quelque chose de plus; or ce quelque chose de plus,
c'est ce qui fait la plus grande difficulté. Vous allez
voir les raisons de cette vérité dans la matière que je
traite. Je n'ai que deux mots et je finis.

Tous les péchés d'injustice qui se commettent envers
le prochain ou dans sa vie ou dans ses biens ou dans
son honneur, sont des péchés d'une conséquence très
dangereuse dans l'ordre du salut; mais entre tous
ces péchés d'injustice, il n'y en a point de plus engageant que la médisance, pourquoi? En premier lieu
parce qu'il nous engage à une réparation plus difficile,
qui est celle de la réputation; en second lieu, parce
qu'il nous engage de la manière la plus étroite, c'est-à-
dire où il n'y a aucun sujet de prétexte pour s'en

dispenser; enfin parce que c'est de tous les péchés, celui où les suites sont plus embarrassantes et plus difficiles; à savoir trois caractères particuliers qui font, pour ainsi parler, l'impossibilité de la réparation.

Il s'agit de réparer l'honneur d'un chrétien, étrange difficulté. Vous avez ôté l'honneur à votre frère par la médisance, il faut le réparer. Si vous reteniez son bien, vous vous condamneriez à le rendre, puisque sans cela il n'y a point de salut; or son honneur lui est plus cher que ses biens, par conséquent vous êtes plus indispensablement obligé à le lui rendre; mais comment le ferez-vous? Ne me demandez pas le moyen de satisfaire à ce devoir; peut-être vous donnerais-je des règles qui ne vous plairaient pas et qui s'accorderaient peu avec vos idées. Consultez ceux que Dieu a établis pour cet effet dans son Église, ils vous en suggéreront les moyens; mais souvenez-vous toujours que ces hommes, quoique établis de Dieu pour vous accorder le pardon de vos fautes, ne peuvent vous les remettre, quand elles regardent le prochain, à moins que vous ne lui ayez satisfait. Je vous donne cet avis, parce qu'en cela il se peut faire que vous cherchiez peut-être des confesseurs lâches et condescendants, ou que vous dissimuliez votre négligence et que vous la déguisiez, mais quoi qu'il arrive, sachez que malgré la lâcheté de ces confesseurs ou ces déguisements de votre part, l'obligation que vous avez de réparer l'honneur que vous avez ôté, est toujours également indispensable; quand un ange descendrait du ciel pour vous exempter de ce devoir, il ne le faudrait pas croire. Un honneur enlevé ne peut être réparé que par un autre honneur rendu, et comme, en matière de bien, le bien enlevé doit être satisfait par un autre bien, de même en matière d'honneur, l'honneur volé ne peut être rétabli que par un autre honneur.

Mais il y a de grands affronts à essuyer pour se

rétracter de ce que l'on a dit, mais il y a même de grands dangers. Il en a coûté de l'honneur à votre frère par vos discours injurieux, n'est-il pas juste qu'il vous en coûte dans la réparation que vous lui en ferez? Il y a des humiliations à souffrir. Mais c'est en cela que consiste le paiement de votre dette; puisque vous avez fait souffrir de la honte à autrui, n'est-il pas juste que vous en souffriez vous-même, et qu'on en rabatte de la bonne opinion qu'on a conçue de vous, puisque vous en avez rabattu de celle de votre prochain? Il faudra, par exemple, vous rétracter, vous dédire, il faudra reconnaître que les choses n'ont pas été telles que vous les aviez avancées, et cela au hasard de votre honneur. Voilà qui est affligeant, je l'avoue; mais il est de commandement, et c'est pourquoi j'ai dit que le péché de la médisance était de tous les péchés celui qui engageait aux choses les plus difficiles.

Ajoutez à cela qu'il y engage de la manière la plus étroite, c'est-à-dire moins sujette à aucun prétexte d'impossibilité. Quand il s'agit de restituer du bien volé, on allègue l'impossibilité; quelquefois elle est véritable, souvent elle est fausse, tantôt c'est une raison, tantôt c'est un prétexte; mais quand il s'agit de réparer l'honneur volé, quelle excuse peut-on apporter? Il ne s'agit que de rendre témoignage à la vérité, ce témoignage ne dépend-il pas de nous? écoutez ceci. Nous prétendons, par exemple, n'être pas obligés de réparer le tort de la médisance, parce que nous n'avons parlé que sur le rapport d'autrui; mais fallait-il le croire? et supposé qu'on l'eût cru, fallait-il le révéler? est-il croyable que le bruit public soit un titre légitime pour avancer un fait injurieux à votre prochain? N'est-ce pas par ce bruit public, dit Tertullien, qu'on avance tous les jours des extravagances qui trouvent la même créance dans les esprits que la vérité, et qui par conséquent demandent des réparations rigoureuses quand l'honneur de quelqu'un y est outragé? Mais la chose était véritable en elle-même. Hé bien, quand elle le serait, était-il permis pour cela de la révéler, et n'est-ce pas le propre de la charité chrétienne de couvrir les péchés de ses frères?

Mais nous croyions que cela n'irait pas plus loin, et que cette médisance serait étouffée dès son origine, ou qu'elle n'intéresserait pas beaucoup la personne. Hé! ne savez-vous pas par cent expériences, que de tous les maux il n'y en a point qui s'insinue plus aisément, qui se glisse avec plus de plaisir, qui se perpétue et qui s'enfle avec plus de facilité, que la médisance? Nous l'avons dit innocemment. J'ai de la peine à le croire; mais quand même la chose serait véritable, un honneur innocemment attaqué est-il moins sujet à la réparation? Mais ce que j'ai dit, je l'ai dit en secret à une personne incapable de le révéler. Autre écueil de la charité. Comme si on pouvait sans la blesser ôter l'honneur d'une personne dans l'esprit d'un ami ou d'un confident! Dans de pareils cas, souvenez-vous de l'excellente pratique de saint Ambroise, qui ayant un frère qu'il aimait plus que sa vie, fit pacte avec lui qu'ils ne se révéleraient jamais aucune chose au préjudice d'un tiers, c'est dans son éloge funèbre qu'il en fait mention : *Erant nobis omnia communia; solum de vitio proximorum non erat commune secretum;* et c'était dit-il, une marque que nous n'étions pas en état de divulguer à des étrangers ce que nous nous cachions et qu'un voisin ne pouvait pas dire que mon frère lui avait rapporté une chose qu'il m'avait dissimulée à moi-même : *et hoc erat indicium non esse extraneo proditum quod non erat cum fratre collatum.*

Voilà ce que vous devriez faire. Mais hélas! que vous en êtes éloignés! On n'entend partout que vos médisances, c'est par votre langue que vous avez ruiné la fortune de ce domestique, c'est par elle que vous avez rendu cet ecclésiastique odieux; vous rendrez compte à Dieu de tous ces désordres, parce qu'il est juste que vous lui répondiez de toutes les suites de votre péché, suites cependant (et c'était ma troisième raison) qui sont extrêmement embarrassantes, soit à cause qu'à peine les connaît-on, soit à cause de la difficulté presque insurmontable qu'il y a de les réparer toutes.

Après cela n'est-il pas étrange que ce péché se commette en tous lieux, par toutes sortes de personnes et à toute heure, et à tous moments, sans peut-être y faire jamais de réflexion, sans en demander pardon à Dieu, sans lui promettre de s'en abstenir, sans concevoir aucun désir d'en faire la réparation? ce qui obligeait saint Grégoire de dire que de tous les péchés, c'était celui qui était le plus dangereux au salut : *Hoc maxime vitio periclitatur genus humanum*, pourquoi cela? A cause des suites et des engagements de conscience indispensables à l'égard des hommes et de Dieu : à l'égard des hommes, parce qu'ils ne peuvent jamais en dispenser; à l'égard de Dieu, parce que s'il le peut, il ne le veut pas. Remarquez tout ceci. Dieu a donné un pouvoir presque infini à ses ministres dans la rémission des péchés; ils peuvent les remettre presque tous, ils peuvent changer les vœux, les dispenser, allonger ou abréger les pénitences, imputer telles ou telles satisfactions qu'il leur plaît; les clefs du ciel leur sont données pour cet effet; mais prenez garde que c'est pour les péchés qui n'offensent que Dieu, car pour ceux qui attaquent le prochain ou dans sa vie, ou dans ses biens, ou dans son honneur, il n'y a point de pénitence ou d'absolution qui puisse en dispenser aucun homme.

En vérité, si on faisait réflexion à toutes ces choses, on prendrait plus garde qu'on ne fait à tant de paroles outrageuses et médisantes, et on se souviendrait de cette grande parole de saint Augustin, quoiqu'il l'ait dite à l'occasion du vol, que si pouvant faire réparation d'honneur à son prochain, on ne le fait pas, quelque pénitence que l'on fasse, ce n'est qu'une pénitence feinte, et que c'est à tort que l'on croit que son péché soit remis, parce qu'il n'est jamais pardonné que l'on ne restitue l'honneur qu'on a enlevé : *Non agitur pœnitentia, sed fingitur, sed et si veraciter agatur, non dimittitur peccatum nisi restituatur ablatum.*

Voilà la doctrine de saint Augustin, sur laquelle nous devrions méditer tous les jours pour arrêter le cours de nos langues, pour sanctifier jusqu'à nos paroles, pour avoir le Saint-Esprit sur les lèvres, sa grâce dans le cœur ici-bas, et sa gloire dans le ciel, *Amen.*

SERMON SUR L'HYPOCRISIE[34]

*Irritum fecistis mandatum Dei propter tradi-
tionem vestram, hypocritæ. Bene prophetavit de
vobis Isaïas dicens : Populus hic labiis me honorat,
cor autem eorum longe a me est.* MATT. C. 15.

Vous avez rendu inutile le commandement de
Dieu par votre tradition, hypocrites que vous êtes.
Isaïe a bien prophétisé de vous quand il a dit :
ce peuple est proche de moi en paroles et il m'honore
des lèvres : mais son cœur est bien éloigné de moi.

Voilà, chrétienne compagnie, le reproche que le
Sauveur fait aujourd'hui aux pharisiens dans L'Évangile : reproche de leur hypocrisie, de cette fausse
piété et de cette dévotion apparente par laquelle ils
affectaient de se distinguer des autres, reproche que
le Fils de Dieu anime de tout son zèle, et qui est le
seul point, selon saint Jérôme, où il semble qu'il
se soit oublié de sa douceur; reproche qui était le
sujet le plus ordinaire de ses divines instructions, puisqu'il a employé plus de zèle pour combattre la seule
hypocrisie des pharisiens, qu'il n'en a fait preuve
contre tous les autres pécheurs. *Hypocritæ væ vobis etc.*
Il semble que ces paroles que j'ai choisies pour
mon texte doivent m'engager aujourd'hui à parler
de l'hypocrisie, qui pour avoir été le vice des pharisiens, n'est pas moins le vice de plusieurs chrétiens;
mais Dieu m'a inspiré un autre dessein, qui pour être
tout opposé à celui-là, ne laissera pas d'être encore
plus utile à l'édification de vos âmes. Car bien loin
de vouloir combattre l'hypocrisie, je veux combattre
ceux qui la combattent, et qui sous prétexte de la
combattre, prétendent en tirer de l'avantage; je veux

me déclarer contre ceux qui tirent avantage de
l'hypocrisie d'autrui, je veux rassurer ceux qui se
scandalisent de l'hypocrisie d'autrui; je veux laisser
d'importantes instructions à ceux qui se laissent surprendre à l'hypocrisie d'autrui : en un mot je veux
considérer l'hypocrisie non pas en elle-même, mais
hors d'elle-même, non pas dans son principe, mais
dans ses suites, non pas dans les hypocrites, mais
dans ceux qui ne le sont pas. C'est-à-dire, je veux
corriger les fausses idées que les hommes s'en forment, je veux rectifier les mauvaises conséquences
que l'on en tire, je veux empêcher les effets qu'elle
produit dans nous. Ce sujet est de la dernière importance, pour lequel j'ai besoin des lumières du ciel,
que je demande au Saint-Esprit par l'intercession de
Marie. *Ave Maria.*

Vous avez, messieurs, trop de lumière et de péné-
tration pour ne pas comprendre d'abord, non seulement le dessein que je me suis proposé, mais toutes
les parties qui le doivent composer. J'ai distingué
trois sortes de personnes à qui l'hypocrisie d'autrui
peut être dangereuse et préjudiciable. Je vous prie
de considérer ces trois différents caractères, parce
qu'ils feront tout le partage de ce discours.

Les uns tirent avantage de l'hypocrisie d'autrui,
les autres s'affligent de l'hypocrisie d'autrui jusqu'à
s'en troubler dans la voie du salut, et les derniers
se laissent surprendre à l'hypocrisie d'autrui. Ceux
qui prennent avantage de l'hypocrisie d'autrui sont
les impies et les libertins, ceux qui se troublent de
l'hypocrisie d'autrui dans la voie du salut, sont les
serviteurs de Dieu et les justes, et ceux qui se laissent
surprendre à l'hypocrisie d'autrui, sont les simples
et les imprudents. Tous trois se croient bien fondés
à être excusables devant Dieu de leur procédé, et
moi je vais détruire leur opinion; montrant aux

libertins qu'ils n'ont pas droit de se prévaloir de l'hypocrisie d'autrui, ce sera mon premier point, montrant aux justes qu'ils n'ont pas droit de se scandaliser de l'hypocrisie d'autrui, ce sera mon second; montrant aux simples qu'ils ne sont pas excusables devant Dieu de s'être laissé surprendre à l'hypocrisie d'autrui, c'est mon troisième. Voilà trois vérités importantes que je vous prie de bien entendre, et qui feront tout le sujet de ce discours.

PREMIER POINT

C'est de tout temps, chrétiens, que les libertins et les impies ont prétendu tirer avantage de l'hypocrisie et de la fausse dévotion, et si vous voulez savoir en quoi ils ont fait consister cet avantage et quelle a été leur politique, il suffit de vous expliquer une belle remarque de Guillaume évêque de Paris, dans cet excellent discours où il traite cette matière, et où il ramasse tout ce qui s'en peut dire de plus solide et de plus judicieux. Les libertins, dit-il, ne manquent jamais de se prévaloir de la fausse piété, ou pour se persuader qu'il n'y en a point de véritable, ou s'il y en a, pour avoir droit de la décrier, ou enfin pour la rendre suspecte, ou pour éluder les reproches qu'elle fait de leur libertinage : trois artifices qui sont autant d'oppositions à l'esprit de Dieu, prenez-y garde je vous prie.

Le premier, dans la pensée de Guillaume de Paris, se réduit à se persuader qu'il n'y a pas de véritable piété. Car comme l'impie est déterminé pour l'ordinaire à être impie, et que sa passion l'engage à vivre dans le désordre, il voudrait que les autres lui fussent semblables; et parce qu'il se connaît méchant, l'une de ses joies serait de se flatter, que ceux qui paraissent gens de bien, ne le sont pas plus que lui. Dans ce sentiment bizarre, il tâche à se former une opinion, et à croire qu'en effet la chose est comme il se la figure, et parce que l'exemple de l'hypocrisie d'autrui semble appuyer son sentiment, il s'attache à cette vraisemblance, et parce qu'il y a des hypocrites il conclut premièrement que tous le peuvent être, et puis il s'assure [35] que la plupart le sont. Ensuite il se console par cette persuasion que ceux qui passent pour être réguliers, ne valent pas mieux que lui, que toute la différence qu'il y a, c'est qu'ils savent mieux se cacher, que pour certains péchés grossiers qu'ils évitent, ils en ont de plus spirituels, et peut-être de plus punissables.

Ne pouvant les accuser de débauche, il se persuade qu'ils ont un orgueil secret qui rend toutes leurs actions mauvaises. Cela fait que nonobstant l'exactitude de leur vie, il a l'arrogance de présumer qu'il est moins coupable qu'eux parce qu'il est plus sincère, au lieu que les autres paraissent ce qu'ils ne sont pas. Voilà la prétention des libertins, qui va toute à effacer l'idée de la véritable piété, et à faire croire que ce qu'on appelle ainsi, est un fantôme spécieux, un être imaginaire, qui excède les forces de la nature.

Que s'il est forcé d'avouer le contraire, c'est-à-dire si son expérience lui fait voir qu'il y a une dévotion solide, véritable et même praticable, voici sa seconde démarche. Parce qu'elle le choque, il prend le parti de la combattre en la décréditant dans l'esprit d'autrui, la tournant en ridicule, attribuant à la véritable piété les imperfections de la fausse, faisant retomber sur elle toutes les railleries qu'il fait de la fausse. Car, comme a remarqué le savant Gerson, peu importe au libertin que la fausse dévotion soit décriée, il ne serait pas même de son intérêt que l'hypocrisie cessât entièrement et qu'elle fût bannie du monde, parce qu'elle lui est avantageuse; de sorte que quand il invective contre elle, ce n'est pas contre elle qu'il en veut : son intérêt est que, bien loin que la piété soit honorée, elle soit méprisée, parce qu'il sait que,

quand on la méprisera, elle sera faible contre lui.
Or c'est ce qu'il croit gagner en décriant l'hypocrisie
d'autrui. Car comme la véritable piété et la fausse
ont de grands rapports quant à l'extérieur, il est aisé
que la même raillerie qui attaque l'une attaque l'autre,
à moins d'y apporter toutes les précautions d'une charité prudente et éclairée, ce que le libertin ne fait pas.

Voilà le désordre qui est arrivé très souvent, et
que vous avez pu remarquer, quand des esprits profanes, bien loin d'entrer dans les intérêts de Dieu,
ont voulu s'ériger en censeurs de l'hypocrisie, non
pas pour en réformer l'abus, mais pour s'en servir
à faire une espèce de diversion d'armes. Car voilà ce
qu'ils ont prétendu, en exposant à la risée publique
l'hypocrisie imaginaire, et son ombre de zèle, rendant
par ce moyen méprisable la crainte du jugement de
Dieu, l'horreur du péché, la pratique de l'austérité.
Voilà ce qu'ils ont quelquefois affecté, mettant dans
la bouche des hypocrites des raisons frivoles, leur
faisant condamner des abus d'une manière sotte,
régler les consciences sur certains cas, leur donnant
des visages mortifiés pour favoriser leurs infâmes
pratiques, et formant selon leur caprice un caractère
de sainteté plus exemplaire [36]. Or toutes ces choses
odieuses et pernicieuses étant reçues avec applaudissement, ôtent à la véritable vertu le crédit et
l'autorité qu'elle a, tandis que le péché triomphe;
et tout cela n'est qu'un stratagème dont les libertins
se servent pour ruiner la véritable piété.

Enfin il suffit au libertin que la véritable dévotion
soit suspecte, pour s'imaginer de pouvoir éluder les
reproches qu'elle lui fait. Car quand elle est suspecte,
il croit qu'elle n'est pas recevable dans ses jugements,
et qu'elle a perdu cet ascendant et sa liberté de censure. Or il croit trouver dans l'hypocrisie d'autrui
de quoi appuyer ses prétentions, parce qu'étant
certain qu'il y a des hypocrites en fait de religion,

que Dieu en étant le juge, discerne les véritables
dévots d'avec les faux, et qu'il peut seul connaître
leur intérieur, il s'ensuit qu'à l'égard des hommes
tout est douteux et que la sainteté la plus éclatante
n'est souvent qu'une piété imaginaire, cela supposé
le libertin se figure que c'en est assez pour éviter les
reproches d'une véritable et solide dévotion. Mais,
moi je dis qu'il raisonne très mal, et qu'il n'y a rien
de plus vain que ces trois conséquences qu'il en tire.
Application à ceci.

Car pour la première, bien loin qu'il doive conclure
de la fausse dévotion qu'il n'y en a point de véritable,
au contraire c'est pour cela même qu'il doit croire
qu'il y en a une, parce que, comme dit saint Augustin,
la fausse dévotion n'est qu'une imitation de la véritable : ce sont les véritables vertus qui ont fait naître
les fausses vertus, comme la nature le montre. C'est
la véritable humilité qui a donné lieu aux imposteurs,
c'est la sévérité de l'Évangile qui a servi aux hérétiques, c'est le véritable zèle qui a produit le zèle
indiscret, c'est la véritable religion qui a été la source
de l'idolâtrie, et qui a fait que le démon, pour imiter
la véritable sainteté, en contrefait mille fausses
marques.

Il y a donc une véritable sainteté, puisque la copie
ne peut être sans original et sans modèle. Or ce principe établi, il est certain que le libertinage ne se
peut défendre contre les reproches de la sainteté.
Que la sainteté soit commune ou rare, cela ne le
favorise pas; quand il n'y aurait dans le monde qu'un
seul homme de bien, oui, mes chers auditeurs, si vous
êtes assez malheureux pour faire état de votre dérèglement, quand il n'y aurait dans le monde qu'un
seul homme de bien, ce seul homme sera celui qui
s'élèvera au jour du jugement pour vous faire de
sensibles reproches; Dieu n'aura qu'à le produire
pour faire paraître à tout le monde la vanité et la

faiblesse de vos prétentions. En vain opposerez-vous
à Dieu l'hypocrisie prétendue des autres chrétiens.
S'il y a des hypocrites, vous dira Dieu, vous n'avez
pas dû pour cela être scandaleux. Si quelqu'un a
abusé des avantages de la vertu, vous n'avez pas
dû en faire de même de ceux que vous offrait l'hypocrisie. Entre l'hypocrite et le libertin, il y avait un
parti à prendre, qui est celui du véritable chrétien.
Si l'un était fourbe ce n'est pas de quoi il s'agissait,
vous ne deviez pas pour cela être méchant.

Mais quoi qu'il en soit, ce pécheur converti, cet
homme de bien et que vous reconnaissez pour tel,
cet homme vous confondra au jugement dernier.
Car, comme raisonne le docte chancelier, la véritable
piété n'est pas responsable des défauts de ceux qui
la pratiquent. Si le dévot est intéressé, orgueilleux,
hypocrite, la dévotion ne l'est pas. Bien loin de favoriser ces péchés, elle les combat. S'ils l'emportent sur
elle, c'est la corruption de l'homme et non pas la sienne.
Je dis plus, il n'est pas juste d'exiger de la dévotion
qu'elle rende l'homme parfait, elle ne peut pas même
le rendre impeccable. Elle le relève de sa chute, elle
lui fait faire de ses passions la matière de ses vertus,
voilà ce qu'elle entreprend, mais non pas d'affran-
chir l'homme de toutes sortes de péchés.

D'abord, dira Dieu pour condamner le libertin,
puisque la véritable piété devait être exposée à votre
censure, cette censure devait être prudente. Pourquoi donc cette amertume de cœur? pourquoi cette
indiscrétion à lui imputer des défauts qu'elle n'a
pas? pourquoi cette aversion contre ceux qui l'embrassent, pourquoi ce penchant à exagérer le mal? Il
n'en faudra pas davantage à Dieu pour confondre
un libertin. Non pas qu'il ait besoin d'en venir jusque-là, mais il le confondra en lui faisant voir un
homme tel que dit saint Paul, c'est-à-dire en qui la
dévotion n'a aucune de ces taches, en qui la dévotion

n'a été ni ambitieuse, ni extravagante, ni délicate pour elle-même, en lui faisant voir des hommes qui, ayant été vicieux, injustes, passionnés, ont cessé de l'être parce qu'ils se sont dévoués à son service.

Enfin, si le libertin persiste, voici le dernier trait par lequel Dieu achèvera sa confusion. Puisque sa dévotion était douteuse, vous ne deviez tirer que des conséquences favorables; vous deviez, dans l'incertitude présumer qu'elle était bonne. Mais sur un simple soupçon vous avez fait tout le contraire, et cette conduite, bien loin de favoriser votre désordre, l'augmente et la fortifie.

Mais encore, je veux que votre soupçon ait été légitime, quel avantage en tirez-vous? la religion n'a-t-elle pas toujours droit de vous condamner pour être suspecte? Votre libertinage en est-il moins criminel? Si cette piété est solide, elle peut vous faire de justes reproches; si elle est fausse, elle a encore droit de vous en faire, remarquez bien ceci. Car comme, dans la justice des hommes il y a certains crimes privilégiés, où tous les témoins sont ouïs, dans celle de Dieu il y en a où les pécheurs deviennent les accusateurs des autres. Ainsi comme l'impie au jugement de Dieu sera confronté à l'hypocrite, de même l'hypocrite se soulèvera contre l'impie, d'autant plus que le plus indigne de tous les hypocrites, c'est l'impie et le libertin, parce que, faisant semblant d'être libertin, il souffre au dedans de soi-même les agitations et les remords de sa conscience, et n'étant mauvais que par considération humaine, il ne secoue le joug de Dieu que pour se faire esclave de la créature.

Mais voici un autre désordre, qui est encore plus déplorable, puisqu'il regarde les serviteurs de Dieu et les véritables chrétiens qui se scandalisent de l'hypocrisie d'autrui. C'est aussi l'injustice de ce scandale que je prétends vous faire voir dans la seconde partie de ce discours.

DEUXIÈME POINT

Il ne faut pas s'étonner si les impies prennent avantage de l'hypocrisie pour se confirmer dans leurs
impiétés, puisqu'elle est même aux véritables chrétiens un sujet de scandale; le démon en étant l'auteur,
et Dieu (comme parle l'Évangile) permettant que ses
élus tombent quelquefois dans cette erreur : *ita ut
in errorem inducantur, si fieri potest, etiam electi.*

L'importance est de connaître la nature de ce
scandale, et de découvrir jusqu'à la source du mal,
pour y apporter le remède, et c'est ce que vous attendez de moi. Or je trouve que ce scandale, qui naît
de l'hypocrisie d'autrui, fait pour l'ordinaire trois
pernicieux effets dans les justes. Premièrement il
leur imprime une crainte servile de passer pour hypocrites et faux dévots, et cette crainte leur est un
obstacle aux devoirs les plus essentiels de la religion.
Secondement il fait naître en eux un dégoût de la
véritable dévotion, fondé sur le malheur qu'elle a
d'être exposée aux soupçons des hommes. Troisièmement elle les jette dans un abattement de cœur,
qui les porte à quitter le parti de Dieu plutôt que
de souffrir la persécution qu'on leur fait. De savoir
si en tout cela ils sont excusables, c'est que ce nous
allons examiner. Mais auparavant comprenez quel
est leur désordre. Le voici.

Ils voudraient s'attacher à Dieu et faire profession
d'être à lui, combien y en a-t-il de ce caractère ! mais
ils appréhendent de passer pour hypocrites. Or j'ai
dit que cette crainte était une crainte servile et
blâmable. En effet quoi de plus honteux que de régler
sa dévotion sur le caprice d'autrui? d'être réduit
à se déguiser à mesure que l'on craint la censure
d'autrui, de n'être à Dieu qu'autant qu'il plaît à
autrui? Se peut-il voir une servitude plus grande?
Cependant c'est celle de la plupart des chrétiens.

Quand saint Augustin parle de ces anciens philosophes et de ces sages du paganisme, il dit que leur
condition est de toutes les conditions la plus malheureuse, parce que connaissant le vrai Dieu, ils n'ont
pas la liberté de lui rendre le culte qu'ils lui doivent,
et que par maxime de politique ils adorent dans
leurs temples des divinités qu'ils savent dans eux-
mêmes être fausses. *O Marce Varro*, disait saint
Augustin à un d'entre eux, *pudet me tui, naturalem
Deum colere cupis, similes falsos colis* : en vérité j'ai
honte pour vous; vous passez pour le plus grand
génie de Rome et vous êtes le plus faible de tous,
vous savez qu'il n'y a qu'un Dieu, et vous en adorez
cent fabuleux et chimériques.

Or voilà la conduite de ces chrétiens lâches, qui
jusque dans les devoirs de la religion se sont fait un
honteux esclavage des lois du monde. Ils veulent
aimer Dieu, ils forment la résolution de le servir; mais
quand ils en conçoivent le désir, ils sont détournés par
un autre dieu, et cet autre dieu est le dieu du siècle :
Deus hujus sæculi excæcavit mentes infidelium; c'est
le dieu du mensonge, qui exerce sur eux un pouvoir
tyrannique, qui les intimide et qui les force à être
infidèles. De sorte que l'on peut dire : *Naturalem
Deum colere cupis, similes Deos falsos colis.*

Ce n'est pas tout. De cette crainte ainsi expliquée,
dont les justes ne sont pas exempts, naît le dégoût de
la véritable dévotion, parce que, comme dit saint
Bernard, n'y ayant personne dans le monde plus
méprisé que les hypocrites, et un certain amour-propre
se trouvant choqué d'un seul soupçon de ce péché, il est
naturel que ce qui porte à ce soupçon nous dégoûte[37].
Or, nous croyons que tel est le sort de la véritable piété,
et qu'il est impossible de la pratiquer sans essuyer de
grands soupçons. De là vient que nous en perdons
souvent peu à peu le goût, de là vient que nous nous
rebutons des choses de Dieu, que nous devenons tristes,

pesants, languissants et que nous n'accomplissons
nos devoirs qu'avec une espèce de chagrin. Que si la
persécution survient, c'est-à-dire si ce chagrin est
irrité par les insultes, les railleries et les mépris, nous
succombons tout à fait. Nous nous démentons, nous
croyons ne pas pouvoir soutenir ces persécutions, nous
nous défions de la grâce, et plutôt que d'être raillés
comme hypocrites, nous devenons impies. Voilà le
scandale que les serviteurs de Dieu sont en danger de
tirer de l'hypocrisie d'autrui.

Mais je prétends, et voici ma seconde vérité, je
prétends que ce scandale est déraisonnable, et qu'à
l'égard des chrétiens il ne peut être justifié dans
aucun de ses effets. Je soutiens premièrement qu'un
chrétien n'a jamais sujet de craindre qu'il passe pour
faux dévot, parce qu'il est aisé d'éviter ce reproche;
étant facile de servir Dieu en sorte que le monde soit
convaincu de la droite intention que l'on en a, en prenant soin d'allier la piété avec la sincérité. Car,
quoique les apparences puissent être trompeuses,
quoique le discernement de la fausse et de la véritable
vertu soit difficile à faire, elle se fait cependant assez
bien connaître, quand elle se veut produire. C'est une
lumière, dit saint Augustin, qui découvrant toutes
choses, se découvre elle-même; c'est le modèle de Dieu,
qui ne peut pas toujours être contrefait par le démon.

J'avoue que la sainteté a des caractères qui sont
équivoques, mais je soutiens qu'elle en a qui lui sont
propres. Une humilité par exemple, sans affectation,
un esprit désintéressé, une manière uniforme dans la
pratique du bien, une patience égale dans les souffrances
du mal, tout cela sont des choses au delà de la censure
des hommes, et pour qui les impies mêmes ont du
respect. Nous avons donc tort de prétexter pour
excuse cette malignité du siècle, qui confond le vrai
avec le faux, le véritable dévot avec l'hypocrite; la
malignité du siècle ne va pas jusque-là. Marchons de

bonne foi, le monde, tout injuste qu'il est, nous fera justice, il ne nous confondra pas avec ceux qui falsifient la vertu; les pécheurs seront les premiers à nous rendre un fidèle témoignage, et jamais la crainte ne doit nous empêcher d'être ce que nous sommes obligés d'être, c'est-à-dire véritables chrétiens. Voilà pour ce qui regarde le premier scandale.

Il en est de même du second. Vous dites que le malheur que la véritable dévotion a d'être exposée au soupçon, vous en fait naître le dégoût. Et moi, je dis avec saint Jérôme, que c'est ce qui doit vous en inspirer du zèle, et que s'il y a quelque chose au monde qui vous oblige de prendre les intérêts de la dévotion, c'est la liberté que les hommes se donnent de juger mal de la vertu, pourquoi? Parce que c'est à vous à détruire ces soupçons, et à réfuter ces jugements, et à convaincre les autres par vous-mêmes et par votre propre exemple, que, quoi que le monde pense, il y a des adorateurs sincères, qui adorent Dieu en esprit et en vérité.

Oui, c'est à vous d'en convaincre les libertins, car qui sera-ce si ce n'est vous? Mais comment le ferez-vous, si vous vous dégoûtez du service de Dieu et de votre profession, par la raison même qui vous doit engager à être plus zélé pour elle? Ainsi ce que vous apporterez pour vous justifier, est ce qui vous rend plus criminel, et il est hors de doute que là où l'hypocrisie a le plus régné, les véritables fidèles ont été le plus zélés. Et parce que notre siècle est un de ces siècles malheureux, où l'abus de la dévotion plâtrée n'a jamais été plus grand, c'est pour cela que Dieu nous oblige davantage à une piété solide. Pourquoi? Parce que c'est à nous à défendre la foi, à l'exemple des Macchabées : *Omnis qui zelum habet legis, exeat post me.*

Mais il faudra, dites-vous, se résoudre à être persécuté du monde. Eh! bien, quand il s'agirait d'en être persécuté, faudrait-il abandonner la piété? Ces petites persécutions pourraient-elles avoir quelque chose qui vous rebutât, et Dieu s'en servant pour vous éprouver et en faire la matière de votre vertu et de sa gloire, ne devriez-vous pas les souffrir avec joie? Quels sentiments produisent donc dans vos âmes ces paroles de Jésus-Christ : *Qui erubuerit me coram hominibus, et ego erubescam eum coram Patre meo ;* quiconque rougira de moi devant les hommes, je rougirai de lui devant mon père. Une déclaration si authentique ne suffirait-elle pas pour détruire vos faiblesses? Et qu'aurez-vous à répondre à Dieu, je ne dis pas dans le Jugement, mais dans le secret de votre conscience, quand il vous dira : Si une petite persécution vous dégoûte de mon service, qu'auriez-vous donc fait si vous aviez été à la place des martyrs?

Mais il n'est pas besoin d'en venir jusque-là. Votre cœur qui vous fait croire que le monde persécute la piété, se réfute assez par lui-même. Vous vous trompez : le monde ne persécute pas la véritable piété. Autant qu'il abhorre l'hypocrisie, autant il a de respect pour la dévotion solide; quelque corrompu qu'il soit, il ne peut pas s'empêcher de l'honorer. Pratiquez donc cette piété et il vous honorera. Mais surtout, ne vous laissez pas surprendre aux apparences et à l'hypocrisie d'autrui; c'est la dernière partie de ce discours.

TROISIÈME POINT

C'est une réflexion judicieuse qu'a faite saint Chrysostome, quand il a dit que s'il n'y avait point dans le monde de simplicité, il n'y aurait point d'hypocrisie. Et la raison en est convaincante, parce que l'hypocrisie ne subsiste que sur le fondement de la présomption de la simplicité, et que l'hypocrite renoncerait à ce qu'il est, s'il ne savait pas qu'il y a des esprits simples [38], capables d'être surpris et qui en effet se laissent surprendre. Mais ce qui est véritable, c'est qu'à examiner les choses selon les règles du salut, on va souvent jusqu'à abandonner le parti de la vérité pour suivre l'erreur et l'imposture.

Permettez-moi une petite digression qui ne sera pas inutile. Quoique je parle à des orthodoxes, je puis aussi parler aux messieurs de la religion prétendue réformée, et les uns et les autres trouveront ici la source de tous les désordres qui se sont glissés dans la foi et dans la conduite des mœurs. On quitte le parti de la vérité pour embrasser celui de l'erreur, parce qu'on se laisse éblouir par l'hypocrisie d'autrui, et c'est par là, dit Gerson, que les hérésiarques ont fait de surprenants progrès, et qu'ils ont corrompu la bonne foi des hommes, Dieu permet quelquefois que l'on suive aveuglement des hommes tels que nous en a décrit saint Augustin, c'est-à-dire qui pour autoriser leur doctrine, affectent un extérieur édifiant, qui condamnent les moindres relâchements, et qui, pour donner couleur à leurs opinions erronées, se couvrent du manteau de la sévérité et de la mortification. *Ne veritatis luce carere videantur, umbram severitatis ostendunt.*

Au seul nom de réformé, tout le monde accourt à ces loups travestis en brebis. Les simples donnent d'abord dans ces apparences trompeuses. Et tout cela, dit Vincent de Lérins, parce que le démon sait perdre les âmes aussi bien par l'extérieur de la sainteté, que par les charmes de la volupté. Ce n'est pour l'ordinaire que l'effet d'une simplicité populaire; mais ensuite on voit de notables progrès qui se font dans les esprits. Si on avait su que les hérésiarques eussent été des loups, on se serait bien donné de garde de les approcher; les peuples, bien loin de les favoriser, leur auraient déclaré la guerre; mais parce qu'ils étaient simples sans être prudents, ils les ont suivis à l'aveugle et ils sont tombés avec eux dans le précipice.

En est-il de même pour ce qui regarde l'équité dans la société des hommes? Oui, répond saint Bernard. Car, comme par la surprise de l'hypocrisie d'autrui, on peut quitter le parti de la vérité, aussi par la même surprise, on peut s'engager et on s'engage effectivement à soutenir l'injustice contre le bon droit, et la passion contre la raison. Qu'un homme artificieux, par exemple, ait une méchante cause et qu'il se serve du voile de la religion et de la dévotion, il trouvera la justice favorable, il rencontrera des patrons puissants qui porteront ses intérêts, et qui, sans considérer aucune chose, croiront rendre service à Dieu de prendre son parti. De même, qu'un ambitieux, sous prétexte de cette piété, prétende aux plus hautes charges, quelque indigne qu'il en soit, il ne manquera pas d'amis qui négocieront pour lui, qui ne feront pas conscience de favoriser son orgueil, et de seconder ses plus détestables intentions, pourquoi? parce qu'ils auront été fascinés par son hypocrisie. Enfin qu'un homme violent et hypocrite exerce les plus cruelles vexations, qu'il pousse ses vengeances jusqu'aux dernires excès et qu'en tout cela il fasse le personnage de dévôt, on exaltera ses violences, on justifiera ses emportements les plus visibles, on condamnera l'innocent. C'est un homme de bien [89]; en voilà assez. Car, c'est ainsi que l'hypocrisie, imposant à la simplicité des autres, les engage dans l'injustice.

On demande donc si ceux qui se laissent surprendre de la sorte, sont excusables devant Dieu. Ah ! que n'ai-je la force pour traiter cette vérité dans toute son étendue ! On demande donc si ceux qui se laissent surprendre à l'hypocrisie d'autrui sont excusables, si tous ces égarements et ces désordres qui blessent la charité, seront pardonnables parce qu'ils ont prétendu avoir été trompés. Pour moi je dis que cette raison est une des plus vaines, des plus frivoles, et des plus injustes qu'il y ait. Pourquoi? En voici deux raisons. C'est que Jésus-Christ, prévoyant les maux que devait produire l'hypocrisie et l'éclat de la fausse dévotion, ne nous a rien tant recommandé que de nous donner de garde des hypocrites, de ne pas croire à tout esprit, de nous défier de ceux qui se transfigurent en anges de lumière, et de nous précautionner contre les artifices cachés des pharisiens. *Attendite a fermento Pharisæorum.* Or, c'est à quoi nous devons prendre garde, c'est ce qui nous doit rendre prudents et exacts, surtout quand cette tromperie favorise l'erreur et l'injustice. Il arrive donc, dans les désordres qui blessent ou l'intégrité de la charité ou la pureté de la foi, que bien loin d'être excusables devant Dieu, nous serons doublement coupables, par les désordres qu'aura causés notre surprise même et parce que nous n'aurons pas obéi à Jésus-Christ, qui nous dit : *Attendite a fermento Pharisæorum, attendite a falsis prophetis.*

Si on avertissait un voyageur qu'il y a un précipice dans un chemin (c'est la pensée de saint Bernard) et qu'il y allât tomber, on dirait qu'il est inexcusable, et on aurait plus d'indignation que de compassion pour lui. Or voilà notre faute. Jésus-Christ nous avertit : Prenez garde à vous; il s'élevera des hommes qui auront toutes les apparences de sainteté, qui feront même des prodiges, je vous le prédis, afin que vous ne vous laissiez pas séduire : *Videte ut quis vos seducat.* C'est une leçon qu'il a rebattue dans une infinité d'endroits de son Évangile. Cependant, c'est celle que les hommes n'ont pas voulu entendre, ayant affecté de suivre leurs idées sans écouter ni la raison ni la foi. Après cela, s'ils se sont égarés, s'ils sont tombés dans le précipice, leur simplicité peut-elle être justifiée? sont-ils dignes de compassion, sont-ils reçus à dire : j'ai été trompé?

Mais quelque précaution, dira-t-on qu'on apporte pour se défendre contre l'hypocrisie, il est impossible

de n'en être pas séduit. Cela n'est pas et voici ma
seconde raison. Car je prétends, après les règles que
Jésus-Christ nous a données, qu'il n'y a rien de plus
aisé que d'éviter la surprise de l'hypocrisie, surtout de
celle où il y va de la conscience. Je soutiens, par
exemple, que le chrétien qui a favorisé l'hérésie est
inexcusable après les grandes et importantes instructions de Jésus-Christ. Car Jésus-Christ a dit que la
marque de la vérité était la soumission à son Église,
et que quiconque n'écouterait pas l'Église devrait
être réputé pour un païen.

Après cela quand on se laisse surprendre à l'hypocrisie des hérétiques, cette simplicité est un péché.
Car de là qu'arrive-t-il? Qu'on n'a aucune excuse,
qu'on ne peut pas prétexter son ignorance, ni l'impossibilité de se défendre des pièges des hypocrites. Et
ceux qui se seront laissé séduire par leurs illusions,
auront une même part dans leurs supplices. *Et partem
eorum ponet cum hypocritis.*

Que devons-nous donc conclure de là, sinon de
suivre ce précepte de Jésus-Christ : *Credite in lucem
dum lucem habetis* : croyez-en la lumière pendant
qu'elle vous est offerte, pour être les enfants de lumière
en cette vie par la grâce et en l'autre par la gloire.
Amen.

SERMON SUR

LA FAUSSE PRUDENCE DU MONDE [40]

Collegerunt Pontifices et Pharisaei concilium adversus Jesum. JOANN. c. 11.

Les pharisiens et les princes des prêtres assemblèrent un conseil contre Jésus-Christ.

Ne croirait-on pas d'abord, chrétienne compagnie, que ces paroles sont contraires aux sentiments que tous les justes ont de la providence, et à l'Écriture même? C'est une maxime qu'elle a confirmée par ses oracles, qu'il n'y a point de conseil contre le Seigneur, *non est consilium contra Dominum ;* et cependant voici que non seulement les prêtres et les pharisiens assemblent un conseil contre Jésus-Christ, mais qu'ils délibèrent aussi sur les moyens de le perdre. *Collegerunt Pontifices et Pharisaei concilium adversus Jesum.* Non, chrétiens, il n'y a point en ceci de contradiction; car quoique l'Évangile donne le nom de conseil à ce malheureux conciliabule qui se tint contre Jésus-Christ, ce n'est que pour s'accommoder à notre manière de parler; ce n'était rien moins qu'un conseil, soit que nous ayons égard aux principes des délibérations qui s'y font, soit que nous regardions ces délibérations, soit que nous regardions enfin le succès de ces délibérations : aux principes des délibérations qui s'y font, parce que ce ne fut pas la raison qui y présida, mais la passion seule qui les animait contre Jésus-Christ, et la crainte qu'il ne les décréditât dans l'esprit du peuple par ses paroles et par ses miracles;

aux délibérations, parce qu'elles aboutissent toutes à
un malheureux intérêt temporel, qui était de conserver
leur crédit, qu'ils voyaient diminuer tous les jours par
les merveilles que Jésus-Christ opérait : *Hic homo,*
disaient-ils, *multa signa facit; si dimittimus illum,
omnes credent in eum;* l'événement et le succès enfin,
parce que bien loin d'éviter le mal qu'ils appréhen-
daient, qui était l'invasion et l'incursion des Romains :
et venient Romani ut tollent locum et gentem nostram,
ce fut par là qu'ils l'attirèrent, ce fut par là que Dieu
suscita les Romains pour venir détruire cette ville
ingrate; Dieu, dit saint Augustin, s'étant servi de
l'ambition des Romains pour punir la perfidie et l'ambition de ceux-ci. Ainsi, chrétiens, voilà à quoi se
termine la prudence des hommes. Les principes sont
presque toujours faux, pour ne pas dire criminels; les
délibérations toujours intéressées et passionnées, les
événements toujours contraires et opposés à ce que
l'on prétend; et c'est ce qui m'engage aujourd'hui à
vous parler de la vraie et de la fausse prudence, de la
prudence dans le mal et de la prudence dans le bien,
en un mot de la prudence du monde et de la prudence
du salut, prudence, dit saint Thomas, qui doit être
la règle, le fondement et la conduite de la nôtre. Mais
pour en parler, demandons l'intercession de Marie.
Ave Maria.

Toute erreur est dangereuse quand elle est contraire
à la foi et qu'elle tend à la destruction de la bonne
doctrine; mais il n'y en a point de plus préjudiciable
que celle qui s'attache à la première règle des mœurs,
je veux dire à la prudence. Votre œil, disait Jésus-
Christ, est la lumière, le guide et la conduite de votre
corps : *lucerna corporis tui, oculus tuus;* si votre œil
est donc simple et bien sain, tout votre corps s'en
sentira, et se trouvant plein de lumières, il sera bien
conduit : *si oculus tuus fuerit simplex, totum corpus*

tuum tucidum erit. Cet œil, chrétiens, à prendre ces
paroles dans le sens moral, c'est la prudence. Quand la
prudence est saine et sans aucun mélange d'erreur,
tout le corps de nos actions s'en sent; mais si ce flambeau se convertit en ténèbres, c'est pour lors qu'on
nous peut adresser le reproche que Jésus-Christ ajoute
au même endroit : *Si lumen quod in te est tenebræ sunt,
ipsæ tenebræ quantæ erunt!* c'est-à-dire : s'il y a de
l'erreur dans votre prudence et dans ce que vous
croyez être une véritable lumière aussi bien qu'une
véritable prudence, quelles ténèbres et quelle confusion n'y aura-t-il pas dans ce qui n'est véritablement qu'erreur et imprudence ! *Ipsæ tenebræ quantæ
erunt!*

Or c'est ce qui nous arrive tous les jours. Car je
remarque entre autres deux grandes erreurs dans la
conduite des hommes, l'une sur le discernement de
la prudence, et l'autre sur l'usage, de la prudence : sur
le discernement, parce qu'ils estiment prudence ce
qui ne l'est pas; sur l'usage, parce qu'ils l'appliquent
où il ne faut pas, ou plutôt parce qu'ils ne s'en servent
pas comme il faut, ni où il faut. A ces deux erreurs
s'opposent deux vérités qui vont faire tout le partage
de ce discours; car je dis premièrement que hors la prudence du salut, il n'y a point de véritable prudence, et
j'ajoute ensuite que toutes les affaires doivent être
réglées par la prudence du salut. L'une est un point
de spéculation qui nous apprendra ce que c'est que la
véritable prudence, et l'autre est un point de pratique
qui nous fera voir comment on s'en doit servir et où
il faut l'appliquer. Tâchez de bien concevoir l'un et
de bien pratiquer l'autre, et je pourrai dire que vous
serez véritablement prudents. Les enfants des hommes
prétendent que la véritable prudence, c'est la prudence
du monde, et qu'il n'est besoin que de celle-là pour la
conduite de leurs affaires; les enfants de Dieu au contraire soutiennent que sans la prudence du salut il

n'y a point de véritable prudence, c'est ma première partie; que sans la prudence du salut il n'y a point d'affaires bien réglées, c'est ma seconde partie et tout le sujet de ce discours.

PREMIER POINT

C'est un langage, chrétiens, qui n'est que trop ordinaire, et que la corruption du siècle a rendu si commun, qu'il est même passé jusques à être en usage parmi les plus grands serviteurs de Dieu, que quand on voit un homme réussir dans ses affaires, mais néanmoins parmi tout cela mener une vie libertine, on dit : il est vrai il a de l'esprit, mais il n'a point de piété; il est vrai il est judicieux et prudent dans ses affaires, il n'entreprend rien dont il ne vienne à bout, mais il aime un peu la débauche; ôtez ce seul point c'est le meilleur génie pour toutes choses, c'est la plus forte tête pour le conseil qu'on puisse trouver, c'est l'appui, le conseil et le fond de sa famille. Et moi je dis que c'est abuser manifestement des termes, les prendre dans un tout autre sens qu'ils ne doivent, et que dès le moment que cet homme, par profession, par état ou par corruption, a quitté le soin de son salut, dès là il n'y a plus pour lui ni conseil, ni sagesse, ni règle, ni prudence. Et si vous en voulez savoir les raisons, en voici trois qui me paraissent convaincantes. La première est prise de l'objet de la prudence, la seconde de sa fin, et la troisième de la réformation que Jésus-Christ a faite de la prudence du monde par l'établissement de son Évangile.

Quand Aristote parle de la prudence au sixième livre de ses *Morales,* il dit que pour être absolument prudent, il ne suffit pas d'être expert et habile dans un art et dans une science particulière, d'être bon philosophe par exemple, d'être bon orateur, ou d'être un excellent sculpteur, mais qu'il n'y a de proprement prudent que celui qui vit selon les règles de la probité et de l'honnêteté, qui est une fin générale à toutes sortes de professions et de personnes, parce que *qui bene ratiocinatur ad aliquam finem particularem, non bene dicitur prudens, sed qui honeste vivit.* Ce sont les paroles de ce philosophe, que je puis rapporter ici, puisque saint Augustin et saint Thomas s'en sont servis avant moi. Or que nous voulait-il dire par là? C'était un païen, mais qui dans les ténèbres de l'idôlâtrie, ne laissait pas d'avoir de grandes lumières; mais parce qu'il ne pouvait pas s'exprimer d'une manière si noble ni si forte que l'Écriture, et que ses sentiments ne devaient pas avoir autant d'autorité sur l'esprit des hommes que l'Évangile, voyons comment Dieu s'en est expliqué lui-même en cent endroits de l'Écriture, mais principalement dans le prophète Baruch. Après avoir reproché au peuple d'Israël la stupidité de son aveuglement, d'avoir abandonné Dieu qui est la source de la véritable prudence : *dereliquisti Dominum, fontem sapientiæ,* voyez par où il conclut : *Disce ergo, Israel, ubi sit prudentia, ubi sit virtus, ubi sit intellectus.* Apprenez donc, Israël, où est la véritable prudence, où est la force d'esprit, et en quoi consiste la véritable intelligence. Vous vous êtes imaginé qu'elle consiste en toute autre chose qu'elle ne consiste effectivement, parce que vous en avez jugé selon les mouvements de votre passion. Ceux qui ont eu le commandement parmi vous, l'ont mise à savoir bien gouverner un peuple; ceux qui se piquaient de science, l'ont fait consister à savoir beaucoup de choses; ceux qui ont été politiques, l'ont mise à savoir bien manier les esprits, à se servir bien à propos des temps et des conjonctures des affaires; mais ils ont été trompés, c'était dans moi, ajoute Dieu, qu'il la fallait chercher, et ils ont cessé d'être prudents parce qu'ils ont cessé de me chercher.

C'est ce que nous disons tous les jours, chrétiens, et ce que la corruption du siècle ne nous empêche pas d'avouer à tous moments, soit pour faire savoir qu'on a de grands sentiments, soit que la nature et la raison nous forcent en quelque manière à le faire; quoi qu'il en soit, nous confessons tous les jours hautement que tout ce qui est hors de Dieu n'est qu'une bagatelle; or ce qui n'est que bagatelle ne peut pas être l'objet de la prudence, et par conséquent, hors de la prudence qui regarde Dieu et qui l'a pour objet, il n'y en a point de véritable. Et en effet, dit saint Jean Chrysostome par une excellente comparaison, si un homme déjà sur l'âge se faisait une occupation d'aller jouer tous les jours avec les enfants, quand même il excellerait dans ces jeux enfantins, ne le prendrait-on pas pour un fou et pour un imprudent, puisque ces bagatelles ne doivent pas faire l'objet de la prudence d'un vieillard? Quand cet empereur de Rome que l'histoire ne semble avoir distingué que par son endroit ridicule, s'amusait tous les jours à certaines heures déterminées, à prendre des mouches et qu'il en faisait une occupation aussi sérieuse et aussi réglée que de gouverner son empire, ne le prenait-on pas pour un fou et pour un ridicule? Mais il y était adroit, il les prenait avec une subtilité merveilleuse; il n'en manquait pas une, et s'il en échappait quelqu'une à son poinçon, il fallait qu'elle fût bien fine et bien subtile. Adroit tant qu'il vous plaira il n'importe, il suffit pour le rendre ridicule, que ce n'est pas là une occupation pour un empereur, et que des mouches ne doivent pas être l'objet de sa prudence et de son adresse. Mais, chrétiens, ne vous offensez pas je vous prie, de l'application que je fais de cette comparaison, et si je vous dis que toutes les occupations que vous prenez le plus à cœur, que celles qui vous attirent plus de louanges, plus d'honneur, plus d'applaudissements, sont encore moins en comparaison de l'affaire du salut, que celle de prendre des mouches en comparaison de gouverner un empire. Entre ces deux termes, prendre des mouches et gouverner un empire, encore y pourrait-on trouver quelque proportion, mais entre travailler pour son salut et s'appliquer aux bagatelles de ce monde, il n'y en a aucune. *Finiti ad finitum nulla et proportio :* les savants [41] entendent bien la force de cet axiome. On ne peut donc pas fonder sa prudence sur les occupations de ce monde, et quelque habileté qu'un homme y fasse paraître, on ne peut donc pas dire que cet homme est prudent, parce que tout cela ce ne sont que des jeux d'enfants, qui loin de nous faire passer pour prudents devant Dieu, nous font passer pour ridicules. Exemple, nous lisons dans le livre de la Genèse que Joseph, ayant été vendu par ses frères aux Israélites, et que par de secrets ressorts de la Providence, Pharaon pour lors roi d'Égypte, ayant reconnu son mérite, sa vertu et sa capacité, il l'éleva à la plus haute dignité de son royaume et se voulut servir de lui, pour être le conducteur et le gouverneur de sa maison, *constituit eum domui suæ*, et le maître de son royaume, et *principem omnis possessionis suæ*. Or quel était à votre avis ce ministère, et que devait-il faire pour soutenir ce rang et remplir dignement ses obligations? C'était, répond le prophète, dans l'un de ses psaumes, *ut erudiret principes ejus sicut semetipsum, et senes ejus prudentiam doceret*. C'était afin qu'il fît des leçons de prudence à tous les princes de sa cour, et particulièrement à ceux qui par leur ancienneté, semblaient être les premiers, *et senes ejus prudentiam doceret*. Mais comment cela se pouvait-il faire? dit sur cela saint Jean Chrysostome, car Joseph était un jeune homme, qui selon toutes les apparences, n'avait aucune expérience, qui avait passé une partie de sa vie dans l'esclavage, qui n'avait jamais eu de maître, et quand il aurait su tous les secrets de la politique, c'était un nouveau venu qui ne savait pas encore l'état des affaires de Pharaon; au contraire, ces vieillards étaient des gens consommés dans la politique, qui par une longue expérience étaient instruits de toutes ces affaires; cependant il faut que Joseph, tout jeune qu'il est, les instruise, et Pharaon ne l'élève à la dignité qu'il possède que pour ce sujet; *ut erudiret principes ejus et senes ejus prudentiam docerel;* encore un coup, d'où vient cela? Ah! répond saint Jean Chrysostome, c'est que tous ces grands génies, c'est que toutes ces fortes têtes, c'est que tous ces beaux esprits, c'est que tous ces vieillards, étaient des idolâtres, et par conséquent des gens hors de la voie du salut. C'étaient des gens mûrs pour le conseil de guerre il est vrai, c'étaient d'illustres commandants des armées, c'étaient d'illustres capitaines, j'en demeure d'accord; mais après tout, c'étaient des enfants dans lesquels manquait le plus essentiel, puisque la prudence du salut, sans laquelle toute autre prudence n'est que folie, leur manquait. Et de là vient que Pharaon veut que Joseph les instruise, et leur apprenne cette grande science qu'il savait lui seul, et de là vient que l'Écriture les renvoie à l'école de ce jeune homme nouveau venu, pour apprendre ce qu'ils ne savent pas encore, *ut erudiret principes ejus et senes ejus prudentiam doceret.* Serait-ce, chrétiens, abaisser la dignité de mon ministère, si je vous disais que je représente ici Pharaon, et que je suis dans cette chaire pour vous dire que ce n'est pas assez d'être consommé dans les affaires du monde, si on ne prend les leçons de Joseph et si l'on n'apprend la prudence qu'elles enseignent.

Ah! chrétiens, combien de cœurs de princes, je ne dis pas de princes idolâtres ou infidèles, mais même de princes chrétiens, auraient besoin d'avoir des Joseph, pour en instruire les princes et les vieillards! Ils ont des généraux d'armées consommés dans les affaires de la guerre, ils ont les têtes les plus fortes et les plus rares génies pour le conseil des affaires d'État, ils ont des intendants des finances sages et éclairés selon toutes les apparences; mais qu'il y en a parmi tout

cela qui auraient encore besoin des leçons de la prudence que Joseph enseignait aux princes de la cour
de Pharaon, parce que non seulement ils ne prennent
pas pour l'objet de leur prudence ce qui, naturellement
le devrait être, mais aussi parce qu'ils ont des vues et
des fins toutes contraires.

Car voici ma seconde raison, que je touche insensiblement et que je tire des sentiments de Guillaume de
Paris. Toute prudence, dit ce grand homme, doit
être pour une fin, car dans la doctrine même du philosophe, la prudence n'est rien autre chose que l'ordre
appliqué à la fin. *Prudentia est ordinatio ad finem ;*
or prenez garde que tout homme qui agit hors de la
prudence du salut, il [10] ne peut jamais arriver à sa
fin. En effet, à quoi tend la prudence du monde? à
deux fins, l'une prochaine et particulière, comme le
succès dans cette affaire, l'autre générale et éloignée,
qui est d'être heureux et content. Or prenez garde
qu'il y a une telle subordination entre ces deux fins,
que l'une est bien plus forte et plus considérable que
l'autre, c'est-à-dire que la fin générale fait une impression bien plus forte sur l'esprit et sur la volonté que
non pas [22] la fin particulière; car sans la fin générale,
qui est d'être heureux, que se soucierait-on de la fin
particulière qui consiste à réussir dans telle ou telle
affaire en particulier? On ne se soucierait pas par
exemple d'être riche, si par là on n'espérait d'être
heureux; et si l'on était bien persuadé que pour être
heureux il fallût être pauvre et que la pauvreté pût
faire seule le bonheur d'un chrétien, il n'y en a pas un
qui ne courût à la pauvreté, et qui ne quittât les
richesses, pourquoi? Parce que la fin générale est
plus recherchée que la fin particulière.

Or, de là je dis qu'un homme qui n'agira que par
la prudence du monde, n'arrivera jamais à la fin
générale, parce qu'il n'arrivera jamais à être parfaitement heureux; il parviendra bien à des fins particu-

lières; il viendra bien à bout de cet ennemi, il acquerra
bien cette terre, il obtiendra bien la faveur et les bonnes
grâces des grands, il pourvoira bien ses enfants avec
avantage, mais dans tout cela il ne trouvera jamais le
contentement et le rassasiement d'esprit qui peut seul
faire le bonheur de la vie. Voulez-vous, chrétiens,
que je vous dise ici un beau mot d'un autre empereur
romain que celui dont je viens de vous parler, c'est
l'empereur Sévère. Il avait passé par tous les degrés :
de simple soldat il était devenu empereur; ainsi on
pouvait bien dire qu'il connaissait le fort et le faible
de toutes les conditions, eh bien, que disait-il? *Omnia
fui, et nihil accepi.* J'ai été tout, j'ai été de tous états
et de toutes professions, de toutes conditions, et dans
tout cela je n'ai jamais trouvé un parfait bonheur.
Ainsi, chrétiens, demandez à tous les gens du monde,
interrogez ceux qui sont dans la prospérité, sont-ils
contents de leur sort, l'ont-ils été, le seront-ils?
Demandez-leur pendant leur vie, demandez-leur
pendant leur prospérité, demandez-leur principalement à l'heure de la mort, et ce sera pour lors qu'ils
trouveront que dans tout ce qui paraît de plus grand,
il n'y a pas seulement la moindre apparence de
bonheur. Mais c'est par malheur que vous n'arrivez
pas à cette fin. Non, car si c'était par malheur, cela
n'arriverait qu'à quelques-uns, cela n'arriverait qu'à
quelques malheureux; mais voyez ce sort commun de
tout le monde. Il n'y en a point qui puisse davantage espérer, et si je trouvais un chrétien qui crût
que par les règles de la fausse prudence humaine,
il pût parvenir à la félicité, en deux mots je le con-
fondrais.

Car ou bien, lui dirais-je, dans votre conduite vous
vous proposez quelque chose d'éternel, ou quelque
chose de temporel. Si vous vous proposez quelque
chose d'éternel, hé, où le trouverez-vous? sera-ce
parmi les créatures, qui sont temporelles et finies et

qui sont néanmoins les seuls objets que vous vous proposez? Si vous n'envisagez que des biens temporels et caducs, cette seule réflexion qu'ils périront un jour, et que soit que vous les quittiez le premier ou qu'ils vous quittent, il en faudra enfin venir à la séparation, vous ôtera toute la joie que vous pourrez prendre dans leur possession; elle vous sera une source intarissable d'inquiétudes. Or je vous en fais le juge vous-même, peut-on être parfaitement heureux et être dans l'inquiétude? Au contraire, moi qui vous parle, pourvu que je m'attache à suivre les règles de la prudence du salut, non seulement je suis heureux, mais je suis même obligé et en quelque façon contraint de l'être. Car si je suis riche, si je suis pauvre, si j'ai du succès, si je ne réussis pas, si je parviens à ce degré ou si je n'y parviens pas, en tout cela je trouve ma fin, et par conséquent mon bonheur, parce que j'y trouve mon salut. Voilà ma seconde raison.

Mais la dernière est celle de saint Paul, c'est que depuis l'incarnation du Verbe, il n'y a plus de prudence dans le monde. Cette sagesse incréée le dit trop positivement par la bouche de ce grand apôtre, pour en pouvoir douter. *Perdam sapientiam sapientium et prudentiam prudentium reprobabo*; oui, dit-il, je détruirai toute la sagesse de ceux que le monde estime sages, je reprouverai la prudence de ceux que le monde estime prudents; or ce que Dieu a détruit, il ne peut pas subsister, dit saint Jean Chrysostome. Quel a été le dessein de Dieu dans l'incarnation? ç'a été de détruire la prudence du monde et de l'anéantir, en faisant connaître sa folie. Ce dessein a-t-il réussi? Oui, répond le grand apôtre. *Nonne stultam fecit Deus sapientiam hujus mundi?* Il n'y a donc plus de sagesse dans le monde. Il est vrai, avant Jésus-Christ peut-être y en avait-on trouvé, mais après qu'il est venu toute cette sagesse s'est évanouie; avant que ce divin soleil fût levé, peut-être y avait-il quelques étincelles [42], mais du moment qu'il a commencé à paraître, tout a disparu.

Mais comment l'a-t-il anéantie? En faisant, dit saint Chrysostome, consister le bonheur en des choses où la prudence humaine ne comprenait rien. Car il a fait consister le bonheur dans l'affliction : *Beati qui lugent*, il a fait consister le bonheur dans la pauvreté : *Beati pauperes*, il a fait consister le bonheur dans la persécution : *Beati qui persecutionem patiuntur ;* or pour tout cela la prudence humaine est aveugle, et ne sait ce qu'elle fait; la prudence humaine n'est plus qu'erreur et égarement après Jésus-Christ. S'il était encore avantageux d'être riche, d'être content, d'être grand, je demeurerais d'accord que je pourrais être heureux avec la prudence du monde; mais vous qui suivez l'Évangile, vous qui voulez vous réduire à l'humilité de l'Évangile, c'est une erreur et un abus de croire que la prudence du monde vous fasse arriver à cette félicité, et voilà pourquoi saint Paul, dans l'abondance de son zèle, ne croyait pas insulter plus vivement les païens de son temps qu'en leur adressant ces paroles : *Ubi scriba, ubi sapiens, ubi conquisitor sæculi ;* où sont vos sages, vos philosophes, vos grands génies? comme s'il leur avait voulu dire qu'il leur était inutile de les chercher, parce que Jésus Christ les avait anéantis. De là vient que le même apôtre disait encore qu'il ne s'y fallait pas tromper, que pour être sage devant Dieu, il fallait renoncer à cette sagesse apparente qui plaît et qui paraît aux yeux des hommes, pour devenir saintement fou et ignorant. *Si quis videtur inter vos sapiens esse in hoc sæculo, stultus fiat, ut sit sapiens.* Or il n'en apporte point d'autre raison que parce que toute la sagesse du monde n'est que folie devant Dieu : *Sapientia enim hujus mundi, stultitia est apud Deum.*

Voilà ce qu'on appelle des vérités chrétiennes, voilà ce que Jésus-Christ nous est venu apprendre; voilà ce

que cette sainte folie, ce que cette sagesse éternelle
et incréée est venue elle-même enseigner par son
propre exemple. Mais toute sainte qu'elle est, comment
l'a-t-on donc reçue dans le monde, puisqu'elle est si
contraire à ses maximes? Pourquoi est-elle si généralement répandue que tout le monde presque suit cette
folie? *Domine,* dit un prophète, *quis consiliarius tuus?*
De vous le dire, c'est ce que je ne puis, c'est un secret
qui m'est caché; ce que je sais, c'est que pour ceux qui
sont prédestinés, c'est une connaissance claire et distincte : *Crediderunt,* dit saint Luc dans les Actes des
apôtres, *quotquot erant praedestinati ad vitam æternam* :
voilà ce que je sais. Ce que je sais de plus, qui renferme
tout l'éclaircissement de cette question, c'est qu'il n'y
a que les humbles et les petits qui par leur humilité,
le connaissent, et l'Évangile y est formel : *Confiteor
tibi, Pater, quia hæc abscondisti a sapientibus et reve-
lasti ea parvulis.* Or quand je dis petits, je n'entends
pas seulement ceux qui le sont soit par la nécessité
de leur rang ou de leur fortune, ou par la simplicité
de leur esprit, ou par leur ignorance; ce sont aussi
ceux qui en haut rang joignent la simplicité dans leurs
actions à un grand esprit, et qui sortiront d'ici persuadés que la sagesse du monde la plus raffinée n'est
que folie devant Dieu. Ceux qui n'en seront pas convaincus ni touchés, ceux même qui s'en offenseront ou
qui s'en scandaliseront, ce ne sont pas ceux-là qui le
connaîtront; ils en sont bien éloignés. Car je ne doute
pas qu'il n'y en ait de toutes sortes de caractères dans
cette assemblée, et qu'il ne m'en arrive aujourd'hui
autant qu'il en arriva autrefois à saint Paul. Ce grand
apôtre, après avoir prêché devant tout l'Aréopage
avec une éloquence et un zèle admirable, les uns reçurent bien ce qu'il disait, les autres s'en moquèrent,
les autres même s'en offensèrent. De même peut-être
s'en trouvera-t-il quelques-uns dans cette compagnie,
qui s'en retourneront convaincus de ce que j'ai dit,

d'autres qui auront de la dureté et de l'insensibilité,
d'autres qui douteront, d'autres qui s'en moqueront.
Mais il n'en sera pas moins vrai qu'il faut renoncer à
cette malheureuse prudence du siècle, puisqu'elle ne
peut désormais s'accorder avec Dieu. C'est une prudence charnelle, et Dieu est un pur esprit; Dieu fait
naître dans nos cœurs de bons desseins, et cette prudence les étouffe; il y cause de bons mouvements, et
elle les arrête; il y fait descendre tous les jours sa voix
par le moyen de ses inspirations, et elle la fait taire,
ou plutôt elle fait que nous y sommes sourds et insensibles. Non, non, mon Dieu, je ne veux plus suivre les
lois de cette fausse prudence. Non seulement je déteste
les égarements, les erreurs et les entêtements du monde,
mais aussi sa sagesse, car s'il n'était pas si sage, il
n'aurait pas tant d'égarements [43].

Ainsi, mon Dieu, donnez-moi donc votre prudence;
donnez-moi cette sagesse du salut, afin que je sache
non seulement discerner la véritable prudence d'avec
la fausse, mais aussi l'appliquer comme il faut, et en
faire l'usage qu'elle demande, c'est-à-dire, chrétiens,
afin que vous connaissiez que non seulement hors de
la prudence du salut il n'y a point de véritable prudence, mais que même il faut que toutes les affaires
soient réglées par la prudence du salut. C'est ce qui
me reste à vous faire voir dans ma seconde partie.

DEUXIÈME POINT

Une des choses qui, selon les sages ou pour mieux
dire les critiques, du paganisme, semblait [44] le plus
décrier la religion chrétienne, était, au rapport de
Minutius Félix, de ce que le Dieu des chrétiens était
trop inquiet, trop fâcheux, trop curieux et trop importun, qu'il contrôlait tout, qu'il voulait savoir tout,
qu'il se mêlait de tout, et qu'il voulait toujours avoir
part dans toutes les affaires qui se passaient. *Quem
colunt Deum christiani, molestum volunt, importunum.*

inquietum etiam et curiosum. Les chrétiens, disaient ces infidèles, se sont fait un Dieu d'une étrange manière et cela, disaient-ils, les rebutait de la religion chrétienne, n'aimant point à être contrôlés. Mais que répondait Minutius Félix? Des choses pleines de consolation pour les chrétiens. Vous vous trompez, disait-il, notre Dieu n'est point tel que vous vous le figurez; il est agissant, mais sans inquiétude; il pourvoit à tout, mais sans embarras; il se mêle de tout, mais sans importunité; il veut tout savoir, mais sans curiosité : *Actuosum sed non inquietum, providum sed non molestum,* etc. S'il est partout, c'est par la nécessité de son être; s'il voit tout, c'est par son infinité et sa bonté, qui veut donner ordre à tout; s'il sait tout, c'est par l'immensité de sa science, et ce que vous rapportez comme ses défauts, c'est ce qui fait sa gloire et notre consolation, car quel avantage y aurait-il pour nous d'avoir un Dieu fainéant et qui ne se mêlât de rien? Ainsi ce zèle de sa providence, bien loin de nous être onéreux, il nous console et nous soulage. Or ce que ce grand philosophe disait de Dieu, je le dis de la prudence du salut à l'égard de toutes nos actions. Il n'y a point d'affaires qui ne doivent être fondées sur cette prudence, point d'actions où elle ne se doive rencontrer; mais bien loin qu'elle nous soit onéreuse, il est juste et avantageux pour nous qu'elle veuille bien y prendre part : juste, car il est constant que de quelque nature que soient nos affaires, il n'y en a aucune où nous ne soyons obligés d'agir en chré-tiens, car enfin cette qualité n'est point bornée à de certaines actions : il faut qu'elle aille et s'étende à toutes. Vous êtes prince par exemple, il faut agir en prince chrétien; vous êtes juge, il faut agir en juge chrétien; vous êtes ecclésiastique ou religieux, il faut agir en ecclésiastique ou en religieux chrétien; il ne nous est jamais permis de séparer ces deux termes dans la pratique; d'où il arrive que si vous entreprenez

quelques affaires, il faut prendre garde que ce n'est
pas assez d'avoir la prudence du monde, ni d'agir en
honnêtes gens ou en hommes d'honneur, mais qu'il
faut consulter la prudence du salut et suivre ses avis.
De même dans le commerce, lorsque vous achetez ou
que vous vendez, quand vous entreprenez quelques
procès ou que vous le sollicitez, quand vous briguez
quelque emploi ou que vous voulez faire quelque
entreprise; il ne suffit pas qu'en tout cela vous suiviez
le cours du monde, parce que c'est un trompeur. Ce
serait peu encore de prier vos amis de vous dire ce que
vous devez faire, parce que d'ordinaire ce sont des
flatteurs qui vous déguisent les choses; encore moins
vos parents, qui sont personnes et parties intéressées;
ni ceux qui passent pour les plus habiles dans le bar-
reau, parce que l'expérience fait voir tous les jours
qu'ils peuvent se tromper. A qui donc devez-vous
consulter vos affaires? *Interroga patres tuos* : adressez-
vous à vos pasteurs, à vos directeurs, à vos confes-
senrs, mais surtout consultez-vous vous-mêmes et
dites-vous de temps en temps à vous-mêmes : Serais-je
bien aise, si j'étais maintenant à l'article de la mort,
d'avoir fait cela de cette manière? le conseillerais-je
à un autre? quand je l'aurai fait, ne m'en repenti-
rai-je point? voilà les demandes salutaires que chacun
se devrait faire à soi-même; et si on les faisait avec
fidélité et sans préoccupation, on ne verrait pas tant
de désordres ni de faux pas dans le monde.

Il faut donc que la prudence du salut donne ses
conclusions partout, et qu'elle dirige toutes nos actions,
pourquoi? Voyez, répond saint Bernard, ce qui se
passe tous les jours dans les assemblées des princes.
Tous les princes circonvoisins y envoient leurs ambassadeurs, et ceux mêmes qui par leur éloignement y
paraissent moins intéressés, y envoient aussi les leurs;
car dans la suite il pourrait arriver quelque accident
ou quelque conjoncture qui les regarderait, et ainsi ils

jugent qu'il est plus à propos de les prévenir, que d'attendre à y donner ordre quand ils seront arrivés. Voilà, dit ce père, comment Dieu en agit à notre égard : c'est un grand monarque dont les intérêts sont mêlés partout et dans toutes les actions des hommes. Car quelque action que nous fassions, ou bien sa charité y peut être blessée, ou bien la confiance qu'on doit avoir en lui y peut être altérée, ou bien la foi corrompue ; il est donc nécessaire qu'il ait quelque solliciteur qui agisse partout, et ce solliciteur, dit ce père, c'est la prudence du salut, c'est elle qui, voyant qu'on va entreprendre quelque chose contre Dieu, se lève et nous instruit de ce qui se passe ; c'est elle qui au moment de la tentation, nous intimide, nous avertit et nous dit : tu ne feras pas cela, parce que ce motif est criminel, parce que cet intérêt est lâche, parce que cette matière ou cette circonstance peut blesser la charité. Voilà comme elle parle, semblable en ceci à nos ambassadeurs, et elle a tant de fidélité et de zèle pour celui qui l'envoie, qu'il n'est pas possible de l'altérer ni de la corrompre.

Or, tout ceci supposé, comme je crois que vous n'en doutez plus, permettez-moi de vous découvrir deux sortes d'erreurs. La première est de certains esprits accommodants, qui distinguent deux sortes d'affaires, savoir les affaires du monde et les affaires du salut, qui suivant cette belle distinction, dans les affaires du salut veulent à la vérité que ce soit la prudence du salut qui en soit la règle et la conductrice, comme de choses qui sont de son ressort, mais aussi dans les affaires du monde, veulent que ce soit la prudence du monde qui en décide ; erreur qui dans la plupart des gens du monde, a toutes les apparences de raison ; mais comme toutes les affaires du monde sont les affaires de Dieu, il faut donc les régler comme celles de Dieu, et par conséquent, vouloir distinguer ainsi, c'est vouloir rendre le monde indépendant de Dieu, et c'est

une rébellion, et c'est lui vouloir donner un petit
empire séparé de Dieu, et c'est un attentat.

Je sais bien que je dois quelque chose au monde,
que je dois du respect aux rois, de la vénération à
mes supérieurs, de la déférence pour les grands; mais
aussi je sais que je ne dois rien aux grandeurs que
parce que je le dois à Dieu, qui me le commande, et
cela ôté, je ne dois point me mettre en peine de leur
grandeur. Et pourquoi voudrais-je qu'il me fût permis d'agir sans cette prudence, puisqu'il ne l'est pas
aux rois ni aux princes du monde? N'est-ce pas pour
cela que le Saint-Esprit dit : *per me reges regnant*,
c'est par mon moyen que les rois de la terre règnent;
c'est par moi qu'ils ont des conseils de guerre, des
conseils de finances, des conseils d'état, mais c'est moi
qui dois présider à tout cela : *per me reges terræ regnant.*
Et s'il faut que la prudence du salut doive entrer
dans toutes les affaires d'un État, pourquoi ne voulez-
vous pas qu'elle entre dans les vôtres? Vous voulez
bien qu'un homme du monde règle sa conduite sur sa
condition extérieure, qu'un gentilhomme par exemple
ne fasse pas les actions d'un roturier, qu'un juge et
un magistrat ne s'abaisse pas aux actions de la populace, et pourquoi ne voulez-vous pas qu'il les règle
sur la qualité et sur la condition de chrétien, qui est
proprement la grande règle qu'il doit suivre en toute
chose?

Mais non seulement il est juste d'agir par la prudence du salut, il est même encore avantageux pour
nous; parce que la prudence du monde est une prudence aveugle et une prudence faible : une prudence
aveugle, qui nous engage dans mille erreurs, une
prudence faible, qui nous manque à tout moment,
et dans le temps le plus souvent que nous avons le
plus de besoin de son secours; une prudence aveugle,
qui vous engage dans mille erreurs d'où la prudence
du salut nous aurait garantis, parce que la prudence

du monde vous a fait chercher des emplois où vous
succombez, manque de capacité et de force, et la prudence du salut vous aurait fait voir ce qu'ils demandent et ce que vous pouvez, et par cette vue, vous
aurait empêché de vous y engager témérairement.
Prudence du monde faible, qu'un petit intérêt, qu'une
faible considération, qu'un rien rend inutile : c'est ce
que je vous disais il y a quelque temps [45], car il n'y a
rien de si aisé que de parler simplement contre l'intérêt et contre l'avarice, et l'on en parle en orateur,
en Caton, en sage; mais de trouver un homme qui
sache vaincre tout cela et qui sache en venir à bout,
c'est un homme qu'il faut nécessairement qui n'ait
point d'autre règle que la prudence du salut. Et de
là vient, vous disais-je, que l'on voit tant de désordres
dans le monde, de là vient que l'on voit tant de corruption dans tous les états, de là vient qu'on voit des
amis perfides, des pères cruels, des enfants rebelles,
des maris jaloux, des femmes libertines, des juges
corrompus, parce qu'ils se fondent sur cette fausse
prudence du monde : car enfin comment voulez-vous
qu'ils ne soient pas emportés par le poids de la tentation, puisqu'ils ont un aussi faible contre-poids?
   Seconde erreur, c'est que l'on ne veut pas que les
confesseurs s'informent des affaires du monde : c'est
assez, dit-on, qu'ils sachent celles de la conscience.
Et moi je dis, qu'il n'y en a pas une qui ne doive
être apportée au tribunal de la pénitence, parce qu'il
n'y en a pas une qui ne soit de son ressort et que le
confesseur ne doive régler. Exemple et preuve de ceci :
cet homme s'accuse de quelque méchante habitude, et
un sage et adroit confesseur qui en veut découvrir le
fond et l'origine, afin d'y donner ordre plus facilement,
s'informe de son état, de ses emplois et de ce qui
l'occupe ordinairement. Ah ! mais, mon père, je n'ai
que faire de donner tant d'explications, et il suffit
que je découvre ma plaie et mon péché. Je le veux,

mais pourquoi lui découvrez-vous ce péché? Ah ! pour
y remédier. Et comment voulez-vous qu'il y apporte
du remède, s'il ne le connaît, et le connaîtra-t-il à
moins qu'il ne sache vos occupations et vos habitudes,
et si cela était, à quoi se réduirait donc le ministère
de la confession? Si nous avions deux âmes, comme le
voulaient les manichéens, l'une pour le bien et l'autre
pour le mal, pour lors nous pourrions faire cette séparation, mais n'ayant qu'une seule âme, il faut que le
confesseur la connaisse par tous ses endroits.

Voilà ce que j'avais à vous dire sur la prudence
du salut. Point de véritable succès dans les affaires,
même du monde, sans elle ne vous y attendez jamais.
Imitons donc même, selon le conseil même de Jésus-
Christ, les enfants des hommes : c'est-à-dire tâchons
d'être aussi prudents pour notre bien comme ils le
sont pour le mal. Ils ne sont prudents que pour des
biens périssables, et nous le serons pour des biens
infinis; ils ne sont prudents que pour des honneurs
passagers, et nous le serons pour une gloire éternelle,
que je vous souhaite. *Amen.*

SERMON

SUR LA SÉVÉRITÉ ÉVANGÉLIQUE [46]

Omnes qui habebant infirmos variis languoribus, duce-
bant illos ad Jesum. At ille singulis manus imponens
curabat eos. Exibant autem dæmonia a multis, claman-
tia et dicentia quia tu es filius Dei. Et increpans
non sinebat ea loqui, quia sciebant ipsum esse Chris-
tum. Luc, c. 4.

Tous ceux qui avaient des malades de diverses
maladies, les amenèrent à Jésus et il les guérit
tous en leur imposant les mains. Les démons sor-
taient de plusieurs possédés, criant et disant : Vous
êtes le fils de Dieu. Mais il les reprenait, et ne leur
permettait pas de parler, parce qu'ils savaient
qu'il était le Messie.

Ce sont les paroles, chrétiens, que je tire de l'évangile d'aujourd'hui, qui par la suite naturelle du sens
qu'elles renferment, nous donnent lieu de continuer
le discours d'hier [45], ou plutôt de l'achever.

Je m'engageai à vous donner des marques solides
non pas pour faire dans les autres, mais dans vous-
mêmes, un discernement de la véritable piété, et
j'ose dire que c'est un des plus importants sujets du
christianisme. Il est de la foi que la religion que nous
professons, est sévère dans ses maximes, que la voie
de Dieu est une voie de rigueur, et malheur à celui qui
vous la fera concevoir autrement. Mais la question est
de savoir en quoi consiste cette sévérité, et quels en
sont les caractères. Car l'Écriture m'apprend qu'il y
a une voie dont les apparences sont trompeuses, que
les hommes se persuadent droite, et dont cependant
les issues aboutissent à la mort. *Est via quæ videtur*
homini recta, et novissima ejus ducunt ad mortem. Nous

savons en effet que plusieurs s'y sont perdus. Il est donc de la dernière importance d'être instruits sur ce sujet, et de demander à Dieu cette intelligence qu'il promettait à David quand il disait : *Intellectum tibi dabo et instruam te in via hac qua gradieris;* je te donnerai un esprit de discernement, et je te ferai des leçons de cette voie unique dans laquelle il faut que tu marches.

Or c'est à quoi je veux contribuer aujourd'hui par la comparaison que je ferai de la sainteté de Jésus-Christ et de celle des pharisiens. Car malheur à nous, disait saint Jérôme, si tout chrétiens que nous sommes, on nous peut faire le reproche d'être les héritiers des péchés des pharisiens : *væ nobis miseris, ad quos Pharisæorum vitia transierunt.* Malheur encore plus grand à nous, si par une délicatesse criminelle à ne pas souffrir la vérité, nous ne voulons pas entendre la parole de Dieu, qui la doit découvrir. Par conséquent il faut que nous l'écoutions avec docilité et préparation de cœur. Demandons-en la grâce au Saint-Esprit par l'entremise de Marie. *Ave Maria.*

C'est par l'opposition des ténèbres que la lumière paraît plus éclatante, et c'est aussi par l'opposition de la sainteté des pharisiens, qui est une fausse sainteté, avec celle de Jésus-Christ, que Dieu nous veut faire connaître en quoi consiste la solide piété et la véritable perfection chrétienne. L'évangile d'hier nous représenta la sainteté des pharisiens, et celle d'aujourd'hui nous exprime parfaitement les caractères de celle du Sauveur du monde

Dans l'évangile d'hier, les pharisiens s'adressant au Fils de Dieu, lui disaient et se plaignaient de ce que ses disciples violaient les traditions des anciens, et de ce qu'ils ne lavaient pas leurs mains avant de prendre leurs repas. A quoi il leur répondit : Mais vous-mêmes, pourquoi violez-vous les commandements de Dieu pour suivre vos traditions? Car Dieu a fait ce commandement : honorez votre père et votre mère, et vous dites que, pourvu qu'on dise à son père et à sa mère : le don que je fais à Dieu vous est utile, on satisfait à la loi. Or, par ces paroles, comme le remarque saint Augustin, le Sauveur reproche trois choses aux Pharisiens : leur manière d'agir intéressée, parce qu'ils ne font ces oblations à Dieu dans le temple, que pour en profiter eux-mêmes. Il leur reproche leur orgueil, parce qu'ils ne soutiennent leurs traditions que pour détruire les commandements de Dieu; et il leur reproche leur peu de charité en ce qu'ils apprennent aux enfants à mépriser leurs parents et à leur être ingrats, et ne leur pas rendre dans leurs disgrâces, les secours nécessaires, sous prétexte de leur dire : je n'ai plus rien à vous donner, j'ai tout donné.

Voilà les trois désordres dont Jésus-Christ accuse les pharisiens, et les trois sortes d'esprits qu'il condamne en eux : esprit d'intérêt, esprit d'orgueil, esprit de dureté. Au contraire dans l'évangile d'aujourd'hui, je remarque trois caractères différents dans les paroles du Sauveur; ou plutôt dans l'évangile d'aujourd'hui, le Fils de Dieu paraît avec trois caractères différents, c'est-à-dire comme un Dieu parfaitement désintéressé, puisqu'il ne veut pas s'attribuer la gloire des miracles qu'il opère, quoiqu'il les opère par sa propre vertu; il y paraît comme un Dieu parfaitement humble, puisqu'il ne veut pas que les peuples le louent, et qu'il défend même aux démons de publier qu'il soit Dieu, *et increpans non sinebat ea loqui ;* enfin il y paraît comme un dieu parfaitement charitable, puisque sans distinction il guérit tous les malades qui se présentent à lui : *at ille singulis manus imponens curabat eos.*

Arrêtons-nous là, chrétiens. Il n'en faut pas davantage pour faire un discours de la véritable piété à laquelle nous sommes appelés. Qu'est-ce que la piété chrétienne, ou plutôt qu'est-ce que la sévérité évan-

gélique, et en quoi consiste-t-elle? Elle consiste dans
un parfait désintéressement, dans une humilité sincère
et dans une charité cordiale [47]. Sans cela il n'y a point
de solide piété ni de perfection dans le christianisme.
Voilà tout le sujet de ce discours.

PREMIER POINT

C'est par le retranchement de l'intérêt que doit
commencer dans nous cette circoncision du cœur,
dont parle si souvent l'apôtre, et dans laquelle consiste
toute la perfection du christianisme. *Qui non renuntiat
omnibus quæ possidet, non potest meus esse discipulus,*
disait le Sauveur dans l'Évangile. Qui ne renonce pas
d'esprit et de cœur à tout ce qu'il a (beaucoup plus,
ajoute saint Chrysostome, à tout ce qu'il n'a pas et
ne peut avoir sans forcer les ordres de la Providence
et de la conduite de Dieu sur soi) est incapable d'être
mon disciple.

Voilà le premier axiome de la morale chrétienne.
D'où je conclus qu'un chrétien, quelque idée de sainteté qu'il se propose, ne participe à cet esprit de sévérité, qu'autant qu'il participe à cet esprit désintéressé.
Car pour vous développer ce mystère, appliquez-vous
à cette proposition que j'avance. S'il faut mesurer la
sévérité évangélique par quelque règle, à proprement
parler ce n'est ni par la difficulté des choses qu'on
entreprend, ni par l'éclat d'une vie mortifiée, ni par
un certain zèle animé de régularité, ni par un abandon
effectif de certains intérêts, pourquoi? Parce que tout
cela, précisément considéré, peut subsister et subsiste
souvent avec les plus grands relâchements. Par conséquent la marque sûre qui discerne la véritable sévérité d'avec la fausse, je répète encore qu'elle consiste
dans un véritable désintéressement absolu et sincère.

Non, ce n'est pas par la règle de la difficulté des
choses et du courage à les souffrir, qu'il faut discerner
la fausse et la véritable piété, parce que, comme dit

saint Chrysostome, les choses les plus incommodes à la nature nous deviennent faciles et agréables dans la voie de l'intérêt, et que quand nous agissons par ce motif, bien loin de nous faire violence en nous y assujettissant, nous nous la ferions tout entière si nous ne nous y assujettissions pas. Ce que nous prenons sur nous, nous nous l'accordons d'une manière qui ne blesse pas l'amour-propre.

Or ce qui fait la satisfaction de l'amour-propre, ne peut être l'effet de la sévérité chrétienne. On ne dira pas par exemple que la vie d'un avare qui se tue pour amasser des richesses, soit une vie austère, ni que la servitude d'un homme du monde, qui se contraint pour établir sa fortune, doive être comptée pour une obligation évangélique. Plus l'un et l'autre paraît austère, plus il est plein d'amour pour lui-même, pourquoi? parce que l'intérêt qui le domine montre que c'est l'amour de lui-même qui le fait souffrir. Son abnégation serait de ne point souffrir, de renoncer à son intérêt. Voilà ce qu'il devrait faire, et c'est ce qu'il ne peut gagner sur lui-même, parce que, comme dit saint Chrysostome, s'il se resserre, c'est par un retranchement spécieux qui le fait obéir à sa passion. Je dis plus; une vie extérieurement austère et mortifiée, quoiqu'elle soit une grande marque de la sévérité du christianisme, elle [10] n'est pas cependant une marque de celle que l'Église nous commande, et en voici la raison. C'est parce que dans cet extérieur de mortification, on peut y avoir un intérêt caché, où la nature se trompe, et cet intérêt est d'autant plus difficile à vaincre qu'il est délicat, comme un intérêt d'honneur, un intérêt de réputation, un intérêt d'avancement dans ses affaires. Car si la piété est utile à toutes choses, comme dit saint Paul, beaucoup plus, dit saint Augustin, la piété qui affecte l'austérité et la mortification; et il n'y a point de contradiction plus évidente que celle qui se trouve entre ces deux

termes, sévérité évangélique et recherche de ses intérêts.

Qu'y avait-il de plus régulier en apparence, que les
pharisiens parmi les Juifs? Cependant le Sauveur ne
put jamais les supporter, et ce que je vous dis hier de
saint Ambroise, est véritable. Cet homme-Dieu sage et
plein de prudence, fit paraître plus de zèle contre cette
prétendue sévérité pharisaïque, que contre les publi-
cains, les fornicateurs, et les femmes perdues? Ah ! mes
frères, dit saint Bernard, que manquait-il aux pharisiens, ou plutôt que ne leur manquait-ils pas ! Ils prenaient l'ombre pour le corps, ils ne paraissaient austères
que pour s'enrichir, établir leur fortune, et exercer
une espèce de domination sur le peuple, particulièrement sur les veuves, qui étaient préoccupées de leur
sainteté. *Væ vobis scribæ et Pharisæi hypocritæ, qui
comeditis domos viduarum, orationes longas orantes.* Ce
sont les griefs sur lesquels le Fils de Dieu s'est étendu,
et il ne les a jamais ménagés, parce qu'il ne concevait
rien de plus opposé à ses maximes, que cet esprit
d'intérêt.

S'il arrivait donc malheureusement que nous mar-
chassions dans la même voie, et que dans le christianisme nous eussions une conduite pharisaïque (car
cela peut arriver, saint Paul, qui prévoyait les maux
qui menaçaient les gens de bien, avertissait son disciple Timothée qu'il y aurait un temps où cette fausse
piété régnerait parmi les fidèles, qui croiraient que la
religion serait un moyen pour s'établir et pour s'enrichir : *existimantes quæstum esse pietatem;* il l'a prédit,
c'est à nous à nous en défendre), s'il arrivait donc
qu'abusant d'une chose si sainte, cet oracle se vérifiât,
et que n'ayant rien pour nous rendre recommandable,
nous le voulussions paraître par l'affectation d'une
vie régulière, et que par là nous prétendissions être
quelque chose, pourrait-on dire qu'il y eût en nous
un atome de cette sévérité évangélique? Ce serait

confondre l'idée des choses, et former un sentiment contraire à celui du Sauveur, qui ne reconnaît pas par là ses véritables sectateurs. Ce serait une sévérité mercenaire, un retranchement et une mortification indigne, et ce que nous devrions attendre après avoir fait une figure si ridicule dans le monde, serait d'en recevoir une confusion éternelle dans l'autre.

Mais, direz-vous, on voit des gens qui ont du zèle pour la régularité des mœurs; n'ont-ils donc pas cet esprit de la piété et de la vérité chrétienne? Autre abus, messieurs, de faire consister en cela la sévérité évangélique. Ce zèle pour la régularité, ces paroles de sévérité, ne coûtent rien dans les entretiens particuliers, et pour ne pas m'épargner moi-même, il ne coûte rien dans les chaires, où on s'en fait honneur, et l'abus est si grand que le libertinage s'accoutume de parler ainsi.

Mais pour entrer dans le détail, voulons-nous connaître si ce zèle est un véritable zèle de sévérité, examinons-nous nous-mêmes par nous-mêmes. Pour parler ainsi, c'est-à-dire n'avoir dans la bouche que les maximes les plus sévères, en sommes-nous moins âpres à poursuivre nos intérêts, et plus disposés à relâcher de nos droits? car voilà la pierre de touche. Nous sommes éloquents sur le chapitre de la perfection, mais nous avons des affaires dans le monde, nous avons de l'argent à faire valoir, nous faisons comme les autres hommes. Ce casuiste d'abord nous paraissait trop facile; mais il commence à ne nous être plus si odieux quand il s'agit de nous appliquer à nous-même son opinion. Nous y découvrons du bon sens, et après l'avoir condamné cent fois pour les autres, nous le trouvons raisonnable pour nous. C'est ainsi que l'amour-propre nous en impose. Je sais que nous ne manquons pas d'artifices pour vouloir paraître consciencieux; mais s'il y a quelque occasion considérable où cette sévérité nous soit incommode

parce qu'elle est opposée à nos intérêts, nous gardons
des mesures de bienséance, et ne pouvant tromper
Dieu, nous nous trompons nous-mêmes et les autres.
Cependant, c'est par ce raisonnement qu'il faut juger
de la véritable piété. Et quand je vois un homme qui
ne parle que de sévérité et que je sais qu'il ne relâche
rien de son intérêt, fît-il des miracles, je ne le croirais
pas. Qu'il soit désintéressé et il me persuadera. Enfin
l'abandon effectif de certains intérêts ne suffit pas
pour cette sévérité, pourquoi? parce qu'il n'y a rien
de plus aisé que de renoncer à un intérêt pour un
autre intérêt, comme ce philosophe, qui par un faste
plus dangereux que celui qu'il condamnait, disait
qu'il foulait aux pieds l'orgueil de Platon.

Il faut donc un désintéressement général, ne
cherchant que Dieu seul, un désintéressement absolu,
c'est-à-dire sans restriction, car pourquoi en aurions-
nous avec Dieu? un désintéressement sincère, quittant
ces raffinements qui nous font abandonner en apparence un intérêt pour y parvenir, qui nous le font
blâmer quand nous le cherchons, et pour lequel nous
témoignons du dégoût quand nous le poursuivons
avec plus de chaleur. Car l'intérêt sait parler toutes
sortes de langages même celui du désintéressé [48].
Voilà le premier caractère de la sévérité évangélique,
un désintéressement parfait.

Tandis que [3] l'intérêt a été banni du monde, le
christianisme s'est maintenu, et quand nous avons
commencé à poursuivre nos intérêts, nous sommes
déchus de cette première perfection. Le mien, le tien,
ces paroles, dit saint Cyprien, qui sont si froides en
elles-mêmes et qui cependant ont excité tant de
chaleur dans les cœurs des hommes, ont été les sources
de toute la corruption. En cherchant le sien, on a
trouvé celui d'autrui, et en trouvant celui d'autrui on
s'est perdu soi-même. C'est de là que sont venues
tant de chicanes, tant d'usurpations, tant de four-

beries, tant d'espèces d'usures, qu'on colore et qu'on justifie aujourd'hui comme des inventions d'esprit : *multi quasi inventionem æstimaverunt fœnus.* De là sont venus tant d'abus, en conséquence desquels on peut faire aux chrétiens le même reproche que Tertullien faisait aux païens : *Apud vos majestas Dei quæstuaria efficitur.* De là est venu l'abus de faire entrer en reconnaissance de services rendus, le patri-moine de Jésus-Christ, de s'enrichir sous ombre de permutations sordides, et de tirer des tributs et des pensions sur des bénéfices sans les avoir possédés. Cette cupidité détestable, n'est-ce pas ce qui a décrié la religion, et qui a été le sujet des continuelles invectives des hérétiques et des idolâtres contre elle ?

Ah ! pour l'honneur de cette religion, attachons-nous au sentiment de l'Apôtre, qui dit que la piété est un trésor inestimable, pourvu que nous l'embrassions dans la vue de Dieu : *Est quæstus magnus pietas cum sufficientia,* c'est-à-dire pourvu que nous nous contentions d'elle. Car quand nous ne nous en contentons pas, elle devient quelque chose d'inutile : Dieu la rebute, et les hommes la méprisent. Puisque je ne te suffis pas, dit Dieu, cherche quelque autre chose hors de moi, et comme tu ne peux rien trouver, tu perdras tout en ne t'attachant pas uniquement à moi. Que faut-il donc faire ? Il faut se contenter de Dieu, servir Dieu pour Dieu, et se faire de Dieu comme un être suffisant, *cum sufficientia,*

Eh ! pourquoi ne nous suffirait-il pas ? Il est tout pour les anges dans le ciel, il est tout pour lui-même ; avons-nous un cœur plus vaste ou que les anges, ou que lui-même ? Le désordre est que, quand nous nous cherchons nous-mêmes, nous ne sommes plus capables de contenir Dieu, et retournons à notre néant. Si nous le cherchions, nous nous dilaterions ; mais en ne le cherchant pas nous ne trouvons que vide, que misère et que vanité. La piété doit donc être désintéressée, voilà son premier caractère; mais outre cela elle doit être humble et soumise, voilà la seconde qualité, qui fait mon second point.

DEUXIÈME POINT

C'est dans les beaux fruits que les vers se forment; c'est aux vertus les plus spécieuses et les plus éclatantes que l'orgueil a coutume de s'attacher; et ce que les vers sont aux fruits, l'esprit d'orgueil l'est aux vertus chrétiennes. Il n'y a rien de si parfait selon Dieu que cette sévérité évangélique, aussi l'on peut dire que c'est le fruit le plus exquis de la religion; mais on peut dire en même temps que c'est celui qui est le plus exposé à la corruption de l'amour-propre et à cette tentation de sa propre estime, qui fait qu'après avoir résisté à l'intérêt et avoir combattu cent autres fâcheuses attaques, on ne peut se préserver contre soi-même.

Car, avouons-le à notre confusion, il est rare dans le désordre de notre siècle de trouver des hommes ennemis d'eux-mêmes; et ce qui doit nous confondre encore davantage, c'est qu'il est rare de voir des hommes qui étant sévères par une profession de vie extrêmement régulière, soient humbles dans le fond de leurs cœurs. Cependant, selon saint Bernard, être humble et être sévère à soi-même, ne sont pas deux choses qui soient distinguées dans la morale de Jésus-Christ, et sans entrer dans une longue discussion, on trouve que c'est dans la véritable humilité que consiste la vraie sévérité. Que serait-ce donc si, par un aveuglement étrange, nous séparions l'un de l'autre? Que serait-ce si en cherchant le port de notre salut, nous heurtions contre un écueil aussi dangereux que l'orgueil, et que nous négligions de le connaître et de nous en défendre.

Ne vous étonnez pas si le Fils de Dieu, qui n'était venu sur la terre que pour lever l'étendard de la vie

austère, a commencé par la guerre qu'il a déclarée
aux pharisiens. Il a dû, dit saint Chrysostome, en user
de la sorte; cette superbe mettant une opposition
formelle à la publication de l'Évangile; et ne pouvant
enseigner comme il allait travailler à la gloire de
son père, qu'après avoir expliqué tous les différents
caractères de ce vice.

Les pharisiens étaient, comme l'Évangile nous
les représente, d'un extérieur mortifié, qui se piquaient
de s'attacher aux observances de la loi, et qui, fondés
sur cela, étaient remplis d'une opinion secrète, et
préoccupés de leurs mérites; par ce principe qui se
regardaient comme parfaits et comme irréprochables,
se confiant qu'ils l'étaient : *In se confidebant tamquam
justi;* qui ne faisaient point de difficultés de se distinguer des autres, se croyant plus parfaits qu'eux :
et aspernabantur cæteros; qui dans leurs exercices de
piété, ne jeûnaient que pour paraître avoir jeûné, et
ne défiguraient leurs visages que pour attirer les
regards d'une populace abusée : *exterminant facies
suas ut appareant hominibus jejunantes;* qui sous
prétexte d'une vie austère, affectaient la domination
sur les esprits, et qui sans autres titres que celui
d'une régularité étudiée, se croyaient autorisés à
occuper une première place dans les festins et dans les
assemblées : *amant primos accubitus in cœnis et primas
cathedras in synagogis.* Voilà tous les traits et tous les
caractères avec lesquels le Fils de Dieu les a repré-
sentés; et tout cela, dit saint Chrysostome, étant
opposé à cette idée de sévérité que le Fils de Dieu
avait en vue, il ne faut pas s'étonner s'il l'a condamné
avec toute son ardeur et son zèle.

Mais s'il n'a pu supporter cet orgueil dans les
pharisiens, comment le supporterait-il en nous?
C'est la réflexion de saint Grégoire. Si cette sévérité
a été l'objet de son aversion contre des hommes qui
n'étaient pas élevés dans son école, que ne fera-t-il pas

contre nous, qui sommes les disciples de son humilité?
dit Zénon de Vérone. Car ne nous imaginons pas que
ce qui s'appelle sévérité pharisaïque, soit un fantôme
que la loi nouvelle ait dissipé. Il subsiste encore dans
notre siècle, et peut-être y produit-il des effets plus
dangereux que dans ces pharisiens. Car voilà notre
misère, et comme nous ne sommes de nous-mêmes
que des néants et que l'orgueil se glisse délicatement
dans nos âmes, il s'ensuit que nous avons de la complaisance pour nous, non seulement dans les choses
où nous pouvions avoir quelque lieu de nous chercher,
mais dans celles qui nous doivent inspirer plus de
mépris et de haine.

À peine nous sommes-nous mis sur le pied d'une vie
régulière, que le démon nous attaque. Et cependant,
sans appréhender ces dangereuses tentations, nous
nous considérons comme si nous étions élus de Dieu :
in se confidebant etc., toujours contents de nous-
mêmes, toujours prêts à nous glorifier, ne laissant pas
de nous reconnaître grands pécheurs en général, mais
non pas en particulier; et voilà le grand désordre :
vous diriez qu'il suffit de mener une vie régulière.
On ne parle que de soi, on mesure tout sur soi, et
quoiqu'il ait plu à Dieu d'établir plusieurs conditions
où chacun peut faire son salut, on n'estime que la
sienne. Et parce que l'on trouve que tout le monde
est perverti, on en a de la compassion, et par une charité criminelle on le plaint, et on croit tous les hommes
réprouvés; à l'exemple de celui dont saint Bernard
parle, qui par je ne sais quel artifice persuadait au
peuple ignorant que tout le monde était damné,
et que le bienfait de la rédemption n'était que pour lui :
*qui nescio qua arte persuaserat populo stulto, etiam
per Christum justificatum, totum mundum perditum
esse, et solum ad se redemptionis gratiam pervenisse.*

On veut pratiquer les vertus du christianisme, et
on en veut avoir de l'honneur; on ne veut plus être

du petit monde; on y veut faire une belle figure, et différente de celle des autres; on s'abaisse et on se retranche [49], car voilà à quoi on est sujet. D'où vient que dans toute chose on aime la singularité? parce qu'elle a cela de propre d'exciter l'admiration, qui est le charme de la vanité. S'il y a quelque chose de singulier, c'est à quoi on se donne; et au lieu que saint Augustin méditant sa conversion, ne la fit pas éclater de peur que le monde crût qu'il affectât d'avoir paru pour méchant pour faire admirer ensuite sa vertu : *ne conversa in me omnia dicerent quod quasi appetissem nequam videri,* on affecte dans la pénitence un certain éclat qui éblouit les yeux. C'est assez que l'on fasse paraître de la régularité et de la mortification pour usurper une supériorité que ni Dieu ni les hommes ne donnent pas, car ensuite de cela on s'érige en censeurs des prêtres, et en réformateurs des religieux. On se considère comme des pharisiens dignes de remplir les premières places de l'Église et de l'État. On s'y ingère sans scrupule, et ce qui est le plus dangereux, c'est que sous ombre de piété, on ne s'aperçoit pas qu'on veut dominer, et que ces sentiments dégénèrent en une ambition plus criminelle que celle que le Fils de Dieu reprochait aux pharisiens.

Or je soutiens, et c'est la seconde proposition que j'avance, que non seulement cet orgueil corrompt tout le mérite, mais qu'il détruit toute la substance, de la sévérité. Il en corrompt le mérite, vous n'en doutez pas, car quel mérite peut avoir un homme, s'il n'agit que par esprit d'orgueil? avec quel front peut-il dire à Dieu comme saint Paul : j'ai courageusement combattu, j'ai achevé ma course, j'ai conservé ma foi; mais au reste j'attends une couronne qui ne me peut manquer. S'il avait la hardiesse de lui parler ainsi, Dieu n'aurait-il pas droit de lui répondre qu'il a reçu sa récompense : *recepisti mercedem tuam.* Vous avez été récompensé du monde où vous avez voulu faire une belle figure; vous avez été récompensé de vous-même, puisque vous n'avez cherché qu'à vous plaire; vous voilà donc payé. Mais c'est pour vous, ô mon Dieu, que je me suis mortifié? Pour moi? dira Dieu; dans toutes ces choses il n'a été fait mention que de vous, votre nom est devenu célèbre et le mien vil et méprisable [49].

Voilà pour ce qui est du mérite. Je dis plus, car je soutiens que cet orgueil détruit la substance de la sévérité chrétienne. Car comme je vous ai dit, cette sévérité doit consister dans des choses qui fassent violence à l'amour-propre; et quand l'orgueil est satisfait, la nature est donc son centre, parce qu'il n'y a rien de plus délicieux que de s'attirer de l'honneur. En effet, il n'y a point de vie, pour rigoureuse qu'elle soit, que nous n'embrassions quand nous savons que le monde parlera avantageusement de nous. Il ne nous faut point de grâces pour l'embrasser; la nature nous en donne les forces. Et c'est pour cela, dit saint Bernard, que nous avons moins de peine à faire ce à quoi nous ne sommes pas obligés, que ce que nous devons faire, et qu'une des plus dangereuses erreurs est de laisser ce qui est de notre devoir pour faire des œuvres de surrérogation, pourquoi? parce qu'il y a une certaine gloire qui nous rend tout aisé; au lieu que ne faisant que ce que nous devons, nous n'avons que la louange d'être des serviteurs inutiles.

Quelle est donc la sévérité du christianisme? Concevez-la bien : c'est d'être humble et petit devant ses yeux, c'est d'être mort à toutes les affections de la gloire, c'est d'accepter les humiliations et les mépris. Car voilà ce qui nous coûte, c'est d'aimer à être dans l'oubli des hommes, de pratiquer cette règle de saint Bernard : *ama nesciri*, de vouloir être inconnu et méprisé. Voilà ce qui est insupportable. On ne pensera plus à nous, il faudra être dans une vie commune, il n'y aura plus personne qui nous préconise, nos mérites seront ensevelis. Mais n'est-ce pas ce à quoi saint Pierre nous a obligés quand il nous a dit que nous étions morts, et que notre vie devait être une vie cachée et obscure : *mortui sumus et vita nostra abscondita est*. Que si à ce désintéressement et à cette humilité sincère nous y joignons une charité cordiale, voilà le comble de la perfection, et le sujet de mon troisième point.

TROISIÈME POINT

A considérer les choses dans l'apparence et dans l'expression même des termes, il n'y a rien de plus opposé que la charité et la sévérité chrétienne. La charité, dans la description qu'en fait saint Paul, est douce, indulgente, condescendante; elle souffre tout, elle excuse tout. La sévérité au contraire n'excuse rien; et n'avoir ni douceur, ni facilité, ni complaisance, et être charitable sont des choses qui paraissent contraires, et comme incompatibles dans un même sujet. Cependant le Fils de Dieu a supposé que ces deux choses étaient d'une alliance parfaite. Et comme il a conçu son Évangile, à peine pourrait-on dire pour laquelle des deux il a témoigné plus de zèle, ne les ayant jamais séparées, et les ayant toujours données à ses disciples pour être la marque de leur profession. *In hoc cognoscent omnes quia discipuli mei estis si dilectionem habueritis ad invicem.* Comment cela s'accorde-t-il? Rien de plus aisé et de plus clair à ceux qui sont versés dans la morale chrétienne.

Distinguons ces deux choses par la différence de leur objet, et nous verrons que ce qu'il y a de contraire, est cela même qui en fait l'harmonie et le tempérament [51]. Car prenez garde, dit saint Augustin, et voici tout l'éclaircissement, que Jésus-Christ dans l'Évangile n'a pas prétendu que nous eussions pour les autres cet esprit de rigueur, mais pour nous-mêmes, et qu'il n'a pas voulu que pour être ses disciples nous eussions pour nous cette charité, mais pour les autres. Or la charité pour les autres et la sévérité pour soi, sont des choses qui s'accordent, qui s'entretiennent et se conservent, puisqu'il est vrai de dire que l'un est fondé sur l'autre, ou plutôt que celui-ci est l'objet de celui-là, je m'explique. C'est parce que la seule obligation d'aimer nos frères nous impose la nécessité d'être sévères à nous-mêmes, ou pour m'expliquer mieux, c'est parce que l'expérience nous apprend que l'exercice de cette sévérité pour nous, est fondé sur la charité que nous devons à notre prochain : principe que saint Augustin développe avec toute la délicatesse et la netteté possibles, et qui suffit pour corriger nos erreurs.

Je ne parle pas ici de ceux qui sont établis dans le monde pour corriger les autres, encore moins de ceux à qui Dieu a confié l'autorité du ministère; ce n'est pas à moi à leur donner des règles, savoir s'ils doivent être austères, si la charité sans l'austérité ne peut pas être préjudiciable, ou si la sévérité sans la charité peut être utile : tout cela serait hors de propos à décider. Je parle de particulier à particulier, de fidèle à fidèle, et je dis encore une fois que la charité que nous nous devons les uns aux autres, et dont nous sommes redevables à nos frères, est la marque la plus essentielle de la sévérité que Dieu veut que nous ayons pour nous.

En peut-on douter après l'excellente idée de saint Paul et l'expérience que nous en avons? Quand saint Paul dit que la charité n'est faite que pour soulager la misère d'autrui, que cette charité ne s'aigrit pas, qu'elle ne se pique de rien [52], qu'elle est patiente dans les injures, qu'il n'y a rien qu'elle ne souffre, qu'elle rend le bien pour le mal, qu'elle n'est ni ambitieuse, ni intéressée, qu'elle est toute à tous, car voilà les traits avec lesquels il nous la représente, en nous la figurant de la sorte, qu'est-ce que tout cela

nous prêche, sinon la sévérité pour nous-mêmes?
Car quel moyen d'accomplir tout cela sans faire violence à son naturel? Pour satisfaire à ce devoir,
donnez-moi un homme qui s'aime soi-même et qui ne
sache ce que c'est que de se contraindre, comment
pardonnera-t-il les injures qu'il aura reçues? comment
se soumettra-t-il pour prévenir son ennemi et se
réconcilier avec lui? comment pourra-t-il l'aimer?
comment s'humiliera-t-il? Il est donc certain que
cette charité pour le prochain est la partie la plus
essentielle de cette sévérité pour nous-mêmes. Bien
loin d'y répugner, elle en est selon Dieu le sujet le
plus considérable; mais qu'arrive-t-il? appliquez-vous
à cette dernière pensée.

Au lieu de raisonner sur ce principe de morale,
nous confondons les choses, et par un renversement
que l'amour-propre ne manque jamais de faire si nous
ne nous en garantissons, au lieu d'exercer cette
sévérité contre nous, qui en sommes les principaux
objets, nous l'employons contre nos frères, qui ne
sont pas de son ressort. Car à quoi se réduit cette
sévérité, ou à quoi est-elle capable de se réduire, si nous
n'y prenons garde? Elle se réduit ordinairement à cela.
Je veux que nous soyons détachés de tous les divertissements du siècle, cela est louable; mais si avec tout
cela nous perdons cette complaisance que nous
devons avoir pour autrui, et sans laquelle il est
impossible de vivre en paix, surtout dans les sociétés
les plus étroites, comme sont les familles; si en conséquence de ce que nous sommes réguliers, nous croyons
avoir droit de traiter les autres avec rigueur, n'excusant et ne pardonnant rien, si cette régularité
nous fait considérer une paille dans l'œil de notre
prochain et que nous ne voyons pas une poutre qui
nous crève les yeux, si nous nous érigeons au-dessus
des autres, si nous disons autant de mal de notre
prochain qu'en diraient les plus médisants, si cet

esprit de régularité ne va qu'à fomenter nos ressen-
timents, qu'à donner plus de penchant à la vengeance,
et nous rende moins capables de retour [53], et si par-
dessus tout cela l'ambition et l'amour de la gloire
est un des principes secrets qui nous fait [44] agir;
si la charité dégénère dans quelqu'un de ces chefs,
nous n'avons plus le moindre atome de cette sévérité
que Jésus-Christ nous commande, et nous tombons
dans un autre désordre qu'il reproche aux pharisiens
dans l'évangile d'aujourd'hui, qui est qu'ils étaient
de grands observateurs de petites choses, et qu'ils
se souciaient fort peu des grands commandements.

C'est cet abus qu'il leur reproche quand dans le
chapitre 23 de saint Mathieu, il fait leur tableau en
ces termes : *Væ vobis Pharisæi et scribæ hypocritæ*;
malheur à vous scribes et pharisiens hypocrites,
puisque votre zèle ne s'attache qu'à de petites choses,
à payer de menues dîmes dont la loi ne fait pas mention : *qui decimatis menthum at anetum*, pendant
que vous foulez aux pieds les ordres de la charité
et de la justice, *et reliquistis quæ graviora sunt legis*.
La loi vous commande d'être équitables dans vos
jugements, et vous ne l'êtes pas; la loi vous ordonne
d'être fidèles et sincères dans vos affaires, et vous ne
l'êtes pas. Ainsi vous craignez d'avaler des mou-
cherons et vous dévorez des chameaux. *Escolentes
culiam, camelum autem glutientes.*

Grands observateurs des petites choses, mais pour
les grands commandements de la loi et de la justice,
rien du tout. S'il fallait observer le sabbat, ces malheureux l'observaient avec scrupule jusque-là que Josèphe
dit que pendant le siège de Jérusalem, ils aimèrent
mieux laisser entrer les Romains dans la ville que
de rétablir une brèche au jour du sabbat. Ils conspi-
raient contre Jésus-Christ, ils suscitaient des ligues
pour le prendre, et cependant ils n'osèrent jamais
entrer dans la salle de Pilate, de peur que la loi qui le

défendait ne fût violée, n'étant pas permis d'entrer dans la maison d'un païen. *Non introierunt in prœto-rium ut non contaminarentur.* Voilà des hommes bien consciencieux, dit saint Augustin : ils appré-hendent d'entrer dans le prétoire de peur d'être souillés, et ils ne craignent pas de répandre le sang d'un innocent : *ne contaminarentur metuebant et innocentis sanguinem fundere non timebant.*

Voilà le tableau de la plupart des chrétiens. Nous nous attachons à de petites choses et nous négligeons le grand précepte du christianisme, qui est la charité. *Hoc est primum et maximum mandatum : diliges.* C'est pourquoi, disait saint Paul, quand vous embrasserez la loi de Dieu, je vous conjure de ne vous y pas comporter comme des enfants : *nolite pueri effici sensibus.* Voyez un enfant, dit saint Chrysostome. On le dépouille de tous ses biens, il voit sa maison brûler, ses père et mère mourir, il n'en est pas pour cela plus ému; mais si on lui arrache une bagatelle, il se désespère, pourquoi? C'est un enfant, qui ne connaît pas la grandeur de sa peine; il ne s'arrête qu'à des bagatelles : voilà ce qui nous arrive tous les jours. Nous nous attachons à de petites observances, à des choses légères d'elles-mêmes, et pour l'essentiel de la religion, qui regarde la charité du prochain, à peine y faisons-nous réflexion.

Quoi! voulons-nous abandonner ces petites règles? A Dieu ne plaise, je serais bien éloigné de l'esprit de Jésus-Christ. Quand il reprochait aux pharisiens leurs désordres, il ne leur disait pas : laissez là ces petites observances; mais il leur disait : accomplissez les grandes; il faut faire celles-ci et ne pas omettre celles-là; *Hæc oportuit facere et illa non omittere.* Je vous dis la même chose. Tenez bon dans ce zèle de régularité et d'exactitude pour toutes ces petites lois; mais témoignez-en encore davantage pour satisfaire aux grandes obligations. Ces petits devoirs, disait saint

François de Sales, sont comme les dehors d'une place, et les grands préceptes en sont comme le dedans; et comme il y aurait de la folie de garder les dehors après avoir brûlé le corps de la place, c'en est une plus grande de négliger les obligations du christianisme pour s'attacher à de légères observations.

Ainsi joignez à tous ces choses un désintéressement parfait, une humilité sincère et une charité cordiale, et pour lors vous serez véritables et parfaits chrétiens dans cette vie par la grâce et dans l'autre par la gloire. *Amen.*

SERMON SUR LES PROFANATIONS
DE LA MESSE

Recordati sunt vero discipuli ejus quia scriptum est : Zeluc domus tuæ comedit me. JOANN., c. 2.

Ses disciples se rappelèrent qu'il est écrit : le zèle de votre maison me dévore.

Comment est-ce, messieurs, que le zèle de la maison de Dieu n'obligerait pas Jésus-Christ à chasser du temple ceux qui le profanaient ou par leurs impiétés, ou par leurs méchants commerces, puisqu'il n'y a jamais eu chose au monde pour laquelle il se soit plus intéressé que pour venger la gloire d'un lieu qui par une appropriation spéciale sert de demeure et de palais à son père?

Le paradis autrefois, dit Tertullien, lui avait servi de séjour et de temple, où le premier homme dans l'état d'innocence lui sacrifiait son esprit par la soumission, son cœur par l'amour, et toutes les créatures par un parfait holocauste; mais ce premier lieu ne fut pas sitôt souillé, qu'entraîné dans un juste zèle, il y mit à la porte un séraphin qui en chassa le premier et misérable prévaricateur. Le zèle de l'honneur de cette maison le dévorait pour lors, et il ne manqua pas aussi de faire ressentir à son profanateur toute la rigueur de sa justice. A ce premier temple il en substitua un autre; il protesta qu'il demeurerait sur les autels que Salomon lui dresserait, que ses yeux veilleraient sans cesse pour la conservation de ce trône, et qu'il exaucerait toutes les requêtes qu'on lui adresserait; mais aujourd'hui qu'il voit qu'on souille la sainteté de ce lieu par des commerces infâmes et par des impiétés abominables, ne voyez-vous pas comme il prend lui-même le fouet en main, et qu'il en chasse ces sacrilèges, qui en faisaient un funeste et criminel abus.

Nos églises, messieurs, ont succédé à ces deux temples; mais elles ne sont pas plus favorablement traitées par les chrétiens, qui durant même le saint sacrifice de la messe, commettent des impiétés qui attirent la juste colère du ciel. C'est à cette idée, messieurs, que je m'arrête, pour vous montrer d'une manière touchante et pathétique, la profanation que font les mauvais chrétiens du plus auguste de nos mystères et du plus grand sacrifice qui fût jamais dans la religion, afin que cette considération vous oblige à y assister utilement et saintement. Mais comme ce discours est un des plus importants que vous puissiez entendre, implorons d'abord le secours du Saint-Esprit par l'entremise de Marie. *Ave Maria.*

Puisque nos églises sont les maisons de Dieu, il ne faut pas douter que les irrévérences et les impiétés qui s'y commettent, ne soient de très grands sacrilèges, capables d'animer son zèle et d'irriter justement sa fureur. A proprement parler, les péchés des païens, qui n'ont ni véritable religion, ni véritable divinité, ne peuvent pas être mis dans le rang des crimes énormes; il n'y a que les péchés des chrétiens qui soient traités de la sorte, n'y ayant qu'eux qui adorent le vrai Dieu et qui fassent les plus augustes cérémonies dans les temples. Nos églises en effet sont les maisons de Dieu, puisqu'il y réside d'une façon plus particulière qu'il ne fait en aucun autre lieu du monde; elles sont ses maisons, où les pécheurs trouvent leur asile, les justes leur consolation, les pénitents leur force; elles sont ses maisons, par la possession que les évêques en prennent en son nom, par la grâce qu'il y communique, mais particulièrement par la présence réelle de Jésus-Christ et par la célébration du saint sacrifice de la messe.

Oui, messieurs, car quoique Dieu puisse être adoré partout, cependant il ne veut recevoir ce sacrifice que dans nos églises, comme autrefois il n'était permis de lui en offrir que dans le temple de Jérusalem. Et c'est ce qui fait que les impiétés et les profanations qui s'y commettent arment Jésus-Christ de colère, et l'obligent à prendre le fouet en main pour venger l'honneur d'une maison qui lui est consacrée : *Zelus domus tuæ* etc., comme c'est ce qui m'oblige à vous avancer deux propositions, où dans la première je vous ferai voir que c'est au vrai et seul Dieu que le sacrifice de la messe est offert, et dans la deuxième, que c'est Dieu même qui y est offert et sert de victime à un Dieu. Voilà deux grandes vérités, qui doivent d'un côté vous faire concevoir de l'horreur pour les irrévérences qui se commettent dans nos églises, et de l'autre vous instruire de quelle manière vous devez assister au saint sacrifice de la messe, premièrement puisque Dieu en est l'objet, deuxièmement puisqu'il en est même le sujet. Ce sont les deux parties de ce discours.

PREMIER POINT

Avant que d'entrer tout à fait en matière, permettez, s'il vous plaît messieurs, que je vous demande ce que vous pensez faire quand vous assistez au sacrifice de la messe. Je ne parle pas de ce sacrifice par le rapport qu'il a avec le Fils de Dieu qui y est présenté à son père en qualité de victime, nous en parlerons après, je le considère dans une idée plus générale et plus étendue, en tant que c'est un sacrifice, sans avoir égard à la victime qui y est offerte. Cela supposé, je vous demande ce que vous pensez faire quand vous assistez à la messe, car vous ne concevez pas assez l'excellence et la majesté de cette cérémonie. Assister donc à la messe, c'est assister à l'action la plus auguste de toute la religion, dont la fin prochaine est d'honorer Dieu comme son premier principe et sa dernière fin, et de faire une protestation solennelle du respect et de la soumission qu'on lui doit.

C'est le sentiment de toute la théologie et un point de notre foi, et cela est si vrai que dans les anciennes liturgies, la messe était appelée ordinairement du nom d'action, et sans aller plus loin, ne voyons-nous pas encore aujourd'hui qu'elle a retenu ce nom, suivant ces paroles qui sont dans le canon de la messe : *Infra actionem*, qui ne veulent dire autre chose selon saint Isidore de Séville, qu'*infra sacrificium* : comme si l'Eglise voulait par là nous donner à entendre que le sacrifice de la messe est la plus grande, la plus excellente et la plus auguste de toutes les actions, et l'action par excellence [55]; comme si l'homme n'était censé agir que quand il sacrifie, et que ses autres actions à l'égard de celle-là ne fussent de rien comptées, ou du moins très peu considérables.

De là vient que dans toutes les religions, les prêtres ont été toujours si respectés en qualité de ministres du sacrifice, et les temples traités avec une si grande vénération, que les idolâtres mêmes en ont eu tous les sentiments imaginables d'estime et de révérence; témoin ce page d'Alexandre, qui assistant au sacrifice que ce roi faisait à son idole, aima mieux se laisser brûler la main du flambeau qu'il tenait et qui était près d'être consommé, que de jeter là ce qui lui restait, de peur de troubler son prince dans une cérémonie si auguste. Tant il est vrai que, pour parler le langage de Tertullien, la révérence que toutes les nations ont eue pour le sacrifice, a toujours été le plus grand témoignage que l'âme de l'homme était naturellement chrétienne : *testimonium animæ natu-*

raliter christianæ. D'où je conclus que puisque le
sacrifice de notre religion est la plus auguste cérémonie dont les chrétiens soient capables, c'est commettre le plus énorme de tous les crimes quand on
y manque de respect et qu'on le profane par ses
irrévérences. Si cela est ainsi, messieurs, condamnez-
vous vous-mêmes de n'apporter à ce sacrifice que
des contenances immodestes, des yeux égarés, une
imagination extravagante et un esprit entièrement
dissipé. Ah! quelle confusion pour des gens qui se
disent chrétiens, qu'ils n'ont pas plus de respect et de
retenue à la messe, que s'ils faisaient l'action du
monde la moins importante! N'est-ce pas là se
dégrader, je ne dis pas seulement de la qualité de
chrétien, mais même de celle d'homme, puisque dans
le monde on traiterait d'insensée une personne qui
n'apporterait pas d'application aux affaires qu'elle
ferait, et qui ne proportionnerait pas l'attention de
son esprit à la qualité de la chose à laquelle elle
s'occuperait.

   J'ai dit que la fin prochaine du sacrifice était d'honorer Dieu, et je dis que cette circonstance exige des
respects encore plus grands de ceux qui y assistent,
et qu'elle contribue à rendre d'autant plus criminels
ceux qui le déshonorent. Je sais bien, messieurs,
que toutes les autres actions de la religion se rapportent à l'honneur de Dieu, mais je sais aussi que
Dieu n'en est que la fin éloignée, et qu'il n'y a que le
sacrifice dont il soit la fin prochaine et immédiate.
Ce qui se pratique de saint dans la religion, tels que
sont l'observance des préceptes et les actes des vertus
chrétiennes, n'est pas si nécessairement relatif à
l'honneur de Dieu, qu'il ne puisse aussi se rapporter
à notre propre utilité; il n'y a que le sacrifice qui
ait un rapport direct et essentiel au culte de la divinité, et qui soit formellement établi pour honorer sa
grandeur. Et c'est sur cela qu'est fondée cette grande

différence qu'il y a entre le sacrifice et le sacrement.

Ce dernier est établi pour le bien et l'intérêt spirituel de l'homme, d'où vient que l'on dit communément que les sacrements sont faits pour les hommes; mais le sacrifice n'est fait que pour l'honneur de Dieu, pour faire une protestation publique de la plénitude de son être et du néant de la créature. Quand on vous confère un sacrement, c'est pour vous donner la grâce sanctifiante ou pour effacer vos péchés, ou pour vous faire devenir plus saints et plus parfaits; quand vous priez, quand vous jeûnez, quand vous donnez l'aumône, vous rapportez à la vérité toutes ces actions à Dieu, mais vous y cherchez plus votre intérêt que le sien, puisque vous ne vous acquittez de ces obligations que pour vous empêcher de pécher ou pour mériter quelque augmentation de grâce; mais offrez-vous un sacrifice, ces considérations particulières cessent, vous n'avez purement égard qu'à l'honneur de Dieu, parce que le sacrifice n'est établi principalement que pour cela; je dis principalement, car je ne prétends pas exclure les intentions qu'on peut avoir de l'offrir pour obtenir quelque grâce de Dieu en vertu des mérites de son fils. Si donc le sacrifice est principalement établi pour procurer de l'honneur à Dieu, il s'ensuit que les mauvais chrétiens qui le déshonorent par leurs irrévérences, outragent Dieu par la chose même qu'il a établie pour sa gloire, et l'irritent dans un culte par lequel ils devraient l'apaiser et se le rendre propice. Y a-t-il rien de plus abominable que de ne point faire de discernement entre l'action la plus sainte de la religion et entre [56] une chose profane, et d'assister à la messe comme à une comédie?

Mais en quoi consiste cet honneur que Dieu prétend tirer du sacrifice? Il consiste dans un aveu que l'homme fait de sa dépendance. Ainsi dans cette protestation, il détruit l'hostie pour lui témoigner qu'il est le souverain de toutes choses, et que s'il pouvait il s'anéantirait pour honorer sa grandeur, mais que ne le pouvant pas, il substitue à la place une victime qu'il détruit. Et c'est sur cela qu'est fondée la grande différence qu'il y a entre le sacrifice et l'oraison, en ce que celle-ci élève le chrétien au-dessus de lui-même, et qu'elle en fait un petit Dieu, selon le langage des Pères, qui appellent l'oraison une déification et une transformation de l'homme en Dieu; au lieu que le sacrifice l'abaisse et lui fait reconnaître son néant en vue de [57] la grandeur infinie de son créateur. Et cependant où est cette protestation de la souveraineté de Dieu et de l'abjection de la créature?

La faites-vous, messieurs, vous qui durant le sacrifice, scandalisez par vos caquets et vos postures tous ceux qui vous regardent? vous qui ne fléchissez les genoux que par grimace lorsqu'on lève l'hostie, comme si vous adoriez un Dieu de théâtre? La faites-vous, mesdames, cette protestation de votre néant, lorsque vous venez à nos églises avec un air de superbe et d'ambition [58], lorsque vous portez jusqu'à la face des autels des nudités scandaleuses, et que vous ne rougissez pas d'avoir sous vos genoux des carreaux de velours, vous à qui il serait défendu d'en avoir en la présence du roi? Après cela peut-on juger que vous ayez la moindre teinture de christianisme, puisque vous êtes aussi délicates, aussi vaines et aussi superbes dans nos temples que si vous étiez dans une salle de bal [59]? On offre le sacrifice à Dieu pour lui témoigner son néant, et vous avez autant d'orgueil que dans les cercles [60] mêmes. *Quid turpius,* s'écrie saint Chrysostome, *quam ubi se suprema exinanivit majestas, vermiculus infletur et intumescat;* qu'y a-t-il de plus infâme qu'un ver de terre s'enorgueillisse à la vue d'un Dieu qui s'anéantit dans son être sacramentel par la consomption des espèces qui le renferment!

Eh ! s'il vous restait le moindre sentiment de religion, ne vous contenteriez-vous pas d'étaler partout ailleurs votre faste et votre luxe, sans l'apporter jusque dans nos temples, et de vouloir mettre des idoles de vanité sur l'autel d'un Dieu qui s'anéantit ? Oui, oui, je dis des idoles de vanité, car n'est-il pas vrai, et ne le faut-il pas dire à votre confusion, que lorsque vous affectez ces préséances dans les églises, que vous employez la plupart du temps du sacrifice à vous étudier, à recevoir des révérences et à en rendre, vous faites des idoles de vous-mêmes, ne prétendant rien moins que d'honorer Dieu et de vous anéantir en sa présence. Ah ! quel étrange dérèglement ! Le sacrifice est destiné pour honorer Dieu; ce n'est pas assez, par le sacrifice l'homme se charge de l'obligation que toutes les créatures ont de rendre le culte à Dieu, il est leur procureur dans ce devoir d'hommage, et c'est pour cela que quand le grand prêtre sacrifiait, il ne portait pas seulement les noms des douze tribus sur sa robe, mais encore la figure de tout l'univers, pour témoigner que s'il eût pu, il eût sacrifié à la grandeur de Dieu tout le monde [61], et que du moins il lui sacrifiait au nom de tout le peuple et de toutes les créatures insensibles; et néanmoins les choses sont réduites à une extrémité si opposée, que la plupart de ceux qui entendent la messe semblent avoir pris à tâche de se servir de toutes les créatures pour offenser Dieu en sa présence par les usages profanes qu'ils en font.

Ames saintes et vertueuses qui m'écoutez, je vous en atteste, et si ce n'est pas là proprement donner occasion à nos hérétiques de vous faire ce reproche sanglant qui fut autrefois si sensible à David quand ses ennemis lui disaient : *Ubi est Deus tuus?* Et quoi ! peuvent-ils dire à ces profanateurs des autels et des divins mystères, vous voulez que nous reconnaissions que c'est par votre sacrifice de la messe que vous rendez à Dieu le plus grand honneur dont la créature est capable, et c'est en cela même que nous remarquons que vous le déshonorez; eh quoi! vous nous traitez d'excommuniés de ce que nous [62] ne croyons pas que le fils de Dieu soit réellement présent en corps et en âme dans l'eucharistie; hé! comment voulez-vous nous obliger de le croire, puisque à voir la façon avec laquelle vous assistez à vos messes, nous avons tout sujet de présumer que vous ne le croyez pas vous-mêmes? Car si vous le croyiez, y assisteriez-vous avec tant d'irrévérence, d'irréligion et d'impiété? Venez, venez dans nos synagogues [63] pour voir le respect, la modestie et la religion avec laquelle nous assistons à nos cérémonies. Si vous croyez que Jésus-Christ soit réellement présent sur vos autels, vous êtes donc de faux adorateurs, et nous vous traiterons bien plus favorablement de présumer que vous ne le croyez pas; car si vous ne le croyez pas, vous ne péchez que contre votre créance par un défaut de foi; mais si vous le croyez, vous êtes des sacrilèges, des profanateurs et des abominables, qui vous rendez coupables de lèse-majesté divine en premier chef.

Mais passons outre, et disons que, si la seule considération du sacrifice considéré dans son idée même générale et commune, vous engage à y assister avec tant de respect, les qualités que vous y apportez doivent vous en imprimer encore bien davantage. Car lorsque vous êtes à la messe, vous devez vous considérer, premièrement comme autant de témoins qui êtes obligés d'autoriser le sacrifice auquel vous assistez, en second lieu comme autant de ministres qui devez joindre vos cœurs et unir vos volontés à celle du prêtre pour sacrifier avec lui, en troisième lieu comme autant de victimes qui devez vous offrir en unité de sacrifice avec Jésus-Christ votre chef, qui s'immole.

Oui, vous êtes témoins du sacrifice qui s'accomplit sur les autels, et c'est pour cela qu'il est défendu au prêtre de l'offrir, s'il n'a quelqu'un qui y assiste; c'est pour cela que l'Église vous y appelle par le son des cloches, et qu'elle vous oblige sous peine de péché d'y assister du moins les jours de fête et de dimanche; et c'est un honneur qu'elle ne fait pas à tout le monde, car les hérétiques et les excommuniés ne peuvent pas y assister, et un des plus sévères châtiments que l'Église puisse exercer sur les excommuniés, est de les priver de l'assistance et de la participation de cet auguste sacrifice. Les catéchumènes même n'y sont pas admis, mais les seuls fidèles et les véritables membres de Jésus-Christ. Or quel sentiment de respect et de piété ne doit pas vous inspirer cette qualité de témoins, puisqu'un des plus grands honneurs que Dieu puisse faire à des créatures, c'est de les appeler en témoignage, ou de l'infaillibilité de ses paroles, ou du culte qui lui est dû.

Quel sentiment de respect n'aurait pas eu la terre, si elle en était capable, quand il l'a appelée en témoignage! *Audiat terra quæ loquor*, et à quel point d'honneur n'a-t-il pas élevé les créatures même les plus insensibles, quand il les a prises à témoin de ses divins oracles! *Audite, cœli, quæ loquor; audiat terra verba oris mei*. Mais si le ciel et la terre ne sont pas capables de respect, de reconnaissance et de piété, que ne doit pas faire une créature raisonnable qui a l'honneur d'être appelée en témoignage du plus auguste sacrifice qui fût jamais? Dieu ne fait pas même cet honneur aux anges ni aux plus élevés séraphins du paradis; il est vrai qu'ils y assistent avec tremblement, mais au reste le sacrifice n'est point pour eux, ils sont incapables de l'offrir, il n'y a que les chrétiens qui aient cet avantage. Et cependant il n'y en a point qui y assistent avec moins de respect et de reconnaissance.

Que si la qualité de témoins que vous portez à ce grand sacrifice de notre religion, imprime de si nobles sentiments, que ne doit pas faire celle de ministre, que vous partagez avec le prêtre ? Oui, ne vous y trompez pas, et sachez que de quelque sexe ou de quelque condition que vous puissiez être, vous devez vous considérer comme les ministres du sacrifice de nos autels. Car ne croyez pas que ce soit seulement des prêtres et non pas de tous les chrétiens en général que saint Pierre parla quand il les appela une nation sainte et un royal sacerdoce : *gens sancta, regale sacerdotium ;* et la raison de cette vérité, c'est que l'homme, de quelque état et condition qu'il soit, est obligé d'honorer Dieu par le sacrifice, qui est l'âme et le caractère de la religion, cela est incontestable. Il est vrai que tous n'ont pas l'ordre et la consécration requise pour offrir le sacrifice par leurs propres mains, mais tous sont dans le droit et même dans l'obligation d'unir leurs cœurs et leurs intentions à celle du prêtre pour entrer avec lui en unité de sacrifice.

Aussi voyons-nous que le prêtre ne l'offre pas à Dieu comme une personne particulière, mais comme un ministre public, un agent et un procureur universel de tous les chrétiens, et surtout de ceux qui assistent à la messe, et pour preuve de cela, remarquons qu'il ne parle pas en particulier, mais en commun, qu'il ne s'explique pas au singulier, mais au pluriel quand il dit à Dieu : Seigneur, nous vous offrons, nous vous immolons l'hostie de notre rédemption, *Offerimus tibi vel quæ tibi offerunt,* et ailleurs : *Orate ut meum ac vestrum sacrificium acceptabile fiat apud Deum patrem omnipotentem.* De ce principe quelques-uns ont cru que tous ceux qui assistaient à la messe en état de péché mortel péchaient mortellement, parce que, disaient-ils, ils consacrent avec le prêtre la même hostie et font le même sacrifice. A Dieu ne plaise que je sois de ce sentiment; mais toujours j'ai à vous dire

qu'il n'y en a que trop qui pèchent mortellement en
entendant la messe, les uns par commission, les autres
par omission. Ceux qui pèchent par commission sont
ceux qui ne font que causer, que regarder tout ce qui
se présente à eux, ceux qui pèchent par omission sont
ceux qui au lieu de s'appliquer au sacrifice qui se fait,
se laissent aller à des distractions continuelles et ne
s'appliquent à rien moins qu'à ce qu'ils doivent faire
pour s'acquitter du précepte de l'Église [64].

Eh ! pourquoi ne dirais-je pas qu'on y pèche par
ces deux choses, puisque saint Jérôme, qui vivait dans
les premiers siècles, et dans un temps qui n'était pas
à beaucoup près si corrompu que le nôtre, n'a pas feint
de dire à la confusion des chrétiens, que la pudeur et
l'innocence des vierges était aussi exposée dans le
temple et pendant la messe, que dans les assemblées
profanes et durant les représentations des spectacles,
que la chasteté se corrompait au même lieu où on la
devait consacrer à Dieu, et que si les maisons des
premiers chrétiens étaient des églises, les églises étaient
devenues des lieux périlleux à l'innocence et à la chasteté. Après cela n'attribuez pas ce reproche à une
exagération de mon zèle, ni à un emportement de
mon esprit, mais à une pure et sincère volonté de dire
la vérité et d'empêcher les désordres en les découvrant.

Passons encore plus avant, et disons que non seulement vous devez assister à la messe comme témoins
et ministres du sacrifice, mais encore comme victimes
du même sacrifice où le fils de Dieu est offert. C'est la
doctrine expresse de tous les Pères, et particulièrement
de saint Augustin, qui dans le livre 10e de la Cité de
Dieu [65], dit que nous sommes les membres du Fils de
Dieu, qui est la grande victime de notre religion, et
que lui étant unis comme à notre chef, il s'ensuit que
nous devons entrer dans le sacrifice qu'Il fait de lui-
même à son père par les mains des prêtres, et que

comme il s'est immolé par l'Église, de même l'Église est
offerte et immolée par lui : *Ipse per ipsam, ipsa per
ipsum sacrificatus et offertus*. Mais quand les Pères ne se
seraient pas déclarés sur cette matière, la raison seule
ne suffirait-elle pas pour nous en convaincre? Car en
effet, supposé ce principe de la foi, que Jésus-Christ
est notre chef et que nous sommes ses membres, les
membres doivent-ils avoir un autre sort que le chef?
Sera-t-il dit que le chef se sacrifiera, et que les membres
vivront à leur liberté? Ah! ce serait un monstre dans
la morale, plus détestable que le monstre même dans
la nature. Quelle modestie et quelle préparation de
cœur ne doit donc point avoir un chrétien quand il sort
de sa maison pour aller à l'église y entendre la messe!
Ne doit-il pas se dire à lui-même ce que disaient les
apôtres au temps de la passion : *Eamus et moriamur
cum eo :* allons, allons assister au plus auguste de tous
les sacrifices, et mourons ou du moins soyons prêts de
mourir avec cette victime adorable qui s'y immole
pour nous. Voilà les sentiments que les véritables
chrétiens devraient avoir; mais hélas! qu'ils sont
rares! Combien peu y en a-t-il à qui vienne la pensée
de se sacrifier avec un Dieu sacrifié pour eux! Combien au contraire en trouverais-je qui déshonorent ce
sacrifice en refusant de s'y offrir eux-mêmes!

J'ai horreur de cette épouvantable insensibilité, et
je suis confus quand je lis dans les histoires en quelle
posture étaient anciennement les victimes qui étaient
destinées au sacrifice. On les conduisait à l'autel les
pieds liés; elles perdaient l'usage des sens avant celui
de la vie, et elles étaient entièrement consommées par
le feu. Quoi! il sera dit que des animaux iront aux
autels liés et garrottés pour servir de victimes, et que
les chrétiens ne s'y présenteront qu'avec le luxe dans
les habits et l'impudence sur le front! Eh! que n'en-
trent-ils dans un religieux tremblement, tel que doivent
avoir des hosties raisonnables destinées au sacrifice!

Et qu'une sainte frayeur ne leur fait-elle perdre l'usage des sens, pour les rendre conformes au grand Abraham, qui, allant immoler son fils sur une montagne, laissa au pied tous ses serviteurs pour n'être pas témoins d'une action si étrange [66]. Ceux qui imitent ce saint patriarche laissent à l'entrée de l'église toutes leurs affaires, tout ce qui est capable de leur causer de la distraction, ils font divorce avec leurs sens, figurés par ces animaux qu'Abraham laissa au pied de la montagne, ils ne portent à l'exemple de ce saint patriarche et de son fils Isaac, que le glaive, le feu et le bois qui doit servir au sacrifice. Par le bois j'entends avec saint Paul, leur corps et leur âme dont ils doivent faire une hostie à Dieu : *Exhibeatis corpora vestra hostiam viventem ;* par le glaive j'entends la parole de Dieu, qui doit séparer l'homme du chrétien, le naturel du spirituel, l'esprit de la matière, et qui en un mot doit opérer tous ces grands effets dont il est fait mention dans le chapitre 4e de l'Epître aux Hébreux; enfin par le feu j'entends la charité qui doit consumer jusqu'à nos moindres imperfections, qui doit déraciner tous nos vices, exterminer toutes nos passions et ne nous rendre susceptibles que des flammes du divin amour.

Mais surtout donnez-vous bien garde d'imiter le désordre des enfants d'Aaron, qui furent mis à mort parce qu'ils s'étaient servis d'un feu profane pour consommer les victimes qu'ils voulaient offrir à Dieu. Si dans le temps que vous assistez à la messe, vous cherchez à plaire aux créatures et non à Dieu, si vous entretenez un autre feu que celui du ciel, si vous avez des complaisances pour d'autres objets que pour Dieu, vous renouvelez leur crime et attirez sur vos têtes le supplice que mérite un si grand attentat. Que si cette punition ne se fait pas visiblement et aux yeux de tout le monde, comme elle parut à l'égard des enfants d'Aaron, elle n'en est pas moins terrible pour cela, et sachez que Dieu ne retient son bras que pour vous frapper d'un coup plus rude.

Oui, je dis d'un coup plus rude, car la profanation que vous faites dans la nouvelle loi étant plus criminelle que celle qu'ils faisaient dans l'ancienne à l'égard du sacrifice de quelques animaux, il est juste que votre punition soit plus sévère et plus rigoureuse, quoiqu'elle soit moins exemplaire. Hélas ! n'est-ce pas une chose horrible, qu'il n'y ait que dans le christianisme où les temples soient profanés par les chrétiens mêmes et par ceux qui se disent enfants de l'Église ! Les païens et les infidèles peuvent bien profaner les temples d'une religion étrangère qu'ils ne connaissent point ; mais on les verra pleins de religion et de modestie dans leurs propres temples. Les Romains ont profané le temple des Juifs, les païens et les hérétiques ont profané nos églises, mais ces hérétiques et ces païens se comportent avec tout l'honneur et la révérence possible dans leurs temples, où ils n'ont que de faux sacrifices et de fausses cérémonies. Cela étant, où en sommes-nous réduits, qu'il n'y ait que les temples de la véritable religion qui soient profanés, pendant que ceux des idolâtres sont respectés, et qu'il n'y a que le plus auguste de tous les sacrifices qui soit déshonoré, pendant que les infidèles assistent à ceux qu'ils font au démon avec respect et même avec tremblement !

Ah ! j'en conçois bien la raison. C'est que le démon ne tente point les païens dans les sacrifices qu'ils font aux idoles. Il ne les trouble pas dans leurs cérémonies, il ne les distrait point dans l'exercice de ce culte, parce que c'est pour lui qu'il se fait, et parce que l'exercice de cette damnable religion sera un des chefs de leur condamnation au jugement de Dieu ; mais il fait tout son possible de porter au péché les chrétiens qui assistent à la messe, pour leur faire perdre le fruit d'un si grand sacrifice, et il les tente de déshonorer cet auguste mystère, tant à cause de l'envie qu'il a de notre propre bien spirituel, qu'à cause de celle qu'il a du Fils de Dieu, dont il tâche d'abolir le culte et de renverser les autels.

Mais il est temps de finir ce premier point pour dire quelque chose du second, et vous faire voir que non seulement Dieu est l'objet, mais encore le sujet du grand sacrifice de notre religion, c'est-à-dire que c'est non seulement à Dieu que nous sacrifions, mais que c'est un Dieu que nous offrons et que nous sacrifions à la messe.

DEUXIÈME POINT

Le grand saint Chrysostome a avancé une parole bien véritable quand il a dit que nos temples et nos églises étaient tout ensemble et le plus grand ornement et le plus grand opprobre de notre religion : le plus grand ornement parce qu'ils étaient consacrés pour le sacrifice d'un Dieu, et le plus grand opprobre à cause des profanations et des sacrilèges qui s'y commettent par les chrétiens; et ce seront les deux pensées qui feront en peu de mots la matière de ce second point.

Quand vous assistez à la messe, il faut que vous vous persuadiez que vous assistez au sacrifice que le Fils de Dieu a fait de lui-même sur le Calvaire, puisqu'en effet le même Dieu qui s'est sacrifié une fois à la croix, se sacrifie en autant de messes qui se disent dans toute l'étendue de l'Église. Et ce n'est pas en figure ni en idée, mais en effet et réellement, que ce grand sacrifice se renouvelle tous les jours sur nos autels, avec cette différence que sur la croix ce fut un sacrifice sanglant et accompagné d'un crime horrible de la part des Juifs, mais que sur l'autel il est non sanglant et épuré de toutes les circonstances criminelles qui rendirent ces bourreaux coupables d'un véritable déicide. De sorte que les prêtres qui par la force de la consécration donnent une mort mystique au fils de Dieu en mettant son corps et son sang sous deux espèces différentes, font une action aussi sainte et aussi agréable à Dieu que les Juifs en commirent une détestable et abominable en lui donnant la mort par la violence des tourments.

Si donc le sacrifice qui a été offert une fois sur le Calvaire et celui qui s'offre tous les jours sur nos autels est le même sacrifice, ne faut-il pas conclure que ceux qui y assistent avec immodestie, irrévérence et impiété, sont pires que des païens et même que les Juifs, parce que les Juifs ne reconnaissaient pas le Fils de Dieu pour ce qu'il était; car s'ils l'eussent reconnu, comme dit saint Paul, ils ne l'eussent pas traité comme ils l'ont fait : *Si Dominum gloriæ cognovissent, non utique crucifixissent.* Encore y en eut-il parmi eux qui eurent de l'horreur d'une cruauté si inouïe, et qui à la vue des prodiges qui arrivèrent au temps de la passion, ne purent s'empêcher de dire : *Vere filius Dei erat iste,* ce qui me donne sujet de dire que ceux qui ne viennent à la messe que pour y commettre du scandale et y faire paraître leurs impiétés, sont plus endurcis que les Juifs, et doivent être considérés comme les anathèmes de la nature et de la grâce, puisqu'ils ne font point de discernement d'une action indifférente et profane, d'avec une action toute sainte, par laquelle on sacrifie à un Dieu infiniment grand, infiniment puissant et majestueux, et par laquelle on sacrifie un Dieu égal à un Dieu. Le Fils de Dieu avec toute sa sagesse et sa puissance infinie ne pouvait jamais inventer ni exécuter une action plus capable de faire reconnaître la souveraineté infinie de son père, qu'en se sacrifiant à lui tout Dieu qu'il est; et cependant les impies et les libertins assistent à ce sacrifice redoutable avec autant d'indifférence et de froideur que s'ils assistaient à une pièce de théâtre.

Quiconque assiste à la messe, assiste à un sacrifice qui rend plus de gloire à Dieu que si on lui sacrifiait une infinité de mondes, une infinité de séraphins, une infinité de chérubins et une infinité d'esprits bienheureux, puisque tout cela n'est qu'un néant à l'égard de Jésus-Christ. Cela étant ainsi, Jésus-Christ n'a-t-il pas sujet de leur faire le même reproche qu'il faisait aux Juifs ? *Ego honorifico patrem meum, vos autem inhonorastis me :* malheureux que vous êtes, pendant que je me sacrifie pour honorer la grandeur de mon père, et pour apaiser sa justice, vous me déshonorez par vos impiétés, vous insultez à mon humilité par votre orgueil, et au lieu d'unir vos intentions aux miennes et de vous joindre à mon sacrifice pour obtenir le pardon de vos crimes, vous en commettez de nouveaux, vous changez le remède en poison, et vous ne faites qu'irriter mon père.

Mais quels sanglants reproches ne peut-il pas faire à ces dames mondaines, qui apportent des nudités honteuses et scandaleuses jusqu'au pied des autels. Eh ! quoi, je sacrifie un corps vierge plus pur que les anges et les rayons du soleil, et vous y assistez avec un corps profane et impudique. Je sacrifie un corps formé du plus pur sang d'une vierge et vous assistez à mon sacrifice avec un corps que vous parez, que vous idolâtrez, et qui n'est capable que d'inspirer des pensées impudiques. Je me sacrifie pour le salut des âmes, et vous semblez avoir pris à tâche de les perdre par vos scandales. *Pro eis sacrifico me ipsum :* je me sacrifie, je m'immole, je me détruis pour procurer le salut des âmes, et vous y assistez comme des déesses pour les tenter, pour les brûler et pour les damner [67] ! Je vous avoue, messieurs et mesdames, que c'est là le plus énorme de tous les crimes, et qui fait le plus grand opprobre de notre religion. Car au reste, ces fidèles de nom et ces infidèles de mœurs, ou ils croient que Jésus-Christ est réellement dans l'hostie consacrée, ou ils ne le croient pas; or de quelque côté qu'ils se tournent, ils se condamnent eux-mêmes, et quelque parti qu'ils prennent, ils ne peuvent pas se dispenser de folie et de grossièreté d'esprit. Car s'ils ne croient pas la vérité de ce mystère, pourquoi y viennent-ils, pourquoi croient-ils pécher de n'y pas assister à ces fêtes? s'ils ne le croient pas, pourquoi fléchissent-ils les genoux? que ne lèvent-ils tout d'un coup le masque pour se déclarer du parti de nos adversaires plutôt que de profaner ainsi nos mystères[68]. Que s'ils disent qu'ils sont enfants de l'Église et qu'ils croient la réalité de l'eucharistie, pourquoi donc assistent-ils à la messe avec irrévérence, avec impureté et avec scandale, pourquoi y paraître avec tant d'immodestie? Que peuvent-ils répondre à cela, sinon qu'il faut faire comme les autres, et suivre le train commun du monde? Qu'est-ce à dire cela, sinon qu'il se faut damner comme les autres, et suivre ce grand chemin qui mène le monde à la perdition? Et cependant voilà tout le résultat de ces gens-là en matière de religion. Ils veulent vivre d'exemple et se perdre par compagnie, ils veulent faire les philosophes en matière de religion et ils sont infidèles dans le cœur; ils veulent paraître chrétiens au dehors et ils sont athées au dedans.

Mais finissons, car j'ai honte de vous faire de si sanglantes invectives. Ce n'est qu'à mon grand regret que je m'y suis senti obligé. Tout le fruit que je désire que vous remportiez de ce discours, est que vous conceviez une grande confusion de vos désordres passés. Assistez dorénavant à cet auguste sacrifice avec autant de respect et de religion que vous y avez fait paraître de scandale et d'impiété par le passé; assistez-y avec humilité, avec tremblement et en esprit de sacrifice; il n'en faudrait pas davantage pour vous faire changer de vie, et pour vous faire réformer vos mœurs. Car si vous considérez, principalement vous mesdames, que quand vous assistez à la messe, vous devez entrer avec le fils de Dieu en communication du sacrifice qu'il fait de lui-même, et devenir des victimes comme lui, n'est-il pas vrai que ce serait

un puissant motif pour vous défendre de cette vie
molle qui vous perd et qui infailliblement vous dam-
nera. Tâchez donc de participer à son esprit de mortification, qui est l'âme du christianisme, qui après
vous avoir fait vivre comme des victimes en cette
vie, vous méritera une éternité de récompense en
l'autre. *Amen.*

SERMON

SUR L'AVEUGLEMENT SPIRITUEL [1]

Dicebat Jesus : Si veritatem dico vobis, non creditis.
Joann. c. 8.

Jésus disait aux pharisiens : Je vous dis la vérité
et vous ne me croyez pas.

L'évangile de ce jour, chrétienne compagnie, nous
représente deux espèces d'aveuglements bien différents. D'un côté il nous fait voir un pauvre misérable
qui est né aveugle et qui par la privation du plus nécessaire de tous les sens, avait sujet de dire aussi bien
que Tobie : quelle joie puis-je avoir, moi qui suis assis
dans les ténèbres, et qui n'ai pas la consolation de voir
la lumière du ciel? De l'autre côté il nous expose un
grand nombre d'aveugles qui méritent plus d'indignation que de compassion, c'est-à-dire une troupe de
scribes et de pharisiens qui ferment les yeux au milieu
du grand jour des miracles que Jésus-Christ opère, ne
voulant pas croire en lui, accusant d'intelligence et
de mensonge l'aveugle qui confessait publiquement
avoir reçu la vue, conspirant dès lors contre la personne de ce bienfaiteur et s'opiniâtrant à combattre
sa doctrine et même la vérité de ses prodiges.

Quoique la perte des yeux corporels soit un grand
mal, elle n'est pas cependant comparable à celle des
yeux spirituels. Car malheur, dit saint Augustin,
mais malheur éternel à ces yeux aveugles qui ne vous
voient pas, ô mon Dieu, soleil de vérité qui éclairez
le ciel et la terre; malheur à ces yeux qui fléchissent
la paupière, et qui ne peuvent pas vous voir : *væ cæcis
oculis qui te non vident, qui te videre non possunt.* Je

ne m'arrête pas aujourd'hui à examiner littéralement ce qui se passe dans l'évangile de ce jour, je ne m'arrête pas même à vous faire entrer dans le sens spirituel de cet aveuglement dissipé par Jésus-Christ, qui mit un peu de sa salive et de boue sur les yeux de notre aveugle ; je m'attarde à une morale plus importante, je considère d'autres aveugles dans la personne des scribes, des pharisiens et des princes de la synagogue ; et parce que dans le temps où nous sommes plusieurs personnes participent à leur malheur, il faut tâcher de vous découvrir les différentes espèces d'aveuglement spirituel, afin que vous les puissiez connaître non pas d'une manière spéculative hors de vous-mêmes, mais dans vous-mêmes pour les détester et en demander le remède à Jésus-Christ.

C'est tout mon dessein. Mais pour en bien parler, adressons-nous au Saint-Esprit par l'entremise de celle qui a été le plus éclairée des créatures et qui conçut le Verbe dans les lumières de la grâce, quand l'ange lui dit : *Ave Maria.*

Messieurs, quand l'Écriture parle de l'aveuglement spirituel, c'est dans des termes si contraires en apparence, qu'il serait difficile d'en comprendre le sens, si l'Écriture même n'avait pris le soin de nous le développer. Tantôt elle dit que c'est le péché qui aveugle les hommes, *excæcavit eos malitia eorum ;* tantôt elle attribue cet aveuglement à Dieu, comme s'il en était l'auteur : *excæca cor populi hujus ;* et tantôt elle en impute la cause au démon, qu'elle appelle le dieu du siècle ; *in quibus deus hujus sæculi excæcavit mentes.* Tantôt elle traite cet aveuglement d'excusable et de pardonnable : *misericordiam consecutus sum,* dit saint Paul, *quia ignorans feci ;* et tantôt elle le condamne et en fait un grand sujet de reproche : *Væ vobis duces cæci et duces cæcorum.* Voilà comme vous voyez, une grande diversité de passages, qui en a fait tomber plusieurs dans l'hérésie [70], et qu'il est important d'expliquer par l'Écriture même, qui distingue trois sortes d'aveuglement, qui feront tout le partage de ce discours : un aveuglement qui est péché, un aveuglement qui est cause de péché, et un aveuglement qui est l'effet ou la peine du péché.

Salomon parlait du premier dans le livre de la Sagesse, quand il disait que c'était la malice des Juifs impies qui les aveuglait; *excæcavit eos malitia corum;* c'est du second que saint Paul prétend parler, quand il assure que Dieu lui a fait miséricorde parce qu'il était aveugle et ignorant : *quia ignorans feci;* et le dernier était sous-entendu par Isaïe, quand il conjurait Dieu d'aveugler le cœur de son peuple : *Excæca cor populi hujus.* L'aveuglement qui est péché, vient de nous-mêmes; celui qui est la cause du péché, peut avoir différents principes; mais celui qui est la peine du péché, ne peut venir que de Dieu. Sur ce principe, qui est évident dans l'Écriture et incontestable chez les Pères, j'établis trois propositions, qui feront tout le sujet de cet entretien.

Dans la première partie je vous ferai voir que l'aveuglement qui est péché, est le plus grand obstacle qu'il y ait au salut; dans la seconde je vous prouverai que l'aveuglement qui est la cause du péché, quoiqu'il soit souvent excusé, il [10] est cependant un véritable péché; et dans la troisième, que l'aveuglement qui est la peine du péché, est le châtiment le plus terrible dont Dieu puisse punir l'homme en cette vie. Concevez bien ceci. L'homme, par son aveuglement, commet un désordre qui va immédiatement à sa perte, c'est ma première vérité; l'homme aveuglé par le péché, ne fait que se rendre plus criminel qu'il n'était, c'est ma seconde vérité; Dieu, par l'aveuglement dont il châtie le pécheur, lui fait ressentir la plus terrible et la plus funeste de toutes les peines, c'est ma troisième vérité, et tout ensemble le sujet de vos attentions.

PREMIER POINT

Il y a un aveuglement qui de soi est criminel, et que l'ange de l'École dans sa seconde partie, seconde section, question quinzième, a pris soin de nous expliquer en disant que c'est un aveuglement que l'homme affecte [71], dans lequel il se plaît, par lequel il dit : Je ne veux pas être plus éclairé que je le suis, et je trouve dans mes ténèbres un si grand contentement, que je suis ravi d'y demeurer. Ce qui est étrange, c'est qu'il n'y a presque personne qui ne soit sujet à cet aveuglement, et qu'il est, selon la remarque des théologiens, le péché ordinaire des libertins et des athées, lesquels ayant des lumières plus que suffisantes, et pour ainsi dire infinies, pour connaître Dieu, veulent néanmoins de propos délibéré, s'aveugler pour ne pas le connaître. C'est l'idée que Tertullien nous en a donnée dans son Apologétique, où il dit que le propre de Dieu, c'est d'être le plus connu et le moins connu de tous les êtres; et il ajoute que c'est le grand mal des esprits forts de détourner la vue de celui qu'ils ne peuvent pas ignorer. *Hæc est summa delicti non agnoscere quem non possunt ignorare.* C'est de la sorte que les hérétiques de mauvaise foi en ont agi de tout temps, je veux dire ceux qui ne sont hérétiques que parce qu'ils le veulent bien être, car il y en a qui, quoi qu'il arrive, sont déterminés à ne jamais se rendre; et c'est le reproche que saint Augustin faisait aux manichéens; il leur reprochait d'avoir l'esprit bien mal fait, de ne vouloir pas croire autant en lisant l'Écriture sainte qu'en lisant les fables d'Ovide ou d'Homère.

Je dis encore que ce péché est le péché des sensuels et des voluptueux du siècle, qui pour vivre dans une plus grande liberté et jouir plus à leur aise des délices de cette vie, ne veulent pas entendre parler des vérités éternelles; et c'est de ces sortes de gens dont le monde est plein, et qui semblent dire à Jésus-Christ ces paroles que Job leur met en bouche : *Recede a nobis, scientiam viarum tuarum nolumus;* Seigneur, retirez-vous de nous, la science de vos voies nous est trop importune; réservez ces lumières pour d'autres gens que nous; il vaut mieux que nous ignorions les biens ou les maux qui nous sont préparés dans l'éternité, afin que nous goûtions mieux les plaisirs que le monde nous présente; tout cela est trop rebutant et trop choquant; *recede a nobis :* c'est ainsi que raisonnent ces hommes esclaves de leurs passions.

Gens, dit Cassiodore, qui préoccupés de l'amour d'eux-mêmes, ne trouvent rien de plus odieux que la vérité, et qui veulent que non seulement on ait de la complaisance pour eux, mais même qu'on les applaudisse dans leurs désordres. Et c'est la peinture qu'en fait saint Jérôme : *Hi enim cupidi falsæ adulationis gaudent de inventionibus suis et illusionem pro beneficio ponunt;* on choque ce désir quand on leur parle des choses qui ne leur sont pas agréables, et ils ne trouvent point agréable ce qui leur est utile.

Enfin, je dis que c'est le péché d'une infinité de chrétiens, qui par d'autres intérêts que vous connaissez mieux que moi, ne veulent pas s'éclaircir des doutes qu'ils ont touchant la foi, parce qu'ils ne veulent pas s'acquitter des obligations qu'elle leur impose. Ce sont ceux dont le prophète parle quand il dit : *Noluit intelligere ut bene ageret,* il n'a rien voulu entendre de peur d'être obligé de bien faire. Un homme a été dans de grands emplois et dans de grands partis, et malgré la misère du temps, il y a réussi et fait ses affaires; un juge ou un magistrat a malversé en rendant la justice, et on l'a pris pour habile homme; un particulier s'est mêlé de négocier pour les autres, il s'en est fort bien acquitté. Si dans quelque temps ou quelques années, cet homme d'affaires, ce juge, cet homme d'intrigue entraient dans le détail de toutes ces choses, qu'ils prissent la balance en main et qu'ils allassent jusque dans le particulier [72], il est plus que probable qu'ils trouveraient des injustices à réparer, des restitutions à faire, ou bien des promesses à accomplir. Tout cela les embarrasserait trop, parce que cette considération les obligerait à y satisfaire; mais que fait cet homme? Il étouffe tout cela, et pour s'ôter de cet embarras, il s'en ôte la connaissance. C'est un cloaque, lequel d'autant plus qu'il est remué, exhale plus de puanteur. Pour s'empêcher de satisfaire, il ne veut point pénétrer dans cet embarras.

Pour le respect de Pâques qui s'approche (je suis bien aise d'avoir trouvé l'occasion de dire ceci), on cherche un confesseur qui soit bon homme, un homme sans façons, un homme qui ne pénètre point dans toutes ces affaires, un homme qui soit ou peu zélé, ou peu éclairé, et moyennant quelque petite chose, quelque petite aumône ou quasi rien, le tiendra pour grand homme de bien, en glorifiera Dieu et les anges. Quelle est la devise de cet homme-là? je l'ai dit : *noluit intelligere ut bene ageret ;* il n'a pas voulu connaître ses obligations, parce qu'il n'a point voulu y satisfaire.

Or je dis que de tous les péchés des hommes il n'y en a point de plus opposé au salut que ce péché d'aveuglement, et qui ait des suites plus funestes dans l'ordre de la prédestination, et pourquoi? Pour deux raisons, l'une de saint Thomas et l'autre de saint Augustin : parce que ce péché nous arrache la première de toutes les grâces, qui est la connaissance : voilà la première ; et celle de saint Thomas; parce qu'en nous arrachant cette première grâce, il rend toutes les autres inutiles, et leur ferme la porte : voilà la seconde et c'est la raison de saint Augustin. Jugez donc par là du malheur où ce détestable aveuglement nous jette.

Selon tous les théologiens, le principe de la grâce c'est la connaissance du bien, c'est la connaissance de la loi. Il faut que Dieu commence par là pour nous sauver, et c'est en cela que Dieu, tout Dieu qu'il est, est obligé de se conformer à l'ordre de la nature, parce que, comme dans l'ordre de la nature nous ne pouvons agir sans connaître, de même dans l'ordre de la grâce Dieu ne peut pas opérer notre salut, s'il ne nous en donne et inspire la volonté, et il ne peut pas nous en donner ni inspirer la volonté, s'il ne nous en donne la connaissance. C'est ainsi que saint Augustin raisonne. Que faisons-nous donc quand nous résistons à cette connaissance? Nous refusons de faire notre salut, nous en détruisons la substance; en fuyant cette première lumière, nous nous rendons incapables de toutes les autres grâces, qui seraient capables de nous sauver. Car de dire : je ne veux pas connaître cette vérité, c'est dire : je veux que Dieu me prive de son amour; c'est dire : je veux qu'il me prive de la crainte de ses jugements; c'est dire : je ne veux pas qu'il excite en moi la haine et l'aversion du péché et qu'il touche mon cœur; pourquoi? Parce que toutes ces grâces nécessaires à l'homme pour opérer son salut, étant telles qu'elles ont rapport à la grâce de la connaissance, en renonçant à cette grâce nous renonçons à toutes les autres, quelles qu'elles puissent être. Or je vous demande s'il y a rien de plus opposé au salut et à la prédestination de l'homme que cela?

Car je vous dis, chrétiens, que pendant que nous avons la connaissance de la vérité, quelque corrompus et déréglés que nous soyons, nous sommes toujours dans le pouvoir de faire notre salut; d'où vient que le Sauveur du monde dit en saint Jean : *Ambulate dum lucem habetis ;* prenez garde, pécheurs, que vous ne soyez surpris de la nuit. Car dès que la lumière de la connaissance vous vient à manquer, dès là [11] toutes les autres grâces vous manquent, et non seulement vous ôtez à Dieu la volonté d'opérer votre salut, mais encore la puissance, et à vous-même le désir et l'apparence d'y arriver, et pourquoi? Parce que le

premier pas qu'il faut faire pour le salut, c'est de
le chercher, et pour le chercher, il faut le connaître, et c'est à quoi s'oppose l'aveuglement du
pécheur.

Oui je l'ai dit et il est vrai, que par ce seul péché,
nous mettons Dieu, tout Dieu qu'il est, dans l'impuissance de nous sauver, et nous l'obligeons à nous dire,
dans un sens bien différent, ce qu'il disait à un autre
aveugle dont il est parlé dans Saint Luc. Cet aveugle de
Jéricho, apprenant que le Sauveur passait, il s'empresse,
il prie, il importune. Tout le monde lui dit de se taire,
et il l'importune toujours davantage, et le Sauveur
lui dit : *Quid tibi vis faciam?* Voilà une belle instruction.
Hé, chrétien, tu me réduis dans un état bien déplorable; veux-tu que je te sauve sans grâce? cela ne se
peut pas, veux-tu que je te sauve sans ton consente-
ment et ta volonté? ce n'est pas l'ordre de ma providence; veux-tu que je te donne ma grâce malgré ta
volonté? ce n'est pas la conduite de ma justice; veux-tu
que je force pour toi tous mes attributs? ce n'est pas
mon ordinaire. Il faut donc que je te damne, il faut
que je te perde, et que j'arrête toutes mes grâces,
puisqu'il n'y en a pas une capable de te convertir
pendant que tu demeureras obstiné et aveugle.

Nous n'avons pas la volonté que Dieu nous éclaire,
nous en avons une toute contraire à celle de cet aveugle
qui dit : *Domine, ut videam,* Seigneur, que je voie;
et nous, tout au contraire, que je ne voie jamais.
C'est cette passion, c'est cet intérêt, qui nous met hors
de nous-mêmes, et qui ne nous laisse que la fureur du
serpent, *furor illis secundum similitudinem serpentis;*
nous nous bouchons les oreilles, comme l'aspic le fait
avec sa queue, de peur que son sommeil ne soit inter-
rompu; nous nous bouchons les oreilles, afin de n'écouter pas Dieu : *sicut aspidis surdæ et obturantis aures
suas;* mais nous faisons pire que l'aspic, car s'il bouche
ses oreilles, c'est pour conserver sa vie; mais nous,

si nous bouchons nos oreilles aux inspirations secrètes de Dieu, c'est pour la perdre.

Que voulez-vous donc que Dieu vous fasse? Croyez-vous qu'il fasse des miracles pour vous convertir? Je sais bien que Dieu peut indépendamment de nous et même malgré nous, faire naître en nos esprits les lumières du salut; je sais qu'il est de l'essence de cette première grâce d'être produite en nous sans nous, comme dit saint Augustin : *in nobis sine nobis;* je sais qu'il n'est pas en nous de la recevoir ou de ne la pas recevoir, quoiqu'il soit en nous d'en user, ou de n'en user pas après l'avoir reçue; mais il est vrai de dire que quand nous n'en voulons pas user, nous formons le plus grand obstacle à la grâce, et que pour le rompre il faut que Dieu fasse le plus grand effort de sa très grande miséricorde : d'où je conclus que l'aveuglement qui est péché, ou le péché d'aveuglement, est le plus funeste de tous les crimes.

Voilà en quoi ce péché nous engage tous en général, et en particulier ceux qui vivent dans le grand monde, comme la plupart de ceux qui m'écoutent. Voilà ce qui peut rendre l'homme indigne de tout ce que Dieu peut faire pour son salut, et qui fait l'abîme de l'iniquité, et ce qui doit, mes frères, vous exciter à adresser à Dieu cette prière, que David répétait tous les jours dans l'embarras de tant d'affaires : *Illustra faciem tuam super servum tuum, revela oculos meos, illumina tenebras meas*; Seigneur, faites rejaillir l'éclat de votre visage sur votre serviteur, Seigneur, éclairez mon esprit; ah! mon Dieu, faites briller sur moi les lumières de votre loi; mon Dieu, ouvrez mes yeux afin que je ne m'endorme point dans le péché. Je suis un aveugle il est vrai, mais mon Dieu, ne me laissez pas dans mon aveuglement, faites que je satisfasse à votre loi, et que je ne résiste jamais à vos lumières. Je ne connais pas la vérité, je l'avoue, mais j'espère, mon Dieu, que vous aurez pitié de mes ténèbres et

que vous les éclairerez de votre vérité. Changez donc
pour cet effet, mon cœur, donnez-m'en un qui soit
aussi sensible pour vous aimer, qu'il l'a été pour
s'attacher aux choses de la terre : *cor mundum crea
in me, Deus;* et parce que la pente de ce cœur doit
être réglée par les lumières de l'entendement, renouvelez le mien, écartez ces ténèbres qui l'environnent :
et spiritum rectum innova in visceribus meis.

Mais pourquoi, mon Dieu, est-ce que je vous
demande cette intelligence, est-ce pour bien réussir
dans mes affaires, est-ce pour avoir l'approbation du
monde? Non ce n'est pas pour cela; ce n'est que pour
faire mon salut. Est-ce pour connaître les erreurs et
les hérésies? Hé, j'en aurai toujours assez pourvu
que je vous connaisse. Ne me refusez pas cette connaissance, délivrez-moi de ce premier aveuglement,
qui est affecté, et qui est le péché même. Ce n'est
pas assez, écartez encore de moi le second, qui est
la cause du péché. C'est le sujet de ma seconde vérité.

DEUXIÈME POINT

J'appelle, chrétiens, un aveuglement qui est cause
du péché, lorsque je ne pèche que parce que je suis
aveugle, et que je ne pécherais pas si j'avais les
connaissances et les lumières que je devrais avoir.
Car c'est en ce sens qu'on peut dire avec saint Paul :
Mon ignorance est cause de mon péché, et sans elle
je ne l'aurais pas commis. C'est la pensée du docteur
angélique saint Thomas, dans le livre que j'ai déjà
cité, et de tous les docteurs après lui.

Nous ne pouvons pas concevoir un aveuglement
plus horrible que celui des Juifs à l'égard de Jésus-
Christ, et je ne puis vous en apporter un exemple
plus authentique. Ils voyaient une infinité de miracles
que cet homme extraordinaire opérait; ils croyaient
qu'il n'y avait qu'un Dieu qui les pouvait faire; ils
savaient par leurs supputations, que les semaines de

Daniel étaient accomplies, que le sceptre n'était plus dans la tribu de Juda, que le sacerdoce avait cessé; et cependant au milieu de toutes ces lumières, ils se bandent les yeux, le font passer pour un scélérat, le condamnent à la mort. Si aujourd'hui le Sauveur guérit l'aveugle-né, ils disent que ce n'est pas celui qui était assis et mendiait; ils l'accusent de ne pas observer le sabbat; ils ne croient ni l'aveugle éclairé, ni ses parents; et enfin ils conspirent de faire chasser de la synagogue ceux qui avoueront qu'il est véritable Messie. Voilà l'aveuglement que j'appelle cause du péché, aveuglement terrible, qui se renouvelle dans notre siècle, et qui ne nous saurait excuser.

Nous avons beau, comme les pharisiens, nous servir de notre ignorance pour prétexte : *sicut principes vestri per ignorantiam fecistis,* nous avons beau dire : si j'avais su que dans ce contrat, dans cette intrigue il y eût du péché, je ne l'aurais pas fait; si vous ne saviez pas, à la bonne heure; mais vous avez toujours commis une usure, et il faut savoir si votre ignorance vous excusera devant Dieu. Car par exemple, combien de crimes parmi les chrétiens, qui ne procèdent d'autre chose que de l'ignorance et de l'aveuglement ! voilà ce que dit Tertullien. Toute la cause des médisances que nous faisons contre notre prochain, vient de l'ignorance que nous avons de ce qu'il est; car dès le moment que nous commençons à le connaître, nous cessons de le haïr; mais le malheur est que cette même ignorance semble nous rendre plus coupables : *Hæc prima causa impietatis christianorum quod videntur excusare se de eo quod ignorant ; cum enim aliquis scire incipit, cessat et odisse.* Il aurait maintenant bien plus de sujet de faire ce reproche à la plupart des chrétiens sur les médisances, les rapports et les calomnies qui se font tous les jours, parce qu'on les fait par le même principe. Si on était bien informé des choses, on n'en parlerait pas de la sorte; mais parce qu'on ne savait cette chose qu'à moitié, de là vient qu'on a pris sujet de parler mal de cet homme : aveuglement cause du péché.

Pourquoi nous permettons-nous mille choses pour entretenir cette compagnie, pour paraître dans le luxe, pour nous attacher à cette passion? et pourquoi sommes-nous éloquents sur le chapitre de nos obligations, sans vouloir les faire? Aveuglement cause du péché. Mais s'agit-il de notre intérêt, nous n'omettons rien, tout y trouve sa place et nous sommes ingénieux à nous tromper nous-mêmes : aveuglement cause du péché. S'agit-il d'un cas de conscience, nous cherchons des docteurs qui raffinent; nous y découvrons du bon sens, et ce que nous blâmions auparavant, nous l'approuvons : aveuglement cause du péché. Combien d'inimitiés, combien de jalousies, d'où sont venues les violences avec lesquelles on a traité cet homme? Parce qu'on l'a cru un esprit artificieux, on a rendu de mauvais offices à cet autre. Un commerce de galanterie, cette immodestie qui choque tout le monde, *confictam et elaboratam libidinem*, comme dit Tertullien : aveuglement cause du péché. L'hérésie qui se pique d'être éclairée, qui se défend par de beaux raisonnements, tant d'esprits qui s'y opiniâtrent; il y a des hérétiques de mauvaise foi, on ne peut pas douter qu'il n'y en ait de bonne foi, et qui quitteraient dès aujourd'hui leur hérésie, s'ils savaient que leur religion ne fut pas bonne, et que celle que nous prêchons est la véritable. Pourquoi demeurent-ils dans leur parti? aveuglement cause du péché. Nous les tenons pour schismatiques et coupables d'hérésie, et ils le sont en effet, et c'est ici où je vous demande si cette ignorance les excuse devant Dieu. Ah! dit saint Bernard, plût à Dieu que cela fût; mais si cela était, pourquoi Dieu aurait été établir un sacrifice pour les ignorances de son peuple, comme nous voyons dans le Lévitique, où il est dit que celui qui aura péché par ignorance, offrira le sacrifice pour son péché. *Anima quæ peccarit per ignorantiam offeret sacrificium pro peccato?* pourquoi David demandait-il à Dieu qu'il effaçât ses péchés passés et qu'il ne se souvînt plus de ses ignorances : *Delicta juventutis meæ et ignorantias meas ne memineris, Domine?*

Il n'est pas vrai que l'ignorance vous excuse toujours du péché. Je dis plus, messieurs, et voici ma seconde proposition, je dis que l'ignorance ne nous excuse presque jamais du péché, et que dans le siècle où nous vivons, l'une des excuses les moins recevables c'est l'ignorance des vérités du salut, et pourquoi? Parce que dans notre siècle, il y a trop de lumières pour y chercher tant de prétextes de ce côté-là. *Si non venissem et eis locutus non fuissem peccatum non haberent,* si je n'étais pas venu et si je ne les avais pas instruits, dit le Sauveur du monde, ils n'auraient pas de péché; *nunc autem excusationem non habent de peccato suo* : mais maintenant que je leur ai prêché ma doctrine, ils n'ont plus d'excuse. Si vous étiez du temps de Samuel ou dans le fond de la Barbarie, peut-être que votre ignorance pourrait vous excuser de péché; mais dans un siècle éclairé des vérités de la religion comme le nôtre, mais dans une ville où tous les jours cent bouches sont ouvertes pour vous prêcher la science de Dieu et du salut, direz-vous que ce n'est pas encore assez? Je vous le répète encore une fois, cette ignorance, au lieu de vous excuser elle vous condamne.

Mais, me direz-vous, quoiqu'on prêche si souvent, néanmoins il arrive qu'on ignore une infinité de choses qui regardent le salut. Il est vrai, mon cher auditeur, et c'est ce qui fait mon étonnement et ma plainte. Quand les pharisiens disent qu'ils ne connaissent pas Jésus-Christ et qu'ils ne savent pas qui il est, l'aveugle-né leur fait une belle réponse. C'est une chose étonnante, dit-il, que c'est lui qui m'a ouvert les yeux, et que cependant vous ne le connaissez pas : *hoc enim mirabile est quia nescitis unde sit, et aperuit oculos meos ;* comme s'il voulait dire qu'ils ne devaient plus ignorer qu'il fût le Messie après ce miracle. Il est étonnant qu'alors qu'on nous prêche tous les jours les vérités de la religion, que dans un siècle où le raffinement de la religion va jusqu'à l'excès [73], il est surprenant que vous soyez dans l'ignorance. Il est étrange qu'on fasse partout des prédications, des exhortations et des catéchismes, que vos pasteurs s'appliquent entièrement pour votre instruction, et que cependant vous soyez encore dans l'ignorance de votre devoir. Voilà un étrange prodige, mais qui n'ôte pas pour cela à Dieu le pouvoir et la volonté de s'en venger. C'était l'erreur du mauvais riche, qui croyait que ses frères qui menaient une vie licencieuse comme lui, ne se convertiraient jamais, si Abraham n'envoyait le Lazare [74] au monde pour les convertir. Non non, lui dit Abraham, il n'est pas nécessaire que le Lazare sorte de ce lieu de délices où il est, pour aller avertir vos frères; n'ont-ils pas Moïse et les prophètes avec eux : *habent Moysen et prophetas.* Or voilà ce que le Fils de Dieu nous dit encore tous les jours, quand nous nous plaignons que nous tombons dans le péché. Vous avez des prélats, des prêtres, et des prédicateurs, qui apportent tout le soin possible pour votre instruction; après cela ne dites plus que vous péchez par une ignorance qui mérite d'être excusée, *non habent excusationem de peccato suo.*

En effet il est impossible que vous soyez excusables après cela, parce que vous agissez ou contre vos propres lumières, ou contre vos doutes : j'achève ce point avec deux mots. Dieu ne reçoit point ces sortes d'excuses. S'il s'agissait de quelques affaires du siècle, vous ne manqueriez pas de lumières; il n'y a que pour l'affaire de votre salut que vous n'en avez point; mais quand vous n'agiriez point contre vos propres lumières, au moins agissez-vous contre vos doutes; et quand vous n'auriez de lumières que par vos doutes, vous en auriez assez pour pécher. Remarquez bien ceci; dès là que je doute qu'une chose est péché et que néanmoins je la fais, dès là je pèche. Je doute si ce bien est à moi, et cependant je le prends, c'est comme si je le dérobais. Cependant, c'est en quoi l'on pèche tous les jours, et c'est en quoi l'on fait pécher les autres.

Car permettez-moi de vous dire que voilà le désordre qui vous arrive tous les jours. Vous avez des enfants à élever, vous les laissez croupir dans l'ignorance de leur salut; vous les faites instruire à toutes autres choses hormis à se sauver; vous leur donnez des maîtres pour la danse, pour les instruments et pour les autres sciences, mais non point pour la science du salut, et s'ils se sauvent c'est contre votre pensée. Vous avez des filles, mesdames, et vous faites tout votre possible pour leur donner le bel air du grand monde. Pèchent-elles en compagnie contre la civilité, vous ne le pourriez souffrir; pèchent-elles par ignorance contre le christianisme, vous ne vous en souciez pas. Vous avez des domestiques dans votre maison, eh! du moins doivent-ils être instruits du christianisme pour pouvoir se sauver. Ils s'approchent des sacrements, ils sont chrétiens. Il est vrai, mais je ne sais s'ils savent ce que c'est d'être chrétiens. Vous avez cependant une obligation très étroite qu'ils en soient instruits; c'est pour cela que Dieu vous les a donnés. Mais à qui m adresserai-je pour les faire, instruire? Ah! ne vous offensez pas si je vous le dis, à qui voulez-vous les confier qu'à vous-mêmes, puisque Dieu vous les a donnés? C'est trop d'honneur pour vous de les instruire de leur salut, c'est faire l'office d'apôtre de leur enseigner les vérités de la religion.

Mais à qui vous adresserez-vous, si vous n'en voulez
pas prendre la peine? A cent ecclésiastiques, qui
tiendront à grand honneur de les instruire. Mesdames,
vous n'en trouvez que trop pour vous, mais pour
ces âmes rachetées comme les vôtres par le sang de
Jésus-Christ, vous n'en pouvez pas trouver! Ah,
prenez garde qu'en négligeant de les faire instruire,
Dieu ne vous afflige de la plus terrible de toutes les
punitions, je veux dire de cet aveuglement qui est
la peine du péché. C'est mon dernier point, que
j'achève en deux mots, crainte que j'ai d'abuser de
vos patiences.

TROISIÈME POINT

Il est de la foi, messieurs, que Dieu aveugle quelquefois les hommes, et que cet aveuglement est la
peine due à l'énormité de leurs crimes. De dire comment cela se fait, c'est un mystère qui n'est connu de
personne, c'est une énigme [75] dont on ne peut comprendre le sens, c'est le grand secret de la réprobation
des pécheurs, et un abîme qu'il est impossible de
pénétrer.

A voir les choses en elles-mêmes, on dirait quasi
que Dieu, par une action positive, produit dans les
pécheurs l'erreur et l'aveuglement. *Ideo mittit in eos
Deus spiritum erroris*, dit l'Apôtre; et prenez garde
que par là l'Écriture sainte ne dit pas seulement que
Dieu punit le pécheur par son propre aveuglement,
mais qu'il le punira de l'aveuglement comme d'une
cause qui lui est jointe [76]. C'est ainsi que nous lisons
que des rois ont été aveuglés : *quia decipiet Achab
regem Israel*. Achab est un impie, dit Dieu, je veux
l'aveugler et le tromper : *ego decipiam illum*; je veux
même que ses prophètes l'abusent et le trompent :
*dedit Dominus spiritum mendacii in ore prophetarum
ejus ;* et aussitôt il mit un esprit de mensonge dans la
bouche de tous les prophètes qui étaient à sa cour. Ne

diriez-vous pas par conséquent que c'est Dieu qui, par une action réelle, physique et positive, l'aveugle? Non, dit saint Augustin, Dieu qui est la vérité essentielle, ne peut pas nous tromper, et s'il nous aveugle, c'est par une action de permission et non pas par une action physique; c'est en souffrant que nous soyons trompés, et non par en nous inspirant lui-même l'erreur; parce que si Dieu aveuglait positivement le pécheur, ce malheureux dans cet état ne pourrait accomplir la loi, elle lui deviendrait impossible; or il est de la foi que l'accomplissement de la loi ne nous est pas impossible, et je le dis après le concile de Trente : *Deus impossibilia non jubet.* Que fait donc Dieu quand il nous aveugle? Il ne fait rien, et ne faisant rien, nous tombons dans l'aveuglement. Il nous voit engagés dans nos désordres, et il nous retire certaines lumières avec lesquelles nous aurions fait notre salut; car Dieu n'aveugle jamais par une privation générale de toutes les grâces; Dieu nous laisse toujours des lumières suffisantes [17]; *ut justificeris in sermonibus tuis,* etc. dit le prophète, pour montrer que Dieu laisse toujours assez de grâces pour justifier sa providence dans l'état du salut; mais il ne nous accorde plus ces lumières privilégiées, lumières qu'il donne à ses élus, lumières qui nous feraient voir toutes choses dans leur véritable jour, lumières pénétrantes [18], qui nous découvriraient la vanité du monde, la fausseté de ses espérances et la fourberie de ses promesses, lumières qui par leurs approches en détacheraient notre cœur par force et par puissance, et qui nous feraient dire : Ah! mon Dieu, est-il bien possible que je me sois aveuglé de la sorte !

Or ce sont ces lumières dont Dieu nous prive, quand il est irrité contre nous; et ce sont ces lumières qui par leur présence ou leur absence, font notre conversion ou notre aveuglement [19] : d'où il arrive que lorsqu'elles nous sont ôtées, Dieu nous châtie de la plus terrible et de la plus rigoureuse de toutes les peines. Voilà pourquoi saint Chrysostome remarque que, quand Isaïe voulait exciter Dieu à punir les péchés de son peuple, il ne faisait point d'autre imprécation que celle-ci : *Excæca cor populi hujus;* Seigneur, aveuglez et endurcissez l'esprit de ce peuple. Il ne disait pas : Seigneur, envoyez des afflictions et des fléaux à ce peuple, suscitez-lui de grandes guerres, des pestes et des famines; tout cela paraissait trop peu de chose pour punir ces ingrats; mais en demandant à Dieu leur aveuglement, il attirait sur eux la plus épouvantable de toutes les peines, pourquoi cela? Parce que toutes les peines hors celle-là, n'ont rien que d'avantageux pour nous; parce que quand il semble que Dieu s'éloigne de nous par sa justice dans ses châtiments, il nous reçoit par sa miséricorde et s'en approche par sa bonté; ainsi il y a un mélange de miséricorde et de justice; au lieu que l'aveuglement est l'effet d'une justice toute pure : *Judicium sine misericordia.*

Quand Dieu m'afflige, qu'il m'envoie des disgrâces, quand il me fait souffrir des maladies et des pertes de procès, j'ai de quoi me consoler. Je dis : Seigneur, je vous ai trop d'obligation; en m'envoyant ces afflictions vous ne me faites que trop de grâce, parce que vous ne me les envoyez que pour m'obliger à faire mon purgatoire en ce monde; mais quand Dieu m'aveugle et me prive de toutes ces consolations, c'est un effet de la justice toute pure; il m'envoie une peine semblable en quelque façon à celle des damnés. Car en quoi consiste la peine des réprouvés? Elle ne consiste qu'en ce que plus ils souffrent, plus ils sont obstinés, et il est vrai de dire la même chose de l'aveuglement. Ce n'est plus une peine purement temporelle, c'est un châtiment éternel, je m'explique. Toutes les autres maladies et les autres peines ont un commencement et elles cesseront un jour; mais l'aveuglement est un mal qui à la vérité commence, mais qui ne doit jamais cesser. La mort qui termine les autres peines, ne fait que continuer celle-là; car comme un bienheureux ne fait par la mort que passer de lumières en lumières, de clartés en clartés, que passer des lumières de la grâce à celles de la gloire; *in eamdem imaginem transformamur claritate,* dit l'Apôtre, de même un réprouvé passe d'aveuglement en aveuglement, de ténèbres en ténèbres, des ténèbres du péché aux ténèbres de l'enfer; si bien qu'on peut dire que l'aveuglement n'est autre chose qu'un enfer commencé, comme l'enfer n'est autre chose qu'un aveuglement continué.

Après cela, chrétiens, dites que Dieu ne punit pas les pécheurs en ce monde, dites que sa justice ne les accuse pas, que sa providence n'en fait pas le discernement sur la terre; vous vous trompez, s'écrie saint Augustin, si vous parlez de la sorte : *Utique Deus est judicans illos in terra.* Il fait merveille sur ce passage du prophète. Dieu, dit-il, juge les hommes sur la terre, *Deus judicat homines in terra*; il n'attend pas à l'autre monde pour juger les pécheurs, mais il attend seulement à les punir. Il y a ici-bas, dit ce père, des peines et pour les prédestinés et pour les réprouvés; elles sont communes aux uns et aux autres; mais il y en a de particulières pour les réprouvés, et c'est l'aveuglement de l'esprit et l'endurcissement du cœur : *cæcitas mentis induratio cordis.* Ah ! mon Dieu, s'écrie-t-il, que vous êtes redoutable dans la justice que vous exercez sur les endurcis; *quam severus es, Deus, in excelsis ; justa lege spargens pœnales cæcitates super illicitas cupiditates.*

Craignons, mes frères, craignons de tomber sous une justice si redoutable, prévenons une punition si sûre. Ah ! mon Dieu, châtiez-nous de toute autre manière qu'il vous plaira; envoyez-nous toutes les disgrâces et toutes les afflictions de la vie, mais ne nous aveuglez point; ne nous endurcissez point, et ne permettez jamais que ce châtiment s'accomplisse en nous. Répandez plutôt sur nous l'abondance de vos grâces et de vos lumières, pour nous éclairer dans nos égarements, et si par malheur quelqu'un de mes auditeurs était tombé dans un aveuglement si horrible, ah ! mon Dieu, faites une espèce de miracle en sa faveur, comme vous en avez fait en la personne de l'aveugle de notre évangile, afin qu'étant éclairés des lumières de votre grâce, nous allions ensemble jouir de celles de votre gloire. *Amen.*

SERMON SUR LA PÉNITENCE [80]

Remittuntur et peccata multa, quoniam dilexit multum. Luc. c. 7.

Beaucoup de péchés lui sont remis parce qu'elle a beaucoup aimé.

Après vous avoir mis devant les yeux un exemple de pénitence aussi illustre que celle que nous considérâmes hier [45] dans la personne de la bienheureuse Madeleine, il me reste à vous donner aujourd'hui des règles et des préceptes de cette vertu ; et je ne croirais pas avoir satisfait à l'obligation de mon ministère, si j'entreprenais dans la conjoncture du temps, d'autre sujet que celui-là.

C'est donc cette même pénitence que je vous prêche aujourd'hui, et le grand motif que j'ai de vous la recommander, est celui dont se servit le Fils de Dieu quand, selon le rapport des évangélistes, il allait de bourgade en bourgade prêchant la pénitence parce que le royaume de Dieu était proche. *Pœnitentiam agite, appropinquavit enim regnum cœlorum.* En effet, nous voici proches du royaume de Dieu, le royaume de Dieu, selon saint Paul, est au dedans de nous : *Regnum Dei intra vos est.* Et cela se vérifie quand nous approchons des divins mystères, et que Dieu se communiquant à nous dans le sacrement de sa chair, y établit le royaume de sa grâce, comme il établit dans les bienheureux le royaume de sa gloire. C'est donc maintenant plus que jamais qu'il faut exhorter les fidèles, et selon l'avis de l'apôtre, les solliciter, les presser, les importuner par ces paroles : *Pœnitentiam agite,* etc. Je suppose, chrétiens, que vous êtes tous dans cette disposition, et que vous étant préparés pendant le carême par les exercices d'une pénitence salutaire, vous êtes en état d'être réconciliés par les ministres de l'Eglise. Si cela est, je n'ai pour votre instruction, qu'à vous donner des règles sûres et infaillibles sur la pénitence, qui sont de vous parler de sa sévérité et de son relâchement. Demandons les lumières du Saint-Esprit, et disons à la Sainte Vierge : *Ave Maria,* etc.

Ce n'est pas d'aujourd'hui qu'il s'est élevé des contestations [81] dans le monde, je dis dans le monde chrétien, touchant la sévérité de la pénitence considérée du côté des prêtres, qui sont ses ministres, et que Jésus-Christ a établis pour en être les dispensateurs. Il n'y a rien de plus fameux dans l'histoire de l'Église, que la controverse qui s'éleva en ce point entre les novatiens et ceux qui étaient opposés à leur secte. Les uns voulaient qu'on reçût indifféremment à la pénitence toutes sortes de pécheurs ; les autres n'y en admettaient aucun ; ceux-là corrompaient la pénitence par une espèce de relâchement, et ceux-ci en détruisaient l'usage par une espèce de sévérité. Que fit l'Église, gouvernée par le Saint-Esprit ? Selon sa conduite ordinaire, elle prit le milieu, et par un sage tempérament qu'elle apporta, modérant la rigueur des uns et corrigeant la trop grande indulgence des autres, elle réduisit la pénitence aux justes limites dans lesquelles le Fils de Dieu l'avait renfermée.

Or, ce qui l'agita pour lors, s'est renouvelé dans la suite des siècles, non pas avec des conséquences si funestes, mais toujours avec les mêmes partages de sentiment et la même division. Je n'ai garde, chrétienne compagnie, de vouloir entrer dans cette question, ni d'en faire le sujet de cet entretien. Il vous serait inutile d'apprendre avec quelle mesure la pénitence doit être administrée par les prêtres, pendant que je dois vous instruire comment vous devez la pratiquer. Ce n'est pas là un sujet de la chaire, parce que pour l'ordinaire,

étant traité de la sorte, elle n'aurait point d'autre effet
que de diviser les esprits et faire que les peuples, qui
doivent être jugés dans le tribunal de la pénitence, s'en
fassent eux-mêmes les juges [82]. Car voilà où la chose
aboutit. Tel se met en peine de ce que les prêtres ne
fassent point leur devoir, qui s'inquiète fort peu de
faire le sien; tel les accuse de corruption de mœurs,
qui n'a jamais pensé à s'accuser soi-même; tel voudrait
des prêtres zélés, qui n'a jamais eu le moindre zèle de
sévérité contre soi. Cependant c'est dans le pécheur
que doit être la sévérité de la pénitence. Pourquoi?
parce que c'est dans lui que règne le désordre du péché.

Si les prêtres doivent avoir de la sévérité, ce n'est
que pour suppléer aux manquements de la nôtre. Ne
parlons donc pas de la sévérité de la pénitence par
rapport à ses ministres, laissons aux prélats de pourvoir
aux abus qui s'y glissent, soit par un excès de sévérité,
soit par un excès de relâchement; et pour nous, qui
n'en sommes pas responsables, appliquons-nous à ce
qui regarde notre devoir. Or je dis que la plus grande
maxime de la pénitence considérée par rapport à nous,
est qu'elle soit sévère et exacte; voilà ma première
proposition; et j'ajoute que cette sévérité de la pénitence considérée de la sorte, n'a rien qui nous doive
rebuter, voilà ma seconde proposition. Dans la première vous verrez combien la sévérité d'un pécheur
envers soi-même a quelque chose d'essentiel à la
pénitence chrétienne; et dans la seconde combien le
pécheur est injuste de ne pas vouloir embrasser la
pénitence à cause de sa sévérité. Etablissement et justification de la sévérité de la pénitence : établissement
pour vous en persuader l'obligation, justification pour
vous en faire aimer la pratique, c'est tout le sujet de
ce discours.

PREMIER POINT

Il ne faut que connaître la nature de la pénitence
pour être persuadé de la première proposition que

j'avance, quand je dis qu'elle doit être exacte et sévère du côté du pécheur, et la raison qu'en apporte saint Augustin est convaincante, parce que la pénitence n'est autre chose qu'une espèce de jugement que Dieu a établi dans son Église, soit pour condamner, soit pour absoudre du péché, mais jugement dont la forme est bien particulière; car si vous me demandez qui est celui qui préside à ce jugement, je vous réponds que c'est celui qui y paraît en qualité de coupable, c'est-à-dire le pécheur, qui y fait tout à la fois deux fonctions, celle de juge et celle de criminel. *Ascendit homo adversum se tribunal mentis suæ, constituit se ante faciem suam atque ita constituto in corde judicio, adest accusatrix cogitatio, testis conscientia, metus carnifex,* dit saint Augustin dans le livre des cinquante Homélies : l'homme pécheur se fait un tribunal dans son cœur, il se cite comme un criminel, il comparaît devant soi comme un coupable, il écoute sa pensée comme une accusatrice, sa conscience comme un témoin, et animé du zèle de satisfaire à Dieu, il prononce un arrêt contre soi et se condamne.

Voilà la véritable idée de la pénitence. Mais saint Augustin, me direz-vous, parlant dans un autre endroit, du jugement de Dieu, disait qu'il n'appartient qu'à Dieu d'être l'arbitre de ses intérêts. Il est vrai, il n'appartient qu'à lui de l'être d'une manière aussi excellente qu'est celle qui lui convient, c'est-à-dire d'être l'arbitre de ses intérêts sans en être responsable à personne, et comme l'on parle, souverainement et sans appel; cela n'appartient qu'à Dieu; quand le pécheur se juge, c'est comme son délégué et un homme qui tient sa place; il se juge, je le veux, mais c'est avec toute les dépendances qu'un juge subalterne doit avoir à l'égard d'un juge souverain. Voilà la différence considérable que j'y remarque; mais savez-vous bien que c'est cette même différence qui conclut en faveur de la vérité que je viens d'avouer, à savoir que la pénitence doit être rigoureuse du côté du pécheur; car voyez trois conséquences importantes que j'en tire.

L'homme dans la pénitence fait l'office et tient la place de Dieu en condamnant ses péchés; il doit donc les condamner dans toute la rigueur, c'est la première conséquence. L'homme dans la pénitence est tout ensemble juge et partie, c'est-à-dire juge établi de Dieu dans sa cause; donc il doit pencher du côté de la sévérité, c'est la seconde conséquence. L'homme dans la pénitence porte un jugement dont il y a appel à un autre jugement supérieur; donc il doit le porter sans aucun relâchement, c'est la troisième conséquence. Or un pécheur peut-il avoir plus de motifs pour être sévère à l'égard de soi-même?

Oui, le pécheur tient véritablement la place de Dieu quand il se juge par la pénitence, et c'est ce que Tertullien expliquait si fortement par ces paroles : *Pœnitentia Dei indignatione fungitur :* qu'est-ce que la pénitence? c'est une vertu qui fait en nous les fonctions de la justice, ou plutôt de la colère de Dieu. Imaginez-vous, dit saint Ambroise, que Dieu, établissant la pénitence, a fait un pacte avec l'homme, qu'il a traité avec lui et lui a dit : Il faut ou que je sois juge de ton péché ou que tu en sois toi-même le juge, je t'en laisse le choix, tu ne peux éviter l'un ou l'autre, parce que ton péché mérite jugement; mais l'un ou l'autre suffira. Il dépend donc de toi d'être juge de toi, car si tu veux te juger par la pénitence, tu ne seras plus responsable à ma justice, et je n'aurai plus d'action sur toi; au contraire si tu ne veux pas exercer ce jugement contre toi, mon droit subsistera toujours, et comme Dieu, je serai obligé de me rendre justice à moi-même. Voilà comme Dieu en a usé; mais dans quel livre de l'Écriture Dieu nous parle-t-il de la sorte? Dans je ne sais combien d'endroits du vieil et du nouveau Testament, et singulièrement parlant, par saint Paul, qui nous dit : *Quod si nos dijudicaremus, non utique judicaremur a Domino :* que si nous nous jugions nous-mêmes, nous ne serions pas jugés de Dieu.

C'est pour cela que les Pères, parlant de la pénitence et faisant l'éloge de cette vertu, l'appellent un jugement de Dieu anticipé : *anticipatum Dei judicium,* dit l'abbé Rupert ; c'est pour cela qu'ils disent avec saint Bernard qu'elle nous émancipe de la juridiction de Dieu. Ah ! que ce jugement de la pénitence nous est favorable ! dit ce père, puisqu'il nous soustrait de ce jugement sévère et exact que la justice divine ferait en nous : *quam bonum pœnitentia judicium quod Dei severo et districto judicio nos subducit !* Oui, je m'y veux présenter déjà tout jugé, parce que je sais que Dieu ne juge jamais deux fois une même chose : *volo præsentari judicatus non judicandus, quia Deus bis non judicat in idipsum.*

Or cela supposé, voyez si j'ai raison de dire que la sévérité du pécheur est essentielle à la pénitence. Car que fais-je, ajoute saint Bernard, et voici le sentiment que vous devez vous appliquer, que fais-je quand je m'approche du sacrement de pénitence ? Je fais ce que Dieu fera quand il viendra pour me juger. Or qu'est-ce que Dieu fera ? Un jugement sévère de ma vie, qui ne sera ni obscurci par l'ignorance, ni affaibli par l'opinion, ni corrompu par l'intérêt, et ce qui est remarquable, un jugement qui ne sera accompagné d'aucune douceur, en un mot, selon le prophète Ozée, un jugement sans miséricorde : *judicium sine misericordia ;* car il est de la foi que Dieu me jugera ainsi. Il faut donc, si je veux prendre le véritable esprit de pénitence, que je fasse quelque chose de semblable, et puisque je suis à la veille d'une grande solennité, pour me préparer à recevoir mon Dieu, il faut que j'imite toutes les procédures de sa justice, c'est-à-dire que je connaisse l'état de mon âme, que je développe les plis et les replis de ma conscience, que je regarde cet examen comme représentant celui du jugement de Dieu ;

par conséquent, comme la chose est de la dernière
importance, que pour cela je ramasse toutes les lumières de mon esprit pour me juger, et pour qualifier
mes péchés avec un discernement aussi exact que Dieu
les qualifierait.

Il faut pour cela que je sois résolu à ne point écouter
les maximes du monde perverti, que je n'y appelle pas
la nature corrompue, que je prenne la balance, non pas
la balance des hommes, qui sont toujours menteurs :
mendaces filii hominum in stateris, mais la balance du
sanctuaire, dans laquelle seront pesés les rois de Baby-
lone. Car si j'écoute davantage mes passions, si je m'en
rapporte à ces juges trompeurs, si j'interprète les
choses en ma faveur, si je pardonne à mes péchés,
dissimulant ceux-ci, excusant et justifiant ceux-là, je
ne condamnerai jamais rien, je ne punirai jamais rien;
en sorte que quelque tort que j'aie fait à Dieu et au
prochain, je ne me trouverai jamais obligé à la réparation. Enfin, si pour ne me pas engager dans une
recherche qui me laisserait un trouble salutaire que je
ne dois pas éviter, si pour m'ôter une sainte inquiétude
et calmer de justes remords, je me contente d'une vue
faite à la hâte, si j'étourdis les reproches de ma conscience, si je tombe dans le moindre de ces défauts, ma
pénitence est nulle et réprouvée de Dieu, pourquoi?
parce qu'elle n'est pas conforme à son jugement, parce
que je me suis servi d'un poids et d'une mesure différente de la sienne : *pondus et pondus, mensura et
mensura,* parce que cette lâche procédure n'est pas
celle que Dieu observe; car si cela était, sa justice ne
serait pas si terrible que l'Écriture sainte nous la fait.
Puis donc que [26] ma foi m'apprend ces deux grandes
vérités, que le jugement de Dieu est rigoureux, et que
dans sa rigueur il doit être la règle de ma pénitence,
je dois conclure que ma pénitence est fausse si elle
n'est sévère dans le jugement que je prononcerai
contre moi-même.

Voilà ce qui faisait faire à David cette prière affec-
tueuse, quand il demandait à Dieu de ne pas permettre
que sa bouche consentît aux paroles de malice pour
excuser et justifier ses péchés devant lui : *Non declines
cor meum in verba malitiæ ad excusandas excusationes
in peccatis.* Et parce que son expérience lui avait
appris que la plupart des hommes par une malheureuse fatalité se laissent surprendre à ces artifices,
que le monde est plein de ces faux élus, qui traitant
avec Dieu se croient innocents, il proteste qu'il n'aura
aucune société avec eux. *Cum hominibus operantibus
iniquitatem et non communicabo cum electis eorum.*
Sur quoi saint Augustin dans l'exposition du psaume
140, fait une admirable paraphrase, que je voudrais
vous débiter dans toute sa force.

Car qui sont ces élus du siècle, dont parle David, et
avec lesquels il ne veut point avoir de commerce? qui
sont-ils ces élus, non pas de Dieu, mais des hommes?
Ce sont, répond-il, certains esprits prévenus de leur
prétendue innocence secrète, des lumières de leur
esprit et de la droiture de leur cœur, qui se croient
exempts des erreurs et des faiblesses des autres, qui se
font des vertus de leurs passions, qui canonisent leurs
péchés, qui prennent la vengeance pour justice, l'avarice pour un ménagement honnête, l'impureté pour
un divertissement, qui croient que Dieu leur est bien
obligé quand ils ne font point de mal, qui se reconnaissent pécheurs en général et jamais en particulier.
Car c'est là le caractère que leur donne saint Augustin
pour nous les faire connaître, et ce qui est remarquable,
c'est que David aime mieux avoir affaire aux véritables
réprouvés qu'à ces faux élus.

Mais encore, le nombre de ces gens est-il grand? *Et
ista, fratres mei, defensio qualium est?* Ces excuses
et ces défenses injurieuses regardent presque tout le
monde. Elles sont également propres aux simples et
aux intelligents, aux ignorants et aux doctes, et

comme la science des uns est ingénieuse à excuser leurs péchés, l'ignorance des autres est assez grossière pour les méconnaître. Les uns imputent aux mouvements des astres le dérèglement de leur vie : c'est la constellation de Mars qui les rend homicides, c'est l'astre de Vénus qui les rend libertins, ainsi Mars est cruel et meurtrier et non pas eux, ainsi Vénus est impudique et adultère et non pas eux; *eris adulter quia sic habes Venerem, eris homicida quia sic habes Martem, Mars ergo homicida, non tu, et Venus adultera, non tu;* les autres, imbus de l'erreur manichéenne, disent que ce n'est pas eux qui ont péché, mais la nation des ténèbres : *non ego peccavi, sed gens tenebrarum;* et cette doctrine n'a point d'autre but que de faire Dieu auteur du péché.

Vous me direz que ces manières d'excuser ses péchés sont pleines d'extravagance; mais tout beau. Peut-être ne sont-elles pas si extravagantes que vous les faites, ou plutôt, toutes extravagantes qu'elles sont, les mêmes excuses vous servent souvent dans les mêmes déréglements, et s'il y a quelque différence, elle ne consiste qu'en ce que vous avez trouvé les moyens de vous énoncer en des termes plus raisonnables. En effet, quand un homme du monde s'excuse au tribunal de la pénitence de tant de péchés honteux dont il s'est faite une longue habitude, il dit que c'est l'humeur qui prédomine en lui, qui l'a emporté malgré lui, que c'est un tempérament sanguin, vicieux, qu'il n'est pas maître de lui-même, qu'il ne peut se modérer. Or n'est-ce pas s'en prendre aux astres, n'est-ce pas dire : c'est Mars, c'est Vénus qui ont péché en moi? Un autre dit : c'est le monde qui me perd, c'est le malheur du monde de vivre comme je vis, il faudrait ne pas être du monde pour être doux, chaste et modéré. Or parler de la sorte, n'est-ce pas dire : c'est la nation des ténèbres qui a péché en moi !

Ainsi, dit saint Augustin, *istæ sunt defensiones*

electorum sæculi : voilà les défenses ordinaires des élus
du siècle. Mais prenez garde, chrétiens, que, parlant
de la sorte, vous commettez un blasphème contre la
sainteté de Dieu, qui vous a donné ce naturel, qui vous
a engagé par un effet de sa providence dans le monde,
et qui, nonobstant sa corruption, a prétendu que vous
y fassiez votre salut. Dites plutôt dans un esprit contraire et pénitent : oui, mon Dieu, j'ai péché par un
effet de ma liberté; ce n'est pas mon naturel ni mon
tempérament qui ont péché en moi, car il m'était
aisé d'en être le maître; ce qui m'a emporté au préjudice de votre loi, ne m'eût pas emporté au préjudice
de mes intérêts. Il n'y avait point de passion que je
ne surmontasse quand il s'agissait de mon propre bien,
il n'y avait point de violence que je ne fisse à mon
honneur quand il fallait parvenir à mes fins. J'ai
péché, et ce n'a pas été le monde qui en a été cause.
Le monde ne m'a été contagieux que quand je l'ai
voulu; cent fois je l'ai foulé aux pieds quand il m'a été
infidèle, cent fois je me suis moqué de lui, cent fois je
me suis élevé au-dessus de lui pour la conservation de
ma santé et de ma fortune, et si je vous avais aimé,
mon Dieu, autant que cette santé, autant que cette
fortune, le monde ne m'aurait jamais perverti.

Pourquoi donc servira-t-il de prétexte de mon infidélité? pourquoi, disait Tertullien, m'excuserai-je
sur l'infirmité de ma chair? Il est vrai que j'ai une
chair faible, mais j'ai un esprit fort; pourquoi donc
alléguer pour prétexte cette faiblesse, sans m'accuser
sur cette force; *cur ergo ad excusationes proni, quæ
fortiora sunt non intuemur?* Voilà la véritable règle
de la pénitence. C'est la mollesse qui m'a éloigné de
Dieu, il faut que ce soit la sévérité qui m'approche
de lui.

Mais quoi! me direz-vous, si je suis juge dans cette
cause, je suis aussi une partie intéressée; quelle apparence donc que je m'accuse et que je me punisse moi-

même ? Ne vous y trompez pas, chrétiens, c'est
par là même que votre pénitence doit être sévère
et exacte; pourquoi? parce que dans ce jugement,
Dieu vous a abandonné à vous-même : il faut que votre
pénitence détruise en vous votre amour propre, et
c'est ce qu'elle ne peut faire que par le zèle d'une
sainte et innocente rigueur. S'il était question de
condamner les autres, de les juger et de prononcer sur
leurs désordres, à quel excès de sévérité ne nous em-
porterions-nous point ! et quand il s'agit de nos personnes, dont nous sommes idolâtres, pour qui nous
n'avons pas seulement de la tendresse, mais de la
délicatesse, quelle mesure avons-nous à prendre, que
la sévérité? et si nous ne la prenons, ne commettons-
nous pas la dernière de toutes les injustices ?

N'avons-nous pas expérimenté cent fois que les
choses qui nous paraissent légères quand nous les
commettons, nous ont semblé des monstres dans les
autres ? que ce que nous prenons comme un atome
dans nous, a paru comme un colosse effroyable dans
notre prochain? Qui a fait cela? L'amour-propre;
et comment le combattrons-nous, que par les rigueurs
de la pénitence ? Nous aimons jusqu'à nos vices, nous
nous faisons des vertus de nos passions, et ce qui nous
est insupportable dans les autres, nous est doux et
agréable en nous. Cependant il faut que la pénitence
détruise tout cela; il faut que, tout intéressés que nous
sommes dans notre cause, nous ne soyons pas des
juges corrompus; et le moyen de ne le pas être, est
de nous juger et de nous punir avec rigueur.

Ajoutez à cela, messieurs, et c'est ma troisième conséquence, que ce jugement n'est pas un jugement
souverain ni définitif, mais qu'il est subordonné,
et que quand nos arrêts sont injustes par leur trop
grande douceur, il y a un appel interjeté, par qui?
par notre conscience, qui poursuit cet appel devant
Dieu. Car c'est là où nos jugements doivent être

reçus : *cum accepero tempus, justicias judicabo;* c'est
là où ils doivent être réformés. Savez-vous bien quelle
sera la grande occupation de Dieu dans le jugement,
sera-ce de juger les hommes? Non, mais de juger les
jugements, de condamner les condamnations des
hommes, et de les faire repentir de leurs pénitences
mêmes, qui est le sens de ces paroles : *Cum accepero
tempus, justicias judicabo.*

Nous regardions les confessions comme des actes
de justice que nous avions rendus à Dieu, et il se
trouvera qu'elles auront été des injustices les plus
énormes qu'il aura souffertes de nous, et ce seront ces
prétendues justices, mais ces véritables injustices, que
Dieu recherchera : *Cum accepero tempus,* etc. Et voilà
la raison qui nous oblige d'être sévère dans notre
pénitence, fondée sur ce que la juridiction de la
pénitence n'est pas une juridiction indépendante,
mais subalterne, et qu'un juge subalterne, comme
dit saint Chrysostome, doit toujours juger selon la
rigueur des lois, n'appartenant qu'au souverain d'en
dispenser.

Que faut-il donc faire pour empêcher cet appel
de la conscience? Il faut approcher du tribunal de
la pénitence avec un esprit de sévérité, prendre les
intérêts de Dieu contre nous, le venger à nos dépens,
et faire passer sa colère en nous. Quand j'ai détesté
mes péchés, quand je les ai punis, il s'est fait un saint
transport, et vos colères, ô mon Dieu, ont passé de
votre cœur dans le mien. *In me transierunt iræ tuæ,*
je dis vos colères, car il n'y avait que la colère d'un
Dieu aussi grand que vous, qui pût détruire un mal
aussi grand qu'est le péché; les miennes auraient été
trop faibles; c'est pour cela que vous les avez répan-
dues, car il me les fallait toutes : *in me transierunt,* etc.
Au reste, c'est en cela que je connais l'excès de votre
miséricorde, de ce que vous avez fait sortir ces colères
de votre cœur pour les faire passer dans le mien.

Car si elles étaient demeurées dans vous, quels effets n'auraient-elles pas produits? au lieu que passant dans moi, elles se sont humanisées et devenues plus douces et plus supportables. Encore n'avez-vous pas voulu qu'elles passassent immédiatement de vous en moi, car elles auraient été trop allumées; vous les avez fait passer dans le cœur de votre fils, où elles ont consumé leur feu par les saintes cruautés qu'elles ont exercées sur lui; et du cœur de cet homme-Dieu, de ce centre de miséricorde, elles ont passé en moi, mais après avoir perdu de leur amertume, et contracté une vertu salutaire pour me sanctifier. *In me transierunt*, etc.

Voilà, mes frères, les sentiments que Dieu m'inspire, et si vous agissez dans cette vue, les pénitences les plus austères n'auront rien qui soit capable de vous rebuter, c'est le sujet de mon dernier point.

DEUXIÈME POINT

Tertullien parlant de la pénitence, dit une parole bien avantageuse, d'un côté pour la grandeur de Dieu, et de l'autre infiniment capable de rabattre la présomption et l'orgueil de l'homme. De quoi s'agit-il? disait-il aux pécheurs de son temps, vous êtes en peine de savoir si votre pénitence doit vous être utile, pourquoi vous embarrassez-vous de cette pensée? Faites pénitence, puisque Dieu vous l'ordonne : c'est assez pour lui obéir, que de savoir qu'il le veut, quand même il ne vous en reviendrait aucun avantage. *Bonum est pœnitere an non, quid revolvitis prior est autoritas imperantis quam utilitas servientis.*

C'est ainsi que parlait ce grand homme. Or ce qu'il disait en général de la pénitence, je pourrais le dire avec lui de la sévérité de cette même pénitence. Quand cette sévérité serait quelque chose de rebutant pour nous et qu'elle serait telle que l'esprit du monde veut nous la figurer, nous n'aurions point d'autre parti

à prendre que celui d'une humble et généreuse soumission, et il serait juste que notre délicatesse
cédât à la force de son commandement : *prior est
autoritas imperantis.* Mais Dieu n'en use pas si absolument ni si souverainement, et par une condescendance digne de sa grandeur, il tempère les choses en
telle sorte que non seulement il ne nous accable pas
du poids de son autorité, mais que même nous ne
pouvons pas nous plaindre que ce poids soit trop
onéreux pour nous. Il veut que la pénitence soit
sévère, mais non pas d'une espèce de sévérité qui
nous rebute ; car il est de la foi que cette sévérité
produit en nous une joie intérieure, une paix d'âme,
une consolation secrète dans nos disgrâces, et tous
les autres fruits du Saint-Esprit. Il est de la foi que
cette sévérité, quoiqu'elle soit un joug, est dans la
doctrine du Fils de Dieu, un joug facile à porter :
jugum meum suave est. Or puisqu'elle est un sacrifice
raisonnable, il n'y a donc rien en elle qui rebute
l'esprit ; puisqu'elle produit la joie et la paix intérieure de l'âme, il n'y a donc rien en elle qui rebute le
cœur ; puisque enfin elle est facile à porter, il n'y a
donc rien en elle qui rebute le courage : trois vérités
qui devraient toujours être prêchées aux peuples,
et que les pécheurs ne devraient jamais oublier.

Non chrétiens, la sévérité de la pénitence n'a rien
dont nos esprits se doivent choquer, et ceux qui se
préoccupent contre elle et qui en font comme un
monstre dans la conduite du salut, ne la connaissent
pas. Car à quoi se réduit l'essentiel de cette sévérité ?
A des choses que notre raison ne peut s'empêcher
d'approuver et auxquelles il faut que malgré elle,
elle se soumette : commencer à arracher de nos cœurs
l'affection du péché, à réparer le tort que nous reconnaissons avoir fait à notre prochain, à retrancher
les occasions qui de notre aveu nous engagent au
péché, à user des remèdes qui nous sont prescrits

contre les rechutes, et que nous convenons nous être nécessaires, à subir les peines que l'Église notre mère nous impose. Or y a-t-il rien en tout cela à quoi notre raison ne souscrive; et quand il y aurait quelque chose de fâcheux, serions-nous en droit de nous en plaindre?

Il s'agit d'étouffer une passion en moi, que je sais être la source de mes désordres, qui fait que je suis un objet de scandale devant les hommes, que j'oublie ce que je suis, et qui est incompatible à mon devoir. Dieu me fait commandement de l'arracher, je ne le puis sans me faire violence; mais, dit saint Chrysostome, ce n'est que par cette violence que je me puis sauver. Si j'avais reçu une plaie mortelle, et qu'une main pitoyable par une incision douloureuse m'en guérît, me plaindrais-je contre elle de sa sévérité? Or dois-je trouver difficile pour mon âme un remède que je ne trouverais pas difficile pour mon corps? Cependant, voilà l'essentiel de ce que Dieu exige de moi : que je haïsse ce qui me perd, pour me conserver et me sauver moi-même. Si j'avais gagné cela sur moi, Dieu serait content. Sans cela, quand je ferais de mon corps une victime de mortification, quand je me retirerais dans les déserts pour y pleurer mes péchés, portant avec moi cette passion, cet esprit de vengeance, cette haine de mon ennemi, non seulement je ne pratiquerais pas la pénitence, mais je serais dans le plus horrible de tous les relâchements. Pourquoi? parce que Dieu découvrirait cette passion vivante en moi, qui a l'adresse de se cacher aussi bien sous le sac et le cilice que sous l'or et les pierreries. Or la sévérité de la pénitence va à retrancher tout cela. Elle est le crucifiement des passions, elle est cette circoncision du cœur que saint Paul recommande si souvent aux chrétiens. Et tout cela n'est-il pas même fondé sur le bon sens?

Il s'agit de réparer le tort que nous avons fait au

prochain; il s'agit de lui restituer l'honneur que nous
lui avons ôté, de rétracter ce que nous avons exagéré
pour le décrier; il s'agit de lui rendre le bien que
nous lui avons ravi, il s'agit de faire les premières
démarches pour nous réconcilier avec cet ennemi;
car voilà ce que j'appelle sévérité essentielle de la
pénitence, sévérité non seulement raisonnable, mais
qui est de droit naturel et divin : sévérité, parce que
c'est ce qui nous incommode le plus; car nous parler
de restituer le bien d'autrui, de réparer les injures,
de prévenir un ennemi [83], c'est nous tenir un fâcheux
langage : *durus est hic sermo;* mais sévérité raisonnable, puisqu'elle ne nous engage à rien que la raison
n'autorise, sévérité de droit naturel, et sur laquelle
l'Église, toute-puissante qu'elle est, n'a pas de pouvoir.

Autrefois l'Église usait d'une discipline extrêmement rigoureuse, particulièrement envers les pécheurs
publics, qu'elle punissait sévèrement selon les différentes espèces de leurs crimes, et ceux mêmes que
nous appelons péchés communs, ne pouvaient être
expiés que par des six et sept ans de pénitence; ceux
qui en étaient coupables se jetaient à genoux aux
pieds des prêtres, se couvraient de cendres et de cilices,
ce que Tertullien appelait *Concinerati et conciliciati.*
Dans la suite des siècles elle a usé de tempérament,
et la lâcheté, ou pour mieux dire, la dureté des chrétiens, l'a éloignée de son ancienne discipline; mais
de quelque manière qu'elle en use, ces obligations
de droit naturel et de droit divin sont immuables;
car soyons lâches ou non, fervents ou non, elles
subsistent également, pourquoi? parce qu'elles sont
fondées sur les intérêts de Dieu, qui lui sont également
précieux, et qu'il faut réparer quand on les a violés.
Or je dis que ces obligations étant de droit naturel et
divin, elles sont conformes à la raison, qui bien loin
d'y contredire, les autorise; et c'est ce qui justifiera
Dieu et qui rendra le pécheur inexcusable, d'autant

plus que leur accomplissement est ce qui fait la tranquillité et la paix de la conscience. D'où je conclus que la pénitence, produisant cette joie intérieure, ne doit rien avoir que d'estimable, quelque sévère qu'elle puisse être.

Cependant par un étrange abus, nous nous faisons un scandale de cette vertu, et l'artifice naturel du démon étant de nous représenter la pénitence sous un visage affreux, il semble que nous prenions plaisir à l'envisager sous cette idée et à nous la figurer comme terrible et insupportable. Et parce qu'il y a de certains esprits toujours portés à des extrémités dangereuses, qui bien loin de rendre la pénitence facile, la rendent impossible, qui ne proposent que des peines et des austérités insupportables, sans y verser cette onction d'amour qui les rend aisées, qui croient avoir beaucoup fait quand ils ont embarrassé une âme faible, qui ne font paraître Dieu au pécheur que sous des formes affreuses, comme s'ils étaient marris qu'il fût trop bon, parce, dis-je, qu'il y a des esprits portés à ces extrémités dangereuses, notre libertinage s'en prévaut, et dans ces conjonctures nous ne tirons que des conséquences qui nous confirment dans l'impénitence.

Car le dernier raffinement du libertinage est de rendre la pénitence non seulement sévère, mais affreuse et insupportable. Pourquoi? parce qu'ils n'en veulent point du tout. Or c'est de quoi il faut bien se donner de garde. Et tandis, ô mon Dieu, que[4] vous me conserverez le ministère de votre parole, je prêcherai ces deux vérités et je ne les séparerai jamais : la première, que vous êtes terrible dans vos jugements, la seconde, que vous êtes aimable dans vos miséricordes. Je ne serai jamais si téméraire que de prêcher votre justice sans prêcher votre miséricorde quand même les pécheurs devraient en abuser, je prêcherai comme David vos miséricordes par dessus vos autres ouvrages : *misericordias Domini in æternum cantabo* [84]. Pourquoi? afin que vous soyez justifié dans la sévérité de vos jugements : *ut justificeris in sermonibus tuis, et vincas cum judicaris*. Je n'attirerai jamais sur moi cette malédiction que vous avez donnée à ceux qui par une exagération téméraire de la sévérité de votre justice, jettent les pécheurs dans un abattement d'esprit. Je dirai donc à votre peuple que le péché est une dette infinie; mais je leur dirai en même temps que cette dette, tout infinie qu'elle est, ne doit pas le rendre insolvable, puisque vous lui donnez de quoi le payer; je lui dirai que la pénitence doit être sévère, mais je lui dirai à même temps [8], que toute sévère qu'elle est, elle est aimable, parce que c'est la charité qui l'inspire, et qu'elle ne paraît rude et insupportable qu'à ceux qui ne vous aiment pas.

Voilà, chrétiens, tout l'abrégé de la loi, voilà ce que prêchait saint Jean-Baptiste dans la Judée, non seulement aux peuples, mais particulièrement aux grands qui venaient dans son désert pour l'entendre; parce que leurs péchés étant plus grands que ceux du commun peuple, il savait que la pénitence leur était plus nécessaire. Voilà ce que je vous prêche aujourd'hui aussi bien que lui, à la vérité avec un mérite inférieur au sien, mais toujours au nom du même Dieu : *Pœnitentiam agite, appropinquavit enim regnum cœlorum*, faites pénitence parce que le royaume de Dieu est proche, et peut-être plus proche dans un autre sens que vous ne pensez; car la fin de la vie, l'heure de la mort, et le moment où il faut partir, c'est ce que l'Écriture a entendu par cette proximité du royaume de Dieu et des cieux.

Or combien y en a-t-il pour qui le royaume de Dieu approche, quoiqu'ils s'en croient les plus éloignés! Si Dieu, au moment que je vous parle, m'en faisait connaître quelqu'un dans cet auditoire, usant de

cette connaissance je m'adresserais à lui pour lui
prononcer cet arrêt : *Dispone domui tuæ quia morieris
et cras non eris*, c'est à vous, chrétien, à qui je parle,
réglez vos affaires, mettez ordre à votre conscience,
parce que vous mourrez demain, et voilà la dernière
invitation que Dieu vous fait par ma bouche. Si je
parlais de la sorte, je m'assure [35] qu'il n'y en aurait
pas un qui ne renonçât à ses péchés, pas un qui
n'embrassât avec joie la pénitence la plus sévère,
pourquoi? parce qu'il serait sûr que le royaume de
Dieu serait proche de lui. Pourquoi donc, chrétiens,
dans l'incertitude où vous êtes de l'heure de la mort,
n'entrez-vous pas dès aujourd'hui dans ces sentiments?
Est-il croyable que ne voulant pas aujourd'hui
mettre ordre à votre conscience, vous le pourrez et
le voudrez à l'heure de votre mort? Avez-vous une
caution qui vous garantisse dans ce temps, de votre
propre cœur et de la grâce de Dieu? Avez-vous un
seul endroit dans l'Écriture qui vous assure contre
l'incertitude de la mort et l'inconstance de votre
volonté? Est-ce une chose rare de voir des pécheurs
surpris, et tant d'exemples domestiques ne vous
instruiront-ils jamais de votre devoir?

Pœnitentiam agite, faites donc pénitence, parce que
le royaume de Dieu est proche. Il est proche de vous
par la grâce et par la participation de ce sacrement
adorable; mais j'espère qu'il sera un jour proche
de vous et au dedans de vous par la gloire, que je vous
souhaite. *Amen.*

SERMON

SUR LA PENSÉE DE LA MORT [85]

Memento, homo, quia pulvis es et in pulverem reverteris. GENES., c. 3.

Souvenez-vous, ô homme, que vous êtes mortel.

Ce sont les paroles que Dieu adressa autrefois à l'homme pécheur et criminel ; paroles de malédiction dans le sens que Dieu les prononça pour lors, mais paroles de bénédiction dans l'usage et dans les motifs que la sainte Église les dit aujourd'hui à tous ses enfants ; paroles terribles pour l'homme pécheur, puisqu'elles le privent de cette éternité bienheureuse où il aurait toujours vécu sans son péché, mais paroles pleines de consolation pour les descendants de cet homme pécheur, puisqu'elles leur font espérer le moyen de cette immortalité. Quand Dieu commanda autrefois à Moïse et à Aaron de prendre des cendres dans leurs mains et de les répandre devant Pharaon sur tout le peuple et sur toute l'Égypte : *tollite manus plenas cineris de camino et spergat illum Moyses in cœlum coram Pharaone, sitque pulvis super omnem terram Ægypti*, ce fut un signe des fléaux et punitions que sa justice irritée voulait exercer contre ces criminels. Dieu fait aujourd'hui à peu près la même chose dans l'Église. Il commande à ses prêtres et à ses ministres de prendre des cendres de dessus les autels : *tollite plenas manus cineris*, et qu'après les avoir consacrées en quelque manière par leurs bénédictions, ils les répandent sur la tête de tous les chrétiens, mais cette cérémonie est bien différente de la première. Car au lieu que Moïse et Aaron ne répandaient les cendres que pour marquer la colère de Dieu, et que pour être en quelque façon le mystère et la consommation de sa justice, aujourd'hui on ne les répand que pour nous donner de l'espérance, que pour nous attirer toutes sortes de bénédictions et nous faire avoir recours à sa bonté et à sa miséricorde, en nous inspirant les véritables moyens de la fléchir.

C'est la première vérité que j'ai aujourd'hui à vous proposer, chrétiens, pour commencer à m'acquitter des devoirs du ministère [86] où, tout indigne que je suis, l'on m'a engagé, et puisqu'il est ainsi, divin Esprit, ôtez-moi, je vous prie, tout ce qui peut nuire à la preuve de cette grande vérité, donnez-moi une parole éloquente, des expressions pénétrantes, des sentiments vifs et touchants, des preuves fortes et convaincantes, non pas pour flatter les oreilles ou pour contenter la curiosité, mais pour pénétrer les cœurs, pour échauffer la volonté, pour persuader et convaincre l'entendement ; faites que mes auditeurs ne sortent point d'ici que convaincus et pénétrés de ce que j'ai à leur dire. C'est ce que je vous demande et pour eux et pour moi, par l'intercession de Marie, lui disant avec l'ange : *Ave Maria.*

C'est un principe que les sages mêmes du paganisme ont compris, que la grande science de la vie est la science et la considération de la mort. En effet vous m'avouerez que tout ce qui peut servir à perfectionner notre vie est ce qui doit faire notre principale étude ; or je trouve que la pensée ou la considération de la mort est la chose du monde la plus propre pour perfectionner notre vie, parce que je trouve que toute notre vie, ou pour mieux dire, tout ce qui se peut perfectionner dans notre vie, se rapporte principalement à ces trois choses : à nos passions, à nos délibérations, à nos actions ; à nos passions qui en sont les premiers mouvements, à nos délibérations qui en sont les premières exécutions, à nos actions qui en sont l'accomplissement. Nous avons des passions à ménager, nous avons des délibérations à prendre, nous avons des actions à régler ; nous avons des passions à ménager en modérant leurs emportements et en arrêtant leurs fougues, nous avons des délibérations à prendre en évitant les erreurs et les faux brillants qui nous peuvent séduire, nous avons enfin des actions à régler, ou plûtot des lois à observer, parce que la règle de toutes nos actions, c'est l'observance des lois, des lois à observer avec zèle et avec ferveur.

Voilà, ce me semble, toutes les obligations de notre vie, et les devoirs les plus essentiels de tout le christianisme ; or le moyen de remplir tous ces devoirs ? Je n'en trouve point de plus sûr que la pensée de la mort, puisque c'est le moyen le plus souverain et le plus efficace pour amortir le feu de nos passions, puisque c'est la règle la plus sûre pour prendre des résolutions, et le moyen le plus infaillible pour fixer nos délibérations et nos conseils, puisqu'enfin c'est le motif le plus pressant pour nous engager à observer la loi avec zèle et avec ferveur. Vos passions vous emportent-elles par des mouvements criminels, à ce qui est contraire à la loi de Dieu, ou même contre la loi de la raison ou de la nature, pensez que vous êtes mortel, que tous ces emportements se doivent un jour briser contre la cendre du sépulcre, et vous verrez si cette pensée ne vous les amortira pas. Vous délibérez sur une matière importante et vous ne savez que résoudre, ni à quoi fixer votre délibération, pensez sérieusement ce que vous voudriez avoir fait à l'heure de votre mort sur ce sujet, et votre incertitude ne durera pas longtemps. Vous négligez enfin vos devoirs, vous êtes lâche dans l'accomplissement de la loi de Dieu, vous sentez de la tiédeur et du relâchement dans l'entreprise que vous avez embrassée de tendre à la perfection, souvenez-

vous, ô homme, que vous n'êtes que cendre, qu'en
cette qualité vous êtes mortel, que vous n'avez plus
qu'un moment à travailler et qu'il est important de
bien employer ce moment, et vous verrez que cette
pensée échauffera votre tiédeur et animera votre
lâcheté.

En un mot, cette pensée de la mort arrêtera les
dérèglements de vos passions les plus importées, cette
vue de la mort fixera toutes les délibérations de votre
volonté les plus flottantes et les plus incertaines, cette
vue de la mort échauffera enfin toutes vos tiédeurs,
fortifiera toutes vos faiblesses, animera toutes vos
lâchetés. Voulez-vous de plus grandes utilités que
celles-là? Elles vont faire tout le partage de ce discours.

PREMIER POINT

Pour régler et modérer les mouvements de nos passions par le souvenir de la mort, il est important de les
bien connaître, et pour les bien connaître, il en faut
distinguer les caractères : c'est la pensée et la judicieuse remarque de saint Jean Chrysostome, qui en
distingue pour ce sujet trois principaux. Nos passions,
dit-il, sont vaines, voilà le premier caractère ; elles sont
sans bornes, voilà le second ; elles sont injustes, voilà
le troisième. Elles sont vaines par rapport aux objets
qu'elles recherchent et qu'elles poursuivent, elles sont
sans bornes par rapport aux sujets qu'elles embrassent
et aux choses qu'elles souhaitent, elles sont injustes
par rapport au prochain, contre qui elles agissent.
Elles sont vaines par rapport aux objets qu'elles
recherchent, ne recherchant que des objets vains, chimériques, fantastiques et de néant ; elles sont sans
bornes par rapport aux sujets qu'elles embrassent,
étant naturellement insatiables et ne se contentant
point de ce qu'elles possèdent ; elles sont enfin injustes
à l'égard du prochain, ne cessant point de le persécuter et de le tourmenter quand il s'agit de se satisfaire.

Telle est à peu près l'idée de saint Jean Chrysostome sur ces trois caractères de nos passions; or, pour en arrêter les saillies, les fougues et les emportements, il faudrait donc trouver quelque chose qui, étant opposée à ces trois caractères, pût en empêcher les effets chez nous, c'est-à-dire qu'il faudrait trouver quelque chose qui pût leur ôter leur vanité en les rendant saines et de bon goût à l'égard des objets qu'elles poursuivent, qui pût leur ôter leur insatiabilité, en les rendant plus modérés dans leurs désirs, qui pût enfin leur ôter leur injustice, en ne leur faisant prendre que des moyens justes et légitimes pour se satisfaire; or c'est l'effet admirable du souvenir de la mort, puisqu'elle détruit dans nos passions cette vanité, cette avidité, cette injustice, qui les rendent si criminelles; c'est donc ce souvenir qui en arrête toutes les folies, qui en modère tous les mouvements : la conséquence me paraît nécessaire.

Nos passions sont vaines, et pour vous en convaincre, prenez garde que, tandis que[4] les biens de la terre nous paraissent grands, nous nous portons toujours avec avidité à les désirer, mais que dès qu'ils nous paraissent dans leur nature, c'est-à-dire dès qu'ils nous paraissent tels qu'ils sont effectivement et entourés de toutes les imperfections qui en sont inséparables, bien loin de les désirer, nous les fuyons et nous les méprisons. Tandis que nous sommes préoccupés de la fausse apparence et du faux brillant de ces biens, nous suivons le faux attrait qui est en eux, et nous nous y laissons entraîner; et si quelquefois nous suivons la voix de Dieu qui nous en détourne pour nous faire revenir vers lui, la passion nous en retire tout aussitôt et nous fait recourir plus que jamais après les faux appas de ces biens; nous nous affligeons d'en avoir peu, nous nous transportons d'en avoir beaucoup, nous nous impatientons dans leur attente, nous murmurons dans leur perte; nous gémis-sons dans leur éloignement. Ainsi, suivant toujours la vanité de ces fausses passions, nous nous attachons à suivre une ombre et une fumée, un fantôme et une chimère, un néant : voilà l'effet de la vanité de nos fausses passions. Pour l'éviter, dit saint Jean Chrysostome, il faut considérer ces biens dans le fond et non pas dans la simple surface, et quand nous les pouvons ainsi considérer, quand nous avons vu combien de faiblesses, combien de misères, combien d'iniquités, combien d'inquiétudes, combien de vanités, en un mot combien d'imperfections sont renfermées dans la possession et sous l'écorce de ces biens, bien loin de nous y attacher, nous les négligeons, bien loin de nous paraître grands, nous les regardons comme des néants, bien loin enfin de les rechercher, nous les évitons.

Mais à qui serons-nous redevables de ce bon office ? c'est à la pensée de la mort. Car la mort, dit saint Jérôme, est l'argument sensible et palpable du néant qui est dans toutes les choses du monde, et ainsi la seule idée de la mort nous désabuse des fausses erreurs qui nous font courir avec tant d'empressement après les biens du monde. La mort seule nous en fait découvrir la fausseté, la mort seule nous dessille les yeux et lève le charme malheureux dont l'amour-propre les avait couverts. *In illa die peribunt omnes cogitationes eorum*, dit l'Écriture, parlant de ces gens enivrés de leurs fausses opinions, et dont l'esprit ayant été faussement préoccupé pendant toute leur vie de la grandeur de ces biens, en verront à l'article de la mort, le néant et la fausseté ; car ce sera pour lors que ces idées de grandeur et de plaisir, d'honneur, d'utilité, d'élévation, qu'ils avaient si injustement appliquées aux biens de ce monde, périront dans leur esprit, par l'expérience sensible qu'ils auront de leur vanité : *in illa die peribunt omnes cogitationes eorum;* ce sera pour lorsqu'ils commenceront à connaître qu'ils se sont trompés et qu'ils se sont laissés abuser par ce faux éclat. Il se fera une destruction générale de toutes ces pensées, de toutes ces idées, de toutes ces préoccupations, et parce que ces pensées n'avaient aucun fondement que celui de leurs passions, tous ces mouvements seront détruits avec elles, et ainsi ils n'auront plus ces élévations de l'ambition, ni ces saillies de l'amour, ni ces soulèvements de l'orgueil, ni ces emportements de la colère, ni ces débordements de la joie, ni ces inquiétudes de l'envie, ni ces chagrins de la tristesse : *in illa die peribunt omnes cogitationes eorum.* Mais ce qui se fera dans ce jour, je le puis avancer par la pensée de la mort, car quand je me propose devant les yeux ce tableau de la mort, quand j'imprime dans mon idée une vive et sensible image de l'état où je me trouverai pour lors, et de la situation où mon cœur et mon esprit se trouveront en ce moment, je porte par avance le même jugement des choses du monde, que je porterais si je me trouvais en cet état.

Et voilà l'admirable leçon que le prophète roi pratiquait pour se conserver des attaques de la vanité des passions, sur le trône, que l'on peut dire justement être le grand théâtre des passions humaines, et le lieu où elles règnent avec plus de souveraineté. Quand une passion s'élevoit contre lui, il s'élevait à Dieu, et lui parlant plus de la voix du cœur que de celle de la bouche, il lui exposait l'état de son cœur : *locutus sum in lingua mea,* lui disait-il, *notum fac mihi finem meum ;* mes passions me portent à rechercher les biens de la terre préférablement à vous, ô mon Dieu, parce qu'elles croient et qu'elles écoutent leurs faux attraits ; mais, mon Dieu, vous m'avez donné un excellent remède pour me garantir de leurs attaques et un admirable moyen pour les faire taire, et ce moyen, c'est que vous m'avez fait connaître et que vous me faites encore connaître tous les jours, la vue que j'aurai pour ces biens à la fin de ma vie : *Notum fecisti, Domine, finem meum.*

Et en effet, *ecce posuisti dies mens urabiles meos,*

j'ai considéré la durée de mes jours; après les avoir
considérés, j'ai vu qu'il n'y avait rien de si court, j'ai
vu que je serai bientôt au terme ou l'on voit les choses
de ce monde si à fond et si clairement, et je me suis
même substitué en esprit en cet état, et après tout j'ai
vu et connu que tous ces biens, ces couronnes, ces
hommages, ces plaisirs que je possède maintenant, ne
sont qu'un pur néant, malgré tout leur brillant et leur
éclat : *et substantia mea tanquam nihilum ante te.* Ce
néant, Seigneur, tout néant qu'il était, ne laissait pas
de paraître quelque chose devant moi; mais devant
vous, hélas ! je n'ai que trop vu que ce n'était que
vanité : *verumtamen universa vanitas,* j'ai compris
que puisque l'homme, qui est le plus noble et le premier
de tous les êtres, s'évanouit comme une ombre et
comme une image, à plus forte raison ces biens, qui
n'ont été faits que pour l'homme, se doivent-ils
évanouir : *verumtamen in imagine pertransibit homo.*
C'est donc en vain, ai-je conclu ensuite, que les hommes
se tourmentent si fort pour l'acquisition de ces biens :
et frustra conturbatur, c'est donc en vain qu'ils prennent
tant de soin à thésauriser et à amasser des richesses,
sans savoir le plus souvent pour qui ni à quel dessein :
thesaurizat et ignorat cui congregabit ea, et par conséquent, ô mon Dieu, ce n'est qu'en vous que je dois
m'attendre [87], et non pas sur ces biens; ce n'est donc
que sur vous que je dois faire fond et nullement sur
eux, c'est donc vous en un mot, qui devez faire ma
subsistance, et je ne les dois considérer que comme
des faibles accidents qui passent et qui périssent en un
moment : *et nunc, quæ est expectatio mea, nonne
Dominus, et substantia mea apud te est ?*

Ces pensées fréquentes et redoublées faisaient de
ce grand prince au milieu de la cour et de toutes les
grandeurs du monde, un miracle de modération et
un modèle de vertu; tant il est vrai qu'il n'y a rien
de si souverain pour purger nos passions de leur

vanité, que la pensée de la mort. Car disons-le, de bonne foi, s'il n'y avait point de mort, ou du moins s'il n'y avait point de loi qui condamnât les hommes à la mort, nous aurions beau parler contre la vanité, on ne nous croirait pas. On aurait beau prêcher que tous les biens du monde en sont tout pleins, on en ferait même des démonstrations sensibles et palpables, nous nous imaginerions toujours que tout cela, ce serait de belles subtilités, plus vaines que cette vanité même, que tout cela ce serait plutôt pour faire voir son bel esprit que pour en détourner; mais quand on voit que tout tend à la mort, que tout mène à la mort, que de toutes les choses du monde, il n'y en a pas une qui n'aille à sa destruction, et que les plus belles choses sont les plus sujettes à périr et périssent en effet les premières, ah! voilà ce qui nous dessille les yeux, et voilà ce qui nous en fait connaître la vanité.

Une belle différence que saint Jean Chrysostome a remarquée entre les autres pensées chrétiennes et celle de la mort, c'est que toutes les autres pensées chrétiennes ne sont au plus que les preuves de la vanité, au lieu que celles de la mort sont l'expérience même de cette vanité; et en effet c'était le grand argument dont saint Paul se servait quand il voulait détacher les chrétiens de son temps de la vanité des biens de ce monde. Le temps est court, leur disait-il, et par conséquent, il faut que ceux qui sont dans ce monde y soient comme s'ils n'y étaient point, que ceux qui jouissent des biens de ce monde en jouissent comme s'ils n'en jouissaient pas, c'est-à-dire sans passion ni attache, que ceux qui ont de la joie soient comme s'ils n'en avaient point, que ceux qui achètent, possèdent ce qu'ils ont acheté sans le posséder, que ceux enfin qui sont attachés à une femme par le mariage ou à quelque autre par le lien d'une étroite amitié, vivent comme s'ils n'en avaient pas. *Tempus*

*breve est : reliquum est ut qui habent uxores tanquam
non habentes sint, et qui flent, tanquam non flentes,
et qui gaudent, tanquam non gaudentes, et qui emunt,
tanquam non possidentes, et qui utuntur hoc mundo,
tanquam non utantur.* Quelle conséquence? Elle est
admirable, répond saint Augustin, parce que si le
temps est court, toutes les autres choses qui en sont
les productions, le sont aussi, et par conséquent il
n'en faut jouir que comme n'en jouissant pas : *Reliquum est ut qui utuntur hoc mundo sint tanquam non
utantur : præterit enim figura huius mundi.*

Nos passions sont vaines, vous le venez de voir;
mais elles sont aussi sans bornes. Car quel ambitieux
aboyant après les grandeurs, est jamais content des
honneurs où il est élevé, quel avare idolâtre de son
argent, est jamais satisfait des biens qu'il possède,
quel voluptueux esclave de ses passions, se contente
jamais des plaisirs dont il jouit? La nature, disait
ingénieusement le grand et le docte Salvien, ne
demande que le nécessaire, l'amour-propre demande
le commode et le délicieux, l'intérêt l'utile et le
profitable, l'ambition l'honnête et l'éclatant; mais
la passion demande toujours le superflu. Quel remède
à ceci, quelle digue opposer à ce torrent impétueux
des désirs immodérés de nos passions? Je vous l'ai
déjà dit, c'est la pensée de la mort. Prenons l'avare
le plus insatiable de richesses, l'ambitieux le plus
avide d'honneurs et de dignités, le voluptueux le
plus désireux des plaisirs, je n'ai qu'à leur dire à
tous : *Memento, homo, quia pulvis es,* pour arrêter
le cours de leurs désirs.

Je n'ai qu'à dire à cet avare ce que Jésus-Christ
dit dans l'Évangile : *veni et vide,* venez et voyez,
venez à ce sépulcre, considérez-y ce cadavre. C'était
un homme riche et opulent comme vous, qui avait un
grand train comme vous, quantité de terres comme
vous, quantité de rentes comme vous, il a eu la folie

comme vous de vouloir laisser une famille grande et
une postérité riche, venez et voyez : *veni et vide ;* et
qu'est-ce que cet homme? En est-il maintenant plus
riche, son or et son argent l'ont-ils exempté de la
pourriture, ses richesses l'ont-elles défendu contre
les vers? Je n'ai qu'à dire à cet ambitieux : venez,
idolâtre de la grandeur, venez, adorateur de la fortune, venez, esclave de la faveur, et voyez : *veni et
vide,* ouvrez ce tombeau; tout superbe et tout magnifique qu'il est, qu'y remarquez-vous? ah ! le dirai-je,
chrétiens, et votre délicatesse le pourra-t-elle souffrir?
vous y voyez un cadavre tout nu, tout décharné,
tout rongé de vers, tout plein d'ordure et de pourriture. Hé bien ! qu'en pensez-vous? C'était un homme
comme vous, élevé par ses charges, distingué comme
vous par sa qualité, puissant par ses emplois, illustre
par ses actions, grand par sa valeur et encore plus
grand par la beauté de son esprit, par la subtilité
de son génie et par la sagesse admirable de sa conduite; voyez ce qu'il est maintenant : *veni et vide.*
Que sont devenus tous ses avantages, cette éloquence,
ce grand esprit, cette valeur, ce grand génie, l'ont-
elles défendu contre la mort? Je n'ai qu'à dire enfin
à cette mondaine, à cette superbe, à cette femme
sensuelle, à cette voluptueuse : venez, vous qui avez
tant de soin de votre corps, vous qui le couvrez
d'habits si superbes et si magnifiques, vous qui
l'idolâtrez en tant de manières, peut-être que l'ouverture de ce tombeau offensera votre délicatesse; mais
il n'importe : *veni et vide ;* il faut, aux dépens de votre
délicatesse, vous apprendre à modérer les mouvements de vos passions. Voyez-vous cette femme, ou
plutôt ce cadavre, dans lequel on ne reconnaît pas
même le sexe, tant il est défiguré; voyez-vous cette
tête décharnée et ces dents dérangées, ces cheveux
dispersés, ces joues enfoncées, ces vers qui fourmillent
dans cette chair, les voyez-vous? C'était une per-

sonne comme vous belle et bien faite, comme vous de qualité, et peut-être encore meilleure que vous. Ah! chrétiens, encore un coup, quel est l'avare, quel est l'ambitieux, quel est le voluptueux et le sensuel, qui n'arrêtera pas les désirs immodérés de sa passion pour peu qu'il considère attentivement tout ce que je viens de vous dire?

Enfin nos passions sont injustes à l'égard du prochain, et c'est la mort qui les rend justes, comme l'a reconnu même un philosophe de l'antiquité du paganisme : *Mors sola humano generi reddit jus.* Quand une passion d'orgueil et de vanité règne dans un grand, avec quel mépris regarde-t-il tous ceux qui sont au-dessous de lui! avec quel faste et quelle superbe reçoit-il leurs services! Il croit que tout lui est dû, et que tout ce qu'ils peuvent faire, n'est encore que la moitié de ce qu'ils lui doivent; or voulez-vous rien de plus injuste que cela? Mais ces dédains, ces mépris, ces distinctions, tout cela périra à la mort; tout cela s'évanouira dans la pensée de la mort; ces pensées que nous sommes quelque chose de plus que les autres, erreur, erreur dont la mort nous détrompera. *Ego dixi : dii estis ;* vous vous êtes imaginés que vous êtes de petites divinités en terre, dit un prophète, et voilà ce qui faisait votre orgueil et votre vanité; mais apprenez que vous mourrez comme les autres, et que la mort, qui a déjà tant égalé de houlettes et de sceptres : *mors adæquatrix optima,* égalera encore votre sort avec celui du plus bas de vos sujets. *Verumtamen moriemini,* voilà ce qui doit abattre tout votre emportement.

Mais ce n'est pas tout : la pensée de la mort n'est pas seulement un moyen facile pour régler les mouvements criminels de nos passions ou pour en corriger les imperfections et les défauts, mais c'est encore une règle sûre et infaillible pour prendre des conseils et pour fixer nos délibérations; c'est ma seconde partie.

C'est une vérité de la foi, que nos pensées sont courtes et incertaines : *Cogitationes nostræ breves et incertæ*. Nos pensées sont incertaines, dit le dévot saint Bernard, parce qu'elles n'ont point une véritable fin qui les puisse arrêter; elles sont courtes et par conséquent pénibles, parce que si elles ont quelque fin, ce n'est point la véritable fin, elles en changent à tous moments, et ce changement continuel les fait passer aussi continuellement d'inquiétude en inquiétude, de travail en travail, de recherche en recherche. Le secret donc pour remédier à tous ces désordres, ce serait de trouver quelque chose qui pût fixer ces incertitudes et arrêter ces inquiétudes en faisant connaître à nos passions et leur déterminant la véritable fin qui les doit faire agir, qui pût arrêter et corriger ces inquiétudes en leur faisant connaître quelle est la fin à qui elles se doivent inséparablement attacher; le secret, en un mot, ce serait de trouver quelque chose qui fût pour elles une source féconde et intarissable de conseil et de délibération, mais une source exempte de peine, d'inquiétude et de travail. Or je soutiens qu'il n'y en a point de plus propre à cela que la pensée de la mort, parce que c'est l'expression la plus vive et la plus naturelle et la plus sensible de cette fin à laquelle toutes nos passions doivent tendre et à laquelle elles se doivent attacher. Et par conséquent disons que cette pensée est la règle la plus sûre et la plus certaine pour fixer toutes nos délibérations.

Pour délibérer sûrement quelque chose, il faut nécessairement avoir devant les yeux cette dernière et cette première fin qui est la règle de toutes les autres, et considérer avec attention la proportion qu'il y a entre les moyens que nous voulons prendre et cette dernière fin. Mais le moyen d'avoir toujours le regard fixé sur une chose qui est si élevée, le moyen de voir la proportion qu'il y a entre cette dernière fin et les moyens que je veux prendre, ou entre toutes les autres fins qui lui sont subordonnées ! tout le monde n'est pas capable de ces raisonnements. J'en demeure d'accord; mais aussi vous m'avouerez d'autre côté, que tout le monde est capable de penser à la mort; or c'est là le secret que nous cherchons. Car quiconque pense sérieusement à la mort, n'a pas besoin de grands raisonnements pour délibérer sur ce qu'il doit faire, puisque cette pensée lui fait découvrir d'une seule vue, et la fin pour laquelle il doit agir, et les moyens qui sont proportionnés à cette fin, en lui faisant toucher au doigt la fin véritable pour laquelle nous sommes tous au monde.

Quand cette pensée m'occupe : il faut que je meure un jour, et quand je serai une fois mort, il n'y aura plus de retour, je vois tout d'un coup ce qu'il faut faire ou ce qu'il ne faut pas faire, car si je délibère sur quelque chose, incertain duquel parti [88] je dois prendre, je n'ai qu'à me dire à moi-même : Çà, de quoi me repentirais-je à la mort? serait-ce d'avoir pris ce parti ou bien d'avoir embrassé le contraire, serait-ce de m'être engagé dans cette intrigue ou bien de n'y être jamais entré, serait-ce d'avoir entrepris cette affaire ou de n'y avoir jamais songé? pour lors je vois facilement ce qui est capable de me corrompre, ce qui est capable de me sauver, ce qui est capable de me conduire à ma dernière fin, ce qui est capable de m'en détourner; et parce que cette fin ainsi appliquée est la règle infaillible de notre incertitude, voilà pourquoi le Sage disait que c'était un fonds de sagesse où tous les hommes devaient prendre leur conseil, et de quoi fixer leurs délibérations. Plût à Dieu que les hommes pussent considérer attentive-

ment et s'appliquer à eux-mêmes cette dernière fin;
nous ne verrions pas tant d'incertitudes, tant d'inconstances ni tant d'indécisions dans le monde : *utinam
saperent et intelligerent ac novissima providerent!*

Et pourquoi lisons-nous, à votre avis, dans l'histoire des anciens idolâtres, que quand il était question d'assembler conseil sur quelque matière d'importance, ils s'assemblaient plutôt auprès des tombeaux
de leurs pères, que dans les lieux publics de leurs
villes? cela paraît d'abord superstitieux; mais néanmoins, dit saint Clément Alexandrin [89], ce n'était
pas sans de bonnes raisons qu'ils en agissaient ainsi,
parce qu'ils croyaient que l'on était plus capable de
mieux consulter dans les lieux tristes que dans les
lieux gais, n'y ayant rien qui dissipe davantage nos
pensées que la joie, au lieu que la tristesse nous fait
penser plus sérieusement et peser plus soigneusement
les choses que nous voulons déterminer. Or, ce que
faisaient nos païens dans les ténèbres de l'idolâtrie,
nous doit servir de modèle même au milieu du christianisme; car il n'y a point de jour que nous ne dussions assembler le conseil entre Dieu et nous, tantôt
sur notre vie, tantôt sur nos emplois, tantôt sur nos
obligations, tantôt sur nos enfants; il n'y a point de
jour que nous ne dussions entrer dans le conseil de
notre âme pour y examiner sérieusement toutes
choses; et si nous faisions tout cela dans la vue de
notre mort et avec la même exactitude que si l'on
était près de mourir, je m'assure [35] que l'on ne balan-
cerait pas tant que l'on fait dans le choix de ce que
l'on doit faire. Faites-en l'expérience et vous verrez.

Est-il question de prendre un état de vie, est-il
question de ménager honnêtement vos biens, est-il
question de régler votre famille ou de déterminer
quelques conditions que vos enfants peuvent embrasser, pensez à la mort, ou plutôt consultez-la là-dessus
et suivez avec assurance ce qu'elle vous dira. On

vous parle d'un engagement, d'une charge, d'un mariage, d'une affaire, d'une intrigue, d'une société, de quelque trafic, pensez à la mort, et vous verrez si les lois dans lesquelles le monde voudrait bien vous régler en cette occasion, s'accordent aux conseils qu'elle vous donnera. Vous vous êtes engagés dans une querelle et dans un différend que vous avez eu pour la défense de ce que vous avez de plus cher, je veux dire de votre honneur, consultez la mort, et vous verrez si l'entêtement de l'orgueil ou de la superbe du monde vous portera à défendre avec tant d'aigreur et d'opiniâtreté une fumée qui ne dure qu'un moment.

Et n'est-ce pas là ce qui a conduit tous les saints au bonheur dont ils jouissent maintenant, n'est-ce pas ce qui les a portés à embrasser des règles si austères et des manières de vie si extraordinaires, n'est-ce pas ce qui les a confinés dans le fond des déserts et des solitudes, et qui les a séparés du commerce de tous les hommes, ce qui leur a fait embrasser toutes ces pratiques terribles de pénitence avec joie et avec tranquillité? Il est vrai qu'ils voyaient bien des peines dans ces entreprises, qu'ils voyaient même des contradictions de la part de Dieu, et que souvent Dieu a permis pour les éprouver, qu'ils crussent qu'ils s'égaraient et qu'ils n'étaient pas dans le bon chemin; mais ces secrets de prédestination se développaient tout aussitôt à leurs yeux dans le flambeau de la mort, et ils ne l'avaient pas plutôt envisagée que tous ces fantômes s'évanouissaient, que leur esprit se rassurait, que leur ferveur se redoublait, que leur cœur reprenait une nouvelle ardeur, et que leurs corps, quoique tout exténués par les veilles, les jeûnes et les disciplines, devenaient plus que jamais la victime de leur zèle et de leur amour pour Dieu.

Après cela, chrétiens, malheureux si nous ne réus-

sissons pas dans nos entreprises, malheureux si nous
nous jetons mal à propos dans des engagements qui
ne nous causent à la fin qu'un cuisant désespoir,
malheureux si nous contractons des alliances pleines
d'amertumes et d'inquiétudes, malheureux si nous
nous jetons dans des intrigues mal concertées, malheureux si nous entrons dans des sociétés et dans des
partis qui nous perdent ! car si cela nous arrive, ne
nous en prenons point à Dieu ou à notre faiblesse.
Dieu y avait pourvu, il nous avait donné le moyen
de délibérer sûrement, il nous avait donné une règle
infaillible dans la pensée de la mort, pour fixer toutes
les incertitudes de nos pensées et de nos délibérations,
que ne le faisions-nous ?

Mais ce n'est pas tout. Pour bien délibérer, non seulement il se faut fixer à quelque fin, mais il faut aussi
prévenir les inquiétudes et les remords et les désespoirs
qui peuvent arriver si nous délibérons mal à propos,
ou si nous nous égarons en ne prenant pas la véritable
fin. Car comme dit saint Bernard, heureux un homme
qui, non seulement prend une fin et s'y attache, mais
aussi qui peut dire : Je vais prendre un parti dont je
ne me repentirai jamais ; or qui peut donner cet avantage, chrétiens ? C'est la science pratique de la mort,
pourquoi ? Excellente raison de saint Augustin,
qu'il prend des sentiments de saint Paul ; c'est, dit
ce grand docteur, que par ce moyen nous avons un
remède contre tout ce qui nous pourrait inquiéter,
une réponse contre tout ce qui nous pourrait être
objecté, un moyen assuré de faire tout ce que la
conscience nous pourrait dire, et ce moyen, et ce
remède, et cette réponse, c'est la réponse de la mort :
Responsum mortis habemus, parce que la pensée de la
mort ne nous inspire de repentir que dans ce que l'on
mérite ; et c'est en ceci, chrétiens, que la prudence
des saints nous paraît admirable. Car enfin, mes frères,
quelque libertins que vous soyez, ou quelque force

d'esprit que vous fassiez paraître dans votre libertinage et dans votre impiété, votre misère et votre
douleur est que vous voyez que vous vous repentirez
un jour de ce que vous faites, et cette cruelle pensée :
je vais faire une chose, ou bien j'ai fait une chose,
dont je me repentirai dans toute l'éternité, vous
occupant sans cesse, avouez-le, avouez-le, mon frère,
que cette seule inquiétude vous cause plus de douleur
à proportion, que votre impiété ne vous a jamais
causé de plaisir. Ainsi vous voudriez bien effacer
ce remords, vous voudriez bien l'étouffer, mais vous
avez beau faire, vous avez beau crier qu'il s'efface,
il reviendra toujours, à moins que vous ne vous
serviez d'un moyen qui est l'unique pour ce sujet;
mais quel est ce moyen, me direz-vous? c'est de se
représenter, comme David, ces douleurs, ces remords,
ces inquiétudes, ces désespoirs qu'on aura à la mort :
dolores inferni circumdederunt me, et de suivre en
même temps leur conseil; et vous verrez d'abord [90]
que, quoique leur pensée donne quelque peine,
dans la suite elle donnera un repos assuré à vos
inquiétudes, et une règle assurée pour vos incertitudes,
parce que c'est la règle la plus sûre pour fixer nos délibérations.

Ajoutez à cela que le souvenir de la mort est encore
le motif le plus puissant pour exciter et pour entretenir
chez nous la ferveur pour l'observance des lois de
Dieu, et j'aurai achevé de vous faire voir les utilités
et les avantages de ce souvenir. Ce sera pour ma troisième partie.

TROISIÈME POINT

C'est de notre ferveur que dépend la sainteté de
notre vie, mais c'est de la sainteté de notre vie que
dépend la sainteté de notre mort. Voilà, dit saint Jean
Chrysostome, l'ordre que la providence divine a

établi entre ces trois choses, entre notre vie, entre
notre ferveur et entre [56] notre mort. Ce qui renverse
cet ordre, c'est un certain fonds de lâcheté, qui
fait d'abord une vie criminelle, et qui la fait terminer
par une mort malheureuse; il s'agit donc ici de vaincre
cette lâcheté pour remettre toutes choses dans leur
ordre, puisque c'est cette lâcheté qui le pervertit
et qui le change; et c'est ce qu'est venu faire principalement le Sauveur de nos âmes quand il a paru
dans le monde. Qu'est-il venu faire ici-bas? *Ignem
veni mittere in mundum*, je n'ai point eu d'autre
dessein, dit cet adorable Sauveur de nos âmes, que
de détruire la lâcheté des hommes et de ranimer leur
ferveur : *Ignem veni mittere in mundum*. Or, des deux
principaux moyens dont nous trouvons que cette
sagesse incréée s'est servie pour ce sujet, le premier,
c'est la proximité de la mort, le second, l'incertitude
de la mort; ç'ont été les deux grands moyens et comme
les deux grands ressorts, dont il a cru se devoir servir
pour exciter notre ferveur et notre activité.

En effet, chrétiens, il faut travailler pour Dieu,
mais il faut travailler avec toute la ferveur de notre
esprit et de nos cœurs, pourquoi? Parce que nous
approchons de notre terme, et voilà le premier motif;
et tout l'Évangile est plein de paraboles dont le divin
maître s'est servi pour nous expliquer sa pensée
sur ce sujet. *Negotiamini*, dit-il dans le xixe chapitre
de saint Luc, sous la figure d'un père de famille,
travaillez, trafiquez, et faites profiter votre talent
avec soin, pourquoi? Parce que, semblable à ce père
de famille, mon retour sera bientôt : *Negotiamini
dum venio*. Tenez vos lampes ardentes, dit-il dans un
autre endroit, et soyez toujours préparés : *Estote
parati*, parce que l'époux vient incessamment :
Ecce sponsus venit. Préparez-vous, ajoute-t-il, avec
diligence, et fructifiez en abondance, parce que le
temps de la récolte viendra bientôt, et que si vous êtes

trouvé comme un arbre sec et inutile, vous serez coupé
et jeté au feu.

Or que veulent dire toutes ces paroles, sinon qu'il
faut exciter en nous notre ferveur à cause de la proximité de la mort? Car comme ce négoce, ces lampes,
ces fruits sont des représentations et des peintures de
notre vie, aussi ce père de la famille, ce temps de la
récolte, cette arrivée de l'époux, sont des symboles
naturels de la mort. Et en effet, chrétiens, quand nous
aurions à vivre des siècles tout entiers comme les
patriarches, quand le temps de notre mort ne serait
pas si proche, il y faudrait enfin venir un jour; et
que nous servirait pour lors cette longue suite d'années,
sinon d'accroître nos obligations, et de rendre notre
compte d'autant plus difficile, qu'il serait long et
embarrassé? Mais être, comme nous sommes peut-
être à la veille de notre mort, la toucher, pour ainsi
dire, déjà du bout du doigt et paraître cependant
insensibles et ne pas travailler avec ferveur à mettre
ordre à la grande affaire de son salut, non, il n'y a
que notre infidélité ou notre stupidité qui puisse
causer cela dans nous.

Jésus-Christ dit encore ailleurs : *Ecce venio cito.*
Sur quoi vous remarquerez avec le grand saint
Augustin, qu'il ne dit pas : *Ecce veniam;* je viendrai,
mais : *Ecce venio,* je viens actuellement. D'où il conclut
par ces paroles : *Accelera, festina;* travaillez donc,
hâtez-vous, que rien ne vous arrête. Cependant un
malheureux assoupissement s'empare de nos cœurs,
et nous ne songeons point à travailler, cela n'est-il
pas pitoyable? Je suis comme une victime déjà
attachée sur l'autel, prête d'être égorgée, et néanmoins, je ne me remue point; ne faut-il pas être
stupide? Si l'on vous faisait connoître que le temps
déterminé pour la fin de votre vie, c'est la journée
de demain, et si Dieu, me l'ayant révélé, il [10] voulait
que je vous en annonçasse aujourd'hui la nouvelle,

que ne feriez-vous pas? Vous feriez tout, et en faisant tout, vous ne croiriez jamais en faire assez; bien loin d'exciter votre ferveur, il serait plutôt besoin d'en arrêter les mouvements et les impétuosités; or pourquoi ne le faites-vous pas dès maintenant, puisque peut-être n'avez-vous pas le temps que vous promettez, jusqu'à demain?

Voilà ce que disait et ce que pratiquait autrefois un grand roi. Au milieu de mes armées, au milieu de ma bonne fortune, au milieu de ma cour, de mon âge et de toutes les dignités qui m'environnent, voyant qu'il n'y a rien de si volage, de si passager ni de si fugitif que ma vie, j'ai voulu la prévenir, et travailler de bonne heure à l'affaire de mon salut : *Ego dixi in dimidio dierum meorum;* et afin de m'y exciter davantage, je suis allé aux portes de l'enfer, c'est-à-dire selon la belle pensée de saint Jérôme, j'ai considéré et examiné ma mort : *vadam ad portas inferni.* J'ai examiné le reste et le peu qui me restait de ma vie : *quæsivi residuum annorum meorum,* j'ai vu que, passé un certain terme préfix et déterminé dans les décrets éternels de mon Dieu, il n'y aurait plus moyen de travailler, parce que je ne serais plus; j'ai vu que ce terme était fort proche, et que ma vie s'écoulait de moi insensiblement, et qu'il n'y avait point de moment qui ne m'enlevât de moi une partie : *generatio mea ablata est a me, et convoluta est tanquam tabernaculum pastorum.* J'ai vu que le ciseau était tout prêt pour couper le fil de ma vie : *præcisa est a texente vita mea,* et qu'à peine aurais-je peut-être commencé d'y penser que cela arriverait : *dum ergo ordirer succidit me,* et qu'enfin au plus je n'avais que l'espace d'un jour à attendre : *de mane usque ad vesperam finies me.*

Voilà, dit saint Ambroise, les principes que ce grand roi posait et tâchait de confirmer à soi-même; mais voici les conséquences qu'il en tire pour la perfection de la vie; donc il dit : il faut que je travaille soigneusement pendant le peu qu'il me reste de ma vie, mais que je travaille avec ferveur, afin de récompenser [91] le temps perdu. C'est pour cela que je serai comme une colombe par ma simplicité et ma méditation continuelle, c'est pour cela que j'imiterai le cri d'une hirondelle par mes gémissements : *sicut pullus hirundinis sic clamabo, meditabor ut columba;* c'est pour cela que j'aurai toujours les yeux attachés sur vous, Seigneur, comme sur l'unique objet de mes désirs et de mes espérances : *attenuati sunt oculi mei, suspicientes in excelsum ;* voilà la ferveur de son amour et de son espérance; c'est pour cela que je résisterai à toutes les attaques du démon et à toutes les tentations, parce que je sais que vous me soutiendrez dans toutes les occasions et que vous répondrez pour moi : *Domine, vim patior, responde pro me,* voilà la ferveur de sa foi; c'est pour cela que je songerai aux désordres de ma vie passée dans toute l'amertume de mon cœur : *recogitabo tibi omnes annos meos in amaritudine animæ meæ ;* voilà la ferveur de sa contrition et de sa pénitence. Et tout cela fondé sur la pensée de la mort et de sa proximité : *quia non infernus confitebitur tibi, neque mors laudabit te,* parce que je suis convaincu que quand je serai une fois mort, il n'y aura plus moyen de travailler. Et en effet, *non expectabunt qui descendunt in locum, veritatem tuam.* Attend-on à équiper un vaisseau lorsqu'il est en pleine mer, attend-on à fortifier une ville lorsque l'ennemi est aux portes, attend-on à meubler une maison, lorsque le maître est près d'y venir loger? Non non, mon Dieu, il n'y a que les vivants qui sont dans la résolution où je suis, qui soient capables de travailler avec fruit et de se préparer avec ferveur à ce grand et à ce terrible jour de la mort. *Vivens, vivens ipse confitebitur tibi, sicut et ego hodie.*

Appliquez-vous donc, mes frères, toutes ces paroles

du prophète qui me paraissent toutes admirables, et qui, étant bien conçues, pourraient être d'une admirable édification pour vos âmes. Travaillez maintenant avec la même ferveur que vous travailleriez si vous deviez mourir dès demain, examinez votre conscience comme vous feriez, confessez-vous avec la même exactitude et la même fidélité que vous feriez, excitez-vous à une aussi amère contrition que vous feriez. Ah ! mes chers auditeurs, si nous entrions bien dans cette grande pratique, que de changements on verrait dans notre vie et dans toutes nos manières ! Car enfin, si je devais mourir demain, porterais-je tant de tiédeur à la communion, serais-je si négligent à restituer le bien, demeurerais-je dans cette habitude, ne ferais-je pas mon possible pour déraciner ce vice? Il ne tient donc qu'à moi.

Mais la mort, me direz-vous, est incertaine, je ne suis pas assuré que je mourrai demain, et ce ne sera pas si tôt. Eh ! que voulez-vous conclure de là? Et vous alléguerez cette incertitude pour justifier vos négligences ! Au contraire sachez que c'est ce qui doit davantage servir à la preuve de ma proposition. Jésus-Christ aurait donc bien mal raisonné quand il a dit : *Vigilate, vigilate,* veillez, et pourquoi? Parce que vous ne savez ni le jour ni l'heure, ni le moment que la mort viendra, et que vous serez peut-être surpris à l'heure que vous y pensez le moins : *quia nescitis horam.* L'unique raison et le plus pressant motif qui doit nous porter à travailler, c'est l'incertitude de l'heure et du moment de notre mort, parce que c'est ici que l'on peut appliquer justement ces mots et cette belle pensée de saint Augustin : *Ideo latere voluit ultimum diem, ut ceteri caute observentur,* si Dieu a voulu que l'heure de la mort fût incertaine et son jour inconnu, ce n'était pas afin d'autoriser notre négligence, mais afin de nous exciter à sanctifier tous les autres, afin qu'en quelque heure que ce terme impitoyable vienne, il nous trouve toujours en bon état et prêts à le recevoir : *Ut celeri caute observentur.*

Ah! chrétiens, si Dieu n'avait eu cette admirable providence, que de crimes et de désordres ne verrions-nous pas dans le cours de notre vie! Nous aurions remis notre pénitence à la dernière année, au dernier mois et au dernier jour; que sais-je moi, si nous n'aurions pas encore remis, de ce dernier jour, à la dernière heure et au dernier moment? Ainsi, bien loin que cette connaissance eût servi à la sanctification des moments de notre vie, elle n'eût servi qu'à les corrompre.

Avouez donc, chrétiens, que l'incertitude de la mort ne doit pas être un motif moins puissant pour nous exciter à travailler avec ferveur, que sa proximité, et par conséquent, que son souvenir est capable de régler non seulement les mouvements criminels de nos passions, non seulement les inconstances et les incertitudes de nos délibérations, mais aussi d'exciter notre ferveur et d'animer notre lâcheté, pour nous faire faire des actions qui nous fassent mériter la grâce en cette vie et la gloire dans toute l'éternité, que je vous souhaite. *Amen.*

SERMON

SUR L'IMPÉNITENCE FINALE [92]

Ego vado, quæretis me, et in peccato vestro moriemini.
JOANN., c. 8.

Jésus-Christ dit aux Juifs : je m'en vais, vous me
chercherez, et vous mourrez dans votre péché.

Ce sont deux grands maux, chrétiens, que la mort et
le péché : le péché, par lequel, comme dit saint Grégoire
la mort est entrée dans le monde, et la mort, par
laquelle Dieu a puni le péché ; le péché, qui a exterminé
l'homme dans l'ordre de la grâce, et la mort, qui l'a
détruit dans l'ordre de la nature ; le péché, qui nous
a dégradés de cet état d'innocence où Dieu nous avait
créés, et la mort, qui nous dépouille de tous les biens
dont Dieu après le péché nous a laissé la possession.
Mais après tout, chrétiens, ni la mort ni le péché ne
seraient pas des maux extrêmes, si nous pouvions les
séparer ; au contraire j'ose dire que la mort et le
péché dans l'état de leur séparation auraient leurs
avantages. La mort sans le péché serait précieuse
et sainte devant Dieu, et le péché sans la mort pourrait
servir de matière aux plus excellentes vertus qui
rendent l'homme agréable à Dieu ; la mort sans le
péché a été dans Jésus-Christ une source de grâces et
de mérites, et le péché sans la mort est dans tous les
prédestinés, comme parlent les théologiens, le principe
de leur prédestination ; la mort sans le péché a achevé
de sanctifier Marie, et le péché sans la mort a été le
motif de la conversion de Madeleine.

Ce qu'il y a d'épouvantable, c'est quand ces deux maux sont unis ensemble et que par une funeste conjoncture la mort met le dernier sceau au péché, qui est la réprobation, et que le péché imprime à la mort son dernier effet, qui est le caractère de la malice. Quand la mort s'unit au péché, elle le rend irrémissible, et quand le péché se joint à la mort, il la rend malheureuse; la mort dans le péché, la mort avec le péché, la mort par le péché, voilà ce qu'on doit appeler le souverain mal, voilà ce que Dieu a de plus terrible dans les trésors de sa colère, voilà de quoi le Sauveur menace aujourd'hui les Juifs dans l'Évangile, et en leur personne, la plupart des chrétiens, voilà le dessein que Dieu m'a inspiré de vous traiter. Demandons le secours de celle que nous prions tous les jours de nous être favorable à la mort. c'est la sainte Vierge, que nous saluerons par les paroles de l'ange : *Ave Maria.*

C'était une science, chrétiens, bien incertaine et bien mal fondée, que celle des augures et celle des présages parmi les païens. Ils concluaient du vol d'un oiseau et de l'inspection des entrailles d'une victime, ce qui devait arriver; mais toutes ces conjectures étaient réfutées par l'événement des choses, et l'expérience, qui en fait voir la fausseté, a montré en même temps qu'il n'y avait ni raison ni autorité sur laquelle ils s'appuyassent; et c'est ce qui a fait dire à saint Augustin, dans le livre de la Cité de Dieu, que cette science était plutôt un amusement d'enfants qu'un mystère de religion.

Il n'en va pas de même du présage dont j'ai à vous parler aujourd'hui, puisqu'il est fondé sur la parole de Jésus-Christ, qui est la vérité même, et que c'est un oracle qu'il a prononcé et conclu dans les termes du monde les plus clairs : *Quæretis me et in peccato vestro moriemini :* vous me chercherez, et vous mourrez dans votre péché. Or est-il certain, dit saint Augustin, que

quand le Sauveur parlait ainsi aux Juifs, il ne prétendait pas moins parler à nous, parce que l'impénitence
des Juifs est la figure de la nôtre, et que selon le langage
de saint Paul, tout ce qui est arrivé à ce peuple n'a été
écrit que pour notre instruction. Cela supposé, la
difficulté est de savoir comment on doit entendre cette
prédiction, si c'est une simple menace que Jésus-Christ
faisait à ces incrédules, ou bien si c'est un arrêt qu'il
prononçait contre ces réprouvés. Saint Chrysostome
l'a prise dans le sens le plus favorable, en disant que ce
n'était qu'une simple menace, par laquelle il leur décla-
rait ce qu'ils avaient à craindre et ce qui leur arriverait
infailliblement, s'ils n'y prenaient garde; et saint
Jérôme l'a expliqué à la rigueur, et a prétendu [93] que
le Sauveur n'a pas parlé en prophète pour les intimider,
mais en juge pour les condamner. Arrêtons-nous au
sentiment de saint Chrysostome, il nous suffira pour
nous imprimer un sentiment d'une véritable crainte,
et pour nous instruire d'une des plus grandes vérités
du christianisme, car il s'ensuit au moins de là, que
ces paroles que j'ai prises pour mon texte : *Ego vado,*
quæretis me et in peccato vestro moriemini ; je m'en vais,
vous me chercherez et vous mourrez dans votre péché,
il s'ensuit, dis-je, qu'au moins c'est une menace sortie
de la bouche de Dieu, mais menace conçue en des
termes si forts, qu'elle a donné lieu aux pères de l'Église
de douter si elle ne contenait pas un décret de Dieu,
par lequel il réprouvait les pécheurs.

Voyons donc si l'expérience se rapporte à cette
menace et à cette prédiction, car la plus grande preuve
de la certitude d'un présage, c'est l'expérience; con-
sultons par conséquent l'expérience de celui-ci.
Comment meurent ordinairement les pécheurs du
siècle, c'est-à-dire ceux qui le sont par profession, qui
le sont par attachement, qui sont obstinés dans le
crime, libertins déterminés et résolus de ne pas se
convertir, comment meurent-ils? C'est ici où il faut

nous effrayer à la vue de la terrible conduite de Dieu, et de cette providence meurtrière qui veille sur les impies, et qui fait qu'ils meurent presque toujours comme ils ont vécu. Ont-ils vécu dans le péché, ils mourront dans le péché : voilà, pour ainsi dire, leur destinée.

Mais pour vous en donner une idée plus nette et vous en faire un plus juste partage, j'en distingue de trois sortes, dont la considération sera capable de vous toucher par la diversité de leur caractère et par la suite de leur malheur. Les premiers meurent dans le désordre actuel de l'impénitence, les seconds meurent dans la privation de toute sorte de pénitence, et les derniers meurent dans l'exercice de la fausse pénitence. Les premiers sont les plus coupables, parce qu'ils ajoutent à tous les péchés de leur vie l'impénitence qui les consomme; les seconds sont plus dignes de compassion, parce qu'ils sont privés des secours de la pénitence qu'ils voudraient avoir; et les derniers participent à la condamnation des uns et des autres, et quoiqu'ils ne soient pas si coupables que les premiers, ni si dignes de compassion que les seconds, ils sont cependant dignes de compassion, parce qu'ils sont aveugles et coupables tout ensemble.

J'appelle l'impénitence des premiers une impénitence criminelle, celle des seconds une impénitence malheureuse, et celle des troisièmes une impénitence méconnue, ou pour mieux dire, avec saint Augustin, une fausse pénitence, qui dans le fond n'est qu'une véritable impénitence. Impénitence criminelle, impénitence malheureuse, impénitence méconnue; voilà ce que j'ai à vous expliquer dans ce discours; mais ce n'est pas tout. Car après vous avoir exposé ces trois caractères d'impénitence et de gens qui meurent dans le péché, j'ai à vous ajouter trois réflexions, qui sont de la dernière importance, en vous disant que l'impénitence de la vie est ce qui conduit les hommes à ces trois sortes d'impénitence finale : concevez ma pensée. Je dis que

l'impénitence de la vie conduit à l'impénitence criminelle de la mort par voie de disposition : ce sera
mon premier point ; que l'impénitence de la vie conduit
à l'impénitence malheureuse de la mort, par voie de
punition : ce sera mon second point; et qu'enfin
l'impénitence de la vie conduit à l'impénitence méconnue ou à la fausse pénitence de la mort, par voie de
tromperie et d'illusion : ce sera mon troisième, et tout
le sujet de vos attentions.

PREMIER POINT

On peut mourir dans le désordre actuel et dans le
péché d'impénitence en deux manières : ou en persistant dans une volonté déterminée de renoncer à sa conversion, quand même on se trouverait aux approches
de la mort, ou en se privant par une omission criminelle du bénéfice de la pénitence, qui pourrait
servir de remède à nos désordres ; et ces deux manières
ont une si grande étendue qu'elles suffisent pour justifier les paroles du Fils de Dieu : *Quæretis me et in peccato vestro moriemini ;* vous me chercherez, mais
inutilement, car vous mourrez dans votre péché.

Entrons dans cette profondeur et dans cet abîme
d'iniquité, et pour nous en rendre la considération
utile, ne craignons pas de descendre à un détail, qui
doit être la preuve de la plus terrible de toutes les
vérités du christianisme. Quand je dis mourir dans une
volonté déterminée de renoncer à sa conversion, prenez
garde que je n'entends pas ce qui se fait quelquefois
par un libertinage affecté [94], quand un pécheur se
voyant forcé de quitter la vie, ne veut pas pour cela
quitter ses péchés, et qu'étant tout prêt de paraître
devant Dieu, il se révolte contre Dieu et lui dit : *non
serviam.* Car quoique nous ayons des exemples de ce
terrible genre de mort, et que ceux que l'on nomme
athées soient sujets à mourir de la sorte, ces exemples,

dit saint Chrysostome, sont des monstres pour lesquels on se doit contenter d'avoir de l'horreur, sans en parler dans les chaires chrétiennes. Ainsi mourut Julien l'Apostat, prenant son sang en main, le jetant contre le ciel et vomissant d'exécrables blasphèmes contre Jésus-Christ, qui l'avait frappé à mort. Ainsi sont morts tant d'ennemis de Dieu, dont la misérable catastrophe a rendu malgré eux hommage à ce premier être. Ainsi meurent au milieu de nous toutes ces âmes profanes qui, après avoir vécu sans religion, couronnent leurs crimes par une persévérance diabolique.

Mais ce sont là des monstres, sur lesquels nous ne devons jeter les yeux, qu'autant qu'il est nécessaire pour les détester. C'est à des espèces plus supportables que celles-là que je veux m'attacher aujourd'hui pour justifier cet oracle du Fils de Dieu : *Quæretis me* etc., car je ne veux parler que de ceux en qui cet état d'impénitence, tel que je viens de vous l'exprimer, est aussi un état de faiblesse, dans qui l'infirmité se trouve avec la malice. Et pour vous le faire comprendre dans une induction ⁹⁵ dont vous êtes persuadés, je parle d'un homme, par exemple, qui après avoir passé toute sa vie dans la haine de son ennemi, meurt sans lui vouloir pardonner, protestant qu'il ne le peut ou disant qu'il ne le veut pas : témoin ce malheureux chrétien, qui allant au martyre, ne voulut pas embrasser son frère, quoiqu'il lui demandât pardon, et qui pour cette dureté fut privé de la grâce et de la récompense du martyre. Or combien voyons-nous de morts semblables à celle-là, c'est-à-dire de morts sans réconciliation, avec toute l'aigreur du ressentiment, où tout ce qui se négocie de pardon n'est qu'une grimace, où par une maxime de politique, on affecte d'en user de la sorte pour autoriser l'inflexibilité dans laquelle on a vécu, et pour justifier cet arrêt de Jésus-Christ : *Et in peccato vestro moriemini*.

Je parle d'un homme qui, se trouvant chargé de biens injustement acquis, ne peut se résoudre à les restituer, gémissant d'un côté, comme dit saint Paul, sous le poids de la justice de Dieu qui le menace, et de l'autre ne pouvant ou ne voulant pas être déchargé de celui des richesses qu'il porte, et aimant mieux abandonner son âme aux démons que de relâcher la proie qui malgré lui, lui va être arrachée. Or y a-t-il rien de plus commun que ces morts sans restitution ? Qui sont ceux d'entre les concussionnaires qui aiment à mourir pauvres, après s'être engraissés durant leur vie de la substance de plusieurs misérables ? et parce que presque personne ne meurt dans ce dessein de restituer, que puis-je conclure si je ne dis : *Et in peccato vestro moriemini ?* Je parle d'un homme qui, s'étant rendu esclave de la passion d'amour, meurt aimant actuellement une misérable créature, qui semble d'abord vouloir se détacher d'elle quand un confesseur au chevet de son lit l'exhorte puissamment à la quitter, et qui une heure après la fait revenir et achève de se consommer dans les ardeurs de cette flamme impure; or n'est-ce pas là le sort de tous ces chrétiens charnels? je m'en rapporte à vos connaissances. N'est-il pas vrai que voilà la fin où aboutissent ces attachements infâmes, c'est-à-dire à une mort plus que païenne, où expirant on soupire pour ce que l'on a idolâtré, où l'on sacrifie ses derniers vœux à la malheureuse divinité qu'on s'est faite, où l'on n'est touché que de la douleur de la quitter trop tôt, et où l'on fait gloire de mourir fidèle et constant dans le péché?

Enfin je parle de tous les grands pécheurs qui, après avoir vécu sans crainte des jugements de Dieu, meurent dans le désespoir, se faisant une justice cruelle et inflexible, après s'être fait un fantôme d'une trop grande miséricorde, qui tombent dans un abattement d'esprit, et qui semblables à Caïn concluent avec lui : *Major est iniquitas mea quam ut veniam merear :* mes crimes sont trop énormes pour en pouvoir espérer le pardon; s'il y a un Dieu, je meurs réprouvé. On peut dire que c'est là le grand écueil des pécheurs, surtout de ceux qui par des rechutes fréquentes, se sont lassés d'espérer, et qui en mourant ont une espèce de honte de se confier en Dieu; car cette honte les accable, et par une conviction qu'ils ont de la rigueur de la justice divine, ils renoncent, comme le traître Judas, à leur salut et au paradis, pourquoi? Parce que dans la pensée des Pères, c'est de ces pécheurs que Jésus-Christ a dit : *Quærelis me* etc. Voilà ce que j'appelle mourir dans le désordre actuel de l'impénitence, avec réflexion et de propos délibéré.

Mais ce n'est pas assez; on y meurt encore d'une manière plus commune, quand par une omission criminelle, on se prive du secours de la pénitence. Car enfin, dit saint Augustin raisonnant avec un pécheur et lui faisant toucher au doigt ses désordres; si vous sentant frappé de Dieu, attaqué d'une violente fièvre ou notablement blessé, vous ne donnez pas ordre à votre conscience, et que vous ne vous mettiez pas en état de paraître devant Dieu, si ayant un port aussi assuré que vous en avez-un, c'est-à-dire la voie des sacrements et le secours de l'Église, vous négligez d'y aborder, si par de continuels délais, plein de témérité, d'extravagance et de folie, vous laissez échapper ces moments favorables, si par une application entière au soulagement de votre corps, vous oubliez votre âme, si par une confiance fausse aux remèdes humains, vous ne recourez pas aux divins, si au lieu d'animer le zèle de ceux qui vous prient de songer à votre conscience, vous les rebutez, si par une crainte servile de la mort, vous ne voulez pas en être avertis et si vous voulez être flattés, si par une lâcheté criminelle vous ne surmontez pas votre faiblesse, si vous ne résistez pas à tous les obstacles de la chair et du sang, si par un renversement de conduite, vous pensez à votre famille sans penser à vous-même, si vous vous rendez coupable dans un seul de ces chefs, mon frère, conclut saint Augustin, votre impénitence est criminelle, elle met le dernier sceau à votre réprobation, et non seulement vous mourrez dans votre péché, mais vous mourrez dans le péché qui est le plus grand de tous les péchés.

Car si un homme est coupable de quelque désordre, peut-il pousser son iniquité plus loin que de se voir sur le bord du précipice, à deux doigts de l'enfer, et de se refuser pour lors le secours de la pénitence, qui est le plus grand et le plus nécessaire devoir de la charité qu'il puisse avoir pour soi-même? Cependant voilà jusqu'où va l'horrible aveuglement des pécheurs; ils sont investis, comme parle l'Écriture, des douleurs de la mort et des périls de l'enfer : *Circumdederunt me dolores mortis et pericula inferni invenerunt me ;* cependant ils ne laissent pas de s'assurer [35] de leur pénitence et de se reposer sur le lendemain; ils diffèrent, ils éludent, et par ce moyen ils tombent non pas seulement dans le dernier malheur, mais ils font de leur mort le sujet de leur péché, pour vérifier ces paroles : *Quæretis me* etc.

Or j'ai dit que ce qui conduisait à cette impénitence criminelle de la mort, c'était l'impénitence de la vie, et j'ai dit qu'elle y conduisait par une voie de disposition, c'est-à-dire par voie d'habitude, par voie d'attache, et pour comble de misère, par voie d'endurcissement. Ce sont les trois degrés qui nous sont marqués par les Pères; ces vérités sont très constantes; elles n'ont besoin que d'être expliquées pour toucher les esprits.

L'impénitence de la vie conduit à l'impénitence de la mort par voie d'habitude. Car de prétendre qu'on se fasse à la mort une nouvelle volonté, erreur; les mêmes habitudes demeurent, et si jamais nous agissons par habitude, c'est à la mort. Vous avez différé votre pénitence pendant la vie, vous avez été un homme de projet sans rien exécuter, vous pensez que la vue de la mort excitera votre paresse; vous vous trompez, et toute la différence qu'il y a entre la négligence de la vie et celle de ces derniers moments, c'est que pendant la vie on dit : dans quelques années je me convertirai, et qu'aux approches de la mort, on dit : après-demain je me convertirai. Ce délai n'est pas si long, mais il ne l'est que trop pour faire tomber dans l'impénitence finale.

Secondement l'impénitence de la vie conduit à l'impénitence de la mort par voie d'engagement et d'attache. Car l'impénitence, selon le Saint-Esprit, fait comme une chaîne, et cette chaîne lie tellement le pécheur et le serre si fort, qu'il est impossible qu'il la rompe : *Funibus peccatorum suorum constringitur.* Je sais que Dieu peut la briser, mais il faut savoir si nous y consentirons.

Enfin cette impénitence conduit à une autre par voie d'endurcissement. A force de persévérer dans le péché, il est impossible qu'on ne s'endurcisse. Si de temps en temps vous vous étiez réconciliés avec Dieu, la pénitence aurait détruit ce que vos péchés avaient édifié; mais mettant pierre sur pierre, le bâtiment s'élève insensiblement, et vient à sa perfection.

Voilà la voie par laquelle l'impénitence de la vie conduit à celle de la mort. Mais voyons une seconde espèce d'impénitence, qui est celle que j'appelle une impénitence malheureuse, et qui consiste à mourir dans la privation de la pénitence : c'est le sujet de mon second point.

DEUXIÈME POINT

Il ne suffit pas, chrétiens, que le pécheur, tout pécheur qu'il est, soit dans la disposition de sa part de recourir un jour à la pénitence, et qu'à la fin de

sa vie il se promette de sortir de son péché, pour mourir
dans la grâce ; car cette grâce de la pénitence ne dépend
pas de lui, et par un secret jugement de Dieu, elle est
attachée à mille circonstances qui semblent être hors
de son pouvoir. Il faut que toutes ces circonstances
concourent ensemble, il faut qu'il les ménage si bien,
qu'il n'y en ait pas une qui ne s'accorde pour sa justification ; car si une seule lui manque, le voilà frustré
de son espérance, et quelque désir qu'il ait eu de
mourir de la mort des justes, quelque prière qu'il en
ait faite à Dieu : *moriatur anima mea morte justorum,*
ces circonstances ne s'étant pas rencontrées comme
elles le devaient, il ne laisse pas de mourir en réprouvé,
pourquoi ? Parce que dans l'économie de toutes ces
choses, il s'est trouvé des obstacles qui ont rendu
ses efforts inutiles.

Il se peut donc faire qu'un homme, sans commettre
un nouveau péché, meure dans son péché, parce qu'il
se peut faire qu'il meure dans la privation des choses
absolument nécessaires à son salut. Or c'est ce que
j'appelle impénitence malheureuse, et c'est en quoi
je fais consister ce second arrêt de la justice de Dieu,
qui s'exécute à la mort d'un pécheur trompé et exclu
des moyens du salut : *Quæretis me* etc. Renouvelez
l'attention de vos esprits et l'application de vos
cœurs.

Quand on vous fait récit de quelque mort subite,
qu'on vous dit que cet homme, qui jouissait hier
d'une parfaite santé, a été saisi d'une apoplexie, qu'un
tel, sortant du jeu, a été étouffé d'un abcès, quand
on vous fait de semblables récits, ces morts vous
paraissent non seulement subites, mais très funestes,
et sans faire tort à la mémoire de ceux à qui elles
sont arrivées, vous tirez des augures de leur malheur,
et vous ne doutez pas que ce ne soit en cela que
s'accomplit cette terrible prophétie de Jésus-Christ :
Quæretis me etc. Mais en même temps, vous vous

consolez de cette pensée que ce sont des cas extraordinaires, et vous affaiblissez l'impression que ces
sortes de morts avaient faite dans votre esprit, par la
vue de leur prétendue rareté. Mais vous vous trompez,
permettez-moi de vous le dire, vous vous trompez :
ces genres de mort ne sont ni rares ni extraordinaires;
je soutiens même que dans la rigueur des termes,
non seulement il n'y a rien de si commun que ces morts
subites, mais que toutes les morts des pécheurs sont
de ce caractère.

J'appelle morts subites celles où les pécheurs
tombent dans un état qui les rend incapables de
retourner à Dieu; or qu'y a-t-il de plus ordinaire
dans le monde? Au lieu que celles qui arrivent par
les apoplexies, les abcès et les assassinats sont plus
effroyables, combien d'autres causes familières et
communes rendent toutes les autres, sinon aussi
terribles, du moins aussi dangereuses! Un transport
au cerveau, un délire sans interruption, une léthargie,
un assoupissement des sens, tout cela ne produit-il
pas le même effet, qui étant [21] de mettre un pauvre
moribond dans l'impuissance de se convertir, ne
peut-on pas dire qu'il est déjà mort comme chrétien,
quoiqu'il ne le soit pas comme homme? Je veux
qu'il ait un reste de vie animale, mais qu'importe, si
la vie raisonnable et surnaturelle sont éteintes,
qu'importe, si la grâce et les facultés intelligentes
ne peuvent plus agir? Mais, sans parler de ces fâcheux
symptômes, la seule impuissance qu'a un moribond
par l'épuisement de ses forces et la violence de son mal,
ne suffit-elle pas pour l'exclure du secours de la
pénitence, et par conséquent de la voie du salut? Or,
à combien de gens cela n'arrive-t-il pas? Et cette
impuissance se rencontrant dans le cours presque de
toutes les maladies, ne peut-on pas dire que ce sont
autant de morts subites, non pas selon le monde,
mais selon Dieu? La plupart meurent, dit saint

Chrysostome, sans qu'on leur puisse reprocher d'avoir abusé du temps de leur mort, parce qu'ils n'en ont eu ni la liberté ni les forces; cependant cette malédiction de Jésus-Christ n'est pas moins consommée pour cela : *Quæretis me,* etc.

Ajoutons un nombre infini de gens qui meurent dans l'ignorance funeste du danger où ils sont. Si l'on avait averti ce pécheur malade qu'il était temps de songer à sa conscience, il y aurait mis ordre, mais parce qu'on lui a caché la vérité, il meurt sans réconciliation, et par conséquent dans son péché, faute de n'avoir pas su le péril où il était. Est-ce un péché en lui? Non, car il aurait bien désiré le savoir, mais ç'a été un respect humain, peut-être un défaut de zèle dans le confesseur; ç'a été la considération de cette femme, l'intérêt de celui-ci, l'indiscrétion de celui-là, enfin ç'a été ce qu'il vous plaira, mais ce pauvre pécheur ne laissera pas de porter la peine de tout cela. Quoi donc ! est-il juste qu'il périsse par la faute d'autrui? Il ne périt pas par la faute d'autrui; mais Dieu permet que ses péchés propres, qu'il aurait peut-être effacés à la mort par la pénitence, ne le soient pas, et que du domaine de la miséricorde, il passe dans celui de la justice, qui est ce mystère de réprobation exprimé par cette menace de Jésus-Christ : *Quæretis me* etc.

Mais si le pécheur lui-même en mourant soupire après la pénitence, s'il témoigne avoir de l'empressement à la recevoir et qu'il en soit privé (car une infinité de gens ont en cela le même sort qu'Esaü qui ne trouva aucun moyen de faire pénitence, quoiqu'il l'eût demandé à force de larmes et de cris : *non invenit pænitentiæ locum quanquam cum lacrymis inquisiisset eam,* qu'arrivera-t-il? Voici le comble de cette impénitence malheureuse que vous avez pu remarquer cent fois, et qui a dû vous faire écrier avec saint Paul : *O altitudo,* ô profondeur ! ô abîme

des redoutables jugements de Dieu; ce pécheur qui
à la mort paraissait empressé à recevoir la pénitence,
ce pécheur qui avait recours aux sources publiques
de la grâce, je veux dire aux sacrements, cet homme
pourrait-il être du nombre de ceux de qui la prophétie
de Jésus-Christ parle? Oui, parce que ces sources
de grâces, qui sont ouvertes aux autres, lui sont
fermées. C'est ce que vous avez vu cent fois, et prenez
garde que vous n'en fassiez vous-même une triste
expérience. Un homme se trouve surpris d'une violente
maladie, et dans l'horreur du danger, ramassant
toutes les forces de son esprit, il demande les sacrements. Ce pauvre moribond semble conjurer tous
ceux qui approchent de son lit avec ces paroles de
Job : *Miseremini mei, miseremini mei, saltem vos
amici mei, quia manus Domini tetigit me;* mes chers
amis, ayez pitié de moi, la main de Dieu m'a frappé,
songez à mon âme. On le fait : pendant que les uns
s'occupent à lui procurer les remèdes corporels, les
autres s'empressent de lui rendre les spirituels;
on cherche partout un confesseur pour lui donner
assistance, mais qu'arrive-t-il? ce confesseur ne se
trouve pas; on en cherche un autre à sa place, il vient,
mais trop tard, quand le malade a perdu la parole,
pourquoi? parce que Jésus-Christ veut que la seconde
partie de sa prophétie s'accomplisse : *Quæretis me et
non invenietis* : vous me chercherez dans la personne
de mes ministres, et vous ne me trouverez pas, et par
ce moyen vous mourrez dans votre péché : *et in
peccato vestro moriemini.*

Je dis que quantité de gens meurent de la sorte;
mais par une autre secrète conduite des jugements
de Dieu, qui est encore plus terrible, il arrive quelquefois qu'encore bien qu'un confesseur ait en main
tout le pouvoir de l'Église, il n'a pas cependant le
talent de secourir un homme mourant, et au lieu de
le toucher il le rebute, au lieu de le consoler il le

trouble; il a les clefs du ciel, mais il ne le lui ouvre pas pour cela. Si ce malade avait trouvé un homme éclairé, habile et prudent, tout pécheur qu'il eût été, il serait mort en saint; mais parce que cet homme lui a manqué : *hominem non habeo,* il meurt dans son péché. Ensore un coup, ce malheur le rend-il plus criminel? Non, mais comme les désordres de sa vie sont joints à ces secours refusés, il meurt dans l'impénitence de la vie, qui conduit à cette seconde impénitence de la mort, et j'ai ajouté qu'elle y conduisait par voie de punition.

Qui le dit? Le Saint-Esprit; car que veulent dire autre chose ces menaces que faisait Dieu à son peuple par ses prophètes, et que le Fils de Dieu a réitérées lui-même, quand il a dit qu'il viendrait comme un larron, qu'il choisirait la nuit comme le temps le plus commode pour surprendre les hommes, sinon qu'il punit cette impénitence de la vie par l'impénitence de la mort? N'a-t-il pas le droit d'en user ainsi? Nous n'avons pas fait pénitence quand nous le pouvions, nous ne pourrons pas la faire quand nous le voudrons; nous étant oubliés de Dieu pendant notre vie, il est juste qu'il nous oublie à notre mort. *Justum est ut Deus obliviscatur tui, qui vivens oblitus es Dei,* dit saint Augustin. Nous avons différé notre pénitence jusqu'à la mort, et à la mort Dieu se moque de notre pénitence. Malheureux, tombe d'accord que Dieu a droit d'en user de la sorte. Dieu par sa patience se fait tort, dit Tertullien, mais il saura bien un jour conserver [16] ses droits; sa justice vengera sa miséricorde, et quand les pécheurs le croiront le plus éloigné, ce sera pour lors qu'il sera plus proche d'eux, pour se moquer de leur témérité; car, outre cette impénitence criminelle, outre cette impénitence malheureuse, il y en a encore une troisième que j'ai appelée impénitence méconnue, qui va faire le sujet de mon dernier point.

S'il n'y avait qu'une espèce de pénitence, ou qu'entre les différentes espèces de pénitence qui peuvent se pratiquer, il fût aisé de distinguer les vraies d'avec les fausses, quelque déplorable que soit l'état du pécheur, il serait consolé dans sa grande misère. Mais le malheur est qu'étant assuré du péché qu'il a commis, il n'est pas assuré de la validité de la pénitence qu'il en a faite ; le grand sujet de sa douleur est que, n'y ayant qu'une seule espèce de pénitence véritable capable de le justifier, et qu'y en ayant cent vaines qui ne le justifient pas, s'il n'a le bonheur d'entrer dans la voie de celle qui seule peut le sauver, il n'y a point de paradis à prétendre pour lui ; le discernement en ce point étant délicat, s'il se trompe il est malheureux pour jamais ; ses démarches sont autant d'égarements qui l'entraînent au précipice. Ainsi ce qui devrait être le principe de sa sûreté, devient le sujet de son doute ; ce qui devrait le sauver, est ce qui le perd ; et en mourant dans l'exercice de la pénitence, il peut mourir dans l'impénitence, pour accomplir cette parole du Fils de Dieu dans un troisième sens : *Quæretis me* etc. Voilà ce que la religion nous enseigne ; voilà sur quoi, selon saint Ambroise, est fondée cette parole de l'Écriture, qui veut que nous tremblions toujours pour nos péchés même remis : *De propitiato peccato noli esse sine metu.*

Or, si cela convient à tous les pécheurs, c'est le caractère propre de ceux qui, n'ayant pas fait pénitence pendant leur vie, se réservent de la faire à la mort : car, bien loin que ces pécheurs doivent avoir de la confiance, ils ne doivent avoir que de l'incertitude et du doute, pourquoi ? Pour trois raisons que je tire de saint Augustin, pour lesquelles je vous demande encore un moment d'attention. C'est parce qu'il n'y a

rien au monde, parlant en général, de si difficile à faire
que la pénitence : voilà la première proposition de
saint Augustin; c'est parce que de tous les temps
auxquels on peut faire pénitence, le plus difficile,
c'est le temps de la mort : voilà la seconde; enfin
parce qu'entre tous les pécheurs dont la pénitence
est difficile à faire à la mort, il n'y en a point à qui elle
soit plus difficile qu'à ceux qui ne l'ont pas faite
pendant leur vie, et qui l'ont différée à ce temps;
cette pénitence est pour lors si difficile, que moralement parlant je la tiens impossible; voilà la troisième
proposition de saint Augustin, et toutes les trois
ne laissent au pécheur qu'à prendre le parti du
désespoir.

Il n'y a rien de si difficile à l'homme qu'une véritable
pénitence, voilà la première proposition de saint
Augustin, car pour faire une véritable pénitence, il
faut qu'il change de cœur, qu'il renonce à soi-même,
qu'il se haïsse, qu'il cesse d'être ce qu'il était, qu'il
ait de l'horreur pour ce qui lui paraissait le plus
aimable, qu'il se réduise à une sainte contrainte,
qu'il fasse violence à toutes ses inclinations, tout cela
est d'une nécessité indispensable, je ne dis pas pour
la perfection, mais pour l'essence de la pénitence.
Or toutes ces choses ne sont-elles pas extrêmement
difficiles à un pécheur?

En second lieu, il n'y a point de temps au monde
où cette pénitence soit plus difficile dans son exercice
et par conséquent plus rare, qu'à la mort. Ce n'est
pas vous qui quittez pour lors le péché, c'est le péché
qui vous quitte, dit le même saint Augustin : *si
pænitentiam agere vis quando jam peccare non potes,
peccata te dimittunt, non tu illa;* or il faudrait, afin
que votre pénitence fût ce qu'elle doit être, que cette
séparation vînt de votre part, et les choses n'étant
pas de la sorte, elle est vaine et imaginaire. Mais,
me direz-vous, on se détache plus aisément de ses

habitudes à la mort que dans un autre temps. Je vous réponds avec saint Ambroise que non, parce que le cœur de l'homme n'est jamais plus ardent que lorsque les objets qu'il aime lui échappent. Si donc une force majeure lui arrache ce qu'il n'aurait pas voulu s'ôter à soi-même, il n'y consent jamais, et par ce moyen il meurt impénitent.

Mais enfin qui sont ceux en qui cette difficulté de faire pénitence à la mort est si grande qu'elle tient en quelque façon de l'impossible? Ce sont ceux qui pendant leur vie ont vécu dans l'impénitence, qui s'en sont fait une habitude, qui se sont endurcis dans le mal; car que s'ensuit-il de cet endurcissement de cœur? Il s'ensuit que la pénitence que l'on fait à la mort, est une pénitence insuffisante, qui n'est ni volontaire dans son principe, ni surnaturelle dans son essence, c'est-à-dire une pénitence de démon, une pénitence forcée, je défie les pécheurs d'en disconvenir. Car quelle liberté dans une action où un homme, accablé par son mal, n'a qu'un ressentiment d'une crainte servile? est-ce renoncer librement au péché, de ne le quitter que quand on ne le peut plus commettre? est-ce obéir à Dieu, quand on est sous le glaive de sa justice? est-ce se séparer du monde, que de le quitter quand on n'est plus du monde? Cependant la pénitence, pour être véritable, doit être libre, elle doit être surnaturelle, et si elle n'a ces deux qualités, fût-elle aussi touchante que celle d'Esaü, qui allait rugissant par les forêts, elle est inefficace aussi bien que la sienne.

Vous me demanderez (et j'achève) comment ce mystère de réprobation s'accomplit. Je vous réponds que cela se fait par une voie d'illusion et de tromperie; c'est-à-dire qu'un pécheur n'ayant jamais pratiqué la pénitence pendant sa vie, il n'a jamais appris à la connaître, il n'a jamais pu savoir en quoi elle consiste, ni par sa pratique ni par l'expérience des autres; ainsi il ne faut pas s'étonner s'il est trompé à la mort, et si se flattant d'avoir une véritable pénitence, il n'en a qu'une fausse. Si dans le cours de sa vie ce pécheur avait fait pénitence, il s'en serait formé une idée, il aurait connu en quoi la pénitence sincère diffère d'une autre qui n'est qu'imaginaire et illusoire; mais n'en ayant pas fait l'essai, et se trouvant à la mort sans aucune expérience, encore un coup, faut-il trouver étrange s'il se trompe, s'il prend l'ombre pour le corps, l'accident pour la substance, et si préoccupé de cette erreur il meurt dans son péché? C'était à vous, si vous ne vouliez pas être trompés, à en faire une expérience; car de prétendre qu'à la mort, vous ferez ce chef-d'œuvre, c'est la plus grande erreur dans laquelle vous puissiez tomber.

En ai-je trop dit, mes frères, ai-je donné de fausses alarmes à vos consciences, tout ce que j'ai avancé, s'accorde-t-il avec ce qui se passe ordinairement dans le monde, sont-ce là des vérités où nous n'ayons besoin que de la foi, l'oracle de Jésus-Christ n'est-il pas confirmé par une expérience de tous les siècles? Commencez donc aujourd'hui à faire pénitence, afin que la pratiquant, vous la connaissiez, que la connaissant, vous ne preniez pas la fausse pour la véritable, et que par ce moyen, bien loin de mourir dans le péché, vous mouriez dans la grâce, pour jouir ensuite de la gloire. *Amen.*

SERMON

SUR LES SOUFFRANCES DE L'ENFER [17]

Mortuus est dives et sepultus est in inferno.
LUC, c. 16.

Un riche mourut, et il eut l'enfer pour sépulture.

Ce furent, chrétienne compagnie, deux sépultures bien différentes que reçut tout à la fois ce riche malheureux de notre évangile, l'une pour son âme, l'autre pour son corps. Comme il avait vécu dans l'opulence, il était comblé d'honneurs sur la terre, et même après sa mort on lui rendit de grands honneurs funèbres. On porta son corps en pompe et en cérémonie, on lui érigea un magnifique mausolée, et quelque méchant qu'il eût été, on trouva peut-être des orateurs assez lâches pour faire son éloge et pour lui attribuer de plus grandes [98] vertus, qu'il n'avait pas. Mais le malheur est que son âme n'eut pas le même sort, et qu'on lui rendit ailleurs une justice exacte, qui sans avoir égard ni à ses richesses, ni à sa qualité, le traita selon le mérite de sa personne. Car quand son corps fut enseveli honorablement, son âme devint la proie des démons, et au lieu d'être transportée dans le sein d'Abraham comme celle du Lazare [74], elle fut précipitée dans un abîme de feux, enveloppée de flammes ardentes et réduite à n'avoir pendant toute une éternité que l'enfer pour sa demeure.

Et c'est ce qui arrive à une infinité de grands et de puissants sur la terre, sur le tombeau desquels on ne peut mettre d'autre épitaphe que celle-ci : *Mortuus est et sepultus est in inferno.* On demande quel fut le

sujet de la condamnation de ce réprouvé. Car enfin,
pourra dire quelqu'un, l'Évangile ne dit pas qu'il ait
fait tort à autrui; il ne lui reproche pas d'avoir usurpé
injustement ce qui ne lui appartenait pas. Il était vêtu
de pourpre et de lin; cela n'était-il pas de sa condition?
Il se traitait splendidement et faisait bonne chère; hé !
à quoi lui aurait-il servi d'être riche si ce n'eût été pour
faire bonne table? C'est ainsi que raisonne le monde.
Mais Jésus-Christ ne parle pas de même. Car après
avoir fait le portrait de ce riche malheureux, sans lui
donner d'autres couleurs, il conclut par ces paroles
formidables : *Mortuus est dives et sepultus est in inferno;*
comme en disant que c'est assez à un riche de mener
une vie délicieuse, d'être rempli de faste et de mépriser
les pauvres, d'insulter à leurs misères, pour être
réprouvé de Dieu. Car voilà les trois caractères de sa
réprobation expressément marqués dans l'Écriture.
Il était voluptueux, superbe, cruel; voluptueux,
puisqu'il se traitait splendidement et faisait tous les
jours bonne chère : *epulabatur quotidie splendide;*
superbe, puisqu'il ne daignait pas seulement jeter les
yeux sur le pauvre qui était à sa porte; cruel, puisqu'il
lui refusait même les miettes de pain qui tombaient de
dessus sa table. Or de combien de riches peut-on dire
aujourd'hui la même chose ! Et si la misère du temps
ne leur permet pas de vivre dans une si grande mollesse
ni magnificence, combien y en a-t-il qui ne voulussent
pas le faire et qui ne le fissent, si de certaines considérations humaines, ou leur avarice, ne mesuraient leur
dépense !

Voilà un grand fonds de réflexion pour eux. Quelques-
uns ont douté si ce qui est contenu dans l'Évangile
n'est qu'une parabole; mais qu'importe quand ce ne
serait qu'une parabole, pourvu qu'elle ait été marquée
du Fils de Dieu? et n'est-ce pas sous des paraboles qu'il
nous a annoncé ses plus beaux et grands mystères?
Plusieurs l'ont traité comme une ⸢histoire véritable.

Mais sans entreprendre de décider ce qui en est, arrêtons-nous à l'idée que Jésus-Christ nous en donne, nous représentant ce riche malheureux dans le lieu de son tourment, et ne lui donnant point d'autre sépulture que l'enfer. Arrêtons-nous à méditer cet enfer, tâchons de pénétrer ce mystère. C'est ce que j'entreprends dans ce discours après avoir demandé l'assistance du Saint-Esprit par l'entremise de Marie. *Ave Maria.*

Une des principales questions que Dieu faisait autrefois à Job, était de lui demander si les portes de la mort lui avaient été ouvertes, et s'il avait vu ces cachots obscurs, où les âmes criminelles doivent éternellement subir l'arrêt de sa justice. *Numquid apertæ tibi sunt portæ mortis ?* Peut-être que Job, tout éclairé qu'il était, eût eu de la peine à répondre sur ce sujet; car les portes de l'enfer ne devaient être ouvertes que par le Sauveur du monde, lui qui dans l'Apocalypse s'attribue cette fonction, en disant qu'il en a les clefs : *habeo claves inferni et mortis.* Mais depuis que Jésus-Christ étant venu sur la terre, nous a apporté ces clefs mystérieuses, depuis qu'il a fait ouverture de ces lieux de ténèbres, c'est-à-dire que par les lumières de son Évangile et ses instructions, il nous a révélé ce qui se passe dans cette prison de l'enfer qui était obscurité pour nous, nous sommes inexcusables si nous n'en avons une connaissance exacte, et si, Dieu nous faisant la même proposition qu'il faisait à Job : *Numquid apertæ tibi sunt portæ mortis,* eh bien ! avez-vous vu cet abîme et le gouffre où je retiens les impies pour exercer sur eux mes vengeances? nous ne lui répondons : Oui mon Dieu, je l'ai vu, je l'ai considéré, je l'ai médité, et c'est de ce lieu d'obscurité et de désordre que j'ai tiré les lumières nécessaires pour la conduite de ma vie.

C'est ce que j'entreprends aujourd'hui, et mon

dessein est de faire comprendre au moins grossièrement et imparfaitement, ce que c'est que l'enfer, en quoi consistent les tourments de l'enfer, quelles sont les propriétés et parties essentielles des tourments de l'enfer. Et parce que ce sujet est infini, je m'attache à trois choses que saint Bernard me fournit dans ce beau traité qu'il a fait du Mépris du monde, que les damnés souffrent en trois différentes manières : par le souvenir du passé, par les douleurs du présent, et par le désespoir du futur. *Hic vermis crudeliter lacerans affliget animas præteritorum memoria, torquebit præsentium angustia, turbabit futurorum sera pœnitentia.* Le souvenir du passé, la considération du présent, le désespoir de faire pénitence dans l'avenir, seront les sources éternelles de la rage et de la fureur des damnés dans l'enfer. Si ces trois parties me portent plus loin que le temps ne me prescrit, je préférerai plutôt de laisser la dernière imparfaite, que de lasser vos patiences.

PREMIER POINT

Ce sera le souvenir du passé qui fera dans les âmes des réprouvés la première source de leurs peines. *Hic vermis* etc. Ce souvenir funeste les tourmentera impitoyablement ; il les tourmentera sans relâche, il les tourmentera en mille manières différentes ; et ce qui est le plus déplorable, c'est qu'il n'aura point d'autre effet que de les tourmenter. Voilà l'idée que je conçois d'une âme dans l'enfer : *Recordare quia recepisti bona in vita tua*, disait Abraham à ce riche malheureux. Souvenez-vous, *recordare*, des biens que vous avez reçus et de l'abus que vous en avez fait. Ces deux vues seront des vues affligeantes pour un pécheur. La vue des biens dont il aura abusé, la vue des péchés qu'il aura commis, la vue des biens de la terre qui auront fait toute sa joie et qui lui causeront une douleur, non pas seulement de ce qu'il les aura perdus, mais de ce qu'il les aura aimés plus que Dieu, c'est-à-dire qu'il

s'en sera servi contre ses desseins. Ah ! dira un riche
dans l'excès de ses tourments (car c'est ainsi que le
Saint-Esprit le fait parler dans l'Écriture), ah ! si
j'avais bien ménagé ces biens de la fortune, comme je
le devais, si j'en avais assisté les pauvres, si conformément aux lois du christianisme j'avais été un dispen-
sateur fidèle, si j'avais usé de la sorte, de ces biens que
je possédais autrefois, ils seraient maintenant pour
moi un trésor de mérites et un grand fonds de béatitude ;
mais parce qu'un appétit désordonné d'amasser me
les a fait retenir dans l'injustice, mais parce qu'une
détestable ambition me les a fait idolâtrer, mais parce
qu'un attachement honteux à mon corps me les a fait
consommer en des excès criminels, mais parce qu'un
luxe immodéré me les a fait prodiguer dans des
dépenses superflues, mais parce que la passion d'enrichir des enfants impitoyables et des héritiers ingrats
m'a empêché de faire ce que Dieu attendait de moi,
ces biens que je possédais, ces biens font maintenant
mes plus grands maux. *Recordare* etc. Cette réflexion
n'est-elle pas seule capable d'accabler un damné d'une
tristesse mortelle ?

Mais la réflexion qu'il fera malgré lui, que par ces
biens passagers, qui n'étaient que des ombres de bien,
il a perdu le véritable, l'unique et le souverain bien, le
souvenir qu'il conservera, que ce qui lui a fait perdre
ce bien n'a été qu'un néant, qu'un misérable intérêt,
qu'un plaisir sensuel et brutal, le dépit qu'il en conce-
vra, excitera en lui un nouveau ver de douleur, qui le
rongera sans relâche. *Recordare* etc. Que si la vue des
biens de la terre fait une impression si violente dans la
mémoire d'un damné, que ne fera pas le souvenir du
mauvais usage des biens de la grâce ? Car quel fonds
de désespoir, quand il se représentera combien de
moyens de salut, combien d'inspirations de conversion
il aura négligé, à combien de remontrances, à combien
d'exemples de vertu il aura été insensible, soit par une

prétendue force d'esprit, soit par une lâcheté et une
indifférence pour les choses de Dieu! Ah! si j'avais
correspondu à la moindre partie des grâces dont Dieu
m'a favorisé, il ne m'en fallait pas davantage, mon
héritage et mon sort serait avec ses enfants; mais
parce que j'ai reçu ces grâces en vain, parce que je
ne les ai regardées qu'avec indifférence, parce que je
les ai rejetées avec mépris, parce que je les ai combat-
tues avec orgueil, ces grâces s'élèveront contre moi
pour me persécuter; au lieu de parler en ma faveur,
elles parleront contre moi, et tout cela par l'abus que
j'en ai fait. *Recordare.* C'est ainsi que la mémoire de
tous les biens passés tant naturels que surnaturels,
contribue à la peine des réprouvés dans l'enfer.

Jugez maintenant de ce qu'ils souffriront de la part
de leurs péchés, dont le nombre est si grand et si
épouvantable : péchés qui accableront les épaules de
ceux qui les auront commis, et qui se présenteront
sans cesse aux yeux de leurs esprits pour les tourmenter. Non, dit saint Chrysostome, il ne sera pas besoin
de furies, ni de démons pour leur servir de bourreaux.
Dans ce juge inique l'injustice atroce qu'il a commise,
dans ce détracteur la médisance horrible qu'il a vomie,
dans ce chicaneur la ruse et les fourbes qu'il a em-
ployées pour supplanter son prochain, toutes ces
choses seront des monstres plus insupportables et des
bourreaux plus cruels que les démons. Il ne faut pas
être chrétien pour s'élever jusqu'à la créance de cette
vérité; les fables des païens, qui dans le sentiment de
saint Cyprien faisaient leur plus haute et leur plus
sublime théologie, en sont toutes pleines, en nous
représentant par leurs fictions ce que l'Évangile
découvre par ses lumières, et en nous faisant voir la
punition effroyable de tant de crimes, qu'ils estimaient
cependant être permis.

Il est vrai que les crimes que les réprouvés auront
commis, ne subsisteront plus actuellement; mais,

hélas ! dit saint Bernard, il se fera un étrange passage et une furieuse circulation pour leur donner une espèce d'éternité. Ils passeront, dit ce père, de leurs mains dans leur esprit, *transibunt de manu ad mentem ;* et ce sera par ce souvenir funeste que ces malheureuses victimes de la colère de Dieu souffriront éternellement dans l'enfer. Ces péchés ne seront plus il est vrai, mais ils auront été, et il ne sera plus au pouvoir de la créature ni à la puissance de Dieu même de faire qu'ils n'aient pas été. De là vient qu'ils ne tourmentent pas ces âmes parce qu'ils sont, mais parce qu'ils ont été, et qu'ils auront toujours été, dans leur volonté. Ils n'auront point de borne dans l'éternité, mais ils auront une activité nécessaire, qui augmentera leur supplice. Ils n'ont subsisté qu'un seul moment sur la terre, mais dans l'enfer ils les tourmenteront à jamais, parce qu'ils ne pourront plus prendre fin.

Et pourquoi, demande saint Bernard, ne pourront-ils plus prendre fin ? C'est parce que ces péchés seront châtiés selon ce qu'ils sont, et non pas selon ce qu'ils ont été. Et parce que ce qui est passé n'est plus et qu'il est entré dans le futur, le futur n'ayant point de fin, il faut nécessairement que les tourments n'en aient point non plus. Voyez, dit saint Augustin, ce qui arrive tous les jours à de certaines âmes qui ont été assez malheureuses pour succomber à une tentation charnelle. Cette fille, cette femme, qui s'est abandonnée à la sale passion d'un infâme, voudrait avoir racheté sa faute par tout ce qu'elle possède, et si elle était assurée d'effacer son crime par sa mort, il n'y en aurait point, pour sévère et pour rigoureuse qu'elle fût, qu'elle n'acceptât de bon cœur pour être assez heureuse de n'avoir pas commis cette action. Et cependant il sera toujours vrai de dire qu'elle l'aura commise, et cela dans cent ans, dans mille ans et dans toute l'éternité. et parce que cette femme a été une adultère, c'est assez pour pouvoir dire qu'elle a été assez malheureuse de l'avoir été. *Facere in tempore, fecisse in æternum manet.* Or, si cela subsiste sur la terre, que ne doit-on pas dire de l'enfer?

Ajoutons à cela que les damnés se repentiront de leurs crimes, mais que ce repentir ne servira qu'à les tourmenter, puisque bien loin de pouvoir apaiser Dieu et détruire le péché, il le leur représentera sans cesse pour les affliger par une plus grande honte.

Jugez-en par ce que vous en expérimentez de temps en temps dans ces confessions générales où vous faites une revue universelle sur toute votre vie. Jugez-en par la confusion que vous souffrez quand vous venez à repasser dans votre mémoire les péchés que vous avez commis. Ah! mon Dieu, s'écriait autrefois David, je n'ai point de repos et je n'en puis avoir quand je me remets tous mes crimes devant les yeux : *non est pax ossibus meis a facie peccatorum meorum.* C'est un grand roi dans sa cour qui parle, c'est un roi qui peut même se vanter ⁹⁹ de ses désordres, et cependant tout roi qu'il est, il dit qu'il n'a point de repos quand il fait réflexion sur ses péchés passés. Eh! que sera-ce donc d'une âme dans l'enfer, quand durant toute l'éternité, ses péchés lui seront toujours et nécessairement présents! Ici-bas nous les oublions facilement, et quand nous voulons qu'ils ne nous tourmentent plus, nous avons le secret de les mettre derrière notre dos, dit saint Bernard; mais toute l'occupation d'une âme dans l'enfer sera de se représenter toujours ses crimes. Tu as péché et tu le vois, ta disgrâce vient de toi-même, et quelque confusion et repentir que tu aies, tout cela te sera inutile.

Ah! que c'est là une grande instruction pour nous, chrétiens! Il nous faut repentir de nos fautes en cette vie, puisque la douleur que nous en aurons dans l'autre monde sera inutile. Le riche malheureux voulait avertir ses frères, et Dieu ne le voulut pas, parce qu'ils s'en étaient rendus indignes. Mais ce que Dieu n'accorde pas à ses frères, il veut bien nous l'accorder. Oui, Dieu veut que notre repentir fasse notre espérance, et que la douleur mortelle que nous ressentons de nos péchés passés, soit un moyen pour obtenir notre sanctification pour l'avenir. Il est vrai que Dieu n'envoie pas ni le riche malheureux ni le Lazare à ses frères, pourquoi? Parce que la loi et les prophètes, qu'ils avaient, devaient avoir plus de force sur leur esprit, que la résurrection de tous les morts et tous les Lazares ressuscités.

Nous nous imaginons souvent que si nous voyions une âme damnée revenir de l'enfer, elle nous convertirait. Abus, messieurs, nous n'en serions pas meilleurs, et puisque nous méprisons les avis salutaires que la parole de Dieu et les prédicateurs qui l'annoncent nous donnent, nous trouverions encore bien le moyen de mépriser celle d'une âme ressuscitée. D'ailleurs, dit saint Bernard, il n'est pas juste que Dieu use de ces moyens extraordinaires pour nous convertir tandis que nous en avons d'autres plus forts, dont nous abusons par notre propre malice, et Dieu veut que nous nous en tenions à sa parole. Mais que faisons-nous? C'est qu'au lieu de profiter de l'exemple du mauvais riche, nous ne voulons pas même profiter de notre propre expérience et de ce qui se passe en nous-mêmes.

Car à cette expérience du passé nous pouvons joindre la connaissance de l'avenir. Nous avons l'exemple du passé dans le mauvais riche, mais nous avons la connaissance de l'avenir dans nous-mêmes, et c'est le remords du péché, que nous sentons, ce ver qui nous ronge, ce dépit et cette impatience intérieure qui nous déchire. Car voilà, selon les Pères, une image anticipée de l'enfer. Mais que faisons-nous? Nous tâchons d'étouffer ces sentiments importuns afin qu'ils ne nous tourmentent plus; nous tâchons de ne pas croire qu'il y ait un enfer, ou de le croire

faiblement. Mais, malheureux, vous avez beau faire,
ce remords ne s'étouffera pas; cette créance subsistera
malgré vous, ce ver mordicant restera dans vos
consciences, et il ne sera pas en votre pouvoir d'en
être délivrés. Il aura ses temps et ses lieux où il se
fera bien ressentir. Quand vous nagerez dans les
plaisirs de la vie, ce sera pour lors qu'il armera sa
pointe; dans le même moment et au même lieu où
vous croirez être plus remplis de joie, ce sera pour
lors qu'il vous réveillera de votre assoupissement
mortel. Et plût à Dieu qu'il vous réveille si fort,
qu'il vous fasse songer sérieusement à votre conversion !

Oh ! le déplorable état d'un pécheur, puisqu'il
ménage si mal l'occasion de son salut ! l'endurcissement cruel d'un impie ! Tout est un enfer pour lui.
Quel remède donc et quel moyen de le retirer de cet
état ? C'est de le faire profiter en cette vie du remords
de son péché, dont le mauvais riche de notre évangile
ne peut faire aucun bon usage dans l'enfer; c'est de lui
mettre devant les yeux le nombre de ses années
dans l'amertume de son cœur, afin qu'il puisse dire
avec le roi Ezéchias : *Recogitabo tibi omnes annos
meos in amaritudine animæ meæ*, Seigneur, je repas-
serai devant vous les crimes de ma vie passée, afin que
ce souvenir jette une profonde tristesse et une amertume éternelle dans mon âme.

Demandons, messieurs, demandons souvent ce
remords de conscience à Dieu comme une grâce très
particulière, et quand nous sommes tombés dans le
péché, prions le Saint-Esprit de nous reprendre,
afin qu'ensuite il puisse nous consoler. Car le même
esprit qui est notre consolateur, est le même qui selon
l'Écriture est notre censeur, lorsque nous sommes
devenus coupables : *arguet mundum de peccato*.
Ainsi bien loin d'étouffer le remords, demandons
à Dieu qu'il le réveille dans nos cœurs assoupis.

Voilà le moyen de faire que les peines mêmes de l'enfer nous soient salutaires, et le remède efficace pour prévenir le mal que les damnés y souffrent, non seulement par le souvenir du passé, mais encore par les douleurs du présent, qui font leur plus grande peine, comme vous allez voir dans la seconde partie de ce discours.

DEUXIÈME POINT

Une des choses que demandait autrefois David et que son zèle lui faisait souhaiter pour la conversion des pécheurs, était qu'ils descendissent de temps en temps par esprit et par pensée dans l'enfer, ne doutant pas que la vue d'un lieu aussi horrible qu'est celui-là, ne fût un moyen capable de les toucher, étant persuadé que la voie la plus assurée pour n'y pas tomber après la mort, était d'y entrer souvent par des réflexions et des considérations sérieuses pendant la vie : *descendant in infernum viventes*. Mais, messieurs, pour l'entier accomplissement du souhait de David, il faudrait que nous puissions descendre par esprit dans cet enfer avec les mêmes connaissances, et s'il se pouvait faire, avec les mêmes expériences que les damnés, afin que nous en eussions une image parfaite devant nous, et qu'ayant cette image, nous en tirassions pour notre salut des conséquences qu'ils ne peuvent tirer pour le leur. Ce discours de l'enfer, et cette connaissance des peines terribles qu'on y souffre, produirait en nous un effet merveilleux, et arracherait une insensibilité pour les choses de Dieu aussi prodigieuse qu'est la nôtre. Entrons donc en quelque façon dans les sentiments d'un réprouvé; substituons ses lumières aux nôtres, profitons de la connaissance de son mal, pensons à ce qu'il pense, afin de connaître avec lui combien il est terrible de tomber entre les mains d'un Dieu vivant.

Que fait-elle dans l'enfer, cette âme réprouvée? Elle se regarde séparée de Dieu, au milieu des feux

dont elle est la misérable victime : voilà son éternelle
occupation. Elle se voit séparée de Dieu, c'est ce qui
fait la peine du dam; elle se voit environnée de
flammes, c'est ce qui fait la peine du sens; le Sauveur
du monde nous a exprimé l'un et l'autre dans l'évangile du mauvais riche. *Elevans oculos cum esset in*
tormentis, vidit Abraham a longe : ce riche, du lieu de
ses tourments levant les yeux en haut, vit Abraham
de loin. Il le voyait de loin, dit saint Ambroise,
a longe, il le voyait dans un éloignement infini, il se
voyait séparé de lui par un chaos terrible et impéné-
trable, de sorte qu'entre sa demeure et celle d'Abraham
il ne pouvait y avoir aucune communication. *Inter*
nos et vos chaos magnum firmatum est. Or s'il se voyait
si éloigné d'Abraham, reprend saint Ambroise, de
combien ne l'était-il pas plus de Dieu! *Si longe ab*
Abraham, quanto longius a Deo!

Voilà le premier supplice d'un damné et d'une âme
réprouvée : sa séparation de Dieu. Or qu'est-ce que
d'être séparé de Dieu? Oh! l'épouvantable parole!
C'est être abandonné, c'est être dégradé de la possession actuelle du plus excellent de tous les êtres, et
on ne peut mieux, dit saint Augustin, juger de la
grandeur de cette séparation, que par la grandeur
de Dieu même, qui étant un bien infini, cause par sa
privation une peine infinie. *Hæc est enim tanta pœna*
quantus ipse est Deus. Ce n'est pas avancer un paradoxe que de dire que Dieu, qui est tout ce qui est,
sera le souverain mal d'un damné dans l'enfer, comme
il est la souveraine béatitude d'un prédestiné dans le
ciel. Lorsque Dieu parle à tous les justes dans la
personne de Moïse dans l'ancien Testament, il dit
qu'il sera pour eux une grande récompense qui ira
jusqu'à l'excès *Ego ero merces tua magna nimis.*
Je serai toute ta récompense en me donnant à toi,
parce que je n'ai rien de meilleur à te donner que moi-
même. Mais lorsqu'il parle à un damné dans l'enfer,

que lui dit-il? Je serai ta peine en te séparant de moi, et je serai ta grande et excessive peine, parce que dans tous les trésors de ma fureur je n'en ai point de plus épouvantable que cette séparation.

En effet, ces trois pensées font nécessairement la peine des damnés. Dieu n'est plus à moi, et je ne suis plus à lui; Dieu n'est plus pour moi, et je ne suis plus pour Dieu; Dieu n'est plus en moi ni avec moi, et je ne suis plus en Dieu ni avec Dieu. Car du moment où Dieu prononcera cet arrêt décisif de leur malheur éternel : *Ite discedite a me maledicti,* il se dépouillera de tous les droits qu'il avait sur eux, et il dépouillera les damnés de tous les droits qu'ils avaient sur lui; en sorte que, comme Dieu sera abandonné et séparé d'eux, il les abandonnera et s'en séparera absolument. Et de vrai, pourquoi pensez-vous que ce riche malheureux, au milieu des flammes qui le dévorent, ne s'adresse pas à Dieu, mais qu'il se contente de porter ses plaintes à Abraham? Ah ! répond saint Chrysostome, il n'a garde de s'adresser à Dieu, parce qu'il sait que ce n'est plus un Dieu de bonté pour lui, mais il s'adresse à Abraham parce qu'il le considère comme son père, et qu'il a quelque reste d'espérance en lui. A l'égard de Dieu, il n'a plus d'espérance en sa miséricorde, parce qu'il n'y a plus de Dieu pour lui, et pourquoi n'y en a-t-il plus? C'est parce qu'il s'en est éloigné par son péché.

Écoutez comme Dieu parle dans l'Écriture par son prophète : *Voca non populus meus*; Osée, n'appelez plus ce peuple mon peuple. Il a cessé de l'être, et désormais la qualité qu'il aura, sera de n'être plus mon peuple, *non populus meus*. Ce langage est si familier à Dieu, et cette expression si commune dans les Écritures, que quand les Israélites eurent offert de l'encens au veau d'or, qu'ils venaient de fabriquer, il dit à Moïse : *Vade, descende, peccavit populus tuus,* va, descends, parce que ton peuple a péché. Il ne

l'appelle plus son peuple, il le dépouille de ce beau
nom, et se destitue lui-même de ce domaine, parce
qu'il est tombé dans l'infidélité. Or qu'y a-t-il de plus
horrible que cet état funeste et cette séparation
tragique, où une âme n'est plus à Dieu, et où Dieu
n'est plus le père d'une âme?

Je me trompe cependant, messieurs, et je corrige
ce premier sentiment. L'âme damnée dans un sens
sera toute à Dieu, et Dieu tout à elle; dans un sens
elle sera unie inséparablement à Dieu, et Dieu sera uni
inséparablement à elle, et c'est ce qui fera son enfer.
Si elle pouvait être séparée de Dieu, si elle pouvait
être anéantie, elle ne serait pas malheureuse, mais ce
qui fera son malheur, c'est qu'elle en sera séparée
et que nonobstant cette séparation elle lui sera unie.
C'est que d'un côté elle sera séparée de la connaissance,
de la joie et de la charité de Dieu, et que Dieu se
séparera d'elle en qualité de souverain bien, c'est-à-dire
sous toutes les formes qui peuvent le rendre aimable
et désirable; c'est que d'un autre côté cette âme sera
attachée à Dieu par ses inclinations violentes et ses
supplices, et que Dieu s'attachera à cette âme comme
son ennemi et son vengeur, c'est-à-dire dans toutes
les qualités qui feront de Dieu un Dieu insupportable
et cruel. Permettez-moi, mon Dieu, cette expression,
puisque c'est celle de votre ami Job : *Mutatus es mihi
in crudelem.* Car si Job l'a bien pu dire pour la perte
des biens temporels, que ne peut pas dire un réprouvé
en voyant le bien que vous lui faites perdre, et ne
peut-il pas se plaindre que vous êtes changé pour
lui en un Dieu insupportable et cruel : *mutatus mihi
in crudelem.*

D'ailleurs remarquez que le réprouvé sera réprouvé
parce que son âme n'aura plus de Dieu, et que Dieu
ne sera plus le Dieu de son cœur, parce qu'il ne sera
plus le but de ses désirs et de ses affections. Car ce
qui rendra cette âme malheureuse, sera qu'elle ne

pourra jamais manquer d'inclination pour aller à Dieu, et qu'elle sera retenue et empêchée d'y aller, qu'elle le touchera de telle manière qu'elle ne le possédera jamais, et qu'elle le possédera en telle sorte qu'elle ne l'aimera jamais.

Après cela je n'ai que faire de vous parler de la peine du sens. Je n'ai que faire de vous mettre devant les yeux le feu dont les prédicateurs vous ont fait cent et cent fois la peinture : je n'ai que faire de vous expliquer sa violence et son ardeur, qui fait dire que c'est se moquer de le vouloir comparer à celui-ci; je n'ai que faire de vous exprimer sa violence et son ardeur, qui fait dire aujourd'hui à ce riche misérable : *Crucior in hac flamma,* ah ! que je souffre dans ces flammes ! et que chaque réprouvé peut dire avec plus de raison que Job ne disait autrefois à Dieu : *Mirabiliter me crucias.* Je n'ai que faire de m'étendre là-dessus, et si je vous disais que tout ce que notre imagination peut concevoir, n'est que l'ombre de ce feu, que toutes les cruautés auxquelles les apôtres et les martyrs ont été exposés, ne sont rien en comparaison du feu de l'enfer, si je vous disais non seulement avec saint Augustin, mais avec tous les autres pères de l'Église, que tout cela n'est pas seulement peu de chose, mais que ce n'est rien du tout : *quæcumque possunt homines in hac vita perpeti, in comparatione hujus ignis non pauca tantum sed nulla,* dit saint Augustin, (voilà de grandes paroles), je vous dirais encore beaucoup de choses.

De là vient que l'Écriture parlant des fléaux horribles dont l'Égypte fut affligée, dit que ce fut le doigt de Dieu qui les opéra, pour montrer [100] (dit le cardinal Pierre d'Amiens) que, quelque effroyables que fussent toutes ces misères, cependant elles ne sont rien à l'égard des épouvantables peines auxquelles les âmes réprouvées sont condamnées dans l'enfer, qui souffrent toute la pesanteur du bras de Dieu, et qui sont tourmentées, frappées et persécutées par l'application entière de toute la divinité : *tota divinitatis dextera persecutiuntur.* Dieu dit que sur la terre, il distillera sa fureur; *in die illa stillabo furorem meum.* Mais si ces gouttes qui coulent de sa colère ici-bas sont si épouvantables, dit saint Ambroise, que sera-ce de toutes les pluies, de tout l'océan de son indignation? *Si tanta est stilla, quid de totis imbribus?*

Je pourrais vous dire ces choses; mais bien loin que je m'y arrête, je passe par-dessus pour vous faire une réflexion avec laquelle je finis, et que j'estime la plus importante pour votre sanctification, et dont je me promets toutes choses si elle peut entrer dans votre esprit.

TROISIÈME POINT

Voilà donc ce que la foi nous enseigne : un feu éternel, et une éternelle séparation de Dieu. Mais ce qui m'étonne, et ce qui serait capable de me confondre si l'Écriture ne m'en apprenait le secret, c'est qu'une vérité aussi touchante que celle-là nous touche si peu, et que dans un si grand auditoire et une si nombreuse foule de gens qui m'écoutent, peut-être personne n'en est touché. Ce qui m'étonne, c'est qu'étant aussi sensibles à la douleur que vous êtes, vous ne le soyez pas aux plus grandes et aux plus effroyables de toutes les peines.

C'est la même foi qui nous dit qu'il y a un enfer où l'on souffre des supplices éternels, et c'est la même foi qui nous dit qu'il ne faut qu'un seul péché mortel pour nous les attirer; et nonobstant cette connaissance que vous en avez, vous traitez le péché de légèreté, d'indiscrétion de jeunesse, peut-être de galanterie et de jeu. Voilà ce qui m'étonne. Car que dois-je dire de vous en cette rencontre? Est-ce une inadvertance, est-ce une faiblesse? croyez-vous cette vérité, ne la croyez-vous pas? Si vous la croyez, où est votre conduite et votre prudence? Si vous ne la croyez pas, où est votre foi et votre religion? Mais si vous croyez cette terrible vérité et que, nonobstant votre créance, vous ne fassiez pas les choses que Dieu vous ordonne pour éviter un si grand mal, serez-vous excusables devant Dieu en disant que vous n'y avez pas fait de réflexion? Eh! messieurs, où en sommes-nous? Quoi donc, ne tient-il qu'à chacun de nous de risquer son salut de la sorte? Avons-nous fait un pacte, comme les impies dans l'Écriture, avec la mort et avec l'enfer?

Ah! les libertins qui parlent ainsi ne s'en tiennent pas à ce que l'Écriture en dit; ils ne s'en rapportent qu'aux chimères et aux rêveries de leur esprit. Ils ne voudraient pas que les choses fussent comme elles sont, mais qu'elles fussent comme ils voudraient, et ils ne font point de difficulté d'abandonner le parti de la vérité pour soutenir celui du mensonge et de l'imposture. Est-il rien de plus raisonnable que de croire ce que l'Écriture nous dit, qu'il y a un enfer, qu'une âme qui a bien voulu perdre son Dieu doit être privée de lui, qu'il faut qu'il n'y ait plus de Dieu pour elle, que cette privation est le dernier de tous les malheurs, que quoique cette âme soit privée et séparée de Dieu, cependant Dieu par sa justice ne se séparera jamais d'elle, et qu'il est au dedans d'elle par l'application de sa colère et de sa vengeance. Ah! si vous voulez bien examiner toutes ces choses, ne trouverez-vous pas que quelque violence que Dieu exerce dans le monde par sa justice, il s'en faut beaucoup qu'il soit entièrement vengé, et que tout cela n'est rien en comparaison du feu d'enfer et de la privation éternelle de Dieu? Et n'est-ce pas là un juste sujet de crainte? Mais y a-t-il assez de foi en nous pour le craindre?

Il faut donc que nous nous déclarions aujourd'hui avec David, et que nous disions à Dieu : Vous m'avez visité et examiné par le feu, et ce feu m'étant appliqué par votre miséricorde, m'a tellement purifié qu'il ne s'est plus trouvé aucune iniquité en moi. *Igne me examinasti, et non est inventa in me iniquitas.* Il est juste, chrétiens, que nous entrions dans ces sentiments. Examinons-nous par le feu avant que Dieu nous punisse par ce feu, et de peur qu'il ne nous punisse, interrogeons-nous nous-mêmes, et nous demandons, comme ce solitaire du désert dans les attaques de ses plus furieuses tentations : *An poteris habitare cum igne devorante?* Chair impudique, chair immortifiée, pourras-tu supporter les ardeurs des flammes infernales? Que le feu d'enfer, dit saint Augustin, serve à exciter en nous un autre feu, qui est celui de la charité, et qu'il éteigne un troisième feu, qui est celui de la cupidité.

Cette charité en effet doit être fondée sur la crainte. Car ne faisons pas les esprits forts. Nous ne pouvons pas nous élever d'abord jusqu'à l'amour parfait de Dieu. La douleur de l'avoir offensé parce qu'il est bon, n'est pas le premier acte qui entre dans la composition de la pénitence. Comme nous sommes naturellement intéressés et que nous fuyons la douleur, nous détestons le péché parce qu'il nous attire le plus grand de tous les maux. C'est la première disposition pour recevoir cette forme parfaite de la charité héroïque. C'est pourquoi David, qui le savait bien, priait Dieu de percer sa chair par l'effort de cette crainte, et de l'effrayer à la vue de ses jugements et des peines qui les suivent : *Confige timore tuo carnes meas, a judiciis enim tuis timui.*

Craignez, chrétiens, craignez les peines éternelles, dans quelque état que vous soyez. Car si les saints ont craint l'enfer, que ne devez-vous pas faire vous autres, qui êtes chargés de péchés! S'ils ont craint l'enfer dans les solitudes et les déserts où ils étaient séparés du monde, que ne devez-vous pas faire

vous, qui êtes engagés dans le grand monde! S'ils
ont craint l'enfer dans les exercices de la pénitence
et d'une vie austère, que ne devez-vous pas faire dans
la mollesse et les plaisirs de la vie! Craignez l'enfer
et ne vous en rapportez pas aux hommes du siècle,
qui vivent dans l'oubli de Dieu, et qui ne connaissant
point de Dieu, ne reconnaissent par conséquent point
d'enfer. Craignez l'enfer comme vous craignez les
maux de cette vie, c'est-à-dire que, comme l'appréhension d'encourir les maux de cette vie vous rend
sages, laborieux et prudents, que celle de l'enfer
opère en vous les mêmes effets. Enfin craignez l'enfer,
mais craignez encore davantage le péché, parce que
si l'enfer est horrible, ce n'est qu'à cause du péché,
et ôté le péché, il n'y aura plus d'enfer.

Cette crainte sera le commencement de votre
sagesse, et cette sagesse, commencée ici-bas, trouvera
sa consommation et sa récompense dans le ciel.
Amen.

SERMON SUR LA GRÂCE [102]

Si scires donum Dei. JOANN., c. 4.

Si tu savais quel est le don de Dieu, tu changerais
bien de discours et de pensée.

Jésus-Christ veut que nous sachions qu'il nous a
fait un don, pour en avoir de la reconnaissance; il
veut que nous sachions combien vaut ce don pour
en avoir une juste reconnaissance et proportionnée
à la grandeur de ce don. Ce don est la grâce de Jésus-
Christ, par laquelle nous sommes ce que nous sommes,
c'est-à-dire chrétiens et enfants de Dieu. C'est ce don
auprès duquel saint Paul regardait tous les autres
dons de la nature ou de la fortune, avec tant d'indifférence et de mépris. Cependant par une ignorance
insupportable pour des chrétiens, nous ne connaissons
point ce don, et par une ingratitude encore plus
effroyable, nous négligeons de le connaître, de peur
d'être obligés d'en avoir de la reconnaissance. C'est
pour cela que Jésus-Christ nous avertit, dans la personne de la Samaritaine, de faire nos efforts pour le
connaître. *Si scires donum Dei.* Tâchons donc de connaître non seulement ce don, mais aussi de connaître
ce qu'il vaut, c'est ce que nous examinerons après
que nous aurons salué la sainte Vierge. *Ave Maria.*

Comme la grâce n'est rien autre chose que l'instrument dont Dieu se sert pour nous convertir et pour
nous sanctifier, on peut dire que l'idée la plus exacte,
la plus parfaite et la plus noble que nous puissions
avoir de la grâce, c'est de lui attribuer ce que Dieu

ne fait pas de difficulté de s'attribuer à lui-même; car c'est là l'excellente règle qu'en donne le docteur angélique saint Thomas. Jésus-Christ est venu pour sauver les pécheurs; ainsi je trouve que toutes les démarches que Jésus-Christ fait pour sauver les pécheurs, ce sont celles de la grâce pour les convertir, et que tous les effets prodigieux que Jésus-Christ a fait paraître dans l'ouvrage du salut des hommes, sont aussi les effets de la grâce dans l'ouvrage de leur conversion. Or pour connaître parfaitement ce don de la grâce, il en faut savoir deux choses, il en faut savoir la conduite, il en faut savoir le triomphe : la conduite qu'elle observe pour gagner les pécheurs, le triomphe qu'elle remporte dans le cœur des pécheurs; et parce que tout ce que Jésus-Christ fait aujourd'hui à cette Samaritaine est justement ce que la grâce fait tous les jours aux pécheurs, mesurons la conduite de la grâce sur la conduite de Jésus-Christ envers elle, et son triomphe par celui de Jésus-Christ dans elle. Voyons, dans une première partie, la grâce disposante et attirante du cœur des pécheurs, comme Jésus-Christ dispose et attire le cœur de cette femme; dans une seconde partie, la grâce triomphante du cœur des pécheurs, comme il triomphe du cœur de cette femme. Conduite de la grâce, triomphe de la grâce sur les pécheurs, mesurés sur la conduite et sur le triomphe de Jésus-Christ sur la Samaritaine, c'est tout le sujet de ce discours.

PREMIER POINT

Il ne faut pas s'étonner, chrétiens, si la grâce, qui part immédiatement du cœur de Dieu et qui est la production et le terme le plus noble et le plus excellent de son amour, a pour premier caractère de gagner nos cœurs, mais il est de conséquence de connaître ce caractère, de connaître la correspondance que nous y devons apporter, les avantages que nous en devons tirer et la conduite qu'elle observe.

C'est ce que le Saint-Esprit nous fait bien admirablement connaître dans l'évangile d'aujourd'hui.
Car que fait la grâce quand elle veut gagner un
cœur? Saint Augustin lui donne en cette occasion le
nom, le caractère et l'office de conquérante aussi bien
que de victorieuse; mais c'est une conquérante bien
différente des conquérants du monde, car pour nous
vaincre, elle s'accommode à nous, pour nous gagner
elle se laisse en quelque façon vaincre par nous. Ne
vous choquez pas de ce terme, messieurs, car il veut
dire que pour nous vaincre, elle nous attend jusqu'à
se lasser, qu'elle prend le temps qui nous est le plus
commode, qu'elle épie les occasions, qu'elle se sert
du lieu et de toutes les circonstances qui nous peuvent
faire connaître la douceur de son attrait et la suavité
de sa victoire. Il veut dire, qu'au lieu de nous commander absolument comme elle le pourrait, elle nous
prie avec douceur, qu'au lieu de nous contraindre
elle nous persuade et nous flatte; il veut dire qu'elle
s'accommode à nos humeurs, à nos qualités, à nos
conditions, à nos tempéraments, qu'elle ménage nos
inclinations, condescend à nos infirmités, excuse nos
faiblesses. Il veut dire qu'elle ne nous fait rien faire
qu'en même temps elle ne nous donne de puissants
secours pour en venir à bout, qu'elle ne nous fait concevoir de mépris pour toutes les choses du monde
qu'après nous en avoir fait voir la vanité, qu'elle ne
nous fait concevoir d'estime des choses du ciel qu'après
nous en avoir fait connaître la grandeur et la solidité,
qu'elle ne nous fait concevoir de mépris pour nous-
mêmes qu'après nous avoir découvert les désordres
qui se passent en nous, qu'elle ne nous fait rien entreprendre de grand pour Dieu, qu'après nous avoir fait
concevoir toute la grandeur de Dieu. Voilà en quoi
consiste le caractère de la grâce. Or tout cela ne s'est-il
pas passé à l'égard de la Samaritaine, et ne dirait-on
pas que l'évangéliste a pris plaisir à ramasser toutes

ces circonstances dans le peu de mots avec lesquels
il nous a fait le rapport de la conversion de cette
femme?

Je dis donc premièrement que la grâce nous attend
jusqu'à le faire des mois et des années entières, jusqu'à
se lasser et se fatiguer; voyez ce que dit l'évangéliste :
*Jesus autem fatigatus ex itinere sedebat sic supra fon-
tem;* Jésus-Christ, tout lassé et tout fatigué, attendait
assis auprès d'un puits. Qu'attend-il là, messieurs?
une pauvre femme et une pécheresse; qu'attend-il là?
une infâme et une décriée; qu'attend-il là? une adultère. De quoi est-il fatigué? Il semble, dans le langage
de l'Ecriture, que c'était du chemin : *fatigatus ex
itinere;* mais comme il dit dans l'évangile qu'il avait
faim d'un pain bien différent de celui qu'ils[103] lui appor-
tèrent de la ville de Samarie, et dont ils ne connaissaient
pas la force ni la qualité; *ego cibum habeo ad mandu-
candum quem vos nescitis,* aussi pouvons-nous dire
qu'il avait pour lors une lassitude plus mystérieuse,
qui est renfermée sous l'écorce de ces paroles, et qui
était d'attendre cette pécheresse, qui était si longtemps
à venir. Cependant, dit saint Augustin, il ne se lasse
pas, quoiqu'il en eût tout sujet, vu le long retardement
de cette femme, exerçant, selon ce père, sur cette
pécheresse toutes les lenteurs de sa justice, et lui
gardant toutes les douceurs de sa miséricorde.

Ah! messieurs, pour passer maintenant de cette
pécheresse à nous, combien y a-t-il de pécheurs qui
sont dans cet état malheureux, combien de pécheurs
qui ont lassé Dieu jusqu'ici, et qui fatiguent encore
tous les jours sa patience, combien qui sont devenus,
pour ainsi dire, de pesants fardeaux à sa miséricorde
et à sa bonté! Si nous jugions de la conduite de Dieu
par nous-mêmes et par ce que nous serions capables
de faire dans de pareilles conjonctures, peut-être l'accu-
serions-nous de stupidité, d'aveuglement, d'insensibilité, d'injustice, de lâcheté, de faiblesse; **car** ne

pourrait-on pas dire en quelque manière, avec Tertullien, que Dieu s'attire toutes ces accusations et
tous ces reproches par sa patience ? *Ipse sua patientia
detrahit.* Mais, messieurs, loin que cela diminue rien de
sa majesté ou de sa grandeur, c'est ce qui l'établit et
ce qui la fait connaître davantage. Car, comme dit
saint Augustin, la patience des hommes est une faiblesse en eux, parce qu'elle fait connaître que leur
nature et leurs forces sont bornées, mais la patience
de Dieu est une gloire pour lui, parce que c'est ce qui
fait éclater son infinité et son éternité. *Patiens est
quia æternus.* Ainsi, dit Tertullien, bien loin que les
injures que les hommes lui font, que l'atrocité des
crimes qu'ils commettent contre lui, ou que la patience
avec laquelle il les attend, lui fassent tort, c'est ce
qui relève sa gloire : *injuriarum acerbitate proditur Deus.*
C'est sur cette patience de Dieu que sont fondés
quantité d'impies, qui disent : Dieu est miséricordieux ;
mais prenez garde que cette patience ne se lasse
et ne s'irrite, car pour lors elle serait une fureur,
patientia læsa fit furor. Ah ! nous ne savons si cette
patience dont nous abusons, sera encore longtemps le
passeport de notre péché, pour parler dans les termes
de Tertullien : *commeatus peccati.* Que si nous péné-
trions bien cette vérité, nous nous garderions bien
de faire attendre cette patience, parce qu'il n'y a
rien de si aisé que de l'irriter.

Non seulement Jésus-Christ attend la pécheresse
samaritaine, mais il prend aussi un lieu et un temps
proportionnés au dessein qu'il avait de la convertir :
un lieu séparé du commerce des hommes, un temps
auquel elle vient pour puiser de l'eau. Non pas que
Dieu ait besoin pour agir, des temps ni des lieux ;
mais c'était en cela qu'éclatait la condescendance
admirable de la grâce, qui fait ces occasions tout
extraordinaires, qui en présente auxquelles nous ne
songions pas, et qui, de coups de hasard selon toutes

les apparences, en fait ses plus grands coups et ses prodiges. Quand nous lisons dans la Genèse ce qui arriva à Rébecca, quand cette jeune fille, allant pour puiser de l'eau, trouva le serviteur d'Abraham, qui lui déclara que c'était elle qui avait été choisie de Dieu pour être la femme d'Isaac, ou bien quand nous lisons dans le livre des Juges, que Saül allant chercher les ânesses de son père qui s'étaient séparées et écartées, trouva le prophète Samuel qui le sacra roi d'Israël, quand nous lisons, dis-je, ces choses, nous admirons la conduite de Dieu; cependant les Pères remarquent que c'est une figure de la vocation à la grâce et de l'élection de Dieu, et qu'il n'y a pas eu presque un seul pécheur converti, auquel la grâce n'ait dressé mille fois de saintes embûches, jusque-là que dans l'opinion de quelques théologiens, une partie de ce que nous appelons grâce victorieuse, efficace et extraordinaire, consiste dans ces occasions présentées si à propos et contre toute sorte d'espérance, au lieu que les grâces suffisantes et communes sont présentées à tout le monde indifféremment, en toute sorte de lieu et en tout temps. Voilà l'opinion de ces théologiens, fondée sur ce que Dieu dit dans Isaïe, qu'il y a de certains jours et de certains moments affectés dans lesquels il écoute les pécheurs; *tempore accepto exaudivi te et in die salutis adjuvi te;* je t'ai exaucé dans un temps propre et dans un jour de salut, je t'ai soulagé et c'est en ce même temps que je t'ai retiré de l'abîme profond de tes crimes et de ta misère.

Nous en voyons la preuve évidente dans cette femme. Elle allait pour puiser de l'eau, et elle s'en retourna sainte et convertie; elle venait, dit saint Ambroise, pour emplir sa cruche d'eau, et elle s'en retourna remplie de la plénitude de Jésus-Christ. Mais ce qui est rapporté de cette heureuse femme dans l'Évangile arrive encore tous les jours à tous les pécheurs; car il n'y en a point qui n'avoue, que quand il a été poussé par la grâce à se convertir, c'était le temps où il y pensait quelquefois le moins, et dans un lieu où il n'y avait presque point d'apparence que cela se pût faire. Il n'y en a point qui ne se souvienne avec plaisir d'un tel lieu, d'un tel temps et d'une telle circonstance qui lui donna occasion de se retirer du péché. C'est l'aveu ingénu qu'en faisait autrefois saint Augustin après sa conversion, rendant cet hommage à la grâce qui l'avait converti, faisant remarquer à tout le monde la situation de son cœur, quand cette grâce se présenta, le lieu où elle le prit, le temps où elle le gagna, les saints artifices auxquels elle l'attira, les paroles vives et pénétrantes de saint Paul dont elle le désarma. Et si nous faisions réflexion sur ce que la grâce opère en nous, peut-être pourrions-nous dire qu'elle nous en fait tout autant. Ah ! peut-être qu'elle cherche une heureuse rencontre où elle puisse faire notre conversion. La grande fidélité d'un cœur est d'observer ces lieux auxquels la grâce du salut est attachée. Car cette injure qu'on nous a faite, cette médisance qui nous rend odieux à notre prochain, cette mort arrivée au temps qu'on y pensait le moins, cette affliction survenue, cette perte encourue, ce procès perdu, cette absence d'un de vos plus chers amis, et cent autres choses qui paraissent fortuites, sont justement celles que Dieu a choisies pour nous toucher le cœur, et auxquelles notre conversion est attachée.

Si scires donum Dei, ah ! mon cher auditeur, avec quel respect n'agréeriez-vous pas un si grand don ! Mais, me direz-vous peut-être, si c'est une occasion où ma conversion soit attachée, il est sûr que je me convertirai. Je le veux. Donc je n'ai que faire de me mettre en peine de rien. C'est ce que je nie, car il n'est pas moins vrai que la grâce ne vivra pas en vous sans votre correspondance ; en sorte qu'il en faut toujours venir à cette belle maxime de saint Prosper, qu'un juste, et beaucoup plus un pécheur, doit sans cesse prier et veiller : prier afin que Dieu le visite, veiller afin qu'il ne le visite pas inutilement : voilà tout l'abrégé du christianisme, et c'est de la pratique de ces deux mots qu'on peut bien dire que dépend notre vie et notre gloire : *hoc fac et vives*. Mais avançons.

J'ai dit que cette grâce, quelque préférence et quelque déférence qu'elle pût exiger justement de nous, était néanmoins toujours la première à nous prévenir. C'est ce qu'elle a de plus essentiel. Car, comme dit saint Augustin, elle cesserait d'être grâce si elle cessait d'être gratuite, elle cesserait d'être gratuite si nous la cherchions avant qu'elle nous eût cherchés, ou si nous la choisissions avant qu'elle nous eût choisis, *nisi enim prius quæsita non quæreret, sicut non electa eligeret*. Et c'est ce que nous voyons dans notre évangile. Cette femme n'est pas plutôt arrivée au puits sur le bord duquel Jésus-Christ était assis, qu'il l'aborde, il lui parle, il la prévient et l'engage presque malgré elle, à un entretien où elle ne songeait pas [104]. Et voilà où la bonté de Jésus-Christ éclate : il prévient une femme qui ne songeait pas à lui, une femme pleine de crimes, une femme qui bien loin de lui vouloir parler, était plutôt dans la disposition de fuir, parce qu'il paraissait qu'il était juif de nation, une malheureuse enfin, dit un père, dont la réprobation l'aurait peut-être autant glorifié que sa conversion. Ah ! mon Dieu, s'écriait une fois saint Augustin dans une de ses extases amoureuses et dans un de ces colloques familiers qu'il tenait quelquefois avec Dieu dans la ferveur de son oraison, est-il possible que je ne puisse aller à vous sans vous ? L'ordre ne demanderait-il pas que je fisse les premières démarches et que je vous prévinsse, et toutes sortes de raisons ne devraient-elles pas m'engager à aller au devant de votre divine majesté, plutôt que de souffrir que cette grandeur suprême s'abaissât jusqu'à venir au devant d'une faible et misérable créature comme je suis? Mais puisqu'il en est ainsi et que votre miséricorde l'ordonne, serait-il bien possible, d'un autre côté, que je ne correspondisse point à toutes ces bontés et qu'à la nécessité d'être prévenu, j'ajoutasse la malice de ne répondre pas à tant de miséricorde! Non, non, mon Dieu, cela ne sera jamais, et quoiqu'à ma manière de concevoir, je trouve que cela soit indigne de votre grandeur et de votre majesté, il n'est pas indigne de la grandeur de votre miséricorde, puisqu'elle va jusqu'à me prévenir au milieu de mes iniquités et de toutes mes indignités. Je la suivrai cette grâce, j'y correspondrai, je m'en laisserai charmer, je suivrai son attrait, trop heureux si je la suis fidèlement et constamment. Voilà ce qu'un chrétien devrait dire tous les jours, s'il était bien pénétré de nos grandes vérités, et s'il connaissait bien la nature et l'excellence de ce don : *Si scires donum Dei.*

Ajoutez à tout cela, que la grâce ne nous prévient pas d'une manière mystérieuse, puisqu'elle ne nous prévient qu'en nous demandant, et c'est en cela, dit saint Prosper, que consiste la différence qui se trouve entre la loi et la grâce. La loi commande, mais la grâce demande; la loi prévient avec empire, mais la grâce prévient avec douceur et avec prière. Et c'est ce juste tempérament de la loi et de la grâce qui fait le mystère de notre prédestination. Car quoique Dieu puisse disposer de nous avec toute la rigueur et toute la sévérité de l'empire de la loi, il n'en veut néanmoins pas disposer qu'avec quelque révérence pour ainsi dire, je veux dire qu'avec les égards et les ménagements de la grâce, *magna cum reverentia.* Mais ce n'est pas tout, car en nous demandant, elle demande peu pour nous donner beaucoup. Qu'est-ce que Jésus-Christ demande à la Samaritaine? Un peu d'eau naturelle : *mulier da mihi bibere,* pour lui donner cette eau divine qui rejaillit jusque dans l'éternité, cette eau

qui vivifie les cœurs en les purifiant, cette eau qui
peut rafraîchir toutes les ardeurs de la concupiscence,
cette eau qui peut éteindre tous les feux de l'enfer.
Ainsi, chrétiens, que nous demande tous les jours
la grâce à nous autres? Presque rien, une petite mortification, un petit plaisir évité, un moment de patience
dans une affliction, une petite fidélité à Dieu, une
petite correspondance à son attrait et à ses grâces.
Donnez-moi cela, dit-elle, et je vous donnerai la
gloire, je vous donnerai le ciel, je vous donnerai la
possession de Dieu; quelle bonté, quelle douceur !
Ajoutez à cela que cette grâce se conforme à nos
mœurs et à nos tempéraments, à nos affections, à
nos faiblesses et même à nos imperfections. Exemple
de ceci dans notre Samaritaine. Tout autre que Jésus-
Christ aurait été rebuté par cette femme, mais voici
l'artifice admirable dont ce sage maître se sert pour
l'instruire. Il sait bien que partout où les Samaritains
se rencontrent avec les Juifs, ils parlent toujours de
la religion, et lui, pour arriver plus facilement dans
le discours avec elle en s'accommodant à l'humeur de
sa nation, il lui parle le premier de la religion; il voit
qu'elle est curieuse, il la prend par là; il remarque
qu'elle veut faire la savante, et lui il lui parle de
choses sublimes et relevées, au lieu que quand il
parlait au peuple, il ne lui parlait que par des figures
et par des paraboles. Il entre en conférence avec elle,
il lui parle de la grâce, de l'adoration et du culte de
Dieu, il lui parle de la rédemption, il lui parle des
biens éternels. Ainsi, chrétiens, la grâce, qui est maîtresse [105] de nos âmes, quand elle les veut instruire,
elle [10] sait s'accommoder à notre naturel, à notre tempérament, à nos mœurs, à nos qualités, parce que,
comme elle n'est pas contre la nature, mais seulement
au-dessus de la nature, aussi elle ne cherche qu'à perfectionner dans nous ce que la nature y a commencé.
Nous sommes naturellement ardents, elle nous porte

à des actions de feu et à des entreprises zélées; nous sommes naturellement tendres et sensibles aux maux des misérables, elle nous porte aux actions de charité; nous sommes d'un tempérament rude et austère, elle nous destine à des emplois où cette austérité est nécessaire; nous sommes au contraire d'un naturel paisible, doux et fort posé, elle nous destine à des offices proportionnés à cette douceur. De là vient que l'apôtre saint Paul l'appelle fort bien *multiformis gratia*, parce qu'elle ne nous fait saints, pour ainsi dire, que comme nous le voulons et comme nous le pouvons, afin que nous ne soyons point excusables, puisque sans demander autre chose de nous que ce que nous pouvons, que ce que nous avons, que ce que nous voulons, et sans changer ce que nous sommes naturellement, au moins dans un sens que je crois que vous percevez assez, elle nous convertit et nous sanctifie.

J'ai dit encore, que non contente de tout cela, elle ne nous ôte les biens du monde et ne nous en détache, qu'après nous en avoir fait voir la vanité et le néant. Et c'est ce qu'il fait à la Samaritaine, pour la détacher des biens du monde et de ses plaisirs, où elle avait été jusque-là un peu trop adonnée. Il lui montre qu'il n'y a aucun contentement à attendre de leur part, que bien loin d'étancher notre soif, ils ne font que l'augmenter, ne nous servent qu'à nous altérer davantage : *Omnis enim qui bibet ex ea sitiet adhuc.* Ainsi, chrétiens, persuadé et convaincu de ce principe que la grâce me remet sans cesse devant les yeux, je renonce librement à tous ces biens, à tous ces plaisirs, à toutes ces vanités.

Il est vrai que la grâce demande que nous fassions de grandes choses pour Dieu et nous les fait effectivement entreprendre, c'est ce que j'ai ajouté, mais aussi je vous ai dit que ce n'est qu'après nous avoir fait connaître la grandeur de Dieu, afin que la connaissant, nous ne soyons pas étonnés si elle veut qu'on proportionne ses services à la grandeur et majesté d'un maître si auguste. Il est vrai que cette grâce va jusqu'à nous obliger de nous anéantir nous-mêmes, et de renoncer à toutes nos inclinations, mais ce n'est qu'après nous avoir exposé tous les sujets d'humiliation, de mépris et d'anéantissement qui sont en nous. Ainsi Jésus-Christ voulant inspirer à la Samaritaine ce généreux mépris d'elle-même : Vous avez raison, lui dit-il, de dire que vous n'avez point de mari, car celui que vous avez maintenant n'étant pas légitime, c'est un adultère et un infâme : *Bene dixisti quoniam virum non habes.* Voyez, dit admirablement saint Chrysostome, comme il lui découvre son vice, et ce qu'il y a de plus méprisable et plus humiliant en elle, afin de lui inspirer l'humilité en la remplissant de confusion. Voilà, chrétiens, toute la conduite de Jésus-Christ à l'égard de la Samaritaine, et en même temps celle de la grâce envers les pécheurs, non point par force et par violence, mais par douceur et en s'accommodant à toutes nos faiblesses. N'y a-t-il pas à craindre que cette condescendance de la grâce et cette douceur ne diminuent de son efficacité et ne la rendent plus faible? C'est ce que nous allons voir dans la seconde partie.

DEUXIÈME POINT

Il n'est rien si solidement établi ni qui soit fondé sur des motifs plus incontestables que la religion chrétienne; mais j'ose dire que le plus fort et le plus pressant de tous ces motifs, c'est de voir ce que la grâce fait tous les jours dans les pécheurs, c'est de voir comment de personnes abandonnées à toutes sortes de crimes et d'abominations, elle en fait les plus grands saints, comment de vases de colère et d'indignation, elle en fait des vases de grâce et de miséricorde, en sorte qu'il semble que Dieu ne les a prédestinés que pour faire paraître les richesses infinies et les trésors inépuisables de sa grâce, comme dit le grand apôtre, *ut ostenderet divitias misericordiæ suæ.* Et je me suis souvent étonné que les théologiens, entre les motifs de religion qu'ils appellent raison de foi, n'ont point apporté celui-ci, qui est sans contestation, des plus propres pour confondre et pour convaincre l'impiété. Quand les magiciens de Pharaon eurent vu le miracle de Moïse, et comment, après avoir fait un serpent miraculeux qui dévora tous ceux que les magiciens avaient voulu faire pour les contrecarrer, ils avouèrent tous à Pharaon qu'il fallait qu'il y eût dans Moïse quelque chose d'extraordinaire qu'ils ne connaissaient pas, et que sans doute c'était le doigt de Dieu qui produisait toutes ces merveilles : *dixerunt malefici ad Pharaonem: digitus Dei est;* moi je soutiens aujourd'hui que j'en pourrais dire justement autant de la conversion des pécheurs; et quand je ne considérerais que le seul miracle de la conversion de la Samaritaine, je conclurais qu'il faut nécessairement qu'il y ait un Dieu qui en soit l'auteur, que ce Dieu a des ressorts si justes et si propres à émouvoir le cœur de ses créatures, et que ces ressorts ont des mouvements si forts et si doux, qu'on ne peut leur résister, et que notre volonté, quoique libre, est heureusement nécessitée de les suivre, quand elle en a une fois senti les premières impressions.

Or quel en est le mystère, et comment cela s'est-il pu passer dans la Samaritaine? Le voici. Cela s'est fait par rapport aux deux plus nobles parties de son âme, je veux dire par rapport à son entendement et par rapport à sa volonté, et pour parler moins philosophiquement, par rapport à son esprit et par rapport à son cœur. Miracle de la grâce dans l'esprit et dans le cœur de la Samaritaine, faut-il des miracles plus étonnants et plus convaincants pour confondre les impies? Ils vont faire tout le sujet et la preuve de cette seconde partie.

Miracle de la grâce dans l'esprit de la Samaritaine. Cette femme était une infidèle et une hérétique : une infidèle, puisque, selon la remarque de saint Jérôme, elle était de la ville de Samarie, qui était une ville dont les habitants s'étaient séparés de vie et de mœurs du reste des Juifs, et avec lesquels même il était défendu de communiquer pour quoi que ce soit; c'était une hérétique, mais une hérétique autant présomptueuse, autant préoccupée de sa propre suffisance, autant prévenue de la bonté des maximes qu'elle tenait, et par-dessus tout cela autant opiniâtre dans ce qu'elle avait conçu, qu'on en pouvait trouver, affectant de paraître bel esprit en toutes sortes d'occasions, subtilisant sur toutes sortes de choses et se faisant un point d'honneur et de gloire de disputer dans toutes rencontres sur les points de la religion, comme il parut par la dispute qu'elle eut avec Jésus-Christ.

Or vous savez, messieurs, non pas seulement la difficulté extrême, mais l'impossibilité même morale de réduire ces sortes d'esprits à leur devoir; vous savez [106] ce que c'est qu'un hérétique préoccupé et opiniâtre, et surtout vous savez ce que c'est qu'une femme entêtée de quelque opinion. Car, pour les persuader et convaincre véritablement, c'est ce que je prétends qui ne se rencontre jamais; car soit que l'hérésie ait naturellement ce malheureux caractère de préoccuper et d'aveugler l'esprit de ceux dans qui elle se rencontre, soit que Dieu, comme remarque saint Thomas, pour punir le péché, permette un si grand aveuglement, soit que ce soit un pur effet de l'orgueil et de la honte qu'il y aurait à se dédire, quoi qu'il en soit, vous savez les difficultés qu'il y a à ramener ces sortes d'esprits de leur erreur, et qu'à moins d'un coup particulier de la grâce, toute l'éloquence et tous les raisonnements possibles des hommes n'en pourraient venir à bout. C'est néanmoins ce que la grâce opère aujourd'hui dans la Samaritaine.

Jésus la convertit, Jésus-Christ la fait revenir de sa préoccupation [109], tout infidèle et tout hérétique qu'elle était. De samaritaine qu'elle était, c'est-à-dire de passionnée et de prévenue qu'elle était contre la secte des Juifs, il la réduit à confesser d'abord la bonté, la vérité et la justice de leur religion, et après il en fait une parfaite chrétienne; et par une parole aussi puissante que celle qui tira la lumière du chaos et le reste de toutes les créatures, du néant, il l'oblige de confesser hautement toutes ses qualités, d'aller publier partout son humanité, sa divinité, son autorité, sa puissance; et quoique tout ce qui venait de la part des Juifs lui dût être suspect, elle le veut bien reconnaître pour le véritable Messie et pour l'attendu de toutes les nations. Quoiqu'elle ne voie en lui que les apparences d'un homme faible et mortel, elle le veut bien reconnaître pour un Dieu tout-puissant et éternel. Ne faut-il pas avouer que c'est là un changement de la main du Très-Haut? *Hæc est mutatio dextræ Excelsi.*

Mais la grâce ne borne pas à son esprit sa conquête ni son triomphe, de son esprit elle passe jusqu'à son cœur, parce qu'elle était non seulement infidèle et hérétique dans ses sentiments, mais elle était encore libertine dans ses amours et dans ses manières. Car comme l'hérésie, dit saint Augustin, n'est autre chose que l'adultère d'un esprit qui quitte la vérité pour faire la cour au mensonge, qui méprise la foi, laquelle dans le langage de l'Écriture, est la véritable et légitime épouse, pour s'attacher à l'hérésie, qui est une infâme et une prostituée, ainsi Dieu permet ordinairement, ajoute ce saint docteur, que les adultères spirituels, soit par punition ou par quelque autre secret de la justice divine, soient suivis des désordres de la chair et des adultères même corporels. Et en effet, nous voyons que de toutes les hérésies, il n'y en a pas une qui n'ait été sujette à ces vices honteux de la chair, et nous voyons même tous les jours par expérience, que ceux qui sont les plus suffisants en matière de créance et de religion ne sont pas les plus réglés dans leur devoir; or s'il y a passion dans l'homme, difficile je ne dis pas seulement à guérir, mais même à apaiser, vous m'avouerez que c'est celle-là. Mais c'est en cela même que paraît la force admirable de la grâce sur le cœur de la Samaritaine. C'était une adultère, c'était une impudique, qui s'était prostituée à cinq hommes différents, et néanmoins cette impudique, cette adultère, cette prostituée n'est pas plutôt arrivée auprès de cette source de grâces, elle n'a pas plutôt entendu la voix de cet homme-Dieu, que la voilà toute changée, et vous diriez que ce charme et ce funeste bandeau qui lui avait si longtemps aveuglé les yeux, tombent tout d'un coup. Non, ce n'est plus cette femme samaritaine et adultère, c'est une femme qui n'a plus de zèle ni de désirs que pour la vérité, la vertu et la pureté; non, ce n'est plus cette débauchée et cette impudique qui a fait jusqu'ici le scandale de la ville de Samarie, c'est une femme chaste dans ses affections, pure dans ses désirs, modeste dans toutes ses actions; et voilà les miracles et le triomphe de Jésus-Christ sur le cœur de la Samaritaine.

Mais quelle est la façon et la manière avec laquelle il a pu produire ces deux grands miracles, cela n'est-il pas prodigieux que Jésus-Christ opère tout cela en si peu de temps et avec un succès si favorable, que non seulement il en fait une sainte, mais même un instrument pour sanctifier et convertir les autres? Quand Dieu fait les conversions, il n'agit pas toujours en maître ni en souverain; tout-puissant qu'il est, il semble qu'il se proportionne, car il ne fait pas tout d'un coup un saint; il va par degrés, et rarement il fait tout d'un coup un homme parfait, selon cette maxime si commune, *nemo repente fit summus;* mais

quand il agit en Dieu et en souverain, il ne lui faut
qu'un moment, un mot, un signe, une parole; un
fiat lux va tirer du néant ce qu'il voudra. Ainsi,
messieurs, en arrive-t-il aujourd'hui à l'égard de
notre Samaritaine; Jésus-Christ dit un mot, et voilà
cette femme convertie comme s'il l'avait prêchée
des années tout entières; il ne lui dit qu'une parole;
parole puissante, puisqu'elle détruit en un moment
ce petit monde rebelle du péché qui régnait en elle;
parole puissante, puisqu'elle rebâtit dans le même
moment sur les ruines de ce petit monde, un monde
incomparablement plus beau et plus noble que celui
que nous voyons; parole puissante, puisqu'elle tire
d'un néant armé et rebelle, comme dit saint Ambroise,
tout ce qu'il faut pour faire une sainte et une
fidèle.

Mais encore, me direz-vous, par quels miracles et
par quelles marques Jésus-Christ s'est-il fait connaître
à cette femme? C'est, messieurs, ce qui fait mon
étonnement, et ce qui est en effet un grand prodige
de la grâce. Un monde converti sans miracle, disait
autrefois le grand saint Augustin, serait le plus grand
de tous les miracles; or le voici, ce miracle sans miracle,
puisque voici un petit monde entier converti et changé
sans miracle. Les pharisiens voyaient tous les jours
faire à Jésus-Christ des miracles, et malgré tout cela
ils demeuraient dans leur obstination, et cette femme,
sans avoir vu aucune résurrection de mort, sans
aveugle éclairé, sans aucun malade guéri, s'attache
à Jésus-Christ, le court, le suit, d'où vient cela?
C'est que la grâce veut triompher aujourd'hui pleinement, et qu'elle ne veut pas qu'on attribue aux
miracles ce qui n'est l'effet que de son efficacité et de
sa puissance. Quand le Fils de Dieu convertissait
quelques pécheurs, ce n'était qu'après les avoir obligés
par quelque bienfait signalé; il les intéressait par la
guérison de leurs défauts naturels ou de leurs maladies,

et par ce moyen il les obligeait à croire en lui; mais
parce que Jésus-Christ avait résolu de faire voir le
triomphe de la grâce dans cette femme samaritaine,
elle ne le suit point, comme les autres, par un motif
d'intérêt ou d'obligation; ce n'est pas pour les choses
qu'elle lui a vu opérer, mais pour lui-même et par le
seul attrait de sa grâce, à laquelle elle obéit sans qu'il
soit besoin de lui donner d'autres preuves sensibles
de ce que Jésus-Christ lui dit, que celle que cette grâce
lui donne dans le fond de son cœur.

Mais enfin le dernier miracle de la grâce dans la
conversion de notre Samaritaine, c'est que cette femme
qui avait porté le péché dans tant de cœurs, est destinée aujourd'hui pour y porter l'Évangile et la
grâce, que cette femme qui était venue à la fontaine
en adultère et pécheresse, devient l'apôtre et la première publicatrice de l'Évangile de Jésus-Christ;
comme dit un père : *Quæ advenerat peccatrix, rever-
titur prædicatrix,* et sans faire de tort à saint Pierre
ni aux autres apôtres, on peut dire que c'est la première que Jésus-Christ envoie pour la conversion des
infidèles.

Le grand saint Augustin remarque ici après l'Évangile, que dès qu'elle eut entendu de Jésus-Christ
que c'était lui qui était le Messie : *ego sum qui loquor
tecum,* ressentant déjà ces divins empressements,
ces saintes inquiétudes, ces saintes impatiences,
ces divines ardeurs que le véritable zèle du salut
des âmes inspire dans le cœur, elle oublia ce qu'elle
était venue faire au puits, pour ne songer qu'à ce que
son zèle l'obligeait de faire. Elle abandonne sa cruche,
pourquoi? dit saint Augustin. Parce qu'une plus
sainte inquiétude que celle de puiser de l'eau, la
pressait pour lors, c'était d'annoncer la vérité. *Projecit
cupiditatem, et properavit nuntiare veritatem.* Et
parce qu'elle ne voulait rien retenir qui pût retarder
par sa pesanteur ou son embarras l'exécution de la

grande commission qu'elle venait de recevoir, *projecit
hydriam quæ jam non usui fuit sed oneri.*

Voilà, messieurs, les miracles de la conversion de la
Samaritaine. Voici maintenant les instructions que
nous en devons retirer, principalement de cette
dernière circonstance. Si Dieu vous a touché le cœur,
si de pécheur et scandaleux que vous étiez, il vous a
remis dans le bon chemin, imitez le zèle de cette
femme; publiez partout par vos paroles et par vos
actions, ce que la grâce a fait en vous, et après avoir
scandalisé le monde par vos péchés, édifiez-le par vos
paroles, ou du moins par votre bon exemple. Cette
femme n'avait pas un caractère plus saint que vous,
elle n'avait pas une éloquence plus forte, elle n'était
pas plus capable que vous, et néanmoins, animée
de la grâce qui la possédait, elle entreprend de convertir toute sa ville, et par le secours de la même
grâce, elle en vient à bout. Pourquoi ne pouvons-nous
pas espérer un même succès, puisque c'est la même
grâce qui nous anime, et qu'elle n'a pas changé de
trempe ni de force depuis ce temps-là? Nous sommes
tous obligés de prêcher notre prochain et de l'édifier,
soit par nos paroles ou par nos actions; mais les
pécheurs et ceux qui l'ont été, y sont particulièrement
obligés, par titre de justice, par titre de charité, par
titre de reconnaissance. Par titre de reconnaissance,
afin de pouvoir gagner des serviteurs à Dieu qui a eu
la bonté de les convertir; par titre de justice, afin
de réparer les désordres que leurs mauvais exemples
ont causés dans le prochain; par titre de charité
enfin, parce qu'un homme véritablement converti
à Dieu et par conséquent un homme qui l'aime, doit
faire tout ce qu'il peut pour lui attirer des adorateurs.
Dites donc tous tant que vous êtes, comme le prophète
royal : *Venite omnes qui timetis Deum, et videte quanta
fecit Deus animæ meæ.* Venez, vous tous qui craignez
Dieu, venez et voyez toutes les merveilles qu'il a eu

la bonté de produire dans mon esprit, aussi bien que dans mon cœur; venez, écoutez, voyez, instruisez-vous à mes dépens, et puisque vous avez été assez malheureux pour vous scandaliser de moi et pour vous faire une pierre d'achoppement de ma vie passée, voyez maintenant ma conversion et ma péni-tence. Il est vrai j'ai été pécheur, mais je ne le suis plus; faites en sorte que vous en puissiez dire autant. La Samaritaine, quoique une femme du commun, convertit tout son peuple, et combien de femmes de qualité pourraient-elles faire la même chose! Comme elles ont l'empire sur tous les cœurs, il semble qu'elles l'auraient aussi sur la vie et sur les mœurs; un peu de bon exemple, un peu de modestie, un peu de retenue ferait des merveilles; on verrait tout le monde converti, et après avoir eu la gloire dans ce monde d'être les premières actrices [108] de cette conversion, elles en auraient la récompense éternelle, dans le ciel que je vous souhaite. *Amen.*

Estote ergo perfecti sicut Pater vester cælestis perfectus est. Matth., c. 5.

Soyez parfaits comme votre Père céleste est parfait.

Voici un commandement bien étrange, chrétienne compagnie, et qui semble d'abord avoir bien peu de proportion et de conformité avec l'état de ceux à qui il est fait, sans parler de la sagesse et de la conduite de celui qui en est l'auteur. Vouloir que des hommes soient parfaits, et qu'ils soient parfaits comme leur Père céleste, c'est-à-dire comme Dieu, est parfait, *sicut et Pater vester cælestis perfectus est,* qu'y a-t-il ce semble de plus impossible? Et cependant c'est Jésus-Christ qui parle, et il est de la foi que ce divin législateur ne nous a jamais rien commandé que ce qu'il a su que nous pouvions et que nous devions faire. C'est la première réflexion de saint Jérôme sur l'évangile d'aujourd'hui. Il y en a, mes frères, dit ce saint docteur, qui mesurant les préceptes de Dieu par la faiblesse de leur nature et non par la force de la grâce, croient qu'on exige d'eux plus qu'ils ne peuvent, et qui se flattant de leur impuissance, disent que la loi de Dieu est trop sévère, pour justifier leurs maximes corrompues et pour se conserver dans leurs désordres. Or il faut savoir, dit saint Jérôme, que quoique les commandements de Dieu soient grands et sublimes, cependant il ne nous commande rien d'impossible, mais il ne nous ordonne et ne nous demande que ce qui est parfait. *Sciendum est ergo Christum impossibilia non jubere, sed perfecta.*

En effet, chrétiens, à quoi se réduit ce commandement si admirable que le Fils de Dieu nous fait
aujourd'hui quand il nous dit : *Estote* etc.; soyez
parfaits comme votre Père céleste est parfait, à quoi
se réduit cette perfection qu'il nous demande? A une
seule chose, qui est d'aimer Dieu, qui est d'aimer
le Père céleste, dont nous sommes les enfants; or
qu'y a-t-il de plus juste, qu'y a-t-il de plus raisonnable et de plus naturel, et en même temps de plus
surnaturel et de plus divin? Aimons donc Dieu, chrétiens, et non seulement nous sommes parfaits, mais nous
sommes parfaits comme Dieu même. Car en quoi
Dieu est-il parfait? C'est dans l'amour qu'il a pour
lui-même qu'il se rend admirable, c'est en se complaisant en soi-même qu'il se rend parfait, et en ce
que, se regardant comme le principe et la fin de toutes
choses, il rapporte tout à lui-même : voilà ce qui fait
la perfection de Dieu.

Donc il ne tient qu'à nous de nous rendre parfaits
par les mêmes choses, ou plutôt nous ne pouvons nous
rendre parfaits que par les mêmes choses, c'est-à-dire
par l'amour de Dieu, par la complaisance que nous
avons pour Dieu, par le service que nous rendons à
Dieu, et par le zèle admirable qui fait que nous
rapportons tout à Dieu. C'est ainsi que nous pouvons
dire que nous avons la perfection de Dieu, et que
Dieu, tout Dieu qu'il est, n'a point d'autre perfection
que la nôtre, qui est sa connaissance et son amour.

C'est à cette perfection, messieurs, que je m'attache
aujourd'hui, et puisque cette perfection, que Dieu
demande de nous, *Estote* etc., n'est autre que le commandement de l'amour de Dieu : *Diliges Dominum
Deum tuum*, je veux vous expliquer ce que c'est que
l'amour de Dieu [110], je veux vous montrer combien il
faut l'aimer, je veux vous faire comprendre quelle
est la hauteur, la largeur, l'étendue et la profondeur
de cet amour divin, qui est la seule chose que saint

Paul désirait ardemment de savoir, et qu'il est important aux chrétiens de comprendre. Après l'excellente matière dont je vous entretins hier [45], qui est de la grandeur et de l'excellence de la foi, je crois n'en pouvoir choisir une plus édifiante et plus nécessaire à vos âmes que celle de la grandeur de l'amour et de la charité. Adressons-nous à celle qui est la mère de la charité et du divin amour en lui disant *Ave Maria.*

Être trop large et trop indulgent dans la décision des choses qui regardent les préceptes de la morale chrétienne, c'est, messieurs, une chose très dangereuse pour ses suites, mais y être trop rigoureux et trop étroit n'est pas d'une moindre conséquence. Dire : ceci n'est pas un péché, lorsqu'il l'est en effet, c'est une erreur très préjudiciable pour les âmes; mais dire que c'est un péché mortel quand il ne l'est pas, c'est une espèce d'erreur laquelle, étant bien considérée, n'est pas moins pernicieuse que la première. Ce n'est pas d'aujourd'hui, chrétiens, qu'on a condamné et peut-être avec juste raison, la trop grande facilité de ceux qui, par le rang qu'ils tiennent dans l'Église, donnent la liberté à tout le monde de s'approcher du Sauveur, mais ce n'est pas aussi d'aujourd'hui qu'on s'est avisé de condamner ceux qui se donnent une pleine et entière autorité de damner tout le monde, par la sévérité de leurs maximes. Il y a déjà quatorze siècles que Tertullien reprochait aux chrétiens le relâchement de leur doctrine en matière de mœurs; mais il y a aussi quatorze siècles que l'Église reprochait à Tertullien la sévérité de sa doctrine, qui le mena si loin, qu'elle le porta jusque à faire une nouvelle secte et à se retrancher du sein de l'Église. Il faut tenir le milieu, messieurs, et quand il s'agit de prononcer l'arrêt, ou de la justification, ou de la condamnation d'une âme pour une éternité tout entière, il ne faut pas être ni complaisant ni austère, et se laisser conduire selon les règles de la raison et par les principes de la foi.

Et je dis ceci, messieurs, parce qu'ayant aujourd'hui à vous déclarer des choses de la dernière conséquence pour votre salut, l'appréhension que vous pourriez avoir pour moi est que je portasse les choses à l'extrémité; et il n'en faudrait pas davantage pour ruiner le fruit tout entier de ce discours, et toute l'utilité que je prétends en tirer. Or cela n'est pas, messieurs, et pour vous en convaincre, je ne dirai rien qui puisse souffrir quelque dispute; mais je ne dirai que ce qui est reçu de tout le monde, ce qui est évident et facile à croire; je ne vous proposerai rien où il y ait quelque chose de chancelant et de douteux, mais ce qui est suivi de tous; je ne vous apporterai point ce qui peut souffrir quelque doute ou quelque partage, mais ce qui est le plus assuré; je ne vous traiterai point de ce qui peut être dans quelque sorte de contention que ce soit, mais seulement ce que nous sommes obligés de croire [111].

Cela supposé, je dis que l'amour de Dieu, qui est le précepte dans l'exécution duquel notre perfection est contenue, aussi bien que nos plus grandes et indispensables obligations : *diliges Dominum*, etc., doit avoir trois qualités sans lesquelles notre amour est non seulement défectueux, mais il est encore inutile pour notre salut; et quelles sont ces trois qualités ? Il faut premièrement que cet amour soit un amour de préférence, en second lieu il faut que ce soit un amour de plénitude, et en troisième lieu il faut que ce soit un amour de perfection. Il faut que ce soit un amour de préférence, pour reconnaître la grandeur et l'excellence de l'être de Dieu, ce sera ma première partie; il faut que ce soit un amour de plénitude, pour rendre un entier hommage à l'autorité souveraine et au pouvoir absolu de Dieu, ce sera ma seconde partie; il faut que ce soit un amour de perfection, pour reconnaître

Dieu comme l'auteur de l'état auquel nous sommes appelés dans la religion, qui est un état de perfection; ce sera ma troisième partie. Ces trois qualités qui font les trois points de ce discours, feront le sujet de vos attentions.

PREMIER POINT

Quand Dieu m'oblige à l'aimer de toute l'étendue de mon cœur et de toutes les forces de mon âme, à quoi m'oblige-t-il, chrétiens, et en quoi consiste l'excellence de ce commandement ? Saint Thomas l'explique dans sa seconde partie de la seconde, question 44 : c'est-à-dire, répond ce docteur, que je dois avoir un certain amour pour Dieu, qu'il appelle d'estime et de préférence, et (comme il parle) un amour d'appréciation, en voulant, dit-il, que je le préfère à toutes les créatures du monde : et voilà, messieurs, quel est ce commandement de la charité.

Dieu ne m'oblige pas à l'aimer d'un amour tendre et sensible, dit saint Thomas, car il n'est pas en mon pouvoir; bien moins m'oblige-t-il de l'aimer d'un amour de contention et de débat, et dont la patience soit éprouvée par la violence des supplices et des tourments, cela ne lui serait point glorieux; il m'oblige encore moins à l'aimer toujours d'un amour de ferveur, il ne me l'a pas demandé; mais il m'oblige sous peine de damnation éternelle, de l'aimer d'un amour d'estime et de préférence, et préférablement à tout ce qui n'est pas Dieu. Prenez garde à ce mot de préférence, je ne dis pas seulement par une préférence spéculative, par laquelle je reconnaisse que Dieu est au-dessus de toutes choses, car ce n'est pas là l'obligation de la charité des chrétiens, et les démons mêmes l'aiment de cette manière; mais je dis préférence de pratique, et par laquelle j'aime Dieu plus que toutes les créatures imaginables; de sorte que s'il y en avait une seule dont l'amour fût capable de s'ériger et d'entrer en comparaison avec l'amour de mon Dieu, c'est-à-dire si l'amour qui est dans mon cœur pour Dieu n'avait pas assez de force pour surmonter l'amour de toutes les créatures, dès là, dans le sentiment des Pères et des théologiens, mon amour ne me mettrait pas dans l'ordre de la charité, ni dans l'état du salut, et dès là [11] je serais dans l'indisposition de me sauver, et pourquoi? Parce que je serais hors d'état d'aimer Dieu par-dessus toutes choses. Car, dit saint Chrysostome, on n'aime Dieu que quand on lui consacre son amour. Dieu demande tout notre amour, remarque ce saint docteur, Dieu veut que nous le servions, que nous l'aimions et que nous l'honorions en Dieu, et n'est-il pas juste, messieurs ? Un roi veut être servi en roi, il veut être respecté et honoré comme un roi, il veut que tous ses serviteurs soient plus attachés à lui qu'à toute autre chose; et pourquoi Dieu ne serait-il pas servi et honoré en Dieu ? Car il est impossible d'aimer Dieu et de le servir en Dieu sans l'aimer préférablement à toutes les créatures.

Car enfin, s'il y avait une créature qui pût être aimée autant que Dieu, elle ne serait plus créature, mais elle serait Dieu; et ainsi, si j'aime la créature comme Dieu, j'aime Dieu comme j'aime la créature; je n'aime plus Dieu comme Dieu, et dès lors c'est lui faire un outrage très sensible. Et bien loin de satisfaire au précepte de la charité et de l'amour de Dieu, c'est commettre un crime, qui dans la pensée de toute la théologie et dans le sentiment de saint Thomas, va jusqu'à la destruction de Dieu même : voilà une grande vérité, messieurs, mais peut-être ne la comprenez-vous pas encore bien.

Écoutez l'apôtre saint Paul, et si sa pensée n'est suffisante pour vous faire concevoir cette charité, j'y ajouterai celle de saint Augustin, qui vous la fera bien concevoir. Saint Paul écrivant aux Romains, et entre autres choses, les pressant sur un article qui paraissait être de la dernière conséquence et qui l'était

en effet, il leur dit : Dites-moi, mes frères, y a-t-il rien
au monde qui soit capable de vous détourner de la
charité de Jésus-Christ : *Quis vos separabit a caritate
Christi ?* serait-ce la persécution, serait-ce l'affliction,
serait-ce le péril, serait-ce l'épée d'un bourreau : *an
tribulatio, an persecutio, an gladius ?* rien de tout cela
ne sera capable de nous séparer de la charité de Jésus-
Christ ; car pour moi, quoique je sois le plus chétif de
tous, je suis assuré que ni la prospérité avec ses délices,
ni l'adversité avec ses souffrances, ni les principautés
avec leurs promesses, ni les tyrans avec leurs menaces,
ni les puissances avec tous leurs commandements et
toute leur grandeur, ni toutes les créatures du monde,
ne seront point capables de me séparer de la charité
de Jésus-Christ : *certus sum quia neque mors, neque
vita, neque fortitudo, neque angeli, neque principatus,
neque virtutes, neque instantia, neque futura, neque fortitudo, neque altitudo, neque profundum, neque creatura
alia poterit nos separare a caritate Dei quæ est in Christo
Jesu Domino nostro.* Ce sont ses paroles mêmes,
messieurs, que vous en semble ? Ne croyez-vous point
que c'est une exagération du zèle de cet apôtre qui
l'emporte ? ne croyez-vous point que dans ces paroles
il a renfermé plus que la charité ne demande ordinairement ? Vous vous trompez, vous vous trompez,
chrétiens, si vous le croyez.

Il n'a renfermé dans ces paroles que le précepte de
la charité toute pure ; il ne parle pas en cet endroit
en apôtre, il ne parle qu'en chrétien, et quiconque ne
peut point dire comme lui, ne peut point espérer de
salut. Faites réflexion sur vous-mêmes, après ce que
je viens de dire. Car il serait bon de se dire souvent :
Çà, mon âme, voyons s'il y a quelque chose dans le
monde qui pût m'arracher du cœur cet amour de
préférence, que je dois avoir pour Dieu. Voyons, si
j'étais dans quelque persécution fâcheuse, si j'étais
dans quelque chagrin et dans quelque amertume, et

qu'il ne tînt qu'à moi d'être délivré par quelque moyen
dangereux ou par quelque voie douteuse, oserais-je
bien le faire : *an persecutio ?* S'il ne tenait qu'à commettre quelque injustice pour me faire bien venir des
grands du monde et pour me faire ma fortune, le
voudrais-je faire : *an principatus ?* Si j'avais un ami,
et qu'il fallût aujourd'hui rompre avec lui à moins
que de rompre avec Dieu et avec ma conscience, déli-
bérerais-je là-dessus ? s'il s'agissait de mourir plutôt
par l'épée d'un bourreau que de faire quelque fausseté
en faveur de cette personne, souffrirais-je plutôt la
mort que de la faire : *an gladius ?* enfin, si pour
racheter ma vie d'un danger auquel ma mort serait
assurée, il n'y avait point d'autre moyen que de franchir le pas en matière de religion, serais-je assez malheureux pour le faire : *an periculum ?*

Ah ! mes frères, dit saint Paul, sachez que si mon
amour n'est pas d'assez bonne trempe pour résister à
tout, sachez que s'il n'est pas assez fort ni assez généreux pour y résister, je ne satisfais point au précepte
de l'amour de Dieu, *diliges Dominum*, etc. ; sachez
que je ne satisfais pas au précepte, si non seulement je
n'aime Dieu, mais encore si je n'aime Dieu dans la
rigueur de sa loi, et pourquoi ? Parce qu'autrement
mon amour ne me dispose point à mettre Dieu au-
dessus de toutes autres choses, au contraire je ferai
plus d'estime de ma santé, de ma faveur, de ma grandeur et de ma fortune que non pas [22] de Dieu, et par
conséquent je n'ai pas pour Dieu cet amour de préférence que je dois avoir. Qu'en dites-vous, messieurs, y
a-t-il rien de plus naturel ?

Mais après la pensée de l'apôtre saint Paul, voyons
celle de saint Augustin, dans son commentaire sur le
psaume 85°. Mes frères, dit saint Augustin, que votre
cœur réponde; *Respondeat cor vestrum, fratres ;* c'est
à votre cœur que je parle. Je ne demande pas les
paroles de votre bouche, parce qu'elle est trop sujette

au mensonge, mais je demande à votre cœur qu'il réponde, parce qu'il vous dira et fera connaître la vérité. *Respondeat cor vestrum,* c'est saint Augustin qui parle et vous demande : mes frères, si Dieu vous laissait en cette vie sur la terre dans la possession des biens, dans l'affluence des honneurs, dans la jouissance de tous les plaisirs et dans une parfaite santé, et qu'il vous dît : tiens, je te donne tout cela et tu le posséderas toujours, et tu ne seras point sujet à la mort et cet état de félicité sera pour toi un état éternel; mais j'ajoute à toutes ces choses, que tu ne me verras jamais et jamais tu n'entreras dans ma gloire; répondez-moi, dit saint Augustin : *Ergone si esses in affluentia bonorum et dicat Deus : non videbis faciem meam in æternum, an gauderes ?* vous en réjouiriez-vous ? Ah ! si vous vous réjouissiez de la sorte dans l'abondance de toutes choses, dit saint Augustin, sans espérer de voir jamais la face de Dieu, si cela est, je conclus que vous n'avez pas encore commencé d'avoir de l'amour pour Dieu, et que vous n'avez pas même le premier acte de cet amour. *Si gauderes, nondum cœpisti esse amator Dei,* et sur quoi fonde-t-il cela ? Sur la parole que j'ai dite, que cela montre que l'amour de la créature prend pied sur l'amour du Créateur, et que l'amour des choses temporelles prend le dessus sur l'amour des choses éternelles. Hé ! il n'en faut pas davantage pour vous convaincre d'infidélité, et de n'avoir point d'amour pour Dieu. Ah ! que cet argument est rude et qu'il est insupportable pour une âme qui n'aime pas Dieu ! Examinez, mes frères, examinez-le sérieusement, mais plus vous l'examinerez, plus vous trouverez qu'il est juste.

Mais, me direz-vous, cet argument n'est fondé que sur la supposition d'une chose qui n'arrivera pas. Il est vrai, mais ces suppositions vous découvrent la vérité des choses : le voulez-vous voir, le voici. Supposez, messieurs, qu'un homme ait attenté sur votre

vie, et qu'il vous ait ravi votre honneur, si vous le
souffrez vous passerez pour un homme lâche et sans
cœur, et vous voilà mort quant à votre honneur et à
votre réputation. Quoi qu'il arrive, vous voulez en
avoir raison, il n'y a que cette voie à tenir pour essuyer
ce déshonneur et détruire cette infamie. Mais elle est
criminelle, mais elle est défendue de Dieu. N'importe,
dites-vous, il faut sauver mon honneur : c'est le sentiment de votre vengeance, c'est le sentiment de votre
colère; à quelque prix que ce soit, il faut vous venger.
Arrêtez-vous là, mes frères, arrêtez-vous là et dites-
moi : cet acte d'amour, *diliges Dominum Deum tuum*,
cet acte de dilection que vous devez avoir pour Dieu,
aurait-il assez de force et de puissance pour dompter
ces sentiments de colère et de vengeance que vous
avez conçus ? Et ne me dites pas que Dieu vous donnerait des grâces en ce temps-là, et ne me dites pas
que pour lors il vous assisterait de ses prompts et
puissants secours; il ne s'agit pas de la grâce qu'il vous
donnerait pour lors, il s'agit des sentiments que vous
avez maintenant; il ne s'agit pas de l'acte d'amour que
vous produiriez pour lors, il s'agit de l'acte d'amour
que vous produisez aujourd'hui, cet acte d'amour
est-il tel qu'il soit capable d'étouffer en vous ces
sentiments de vengeance que vous concevez pour
votre honneur ? Si cela est, vous avez satisfait au
précepte et à l'obligation que vous avez d'aimer Dieu;
si cela n'est pas, vous n'êtes pas dans l'exécution et
dans l'accomplissement de ce précepte de l'amour et
de la charité [112].

Pour y être, mes frères, il faudrait aimer Dieu
préférablement à cet honneur; pour y être, il faudrait
aimer Dieu préférablement à ce fantôme et à cette
chimère d'honneur; or vous n'avez pas, et vous con-
fessez vous-mêmes que vous n'avez pas cet amour de
préférence. Donc vous n'êtes pas dans l'ordre de la
charité. Mais, dites-vous, il est bien difficile d'avoir

un amour de la sorte. Mais il ne s'agit pas si cet amour
est difficile; je le ferai voir en un autre endroit, il
suffit que cela soit véritable; voilà ma première partie.
Passons à la seconde, et voyons que l'amour que nous
avons pour Dieu, pour être utile à notre salut, ne
doit pas être seulement un amour de préférence,
mais que ce doit encore être un amour de plénitude.

DEUXIÈME POINT

Cette seconde partie, messieurs, est fondée sur ce
que le précepte de la charité est appelé dans l'Écriture
sainte, la plénitude de la loi : *plenitudo legis est dilectio.*
Audience [113], chrétiens, pour vous développer en peu
de paroles la substance de ce mot et de ce terme,
plenitudo legis. Car pour vous apprendre quel est cet
amour, il faut que je vous en explique toutes les
circonstances, et je vous prie de les bien remarquer :
c'est qu'il faut, pour avoir la plénitude de cet amour,
être déterminé par une volonté absolue, sincère et
efficace, d'accomplir tous les autres commandements,
de quelque nature qu'ils soient et sans en excepter
un seul; et il est autant impossible d'accomplir le
commandement qui nous oblige à l'amour de Dieu
sans observer tous les autres préceptes, qu'il est
impossible d'aimer Dieu tout ensemble et de ne pas
l'aimer.

Car il faut remarquer qu'il n'en va pas de même de
la charité que de toutes les autres vertus morales et
naturelles; étant impossible que vous puissiez dire
en pratiquant la charité, comme en pratiquant les
autres vertus : j'ai déjà un degré de charité, elle
croîtra, elle avancera, elle s'augmentera, et enfin
j'aurai par après la consommation de l'amour de
Dieu. Il n'en va pas de même, messieurs; l'essence
de la charité est d'être tout entière; elle ne souffre
point de partage, elle est entière aussi bien que la foi,
et comme, dit saint Thomas, si je doutais d'un seul

article de la foi du christianisme, quoique je fusse
prêt à verser mon sang pour les autres articles, non
seulement je n'aurais pas la foi en partie, mais même
je n'aurais pas un seul degré de foi, il en va de même
du commandement de l'amour. Dès là que je n'observe
pas un commandement de la loi, dès là que je manque
à en observer un seul, je ne puis pas dire que j'ai
un degré d'amour, mais bien que je n'ai pas un seul
degré d'amour et de charité. Il y a, messieurs, une
grande et une petite charité, mais la petite charité,
aussi bien que la grande, s'étend à l'observation et à
l'accomplissement de tous les commandements et de
tous les préceptes de la loi, et quand saint Paul aimait
Dieu de cet amour apostolique, de cet amour d'estime,
d'appréciation et de préférence, il n'avait pas plus
d'amour pour Dieu que le dernier des justes pourvu
qu'il aime Dieu véritablement.

Hé ! pourquoi pensez-vous que le précepte de la
charité soit appelé par le Saint-Esprit *plenitudo
legis*, la plénitude de la loi? Est-ce parce qu'il renferme
toute la loi spéculative? Non, mais c'est parce que la
loi renferme tous les commandements, et que l'amour
accomplit tous les commandements que la loi renferme.
En effet je prends garde que dans les autres commandements de Dieu, un précepte ne renferme pas l'autre,
la défense de la vanité n'est pas la défense de l'avarice,
et la défense de l'avarice n'est pas la défense de la
luxure; mais le précepte de la charité est une défense
générale pour tout ce qui n'est pas permis, mais le
précepte de la charité est l'abrégé de toute la loi de
Dieu, et quand on dit : j'aime Dieu, on dit qu'on est
fidèle à l'observance de tous ses autres commandements, en telle sorte que pour parler avec la théologie, on peut dire qu'en contractant l'obligation du
précepte et du commandement de l'amour de Dieu,
en en contracte une foule d'autres. Sur quoi saint
Augustin fait une admirable remarque dans le traité

de Saint Jean, où il explique ces paroles de Jésus-Christ à ses apôtres : *si præcepta mea servaveritis, manebitis in dilectione mea;* si vous gardez mes commandements, vous demeurerez dans ma dilection et dans ma charité; sur quoi saint Augustin dit : que croirons-nous mieux? D'un côté le Fils de Dieu qui dit : Si vous m'aimez, vous observerez mes commandements, ou d'un autre endroit où il dit : Si vous gardez tous mes commandements, vous demeurerez dans mon amour et dans ma dilection : *si præcepta mea serva-veritis,* etc. Aimons-nous Dieu parce que nous prati-quons ses commandements, ou pratiquons-nous ses commandements parce que nous l'aimons? Nous fai-sons en effet [114] l'un et l'autre, messieurs, car celui qui a satisfait à ce premier commandement de l'amour de Dieu, *diliges Dominum Deum tuum,* a déjà accompli tous les autres commandements de la loi, qu'il ne fait autre chose qu'achever d'accomplir par le pré-cepte et le commandement de la charité.

Mettons donc un homme qui obéisse à tous les commandements de Dieu, hormis à un seul. Il est fidèle envers tout le monde, il a de la compassion pour les pauvres, il garde toutes les obligations et tous les devoirs attachés à son état, mais il est faible dans un certain point qui est si ordinaire dans le monde, et il avoue qu'il ne se sent pas assez fort pour y résister; ou si vous voulez, il est chaste, il est pur, il est libéral, mais il ne peut pas s'empêcher de prononcer des paroles de médisance, de colère et d'emportement dans les choses qui le regardent et qui le touchent; cet homme-là, que je viens de vous dire, n'a pas non plus de charité qu'un Turc (je parle de la charité surnaturelle), et Dieu le hait tout autant que s'il avait violé tous les commandements du décalogue, et pourquoi? Parce qu'il n'y a que ce seul point qui est l'accomplissement de toute la loi : *plenitudo legis dilectio;* et c'est ainsi qu'il faut expliquer ce passage de saint Jacques : Celui qui pèche en une seule chose devient coupable de tout le reste : *qui peccat in uno factus est omnium reus*, qui a paru si difficile à toute la théologie, à saint Augustin, et à tous les Pères. Hé quoi donc ! dit saint Augustin, est-ce qu'il fait un aussi grand crime en violant un seul précepte de la loi qu'en les transgressant tous; est-ce qu'en accomplissant tous les préceptes de la loi, il ne mérite pas plus que dans l'observance d'un seulement? Ce n'est pas là, mes frères, la pensée de saint Jacques, et ce serait même une hérésie de le vouloir avancer; mais c'est une vérité, dans la maxime de l'Évangile, que quiconque manque en un seul point de la loi, n'a non plus d'amour pour Dieu que s'il avait transgressé la loi tout entière : *qui peccat in uno* etc.

Et en cela, mon Dieu, dit saint Bernard, je ne dois pas me plaindre, comme si vos commandements dans leur exécution étaient trop sévères et trop rigoureux. Non, mon Dieu, et je me condamne moi-même, puisque moi qui ne suis qu'une chétive créature, je ne laisse pas de prétendre un même droit en amour sur les hommes avec lesquels je vis. Car un homme qui proteste de m'aimer, dès là qu'il a fait une chose contre moi, je ne crois pas qu'il ait de l'amour pour moi, et je crois qu'il est mon ennemi, même s'il ne m'a offensé qu'en un seul point; je le regarde comme s'il m'avait offensé en tous, parce qu'il m'a blessé en cette seule chose, qui est l'amour. Pourquoi donc est-ce que je me plaindrais, mon Dieu, si vous demandez la fidélité à l'égard de tous vos ordres, et si vous ne me mettez au rang de vos amis qu'à cette condition?

C'est ainsi, messieurs, que vous devez mesurer votre amour, car il n'y a rien de si commun que de dire : j'aime Dieu; mais il n'y a rien de si rare que de le pratiquer. D'où vient cela? Ah ! c'est que vous ne discernez pas entre le faux et le véritable amour de Dieu ; c'est que vous trompez les autres et que vous vous trompez vous-mêmes. Qu'il s'élève un petit rayon dans votre esprit, vous le prenez comme un grand amour. C'est que ce qui est un mouvement de la grâce, vous le regardez comme une grande fidélité de votre part à l'amour divin, et que vous confondez les inspirations de l'amour avec l'amour même ; mais en tout cela il n'y a pas un seul brin de charité, et pourquoi ? Parce qu'avoir l'amour de Dieu, c'est vouloir garder tous les préceptes, parce qu'avoir l'amour de Dieu, c'est se refuser tout ce que Dieu défend, c'est pratiquer tout ce qu'il commande ; avoir l'amour de Dieu, c'est de ne pas suivre les maximes pernicieuses du monde corrompu ; avoir l'amour de Dieu, c'est de se roidir contre les mauvais exemples, c'est de ne jamais franchir le respect et suivre toute la loi de Dieu, parce qu'il en est également l'auteur ; en un mot, c'est crucifier sa chair avec ses vices et ses concupiscences, comme parle saint Paul ; car s'il en reste un seul qui ne soit pas crucifié, jamais et éternellement vous ne produirez l'acte d'amour de Dieu qui est absolument nécessaire pour opérer le salut.

Mais tout cela est bien difficile, me direz-vous. Il est vrai ; mais je ne parle pas aujourd'hui de la facilité dans l'observance des préceptes, je parle de son obligation et de sa nécessité, et c'est cette observance de tous les préceptes de la loi qui fait, non seulement la préférence de l'amour de Dieu, non seulement la plénitude de l'amour de Dieu, mais encore la perfection de toute la loi de grâce : c'est le sujet du dernier point de ce discours.

TROISIÈME POINT

De tout ce que j'ai dit, messieurs, il faut que vous infériez deux choses, dont la conséquence vous surprendra peut-être d'abord, mais elle est évidente

et manifeste. La première, c'est que dans le christianisme, le précepte de l'amour oblige l'homme à des
choses bien plus grandes qu'il ne l'obligeait pas [22] dans
l'ancienne loi; la seconde, c'est que l'acte d'amour
que Dieu commande dans le christianisme, doit être
bien plus grand, plus fier et plus héroïque que celui
qui était commandé dans l'ancien Testament, et
qu'il ne souffre point d'exclusion. Dès là que je suis
chrétien, je suis obligé d'aimer Dieu en chrétien, et
je ne puis l'aimer sous un autre titre ni sous une autre
qualité que celle-là. Aimer en chrétien, c'est bien plus
aimer que non pas aimer en homme ou en créature
raisonnable, et pourquoi? Parce que se faire chrétien,
c'est se charger de toute la loi du christianisme et de
toutes les obligations qu'il attire après soi. Remarquez
ce que saint Paul disait autrefois aux Juifs : Je vous
avertis, disait ce grand apôtre, que si vous vous
engagez à la circoncision, vous attirerez sur vous
tout le poids et le fardeau de la loi de Moïse. *Testificor
omni homini circumcidenti se, quoniam debitor est
universæ legis faciendæ.* C'était aux Juifs après cela
de se faire circonscrire ou de ne pas le faire; mais
à vous, chrétiens, il n'en est pas de même; je vous dis
que dès le temps que vous êtes régénérés en Jésus-
Christ par le baptême, vous vous imposez tout le joug
de la loi nouvelle, que vous porterez jusqu'à la mort
et sans lequel il est impossible d'approcher de Dieu
ni même de se sauver.

Ah ! le grand sujet de méditation pour vous ! Croire
que la loi du christianisme est une grande obligation
à toute la loi de l'amour, c'est croire, messieurs,
toutes les vérités et tout ce qui est contenu dans
l'Écriture; mais de penser que la douceur de la loi
du christianisme vient de ce qu'il nous commande
des choses plus aisées, c'est une tromperie évidente.
Cette liberté toute sainte que nous trouvons en
Jésus-Christ, consiste dans le retranchement de

quantité de cérémonies légales et de sacrifices anciens, mais dire pour cela qu'elle soit moins rigoureuse en elle-même, c'est, messieurs, ne pas la connaître, et c'est pour cette raison que Tertullien disait fort à propos : *libertas in Christo non fuit innocentiæ invisa;* la liberté que nous avons trouvée en Jésus-Christ n'a point fait de tort à notre innocence; *operum convenientia morum sanctitati non displicuit;* la loi nouvelle a moins de cérémonies à observer et moins de sacrifices à offrir, mais pour les choses qui regardent la sainteté des mœurs, elle n'en retranche rien : *et ea quæ in veteri Testamento erant interdicta nunc pro veneratione prohibentur,* etc.; ce que l'ancien Testament ne voulait pas souffrir, nous nous le défendons aussi par respect; mais il ne faut pas dire pour cela que, quoique la loi nouvelle soit une loi d'amour, elle ne soit pas une loi de rigueur et de sévérité.

En effet, comment le Fils de Dieu s'en est-il expliqué dans son Évangile? Combien a-t-il donné de charge aux Juifs moins qu'à nous, combien nous a-t-il chargé l'esprit, s'il a soulagé en quelque sorte nos corps; et pour quelques cérémonies légales qu'il nous a ôtées, à combien de préceptes ne nous a-t-il pas obligés ! Le seul précepte de la confession sacramentelle n'est-il pas un fardeau plus difficile à supporter que toutes les cérémonies de l'ancienne loi? Consultez seulement l'évangile d'aujourd'hui : On a dit à vos pères et aux anciens, cela sera, et moi, je vous dis que cela ne sera plus. Je sais bien qu'on a dit que quand Jésus-Christ a parlé de la sorte, il ne prétendait pas ajouter à la loi, mais qu'il prétendait condamner la mauvaise explication des scribes et des pharisiens; mais je sais bien aussi qu'il y a des Pères qui ont assuré que Jésus-Christ avait ajouté à la loi, et que saint Jérôme l'a soutenu même contre les pélagiens. Car si Jésus-Christ n'était venu seulement que pour corriger la mauvaise interprétation des scribes et des pharisiens touchant la loi, pourquoi aurait-il prononcé des paroles si impérieuses : *Ego autem dico vobis;* or pour moi, je vous commande d'aimer vos ennemis; et c'est comme s'il voulait dire : Où est donc l'obligation d'aimer vos ennemis, dans l'ancienne loi? il y est bien porté que vous aimerez votre ami et que vous haïrez votre ennemi : *diliges fratrem et odio habebis inimicum.* Cela montre évidemment, dit saint Jérôme, que Jésus-Christ a ajouté à la loi ancienne, puisqu'il y a plus d'obligations imposées aux justes de la loi nouvelle qu'aux justes de l'ancien Testament.

Et voilà ce que Tertullien appelle le poids du baptême : *pondus baptismi.* Cela me donnera lieu, messieurs, de faire une application de ces paroles de Tertullien, quoique sa pensée ne soit pas conforme aux sentiments de l'Église. Il prétendait par là faire voir les obligations fâcheuses et étroites que nous imposait le baptême, et par la vue de cette difficulté en détourner les Gentils et leur faire différer le baptême jusqu'au lit de la mort. Et voyant que les Gentils se pressaient parce qu'ils ne trouvaient point de sûreté de salut que dans le baptême, Tertullien ne leur faisait que répondre en ces termes : Ah! mes frères, si tous ceux qui pressent si fort pour être reçus au baptême, savaient les obligations que leur impose la grâce de ce sacrement, peut-être craindraient-ils davantage d'être reçus que d'être différés pour quelque temps : *Si illi pondus baptismi cognoscerent, fortasse consecutionem potius timerent quam dilationem.* Et j'avoue qu'en cela son sentiment n'est point orthodoxe ni conforme à celui de l'Église, puisqu'il favorisait un abus qui se commettait en ce temps-là. Car par là il leur inspirait de différer le baptême jusqu'à la fin de leur vie, ce que l'Église a condamné de son temps, et qu'elle a encore condamné depuis; car, puisqu'il faut passer par le baptême pour être

incorporé à Jésus-Christ, ce délai sans doute ne peut
être que criminel, quand il n'y aurait pas même d'autre
motif que le délai. Mais j'ajoute d'autre part, qu'il avait
raison en ce qu'il dit, que le baptême est un grand poids.

Mais, me direz-vous, il y en a dans le christianisme
qui ne ressentent pas ce fardeau. Il est vrai; mais,
répond saint Bernard, c'est ou parce que Dieu leur
donne des grâces et des secours abondants pour le
supporter, ou à cause de leur lâcheté et de la négligence qu'ils apportent à le porter. Si c'est par une
grâce grande et abondante qui les empêche de ressentir ce poids, à la bonne heure, j'en loue Dieu; mais
s'ils ne le ressentent pas parce qu'ils s'emploient avec
lâcheté au service de Dieu et à porter son joug parce
qu'il est difficile, et d'autant qu'ils [115] ne prennent que
l'apparence et laissent le solide et le réel, ah! souvenez-vous que vous êtes coupables. Sachez que si
vous ne vous soumettez pas, c'est un joug qui vous
accablera de son poids. Car, comme je vous disais hier,
si jamais vous êtes si malheureux que d'être du
nombre des réprouvés, sachez que votre foi sera votre
confusion dans l'enfer; et par conséquent, ne négligez
pas ce qui doit être la matière et l'obligation de l'amour
le plus parfait, à cause des vœux de votre baptême;
disons mieux, des obligations et non pas des vœux
de votre baptême.

Car ne faisons pas des vœux de nos obligations,
ne faisons point une œuvre de surérogation de l'obligation de notre devoir. Car qu'est-ce que le vœu? dit
saint Thomas, c'est une chose sans laquelle je peux
satisfaire aux obligations de ma foi, à laquelle je ne
suis pas obligé par les préceptes et les commandements de ma foi; mais il n'en est pas de même
du baptême; car dès là que je sais ce que c'est
du [116] baptême, dès là je suis obligé de le recevoir, et
dès là que je l'ai reçu, je suis obligé de conformer ma
vie à celle de Jésus-Christ. Ce n'est pas une chose

qui soit à ma liberté, ce n'est donc pas une œuvre de surérogation, ce n'est pas un vœu; du moins il n'en est pas de ce vœu comme de ceux qui font le joug d'une âme chrétienne quand elle s'est consacrée à Dieu; et quoiqu'on le puisse nommer ainsi, je dis qu'outre ces vœux du baptême, il y en a encore d'autres, qui sont les vœux de la perfection chrétienne et de la religion. Or ce sont ceux-là dont s'est moqué Luther, quand il s'est avisé de faire éclater [117] les vœux du baptême, pour anéantir ces vœux de la religion [118], qu'il avait professés.

Je ne sais, messieurs, si en finissant, je dois vous faire part d'une pensée qui me vient dans l'esprit. Je crains qu'elle ne soit pas goûtée également de tout le monde : mais parce que je crois que vous êtes trop justes et trop religieux pour ne pas la recevoir, la voici. C'est qu'il ne suffit pas, pour donner toute la qualité à l'acte d'amour de Dieu et toute la perfection qu'il demande, qu'il s'étende seulement à toutes les obligations du christianisme; cela ne suffit pas; mais aussi il faut qu'il s'étende sous condition, à tous les conseils évangéliques, même les plus relevés et de la perfection la plus éminente. Remarquez bien que je dis sous condition, c'est-à-dire que si pour témoigner notre amour à Dieu, il était nécessaire d'embrasser les conseils évangéliques même les plus rigoureux et ceux qui me semblent les plus rudes, je dois être prêt à les embrasser. Et ne croyez pas que ce soit une pure pensée et une pure production de mon esprit, ni un sentiment qui soit condamné, que je vous propose. Car il n'y a pas un conseil dans l'Évangile, qui ne puisse devenir un précepte et un commandement pour moi dans une exacte signification; l'acte d'amour de Dieu m'oblige à faire et à souffrir toutes choses si l'occasion s'en présente. Je ne suis pas obligé actuellement de pratiquer toute la perfection chrétienne, mais j'y suis obligé s'il en arrivait l'occasion; Dieu ne

m'oblige pas à quitter le monde, mais j'y suis obligé
si l'occasion de témoigner mon amour à Dieu se présentait. Renoncer à son bien, c'est un conseil; mais ce
peut être aussi un précepte et un commandement;
Dieu n'exige pas de moi le martyre, mais je dois être
prêt à le souffrir, si l'occasion s'en présentait; et c'est
pour cette raison que Tertullien dit de la foi : *fidem
martyrii debitricem*, que la foi est redevable de toutes
choses, même jusqu'au martyre. Eh ! quand les chrétiens étaient tombés entre les mains des bourreaux
et des tyrans, et qu'ils étaient destinés au martyre,
pensez-vous pour lors que le martyre fût un conseil
pour eux? non; tout cela était-il renfermé dans le
précepte de l'amour de Dieu? oui; et s'ils n'avaient
pas eu assez de résolution pour souffrir le martyre,
pouvaient-ils se sauver? jamais. Et c'est pour cette
raison que quand quelque chrétien avait manqué de
cœur dans le supplice, on l'excommuniait. On ne traitait pas cette lâcheté ou ce défaut de courage, d'accident ou de malheur, mais on les excommuniait de
l'Église : on les traitait de déserteurs et d'apostats,
parce qu'ils n'avaient pas assez d'amour de Dieu pour
souffrir et soutenir sa querelle.

Mais, me direz-vous, le précepte de la charité
va-t-il jusque-là? Oui, messieurs, et si vous en doutez,
c'est que vous ne connaissez pas l'excellence de l'être
de Dieu. Car je ne saurais trouver étrange que l'amour
de Dieu doive aller jusque-là, puisque la fidélité que
je dois à mon prince, à mon prochain, y va bien. Car
il n'y a pas un sujet qui n'expose courageusement sa
vie, point de seigneur de la cour qui ne donnât
généreusement la sienne s'il y allait de la vie
de son prince; ainsi se fait-on une espèce de
point d'honneur d'un devoir, en certaines rencontres; comme dans d'autres rencontres, d'un point
d'honneur on s'en fait un devoir, et on le pratique
avec joie. On voit des gens quitter leurs plaisirs, leurs

parents et enfants pour rendre ce devoir à leurs amis.
Or s'ils quittent tout cela pour le monde, ne se font-
ils pas des martyrs du monde?

Mais on n'est pas obligé de se mettre dans ces
épreuves. Pour moi je dis qu'il est bon de nous y
mettre pour Dieu, pourquoi? Parce que cela nous fait
voir quelles sont nos obligations et dans le précepte
et dans le conseil. Mais cela étonne les âmes faibles.
Oui, mais il encourage les âmes généreuses, car Dieu
ne manque point de donner ses secours pour accomplir
ses préceptes, non plus qu'il ne manque point de me
donner sa gloire, si je meurs en grâce. Ah! mon Dieu,
c'est donc maintenant que je comprends la toute-
puissance de votre charité. Quand on me disait autrefois dans les écoles qu'il ne fallait qu'un acte d'amour
pour effacer tous ses péchés, pour éteindre tous les
feux de l'enfer, quand on m'alléguait une Madeleine
justifiée en un moment, quand on me citait les Pères
et les théologiens, quoique ce fussent des vérités de
ma religion, à peine pouvais-je les croire. Mais à
présent que je suis persuadé de la perfection de
cet acte d'amour, je commence à les croire; étant
bien juste que puisque l'amour de Dieu est un poids
du baptême et une préparation au martyre, il est aussi
satisfaisant que le baptême et le martyre.

Mais si cela est nécessaire pour produire un acte
d'amour de Dieu, qui est-ce qui a la charité, qui est-ce
qui est arrivé à cette grande perfection que le Fils
de Dieu nous demande : *Estote ergo* etc.? Ah! messieurs, c'est le secret de la prédestination. Dieu a ses
élus dans le monde; nous ne les connaissons pas,
Dieu les connaît, et c'est à nous seulement à faire tout
ce que nous pouvons pour être du nombre. Saint Paul
dit qu'il fléchissait les genoux devant Dieu pour
obtenir la grâce de son amour : *hujus rei gratia flecto
genua mea ad Patrem Domini nostri Jesu Christi ut
det vobis secundum divitias gloriæ suæ virtute corro-*

borari per spiritum ejus in interiorem hominem, c'est-
à-dire pour aimer Dieu sur toutes choses, et pour ne
point faire entrer son amour en comparaison de quoi
que ce soit au monde. Ah ! mes frères, revêtons-nous
de cet amour de Dieu, et disons comme saint Augustin :
sero te amavi, o bonitas antiqua; ah ! bonté éternelle,
je vous ai aimée trop tard, et je suis dans la confusion
de n'avoir pas fait un seul acte d'amour de Dieu. Et
comment l'aurais-je fait, puisque je ne le connaissais
pas, et que je n'en étais pas instruit ? Mais maintenant
que j'en suis instruit, ah ! mon Dieu, je vais faire tout
autant qu'il sera en moi, pour vous témoigner mon
amour ; c'est-à-dire je vais me disposer à vous donner
toutes les marques d'amour que vous désirez de moi.
Faites cela, chrétiens, et vous verrez que cet amour
aura la force de vous entretenir dans la grâce de Dieu,
et de vous porter un jour dans le sein de la gloire.
Amen.

> *Et prosiliens inde pusillum, procidit in faciem,*
> *orans et dicens : Pater mi, si possibile est, transeat*
> *a me calix iste. Verumtamen, non mea voluntas sed*
> *tua fiat.* MATTH., c, 26.

> Alors le Sauveur du monde, s'étant un peu retiré
> à l'écart, se prosterne le visage contre terre, priant
> et disant : Mon Père, s'il est possible que ce calice
> passe et s'éloigne de moi, néanmoins que votre
> volonté s'accomplisse et non pas la mienne.

Voilà, chrétienne compagnie, le premier mystère
et comme le prélude de tous les mystères de la passion
du Fils de Dieu, que nous devons méditer pendant ce
saint temps de Carême ; cet exercice doit être la grande
dévotion des chrétiens. C'est celle que tous les saints
ont pratiquée avec des fruits si grands et si admirables
de grâce et de sainteté ; c'est celle dont saint Bernard
faisait une si grande estime qu'il disait que depuis
le jour de sa conversion, son plus grand soin avait été
de recueillir avec l'épouse sacrée, ce petit bouquet de
myrrhe, composé de toutes les douleurs, de toutes les
inquiétudes et de toutes les amertumes de son Sauveur,
afin de le mettre dans son sein pour n'en partir jamais,
et pour ne le perdre jamais de vue. Et cela, disait-il
pour suppléer au défaut de ses mérites, dont il protestait savoir bien qu'il était dépourvu devant Dieu :
Et ego, fratres, ab ineunte ætate mea curavi pro acervo
meritorum quæ mihi deesse sciebam, colligere et inter
ubera mea collocare myrrhæ fasciculum illum ex col-
lectis anxietatibus et amaritudinibus Domini mei. O
mon frère, disait-il sans cesse, je ne m'oublierai jamais
des grandes miséricordes d'un Dieu souffrant pour

moi, parce que ce sont elles qui m'ont donné la vie :
*In æternum non obliviscar miserationes Domini, quia
in ipsis vivificatus sum.* Les méditer, ajoutait-il,
c'est ce que j'ai toujours considéré comme la véritable
sagesse; c'est là où j'ai trouvé le comble de toute la
perfection; c'est là où j'ai rencontré et découvert le
trésor de la véritable science du salut : *Hæc meditari
dixi sapientiam; in his plenitudinem et perfectionem
scientiæ inveni; in his consommationem salutis et
copiam meritorum.* Voilà pourquoi je m'étais rendu
la passion de mon Sauveur si commune et si familière,
que souvent je l'avais en bouche, comme vous le
savez, et qu'elle était toujours imprimée dans le
fond de mon cœur, comme Dieu même le sait : *Propte-
rea et in ore frequenter sicut ipsi scitis, et in corde semper
sicut Deus ipse scit.* En un mot toute ma plus sublime
connaissance et ma plus profonde philosophie ne
consistait qu'à savoir Jésus, et un Jésus crucifié :
*Denique mea omnis philosophia erat scire Jesum et
hunc crucifixum.*

Voilà la science la plus élevée que saint Bernard
protestait qu'il avait; faites-en aussi toute la vôtre,
mes frères, et puisque c'est pour cela que vous êtes
ici assemblés, faisons le sujet de toutes nos méditations de l'excès de l'amour et de la charité de Jésus-
Christ envers nous dans sa passion, etc. *Ave Maria.*

La première leçon que l'Évangile nous fournit et
que je vous propose aujourd'hui, c'est de contempler
le divin Sauveur priant dans le Jardin et se préparant
par cette prière à consommer le grand ouvrage du
salut de tout le monde; car c'est à quoi je vais m'arrêter, et parce que mon dessein est d'attacher à chaque
méditation une vérité évangélique, je veux vous traiter aujourd'hui de la conformité de nos volontés aux
ordres de Dieu et de la résignation entière et parfaite
de nos cœurs à ses adorables volontés : vertu indispen-

sablement nécessaire à tous les chrétiens, et sans laquelle il est impossible, non seulement qu'ils avancent dans la perfection, mais même qu'ils soient sauvés, puisque cette vertu ne doit pas être seulement une disposition à tous, mais le devoir même actuel de la plupart.

Je vous représenterai donc premièrement le Fils de Dieu résigné aux ordres de son père, et secondement je vous le ferai voir agissant conformément aux ordres de son père. Dans la première partie vous apprendrez ce que c'est que la véritable résignation et la parfaite conformité aux ordres de Dieu, et dans la seconde ce que doit opérer en vous cette conformité aux ordres de Dieu. Voilà tout le sujet et tout le partage de notre méditation.

PREMIER POINT

Pour bien comprendre, messieurs, ce que c'est qu'une parfaite résignation aux ordres de Dieu, vous n'avez qu'à contempler le Sauveur du monde dans le Jardin, car c'est là où il nous en donne la plus haute idée et le modèle le plus achevé qui ait jamais paru et qui puisse jamais paraître sous le ciel. C'est là en effet qu'il se résigne entièrement au bon plaisir de son père, en lui disant : *Verumtamen non mea voluntas, sed tua fiat ;* néanmoins, mon père, que ce ne soit pas ma volonté qui s'accomplisse, mais que ce soit la vôtre. Voilà comme il parle, chrétiens; mais prenons garde s'il vous plaît à la conjoncture dans laquelle il parle de la sorte. Car premièrement c'est dans le dernier accablement de la tribulation, c'est lorsqu'il semble qu'un déluge de maux et de souffrances a inondé son âme, comme il dit par son prophète : *inundaverunt aquæ usque ad animam meam,* c'est-à-dire que c'est au plus fort de son agonie, c'est-à-dire que c'est dans l'accablement de la tristesse et dans le soulèvement général de toutes les passions; permettez-moi d'user de ce terme, je l'entends dans le sentiment de la théologie et en tant que Jésus-Christ était capable d'avoir des passions, et je dis qu'autant que les passions de Jésus-Christ étaient capables de se soulever, c'était dans le soulèvement général de toutes ses passions. Voilà pourquoi l'Évangile nous le marque en ces termes : *cœpit pavere, tædere et mæstus esse*. Mais je dis encore plus : je dis que c'était dans un temps auquel Dieu s'était retiré de lui, et qu'il l'avait abandonné sensiblement [120]. Cependant, c'est en ce temps-là même qu'il fait cette résignation, et qu'il proteste d'elle par ce *verumtamen :* toutefois, mon Père, que ce ne soit pas ma volonté qui s'accomplisse, mais que ce soit la vôtre.

En second lieu, il se résigne à Dieu sans attendre aucune consolation des créatures. C'est après avoir quitté ses disciples, c'est après s'être privé du secours et de la consolation qu'ils auraient pu lui apporter, c'est après s'être arraché, comme dit l'Évangile, de la compagnie de ses trois bien-aimés qu'il avait pris avec lui, Pierre, Jacques et Jean, *et ipse avulsus est ab eis ;* parce qu'il ne voulait être attaché qu'à l'oraison. Voilà pourquoi il s'abandonne tout entier à la prière, non pas pour y être consolé, mais pour en être fortifié; puisque l'Évangile nous fait remarquer que l'ange qui descendit du ciel, ne lui apporta point d'autre secours que celui-là, *et apparuit ei angelus, confortans eum :* saint Jérôme dit que cet ange ne le soulageait pas, mais qu'il le confortait; il dit que cet ange le résoudait [121], et à quoi? Eh ! à sa passion, et à toutes les circonstances de sa passion. Il le résoudait, non seulement à la croix, mais à toutes les ignominies de la croix, non seulement à tout ce que Dieu veut de lui, mais à la façon et à la manière dont Dieu le veut; d'où vient qu'il ne se contente pas de dire, selon la remarque de saint Jérôme : *non quod ego volo, sed quod tu;* mon Père, qu'il arrive non pas ce que je veux,

mais ce que vous voulez; mais qu'il ajoute encore :
non sicut ego volo, sed sicut tu; que le tout s'accomplisse non pas de la manière que je le veux, mais de
telle façon que vous le voudrez.

Voilà, chrétiens, la plus belle idée de la véritable
résignation et de la conformité de notre volonté aux
ordres de Dieu. Vous devez être soumis dans l'adversité, dans le trouble, dans la tristesse, dans le soulèvement même actuel de toutes vos passions, dans
l'abandon même sensible de Dieu, [122] sans avoir
recours qu'aux consolations divines, sans vous attendre [123] au secours ni des anges, ni des créatures, en
un mot sans chercher d'autre secours que celui de
l'oraison et de la prière, mais avec une détermination
absolue à tout ce qu'il voudra, et comme il le voudra,
et dans l'ordre et avec telles circonstances qu'il le
voudra. Voilà ce que j'appelle une résignation solide
et parfaite à la volonté de Dieu.

Or c'est celle que le Fils de Dieu est venu nous enseigner par son exemple, et si de tous ces chefs un seul
nous manque, cette vertu n'est pas en nous telle et
de la manière que Dieu l'exige de nous, et dès là nous
ne satisfaisons pas au devoir qui nous oblige à nous
résigner à Dieu. Car pour me résigner à ses ordres
quand tout me rit et que je suis à mon aise, il ne me
faut point de christianisme pour cela, et quand je
m'y résigne en cet état, cette résignation me doit
être suspecte, je dois même l'avoir à dégoût, je dois
m'en défier et dire à Dieu : Il est vrai, mon Dieu, je
veux ce que vous voulez, mais parce que vous ne
voulez que ce que je veux; et je dois appréhender cette
résignation, car je dois plutôt vouloir ce que vous
voulez, que non pas vous vouloir ce que je veux. Je
n'ai donc que la résignation des pécheurs, quand vous
ne voulez que ce que je veux : car tous les pécheurs
veulent bien ce que vous voulez, quand vous ne voulez
que ce qu'ils veulent. Mais, mon Dieu, pour voir si

j'ai la résignation des saints et des parfaits, tentez-moi, éprouvez-moi, ainsi que parlait David : *Proba me, Deus, et tenta me :* enflammez mon cœur, et brûlez mes reins : *ure renes meos et cor meum.*

Car pourquoi David parlait-il de la sorte à Dieu, si ce n'est parce que ce n'est que dans les amertumes, dans les disgrâces et dans les douleurs que se découvre la résignation parfaite et solide d'une âme aux ordres de son Dieu ? Tentez-moi donc, dit David, éprouvez-moi, faites-moi souffrir dans toutes les parties de mon corps, pour connaître ma résignation; car pour moi, sans souffrances je ne saurais vous en répondre; mais ce sera dans l'ardeur de mon cœur, dans l'embrasement de mes reins, que vous en jugerez parfaitement. Voilà, chrétiens, comme vous devez parler à Dieu : en telle sorte que je ne tiens pour résigné aux ordres de Dieu qu'un homme qui est en cet état. Ah ! quand mes passions sont dans le calme, quand tout ce qui m'arrive ne contredit aucunement à tout ce que Dieu me demande et me commande, ce n'est pas une merveille si je suis résigné à la volonté de Dieu, et Dieu ne m'en est point obligé pour cela, et pourquoi ? Parce qu'en ce temps-là je n'ai rien à combattre, et que toutes choses semblent être d'accord et réunies pour me donner ce que je demande; mais quand je sens soulever dans mon âme toutes mes passions avec une extrême violence, mais quand je me sens combattre par ma concupiscence et par mes appétits, et que dans le temps même qu'un ordre tout contraire aux ordres de Dieu se porte à mon âme, cependant mon âme résiste et dit à son Dieu : *Verumtamen, non mea voluntas, sed tua fiat ;* non mon Dieu, il n'en sera pas comme je le veux, mais comme vous le voulez, et qu'elle se maintient ferme dans cet état, ah ! messieurs, elle est dans une parfaite résignation.

Or pour cela, il faut se conformer à l'agonie de notre divin maître dans le Jardin, et souffrir comme lui. Je dis qu'il faut souffrir l'agonie comme notre divin maître la souffre, parce que, dit saint Bernard, c'est l'agonie de notre maître qui doit nous faire triompher dans toutes les nôtres. Et pourquoi est-ce qu'en ce temps-là ce divin Sauveur veut souffrir pour nous ? C'est, dit saint Bernard, parce qu'il doit être notre chef; aussi, poursuit ce père, est-ce en ce temps-là même que nous devons exprimer en nous toutes les qualités et toutes les circonstances de sa passion, et pourquoi ? Parce que nous devons être ses membres. Pourquoi, dit saint Augustin, le Sauveur se trouble-t-il à la vue de sa passion : *quare turbatur Dominus imminente hora* ? Ah ! dit ce Père, il se trouble, non pas de ce que l'heure de ses souffrances approche, mais parce qu'il appréhende nos faiblesses et nos lâchetés; il se trouble parce que c'est à moi à souffrir après lui et à suivre ses pas; *turbatur Dominus imminente hora, ut sequamur eum qui ante nos incedit :* voilà le sujet de son appréhension, voilà le sujet de son trouble et de son abattement. Mais tout au contraire ce qui l'afflige, messieurs, c'est ce qui doit nous consoler, parce que s'il a pris nos faiblesses, dit ce père, nous devons nous revêtir de sa force; s'il a pris nos craintes et nos appréhensions, nous devons nous armer de sa confiance aux ordres de Dieu. Et ce qui est admirable, messieurs, et ce qui relève infiniment le mérite des souffrances du Sauveur, c'est qu'il fait cette résignation dans le temps même qu'il semble que son père l'a abandonné sensiblement; car ce fut en vue de cet abandon sensible de son père qu'il dit en croix : *Deus meus, Deus meus, ut quid dereliquisti me;* Ah ! mon Dieu, mon Dieu, pourquoi m'avez-vous abandonné?

C'est ici, mon cher auditeur, une excellente leçon que le Fils de Dieu nous donne pour faire connaître que, quand on nous dit que nous devons être résignés à la volonté de Dieu, il ne suffit pas seulement que ce soit dans le temps où Dieu nous remplit de ses conso-

lations et de l'abondance de ses grâces; car il serait
bien facile de lui être résigné en cet état et de lui dire,
avec David : *Ego dixi in abundantia mea, non movebor
in æternum.* Ah ! dans le temps que vous sortez d'une
bonne communion, dans la ferveur de vos prières et
dans l'ardeur de vos méditations, vous le savez,
chrétiens, que vous avez protesté cent fois au pied
des autels, que vous ne vouliez que ce que Dieu
voulait; mais en ce temps-là vous n'étiez pleins que
de l'esprit de Dieu, et voilà pourquoi vous parliez
si bien, car après que cet esprit s'est retiré de vous,
vous avez tout aussitôt changé de langage, et vous
avez dit avec le même David : *Avertisti faciem tuam
a me et factus sum conturbatus*; mon Dieu, vous avez
retiré de moi la douceur de vos consolations, et tout
aussitôt je suis tombé dans la consternation et dans
l'abattement; vous avez retiré les charmes de votre
visage de devant mes yeux, et en même temps je suis
tombé dans le trouble et dans l'inquiétude; et cependant c'était en ce temps-là qu'il fallait lui dire :
Verumtamen non mea voluntas, sed tua fiat : Ah !
mon Dieu, vous me délaissez, et je ne vous délaisserai
point; en me délaissant vous exercez un acte de
justice, mais je ne vous délaisserai jamais, pour la
confiance que vous m'avez donnée en votre miséricorde; au contraire, plus je me sentirai abandonné
de vous, et plus je m'attacherai à vous, et par le moyen
de cette vertu, au milieu de mes troubles, de mes
langueurs et de mes assoupissements, je vous dirai,
comme je faisais auparavant dans mes transports,
dans mes consolations et dans mes joies : *Verumtamen
non mea*, etc. Et être résigné aux ordres de Dieu dans
les adversités et dans les abandons même de Dieu, je
parle des abandons sensibles, c'est ce que le Sauveur
nous apprend aujourd'hui.

Mais il nous apprend encore quelque chose de plus,
je veux dire la mesure et le terme de cette résignation,

car à quoi nous doit-elle préparer? Ah! chrétiens, elle
nous doit préparer au calice des souffrances, et à un
calice qui ait les mêmes propriétés que celui du Fils
de Dieu, c'est-à-dire qui soit pur d'un côté et qui soit
mélangé de l'autre, selon l'expression du prophète :
calix in manu Domini, vini meri plenus mixto. Mais ne
semble-t-il pas, messieurs, qu'il y ait de la contradiction
dans ces paroles du prophète? car si ce calice est pur,
comment est-il mélangé, et s'il est mélangé, comment
est-il pur? c'est la réflexion de saint Augustin :
*Si vini meri, quomodo plenus mixto, et si plenus mixto,
quomodo vini meri?* Mais ce père s'en explique fort
bien, car il dit : Il est vrai que le calice du Fils de
Dieu a été tout pur, c'est-à-dire sans aucun tempérament de consolation ni de joie, et cependant [6]
il est mélangé de toutes sortes de maux, c'est-à-dire
de douleurs, de mépris, d'opprobres, d'affronts, de
calomnies, d'humiliations et d'anéantissement; et si
je suis chrétien parfait, il faut que je sois résigné
à tout cela, et prêt à boire tout cela, car le Fils de
Dieu n'en a pas bu toute l'amertume, il en reste encore,
messieurs, et il en restera jusqu'à la fin des siècles.
Les prédestinés en boiront toujours sur la terre.
Les pécheurs même et les réprouvés boivent de ce
calice, mais ils n'en boivent que la lie, parce que le
vin pur n'est que pour les enfants de la maison de
Dieu : *verumtamen fæx ejus non est exinanita, bibent
omnes peccatores terræ.* Le calice donc du Fils de Dieu
est un calice mêlé de toutes sortes de souffrances, et
si vous êtes préparés à boire ce calice, ah! chrétiens,
vous possédez la perfection de la résignation aux
ordres de Dieu.

Mais ce n'est pas encore tout, il y a un calice que
Dieu nous envoie par le ministère des hommes, et
voilà notre erreur, chrétiens, nous voudrions bien
boire dans le calice du Fils de Dieu, mais nous voudrions nous le préparer nous-mêmes, afin qu'il fût

à notre goût; c'est-à-dire que nous voudrions qu'il fût composé de ceci et non pas de cela. Nous acceptons les afflictions de la main de Dieu, mais une persécution ou une injure nous est insupportable; nous nous consolons dans les pertes de nos biens, mais nous ne pouvons digérer un affront ni un déshonneur, et pourquoi? Parce que c'est le mépris et l'injure qui vient de la part de cet homme, qui nous outrage. Et cependant c'est là le calice que le Fils de Dieu nous a préparé, et pourquoi? *Calicem quem dedit mihi Pater;* c'est que le calice que je dois boire n'est pas le mien, dit le Fils de Dieu, je ne me le suis pas mis en main moi-même, mais c'est celui que mon père m'a choisi. Or, faute de cela, messieurs, vous n'avez que le fantôme de la résignation.

Enfin, à l'exemple du Fils de Dieu, je dois être résigné à toutes choses, c'est-à-dire à la croix et à toutes les circonstances de la croix, et à souffrir cette croix de telle manière que Dieu le veut. Et c'est encore une grande erreur parmi les chrétiens, car on dit tous les jours : Je suis bien content [124] de souffrir en tel temps, mais en tel temps je ne le puis. Parler de la sorte, mes frères, ce n'est pas être résigné aux ordres de Dieu, parce que Dieu ne doit pas être moins maître des circonstances de la chose, que de la chose même : il faut donc que ma résignation s'étende aux circonstances de la chose, du temps et du lieu; et après tout cela, il faut que je dise avec Jésus-Christ, non seulement : *non quod volo, sed quod tu*, mais encore : *non sicut ego volo, sed sicut tu;* qu'il en arrive, mon Dieu, non pas de la sorte que je le veux, mais de la manière que vous le voulez. Ah! mon Dieu, que cette vertu est excellente! Ah! si elle était connue dans le monde, que de fruits spirituels n'y produirait-elle pas! mais on ne l'y connaît pas; et la seule idée qu'on y en conçoit fait de l'horreur. Ah! combien de personnes qui croient être bien spirituelles [125], se trompent dans la pratique de cette vertu! Mais mon Dieu, je vous remercie de nous avoir donné un modèle si parfait dans votre passion, de cette résignation chrétienne, et de nous avoir fait connaître qu'il n'y a rien de si excellent que de dépendre en tout de Dieu.

Ça donc, qui que nous soyons, mettons-nous en vue d'un exemple si adorable, dans cette disposition de cœur où nous venons de considérer notre divin maître, c'est-à-dire soyons établis parfaitement dans cet état de résignation, et résolus de n'en sortir jamais; car hors de là il n'y a ni mérite, ni grâce, ni établissement du salut, ni bien, ni repos à espérer pour nous. Pour avoir le repos, dit saint Augustin, il faut ou que nous nous conformions à Dieu, ou que Dieu se conforme à nous. Or, que Dieu se conforme à nous, n'étant de nous-mêmes que péché, cela ne saurait arriver, que Dieu ne devînt méchant comme nous; quel désordre et quel sacrilège! mais que nous nous conformions à Dieu, le grand bien! et pourquoi? parce que Dieu étant la souveraine justice et la souveraine sainteté, nous ne pouvons nous conformer à lui sans devenir et justes et saints comme lui. Souvenez-vous, mes frères, de ce que disait autrefois saint Bernard, il disait une belle parole : *Deus non consentiat cordi tuo, sed consentias cordi Dei;* mon frère, disait-il, prends garde que Dieu ne consente pas aux désirs de ton cœur, car c'est l'état le plus déplorable où une créature puisse être réduite en cette vie, que Dieu l'abandonne aux désirs de son cœur. C'est l'enfer du chrétien, de ne vouloir jamais ce qui sera toujours, et de vouloir toujours ce qui ne sera jamais : *semper velle quod nunquam erit, et semper nolle quod nunquam non erit;* et moi je dis que l'enfer du chrétien, c'est de vouloir toujours ce que Dieu ne veut jamais, et de ne vouloir jamais ce que Dieu veut toujours : *semper velle quod Deus non vult, et semper nolle quod Deus vult;* et je puis dire qu'il n'y aurait point d'enfer sans cette volonté propre, puisque sans elle il n'y aurait point de damnés.

Et tout au contraire, quand je me conforme à Dieu, et que je me résigne à ses volontés, je trouve une espèce de béatitude et de paradis en ce monde ; car le paradis n'est paradis, dit saint Augustin, que parce qu'il unit tous les désirs et toutes les pensées des hommes aux désirs et aux pensées de Dieu. Que fait-on dans le paradis ? on y voit, on y goûte, on y possède Dieu ; mais cet amour, mais ce goût, mais cette possession de Dieu ne font le paradis, qu'en tant que les bienheureux ont de la conformité à la volonté de Dieu ; de sorte que si un bienheureux, par impossible, n'était pas content du degré de béatitude que Dieu lui a donné, et qu'il en pût désirer un autre, il ne serait pas bienheureux. Dès là qu'un homme a cette vertu il est bienheureux, et dès là que je la possède, j'acquiers par mérite ce que les bienheureux possèdent par récompense et par nécessité. Après cela, ne faut-il pas que je sois bien malheureux si je ne me conforme à la volonté de Dieu en toutes choses ?

Or pour cela, il faut, pour conclusion de ce premier point, que vous demandiez à Dieu ce que peut-être vous ne lui avez jamais demandé, que vous et moi nous lui disions : Mon Sauveur, anéantissez en moi toute volonté propre ; au lieu, mon Dieu, de consentir à mes volontés, anéantissez-les, frustrez-les : ce sont des volontés criminelles, puisque ce sont des volontés qui me sont propres ; et parce que je n'ai pas assez de force pour arracher ces désirs de mon cœur, je vous demande des forces pour les détruire et pour les anéantir. Or c'est ce que Jésus-Christ a fait, et comment ? par cette admirable prière qu'il a répétée par trois fois dans le Jardin : *Pater, si possibile est, verumtamen non mea voluntas*, etc. ; car étant le chef des chrétiens, il a demandé par l'anéantissement de sa volonté, l'anéantissement des nôtres. D'où il s'ensuit,

que quand nous demandons à Dieu quelque chose et
qu'il ne l'accorde pas, c'est pour lors qu'il exauce
la prière de Jésus-Christ; et parce que notre demande
n'a pas assez ou de mérite ou de justice, pour être
exaucée dans un sens, il se trouve que, dans un
autre sens, nous sommes exaucés pour notre bien,
et pourquoi? Parce que si d'un côté Dieu refuse
d'exaucer notre volonté dépravée, il en exauce une
autre qui est toute sainte; et voilà, chrétiens, ce que
c'est que la conformité de notre volonté aux ordres
de Dieu, et ce que je vous invite à méditer avant
de passer à mon second point.

DEUXIÈME POINT

Ce n'est pas assez, chrétiens, de connaître ce que
c'est que la conformité aux ordres de Dieu, il faut
encore que cette vertu agisse et opère en nous, ou
plutôt que nous agissions par elle, et c'est la seconde
chose que le Fils de Dieu est venu nous apprendre
par son exemple, et dont il nous a donné le modèle
dans le Jardin, le plus rare et le plus accompli qui
puisse être jamais.

Les théologiens nous enseignent qu'il y a deux
sortes de vertus, les unes affectives et qui ne consistent
que dans un simple désir, et dans la simple complaisance de la loi; et les autres effectives et qui vont
à l'exécution et à l'accomplissement de la loi. La
conformité aux ordres de Dieu est une vertu mitoyenne
et qui tient des unes et des autres; car elle est affective
pour vouloir ce que Dieu veut, et elle est effective pour
agir comme Dieu veut. Or, sans doute cette vertu
aurait passé sur la terre pour une chose impossible, si
le Fils de Dieu ne l'avait rendue facile et aisée par
son exemple; mais toute possible, toute facile et toute
aisée qu'elle puisse être, elle ne peut être jamais
agissante, sans un petit miracle dans le sujet où elle
se trouve : en voici la raison.

L'effet de la conformité de la volonté de l'homme aux ordres de Dieu, ou plutôt de la grâce de la résignation, c'est de donner une certaine force et une certaine promptitude à l'esprit de l'homme pour exécuter ce que Dieu lui commande; c'est une grâce qui le soutient dans ses langueurs, qui l'abat dans sa présomption, qui fléchit la dureté de son cœur et qui l'éclaire dans son aveuglement; et voilà ce que j'appelle l'héroïque du christianisme : être prompt à exécuter dans tout ce que Dieu nous commande; c'est aussi la pensée de saint Thomas; mais d'exciter un homme dans l'assoupissement, de le soutenir dans sa faiblesse, de le relever de sa chute, de le toucher dans sa dureté, et de ne pas moins attacher un cœur à Dieu quand il est resserré par la tristesse, que quand il est dilaté par la joie, je dis que c'est un petit miracle, et personne n'en peut douter; or c'est le propre de la conformité aux ordres de Dieu de produire tous ces effets. Car que fait cette conformité? Elle nous donne la force de surmonter et d'abattre l'ennemi le plus dangereux que nous ayons en nous-mêmes, qui est la présomption, et de relever la langueur de nos espérances. Elle contrebalance la pesanteur de l'un par la légèreté de l'autre, et quoique nous ne ressentions pas sensiblement les impressions de cette grâce (je ne dis pas quoique nous ne les ayons pas, mais je dis quoique nous ne les ressentions pas), cependant cette grâce les produit en nous, et comment cela? C'est par le moyen des lumières qu'elle répand en nous, et qui nous obligent à les suivre et agir conformément à elles. Mais que fait cette grâce? Elle nous fait connaître que quand Dieu commande, il faut obéir, et pourquoi? Ah! messieurs, il n'est pas juste que l'indisposition où nous sommes, cause du changement dans nos obéissances et dans nos volontés : Dieu n'en est-il pas le maître? et cependant nous voudrions qu'il se conformât à notre humeur, au lieu que c'est à notre humeur à se régler sur lui; et voilà ce que fait la résignation aux ordres de Dieu. Cette vertu est le principe de toutes les vertus, et celle qui donne le branle et le mouvement à toutes les autres.

Mais, chrétiens, cela n'a jamais si bien paru que dans la personne adorable de notre divin Sauveur. Reprenons tout ceci et voyons ce qu'on aurait cru de lui, avant qu'il eût prononcé ces paroles, et fait cette résignation de soi-même aux ordres de son père : *Verumtamem, non mea* etc. On aurait dit qu'il y aurait bien de la faiblesse en lui : au moins en a-t-il fait beaucoup paraître à ses disciples, car il les avait priés de ne le point abandonner dans ce combat, il les avait priés de ne le point quitter : *Sustinete hic,* leur dit-il, *et vigilate mecum;* et un peu après ne leur dit-il pas que son âme est triste jusqu'à la mort, *tristis est anima mea* etc? Veillez, leur dit-il encore, parce que l'esprit est prompt et que la chair est infirme, comme s'il eût voulu leur dire : Veillez, parce que j'ai besoin de vos forces. Et après cela il se retire d'eux, et il fait cette prière à son père : Ah ! mon père, s'il se peut faire, que ce calice passe et s'éloigne de moi : *si possibile est, transeat a me calix iste.* Mais quoi ! n'est-ce pas ce calice qu'il avait témoigné souhaiter avec tant d'empressement, et *quomodo coarctor donec perficiatur?* et néanmoins, quand il est tout près de le boire, il prie son Père qu'il l'éloigne de lui, il sollicite, il presse, il fait instance à son père pour cela. Mais qu'arrive-t-il après qu'il a fait cette résignation aux ordres de son père par sa prière? Un changement prodigieux : il ne témoigne plus de faiblesse, il ne témoigne plus de répugnance à boire le calice de la croix; toutes ses passions sont encore en lui, mais il les fait toutes servir à l'accomplissement de son dessein, à l'accomplissement de la volonté de Dieu, à laquelle il est résigné. Car au lieu qu'il disait auparavant à ses apôtres : *Sustinete hic,* demeurez ici avec moi, il leur dit après :

Surgite, levez-vous; au lieu qu'il leur disait auparavant : *Vigilate*, veillez, il leur dit après : *Dormite*,
dormez, et peu de temps après il change de langage :
Surgite, *eamus*, levez-vous, allons; ce qui nous fait
entendre, dit saint Jérôme, qu'il ne faut pas se laisser
abattre le courage à la vue des souffrances, mais qu'il
faut se lever promptement, et aller à la croix avec
courage.

Le Fils de Dieu ne veut pas que Judas le prévienne
par sa trahison, mais il veut aller au-devant de sa
perfidie : *Ecce appropinquat qui me tradet, surgite,
eamus ;* levez-vous, mes disciples, allons, voilà celui
qui me doit trahir qui s'approche. Il ne veut pas que
ce perfide ait l'avantage de le surprendre; il veut le
prévenir lui-même, et au lieu qu'auparavant il priait
ses disciples de ne le pas abandonner dans le combat,
lui-même il s'abandonne à ses ennemis. Bien loin
d'appréhender la mort, il y court le premier, et ayant
demandé aux soldats : Qui cherchez-vous, sitôt qu'on
lui eut répondu : Nous cherchons Jésus de Nazareth,
eh bien ! leur dit-il, me voilà, exécutez votre pernicieux dessein : paroles si puissantes et si fortes, qu'elles
imprimèrent en même temps et la terreur et le respect
dans l'esprit de ses ennemis; et bien loin pour lors
de prier ses dicisples de le secourir, c'est lui qui prie
à son tour pour eux : *Si ergo me quæritis*, dit-il aux
soldats, *sinite eos abire ;* si c'est moi que vous cherchez,
me voilà, mais laissez aller ceux qui sont de ma compagnie. Plus de refus pour la croix, plus de refus pou"
toutes les ignominies et les circonstances de la croix,
et quand saint Pierre par son humeur violente veut
l'empêcher d'aller à la croix et à la mort, il lui dit :
Calicem quem dedit mihi Pater, non vis ut bibam illum?
Hé quoi ! ne veux-tu pas que je boive le calice que
mon père m'a préparé? Et quand il donna le coup au
valet du grand-prêtre, saint Augustin dit que la patience
de Jésus-Christ fut blessée en la personne de ce soldat,

Patientia Christi in Malcho vulnerata est, et que peu
s'en fallut qu'il ne traitât encore ce disciple de Satan.

Mais enfin, pourquoi dit-il à ses disciples : *Surgite,
eamus ;* levez-vous, allons? En voici la raison, messieurs : *ut sciat mundus quia diligo Patrem, et sicut
mandatum dedit mihi Pater, sic facio ;* c'est pour
montrer au monde que j'aime mon père et que je me
résigne entièrement à sa volonté. Ah ! mon cher auditeur, la parfaite résignation à la volonté de Dieu !
Cela vous montre deux choses, l'une que c'est dans
cette résignation que consiste tout l'amour du chrétien, et l'autre que c'est en elle que consiste toute la
force du chrétien. La première, c'est-à-dire que quand
une fois vous avez cette résignation, il faut agir
et suivre continuellement les mouvements de la grâce ;
car de retenir cette grâce oisive en nous, c'est lui faire
le plus grand outrage qu'elle puisse jamais souffrir,
et pourquoi? Parce que la grâce ne nous est donnée
que pour vouloir, et le vouloir ne nous est donné que
pour opérer ; c'est le raisonnement de saint Augustin.
Réflexion sur nous. Hé ! à quoi le bon vouloir me sert-
il si je n'agis point en Dieu? et si le vouloir en moi
est inutile, la grâce m'est donc inutile, puisqu'elle
ne m'est donnée que pour me conformer à la volonté
de Dieu, et que je n'agis pas conformément à ses
ordres. Toujours vouloir et ne jamais rien faire, nous
résigner toujours à la volonté de Dieu et ne rien accomplir, qu'est-ce autre chose sinon anéantir en nous la
résignation aux volontés de Dieu? et cependant
voilà le malheur des chrétiens.

Il n'y a point de personne dans cet auditoire, qui
récitant l'oraison dominicale ne dise : *Fiat voluntas
tua ;* mon Dieu, que votre volonté soit faite ; et Jésus-
Christ nous marque par cette seule parole, ce que
Dieu prétend de nous ; et cependant nous demeurons
toujours les bras croisés, et pourquoi? Parce que nous
ne pouvons pas nous résoudre à dire avec Jésus-

Christ : *Sed ut cognoscat mundus quia diligo Patrem, et sicut mandatum dedit mihi Pater, sic facio;* et cela parce que nous aimons le monde, et que nous ne voulons pas nous déclarer contre lui; parce que nous aimons certains petits délices; parce que nous sommes les sujets et les esclaves du monde; et c'est pour cela qu'il est impossible que nous agissions en vertu de la résignation aux ordres de Dieu.

Mais ce n'est pas encore tout. Pour posséder cette vertu et cette perfection si aimée de Dieu, il faut que nous agissions en quelque état que nous puissions être; il faut témoigner à Dieu cette promptitude de nos obéissances, en quelque disposition que nous soyons et même dans le soulèvement général de toutes nos passions, c'est-à-dire dans l'inquiétude aussi bien que dans la tranquillité, et pourquoi cela? Je l'ai déjà dit, chrétiens, c'est parce qu'il n'est pas juste que Dieu qui est notre maître et notre souverain, souffre de nos caprices et de nos mauvaises humeurs, et que celui qui est la première règle et qui doit être la fin dernière de toutes choses, dépende de notre chair et de notre tempérament. Quoi, mon Dieu, quoi! je ne serai prompt à exécuter vos ordres que quand le goût m'en viendra, et trouvez-le bon ou mauvais, vous serez traité de la sorte! Non non, mon Dieu, il n'en sera pas ainsi; je ferai mon devoir en chrétien, je m'assujettirai à tout ce que vous me prescrivez, en chrétien et comme je le dois. Car pourquoi changerais-je à votre égard, puisque vous ne changez pas au mien? pourquoi choisirais-je le temps de vous obéir, puisque vous avez toujours droit de me commander, et pourquoi mes changements de disposition diminueraient-ils mes forces, puisqu'ils ne diminuent pas mes obligations?

C'est de la sorte qu'il faut nous former sur Jésus-Christ notre modèle. C'est dans l'excès de sa tristesse qu'il a fait paraître la ferveur de sa résignation, et c'est aussi dans l'excès de nos inquiétudes que nous devons témoigner l'ardeur et la sincérité de la nôtre. Il n'y a qu'une seule chose à éviter en ceci, qui est le vice de la présomption et de la fausse assurance de ses propres forces. C'est cette fausse assurance de Pierre dans le Jardin, qui nous aveugle encore tous les jours. Pierre dans le Jardin protesta hautement au Fils de Dieu, qu'il ne le quitterait jamais, et que quand tous les autres se scandaliseraient, jamais il ne se scandaliserait de lui : *Etsi omnes in te scandalisati fuerint, nunquam ego scandalisabor.* Trompeuse et vaine assurance de cet apôtre; et c'est pour cela que saint Augustin dit ces belles paroles : *Tentatus est Petrus, et didicit in tentatione, et esse quod non erat, et amplius non esse quod fuit;* Pierre a été tenté, mais il a été vaincu par la tentation, et par cette tentation il a appris à être ce qu'il n'était pas, et à n'être plus ce qu'il avait été. Pierre avant la tentation était un présomptueux, et s'assurait trop sur ses propres forces; mais c'est dans la tentation qu'il a appris qu'il devait rechercher le secours de Dieu; car c'est dans la recherche des secours de Dieu et de sa grâce, et dans l'aveu de sa propre fragilité, que consiste toute la résignation du chrétien. Il faut donc que nous disions à Dieu : Ah ! mon Dieu, je sais que cette résolution que je forme d'être fidèle à votre loi, n'a de force qu'autant que je la fais en vue des secours de votre grâce; mais c'est parce que je mets toute ma force dans le secours de votre grâce, que je crois le pouvoir. Je dis donc aujourd'hui, mon Dieu, dans la confiance que j'ai en votre grâce, ce que Pierre disait dans l'emportement de sa présomption. Oui, mon Dieu, je marcherai après vous; si tous sont scandalisés en vous, pour moi je me confie que je ne serai point scandalisé : *etsi omnes in te scandalisati fuerint,* etc. Vous entendez bien, ô mon Dieu, en quel sens je le dis, parce que je le dis en vous protestant de mon humilité et de ma propre faiblesse.

C'est cette protestation que vous devez faire tous les jours et moi tout le premier, et afin que cette protestation soit véritable et de pratique, il faut que vous la réduisiez à tous les états de votre vie, et voir en quoi vous y manquez. Est-ce dans mes prières ou dans l'usage de la parole de Dieu, est-ce dans telle et telle action, est-ce dans cette charge ou dans cet emploi que Dieu m'a donné? Il faut reconnaître les occasions dans lesquelles votre esprit est sujet à tomber dans l'abattement. Est-ce dans cette compagnie que je fréquente, est-ce dans l'usage que j'y fais de mes paroles, est-ce dans cet engagement ou dans cette familiarité? Il faut vous prémunir contre tout cela, et vous imaginer que le Fils de Dieu vous dit, comme à ses disciples dans le jardin : *ecce appropinquavit hora, surgite ;* c'est dans cette occasion que je veux faire l'épreuve de votre fidélité, c'est en celle-ci que j'en veux être le spectateur et le témoin. Vous allez faire la prière, mais ne l'allez-vous point faire avec un esprit appesanti? Ah ! souvenez-vous que Dieu vous la commande, souvenez-vous qu'il en va être le spectateur et le témoin, en attendant qu'il en soit un jour le juge; souvenez-vous que cette action entrera peut-être dans l'ordre de votre prédestination éternelle; souvenez-vous que peut-être votre salut en dépend, et cependant vous la ferez avec si peu de ferveur et tant de lâcheté ! Mais si tout cela n'est pas capable de vous exciter, souvenez-vous que cette action que vous allez faire, c'est la volonté de Dieu que vous la fassiez. Ah ! le beau motif pour la faire avec ardeur ! Si c'était votre volonté qui vous la prescrivît, vous auriez sujet peut-être de la faire avec négligence; mais étant la volonté de Dieu qui vous la prescrit, avec quelle estime ne devez-vous pas l'entreprendre, et avec quelle ferveur ne devez-vous pas vous en acquitter ! Si un homme a volonté de faire quelque chose, il s'y applique de tout son pouvoir et de toutes ses forces, et pour la volonté de Dieu, vous ne l'exécuteriez qu'avec lâcheté ! Ah ! un Dieu fait l'oraison avec tant de ferveur, et vous la ferez lâchement, négligemment et avec un esprit distrait !

Pour nous, mes frères, il faut que nous entrions aujourd'hui dans le cœur adorable de Jésus-Christ, pour y puiser une ferveur spirituelle. C'est ce cœur qui a été une fournaise d'amour, ç'a été ce cœur qui a communiqué un feu sacré à tant de saints; c'est dans ce cœur que le Saint-Esprit prend et a pris plaisir d'embraser leurs cœurs; pourquoi ne voulons-nous pas qu'il embrase le nôtre? Voilà les deux belles pratiques que je vous laisse aujourd'hui. Il n'y a rien que de solide en cela. Quand vous êtes froids, négligents, lâches, entrez dans le cœur du Fils de Dieu. C'est dans ce cœur que des saints sont entrés froids et glacés, mais d'où ils sont sortis tout pénétrés d'ardeurs, et qui sont ceux qui en sont sortis sans en être enflammés [126]?

Mais, me direz-vous, j'ai prié fort souvent, et cependant je ne me suis point trouvé plus fort qu'auparavant. Ah ! mes frères, c'est parce que vous n'avez jusqu'ici fait la prière qu'avec lâcheté, que jusqu'ici vous avez été des lâches aussi bien que ces trois disciples. Ecoutez le reproche que Jésus-Christ vous fait aussi bien qu'à eux : *Sic non potuistis una hora vigilare mecum :* ah ! chrétiens lâches, est-ce ainsi que vous n'avez pu veiller seulement une heure avec moi ! Mais il vous le dira encore avec un ton plus sévère au jugement dernier, quand il vous reprochera tant de lâcheté, de négligence et d'indévotion, que vous avez apportées à son service. Appréhendons ce reproche, chrétiens, évitons ce malheur, souvenons-nous de la malédiction que le Fils de Dieu fulmine contre ceux qui font l'ouvrage de Dieu avec lâcheté : *Maledictus qui facit opus Dei negligenter.* Ne vous attirez pas cette malédiction, mais plutôt faites descendre sur vous la plénitude des bénédictions en ce monde par la grâce, pour en jouir dans toute l'éternité par la gloire. *Amen.*

SERMON

SUR LA PAIX INTÉRIEURE [127]

Dixit ergo eis iterum : pax vobis. JOANN., c. 20.

Jésus-Christ leur dit pour la seconde fois : la paix soit avec vous.

Voilà, chrétienne compagnie, le fruit de la résurrection du Sauveur du monde et de cette apparition miraculeuse qu'il fait aujourd'hui à ses disciples dans l'Évangile, en leur apportant la paix : *pax vobis.* Je trouve que cette paix est encore aujourd'hui le fruit que la fête de la Résurrection doit produire dans nos âmes quand nous nous sommes réconciliés à Dieu par la pénitence, et que nous nous sommes approchés de ses sacrés mystères dans la communion pascale.

Ce divin Sauveur vient à nous dans le sacrement de son corps en nous honorant tous en particulier non pas d'une simple appartion, mais d'une visite qu'il nous fait en personne, et il nous dit intérieurement : *pax vobis.* Vous voilà réconciliés avec mon père, vous voilà unis à moi, jouissez donc du bénéfice de ma paix. Car c'est ainsi que l'apôtre saint Paul fait comprendre cette paix, qui est le fruit du Saint-Esprit : *Fructus autem Spiritus est caritas, gaudium, pax* etc. En effet, d'autre pàix que la sienne est une paix fausse; pour être solide, il faut qu'elle vienne du principe de la grâce et de la sainteté.

Parlons donc aujourd'hui, chrétiens, de cette paix intérieure, de cette paix qui surpass e toute pensée :

pax Dei quæ exsuperat omnem sensum, de cette paix
qui doit remplir toutes les puissances de l'âme, de
cette paix que le même apôtre recommandait aux
Philippiens de conserver dans leurs cœurs et dans leurs
esprits : *Custodiat corda vestra et intelligentias vestras
in Christo Jesu.* Voilà mes frères, leur disait-il, le plus
grand zèle que Dieu m'inspire pour votre salut :
c'est que cette paix affermisse vos esprits, et qu'elle
entretienne vos cœurs dans la société avec Jésus-
Christ. Je vous fais aujourd'hui, chrétiens, la même
prière, que puisque vous avez reçu aujourd'hui cette
paix que Jésus-Christ ressuscité a coutume d'apporter
tous les ans, vous ayez soin de la conserver vous-mêmes :
custodiat corda vestra etc., et qu'elle vous conserve.

Mais d'où vient que le Sauveur ne se contente pas
de donner une fois la paix, et que dans une même
apparition il répète deux fois les mêmes termes, et
avec les mêmes cérémonies : *pax vobis ?* C'est une
admirable circonstance que saint Chrysostome a
remarquée dans notre évangile, et nous pouvons dire
qu'elle renferme un grand mystère. C'est aussi ce
mystère qui sera le sujet de ce discours, quand j'aurai
salué Marie, qui est la reine de la paix, et qui contribua
à nous apporter cette paix quand elle conçut le Verbe
dans son sein, après qu'un ange lui eut dit : *Ave Maria.*

Je ne sais, chrétiens, si vous avez fait réflexion à
ces paroles de l'Apôtre dans le passage que je viens de
citer, et que je viens de tirer de l'épître aux Philippiens : *Pax Dei, quæ exsuperat omnem sensum, custodiat corda vestra et intelligentias vestras in Christo
Jesu.* Saint Paul par ces paroles souhaite deux choses
aux Philippiens, l'une que la paix de Dieu affermisse
leurs esprits, l'autre qu'elle garde leurs cœurs; pourquoi ? Saint Chrysostome en apporte la raison, parce
que, dit-il, saint Paul savait fort bien que pour
établir dans l'homme une paix parfaite, il faut l'éta-

blir également dans les deux puissances de son âme, c'est-à-dire dans son esprit et dans son cœur; que la paix du cœur, pour être solide, doit être précédée de la paix de l'esprit, et que la paix de l'esprit ne peut être complète si elle n'est suivie de celle du cœur; qu'il faut pacifier l'esprit de l'homme en lui ôtant les inquiétudes qu'il peut avoir dans la recherche de la vérité; qu'il faut pacifier son cœur en lui ôtant les désirs vagues qui le troublent dans la poursuite de son bonheur. Or c'est ce que Jésus-Christ fait aujourd'hui. Il ne se contente pas de dire une fois à ses disciples : *Pax vobis*, il le répète par deux fois dans une même apparition, pourquoi ? Parce qu'il veut donner cette double paix qui fait toute la perfection de l'homme, c'est-à-dire la paix de l'esprit et la paix du cœur.

Mais par quel moyen l'homme peut-il entretenir cette double paix ? Ah ! c'est encore un secret admirable que je découvre dans mon évangile; car dans l'évangile de ce jour, je trouve la paix de l'esprit solidement établie dans l'obéissance aveugle de la foi : *Beati qui non viderunt et crediderunt ;* je trouve la paix du cœur parfaitement consommée dans l'assujettissement à la loi de Dieu : *Dominus meus et Deus meus.*

Appliquez-vous à ces deux propositions. Le Sauveur du monde dit aujourd'hui à saint Thomas : Bienheureux ceux qui croient sans avoir vu, et saint Thomas lui répond qu'il est son Seigneur et son Dieu. Or ces deux choses contiennent deux grands principes de la paix; car en soumettant ma raison à la foi, je me procure la paix de l'esprit, et en assujettissant ma volonté à la loi de Dieu, je me mets en possession de la paix du cœur. *Beati qui non viderunt et crediderunt,* voilà la perfection de la foi, c'est-à-dire la béatitude de l'esprit de l'homme dans cette vie, ce sera mon premier point; *Dominus meus et Deus meus,* voilà la protestation de l'obéissance à la loi de Dieu, c'est-à dire la béatitude du cœur de l'homme en cette vie,

ce sera mon second point. En un mot, n'espérez pas
que votre esprit soit en repos quand vous vous aban-
donnerez à la conduite de votre raison; n'espérez
pas non plus que jamais votre cœur soit content, tandis que ³ vous vivrez dans la licence et dans l'indépendance de la loi de Dieu. Il faut que la foi gouverne
votre esprit si vous voulez être dans le calme, voilà
ma première proposition; il faut que l'obéissance à
la loi règne dans votre cœur si vous voulez qu'il soit
dans une parfaite tranquillité, c'est ma seconde proposition, et tout le sujet de ce discours.

PREMIER POINT

C'est une question, chrétiens, que les saints pères
ont traitée avec autant de force d'esprit que d'exactitude et de subtilité, savoir pourquoi Dieu, ayant
créé l'homme raisonnable, il a voulu dans les choses
les plus importantes, comme celles qui regardent le
salut, le conduire non pas par la raison, mais par la
foi. Saint Augustin dit que Dieu en a usé de la sorte
pour l'intérêt de sa gloire et de sa grandeur, parce
que comme les rois de la terre ne veulent pas que leurs
sujets raisonnent avec eux dans les affaires les plus
secrètes de leur État, mais les veulent conduire eux-
mêmes par leur empire et leur autorité, aussi, il était
de la condition de l'homme que Dieu ne présumât ¹²⁸
pas d'entrer en raisonnement avec lui et procédât par
voie d'empire, captivant, comme parle saint Paul, son
entendement sous le joug de la foi.

En effet on ne peut nier que cette obéissance ne soit
un hommage dû à la souveraineté de Dieu, mais s'il
est honorable à Dieu de gouverner l'homme par la
foi, je prétends avec saint Thomas qu'il n'est pas
moins avantageux à l'homme que cela soit ainsi,
pourquoi ? Parce que non seulement la conduite de
la foi est plus méritoire pour l'homme que ne pouvait
être celle de sa raison, non seulement parce que sans

la foi nous ignorerions une infinité de choses qui sont
dans Dieu et qui surpassent notre raison, non seulement parce que peu de personnes auraient été capables
de parvenir par leurs lumières jusqu'à la connaissance
de Dieu et que par ce moyen Dieu n'aurait pas pourvu
la plupart des créatures des moyens nécessaires pour
le connaître et vivre dans la véritable religion; ce sont
là toutes les raisons des Pères; mais en voici une autre
qu'ils apportent, qui est la principale et qui fait plus
à mon sujet : c'est qu'en matière de religion, quelque
éclairés que nous soyons, il est impossible que nous
trouvions le repos de l'esprit sans la soumission à la
foi.

Voilà une grande maxime avancée par saint Augustin, et que je soutiens avec lui. Car un homme déterminé à ne rien croire et à n'avoir aucune déférence
pour la foi, sur quoi peut-il s'appuyer pour trouver le
repos de son esprit? Il faut ou qu'il vive sans religion,
comme les athées, ou qu'il se fasse une religion particulière, comme les philosophes. S'il vit comme les
impies et les libertins, c'est-à-dire sans se mettre en
peine s'il y a un Dieu, s'il y a une béatitude et comment
il pourra y arriver, vous savez quelle est la misère de
cet état, je vous en ai déjà parlé dès l'entrée de ce
carème [45] et je ne le répète pas; il ne faut que la lumière
naturelle pour vous le faire comprendre. Quoi de plus
horrible que de voir un homme réduit à une insensibilité de cœur pour les choses les plus essentielles, un
homme qui ne sait ce qu'il est, ni pourquoi il est, et
qui en ne croyant rien, est incapable de rien espérer,
qui abandonne au hasard son bonheur ou son malheur
éternel, et veut bien s'y jeter ? Est-il possible qu'un
homme en cet état puisse avoir son esprit en repos ?

Que si au contraire il se fait une religion à sa mode,
c'est-à-dire fondée sur sa propre raison, comme est la
religion des philosophes et des esprits forts, hélas !
quelle confusion ! Je ne parle pas des désordres qu'il y

aurait si chacun prétendait avoir droit de se faire une religion; il y aurait autant de sectes qu'il y aurait de cervelles; je n'examine pas cela, mais je m'arrête à dire qu'alors un esprit ne pourrait trouver une véritable paix, pourquoi ? Parce qu'un homme, pour peu d'expérience qu'il ait, doit être convaincu de trois choses : premièrement que sa raison est sujette à l'erreur, secondement que sa raison est naturellement inconstante, troisièmement qu'elle est d'elle-même très inquiète et très curieuse. Or ces trois qualités, je veux dire l'ignorance, l'inconstance et l'inquiétude, ne sont-ce pas autant d'obstacles à la paix? Si je suis sage, je ne dois jamais me rapporter de l'affaire de mon salut à ma raison, pourquoi ? Parce que je sais qu'elle est sujette à mille erreurs, particulièrement en matière de religion.

Je sais ce que l'histoire de tous les siècles m'apprend, qu'il n'y a rien où l'homme soit tombé dans de plus pernicieux égarements d'esprit qu'en ce qui regarde la divinité. Je sais ce que saint Chrysostome remarque, que le démon a suggéré aux hommes d'adorer jusqu'aux bêtes, et entre les bêtes celles qui étaient les plus monstrueuses et les plus éloignées de la perfection de la nature, comme étaient des dragons et des crocodiles. Je sais qu'un des plus grands étonnements de saint Augustin a été de ce que les Égyptiens, peuple le plus civilisé du monde, ait tombé dans un si effroyable aveuglement que d'adorer une vache pour une déesse, et que les Romains, qui étaient les plus beaux esprits du monde et ceux qui faisaient profession de pratiquer les plus hautes vertus, avaient mis dans leur Panthéon tous les crimes des peuples qu'ils subjuguaient, même les plus infâmes et les plus abominables. Je sais ce que la tradition m'apprend, que depuis l'incarnation de Jésus-Christ, il n'y a point eu d'hérésie si ridicule qu'elle ait été, qui n'ait trouvé ses sectateurs. Et ce qui me surprend davantage est que je sais que les plus extravagantes de ces hérésies ont été le plus souvent goûtées par les plus intelligents, qu'un Tertullien a donné dans les rêveries d'un Montanus, qui se faisait passer pour le Saint-Esprit.

Je sais ce que saint Jérôme a remarqué, qu'un homme toutes les fois qu'il fait quelque nouvelle recherche dans la religion par raison, s'embarrasse dans des erreurs d'autant plus grandes que ses recherches ont été plus curieuses. Or, sachant tout cela, étant persuadé et convaincu de tout cela, le moyen que je me fie à ma raison dans les choses qui appartiennent à la religion ! si ce n'est que je prétende que Dieu m'a donné un esprit plus éclairé et mieux fait que celui de tous les autres qui se sont égarés avant moi.

Ajoutez à cela que l'esprit de l'homme est naturellement inconstant, changeant, irrésolu dans le jugement qu'il fait des choses : autre qualité opposée à la paix. C'est-à-dire que pour une connaissance juste et véritable qu'il a, il en a cent autres qui ne le sont pas, et que la même connaissance qui lui paraît aujourd'hui évidente, lui semblera demain douteuse et qu'il la rejettera demain comme fausse. Or si cela est vrai des choses qui sont de sa juridiction et de son ressort, ne l'est-il pas davantage de celles de son salut, de celles qui sont plus éloignées de sa raison ? Voilà l'état dans lequel était saint Augustin avant sa conversion, lorsque se fiant sur les belles lumières de son esprit, il voulait décider toutes choses. Je n'étais, dit-il, jamais en repos, je n'avais jamais de paix avec moi-même; tantôt j'embrassais une opinion, tantôt une autre; aujourd'hui j'étais manichéen, demain je soutenais le parti des académiciens, qui doutaient de tout et ne déterminaient rien; mon esprit se combattait sans cesse, il se divisait d'entre lui-même, et parmi ces agitations et ces troubles, j'allais d'égarements en égarements : *a tenebris per tenebras in tenebras ibam.* Or, ce que saint Augustin dit de lui-même, il faut que chacun de nous en fasse une application. Lorsque nous voulons raisonner en matière de salut sur les connaissances de notre esprit, ce n'est qu'ignorance, ce n'est qu'inconstance, je n'en dis pas assez, ce n'est qu'inquiétude et curiosité.

Et voilà ce qui achève de nous arracher la paix de l'esprit, la curiosité que nous avons et la démangeaison de savoir les choses et de nous conduire par nous-mêmes. Car, comme dit saint Thomas, raisonner c'est chercher, et chercher toujours, c'est n'être jamais content ; il faut donc pour avoir la paix quelque chose de fixe qui borne cette inquiétude naturelle, qui remédie à cette inconstance, et qui corrige toutes les erreurs.

Or, c'est ce que fait la foi, c'est ce que fait l'Église, qui est la dépositaire de la foi, réduisant toutes choses sur ce seul principe que Tertullien a si bien reconnu quand il a dit qu'après Jésus-Christ, on n'a pas besoin de rechercher, et qu'il ne faut plus de curiosité après que son Évangile s'est expliqué en des termes si clairs et si formels : *Nobis curiositate non opus est post Christum, nec inquisitione post Dei evangelium.*

La raison, je vous l'avoue, sera obligée de céder quelque chose de ses droits ; mais c'est en cela qu'elle trouvera son repos et un admirable remède à son inconstance, pourquoi ? Parce qu'étant déterminée à ne rien croire que ce que Dieu et son Église aura dit, parce qu'étant résolue de renoncer plutôt à toutes ses connaissances et à toutes les expériences de ses sens, que de démentir la moindre chose qui lui aura été révélée, elle aura cette assurance qu'elle ne peut jamais se tromper ; et quand même par impossible elle se tromperait, elle aurait cette consolation que ce serait Dieu même qui l'aurait trompée. *Domine, si error est, a te decepti sumus.* Mon Dieu, disait saint Prosper, je me suis toujours soumis à votre Évangile,

j'ai toujours cru aveuglement ce que vous m'avez dit;
ainsi, si je me trompe, j'ose dire que vous en êtes
cause et que cette erreur vient de vous. Après cela, je
ne m'étonne pas si une âme est en paix, d'avoir un
Dieu essentiellement infaillible pour caution et pour
garant de sa créance.

Mais qu'est-ce que cette paix fait dans l'esprit?
Elle en fait toute la perfection. Car c'est un abus de
s'imaginer que la foi soit le partage des petits esprits,
des esprits humbles, ravalés et ignorants, comme les
manichéens tâchaient de le persuader à saint Augustin.
Non non, messieurs; parce qu'avant de croire, il est
permis d'examiner si la chose est révélée ou non, quoiqu'après qu'on s'est assuré qu'elle est révélée, l'examen soit défendu. C'est ce que saint Pierre disait
aux premiers chrétiens et que l'Église répète aujour-
d'hui : *Sicut modo geniti infantes rationabiles sine dolo,
lac concupiscite.* Il veut qu'ils soient comme des
enfants raisonnables. N'y a-t-il pas une contradiction
manifeste dans ces paroles? S'ils sont des enfants,
comment sont-ils raisonnables, et s'ils sont raisonnables, comment sont-ils des enfants? Ce qui est
impossible à la nature devient le devoir le plus naturel
et le plus indispensable dans l'ordre de la grâce :
c'est-à-dire que nous devons être des enfants pour ne
pas raisonner avec Dieu quand il s'est expliqué;
mais que nous devons être raisonnables pour découvrir
que c'est Dieu qui nous a parlé. Nous devons être
raisonnables devant [129] la foi, et non pas après la foi,
raisonnables pour la recherche de la foi, enfants
pour la substance de la foi.

Or ce tempérament d'humilité et de discrétion [130].
d'obéissance et d'examen, est ce qui fait la paix,
et en même temps la perfection d'un esprit judicieux.
Car prenez garde que votre foi n'est pas imprudente,
inconstante ni aveugle, puisqu'elle est fondée sur des
motifs qui ont persuadé les esprits les plus délicats [131],

qui ont converti les plus grands hommes du monde,
qui n'ont pu résister à sa force; puisqu'à l'obscurité
des choses qu'elle a révélées elle joint une certaine
évidence de la révélation de Dieu, qu'elle ne nous
jette dans les ténèbres que pour nous faire entrer
dans le grand jour de la vérité, et que, pendant que
les philosophes et les esprits forts heurtent contre les
écueils qui les font périr, ces lumières surnaturelles
nous conduisent heureusement et infailliblement au
port où la véritable science se trouve. Voilà ce qui fait
le calme, la gloire et le repos de mon esprit. Car,
comme raisonne saint Thomas et après lui tous les
théologiens, quoique je me soumette par exemple
à croire l'incarnation et la résurrection du Fils de
Dieu, je ne laisse pas d'avoir une certitude qui met
mon esprit en repos, pourquoi? Parce qu'après les
motifs que j'ai de croire cette incarnation et cette
résurrection, quoique ces mystères soient obscurs,
ma révélation ne l'est pas. J'ai toujours recours à
Jésus-Christ et à ses évangélistes, à la tradition et à
l'Église, qui me le disent, et en cela j'ai des motifs
plus forts que si j'avais vu opérer ces mystères de mes
propres yeux; voilà donc la paix et la tranquillité
de mon esprit établie.

Au contraire, quand je me sépare de la foi, quand
je renonce à ma foi, quand je veux disputer contre
ma foi, j'abandonne mon entendement en proie à
une infinité d'inquiétudes et de troubles, et pour me
séparer du parti de la foi, il faut que je ne connaisse
pas Dieu, il faut que je nie que Jésus-Christ son fils
soit venu au monde, il faut que je donne le démenti
à tous les oracles des prophètes qui l'ont promis,
il faut que je m'inscrive en faux contre toute l'Écriture, il faut que je fasse passer les évangélistes pour
des imposteurs, il faut que je combatte tous les
miracles que le Sauveur du monde a opérés, il faut
que je détruise ce que toutes les histoires, non seule-

ment les sacrées, mais les profanes nous ont dit ; et
tout cela, sans autre raison, sinon parce que ces choses
me paraissent incroyables, et que je ne les ai pas
vues. Or je vous demande si un tel procédé peut
laisser un esprit en repos.

En effet, dirais-je à un libertin, dans cette opposition de sentiments qui est entre vous et moi, qui
de nous deux s'expose davantage, ou vous qui ne
croyez rien de ce que la religion vous dit, ou moi qui
m'y assujettis ? ou vous qui ne voulez rien croire
pour vivre dans le libertinage, ou moi qui veux bien
croire pour conformer ma vie à ma créance ? Au pis
aller, en croyant ce que je crois, je passerai pour un
simple et un humble, qui ajoute foi à tout, et en me
conformant à ma créance, je ne me priverai que de la
jouissance de quelque plaisir défendu par la raison,
et qu'un homme de bon sens ne voudrait pas goûter ;
voilà le risque que je cours. Mais vous, si ce que vous
ne croyez pas ne laisse pas d'être, vous vous mettez
dans un danger infaillible de damnation, votre réprobation est inévitable.

Vous vivant d'une façon et moi d'une autre, qui
est-ce qui a plus l'esprit en repos ? Qui est-ce qui
a plus de droit de prétendre à la béatitude ? vous
qui, dans l'incertitude du futur, ne pouvez avoir
de consolation que des choses présentes, qui passeront
bientôt, et qui devez être troublé de la mémoire des
choses passées et ne pouvez attendre qu'un avenir
malheureux ? Car si vous n'avez pas la démonstration
des choses que la foi vous propose, vous n'avez pas
non plus une démonstration du contraire ; par conséquent votre libertinage ne vous assure de rien ; ne vous
assurant de rien, il doit vous rendre sans cesse inquiet
et agité. Voyez la différence de nos conditions. Je
suis incertain, dites-vous, de ce que la foi propose ;
et moi, je vous réponds que je n'en suis pas incertain ; cette incertitude est pour vous et n'est pas

pour moi; vous ne voudriez pas jurer que ce que l'Église vous dit soit faux, et moi je jure et moi je mettrais mon sang et ma vie, que ce qu'elle me dit est véritable. Mais si cela n'est pas ! Je vous dis que cela est. Je n'en sais rien. Je le sais, et dans ce différend d'opinion et de certitude, de certitude de mon esprit et d'incertitude du vôtre, je vous demande en bonne foi : est-ce là la conduite d'un homme bien sensé de risquer son salut sur des incertitudes si mal fondées ?

Concluons donc avec le Sauveur : *Beati qui non viderunt et crediderunt;* bienheureux sont ceux qui croient sans avoir vu; je ne dis pas seulement parce que se soumettant à la foi, ils corrigent l'ignorance et l'inconstance de leur raison; je ne dis pas seulement parce qu'au lieu d'une raison faible, inquiète et curieuse, ils entrent dans la communication des lumières de Dieu, mais parce qu'en se captivant sous la foi, ils établissent la paix de leur entendement : *Beati qui non viderunt et crediderunt.* Et c'est ce qui me fait dire que les apôtres n'ont pas été plus privilégiés que nous, qu'au contraire notre foi peut avoir plus de mérite que la leur. Sont-ils heureux précisément parce qu'ils ont vu le Fils de Dieu ? Non, puisque le Fils de Dieu nous assure lui-même du contraire, en nous disant que bienheureux sont ceux qui n'ont pas vu, et nous avertissant que si nous voulons profiter du bonheur de notre condition, il ne tient qu'à nous, parce que si elle est heureuse, ce n'est pas par la vue des miracles, c'est par la soumission de la foi. Les apôtres avaient vu tous les miracles opérés par Jésus-Christ, cependant ils furent troublés dans le temps de sa passion, et même, chose étrange, après sa résurrection, quoiqu'ils eussent appris qu'il était ressuscité. Quoiqu'ils sussent ce qu'il leur avait dit, que dans trois jours il sortirait du tombeau, quoiqu'il leur apparût souvent, cependant ils ne voulaient rien croire, ils étaient aveugles, et ne le connais-

saient pas : *oculi eorum tenebantur ne eum agnoscerent,*
jusque-là que le Fils de Dieu montant au ciel fut
obligé de leur reprocher pour une dernière fois leur
incrédulité : *exprobravit incredulitatem eorum;* et ce
qui les confirma, ce fut le don de la foi que le Saint-
Esprit leur apporta lorsqu'il descendit sur eux le
jour de la Pentecôte.

Or, sans avoir vu les miracles, nous avons reçu
le don de la foi, le Saint-Esprit est descendu sur nous
pour devenir notre maître : nous n'avons donc plus
qu'à l'écouter et à nous soumettre à ce qu'il nous dit,
et cette soumission nous rendra plus heureux que les
apôtres, parce qu'elle ne nous supposera la vue d'aucun
miracle ni d'aucune expérience de nos sens : *Beati qui
non viderunt et crediderunt.*

Ah ! quel bonheur pour nous si étant persuadés
de ces principes, nous nous y assujettissons sans aucun
examen ! quelle paix pour notre entendement si
nous sacrifions à Dieu cette démangeaison de savoir,
cette liberté que nous prenons de juger des choses
de Dieu, cette force d'esprit dont nous nous flattons !
Car voilà ce qui nous trouble, et sacrifier tout cela,
voilà ce qui nous met en repos. Paix, joie, bénédiction,
sur celui qui croit; trouble, inquiétude, anathème
sur celui qui ne croit pas, pourquoi? Parce que
quand il quitte le respect qu'il doit à Dieu, quand il
abandonne cette déférence qu'il est obligé de rendre
aux oracles de l'Église, il tombe dans un fonds de
malédiction, il s'engage dans un labyrinthe de malheurs
dont il ne sortira jamais.

C'est ce qui est arrivé à tous les esprits superbes
qui se sont soulevés contre les articles de notre
créance; à force de vouloir raisonner, ils sont tombés
dans des égarements épouvantables, ils ont été même
forcés d'avouer qu'ils s'étaient trompés, et qu'ils
avaient mal fait de se faire une secte particulière.
C'est ce que Luther disait quand on lui demandait

avis sur quelque point de religion : il conseillait de
ne point suivre son exemple, et de s'en tenir aux
grandes règles de l'Évangile, quoique lui-même déjà
à demi-réprouvé désespérât et ne voulût point s'y
conformer. Ce seul exemple est capable, sinon de
convertir, du moins de confondre un libertin, et il
n'y en a pas un, s'il veut avouer de bonne foi la
chose, qui ne fasse la même protestation que faisait
cet hérésiarque ; et s'il la fait en lui-même, pourquoi
ne la fait-il pas au dehors ? Pourquoi pour vivre en
repos, ne croit-il pas ce qu'il doit croire ? N'est-il pas
persuadé que dans la moindre chose de conséquence
il est si faible et si aveugle qu'il faut qu'il s'en rapporte à d'autres, qu'il se défie de son jugement,
qu'il consulte ses amis, qu'il se dépouille de ses
propres préoccupations ? et chose étrange, dans le
sujet du monde le plus important, dans le cas où il
s'agit d'un bonheur ou d'un malheur éternel, il veut
s'en rapporter à sa raison, il veut que ses sens soient
les juges.

Voilà, mes frères, ce que je voudrais que vous
méditassiez tous les jours de votre vie. Il est impossible que vous ayez la paix de l'esprit sans l'obéissance
et la soumission à la foi. Mais après avoir pacifié
cet esprit, il faut aller au cœur, et croire que toute
sa tranquillité ne consiste que dans son assujettissement à la loi de Dieu. C'est mon second point.

DEUXIÈME POINT

C'est une première vérité de la foi chrétienne, qu'il
est impossible de résister à Dieu et d'avoir la paix
dans le cœur ; mais c'est aussi une seconde vérité
de la foi, qui n'est pas moins évidente que la première,
que cette paix du cœur consiste à vivre dans l'obéissance de la loi de Dieu. *Quis restitit ei et pacem habuit ?*
Voilà la première de ces vérités exprimée par le Saint-
Esprit qui l'a dictée en la personne de Job. Qui est

l'homme qui a entrepris de faire la guerre à Dieu et qui a vécu en paix? Quand le Saint-Esprit ne nous l'aurait pas déclaré aussi expressément qu'il a fait, la raison seule nous le ferait comprendre. Parce que Dieu, dit saint Augustin, est le centre de notre cœur, il est impossible que ce cœur ait du repos, que quand il est uni à Dieu; or cette union ne se peut faire que par un assujettissement à sa loi. Un homme se soumet à la loi de Dieu; endurât-il les plus cruels supplices, lui fît-on souffrir les plus violentes douleurs, portât-il la haire, se déchirât-il à coups de discipline, fût-il chargé de fers, fût-il conduit au gibet, il a la paix; il vit et il meurt content, pourquoi? Parce qu'il est dans un état où il plaît à Dieu et où il se conforme à sa loi. Au contraire, résiste-t-il aux commandements de Dieu, quand il recevrait tous les honneurs du monde, quand il goûterait tous les plaisirs et tous les divertissements de la terre, il n'est point en repos; son cœur est dans le chagrin et dans le trouble, pourquoi? Parce que, résistant à la loi, il est hors de son centre.

Et c'est la conclusion admirable que ce père tire par ces paroles que vous avez entendues cent fois : *Fecisti nos ad te, et irrequietum est cor nostrum donec requiescat in te.* C'est pour vous, Seigneur, disait saint Augustin, que vous nous avez fait ce que nous sommes, et nous ne pouvons être que pour vous, et ainsi nous pouvons dire que nous avons une fin aussi excellente que la vôtre, puisque nous ne sommes que pour vous-même. *Fecisti nos ad te.* Mais que s'ensuit-il de là? ce que saint Augustin ajoute : *Irrequietum est cor nostrum.* Ah ! c'est pour vous que nous sommes ce que nous sommes; c'est pourquoi il faut que nos cœurs soient dans le trouble lorsqu'ils ne se reposent pas en vous, comme au contraire ils jouissent d'une paix parfaite lorsqu'ils sont unis à vous comme à leur centre. Or par quel moyen peuvent-ils se reposer? Par l'obéissance à la loi.

Si le pécheur veut vivre dans l'indépendance de cette loi, dès là [11] il s'engage dans toutes sortes de malheurs, dès là tout devient l'instrument de sa peine : sa prospérité lui est funeste, son adversité insupportable, ses biens sont ses maux, et ses maux son supplice; sa conscience, par ses syndérèses [132] l'agite et le tourmente sans cesse, la crainte des jugements de Dieu l'effraie, son péché se présente sans cesse devant ses yeux pour le troubler; enfin Dieu lui résiste et prend plaisir de lui tenir tête.

Quand il n'y aurait point d'autre raison que celle-là, ah! quel sujet de trouble de penser que l'on n'est plus dans l'ordre général de toutes les créatures, de se dire à soi-même : je suis contraire à Dieu, Dieu m'est contraire, il y a une guerre mortelle entre lui et moi, cependant c'est mon Dieu, c'est mon juge, je n'en dois attendre que les derniers supplices, et je les ressens déjà ici-bas par les remords et le trouble de ma conscience. Car tout cela est dans l'ordre de Dieu, qui a ordonné que tout esprit qui se soulèverait contre lui, fût puni par lui-même, et que l'homme en ce point fût son propre bourreau. *Jussisti, Domine, jussisti et sic est, ut omnis inordinatus animus pœna sit sibi.*

En effet, messieurs, Dieu n'a que faire d'employer d'autres moyens pour la punition du pécheur, que de l'abandonner à lui-même, et de le mettre en proie aux différentes passions qui l'agitent. La première et la plus grande peine que le pécheur souffre après son péché, c'est de l'avoir commis. *Prima peccati pœna est peccasse.* Il n'est pas besoin ici de raisonnement, l'expérience en est une preuve plus convaincante et plus sensible que toute autre chose; car il est certain que ce qui fait le chagrin d'un homme, est de se voir déterminé à se conduire soi-même. Ce n'est pas ce qui est au dehors de lui, ce n'est pas ce qui est au-dessus de lui, ce n'est pas ce qui est au-dessous de lui, ce n'est pas même ce qui est contre lui, qui fait sa peine et son supplice; c'est lui-même, qui ne peut se souffrir.

Quand il est hors de la dépendance de la loi de Dieu, ses passions l'ébranlent, il craint tout, il hait tout, il désespère de tout; de quelque côté qu'il jette les yeux, il ne voit que des bourreaux et des instruments de son supplice; il a beau dire qu'il a la paix, il n'en jouit point : *dicentes pax et non erat pax;* et parce qu'il la cherche où elle n'est pas, il ne trouve que misère et affliction d'esprit. Je conclus de là qu'il n'y a donc rien sur la terre qui soit capable de donner du repos au cœur de l'homme, qu'il y a quelque chose de plus que ce que nous voyons qui doit le rendre heureux, et que ce n'est que dans la possession du souverain bien qu'il doit chercher la paix.

Ces conséquences qui sont évidentes d'elles-mêmes, nous deviendront sensibles par la pratique. Un grand du monde s'estime malheureux dans sa fortune; c'est ce qui nous fait toucher au doigt ce qui en est. Mais il paraît heureux, dites-vous. Ah! c'est ce qui fait le surcroît de sa misère, répond saint Augustin, de ce qu'étant misérable dans son idée, il n'est heureux que dans celle d'autrui; car ce n'est pas l'opinion d'autrui qui fait notre bonheur; quand tous les hommes conspireraient à le béatifier, cela n'empêcherait pas qu'il ne fût effectivement misérable. Voyant cela, que pouvons-nous conclure, dit saint Ambroise, sinon qu'il y a une providence de miséricorde sur les justes comme de justice sur les pécheurs, qui ne permet pas que le bonheur ou le malheur soit décidé dans les tribunaux des hommes. *Hoc cogitans, nega si potes divini judicii æquitatem : ille tibi dives videtur, sibi pauper est, et ita judicium tuum suo refellit;* ce voluptueux, cet ambitieux, ce grand du monde corrige l'erreur que vous avez de lui par l'expérience qu'il a de soi : il vous semble riche, et il se croit pauvre; vous vous imaginez qu'il est content, et il n'est rien moins que cela.

Il semble qu'il n'y a qu'une chose où les pécheurs paraissent comme en paix, qui est lorsqu'ils se figurent une espèce de tranquillité, où il arrive qu'ils prétendent être. Mais prenez garde qu'outre qu'ils le prétendent rarement, outre qu'ils ne le prétendent pas constamment, outre qu'ils ne sont pas capables d'en juger, je dis qu'ils ne le prétendent jamais, que leur cœur ne les démente. C'est ce qu'a dit le prophète Jérémie : *Dicentes pax, et non erat pax*; ils tâchent de se faire une paix, mais ils sont contraints d'avouer que c'est un fantôme de paix, et quand ils auraient la paix qu'ils prétendent, cette paix leur serait plus funeste que les inquiétudes dont ils seraient délivrés, pourquoi? Parce que ce serait une paix dans le péché, et une paix dans le péché est plus horrible que le péché même.

Où trouver donc la véritable paix du cœur? Je vous l'ai dit, et c'est la dernière vérité que je vous dirai dans cette chaire [133]. Elle se trouve dans l'assujettissement à la loi de Dieu; et hors de là en vain espère-t-on de l'obtenir. *Pax multa diligentibus legem tuam :* Seigneur, c'est pour ceux qui aiment votre loi qu'il y a une paix; et il n'est pas juste que d'autres qu'eux en jouissent, parce que dans le joug de votre loi se trouve toute la douceur, la consolation et le repos. *Tollite jugum meum super vos et invenietis requiem animabus vestris :* prenez mon joug et vous y trouverez la paix de vos âmes.

Quelle conséquence! demande saint Bernard. Se charger d'un joug et trouver le repos. Mais quand vous considérerez que c'est le joug de Dieu, vous n'y trouverez rien d'étrange, parce que quand je me soumets à sa loi, je suis dans l'ordre et j'y suis volontairement; ainsi mon cœur se trouve dans son assiette, et il est inébranlable du côté de Dieu, de mon prochain et de moi-même. Car que peut-il arriver qui soit capable de troubler ma paix? Si Dieu m'envoie de la prospérité, je le veux; si de l'adversité, je la souffre; si des disgrâces, je les reçois de bon cœur; si des injures, je les pardonne pour Dieu; je veux ce que Jésus-Christ veut, sa volonté est la mienne, et comme il est dans une paix éternelle et constante, il est impossible que mon cœur étant uni au sien, ne jouisse de cette paix. *Ipse enim est pax nostra*, dit saint Paul.

Quand je me soumets à la loi de Dieu, je garde la paix avec mes frères; car il n'y a plus rien en moi de ces choses dont l'Apôtre faisait le dénombrement et qui troublent la paix du cœur, il n'y a plus rien de ces envies, de ces jalousies, de ces médisances, de ces soupçons, de ces querelles; je suis en paix avec tout le monde, et avec ceux même qui la haïssent : *cum his qui oderunt pacem eram pacificus;* je ne veux point de mal à personne, je ne veux me venger de qui que ce soit, parce que la loi me le défend, et en cela même ma paix est inébranlable de mon propre côté, parce que cette soumission est ce qui calme mes passions, et que quand elles obéissent à la loi, elles ne peuvent troubler la sérénité de mon âme. Cette ambition ne me maîtrise plus, cette colère ne me gourmande plus, cette avarice ne me dessèche plus, cet amour sensuel ne me tyrannise plus; j'obéis à Dieu et tout cela m'obéit. Car voilà l'état des âmes justes qui se sont réconciliées à Dieu dans les saints mystères. Je ne parle pas seulement d'un saint Paul, qui défiait toutes les créatures de le séparer de la charité de Jésus-Christ, et qui dans ses plus rigoureux supplices, protestait qu'il avait une joie surabondante; je ne parle pas seulement des martyrs, qui dans le fort de leurs tourments, goûtaient une paix inconcevable; je parle du cœur des chrétiens qui, après la pénitence, se résolvent de persévérer dans la loi de Dieu.

Voilà votre état, mes frères, si vous avez été assez
heureux pour participer à la grâce de la communion
pascale. S'il vous reste encore quelque difficulté, ce
n'est que parce que vous n'êtes pas encore entièrement soumis à Dieu; cette peine qui vous reste, vient
de ce qu'il manque quelque chose à cette soumission. Achevez donc de vous soumettre, ce joug vous
deviendra léger, et il achèvera votre paix.

Voilà, mon Dieu, l'état dans lequel, tout indigne
que je suis, il me semble que je me trouve quelquefois
moi-même quand je m'approche de vous. Quoique je
ne puisse pas être assuré si je suis en grâce ou non,
si je suis digne d'amour ou de haine, cependant, permettez que je vous fasse ici une confession publique.
Je ne sais si vous êtes satisfait de moi; mais je sais que
je le suis de vous. Quoique cela vous importe peu,
c'est néanmoins le plus grand éloge que je vous puisse
donner; parce que reconnaître que je suis content
de vous, c'est reconnaître que vous êtes mon Dieu
et mon Seigneur [134]. Or si, étant aussi lâche à votre
service que je le suis, je me trouve dans cette disposition, que sera-ce des âmes saintes et ferventes qui
embrassent toute la pureté de la loi? Et si dans cette
vie, nous pouvons goûter cette paix, que sera-ce de
celle que nous posséderons un jour dans le ciel!
Excitons, mes frères, excitons notre langueur par ce
motif, quoiqu'intéressé; Dieu veut bien que nous y
mêlions notre intérêt, et que nous nous attachions à lui
afin que nous trouvions cette paix dans lui.

Ah! puisqu'elle ne se rencontre pas dans le monde,
ne nous obstinons pas à l'y chercher; nous n'avons
que trop d'expérience qu'elle ne peut pas y être, et
plût à Dieu que ces expériences ne fussent pas notre
condamnation; cherchons-la dans Dieu où elle est;
et parce que le moyen de la trouver, c'est de s'assujettir à sa loi, soumettons-nous-y donc par une fidélité
régulière; que ce soit là le fruit de la communion de

Pâques et de toutes les prédications que je vous ai faites pendant ce carême, afin que je vous renvoie en vous disant ce que saint Paul disait aux Galates : *Quicumque hanc regulam secuti fuerint, pax super illos et misericordia.* Oui, si vous suivez cette règle d'une parfaite soumission de vos esprits à la foi et d'un parfait assujettissement de vos cœurs à la loi, non seulement paix sur vous, non seulement bénédiction sur vous, mais abondance de toute la miséricorde de Dieu en cette vie par la grâce, et en l'autre par la gloire, que je vous souhaite. *Amen.*

SERMON

SUR LE CULTE DES SAINTS [135]

Mirabilis Deus in sanctis suis. PSAL., 67.
Le Dieu d'Israël est admirable dans ses saints.

Dieu est grand dans lui-même, mais saint Ambroise m'apprend qu'à notre égard il n'est pas admirable dans lui-même, et la raison qu'il en apporte est évidente, parce que pour admirer il faut connaître. Or durant cette vie nous ne pouvons pas connaître Dieu dans lui-même, mais seulement dans les créatures, et par conséquent nous ne pouvons l'admirer que dans les créatures, et non pas dans lui-même. Si cela est vrai, j'ai droit de conclure dès l'entrée de ce discours, que les saints sont les véritables sujets dans lesquels nous devons admirer Dieu. Pourquoi? Parce qu'après Dieu il n'y a rien de plus grand que les saints, et parce que ces saints étant les chefs-d'œuvre de Dieu, ils ont une vertu particulière pour nous découvrir sa grandeur cachée. Or la découverte de la grandeur, selon la pensée du philosophe, est ce qui fait l'admiration. En effet Dieu, tout indépendant qu'il est de ses saints, ne laisse pas pour ainsi dire, d'en tirer un tribut de gloire, dont il leur est comme obligé, puisque c'est dans eux qu'il est admirable. *Mirabilis Deus in sanctis suis.*

Il est admirable dans leur vocation, admirable dans leur prédestination, admirable dans leur béatitude et dans leur gloire. Quand il n'y aurait que ce que l'Évangile nous apprend aujourd'hui, qu'y a-t-il

de plus merveilleux que d'avoir conduit des hommes
à un royaume éternel par la pauvreté, que de leur
avoir fait trouver la joie dans les pleurs, que de les
avoir rendus heureux par les persécutions, que de les
avoir béatifiés par la misère? Voilà l'abrégé de mon
évangile, voilà ce que Dieu fait dans les saints. Mais
sans m'arrêter à tout cela, je m'attache à la pensée
de saint Léon pape, que je vous prie de remarquer,
parce qu'elle enferme tout le dessein de ce discours
et qu'elle est infiniment propre pour vous insinuer
la dévotion envers les saints.

Ce grand homme expliquant les paroles de mon
texte : *Mirabilis Deus in sanctis suis*, par rapport à
l'excellence de cet état de gloire auquel les bienheureux sont élevés, dit que deux choses doivent être con-
sidérées en eux, comme les deux principaux objets
de nos admirations : la première est de ce que Dieu
nous a pourvus dans les saints de puissants protecteurs, la seconde, de ce qu'il nous a proposé en eux de
grands modèles de sainteté. *Mirabilis Deus in sanctis
suis, in quibus et præsidium nobis constituit et exemplum.*
Dans la première partie de mon discours, vous verrez
combien vous avez sujet d'admirer Dieu de ce qu'il
vous a donné les saints pour intercesseurs et pour
protecteurs, dans la seconde, combien il est admirable
de vous les avoir donnés pour exemples. La première nous apprendra ce que les saints font pour nous;
et la seconde ce que nous devons faire nous-mêmes
pour être saints.

Vierge sainte, qui êtes la reine de tous les saints,
puisque vous êtes la mère du Saint des Saints, c'est
en vous que Dieu a été admirable, puisqu'il s'est allié
à une nature étrangère, qu'il est devenu homme-
Dieu mortel, et qu'il a accompli tous les prodiges
de son incarnation. C'est à vous que je m'adresse
pour obtenir les lumières dont j'ai besoin; il s'agit de
répandre dans tout cet auditoire le zèle de la sainteté;

mais comment y réussir, si Dieu touché de vos intercessions, ne me communique cet esprit de sainteté
dont vous fûtes prévenue quand vous le conçûtes ?
Faites que je reçoive la plénitude de cet esprit, et que
lui servant d'organe, je n'avance que des vérités
capables de faire des saints. C'est la grâce que je vous
demande par la prière accoutumée. *Ave Maria.*

PREMIER POINT

Non, chrétiens, rien n'est plus digne de vos admirations et de la mienne que ce que la foi nous révèle
dans la solennité de ce jour, quand elle nous apprend
que les saints sont devant le trône de Dieu comme nos
protecteurs et nos intercesseurs. Et l'ange de l'École
saint Thomas nous en donne trois excellentes raisons,
dont la première regarde Dieu même, la seconde est
prise des saints, et la troisième se rapporte à nous.
Celle qui regarde Dieu, est qu'en nous donnant les
saints pour protecteurs, il nous découvre par là tous
les trésors de sa sagesse et de sa providence; celle qui
regarde les saints, est que leur gloire en est infiniment
relevée; et celle qui nous regarde nous-mêmes, est
que nous y trouvons de grands avantages pour l'intérêt de notre salut. Appliquez-vous à bien comprendre
ces trois vérités.

Dieu fait éclater sa sagesse et sa providence en nous
donnant les saints pour protecteurs, pourquoi? Parce
qu'il établit par là le plus bel ordre et la subordination
la plus parfaite qui soit entre les hommes, je m'explique. Sur la terre les hommes sont dans la dépendance
les uns des autres, et cette dépendance, c'est ce qui
fait la subordination; les sociétés, les familles, les répu-
bliques, les états, l'Église, les divers corps de hiérarchie
sont autant d'ordres dans le monde; mais enfin ces
ordres ont leurs défauts. Ceux qui tiennent les premiers
rangs sont souvent les plus indignes de les occuper,
ceux qui commandent aux autres souvent devraient

leur obéir, on voit des grands et des petits, des heureux et des misérables; mais par une malheureuse fatalité, les petits sont opprimés par les grands, les grands enviés par les petits : cela est une suite presque nécessaire. Il n'y a qu'un seul ordre qui soit exempt de ces défauts, et c'est celui que Dieu a formé par sa sagesse entre les bienheureux et nous.

Car, outre que la grâce en est le fondement, outre que la récompense d'un chacun est proportionnée à son mérite, outre que ce qu'il y a de faiblesse et d'indigence est pour nous, comme ce qu'il y a de pouvoir et de grandeur est accordé aux saints, j'y trouve une chose singulière, c'est que dans cette subordination, la dépendance est aimable. Nous n'envions pas la condition des saints, parce qu'ils travaillent à notre bonheur; leur élévation ne nous choque pas, parce que tout leur zèle tend à nous y associer; et au lieu que dans le monde, la puissance et la gloire font naître l'orgueil dans ceux qui les possèdent et la jalousie dans ceux qui y prétendent, ici par deux effets tout contraires, elles produisent dans les saints une inclination bienfaisante, et dans nous-mêmes une reconnaissance sincère; de sorte que nous devons nous écrier : *Mirabilis Deus* etc.

Ce n'est pas tout; voici une idée qui vous paraîtra solide, je l'ai trouvée dans Pierre abbé de Cluny, contre certains hérétiques de son siècle; elle est digne de vous. Dieu, dit ce savant homme, voulait qu'entre tous les membres de son Église il y eût un lien de communication, et qu'étant les parties vivantes d'un même corps, unis au même chef qui est Jésus-Christ, animés d'un même esprit de sainteté, ils eussent une correspondance réciproque; car l'Église étant partagée en glorieuse et triomphante dans le ciel, en militante sur la terre et en souffrante dans le purgatoire, il ne pouvait y avoir de société dans cette grande disproportion. Il ne pouvait y en avoir par la foi, parce que les bienheureux voyant Dieu face à face, la foi n'a plus d'exercice ; il ne pouvait y en avoir par l'espérance, parce que possédant Dieu et dans Dieu toutes choses, ils n'espèrent plus rien ; qu'à donc fait la Providence ? Elle a uni tous ces membres par la charité, qui est une vertu commune, que les eaux des souffrances ne peuvent éteindre, pour me servir des termes de l'Écriture, ni l'état de la félicité empêcher. Mais comment ? C'est qu'elle a voulu que les saints dans le ciel priassent pour les fidèles qui sont sur la terre, et que les fidèles intercédassent pour les âmes qui souffrent dans le purgatoire. Comme ces âmes captives, toutes justes qu'elles soient, ne sont plus capables de satisfaire à Dieu, Dieu veut que nous satisfassions pour elles, et parce que nous serions indignes d'être exaucés, les saints se chargent de nos prières, ils les portent à Dieu, et par ce moyen l'Église triomphante satisfait pour la militante, et la militante pour la souffrante, et c'est de là que résulte la communion des saints, qui fait un des principaux points de notre religion.

Mais parce que cela est trop élevé pour la fin que je me suis proposée, qui est l'édification de vos âmes, venons à la gloire que les bienheureux reçoivent d'être nos intercesseurs. Le prophète roi estimait qu'il est important de publier à toute la terre la gloire que Dieu donne à ses élus, persuadé qu'il n'y a point de motif plus efficace pour inspirer la sainteté. Enfants des hommes (c'est à nous qu'il parle), qui n'aimez que la vanité et ne cherchez que le mensonge, je sais d'où vient cet empressement de cœur : c'est de l'amour que vous avez pour la gloire ; mais sachez qu'il y en a une autre que celle de la terre, que le monde ne possède que ce qu'il y a de plus vil, et pour vous en convaincre, regardez la gloire dont Dieu comble ses élus : *scitote quoniam Dominus mirificavit sanctum.* Cette vue seule vous détrompera de vos erreurs.

Si vous saviez à quel point d'honneur Dieu élève

les bienheureux, vous vous dégoûteriez de tout le reste
et vous diriez avec saint Paul : *Verumtamen hæc
omnia detrimentum feci ut Christum lucrifaciam.*

Mais le moyen de le savoir, puisque le même apôtre
dit que l'œil ne l'a jamais vu, que l'oreille ne l'a jamais
entendu, que l'esprit ne l'a jamais pu comprendre !
Il est vrai, mais le Saint-Esprit, dont les révélations
et dont les oracles sont les suppléments de notre intelligence, nous en a dit assez pour en comprendre quelque chose, car quelle conjecture nous en donne-t-il ?
Celle-ci, c'est que Dieu a établi les bienheureux comme
nos seconds médiateurs après Jésus-Christ (ne vous
offensez pas de ce terme, car c'est ainsi qu'il les qualifie),
c'est qu'il a voulu qu'ils fussent comme les canaux de
ses mystères, c'est qu'il leur a accordé un plein pouvoir de nous protéger, c'est qu'il défère à leurs intercessions, c'est qu'il ne peut leur résister quand ils
parlent en notre faveur, c'est qu'il se laisse fléchir par
eux jusqu'à révoquer les arrêts de sa justice.

Combien de fois en a-t-il usé de la sorte, combien
de fois la considération de David l'a-t-elle arrêté
quand il était prêt de punir son peuple, ne proposant
point d'autre motif que celui-là : *Propter David
servum meum.* N'est-ce pas ainsi qu'il en a usé à
l'égard d'Héliodore, à qui il pardonna à la prière du
grand prêtre Osias? Or si les saints de l'ancienne loi
étaient si puissants, que ne doit-on pas dire de ceux
de la nouvelle ? et si Dieu disait : Allez à Job mon
serviteur, j'ai égard à sa prière et je vous pardonnerai
ce que l'ignorance vous a fait commettre; *Ite ad
servum meum Job, orabit pro vobis, faciem ejus susci-
piam ut non vobis imputetur stultitia,* que dira-t-il de
ceux à qui il a communiqué un pouvoir si particulier,
et qu'il a rendus les dépositaires de ses faveurs?

Or c'est là une des preuves les plus solides de la
gloire des bienheureux. Car cette magnificence, ces
trônes où ils sont assis, ces rayons qui les environnent,

tout cela ne sont que de faibles accidents et de légères marques de leur grandeur; mais cette influence qu'ils ont sur nous comme autant d'astres bénins, mais cette vertu d'attirer les grâces les plus efficaces, mais cette fonction d'offrir le parfum de nos prières et de plaider notre cause, fonction, dit saint Augustin, qui les rend comme nos agents et les coopérateurs de notre salut, mais cette déférence que Dieu témoigne avoir pour eux quand ils sont aux pieds de son tribunal, voilà ce qui me fait connaître l'excellence de leur état. Car je dis à moi-même : Si ces bienheureux ont tant de pouvoir pour nous, quelle grandeur n'ont-ils pas en eux-mêmes ! ne faut-il pas qu'ils aient un grand fonds de grâces et de bénédictions pour en tant répandre sur eux qui les prient? Or cela seul me donne une grande idée de leur félicité. Voilà pourquoi David réduisait tous leurs avantages à ce point : *Nimis honorati sunt amici tui, Deus;* vos amis, Seigneur, (c'est-à-dire les justes et les saints, car Dieu n'en connaît point d'autres), vos amis sont honorés jusqu'à l'excès, pourquoi? Parce que leur principauté, c'est-à-dire selon le texte hébraïque, le pouvoir qu'ils ont de nous secourir, est solidement établi : *Nimis confortatus est principatus eorum.*

C'est en cela que Dieu paraît admirable. Car prenez garde au raisonnement de saint Augustin. Il était, dit ce père, de la justice que les saints fussent honorés; mais il suffisait qu'on leur rendît certains cultes de religion; cependant, comme nous sommes intéressés, et que la considération que les saints pensent à nous, excite davantage notre piété, qu'a fait Dieu ? Il s'est accommodé à notre humeur, et s'est servi de cette disposition de notre cœur pour la gloire de ses saints; il nous a mis dans la nécessité de leur demander du secours et dans l'espérance d'en recevoir. C'est pour cela qu'il leur donne un pouvoir spécial qui fait notre confiance, c'est pour cela qu'il nous inspire une manière de dévotion sainte, c'est pour cela que l'Église leur rend aujourd'hui ses devoirs en commun, afin que multipliant leurs intercessions, ils multiplient en nous les dons de Dieu.

De là vient le zèle que les peuples ont pour leur culte; de là vient qu'on les prend pour les patrons des villes, les protecteurs des états, les tutélaires des nations, qu'on leur offre des sacrifices [137], qu'on se prosterne devant leurs tombeaux, qu'on honore leurs cendres. Car qui fait tout cela, sinon la dépendance d'implorer leur secours ? dépendance qui nous découvre plus que toute autre chose la grandeur et l'excellence de leur état. Mais après tout, dit saint Bernard, ce pouvoir si ample n'est pas si honorable pour eux qu'il est avantageux pour nous : *quod sanctos colimus, quod ipsos veneramur, nostra interest, non ipsorum.* C'est aussi ma dernière considération.

Les saints prient pour nous dans le ciel; c'est un dogme de foi que l'hérétique Vigilantius contestait, prétendant que les bienheureux ne prennent aucun soin de ce qui se passe ici-bas, c'est l'erreur des religionnaires [136] de notre siècle; mais dès ce temps la vérité triompha du mensonge. Or, cela supposé, qui doute que les prières des saints ne soient plus capables de nous convertir que celles que nous faisons pour nous ? Hélas ! si Dieu n'avait égard qu'à nos prières, elles seraient autant de sujets de condamnation devant lui, pourquoi ? Parce que nous prions selon les désirs d'un cœur corrompu, que nous ne savons pas ce que nous demandons, et ne demandons pas ce qui nous est salutaire. Mais les saints, qui voient toutes choses dans Dieu, ne demandent que ce qui se rapporte à notre prédestination; toutes leurs prières sont efficaces, parce qu'elles sont conformes au bon plaisir de Dieu, et qu'ils ne prient que selon l'ordre des décrets divins.

En quoi remarquez un trait de la bonté de Dieu,

qui s'étant obligé (c'est la réflexion de l'abbé Rupert) de nous donner tout ce que nous lui demanderons, de peur que nous n'abusions de sa facilité en demandant des choses ou inutiles ou pernicieuses, fait intervenir les saints qui prient pour nous contre nous quand nous prions mal; de sorte que par là Dieu a droit de ne pas nous exaucer, ou plutôt il nous exauce en ne nous exauçant pas, parce qu'il exauce ceux qui prient pour nous.

Ajoutez à cela que les prières des saints sont plus efficaces que les nôtres, pourquoi? Parce que la dignité de la personne donne un grand poids à la prière, et que les bienheureux sont incomparablement plus grands et plus élevés que nous. Je ne dis pas seulement qu'ils prient pour nous d'une manière dégagée de tout défaut, que la présence de Dieu les rend attentifs, comme l'exercice de son amour fervents, ce qui ne se rencontre pas sur la terre; mais je dis qu'ils prient pour nous avec plus d'empressement que nous ne pourrions faire pour nous-mêmes, qu'ils prient d'une manière qui irait jusqu'à l'inquiétude, si l'état de leur gloire les rendait capables de s'affliger de nos misères, étant, dit saint Cyprien, chagrins et inquiets de notre immortalité, quelque assurés et joyeux qu'ils soient de la leur : *de sua immortalitate certi, de nostra solliciti*.

Ce sont là les obligations solides que nous avons à ces protecteurs. Comptons si nous pouvons, les grâces que nous avons reçues, les malheurs dont nous sommes sortis, les dangers que nous avons évités : tout cela sont autant de chefs de nos reconnaissances. Voilà ce qui les occupe au milieu de leurs triomphes : ils pensent incessamment à nous, ils intercèdent à tout moment pour nous, ils ne sont pas comme ces ambitieux de la terre, que la fortune a élevés et qui ayant changé de condition, changent d'humeur. Ceux-ci, au contraire, parce qu'ils ont

changé de condition, ils [11] nous en aiment plus tendre-
ment; s'ils boivent dans le torrent de voluptés, ils
n'en sont pas enivrés; la gloire les unit à Dieu, mais elle
ne les détache pas de nous; au lieu que les favoris de
la terre ne craignent rien tant que d'en voir d'autres
qui partagent avec eux les bonnes grâces du prince,
toute leur ambition est de nous voir non seulement
aussi grands, mais encore plus grands qu'eux : *Mira-*
bilis Deus in sanctis suis, in quibus nobis præsidium
constituit. Voilà ce qui fait notre admiration; mais
savez-vous ce qui fait mon étonnement? C'est la
manière indigne avec laquelle on traite les saints,
c'est-à-dire les étranges abus qu'on commet dans leur
culte et dans leur invocation.

Je dis dans le culte qu'on rend aux saints, parce
qu'il est juste qu'une dévotion sincère attire sur
nous les grâces que nous attendons de leur protection.
En effet, quand nous espérons quelque faveur d'un
grand, rien n'est comparable au zèle que nous avons
pour lui; c'est le monde qui nous apprend cette leçon.
Ah! permettez-moi de vous faire ce reproche, après
me l'avoir fait à moi-même; car voici un fond de
notre ingratitude et de notre impiété. Les saints sont
nos intercesseurs, et nous leur faisons sans scrupule
les derniers outrages; ils prient pour nous dans
le ciel, et nous les déshonorons sur la terre, et ce qui
est étrange, nous les déshonorons dans les choses
mêmes qui n'ont aucun usage que de les honorer.
L'Église consacre leurs fêtes et nous les profanons;
elle offre des sacrifices à leur honneur et nous y
assistons sans religion; ces temples qui sont les
monuments des saints, et qu'on appelait autrefois
les mémoires des martyrs, *memoriæ martyrum*, quels
sacrilèges n'y commet-on pas! Ce sont des maisons
de prière, et on y badine avec insolence; ce sont
des lieux de sacrifices, et l'on s'y entretient des affaires
du monde, pour ne pas dire quelque chose de pire.

Les fêtes que Dieu commande de sanctifier, comment les passe-t-on? C'étaient autrefois des jours de solennité et de dévotion, et ce sont maintenant des jours de divertissements, de jeux, de débauche ou d'oisiveté; la chose en est venue jusques-là que pour l'honneur des saints, on a été contraint d'en retrancher quelques fêtes, et l'un des prétextes a été l'indécence avec laquelle on les célébrait.

Après cela a-t-on bonne grâce de reprocher aux hérétiques le mépris qu'ils en font, et si on leur faisait ce reproche, ne pourraient-ils pas nous dire ce que les chrétiens, par la bouche de Tertullien dans son Apologétique, disaient aux païens qui se plaignaient du mépris qu'ils faisaient de leurs dieux : *Nescio plus de vobis an de nobis dii vestri querantur,* je ne sais de qui vos fausses divinités doivent se plaindre davantage, ou de nous qui ne croyons pas en elles, ou de vous, qui nonobstant votre créance, les traitez avec tant d'outrage. Voilà, dis-je, ce que les hérétiques pourraient nous reprocher : *Nescio plus de vobis an de nobis sancti vestri querantur;* et c'est ce que j'ai appelé abus dans le culte qu'on leur rend.

Mais il y a encore un autre abus dans leur invocation; car pourquoi les prions-nous? Je ne parle pas de ces prières exécrables qui feraient des saints les fauteurs de nos passions, c'est-à-dire de ces prières par lesquelles nous leur demandons le succès d'une entreprise injuste, la conservation d'une fortune bâtie sur le crime, le gain d'un procès malicieusement intenté, l'assouvissement d'une ambition effrénée, la satisfaction d'une raffinée vengeance. Ainsi les païens invoquaient leurs divinités pour des choses honteuses; mais c'étaient des infidèles, dit saint Augustin, qui ne pouvaient demander que ce qu'ils voyaient avoir été pratiqué par ces divinités détestables; mais l'opprobre de notre religion, est qu'invoquant des saints glorifiés pour des vertus chrétiennes, nous

ne rougissons pas de leur demander des choses qu'ils
ont détestées. Je serais infini dans ce détail.

Je ne parle pas non plus de ces prières mondaines,
intéressées, serviles, qu'on fait aux saints pour
obtenir la graisse de la terre et non pas la rosée du
ciel, c'est-à-dire de ces prières par lesquelles il semble
que nous ne demandons rien moins que les biens éternels et les vertus qui nous en assurent la possession.
Qui de nous, disait Sénèque, s'est jamais avisé de
faire des vœux à Hercule pour être pauvre? et moi,
reprenant ce trait de morale païenne, je dis : qui de
nous s'est jamais adressé à un saint pour lui demander
la chasteté, qui de nous s'est prosterné devant lui
pour être délivré d'une tentation dangereuse? Mais
comme tous ces abus sont grossiers et se font sentir
d'eux-mêmes, voici qui est plus intérieur et délicat;
malheur à vous si vous ne vous en corrigez, et malheur
à moi si je ne vous le découvre !

Le grand abus de l'invocation des saints dans
les prières même les plus religieuses, est qu'au lieu
de les considérer comme solliciteurs des véritables
grâces de Jésus-Christ, des grâces réelles, solides,
nécessaires, des grâces réglées selon l'ordre de Dieu,
par une secrète erreur de conscience, nous nous
figurons une idée tout autre, jusqu'à nous promettre de leur protection, des grâces impossibles,
des grâces inutiles, des grâces vaines, des grâces
selon notre goût; je m'explique.

Nous invoquons les saints, et par une aveugle
confiance, nous nous reposons sur eux comme si
leur culte devait nous garantir de la colère de Dieu
que nous avons attirée par nos péchés, comme si
par leurs intercessions, nous devions retourner à lui
sans piété et sans changement de vie, et c'est ce que
j'appelle grâces impossibles et chimériques. Nous
invoquons les saints, et par une témérité damnable,
nous espérons d'obtenir par eux une sainte mort

après une vie dissolue, un port assuré après une longue suite d'égarements et de naufrages : grâces présomptueuses et inutiles. Nous invoquons les saints, et parce que nous les invoquons faiblement, sans sortir de l'occasion du péché, sans combattre la tentation, sans fuir les dangers, nous prétendons qu'au milieu des brasiers où nous nous serons jetés nous-mêmes, ils nous sauveront par leur crédit : grâces vaines, grâces superflues, disons mieux, grâces irrégulières et contre l'ordre de Dieu; je finis ce point par cette pensée.

Les saints ne sont pas dans le ciel pour porter nos intérêts contre les intérêts de Dieu; ils ne sont pas dans le royaume de Jésus-Christ pour faire régner le péché dans nous par une lâcheté secrète; ils sont puissants, dit Guillaume de Paris, dans l'étendue de la loi éternelle, c'est-à-dire puissants pour nous attirer à Dieu par les voies ordinaires, en nous obtenant des grâces de conversion et de piété : c'est en ce sens qu'ils sont nos protecteurs : *Mirabilis Deus in sanctis suis, in quibus et præsidium nobis constituit et exemplum.* C'est par là que Dieu se rend admirable en eux en nous les donnant non seulement pour intercesseurs, mais encore pour exemples. C'est le sujet de mon second point.

DEUXIÈME POINT

Comme la plus pernicieuse de toutes les tentations est le scandale, aussi il est certain que le bon exemple est la plus victorieuse de toutes les grâces, et celle qui étant bien considérée nous porte davantage à admirer Dieu. Car il n'y a que Dieu, dit saint Augustin, qui dans la profondeur des trésors de sa science, peut trouver des moyens suffisants pour nous persuader la sainteté, ôter tous les obstacles qui se présentent dans la voie de la sainteté, et détruire les prétextes dont nous nous servons pour nous excuser d'em-

brasser la sainteté. Or, dans quelque éloignement
que nous soyons de la voie de Dieu, quelque opposition que nous ayons à vivre sous ses ordres, en
nous proposant l'exemple des saints, il opère ces
trois effets; d'où je conclus que cet exemple le rend
admirable en eux : *Mirabilis Deus in sanctis suis.*

Oui, chrétiens, les saints sont des modèles qui
nous persuadent la sainteté, et cette persuasion a
de certains charmes qui font qu'on ne peut y résister,
parce qu'elle gagne le cœur. Quand elle convainc
l'esprit, ce n'est ni raisonnement ni autorité, c'est
je ne sais quoi qui tient de l'un et de l'autre, qui a
tout le poids de l'autorité et toute la vertu du raisonnement. Car comment la vie des saints nous per-
suade-t-elle? En deux manières, dit saint Jean
Chrysostome : en nous faisant comprendre toute la
perfection de la sainteté, et en corrigeant toutes les
fausses idées sous lesquelles l'esprit du monde défigure
la sainteté.

Je vois dans les saints ce que c'est d'être saint,
d'une manière dégagée, sans embarras de préceptes,
comme si la sainteté se découvrait à moi dans ces
hommes de Dieu; et comme il n'y a rien de plus
parfait que la sainteté, tout méchant que je suis,
je suis forcé de lui rendre mes respects; ces respects
m'en font concevoir de l'amour; cet amour m'en inspire du désir; je me dis à moi-même : voilà ce que je
devrais être, et voilà cependant ce que je ne suis
pas; et cet aveu que je fais est comme une espèce de
jugement que je prononce contre les désordres de
ma vie. Or il n'y a point d'homme si abandonné
qui n'ait ces sentiments quand il se propose l'exemple
des saints.

Ajoutez à cela que cet exemple nous fait voir la
sainteté dégagée de toutes les erreurs dont l'esprit
du démon et du monde l'enveloppe. Un des grands
secrets du démon, dit saint Bernard, est de nous

représenter la sainteté sous des fausses idées ; sachant
bien que si elle nous paraissait telle qu'elle est, nous
la trouverions aimable, il attire sur elle les imperfections de ceux qui la pratiquent, il lui impute les
vices des hommes comme si c'étaient les siens. Ainsi
il fait paraître la sainteté intéressée dans ceux-ci,
vindicative, indiscrète, ambitieuse, opiniâtre, critique
dans ceux-là, comme si c'étaient autant de caractères
qui lui fussent propres, parce qu'il y a des hommes
prétendus saints qui y sont sujets. Or ces fausses idées
sont réfutées par l'exemple des bienheureux ; car
dans leurs personnes nous découvrons une sainteté
exempte de tous ces défauts, une sainteté irrépréhen-
sible, telle que voulait saint Paul, une sainteté comme
était celle des premiers chrétiens, qui au rapport de
Minutius Felix, attirait l'admiration des païens, et
convertissait plus d'infidèles que la force des miracles,
une sainteté que le libertinage ne peut s'empêcher
d'honorer, c'est-à-dire une sainteté désintéressée,
humble, charitable, sincère dans sa conduite, prudente
dans ses actions, qui n'a rien de répréhensible devant
Dieu, ni de faible devant les hommes. Voilà ce que
l'exemple des saints nous persuade.

L'exemple de Dieu, quoique plus relevé, ne pouvait
pas nous faire les mêmes leçons, pourquoi ? Pour une
belle raison de saint Grégoire pape : c'est que non
seulement la sainteté de Dieu étant invisible, elle est
incapable de nous servir d'exemple, mais c'est qu'à
le bien prendre, Dieu n'est pas saint de la manière
dont nous devons être saints ; c'est que la sainteté
produit dans Dieu ce qu'elle ne produit pas dans
nous. Dans Dieu elle est constante, naturelle, perma-
nente ; dans nous elle est fragile, sujette aux alter-
natives et aux rechutes ; nous ne sommes saints que
par le mépris que nous faisons de nous-mêmes, Dieu
n'est saint que par l'amour et la complaisance qu'il
a pour lui ; et ainsi du reste. Dieu pouvait donc bien,

dit saint Grégoire, nous commander la sainteté, mais il ne pouvait pas nous la persuader par son exemple; qu'a-t-il donc fait? Une seconde merveille; il nous a donné des saints, qui ayant été de faibles pécheurs comme nous, n'ont pas laissé de se sanctifier, et qui par leur exemple doivent animer notre courage, et renverser tous les obstacles que nous pourrions rencontrer dans la pratique de la sainteté.

En effet c'est ainsi que l'esprit de Dieu a toujours inspiré de la ferveur aux hommes, c'est ainsi que l'illustre Mathathias, l'honneur des Machabées, conserva tout le peuple dans le culte de la véritable religion, et les encouragea à persévérer dans son service en leur remettant devant les yeux ces fameux héros qui avaient si généreusement défendu sa gloire. Voyez, leur disait-il, quelle a été la douceur d'un David pour le plus cruel de tous ses ennemis, la fidélité d'un Abraham, l'obéissance d'un Isaac, la piété d'un Josias, et ainsi parcourant toute l'Écriture d'un bout à l'autre, vous verrez qu'il n'y a rien qui ne vous persuade que vous devez servir votre Dieu. Telles étaient les paroles de ce grand homme, que nous pouvons appeler, avec saint Jérôme, un apôtre et un prédicateur de l'Évangile avant même le temps de sa prédication : *virum ante tempora evangelica etiam evangelicum.*

C'est par là que saint Paul, voulant inspirer la sainteté aux Hébreux, au lieu de leur parler de leur propre courage, il prend la chose de plus haut, et les y excite par l'exemple de tant de héros de l'ancien Testament qui les ont précédés. Il commence depuis Abel et vient jusqu'à Abraham; depuis Abraham il descend jusqu'à Moïse, et de Moïse jusqu'à David, et ensuite il leur dit : Hé bien, puisque vous avez une si grande nuée de témoins (ainsi qualifie-t-il ces grands personnages) *tantam habentes impositam nubem testium,* qui ont couru dans la carrière de la sainteté, qui ont combattu le péché et le monde, pourquoi ne pourrez-vous pas faire de même? Or cet argument, dit saint Augustin, est plus puissant pour nous qu'il ne l'était pour les Hébreux, parce que la religion chrétienne a depuis ce temps grossi cette nuée, qui nous fait connaître que notre lâcheté est plus criminelle, pour un témoin en ayant cent. C'est pour cela que le concile de Nicée autorisa l'ancienne coutume d'exposer dans les églises les images des saints, afin, dit saint Jean Damascène, que les peuples contemplassent ces modèles de sainteté et s'animassent à la pratique de la vertu. Nous voyons même, dit Tertullien, que les païens ont toujours conservé dans leurs cabinets les images de leurs ancêtres, ou même de ceux qui avaient trahi la patrie, afin que la vue de ces généreuses ou de ces lâches actions leur donnât de l'émulation pour les unes et de l'horreur pour les autres.

Il n'en fallut pas davantage pour opérer la conversion de saint Augustin. Il croyait ne pouvoir jamais vaincre une passion brutale; mais Dieu le convertit en lui faisant voir comme en songe la continence en personne, qui lui disait, pour insulter à la lâcheté de son cœur : Hé quoi donc, Augustin, est-ce que tu ne pourras pas faire ce que ceux-ci et celles-là ont fait : *annon poteris quod isti et istæ?* Cette voix fut un coup de foudre qui brisa son cœur, et comme ce grand homme avait toujours conservé un esprit droit parmi ses égarements, après avoir ouï cette voix, il ne voulut plus apporter de délai à sa conversion.

Ah! chrétiens, ce qui était une vision pour Augustin, est une vérité pour nous. Ce n'est plus la sainteté en idée qui se présente à nous, c'est le Dieu de la sainteté et de la vérité qui nous parle, et qui pour détruire en nous le faux prétexte d'une impossibilité prétendue (qui est le troisième avantage que nous retirons de l'exemple des saints), nous dit la même

chose : *Annon poteris quod isti et istæ?* Regarde tous
ces bienheureux qui sont dans la gloire, regarde tant
de personnes de différents âges et de différents sexes,
hé ! ne pourras-tu pas faire ce qu'elles ont fait?
Je ne sais, chrétiens, s'il vous faut plus de lumières
pour vous convertir qu'il n'en fallut à saint Augustin;
mais je sais que ce sera sur cela que vous serez jugés.
Non potuisti quod isti et istæ?

Tertullien parlant de Jésus-Christ, a dit une grande
parole, que son exemple était la résolution de toute
difficulté : *solutio totius difficultatis Christus*, parce que,
quelque difficulté qu'il y ait dans la pratique de la vie
chrétienne, elle est entièrement anéantie par ce grand
exemple; mais sans faire tort à la pensée de Tertullien
et sans rien ôter de la force de son expression, je dis
qu'il restait encore des difficultés que la seule considération d'un Dieu n'était pas capable de résoudre.
Quelles sont-elles? C'est que Jésus-Christ étant saint
par lui-même et rempli de toutes sortes de grâces,
nous pouvons dire qu'il lui était bien aisé de faire
et de souffrir en cet état; et il est vrai, autant que de
ce que rien ne pouvait s'opposer à ses souffrances et à
sa mort. A qui était-ce donc de résoudre ces difficultés
qui se présentent dans la pratique de la vertu? C'était
aux saints, et voilà la pensée de Tertullien achevée. Car
quand je me propose des saints qui ont été faibles
comme moi, et qui ont eu cependant un si grand amour
pour Dieu et tant d'affection pour la sainteté, je n'ai
plus de raison à alléguer pour m'en dispenser, parce
que je n'ai plus de sujet de dire que les difficultés sont
trop grandes pour des hommes. Ainsi, afin de justifier
les paroles de Tertullien, je puis dire que l'exemple des
saints adoucit toutes les difficultés et résout tous les
arguments que l'on peut former au contraire : *solutio
totius difficultatis sanctorum exemplum;* parce qu'il
n'y a point de peine, pour rigoureuse qu'elle soit,
dont leur constance dans les tourments n'aient arraché

les épines, et pour lesquelles ils n'aient inspiré de la ferveur aux chrétiens.

Mais, me direz-vous, il se trouve cependant certaines conditions où il y a comme une impossibilité morale d'être saint. Erreur épouvantable, qui détruirait tous les desseins de la grâce de Dieu sur nous, si Dieu n'y avait pourvu par l'exemple des saints. Vous voulez que votre devoir s'accommode à votre état, comme si la sainteté, qui doit donner la loi à tous les états, devait entrer en compromis avec eux; si cela était, et qu'il y eût une opposition formelle entre la sainteté et l'état que vous auriez embrassé, il faudrait absolument le quitter; mais après que vous y avez été appelés de Dieu, c'est faire un grand outrage à sa bonté de dire qu'il nous soit impossible d'y acquérir la sainteté.

Et pour vous le faire comme toucher au doigt, entrez dans ce palais de gloire, vous y verrez une infinité de gens qui ont exercé les mêmes charges, qui ont été occupés dans les mêmes emplois que vous, qui non seulement se sont sanctifiés dans tout cela, mais qui se sont sanctifiés par tout cela, c'est-à-dire qui se sont servis de leur état même pour acquérir la sainteté. Parcourez tous les ordres de ces illustres prédestinés, vous y trouverez des saints qui ont vécu comme vous dans les cours des rois, et qui n'ont jamais mieux servi leur prince que quand ils ont eu de la religion pour Dieu; des saints braves dans le métier de la guerre, en qui la sainteté a augmenté les vertus militaires; des saints qui ont manié les affaires, mais qui les ont maniées plus fidèlement que vous; des saints qui n'ont pas eu besoin de recourir à la vanité pour se faire distinguer; des saints qui ont été ce que vous êtes; oui, il y en a, et ce sont ceux-là que vous devez honorer, ce sont ceux-là que vous devez choisir pour vos patrons, dont vous devez être curieux de savoir la vie, pour apprendre à réformer la vôtre, à glorifier Dieu et à vous sanctifier dans votre condition.

C'est en cela que la providence est merveilleuse, dit saint Jérôme, d'avoir mis dans le ciel des saints de tout état, de tout pays, de tout naturel, de tout emploi, de tout sexe, de tout âge, de grands, de petits, de riches, de pauvres, de vieux, de jeunes, dans la cour comme dans le cloître, dans le négoce comme dans la solitude, dans le mariage comme dans le célibat, afin que personne n'alléguât une impossibilité prétendue de se sauver et ne rejetât les désordres de sa vie sur les engagements de sa condition. Les rois ont un saint Louis, les guerriers un Judas Machabée, les hommes d'État un Moïse ; en un mot, tout le monde dans sa profession a un modèle de sainteté, qui réfute ses vains prétextes, et le rend inexcusable s'il ne se sauve.

Si donc on ne travaille pas à se sanctifier, ce désordre ne peut venir, ou que d'une erreur d'esprit, ou que d'un manquement de courage. Si le principe de la foi est altéré en nous, c'est à vous, ô mon Dieu, à faire un miracle pour le rétablir, et la grâce la plus victorieuse, c'est l'exemple des saints. Si nous résistons à cette grâce, ou si manquant de cœur, nous persistons à être lâches, impies, libertins, ne nous y trompons pas, bien loin d'espérer quelque chose de la protection des saints, nous devons les regarder comme nos ennemis, parce qu'après avoir demandé grâce pour nous, ils demanderont justice contre nous. Qui le dit? Le Saint-Esprit dans l'Apocalypse, où il nous les représente en foule, priant Dieu de venger leur sang, c'est-à-dire de leur faire justice.

Or cette vision n'est pas une imagination. Nous les entendrons un jour, si nous n'imitons leurs exemples, former les mêmes plaintes. Toute notre consolation ne sera donc pour lors, que d'avoir marché sur leurs traces, d'avoir embrassé leur sainteté, qui est en ce monde le principe de nos grâces, et en l'autre la semence de notre gloire. *Amen.*

SERMON SUR

LE MYSTÈRE DE L'INCARNATION [138]

Verbum caro factum est. JOANN., c. 1.
Le Verbe s'est fait chair.

Voilà, chrétienne compagnie, l'accomplissement du grand mystère dont nous faisons aujourd'hui la solennité, et que l'apôtre saint Paul exprimait à son disciple Timothée en lui disant que c'était le grand sacrement de la bonté et de la miséricorde de Dieu : *magnum pietatis sacramentum,* sacrement, disait-il, qui nous a été manifesté dans la chair, justifié par l'esprit divin, révélé aux anges, prêché aux Gentils, cru et publié dans le monde, et qui après avoir fait ici-bas toute la gloire de Dieu, est allé faire la félicité des saints dans le ciel : *quod manifestatum est in carne, justificatum in Spiritu, apparuit angelis, prædicatum est gentibus, creditum est in mundo, assumptum est in gloria,* sacrement en un mot qui est le mystère adorable de l'incarnation du Verbe, que l'Eglise nous propose aujourd'hui, qui est le fondement de tous les autres mystères de notre religion. Il faut que la parole de Dieu s'incarne et en quelque façon s'humanise dans la bouche des prédicateurs, afin qu'étant ainsi consacrée, elle ne produise rien qui ne soit digne d'un si grand sujet et qui ne laisse dans l'esprit des auditeurs une idée proportionnée à sa grandeur.

C'est la grâce que j'ai à demander aujourd'hui à Dieu, pour vous publier la gloire de ce Verbe incarné ; il faut pour cet effet qu'il s'incarne encore une fois dans ma bouche, que je le conçoive comme Marie,

par l'opération du Saint-Esprit, et afin que la comparaison soit juste en toutes choses, il faut que, comme
cette humble créature l'attira par le modeste aveu de
son néant, je lui expose aujourd'hui et le vôtre et le
mien, que nous lui disions conjointement que nous ne
sommes que cendre et poussière, comme elle avoua
qu'elle n'était que la servante du Seigneur quand
l'ange la salua en lui disant : *Ave Maria.*

Ce n'est pas sans un dessein particulier que le Saint-
Esprit, pour nous donner une idée du mystère de
l'incarnation, le renferme en ces trois mots : *Verbum
caro factum est*, le Verbe s'est fait chair. Il ne dit pas
qu'il s'est fait homme, il ne dit pas qu'il s'est uni à
notre nature raisonnable, qu'il a pris une âme spirituelle, mais prenant ce qu'il y a de plus bas dans
l'homme, il se contente de dire qu'il s'est fait chair, pour
faire voir par la disproportion de ces deux natures
et néanmoins par l'alliance étroite qui s'est contractée
entre elles, la grandeur et l'incompréhensibilité de
ce mystère. Autrefois saint Paul défendit à son disciple Timothée de traiter certaines questions qui
regardent les généalogies et les alliances des hommes,
parce que souvent elles ne causent que des disputes et
des contentions, qui ne servent en aucune manière à
l'édification des fidèles : *neque intenderent fabulis et
genealogiis quæ quæstiones præstant magis quam ædi-
ficationem Dei.* Il n'en est pas de même, chrétienne
compagnie, des alliances qui se contractent aujourd'hui
entre le Verbe éternel et la chair humaine : car ce sont
des alliances toutes saintes et toutes divines, des
alliances qui n'ont rien de fabuleux, mais qui font le
principal objet de notre foi, des alliances sur qui sont
fondées toutes les autres grâces, et tous les autres
mystères de la religion chrétienne, des alliances en
un mot que vous ne pouvez ignorer sans vous rendre
coupables d'infidélité. Or pour ne pas surprendre plus

longtemps vos esprits, j'en trouve trois dans ce mystère.

La première est l'alliance du Verbe et de la chair dans la personne de Jésus-Christ; la seconde est l'alliance du Verbe et de la chair dans la personne de la sainte Vierge; la troisième enfin est l'alliance du Verbe et de la chair dans la personne des fidèles. Mais comme chacune de ces alliances a son caractère particulier dans ces trois différents sujets où elles se trouvent, elles exigent aussi de nous trois différents devoirs et trois regards différents. Dans la personne de Jésus-Christ l'alliance du Verbe et de la chair s'élève jusqu'à la souveraineté et à la divinité, et c'est à cette chair divinisée que nous devons nos adorations; dans la personne de Marie, l'alliance du Verbe et de la chair va jusqu'à faire d'une simple créature la mère d'un Dieu, et c'est à cette mère ·de Dieu que nous devons nos imitations; enfin dans la personne des fidèles, l'alliance du Verbe et de la chair va jusqu'à nous faire enfants adoptifs de Dieu, et c'est à cet avantage que nous devons nos respects.

Vous verrez quelle conséquence je tirerai de tout ceci, et peut-être en tirerai-je de nouvelles, auxquelles vous ne vous attendez pas. Mais je reviens à mon sujet, et je vois que l'alliance du Verbe éternel avec la nature humaine fait un homme-Dieu, une mère d'un Dieu, des enfants de Dieu : mais j'ajoute pour morale, un homme-Dieu que nous devons adorer, ce sera mon premier point; une mère de Dieu que nous devons imiter, ce sera mon second; des enfants de Dieu que nous devons respecter, ce sera mon troisième et tout le sujet de ce discours.

PREMIER POINT

Il est donc vrai, chrétiens, que la chair de l'homme, en vertu de l'auguste mystère que nous célébrons aujourd'hui, a été élevée dans la personne de Jésus-

Christ jusqu'à la souveraineté et à la divinité. De vouloir examiner à fond pourquoi la chose s'est passée ainsi, ce serait absolument détruire tout ce qui fait l'essence de ce mystère, dit saint Augustin. Si on pouvait en donner une raison ce ne serait plus un mystère comme si on en pouvait donner un exemple, il n'y aurait plus rien de singulier, et c'est cette singularité et cette incompréhensibilité qui rendent ce mystère ineffable au delà de la faible portée de nos esprits. *Si enim ratio quæritur, non erit mirabile, si exemplum petitur, non erit singulare.*

Je sais bien que Marie, à la première nouvelle que l'ange lui en donna, demanda comment cela se pourrait faire : *quomodo fiet istud;* mais cette demande, dit saint Chrysostome, n'était pas un effet de sa curiosité, mais de son admiration, conçue par la disproportion infinie qu'elle trouvait entre la grandeur du Verbe et la bassesse de sa nature. Ce *quomodo* ne lui échappe pas tant par un esprit de démangeaison de connaître ce mystère que par un sentiment d'humilité et de soumission. Quoi qu'il en soit, c'est le mystère dont il s'agit aujourd'hui; car ce serait être prévaricateur du plus essentiel de mes devoirs, si je ne m'attachais pas à vous l'expliquer. C'est un mystère d'une si grande conséquence, que sa connaissance, selon les paroles du Sauveur, après avoir été ici-bas le sujet de notre foi, sera dans le ciel celui de notre gloire : *Hæc est vita æterna, ut cognoscant te solum Deum et quem misisti Jesum Christum.* Mais ce grand mystère ne doit pas être le mystère de notre curiosité, il doit l'être de nos étonnements, de voir que cette chair, qui n'a rien que de bas, qui n'a rien que le péché et la corruption pour partage, est néanmoins élevée en un moment à l'union hypostatique du Verbe c'est-à-dire à l'union avec Dieu, qu'elle soit pénétrée de la divinité, qu'elle soit dénuée [139] de sa propre substance et revêtue de celle de Dieu même et qu'en ce fai-

sant, elle entre en possession de toutes les perfections
de la divinité, comme dit le grand saint Léon : que
Dieu l'a incorporée si étroitement, que cette chair
n'est pas seulement l'arche de Dieu et le temple de
Dieu, mais qu'elle est si intimement unie avec lui,
qu'elle ne fait plus qu'une même chose et qu'elle est
comme déifiée avec le Verbe, et le Verbe humanisé
avec elle, et mille autres expressions qu'à peine la
délicatesse de la théologie pourrait souffrir, si la tradition et les sentiments des Pères ne les autorisaient.
Car c'est ainsi que saint Ambroise en a parlé lorsqu'il
dit : *tunc in utero virginis Verbum caro factum est
ut caro Deus fieret :* non, dit ce Père, le Verbe n'a point
eu d'autre dessein en se faisant homme, que d'élever
la chair à la condition et à la souveraineté de Dieu
même. Pouvait-il parler et décider plus positivement ?
Cette décision mérite bien un second passage. Oui, dit
saint Augustin, il était raisonnable que, puisque le
Verbe voulait prendre la nature humaine, la nature
humaine fut divinisée et pût être appelée Dieu, aussi
bien que le Verbe chair : expressions, encore un coup,
auxquelles l'exactitude de la théologie aurait de la
peine à s'assujettir, si les sentiments de ces hommes
pleins de l'esprit de Dieu ne les autorisaient.

Et ne croyez pas que je dise rien qui ne soit conforme
aux principes de la foi et aux maximes de la théologie.
De là vient que depuis cette première union, il n'y
a jamais eu de partage entre le Verbe et la chair, et que
par une communication aussi entière qu'admirable
d'attributs de faiblesse et de perfection, le Verbe a
été si bien fait chair et la chair Verbe, que tout ce
qui se dit de l'un se dit aussi de l'autre. Nous disons
par exemple que le Verbe a souffert, qu'il a été mortel
et passible, et réciproquement que la chair du Verbe
est immortelle et impassible. Quoiqu'il n'y ait rien de
si opposé que le trône de Dieu et la croix de Jésus-
Christ, que la gloire de l'un et l'ignominie de l'autre,

nous ne faisons pas de difficulté de les assembler en
un même sujet, comme si elles n'étaient qu'une même
chose, et de mettre également le Verbe sur la croix,
et la chair sur le trône de Dieu, de dire aussi que le
Verbe ou que Dieu est mort pour tout le monde,
puisque tout cela est encore au-dessous de ce que
nous professons de croire par ces paroles : *Et Verbum
caro factum et.* De là vient que le culte de latrie,
qui dans le fond et la rigueur n'est dû qu'à Dieu seul,
non seulement est dû, mais a été rendu de tout temps
à cette chair prise par le Verbe; et comme cette chair
nous est demeurée ici-bas dans l'auguste sacrement
de nos autels, de là vient que l'on doit à cette chair,
quoique voilée sous les espèces du pain et du vin,
tout le culte et toute l'adoration qu'on doit à Dieu
même. Qui le dit? Saint Augustin, saint Ambroise dans
deux passages, contre lesquels je défie l'hérétique le
plus obstiné et le plus prévenu des fausses maximes
de sa religion, de répondre.

Je suis en peine, dit saint Augustin, d'où vient que
Dieu me commande d'adorer l'escabeau de ses pieds,
et ce qui fait ma peine est que le prophète Isaïe dit
que l'escabeau de ses pieds c'est la terre; car d'un
côté je crains d'être idolâtre en adorant la terre, qui
n'est qu'une créature, et de l'autre je crains d'être
rebelle au commandement de Dieu, qui veut que
j'adore l'escabeau de ses pieds. Que ferai-je donc dans
cette incertitude? dit ce père. Je me tourne du côté
de Jésus-Christ; et puisque cette chair qu'il a prise
a été pénétrée de la divinité, par là je connais quelle
est cette terre et cet escabeau, à qui Dieu veut que
je rende le culte d'adoration. Et puisque l'Église me
défend d'approcher de l'auguste sacrement de nos
autels sans l'adorer : *nemo carnem illam manducet,
nisi illam adoraverit,* par là je découvre le secret de
satisfaire à deux commandements de Dieu qui paraissent si opposés, et d'y apporter un juste tempéra-

ment [51]; par là je connais que, comme cet auguste sacrement étant cet escabeau et cette chair déifiée, non seulement je puis l'adorer, mais je pécherais si je ne l'adorais pas. *Sic inventum est,* dit ce père, *quomodo adorem et non solum adorem, sed peccem non adorando.*

Arrêtons-nous là, mes très chers frères, puisque c'est la morale que je vous ai promise; et sans porter ailleurs nos pensées, faisons, dans ce grand jour d'alliance du Verbe avec la chair, l'alliance des deux grands mystères que l'Église nous propose dans ce temps de Carême, l'un comme le commencement et le fondement de tous nos mystères, et l'autre comme leur consommation et leur perfection, je veux dire l'alliance du mystère de l'incarnation et du mystère de la communion. C'est peut-être ce que vous n'attendiez pas de moi; mais d'où je tirerai une morale autant nécessaire qu'elle est naturelle à mon sujet. Car c'est de là que, quoique l'Église fasse un commandement absolu à tous ses enfants de manger cette chair à la fête de Pâques, elle ne veut pas néanmoins qu'on la profane en la recevant indignement, par la pensée qu'elle inspire que c'est la chair d'un Dieu, alliant ainsi l'eucharistie à l'incarnation de Jésus-Christ. Car après cela vous étonnerez-vous que saint Paul, animé de tout le zèle que doit avoir un apôtre, fulmine anathème contre ceux qui la reçoivent indignement, vous étonnerez-vous de ce qu'il les condamne au feu et à la mort éternelle, vous étonnerez-vous de ce qu'il ne les rend pas coupables d'un moindre crime que de la mort de Jésus-Christ? vous étonnerez-vous de ce qu'au milieu des plus grands désordres, l'idée d'une méchante communion a je ne sais quoi de si horrible, qu'il fait trembler les plus impies et les plus insensibles?

Notre foi va encore plus loin que tout cela. Car quand on m'apprend que cette chair est Dieu même, qu'en la mangeant je recevrai Dieu chez moi, il n'y a pas de grandeur que je ne conçoive en même temps. En vain saint Paul fait paraître ce grand zèle pour exhorter les chrétiens à se préparer à la réception d'une si sainte chair, en vain leur recommande-t-il de s'éprouver exactement et de se purifier avant de s'approcher de la sainte table où on la distribue : *probet autem se ipsum homo ;* après qu'il a dit que c'était la chair du Verbe, il n'en fallait pas davantage.

Auparavant nous ne pouvions savoir d'où venait ce grand zèle à inviter tout le monde à la bien recevoir; mais maintenant tout cela se développe aisément à notre esprit. Car nous n'avons qu'à pénétrer ces mots : *Verbum caro factum est ;* nous n'avons qu'à considérer que la même chair qui a été unie au Verbe, est celle même que nous allons recevoir; nous n'avons qu'à nous dire qu'en le recevant indignement, autant d'honneur qu'elle a reçu en Jésus-Christ, autant de déshonneur elle recevra en nos âmes, pour nous engager à de profonds respects et nous faire apporter de saintes et dignes préparations.

Voilà sans doute, chrétiens, de quoi nous faire trembler. Mais approfondissons encore un peu cette matière, puisqu'elle est de si grande importance. Qu'est-ce que la communion? Ce n'est à proprement parler, qu'une extension de l'incarnation. Voilà pourquoi saint Augustin, admirant la grandeur du pouvoir et la dignité des prêtres, s'écriait par ces paroles : *O veneranda sacerdotum dignitas in quorum manibus quotidie Christus incarnatur :* oh ! la dignité surprenante et le pouvoir adorable des prêtres, qui peuvent faire tous les jours, par un seul mot, ce que la sainte Vierge n'a fait qu'une fois par toutes les préparations qu'on peut exiger d'une pure créature. Ce grand docteur n'avait-il pas sujet de s'étonner? Que faudrait-il dire donc à un chrétien qui va recevoir la communion ? Il faudrait lui dire ce que l'ange dit à

Marie : *ideo quod ex te nascetur vocabitur filius Dei,*
c'est-à-dire : prenez garde à ce que vous allez faire,
prenez garde que cette chair, que vous allez recevoir,
et qui va reprendre une vie dans votre âme pour la
purifier et la vivifier, c'est la plus sainte de toutes les
chairs, qu'elle est le Saint des Saints, qu'elle est consacrée par l'union de ce qu'il y a de plus grand dans la
divinité, en un mot qu'elle est Dieu même : *quod ex
te nascetur sanctum vocabitur filius Dei.*

Rentrez donc en vous-mêmes, et comme ce sacrement est une extension de l'incarnation, voyez si vous
êtes dans la disposition de Marie, voyez si vous avez
ses vertus, si vous êtes rempli de grâce comme elle ;
voyez outre cela si le Saint-Esprit est survenu en vous
comme l'ange promet qu'il surviendra en Marie : *Spiritus Sanctus superveniet in te ;* ce que vous connaîtrez
facilement en voyant si vous avez chassé l'esprit qui
lui est contraire, c'est-à-dire l'esprit du monde et de
la vanité. Car il ne s'agit pas d'être ici l'arche, le
temple et la maison de Jésus-Christ, il s'agit de l'in-
carner encore au fond de nos cœurs.

Ah ! chrétiens, par quelles épreuves Marie ne s'est-
elle pas préparée à un si grand mystère, quels efforts
de vertu, quels sentiments de respect et de soumission
n'a-t-elle pas employés pour être digne d'un si grand
honneur ! Chrétiens, voilà votre modèle ; c'est à vous à
l'imiter, puisque vous voulez que le même mystère qui
s'est accompli en elle, s'accomplisse encore dans vos
personnes. Marie était la plus pure de toutes les vierges,
elle était humble, elle était pleine de grâce et de charité,
en un mot elle était la plus parfaite de toutes les créatures : ce n'était pas encore assez, il fallait que le
Saint-Esprit survînt en elle pour achever de la sanctifier. Après cela, dit saint Ambroise, le Verbe qui
auparavant en aurait eu horreur, la voyant toute
sanctifiée par le Saint-Esprit et toute immaculée, n'a
plus d'horreur de venir en elle pour y prendre une

chair humaine pour la rédemption des hommes. *Ad liberandum suscepturus hominem non horruisti virginis uterum.* Est-ce possible, chrétiens, que cette expression ne vous touche pas? Quoi! Marie, toute pure qu'elle était, aurait été encore l'objet des horreurs du Verbe éternel si le Saint-Esprit ne fût survenu en elle; et nous ne croirons pas être l'objet de son indignation et de sa colère, si nous approchons de la communion avec des dispositions de retourner à nos péchés, avec des désirs des biens du monde, avec irrévérence et insensibilité de notre salut? Oh! chrétiens, si nous concevions bien tout cela, nous irions à la communion embrasés d'amour et de charité comme des séraphins, nous nous souviendrions de Marie et comme elle s'est préparée à l'incarnation, pour en faire notre pratique ordinaire.

De conclure de tout ceci, que puisqu'il faut avoir une si grande pureté pour s'approcher de la communion, et qu'elle ne soit pas moindre que celle de Marie, ne pouvant jamais espérer d'y arriver, il serait mieux de s'en éloigner avec respect que de s'en approcher avec témérité, de conclure cela, ce serait une conclusion de libertinage. J'assure qu'il n'est pas absolument nécessaire d'avoir cette même pureté de Marie, et que la chose même est impossible, mais qu'il suffit de faire les mêmes efforts qu'elle fit pour se purifier. Mais poursuivons ce sujet, et disons que l'alliance du Verbe avec la chair non seulement fait un Dieu-homme qu'il faut adorer, mais aussi une mère de Dieu, qu'il faut imiter.

DEUXIÈME POINT

Dieu l'avait dit, chrétiens, et c'était un signe authentique qu'il avait voulu donner aux Juifs de l'incarnation de son Verbe, qu'une vierge demeurant vierge concevrait un fils, et que ce fils serait Dieu; non pas un Dieu élevé au-dessus des créatures par la grandeur de sa majesté, non pas un Dieu qui demeurât toujours dans la splendeur et dans l'éclat de sa gloire, mais un Dieu abaissé et humilié, un Dieu familier et égal à nous, ce qui nous était exprimé par ce grand nom, Emmanuel, qui veut dire *nobiscum Deus* : prodige inouï à la vérité, mais qui était absolument nécessaire; car comme dit excellemment bien saint Bernard, il ne se pouvait pas faire que le fils d'une vierge fût autre qu'un Dieu, et il ne se pouvait pas faire aussi qu'une vierge fût mère d'un autre que Dieu. *Neque enim partus virginis alius esse potuit, nisi Deus, nec mater Dei nisi virgo.* Car Dieu voulait qu'une vierge enfantât dans le temps le Verbe qu'un père vierge avait enfanté dans l'éternité.

C'est le second effet que l'alliance du Verbe a produit dans Marie, effet que l'impiété et l'hérésie ont bien osé lui disputer, mais que l'Église a toujours soutenu avec fermeté, pour nous donner dans Marie une mère de Dieu et une mère selon la chair; et c'est ce qui a fait tomber Nestorius, dans les premiers siècles, qui entreprit de lui disputer la qualité de mère de Dieu et de mère selon la chair, et il n'est pas croyable de combien d'artifices il se couvrit, combien de prétextes il allégua, combien de volumes il écrivit pour établir sa mauvaise doctrine. Tous les titres de grandeur que la sainte Église attribue à Marie, il les lui attribue pourvu qu'on ne l'oblige pas de dire qu'elle est mère de Dieu. Il s'oblige même à dire qu'elle était mère d'un homme qui dans un sens pouvait être appelé Dieu; mais que fit l'Église? Elle rejeta toutes ses subtilités, et demeura dans sa croyance que Marie était mère de Dieu même, et non d'un homme simplement.

Il ne s'agissait que d'un mot, mais puisque selon la remarque de saint Léon, la voie qui conduit au ciel n'est pas moins étroite en ce qui regarde la doctrine qu'en ce qui concerne les mœurs, l'Église ne voulut en rien relâcher, et pour ce seul mot, elle assembla

des conciles, excommunia les peuples, dégrada des
évêques et ne pardonna pas même à ses patriarches.
Elle se fit de ce mot un point capital et un article de
foi, et voulut qu'on insérât dans le concile d'Ephèse
le mot Θεοτόκος qui veut dire *Mère de Dieu*, comme on
avait inséré celui de Nicée dans celui d'ὁμοούσιος, qui
veut dire, *consubstantiel*, contre l'hérétique Arius.

Voilà ce que nous en croyons; voyons quel profit
nous en pouvons tirer [140]. Supposer que le Verbe ait
voulu prendre chair d'une simple créature, c'est concevoir et avancer quelque chose de grand, mais en demeurer là, ce n'est peut-être pas pénétrer le fond du
mystère. Voilà ce qui a été et ce qui paraît; mais la
foi qui a des lumières plus vives et plus étendues, nous
y fait découvrir bien d'autres sujets d'admiration,
dont voici le secret. C'est de considérer que cette
soumission que le Verbe fait paraître pour Marie et
la gloire qui lui en revient, n'est pas précisément
fondée sur la maternité, mais sur deux chefs, auxquels vous ne vous attendez peut-être pas, et que
je vous prie de bien concevoir.

Non, la gloire de Marie ne vient pas de ce qu'elle a
été la mère de Dieu, mais de ce qu'elle a été fidèle à
Dieu, voilà la première source de sa gloire; et de ce
qu'elle est soumise et obéissante à Dieu, voilà la
deuxième. Fidélité et humilité de Marie, je l'ose dire,
vous l'emportez sur sa maternité, du moins vous êtes
toutes deux les deux causes et les deux sources de sa
gloire. La proposition a quelque chose de paradoxe et
semble se contredire; cependant il est de la foi de
croire que ce n'est point cette maternité qui fait la
gloire et le bonheur de Marie, et depuis que Jésus-
Christ s'en est expliqué lui-même, ce serait un crime
d'en douter.

Vous savez les termes dont il se servit quand une
femme, convaincue de la grandeur du miracle qu'il
opérait en elle, élevant sa voix au milieu de l'assemblée,

s'écria : *Beatus venter qui le portavit et beata ubera
quæ suxisti;* bienheureux soit le ventre qui vous a
porté, bienheureuses soient les mamelles qui vous ont
allaité. Elle s'imaginait aussi bien que nous, que c'était
là toute la gloire de Marie que d'avoir conçu et nourri
le Verbe; mais vous savez aussi que Jésus-Christ lui
dit : *Quinimo beati qui audiunt verbum Dei et custodiunt
illud :* vous vous trompez, il est vrai que cette femme
qui m'a porté, est comblée de toutes sortes de bénédictions, mais ces grâces et cette gloire viennent d'une
autre source que de sa maternité; il est grand à la
vérité, de porter dans son sein la Parole de Dieu,
mais c'est quelque chose de plus grand d'écouter cette
parole, de la concevoir dans son esprit et de lui être
fidèle en observant ce qu'elle ordonne. *Quinimo beati
qui custodiunt illud :* il est glorieux d'être la mère du
Verbe, mais il est encore plus glorieux d'être fidèle au
commandement du Verbe. Et voilà le plus grand éloge
de Marie, d'avoir écouté la parole de Dieu, d'avoir été
fidèle jusqu'aux moindres mouvements de la grâce,
d'avoir suivi ses inspirations : *hæc est enim idea ma-
gnifica,* dit un père, *non quia Verbum fecit, sed volun-
tatem Patris ;* voilà ce qui nous fait concevoir une magnifique idée des grandeurs de Marie : non pas la
production du Verbe incarné, mais sa fidélité à faire
la volonté de Dieu; voilà ce qui la rendit agréable à
Dieu, voilà l'idée magnifique que nous en devons
concevoir.

Je me trompe, chrétiens, Marie n'est pas seulement
grande par sa fidélité, elle l'est encore par son humilité,
et par sa soumission, qui le dit ? Elle, dans ce grand
cantique, qui selon saint Ambroise, est l'éloge de
l'humilité : *quia respexit humilitatem ancillæ suæ, ex
hoc beatam me dicent omnes generationes.* Après un aveu
si sincère et sorti de la bouche de la plus humble de
toutes les créatures, peut-on douter de la vérité que je
prêche ? Ne cherchez point, dit-elle, pourquoi toutes

les nations de la terre me combleront de tant de bénédictions, ne cherchez pas ce que le Verbe a trouvé qui
l'ait pu attirer et engager à faire sa mère la plus petite
de ses servantes : *quia respexit* etc. Oui, répond saint
Bernard, c'est cette humilité jointe à la pureté et à
l'intégrité de sa fidélité, qui a charmé le cœur de Dieu :
puritate placuit, humilitate concepit : l'humilité jointe
à la plénitude du mérite et des grâces; car d'être
humble sans aucun mérite, c'est une nécessité; d'être
humble avec mérite, c'est une vertu; mais d'être
humble avec la plénitude des mérites, c'est un prodige
et un miracle qui ne convient qu'à Marie, puisque
c'est dans le moment qu'elle est plus comblée de
grâces et de mérites, qu'elle est même saluée sous
cette qualité, qu'elle fait paraître une humilité plus
profonde dans toutes les réponses qu'elle fait à l'ange,
cet ange envoyé du ciel, qui lui dit qu'elle va être la
mère d'un Dieu, qu'elle donnera un Sauveur au monde,
que par là elle deviendra l'impératrice des anges et
des hommes; que pourrait-il lui dire de plus grand?
Quoi de plus capable de lui inspirer de hauts sentiments
d'elle-même, étant assurée principalement que ce
n'était pas des flatteries? cependant que répond-elle?
à toutes ces choses? *Ecce ancilla Domini,* et cela avec
autant de sentiment d'une profonde et sincère humilité, que bien d'autres auraient fait par une vaine
ostentation de vertu. Et voilà ce qui charme le cœur
de Dieu, cette disposition, cette soumission, cette
humilité, ce soin d'agir fidèlement et d'obéir à tout ce
qu'il veut, voilà ce qui le détermina à en faire la mère
du Verbe incarné.

Mais, me dira quelqu'un, le Sauveur du monde ne la
considéra-t-il jamais sous cette qualité de mère, lui
qui était un si bon fils ? Non, répondent les saints
pères, et l'on ne marque en aucun endroit de l'Évangile
où il parle avec elle, qu'il l'ait jamais traitée de cette
qualité, parce qu'alors il n'agissait pas ni en homme

ni en fils, mais en souverain et en Dieu. D'où vient que
quand elle lui demanda aux noces de Cana, qu'il
changeât l'eau en vin, il ne la traita que de *femme*,
pourquoi? Parce que pour lors il s'agissait d'une action
qui était du ressort de la divinité et miraculeuse. D'où
vient qu'après qu'elle l'eut trouvé dans le temple et
qu'elle lui eut témoigné l'inquiétude où son absence
l'avait mise, il la reprit aigrement [141], parce que par la
dispute qu'il eut avec les docteurs, il commençait le
grand ouvrage de notre rédemption. De là vient que
sur le Calvaire, où il achevait et consommait cet ouvrage, il ne la traita que de *femme*, la recommandant à
saint Jean; de là vient qu'instruisant un jour le peuple
dans la synagogue, il s'offensa quand on vint lui dire
que sa mère et ses frères le demandaient. Or s'il agit
de la sorte en toutes ces rencontres, c'est donc une
marque qu'il ne la considérait pas comme sa mère, ou
plutôt c'est une marque que l'estime qu'il avait d'elle
ne provenait pas de sa maternité, mais de son humilité
et de sa fidélité.

Et c'est ainsi que saint Jean Chrysostome raisonne,
saint Jean Chrysostome, qui m'a fourni toutes ces pensées. Mais voici ce qui achève de confirmer ce raisonnement, c'est que sans déroger à la théologie des Pères, on
peut dire que Jésus avait considéré la qualité de mère en
Marie, en ce qu'il lui a donné des grâces plus fortes et
plus abondantes qu'à toutes les autres créatures, en
ce qu'il lui a donné un degré plus haut de vertu d'humilité. Voilà le tempérament qu'on peut apporter à
cette théologie, mais la proposition demeurera toujours
vraie, que la fidélité et l'humilité de Marie ont plus été
la source de sa gloire, que sa maternité : chose si certaine que si par impossible elle avait fait paraître le
moindre mouvement d'orgueil ou de vanité, si elle avait
eu le moindre sentiment d'ambition et d'excellence
d'elle-même, le dirai-je ? oui, messieurs, toute mère de
Dieu qu'elle était, elle aurait été réprouvée; comme au

contraire si elle avait été aussi humble et aussi fidèle
qu'elle a été sans avoir jamais conçu un Dieu, elle
aurait été aussi bien prédestinée. En faut-il davantage
pour animer notre zèle et notre imitation ?

Car après tout, si Dieu n'avait considéré en Marie
que cette qualité de mère pour la glorifier, je pourrais
bien l'admirer, mais je ne pourrais pas l'imiter; mais
quand je vois qu'il l'élève par la voie de l'humilité et
de la fidélité, quand je vois que ces voies sont les
mêmes que Jésus-Christ m'a montrées pour arriver à
la gloire qu'elle possède, je sens de certains mouvements de joie dans mon cœur, qui me font tout espérer;
je connais que je peux aussi bien qu'elle être glorieux [142]
si je veux l'imiter; et en découvrant mon aveuglement
qui m'avait caché ces grands moyens de me rendre
bienheureux, je me condamne moi-même et je me
reproche ma lâcheté et ma négligence, je pleure mon
infidélité. Oui, je sens mon cœur se soulever par de si
violents mouvements, qu'à peine puis-je m'empêcher
de suivre leur impression, et de courir comme l'épouse
des Cantiques, après l'odeur du parfum de ses grandes
vertus; je connais que je puis être humble, fidèle, zélé,
modeste comme elle, et quoique je ne sois pas destiné
pour de si grandes choses qu'elle, il suffit que l'Évangile m'apprenne que c'est assez que je sois fidèle sur
peu de chose pour être proposé pour beaucoup : *Quia
super pauca fuisti fidelis, super multa te constituam.*

Étant pécheur, je n'ai point cette plénitude de
mérite qui pourrait me donner des sentiments de
vanité; si j'ai quelque élévation dans le monde, je
puis aussi bien que Marie, être humble avec tout cela;
car si l'humilité n'a pas été incompatible avec la
grandeur de Marie, qui est solide, à plus forte raison
elle ne le sera pas avec une grandeur qui n'est d'elle-
même que vanité. Et c'est par là que je m'encourage
à être fidèle dans la voie des commandements de Dieu,
et que je dis avec saint Augustin : Pourquoi ne pourrai-

je pas faire aussi bien que Marie : *cur non potero quod ista?* C'est par là que je me détermine à ne laisser jamais aucune occasion quand il s'agira de montrer ma fidélité à Dieu, c'est par là que je connais la vanité des grandeurs du monde; car si Dieu n'a pas eu égard à la grandeur de Marie, qui est la plus sublime, qui dans l'opinion de saint Thomas, est la plus grande qui se puisse imaginer, aura-t-il quelque égard à cette grandeur passagère et le plus souvent criminelle, à cette grandeur fatale qui autorise les vices, dont les passions se prévalent, et dont il semble que l'apanage est d'être sans foi, sans religion, et sans respect pour Dieu? C'est par là même que je suis désabusé de l'espérance que Dieu aura égard à la qualité de chrétien, que donne le caractère du baptême. Car s'il n'a point eu égard à la qualité de mère, en aura-t-il pour celle de frère?

J'abuse de vos patiences, mais souffrez qu'après vous avoir donné un homme-Dieu à adorer, une mère de Dieu à imiter, je vous fasse jeter les yeux sur vous-mêmes, pour voir une troisième production du Verbe avec la chair, qui fait des hommes des enfants de Dieu. C'est mon

TROISIÈME POINT

Les païens l'ont reconnu, et si nous en croyons saint Augustin, c'est un sentiment que la nature leur a inspiré jusque dans les ténèbres de leurs idolâtries, que pour le bien de l'État il était nécessaire qu'il y eût des hommes qui se crussent les enfants des Dieux, afin que prévenus de cette grande idée, ils eussent plus de hardiesse à entreprendre de grandes choses, plus de force à les exécuter, et plus de prudence à les conduire : *ut res magnas susciperent audacius, agerent vehementius, et ad finem perducerent prudentius.* Quelque injuste que soit cette erreur et cette fausse présomption, croyez-vous bien que l'Évangile ne fait que la corriger? Dans le sentiment de

saint Augustin, cette pensée n'était qu'une idée de
ce qui devait arriver un jour dans le christianisme.
Oui, dit ce père, il était si important pour le bien des
chrétiens qu'ils fussent persuadés qu'ils étaient enfants
de Dieu, que le christianisme ne pouvait sans cela subsister dans l'éclat et la vigueur de sa discipline; et
puisque le Saint-Esprit a voulu qu'ils eussent cette
pensée, il a aussi voulu que cela soit effectivement,
et c'est l'avantage que nous promet le mystère dont
nous faisons aujourd'hui la solennité.

C'était une vaine et injuste présomption dans ces
païens, de provenir des dieux; mais c'est une nécessité
absolue dans les chrétiens, et nous sommes obligés
de nous connaître pour les enfants de Dieu à moins
que nous ne voulions renoncer à notre excellence et
à la dignité de notre origine. *Videte,* disait le disciple
bien-aimé, *qualem charitatem dedit nobis Pater, ut filii
Dei nominemur et simus.* C'est ce même disciple qui
m'a fourni les paroles de mon texte, et c'est lui qui
à la fin du premier chapitre de son Évangile, nous fait
la communication de cette heureuse puissance que
nous avons non seulement de nous croire ou d'être
appelés les enfants de Dieu, mais de l'être effectivement : *Dedit potestatem filios Dei fieri ;* ce qui étant
établi, je dis que c'est la troisième alliance, ou pour
mieux dire le troisième effet de l'alliance du Verbe
avec la chair, puisque ce Verbe éternel n'a pu s'unir
à notre nature, que nous ne devinssions ses frères,
et que nous ne fussions en même temps les enfants
adoptifs du Père commun.

Voyez donc, mes frères, dit saint Augustin ou
plutôt saint Jean, quelle bonté et charité Dieu a fait
paraître pour nous en nous honorant de cette qualité :
videte qualem etc.; mais aussi voyez en même temps
quelle conséquence nous en devons tirer, si ce n'est de
nous animer de ferveur et de zèle pour soutenir dignement une qualité si sainte. Ah ! Seigneur, disait saint

Bernard, mériterions-nous de porter ce titre si glorieux, si nous venions à dégénérer par une mauvaise vie? Car enfin, être enfants de Dieu et serviteurs du diable, suivre les mouvements de la grâce et obéir à ses passions, ne serait-ce pas un monstre? C'est ainsi que le concevait ce père, et le grand saint Léon, parlant aux chrétiens de son temps, croyait ne se pouvoir servir de termes plus forts pour les retirer du vice, qu'en leur mettant leur dignité devant les yeux. *Agnosce ergo, o christiane, dignitatem tuam.*

Mais puisque ce discours a commencé par ces paroles; *Verbum caro factum est,* je le veux finir par là. Il est donc vrai que le Verbe éternel s'est fait chair, qu'en se faisant chair il a anobli la nôtre, et l'a élevée jusqu'à pouvoir prétendre sans témérité et sans usurpation à la filiation de Dieu. Car c'est selon la chair que ce Verbe adorable est notre frère, c'est selon la chair qu'il est notre chef, et que nous sommes ses membres; *nescitis quoniam corpora vestra membra sunt Christi?* Après cela, faut-il s'étonner si saint Paul avait si à cœur, dans le commencement de l'Église, de recommander aux chrétiens qu'ils se sanctifiassent leur corps, et qu'ils prissent garde de ne le jamais profaner. Hé quoi! n'est-ce rien d'être les frères de Jésus-Christ, les membres du Verbe fait chair et les enfants de Dieu? Après cela trouverons-nous étrange que l'Apôtre invective si fortement contre l'impureté, et si dans la primitive Église, on était si rigoureux pour l'expiation de ce péché? Quand Tertullien apporte la raison de cette sévérité, c'est, dit-il, que la chair humaine est devenue Verbe, c'est que par cette heureuse union, elle a été consacrée et sanctifiée d'une manière si spéciale, que ce qui n'était auparavant qu'un simple péché, est à présent une horrible profanation et un épouvantable sacrilège. Avant l'incarnation, poursuit ce grand homme, la chair humaine ne s'appelait pas encore Jésus-Christ, elle n'avait pas encore reçu cette onction

sacrée de la divinité : *nondum caro Christi vocabatur.*
Mais depuis qu'un Dieu l'a adoptée, depuis que le Verbe
l'a consacrée par sa présence et par son union, depuis
qu'elle a changé en quelque manière de nature, ah ! ne
traitez donc plus cela de faiblesse et de fragilité, puisque cette fragilité va jusqu'à déshonorer votre nature,
avec laquelle le Verbe éternel a bien voulu s'incorporer.

Je ne m'étonne plus, chrétiens, si ce grand homme
a été si fort emporté sur ce sujet, et s'il en a parlé avec
tant de dureté, car quoiqu'en cette occasion il soit
soupçonné de quelque excès et d'avoir favorisé l'hérésie
des donatistes, il n'a pourtant rien dit qui approchât
de cette expression de saint Paul : *tollens ergo membra
Christi, faciam membra meretricis?* Quoi donc, dit
cet apôtre avec la ferveur de son zèle, serons-nous
assez malheureux de faire des membres de Jésus-
Christ les membres d'une prostituée? Il s'ensuivrait
donc, direz-vous, que l'incarnation nous devient préjudiciable, et qu'elle n'a servi qu'à nous rendre plus
criminels. C'est en effet ce qu'on pourrait dire, si un
reste de christianisme et un respect humain n'en empê-
chait; car il y en a peut-être d'assez insensés pour
souhaiter que Jésus-Christ ne leur eût pas fait cet
honneur pour n'avoir pas tant d'obligation. Mais soyons
libertins tant que nous voudrons, ce caractère demeure
toujours, et si nous le déshonorons par les désordres
de notre chair, ce caractère nous poursuivra jusqu'aux
enfers. Peut-être que ces désordres ont eu l'effet qui
leur est ordinaire, d'éteindre en nous les lumières de
la foi, et de faire que nous ne connaissons plus, ni ce
que nous faisons, ni ce que nous sommes. Mais croyons-
le ou ne le croyons pas, ce caractère nous sera toujours
aussi funeste. Si nous ne le croyons pas, Jésus-Christ
n'est plus rien pour nous, et par conséquent il n'y a
plus de miséricorde à attendre de son côté; si nous le
croyons, il est pour faire notre confusion et notre
condamnation.

Chrétiens, si cette réflexion ne vous touche pas, il faut que vous soyez insensibles; mais surtout considérez que cette figure du monde passe, que ces plaisirs s'évanouissent, que pour avoir flatté un moment sa chair on souffrira des supplices et des amertumes éternels. Ce sera pour lors que vous connaîtrez ce que c'est que d'abuser de la qualité d'enfant de Dieu, et de ne la pas respecter. Mais il est temps de finir.

Sainte Vierge, nous ne vous demandons point une pénitence sans peine, nous ne vous demandons point des grâces chimériques, une douleur de nos péchés sans inquiétude, un repentir sans amertumes; nous ne vous demandons point de grands établissements de fortune, de grandes richesses, des plaisirs, nous vous demandons simplement sinon que vous nous fassiez la grâce de bien confirmer en nous cette filiation divine, que vous nous imprimiez tout le respect qu'elle mérite, afin qu'après l'avoir respectée ici-bas, nous en recevions la récompense dans le ciel. *Amen.*

VÊTURE

DE MADEMOISELLE D'ELBEUF [143]

Fortitudo et decor indumentum ejus. Prov., c. 31.
Son habit est un habit de force et d'honneur.

Monseigneur [144],

Ces paroles que je prends pour mon texte, font une
partie de l'éloge que le plus sage des hommes, Salomon,
rempli pour lors de l'esprit de Dieu, faisait autrefois
dans l'Écriture, de la femme forte. Après l'avoir louée
par tous les endroits qui pouvaient la distinguer et
la rendre recommandable par son adresse, par sa
vigilance, par son courage, par sa discrétion, par son
assiduité au travail, par l'ordre de sa conduite, par
la solidité de son esprit, par la force de son génie,
il entreprend enfin de la louer non pas par la simplicité,
mais par la magnificence des habits dont elle est
revêtue, et comprend en deux mots ce que l'on peut
dire à la gloire d'une femme, disant que son habit
est un habit de force et de gloire, *fortitudo et decor
indumentum ejus.*

Je me suis, messieurs, attaché à ces paroles, et ai
cru qu'elles pouvaient me servir de plan pour le
discours que j'ai à faire. Vous êtes assemblés pour une
cérémonie qui, étant bien considérée, enferme des
mystères infiniment capables de vous édifier, et que
peut-être vous n'avez jamais conçus; c'est-à-dire la
bénédiction d'un habit, que l'Église, pour plusieurs
raisons, a voulu rendre solennel et qui dans le dessein
de Dieu, est comme une première disposition et un

premier engagement au grand sacrifice de la profession
religieuse. Celle qui en doit être revêtue, est une jeune
fille forte, puisque se donnant à la religion, elle va
faire quelque chose de plus héroïque que ce que
Salomon a pu s'imaginer pour composer l'éloge de sa
femme forte. J'aurais pu louer cette généreuse fille par
la ferveur de la piété, par le mépris qu'elle fait de toutes
les grandeurs du monde, par la constance qu'elle
témoigne, renonçant à tous les avantages que sa haute
naissance lui promettait, par son zèle, et par mille
autres choses qui sont autant de preuves de sa coopé-
ration fidèle aux mouvements de la grâce; mais
puisque ce jour est consacré à la solennité de son
habit, je m'arrête à ces qualités, vous faisant voir
que c'est un habit de force et d'honneur pour la vierge
qui le porte, et que c'est à elle particulièrement que
ces paroles du Saint-Esprit peuvent être appliquées :
Fortitudo et decor indumentum ejus.

Voilà, âme chrétienne et déjà religieuse d'esprit
et de cœur, votre devise. C'est le partage que Jésus-
Christ a choisi pour soi, c'est celui que l'Écriture lui
attribue dans sa résurrection; car quand cet homme-
Dieu est sorti du tombeau, il a été dit de lui : *Dominus
regnavit, decorem indutus est, indutus est Dominus
fortitudinem,* prophétie que les Pères entendent
de Jésus-Christ et qui s'accomplit à la lettre quand
il ressuscita. Or quel avantage pour vous d'être semblable à lui, et de porter les marques de sa résurrection !
car je prétends vous faire voir que la force et la gloire
sont attachés à votre habit, que ce sont les deux
qualités qui doivent vous le rendre vénérable, les deux
fonds de devoir que j'y découvre, et les deux parties
de cet entretien.

Il n'appartenait qu'à vous, monseigneur, de faire
aujourd'hui l'office de grand-prêtre, puisqu'à l'exemple
du grand-prêtre Jésus-Christ, vous entrez dans le
sanctuaire, non pas pour sacrifier un sang étranger,

mais pour y offrir votre sang propre, c'est-à-dire
celui de votre illustre et auguste maison. Voilà ce qui
a fait dans la personne du Sauveur, le caractère de
son sacerdoce, voilà ce qui fait en vous le mérite de
votre piété, et dans cette fille celui de son courage.
Pour en parler dignement, j'ai besoin des lumières
du Saint-Esprit, que je lui demande par l'intercession
de la Sainte Vierge. *Ave Maria.*

PREMIER POINT

C'est une vérité, chrétienne compagnie, que saint
Augustin a particulièrement remarquée, que comme
il n'y a rien dans la nature dont l'homme n'ait abusé
et que le péché n'ait corrompu, il n'y a rien aussi
que la grâce ne sanctifie et ne rétablisse dans un état
de perfection plus noble que celui dont la malice du
péché l'avait fait déchoir. Cela se voit dans une
infinité d'exemples, mais plus clairement dans le sujet
que je traite, qui tout particulier qu'il paraisse,
contient l'une des vérités les plus édifiantes du
christianisme; je m'explique.

Les habits sont faits pour le besoin et pour la commodité de l'homme, voilà ce que j'appelle l'ordre de
la nature; l'homme en a abusé pour des fins différentes, c'est-à-dire pour entretenir son luxe, pour
servir à son orgueil et à son ambition, voilà le désordre
du péché; que fait la grâce? Elle corrige ce désordre,
en sanctifiant les habits par un usage plus excellent
que n'était celui pour lequel il était auparavant
destiné; car au lieu qu'il était destiné pour le défendre
contre les injures de l'air et des saisons, qui était
sa première fin, la grâce par une disposition merveilleuse, a trouvé le secret de l'employer à quelque
chose de sacré, et a fait un habit qui a la vertu de le
protéger contre les ennemis du salut, contre les
puissances de l'enfer, contre les scandales du monde,
contre ce qui le détourne de Dieu et de son devoir;

et c'est l'habit de la religion [118], qui est consacré par la bénédiction de l'Église, qui a toujours été en vénération parmi les fidèles, et qui a des effets plus admirables dans la loi de grâce, que le manteau d'Élie n'en eut jamais dans celle de la nature.

Voilà le sujet de la cérémonie pour laquelle vous êtes assemblés : qu'est-ce que l'habit de la religion? Chrétiens qui m'écoutez, et vous ma chère sœur en particulier, que Dieu a choisie pour être au nombre de ses épouses, comprenez-en l'avantage; l'habit de la religion, dans le sentiment des Pères, est à l'égard de l'âme chrétienne comme une défense, qui la met à couvert des ennemis de son salut; et quand une vierge prend le voile sacré, elle s'en sert, dit Tertullien, comme d'un bouclier pour se préserver contre les traits des tentations et des scandales : *virgo confugit ad velamen capitis quasi ad galeam adversus ictus tentationum, adversus jacula scandalorum.* C'est ainsi que ce grand homme parlait, et pour vous faire entrer dans sa pensée et dans le sens de ma première proposition, nous avons trois ennemis capitaux, que nous sommes obligés de combattre, ennemis d'autant plus terribles, que nous les portons dans nous-mêmes : je veux dire la concupiscence de la chair, la convoitise des yeux et la superbe de la vie : *Omne quod est in mundo aut est concupiscentia oculorum aut concupiscentia carnis, aut superbia vitæ;* voilà, dit saint Jean, ce qui fait prévaloir le monde dans nous, et qui s'élève contre la loi de Dieu. Or savez-vous bien, ma chère sœur, que l'habit dont vous allez être revêtue, vous donne des forces contre ces trois ennemis, pourquoi? Parce que c'est un habit de pénitence, qui par conséquent vous garantira de la concupiscence de la chair; c'est un habit de pauvreté, qui par conséquent vous préservera de la convoitise des yeux, qui selon saint Jérôme, consiste dans la cupidité des biens de la terre; c'est un habit de simplicité, qui par conséquent vous rendra invulnérable contre tous les traits de l'orgueil. Voilà la force que vous y recevrez, et qui fera voir que votre habit n'est pas un habit d'une simple fille, mais d'une amazone chrétienne, engagée dans la milice de Jésus-Christ : *fortitudo et decor indumentum ejus.* Quand vous n'y trouveriez pas d'autres avantages que ceux-là, ne faudrait-il pas conclure que Dieu vous traite en prédestinée en vous le donnant?

C'est un habit de pénitence, et par conséquent d'une vertu souveraine contre toutes les tentations et tous les scandales du siècle, *contra ictus tentationum, adversus jacula scandalorum;* voilà sa première qualité. Dans le monde tout contribue à fortifier en nous l'empire du démon de la chair, en entretenant ce luxe affecté [145] que Jésus-Christ condamne dans l'Évangile, et qui est une des tentations les plus dangereuses; d'où vient que Tertullien n'a point fait d'hyperbole, quand reprochant aux femmes mondaines la magnificence de leurs habits, il l'a appelé une incontinence étudiée, *conflctam et elaboratam libidinem,* quand il a dit qu'il était impossible qu'une âme attachée servilement à idolâtrer son corps et à le parer, eût le cœur chaste, que si elle était chaste pour elle-même, elle ne l'était pas pour autrui, et qu'ainsi elle n'était jamais innocente.

Paroles étonnantes [146], et fondées sur les principes les plus solides de notre religion; car si cela n'était pas, pourquoi saint Paul, cet homme si éclairé, qui avait été instruit immédiatement de Dieu dans le troisième ciel, aurait-il recommandé non seulement aux vierges, mais aux femmes les plus engagées dans le monde, la simplicité des habits; pourquoi se serait-il appliqué à en faire une description si exacte; pourquoi ce grand saint, dont les idées étaient si sublimes, aurait-il voulu s'abaisser jusqu'à spécifier cent choses particulières, et venir à un détail que la dignité de la chaire

aurait quasi peine à souffrir? Pourquoi tous les Pères
après lui auraient-ils traité si fortement ce point de
morale, pourquoi en auraient-ils fait des livres exprès,
pourquoi saint Cyprien aurait-il avancé qu'une vierge
curieuse de ses ajustements, cesse d'être vierge devant
Dieu : *dum ornari virgo incipit, virgo esse desinit,
jam non viri sed Christi adultera;* si ce n'est que ces
grands hommes reconnaissaient que tout cet attirail
de vanité était l'ennemi mortel de la pureté et de
l'innocence, et qu'il était impossible que la vertu
subsistât avec tout ce luxe étudié.

Je sais que le monde n'a pas déféré à ces sentiments;
mais vous savez aussi à quel point le monde est
perverti; quoi qu'il en soit, ma chère sœur, vous
revêtant de cet habit, vous vous trouvez affranchie
de sa tyrannie et de cette vanité criminelle. Si vous
aviez pris parti dans le monde, le démon toujours
subtil et ingénieux vous aurait combattu par cet
endroit; n'osant pas vous déclarer une guerre ouverte,
il aurait commencé par le dehors, c'est-à-dire par
l'extérieur de ce luxe; il vous aurait investi par cette
pompe pour séduire votre cœur; la coutume aurait
prévalu, la mode vous aurait fait une nécessité de
vous conformer aux autres, la crainte d'être censurée,
la honte de vous déclarer pour Dieu auraient été
autant de brèches qu'il aurait faites à votre innocence,
et à moins d'avoir une vertu à l'épreuve, il vous aurait
été impossible de vous en défendre; car sans aller
plus loin, voilà l'écueil qui engage celles de votre sexe
à faire naufrage dans la voie du salut, et qui est
peut-être cause de ce qu'il y en a si peu qui se sauvent,
et tant de misérables qui se perdent.

Mais pour vous, que Dieu a tirée par miséricorde
de cette masse de perdition dans laquelle le monde
est enveloppé, vous vous êtes mise en état de ne pas
craindre ces fâcheuses disgrâces; puisque cet habit,
par une qualité qui lui est propre, vous sépare du

monde, et en vous en séparant, vous sert d'une éternelle protection. Le voile vous cache aux yeux des hommes, et par conséquent il vous met d'un côté en assurance contre les tentations, et de l'autre dans l'impuissance de servir d'obstacle au salut de votre prochain; car les Pères prétendent [147] qu'il y a deux désirs presque également criminels, celui de voir et celui d'être vue. Tertullien les croit aussi criminels l'un que l'autre, parce qu'ils partent d'une même cupidité : *Ejusdem libidinis est videre et videri.* Une vierge prenant le voile de la religion, n'est coupable d'aucun de ces deux désirs, puisqu'elle renonce au désir de voir, et qu'elle s'éloigne des occasions d'être vue; ainsi le démon de la chair ne peut plus la séduire; voilà son premier avantage.

Il en est de même de tous les autres ennemis de la grâce. La convoitise des yeux, qui est l'avarice, est un des plus difficiles à surmonter aux hommes du siècle; mais c'est un des plus aisés à combattre aux personnes qui entrent en religion. Vous diriez que l'habit qu'elles prennent, a une vertu comme sacramentelle et pour ainsi dire infaillible, pour leur inspirer un généreux mépris pour tous les biens de la terre; et dans la première entrée en religion, elles disent comme saint Paul dans la perfection de la vie apostolique : *Verum-tamen existimo omnia detrimentum esse propter eminentem scientiam Jesu Christi Domini mei;* je proteste hautement et j'en prends le ciel à témoin, la plus grande joie de mon cœur est de me priver de toutes choses, de renoncer à tous les droits de ma naissance et de ma fortune, de n'avoir plus d'espérance au monde, et d'être incapable de toute science que de celle qui m'assure de la possession de Jésus-Christ, dont je fais mon unique trésor, regardant tout le reste comme de la boue, et indigne de mes poursuites : *propter quem omnia detrimentum feci et arbitror ut stercora, ut Christum lucrifaciam.* Voilà comme parle une vierge dans la cérémonie de sa vêture. Une fille du monde, qui vit du monde, s'occupe des soins du monde, elle a des intérêts à ménager dans le monde, et parce qu'on ne s'établit pas dans le monde sans bien, parce que cette passion maudite est la racine de tous les maux, une fille se trouve à tous moments exposée à de tristes et malheureuses nécessités; car à quoi ne se résout-on pas pour avoir du bien et faire certaine figure dans le monde? dans quelles intrigues ne s'engage-t-on pas, de quelle sévérité ne se relâche-t-on pas, que n'accorde-t-on pas souvent contre son honneur et sa conscience? Mais pour celle qui prend l'habit de la pauvreté évangélique, elle est indépendante de toutes ces nécessités et dégagée de tous ces soins; elle se débarrasse de ce fardeau importun, et y ayant une fois renoncé, elle n'est susceptible d'aucune de ces impressions tyranniques que cette malheureuse cupidité fait dans les autres. N'est-ce pas un grand avantage?

Mais l'ennemi contre lequel cet habit a une vertu plus efficace, c'est celui que saint Jean appelle la superbe de la vie, *superbia vitæ*. Il est bien étrange, disait autrefois Tertullien, que les habits, qui ne sont que les dépouilles viles des animaux, causent de l'orgueil aux hommes; c'est ce qui les convainc d'une plus grande folie et d'une plus déplorable légèreté d'esprit, au milieu même des marques les plus éclatantes de leur ambition; car les habits n'ayant été donnés à l'homme que pour couvrir sa nudité, comme un effet le plus sensible de son péché, quelle plus grande folie que de s'en servir pour satisfaire sa vanité, que de s'en glorifier, que de s'en faire un sujet d'orgueil! C'est là cependant le désordre de toutes les conditions, et principalement celui des femmes du monde; cette recherche étudiée, cette affectation d'être bien mises, inspire en elles un orgueil secret, qui leur donne du mépris pour les autres, et leur ôte tout sentiment

de Dieu; l'expérience ne nous faisant que trop voir
qu'il est impossible qu'en ces occasions un chrétien
ait un véritable esprit d'humilité, pourquoi? Parce
que cette vanité, qui ne pare que l'extérieur, produit
cependant une autre vanité plus essentielle, qui est
l'amour de sa personne, et cet amour est un obstacle
incompatible avec l'humilité du christianisme. Quand
je dis l'humilité du christianisme, je dis le fond et la
substance de la religion, indispensable en chaque
fidèle en quelque état qu'il puisse être. Je dis une
humilité solide et foncière, parce que sans cette
condition le reste ne sont que de beaux dehors, qui ne
servent qu'à entretenir dans nous le plus dangereux
orgueil de la vie, et l'ennemi le plus déclaré de tous
les ennemis de Dieu. Or qu'y a-t-il de plus fort pour
le vaincre qu'un habit qui est la simplicité même,
dont la seule vue, comme disait Pierre de Blois,
suffit à le réprimer.

Quand Achab voulut s'humilier, l'Écriture dit qu'il
se couvrit de cendres et de cilice; mais elle remarque
en même temps que Dieu le considérant en cet état,
dit à Élie : N'avez-vous pas vu comme Achab s'est
humilié; *nonne vidisti humiliatum Achab?* n'avez-vous
pas observé ce changement prodigieux qui s'est fait
en sa personne? Or prenez garde, dit Pierre de Blois,
si se dépouiller pour un moment de ses habits magnifiques et en prendre de simples, cela suffit pour
corriger la fierté d'un roi, que sera-ce d'une religieuse,
qui durant toute sa vie se présente à Dieu avec des
vêtements d'humilité et de modestie? ne faut-il pas
dire qu'elle a des armes toutes-puissantes contre le
démon de l'orgueil, et généralement contre tous les
ennemis les plus redoutables du salut, dont je viens
de vous parler?

Mais ce que je vous prie de remarquer et qui servira
de morale et d'instruction commune, c'est qu'après
tout ce saint habit dont vous allez être vêtue, est un

habit de guerrière, qui vous remplira de force, mais
d'une force militaire [148] qui vous oblige à être perpétuellement en garde contre vous-même, à veiller
perpétuellement sur vous-même, à contraindre vos
inclinations, à faire violence à votre nature, parce que
sans cela vous n'en devez espérer aucune protection.
C'est un habit auquel Dieu a attaché les armes de la
grâce, et on peut dire de lui ce que le Saint-Esprit a
dit de la tour de David, *ex qua pendent mille clypei et
omnis armatura fortium ;* mais vous devez vous, vous
souvenir que, comme les meilleures armes sont inutiles
quand on les laisse sans exercice, cet habit s'avilit
quand on ne l'emploie pas aux usages auxquels il est
destiné. Dieu vous l'a donné pour vous fortifier,
c'est à vous de vous en servir ; voilà quelle doit être
aujourd'hui la disposition de votre esprit ; car vous
savez que quelques secours et quelque protection que
cet habit vous promette contre vos ennemis invisibles,
ils subsistent cependant toujours, et toujours il
faudra les combattre. Et cette considération doit vous
être un puissant motif pour ne pas tomber dans la
présomption, parce que quelque idée qu'on se forme
de la religion et du mépris que l'on y fait du monde,
la vanité peut s'y glisser, et c'est pour l'ordinaire le
mal le plus commun des cloîtres.

Il y a des ennemis à combattre, et c'est ce qui
humilie cette présomption ; des adversaires qui subsistent toujours, et c'est ce qui ranime ce zèle ; et
quand une fois une fille se sert de ces saintes armes,
sa victoire est d'autant plus belle que ses combats
sont opiniâtres. Car quelle consolation pour elle non
seulement durant cette vie, mais encore à l'heure de
la mort, lorsque, pour me servir des termes de Tertullien, étant toute armée de l'apôtre, *tota de apostolo
armata,* c'est-à-dire du bouclier de la foi, du casque
du salut et de l'Esprit, qui est la parole de Dieu, elle
se présente à Jésus-Christ, et lui expose ce vêtement

de force qu'elle a gardé dans sa pureté. Et afin que vous ne croyiez pas que cette expression soit métaphorique et hors de mon sujet, je remarque qu'après que le Sage a décrit la beauté et les avantages de l'habit dont il pare sa femme forte, il ajoute qu'entre tous les biens qu'elle y trouvera, elle sera comblée d'une joie incroyable dans ses derniers jours : *ridebit in die novissimo.*

Voilà, ma chère sœur, l'avantage qui vous attend. Cet habit, qui aura été votre force pendant votre vie, fera votre joie à votre mort; vous bénirez Dieu de vous l'avoir donné, pendant qu'une infinité d'autres, parées des ornements ridicules de l'ambition mondaine, se seront damnées; vous direz pour lors au démon avec autant de confiance que faisait saint Martin : *Quid adstas cruenta bestia, nihil in me funeste reperies ;* bête carnassière tu ne trouveras rien en moi de quoi assouvir ta rage; cet habit vous affranchira de ce cruel esclavage. Mais si c'est un habit de force, il est aussi un habit d'honneur et de gloire, c'est le sujet de mon

DEUXIÈME POINT

Ce n'est pas seulement pour le besoin et la commodité de la vie que l'usage des habits est ordonné de Dieu; la deuxième fin de leur institution a été de servir d'ornement à l'homme, et d'être une marque d'honneur qui distinguât les emplois, les rangs, les charges, et ce qu'il y a de plus considérable. Ainsi voyons-nous nos rois porter dans les grandes solennités la couronne et le manteau royal, qui sont les symboles de leur majesté; ainsi les souverains pontifes se parent de leurs habits de cérémonie; et le Saint-Esprit dans l'ancien Testament voulait bien lui-même prendre le soin de déterminer la matière, et de régler toutes les mesures de celui du grand-prêtre; ainsi les bienheureux dans le ciel sont revêtus d'un habit de gloire, et à entendre parler l'Écriture, vous diriez que

le vêtement est une des principales récompenses de
leurs mérites; *amicti stolis candidis;* ainsi l'Église
dans l'Apocalypse, est représentée revêtue du soleil,
mulier amicta sole, et Dieu même est environné de
clarté comme d'un vêtement lumineux : *amictus
lumine sicut vestimento.* C'est aussi ce qui fait, messieurs, que je soutiens que l'habit que reçoivent les
vierges, est un habit d'honneur et de gloire, et qu'il
n'y en a point sur la terre de plus auguste, ni pour qui
nous devions avoir une vénération plus profonde.
Peut-être cette proposition vous surprendra-t-elle,
cependant il n'y a rien de plus clair.

Car enfin ce qui fait la magnificence d'un habit, ce
qui le rend illustre, ce n'est pas la matière qui le com-
pose, c'est la dignité de la personne qui le porte. Les
habits des rois, par exemple, ne nous sont pas vénérables parce qu'ils sont couverts de brillants et de
pierreries, mais parce qu'ils marquent la grandeur de
la majesté qui en est revêtue. Or par cette règle je dis
que l'habit des vierges a quelque chose devant Dieu,
de plus grand et de plus glorieux que celui des rois,
pourquoi ? Parce que non seulement c'est l'habit des
épouses du Seigneur, dit saint Augustin, mais parce
que c'est l'habit de cérémonie avec lequel elles contractent déjà alliance avec lui. Mes chères sœurs, par
cette seule idée ne comprenez-vous pas déjà votre
élévation et votre gloire ? dont celles du monde qui
n'ont pas cet habit auraient sujet de vous porter envie.

Car quand saint Paul, faisant l'éloge de Jésus-Christ,
veut exprimer la prééminence de cet homme-Dieu
au-dessus de tous les esprits célestes, il ne se sert
point d'autre argument que de dire qu'il est seul
appelé son fils naturel. *Cui angelorum dixit, ego hodie
genui te?* Qui est celui d'entre les anges à qui le Père
éternel ait jamais dit : je vous ai engendré aujourd'hui?
Les anges sont bien les ambassadeurs et les officiers
de Dieu, envoyés pour porter et faire exécuter ses

ordres; mais pas un d'eux n'a jamais porté la qualité
de son fils; voilà le raisonnement de l'Apôtre, or appliquez-vous à ceci. Il est question de savoir si l'habit
des rois est plus honorable dans l'idée de Dieu, que
celui des vierges, et pour vous en faire vous-mêmes
les juges, je dis que c'est l'habit des épouses de Jésus-
Christ, et que celui des rois n'est que l'habit de ses
serviteurs; après cela est-il difficile de tirer la conséquence de l'avantage de l'un sur l'autre? Roi, voilà
un grand nom, voilà un nom auguste et vénérable;
mais après tout c'est le nom des ministres et des serviteurs de Dieu, et on peut dire d'eux ce que le même
apôtre disait des anges : *in ministerium missi;* or qui
doute que la qualité d'épouse de Jésus-Christ ne
l'emporte sur celle de ses serviteurs? Je dis plus,
cette qualité d'épouse, quoique inférieure en tout autre
sens, considérée par le rapport de cette alliance
surpasse même la qualité d'apôtre et de précurseur
de Jésus-Christ, pourquoi? C'est qu'être apôtre et
précurseur, c'est être serviteur, d'où vient que saint
Paul parlant de lui, disait : *Paulus servus Jesu Christi*,
pour marquer que son apostolat était plus un titre
de servitude que de grandeur; mais l'épouse comme
épouse, n'est pas faite pour servir, mais au contraire
pour entrer en communication de tous les droits et
de tous les honneurs de son époux. Voilà pourquoi
saint Cyprien ne fait pas difficulté d'appeler une vierge
chrétienne, la plus illustre portion du troupeau de
Jésus-Christ, nom qui n'est donné ni aux apôtres, ni
aux martyrs, ni aux pasteurs, ni aux prédicateurs de
l'Évangile : *illustrior portio gregis Christi*, parce qu'une
vierge est l'épouse, et qu'on lui peut attribuer ce que
saint Paul disait dans un autre sens : *tanto excellentior
factus quanto præ illis excellentius nomen hæreditavit*,
qu'elle a d'autant plus d'élévation au-dessus du reste
des créatures, que le nom qu'elle a en héritage passe
tous les autres en dignité. Voilà le sentiment des

Pères, et quand ils parlaient de la sorte, c'était dans la rigueur des termes, pour nous faire comprendre la gloire des vierges qui se vouent solennellement à Dieu.

Car remarquez, je vous prie, que les vierges qui vivent dans le monde, quelque sainteté qu'elles aient, elles [10] ne sont pas élevées à la qualité d'épouses, pourquoi? Pour trois raisons, que je ne fais que toucher en passant, premièrement parce que, demeurant dans la liberté du choix, elles ne sont pas vierges par engagement, ce qui est cependant nécessaire; deuxièmement parce que, vivant au milieu du monde, elles n'abandonnent pas père et mère, selon cette grande parole de l'Écriture, *relinquet homo patrem suum et matrem suam et adhærebit uxori suæ;* troisièmement parce qu'encore qu'elles soient vierges, cependant elles ne le sont pas avec solennité ni par une profession publique. Mais il n'en est pas de même de vous, mes chères sœurs; vous êtes à Jésus-Christ par engagement et par état, vous renoncez pour l'amour de lui au monde, vous quittez pour lui père et mère, vous lui êtes consacrées par une bénédiction solennelle; d'où je conclus qu'il n'y a point de gloire pareille à celle que votre habit vous donne, puisque c'est l'habit de cérémonie par lequel, pour me servir des termes de saint Paul, vous êtes les fiancées de Jésus-Christ : *Spopondi vos uni viro virginem castam exhibere Christo,* puisque c'est l'habit de fête et de pompe avec lequel vous suivrez l'agneau par tout où il ira ; *virgines sequuntur agnum quocumque ierit.*

Après cela faut-il s'étonner si tant d'illustres filles renoncent à tous les avantages, et aux plus honorables alliances du siècle, faut-il s'étonner si tant de jeunes princesses se dépouillent de tout l'attirail des grandeurs humaines pour se revêtir de cet habit d'humilité? et si bien loin de se figurer que Dieu leur est redevable de ce généreux mépris qu'elles font du monde, elles se tiennent honorées de la faveur que Dieu leur fait

en les agréant pour ses épouses; si prévenues de cette
pensée, elles embrassent ce parti, non seulement avec
ferveur, mais avec action de grâces. C'est là, ma chère
sœur, un grand mystère pour vous, mystère que les
gens du siècle n'entendent pas; *non omnes capiunt
verbum hoc,* ou par un trop grand engagement qu'ils
ont au monde, ou par un bruit trop tumultueux de
leurs passions, ou par un trop profond oubli des
choses de Dieu. C'est aussi le sentiment avec lequel je
vous laisse estimer la gloire de ce saint habit que vous
allez recevoir. Prisez-le, je ne dis pas plus que les
habits du siècle, mais plus que la pourpre des rois, et
que tous les royaumes du monde; l'estime de cet
habit entretiendra dans vous la ferveur de votre
vocation, et vous fera souvenir de ce que vous êtes
à Dieu, et de ce que vous lui devez.

Je suis l'épouse de Jésus-Christ; il faut donc que
toutes mes actions répondent à cette qualité, que je
parle et que j'agisse comme une épouse de Dieu. Si
une fille d'une naissance obscure était élevée à l'alliance d'un grand roi, quelles seraient ses pensées!
et cependant que serait-ce en comparaison de l'honneur
que je reçois! Je suis l'épouse de Jésus-Christ; il faut
donc que j'aie pour lui les sentiments d'une épouse,
que tout me soit aisé pour lui, que je ne me rebute
d'aucune peine, et que comme une épouse endure ce
qu'il y a de plus pénible pour témoigner la fidélité à
son époux, je ne trouve rien de fâcheux dans la religion.
Je suis l'épouse de Jésus-Christ, il me faut donc tout
quitter pour lui, car il serait étrange qu'après avoir
quitté père et mère, je les recherchasse, qu'après avoir
renoncé au monde, j'y attachasse mon amitié. Je suis
l'épouse de Jésus-Christ, il faut donc que j'aie la sainteté
d'une épouse, non pas une sainteté commune, mais
qui ait rapport à cette glorieuse qualité; sans cela, non
seulement je n'arriverai pas à la perfection de mon
état, mais je courrai même risque de me perdre.

Videte vocationem vestram, regardez, consultez la grandeur de votre vocation, et s'il vous arrive de tomber dans quelque relâchement de vertu, confondez-vous, humiliez-vous, anéantissez-vous par cette pensée. Est-ce vivre en épouse d'un Dieu? fallait-il pour cela faire tant de démarches, renoncer au monde, fallait-il pour cela embrasser une vie sainte?

Pour vous, mes chers auditeurs, qui ne prétendez pas à cette gloire, aspirez à celle que Dieu vous a permise, et qu'il vous a donnée dans le sacrement de baptême. Vous êtes chrétiens, et en cette qualité vous avez été revêtus, non pas de la robe de Jésus-Christ, mais de la grâce de Jésus-Christ, mais de la sainteté de Jésus-Christ, que dis-je? de Jésus-Christ même : *Quotquot baptizati estis, Christum induistis;* et parce qu'il est de foi que vous ne trouverez jamais de grâce devant Dieu qu'autant que vous paraîtrez ornés de cet habit, c'est-à-dire autant que vous représenterez Jésus-Christ dans vos personnes, si vous êtes assez malheureux pour vous dépouiller de lui, qui que vous soyez, fussiez-vous le plus grand de tous les hommes, Dieu ne peut vous souffrir, il a la dernière aversion pour vous.

Or qu'est-ce que se revêtir de Jésus-Christ? C'est se revêtir de sa pénitence, de ses mortifications, de sa pauvreté, de son humilité. En voici la raison dans saint Paul : parce que nous ne sommes revêtus de Jésus-Christ que par le baptême; or le baptême est une copie de la mort de Jésus-Christ; d'où vient que cet apôtre dit : *Quicumque baptizati sumus in Christo Jesu in morte ipsius baptizati sumus;* qu'ayant été baptisés en Jésus-Christ, nous avons été baptisés dans sa mort; comme si son sang avait été le bain salutaire dans lequel nous avons été non seulement purifiés, mais engendrés. Nous avons donc été revêtus non pas de Jésus-Christ vivant, mais de Jésus-Christ mort, non pas de Jésus-Christ riche, mais de Jésus-

Christ pauvre, non pas de Jésus-Christ glorieux, mais de Jésus-Christ anéanti; et voilà pourquoi saint Paul voulait que nous portassions dans le monde, et encore plus dans le monde que dans la religion, la mortification de Jésus-Christ : *mortificationem Domini nostri Jesu Christi in corpore nostro semper circumferentes ;* portez toujours dans vos corps la mortification de Jésus-Christ.

Vous n'êtes pas ses épouses, mes chers auditeurs, dans le sens qui ne convient qu'à ces saintes filles, qui se consacrent à lui dans la religion; mais toujours vous entrez dans son alliance; vous êtes ses membres, vous composez son corps mystique, et il n'en faut pas davantage pour vous obliger à mener une vie sainte, une vie pauvre, humiliée et souffrante, qui commençant ici bas les traits de cette divine ressemblance, les achève par une union intime et une participation de sa gloire, dans le ciel que je vous souhaite. *Amen.*

LETTRES DE DIRECTION
A MADAME DE MAINTENON [149]

J'ai lu, Madame, et relu avec toute l'attention dont je suis capable, le petit livre [150] que vous m'avez fait l'honneur de m'envoyer; et puisque vous m'ordonnez de vous en dire ma pensée, la voici en peu de mots. Je veux croire que la personne qui l'a composé a eu une bonne intention. Mais autant que j'en puis juger, son zèle n'a pas été selon la science, comme il aurait pourtant dû l'être dans une matière aussi importante que celle-ci; car il m'a paru que ce livre n'avait rien de solide, ni qui fût fondé sur les véritables principes de la religion. Au contraire j'y ai trouvé beaucoup de propositions fausses, dangereuses, sujettes à de grands abus, et qui vont à détourner les âmes de la voie d'oraison que Jésus-Christ nous a enseignée, et que l'Écriture nous recommande expressément : à les détourner, dis-je, jusqu'à leur en donner du mépris.

En effet la forme d'oraison que Jésus-Christ nous a prescrite, est de faire à Dieu plusieurs demandes particulières pour obtenir de lui, soit comme pécheurs, soit comme justes, les différentes grâces du salut dont nous avons besoin. L'oraison que l'Écriture nous recommande en mille endroits, est de méditer la loi de Dieu, de nous exciter à la ferveur de son divin service, de nous imprimer une crainte respectueuse de ses jugements, de nous occuper du souvenir de ses miséricordes, de l'adorer, de l'invoquer, de le remercier, de repasser devant lui les années de notre vie dans l'amertume de notre âme, d'examiner en sa présence nos obligations et nos devoirs. Ainsi priait David, l'homme selon le cœur de Dieu, et ainsi l'ont pratiqué les saints de tous les siècles. Or, la méthode d'oraison recommandée dans le livre dont il s'agit, est de retrancher tout cela, non seulement comme inutile, mais comme imparfait, comme opposé à l'unité et à la simplicité de Dieu, comme une propriété de la créature, et même comme quelque chose de nuisible à l'âme, eu égard à l'état où l'on suppose qu'elle se met quand il lui plaît de se réduire à ce simple acte de foi, par lequel elle envisage Dieu en elle-même sous la plus abstraite de toutes les idées; se bornant là, et sans autre effort ni préparation, attendant que Dieu fasse tout le reste. Méthode encore un coup pleine d'illusion, qui roule sur ce principe mal entendu, dont le quiétiste [151] abuse, savoir que la perfection de l'âme dans l'oraison est qu'elle se dépouille de ses propres opérations surnaturelles, saintes, méritoires et procédantes de l'esprit de Dieu, telles que sont celles dont je viens de faire le dénombrement. Car quelle perfection peut-il y avoir à se dépouiller des plus excellents actes des vertus chrétiennes, dans lesquels, selon Jésus-Christ et selon tous les livres sacrés, consiste le mérite et la sainteté de l'oraison même. Cependant c'est à ce prétendu dépouillement, j'ose dire à cette chimérique perfection, qu'aboutit toute la doctrine du *Moyen court.*

Je sais bien que Dieu, dans l'état et dans le moment de l'actuelle contemplation, peut se communiquer à l'âme d'une manière très forte, qui fasse cesser en elle soudainement tous les actes particuliers, quoique bons et saints, parce qu'il tient alors les puissances de l'âme comme liées et fixées à un seul objet, en sorte que l'âme n'est pas libre, et qu'elle souffre l'impression de Dieu plutôt qu'elle n'agit; je sais, dis-je, que cela arrive, car à Dieu ne plaise que je veuille ici combattre la grâce et le don de la contemplation infuse. Mais que l'âme, de son chef, prévenant cet état et ce moment de contemplation, affecte elle-même de suspendre dans l'oraison les plus saintes opérations, pour s'en tenir au seul acte de foi, et que par son choix elle se détermine à sortir de la voie sûre que Jésus-Christ lui a marquée, pour s'engager dans une nouvelle route, qui par la raison même qu'elle est nouvelle, doit au moins lui être suspecte, c'est ce que je ne conviendrai jamais être pour elle une perfection.

On dit que l'âme n'en use ainsi, et ne se défait de ses opérations que pour s'abandonner pleinement à Dieu, et laisser agir Dieu en elle; et moi je soutiens qu'elle ne peut mieux se disposer à laisser Dieu agir en elle, qu'en faisant elle-même fidèlement ce que Jésus-Christ lui a appris dans l'oraison dominicale, ou ce que David a pratiqué dans ses entretiens avec Dieu; et j'ajoute que si jamais l'âme avait droit d'espérer que Dieu l'élevât à la contemplation, ce serait dans le moment où avec humilité, avec fidélité, il la trouverait solidement occupée du saint exercice de la méditation. Quoi qu'il en soit, se faire, selon le *Moyen court*, une méthode et une pratique de retrancher de l'oraison ce que Jésus-Christ y a mis, et ce que les saints ont conçu de meilleur et de plus agréable à Dieu : les demandes, les remerciements, les offres de soi-même, les désirs, les résolutions, les actes de résignation et de componction, pour s'arrêter à une foi nue, qui n'a pour objet ni aucune vérité de l'Évangile, ni aucun mystère de Jésus-Christ, ni aucun attribut de Dieu, ni nulle chose quelconque, si ce n'est précisément Dieu; proposer indifféremment cette méthode d'oraison à toutes sortes de personnes sans exception; préférer cette méthode d'oraison à celle

que Jésus-Christ a enseignée à ses apôtres, et par eux
à toute son Église; prétendre que cette méthode
d'oraison est plus nécessaire au salut, plus propre à
sanctifier les âmes, à acquérir les vertus, à corriger
les vices, plus proportionnée aux esprits grossiers et
ignorants, plus facile pour eux à pratiquer que
l'oraison commune de méditation et d'affection;
quitter pour cette méthode d'oraison la lecture, les
prières vocales, le soin d'examiner sa conscience,
substituer même cette méthode d'oraison aux dispositions les plus essentielles du sacrement de la pénitence, jusqu'à vouloir qu'elle puisse tenir lieu de
contrition, sans qu'on ait actuellement aucune vue
de ses péchés : toutes ces choses, dis-je, me paraissent
autant de choses dangereuses, dont le *Moyen court*
est rempli.

Il me faudrait un volume entier pour vous le faire
remarquer suivant l'ordre des chapitres. J'en ai
fait l'extrait, que je pourrai quelque jour vous porter
à Saint-Cyr, aussi bien que le sermon que je fis
à Saint-Eustache [152] sur cette matière. Cependant,
comme j'ai découvert que ce *Moyen court* n'était
qu'une répétition d'un autre ouvrage, intitulé *Pratique
facile pour élever l'âme à la contemplation*, qui parut
il y a environ vingt ans, et dont l'auteur était un prêtre
de Marseille, nommé Malaval [153], je vous envoie la tra-
duction française de la réfutation qui s'en fit alors
par un célèbre prédicateur, nommé le Père Segneri [154],
qui vit encore, et qui a le premier combattu la secte
de Molinos.

Mais je ne puis, en finissant, m'empêcher de remercier
Dieu de ce qu'il vous a préservée d'avoir du goût
pour ces sortes de livres, et de ce que par une providence
particulière, vous ne leur avez donné nulle approbation. Car dans le mouvement où sont les esprits [155],
quels progrès cette méthode d'oraison ne ferait-elle
pas parmi les dévots, surtout à la cour, si elle y était

appuyée de votre crédit! Dieu m'est témoin que
je n'abonde point en mon sens, et j'ai même la consolation que ce que je connais dans le monde de gens
habiles, distingués par leur savoir et par leur piété,
en jugent comme moi.

Ce qui serait à souhaiter, dans le siècle où nous
sommes, ce serait qu'on parlât peu de ces matières,
et que les âmes mêmes qui pourraient être véritablement dans l'oraison de contemplation, ne s'en expli-
quassent jamais entre elles, et encore même rarement
avec leurs pères spirituels. C'est ce que j'ai observé [156]
à l'égard de certaines personnes qui se sont adressées
à moi pour leur conduite, et à qui j'ai donné pour
première règle de n'avoir sur le chapitre de leur
oraison, nulle communication avec d'autres dévotes,
sous quelque prétexte que ce soit, pour éviter les abus
que l'expérience m'a appris s'ensuivre de ces confi-
dences. Voilà, madame, toutes mes pensées que je
vous confie, et qui ne seront peut-être pas bien éloignées des vôtres.

Comme j'achevais ces remarques, j'ai reçu, madame,
le petit billet que vous m'avez fait l'honneur de
m'écrire, et je vous demande bien pardon de ne
vous avoir pas renvoyé plus tôt le livre qu'on m'avait
apporté de votre part. Il est vrai qu'ayant eu depuis
ce temps-là trois sermons à faire, à peine ai-je pu
trouver le temps de le lire attentivement et à loisir;
mais je ne prétends pas, madame, me justifier par là
auprès de vous, et j'aime bien mieux vous remercier
de la manière obligeante avec laquelle vous voulez
bien vous intéresser à ma santé.

apprends de votre crédit [...] s'est répandu qui
je tâcherai [...] en un mot, si j'ai crainte de vous
donner que [...] je [...] vous le [...] de pru-
nable [...] [...] et [...] jour table
se [...] je [...] qualité [...]

DEUXIÈME LETTRE, EN FORME D'INSTRUCTION

Puisque Dieu a permis que vous soyez la supérieure
d'une des plus grandes communautés du royaume et
d'un nouvel établissement [157] dans lequel on peut
faire beaucoup de bien ou beaucoup de mal, n'oubliez
rien pour répondre à son choix, et pour obtenir les
grâces dont vous avez un si grand besoin. Et puisque
Dieu a voulu que je contribuasse au bien de votre
maison, je crois vous devoir dire tout ce qui me vient
dans l'esprit, en vous déclarant que si j'écris quelque
chose qui ne soit pas approuvé des gens de bien que
vous verrez, je me dédis et je condamne mon opinion.

Je crois, ma très chère fille [158], que pour bien
gouverner, il faut sans cesse vous oublier, et ne
penser qu'à établir la supériorité [159], de la manière dont
elle sera la plus utile et la plus édifiante pour votre
maison. Ne pensez donc jamais à votre personne, ni
pour vous enorgueillir des avantages que vous pourrez
donner à la supérieure, ni à vous humilier pour lui
ôter ce qui lui serait dû, et nécessaire pour que l'on
lui rende le respect que l'on doit. Mais en tout ce que
vous ferez, pensez à ce qui sera le plus utile pour le
bien spirituel et temporel, sans songer à ce que l'on
dira ou à ce que l'on pensera de vous.

N'avilissez point la place de supérieure pour vous
humilier, car vous avez l'autorité pour vous en
servir; n'élevez pas trop la place de supérieure, de
peur de mettre dans votre maison des airs de grandeur
et d'abbaye, que votre fondateur [160] n'y a pas voulu.
Mais marchez simplement et franchement par le
milieu qui est le chemin de la vertu, et prenez toute
l'autorité qu'il faut pour être estimée, crainte, respectée, et ne désirez cela que pour produire vos filles

à Dieu. Ne craignez pas trop de déplaire, je crois vous l'avoir déjà recommandé ailleurs.

Faites-vous quelque ordre, pour ne pas manquer à vos devoirs, qui sont plus étendus que vous ne pensez. Par exemple, je me réglerais à aller tous les mois aux classes, et je me fixerais un jour dans mon projet. Le premier lundi du mois j'irai voir les Bleues à l'heure qu'on leur fait le catéchisme, pour entendre la manière dont on les instruit. J'irai le second lundi du mois voir les Jaunes, et je prendrai l'heure qu'on leur fait la lecture, pour voir comment cela se passe. J'irai le troisième lundi du mois voir les Vertes, et je prendrai l'heure qu'elles lisent, pour voir si la méthode est bonne. Le quatrième mardi du mois, j'irai assister au lever des Rouges pour voir si chacun fait son devoir d'un bout à l'autre. Je ne dirais point mon projet, de peur que l'on m'attende, et je changerais de temps en temps; mais je me réglerais de sorte que je verrais les demoiselles tous les mois, sans compter les extraordinaires.

Outre le temps que je donnerais à voir et arrêter les comptes, je ne manquerais pas à donner tous les mois un jour au dépôt, pour m'informer de l'ordre qu'on y tient sur les registres, mémoire et quittances, et je lirais quelque chose dans le livre que M... a mis au dépôt, qui traite en détail le revenu de la maison. J'irais tous les mois une fois le matin, au jardin, et m'y ferais accompagner par la sous-prieure ou par l'assistante; j'aurais le principal valet avec moi; j'entretiendrais le jardinier; je me ferais tout montrer par lui; je saurais à quoi il est obligé par son marché, et je verrais s'il s'en acquitte et si le jardin est en bon ordre. Je ne passerais pas un mois sans aller une fois au lavoir, suivie de la dame qui a soin du linge, et là je verrais si tout se fait comme il faut. J'irais une fois la semaine à l'infirmerie quand il n'y a point de maladies considérables, et quand il y aura quelqu'un en danger, j'irais tous les jours lui faire une visite pour lui parler de Dieu, et pour m'informer s'il ne lui manque rien.

Il ne se passerait pas un mois que je n'aille au noviciat assister à l'instruction que l'on y fait, et je me prescrirais un jour pour n'y pas manquer et pour n'y pas aller trop souvent et inégalement, si j'oubliais quand j'y aurais été. Il ne faudrait pas passer un mois sans faire une visite aux prêtres pour savoir si rien ne leur manque.

Pour la visite des charges, elle se doit faire plus souvent; mais je ne laisserais pas de me faire à moi-même quelque règle pour qu'il y eût égalité et uniformité dans ma conduite qui ne me laissât rien oublier.

Je destinerais quelques jours de la semaine, comme par exemple le vendredi et le mercredi, pour donner du temps à toutes celles qui voudraient me parler, et je ne ferais pas de difficulté de les remettre à ces jours-là quand elles ne seraient pas pressées, sans leur dire pourtant que j'y eusse destiné ces jours-là. Il faudrait aller deux fois l'année à l'infirmerie de la petite vérole, pour voir l'état où elle est, et se faire accompagner par l'inspectrice des meubles. Il ne faudrait pas passer un mois sans aller une fois à la lecture et à l'instruction que l'on fait aux sœurs converses dans le réfectoire des demoiselles. Outre les raisons que vous aurez quelquefois de ne vous pas trouver à toutes les observances, il faudrait y manquer de temps en temps, et aller dans un des oratoires, pour voir si rien ne se relâche quand on ne vous voit pas au chœur, soit pour les cérémonies ou pour les bienséances.

Aimez l'ordre extérieur, assujettissez-y vos filles; mais travaillez à perfectionner leur vocation, car votre maison ne se soutiendra pas, si elles ne sont vraiment religieuses et si elles ne sont réglées que par la complaisance ou par la crainte qu'elles ont pour vous. Aimez l'ordre et l'arrangement; mais ne vous troublez pas et ne vous impatientez pas quand quelque chose de nécessaire se trouble, et soyez persuadée que pour le bien établir, il faut que les dames l'aiment autant que vous. Or le moyen de le leur faire aimer, est de leur inspirer de la pieté, et de leur donner pour cela toute la liberté et toute la facilité qui peut les y conduire.

Vous ne serez jamais sans quelque désordre dans votre maison, si vous appelez désordre ce qui trouble l'arrangement extérieur. Il y aura tantôt des maladies générales, tantôt des curieux, une fois des confesseurs extraordinaires, une autre fois des étrangers, un jour des consultations de vos filles, un autre le relâchement ou la révolte de quelques-unes, un jour le feu, un jour le débordement des eaux; enfin comptez qu'il y a toujours quelque chose qui vient troubler et embarrasser celle qui est chargée de tout et qui doit penser à tout. Le moyen de trouver du repos est de n'en point espérer, de n'en point chercher et de n'en point désirer, et de faire une paix au dedans de soi avec Dieu dans tous ces événements. Si vous prenez ce parti, votre travail vous paraîtra doux; car une des peines du travail est l'envie d'avoir achevé son travail; et si vous vous mettez dans l'esprit que vous n'aurez jamais fait, et que vous voulez travailler toute votre vie, vous agirez sans inquiétude et sans impatience.

Ne jugez pas de vos filles par vous, et compatissez à leurs lâchetés et à leurs faiblesses, mais en travaillant à les guérir. Observez-les sans les contraindre dans les récréations, où elles se montrent plus naturellement, et c'est un des endroits qui vous les fera le mieux connaître. Ne leur laissez ni scrupules mal fondés, ni superstitions, ni faiblesses, ni singularités; ces défauts-là augmenteraient toujours, et elles sont assez jeunes pour s'en défaire. Il est nécessaire de mettre chez vous un bon esprit ferme et solide, pourvu que ce soit une solidité fondée sur la religion, et non sur la morale païenne, dont il faut éloigner vos demoiselles.

Faites-vous une pratique de patience de parler souvent à vos filles en particulier. Vous ne manquerez pas pour cela de prétextes, quand elles ne s'y porteraient pas d'elles-mêmes, et rien ne leur sera plus utile. Considérez que si vous parlez tous les jours à une de vos dames, vous ne leur parlerez pas tant que tous les dix-neuf jours. Le fruit de ces conversations ne vous paraîtra pas d'abord, mais il n'en sera pas moins effectif. Consolez l'une sur la maladie, excitez l'autre dans sa lâcheté, attaquez dans l'une la trop grande liberté de trouver à redire à tout, conseillez à l'autre d'être moins occupée de ses proches, portez celle qui est trop dissipée à plus de recueillement, et la contemplative à un peu d'action : tout cela sont des œuvres qui seront bien agréables à Dieu et bien utiles à votre maison.

Mais il faut agir avec une grande douceur, et un grand désir de les conduire à Dieu. Oui, madame, toutes vos actions, toutes vos paroles, toutes vos réprimandes et toutes vos complaisances doivent être dans cette fin, et je ne doute pas qu'elles n'y soient. Je suis sûr que vos promenades, vos jeux et vos plaisirs ont pour but de leur faire voir que vous accordez tout ce qui n'est point mauvais, afin de les persuader qu'il n'entre ni austérité, ni mauvaise humeur dans vos refus. Si votre charge est pénible par les soins continuels auxquels elle vous engage, elle a quelque chose de bien doux, si vous pensez combien vous pouvez contribuer à la gloire de Dieu, et que vous serez récompensée de toutes vos actions et de toutes vos paroles. Il est bien consolant de penser, et de penser avec vérité, que les récréations accordées dans cette vue sont aussi agréables à Dieu que ce que vous faites dans le chapitre. Agissez donc avec cette fidélité, qui bien loin de vous contraindre, augmentera votre joie, et servira Dieu dans la maison, avec une grande liberté d'esprit et une confiance qui ne peut aller trop loin, dans une conscience telle que je connais la vôtre.

Vous voyez avec quelle complaisance j'écris tout ce qui me vient dans l'esprit, parce que vous le désirez, et malgré la confusion où je suis de faire des leçons de piété, moi qui n'ai pas encore fait le premier pas dans celle que je dois avoir, si je veux faire mon salut.

Prévenez vos filles, donnez-leur du temps, reprenez-les cordialement, ne les fâchez que le moins que vous pourrez; ne souffrez entre vous aucune froideur; allez au-devant, quelque tort qu'elles puissent avoir. Allez bien droit avec vos filles; ne les regardez pas différemment par rapport au plus ou moins de confiance qu'elles ont en vous; ce sera le moyen de les attirer toutes à vous; mais il y faut une grande patience.

Prenez du temps pour prier, vous en avez grand besoin. La régularité, l'obéissance, le rapport des filles avec vous : voilà le principal. Vous avez à vous garder de vous-même, de vos sœurs et des demoiselles. Une petite préférence, quelques louanges données vivement, une peine de les voir souffrir : tout cela est regardé comme l'effet d'une inclination particulière. Que la supérieure, sur les avis qui lui sont donnés sur les amitiés particulières, suspende son jugement; qu'elle voie si le même lui viendra de plusieurs endroits; qu'elle observe la disposition des personnes qui avertissent à l'égard de celles qu'elles accusent; qu'elle fasse réflexion sur le caractère d'esprit des unes et des autres; et si toutes ces précautions la confirment dans ses soupçons, qu'elle attende pour y remédier que la providence lui fournisse quelque occasion naturelle. Confiez-vous en Dieu quand vous voulez parler; ne prétendez à rien qu'à remplir vos obligations, et je vous assure que vous ferez du fruit.

Dans le choix de vos sujets il faut éviter les petits esprits difficultueux et qui se troublent aisément.

Ayez toujours en vue la gloire de Dieu, l'accomplissement de vos vœux et la fin de votre institut. La gloire de Dieu est qu'il soit bien servi chez vous, et jamais offensé par votre faute; l'accomplissement de vos vœux est de bien pratiquer et de bien établir ceux que vous avez faits; la fin de votre institut est l'éducation des demoiselles, à laquelle il faut tout sacrifier; il faut donc que vos demoiselles soient bien élevées, bien traitées et bien observées, et que tout manque chez vous plutôt que ce qui les regarde.

Évitez une économie contraire à la régularité et au véritable bien de vos filles, et n'évitez pas moins un air de dépense, de grandeur et de hauteur si peu conforme à la pauvreté religieuse. N'oubliez rien pour vous faire aimer de votre communauté; enfin dans leurs faiblesses, dans leurs peines bien ou mal fondées, perdez du temps pour éviter leur plainte : il ne sera pas perdu pour vous. Il faut que vos filles soient persuadées que vous êtes aussi condescendante dans ce que vous pouvez, que vigilante dans ce que vous devez. Il faut que vous soyez d'un facile accès, cela est essentiel à une supérieure, qu'on vous trouve toujours prête à écouter, sans jamais rebuter ni vous impatienter, accordant avec douceur ce que vous pouvez accorder, et remettant le reste quand vous y aurez pensé.

Prenez du temps pour vous reposer, pour lire, pour penser, pour prier. Soyez inexorable sur ce qui peut troubler l'ordre, assujettissez-y vous-même, car votre troupeau est si grand et si vif, que si quelqu'un se détourne, tous les autres suivront, et vous aurez de la peine à les rassembler.

Il faut exiger une obéissance exacte, soumise et sans raisonnement. Il faut quand vous avez donné un règlement ou un ordre, qu'il soit exécuté dans le temps, dans le lieu et par la personne que vous avez prescrits, et que vous puissiez compter que ce que vous avez ordonné est fait.

La bonne intention et la discrétion doivent régler votre conduite. Soyez d'un facile accès, et donnez aux dames tout le temps qu'elles vous demandent; écoutez leurs plaintes, leurs scrupules, et ne croyez pas perdre les heures que vous emploierez à ces actions de charité. Servez-vous de tout pour les conduire à Dieu, et croyez que vos complaisances, votre patience, les petits relâchements, les tolérances, et enfin jusqu'aux divertissements, croyez, dis-je, que tout aura son mérite, si votre motif est de vous servir de toute chose pour la gloire de Dieu. Imitez Jésus-Christ dans votre supériorité, et souvenez-vous de ces paroles : *Venez à moi et je vous soulagerai.*

Soyez bien appliquée à tenir le milieu entre la trop grande liberté avec les confesseurs et la contrainte dans les confessions. Je crois que vous devez toujours conserver la pratique de ne les point voir à la grille, mais au confessionnal.

Ne désavouez jamais les dames qui sont en charge, surtout celles qui ont le maniement du temporel. Ce serait autoriser le désordre; mais reprenez les manquements en particulier, quoique vous ayez soutenu la personne en public. Soyez soigneuse de la santé de vos filles, allez au-devant de tout ce qu'elles peuvent raisonnablement désirer.

Il est nécessaire de mettre chez vous un bon esprit ferme et solide, pourvu que ce soit une solidité fondée sur la piété, et non sur l'élévation de l'esprit, dont il faut éloigner les demoiselles aussi bien que vous.

FIN

NOTES ET VARIANTES

NOTA. — Je n'ai pas cru nécessaire de charger ces notes de références aux endroits de l'Écriture et des Pères, qui moins cités que possédés par l'orateur, s'incorporent à sa pensée et roulent dans le flot de son discours. Je ne me suis pas moins dispensé de notes aux noms propres connus qu'on trouve dans tous les dictionnaires. Des explications de termes qui dans le sens qu'ils ont pris, feraient contresens pour le lecteur, des remarques grammaticales pour prévenir sa critique, quelques réflexions sur le sens qui portaient une instruction utile, trois ou quatre références au texte controuvé de Bretonneau, sont tout ce qu'il m'a paru utile de joindre aux références critiques et aux variantes.

1. Texte de la subreptice, revu sur le Montausier et sur le recueil 9637 de la Bibliothèque. Pub. par Griselle d'après le Montausier, dans *Sermons choisis.* Bretonneau, Carême, dimanche de la IVe semaine.

2. Fils de Jacob, pris comme témoin à titre de grand dans le monde auprès du Pharaon.

3. Manière de parler constante dans les recueils.

4. Tant que.

5. *Omni tempore* est de l'orateur, qui cite ordinairement de mémoire.

6. En même temps.

7. Texte de la subreptice, revu pour le premier exorde, sur le recueil de Saint-Sulpice. Bretonneau, Dimanches, 16e après la Pentecôte.

8. Manière de parler constante dans les recueils.

9. Passage autrefois en usage, du discours indirect au direct.

10. Rappel du sujet, ordinaire alors.

11. En conséquence, ordinaire chez l'orateur.

12. Siéger au parlement.

13. Exempter.

14. On disait *bien sensé* pour dire *de bon sens*.

15. Avant.

16. Texte de la subreptice, corrigé sur le recueil de Grenoble, d'où les additions ci-après sont prises. Pub. par Griselle dans *Œuvres Complètes*, sur la subreptice seule. Bretonneau, Carême, dimanche de la IIIᵉ semaine.

17. Il y a ici confusion du démon et de l'homme dont il fait son esclave : l'agitation est pour celui-ci, tandis que l'autre est sûr de son empire, comme l'orateur le dira plus loin.

18. La récidive de l'indirect par *en*, constante alors, a permis ce tour exceptionnel.

19. Erreur commune. Clément d'Alexandrie n'est pas saint.

20. Addition du recueil de Grenoble.
Et ne pensez pas qu'il n'y ait que les hommes capables de tomber dans un aveuglement d'esprit en matière de ce péché; les femmes n'en sont pas exemptes; car, quoiqu'elles ne se laissent pas aller aux derniers excès d'infamie, desquels le seul respect (humain) est capable de les garantir, peut-on douter qu'elles ne se rendent souvent criminelles devant Dieu, en prêtant volontiers l'oreille aux discours suspects qu'elles tiennent avec les hommes qui ne sont pas de bonne réputation, en écoutant des paroles équivoques, en y prenant de la complaisance, ou bien si elles font paraître quelques rebuts, ils sont si affectés qu'ils sont plus capables d'irriter l'impudence de celui qui parle, que de le refréner. S'imaginent-elles que pour n'en pas venir aux derniers désordres, elles ne se rendent pas coupables au jugement de Dieu et des hommes, par tous les discours qu'on leur voit tenir seul à seul, par je ne sais quel commerce d'amitié qu'elles entretiennent, par tant de mystères et de billets, par je ne sais quelle afféterie dans leur port, dans leur contenance et façon de parler? J'en dis autant de cette curiosité et affectation de donner de la complaisance à ceux qui les regardent et les abordent, j'en dis autant de ce luxe qu'elles croient devoir être inséparable de leur état et de leur condition, enfin j'en dis autant de ces immodesties dans les habits que ni le monde ni la coutume n'autoriseront jamais (*a*), puisque rien ne peut prescrire la vérité : *veritatem præscribere nihil potest, neque patrocinium neque circonstantia temporum nec locorum*, dit Tertullien. Et cependant on a beau prêcher, les dames de ce siècle traitent tout cela de bagatelle et de belle humeur. Mais moi, je considère cela comme des monstres et des crimes, dont elles ne verront la grièveté qu'à l'heure de la mort et au jugement de Dieu; mais alors il ne sera plus temps d'ouvrir les yeux, et de reconnaître son

aveuglement, puisqu'alors il n'y aura plus moyen d'y remédier.

a. Ne rendront jamais permises.

21. Le relatif dans l'incise, tournure usitée alors.

22. La négation après le comparatif, archaïsme.

23. *Tout ce qui vient ensuite est tiré du recueil de Grenoble. Voici, jusqu'à la fin, le texte de la subreptice.*

Mais, me dira-t-on, si cela est de la sorte, il s'ensuit donc que le monde est plein de réprouvés, puisque ce péché règne dans toutes les conditions. En doutez-vous, chrétiens? Et quoique nous n'ayons qu'à adorer le mystère de la prédestination sans espérer d'y pouvoir rien comprendre, j'ai pourtant de grands, mais de justes préjugés de cette vérité, fondés sur deux paroles qui sont d'une autorité si vénérable qu'elles doivent suffire pour vous faire trembler.

La première est de saint Paul, qui dit que les fornicateurs, les adultères et les gens adonnés à la mollesse ne seront jamais les héritiers du royaume des cieux : *Neque fornicarii, neque adulteri, neque molles regnum Dei possidebunt;* la seconde est de Jésus-Christ même, que pour ce qui regarde le royaume de Dieu, il y en a beaucoup d'appelés, mais peu d'élus : *Multi vocati, pauci vero electi.* Mais comparons ces deux grandes paroles. Quelque indépendantes qu'elles paraissent, j'y découvre un enchaînement admirable; car quand je vois d'un côté la parole qui me dit que les impudiques n'entreront jamais dans le royaume des cieux, et que de l'autre j'entends la Vérité éternelle qui proteste qu'il y en a incomparablement plus d'appelés que d'élus, je conclus que je n'ai plus que faire de chercher le mystère de la prédestination et de la réprobation des hommes, que selon le partage de la chasteté et de l'impureté qui sont dans le monde. Car s'il y avait beaucoup d'âmes chastes dans le monde ou que beaucoup d'impudiques se convertissent, ou s'il y avait un grand nombre d'élus et un petit nombre de réprouvés, ce mystère me paraîtrait inconcevable, voyant tant de gens adonnés à ce péché; mais examinant les choses comme elles se passent dans le monde, et comparant ce que dit Jésus-Christ avec ce que dit saint Paul, je conclus aisément qu'il n'y en a guère de sauvés, ou plutôt encore moins que l'on ne pense.

C'est à vous, chrétiens, à vous consulter là-dessus, et à voir de quel nombre vous êtes; et si par malheur vous vous trouvez engagé dans ce péché, bien loin de vous désespérer pour cela, excitez au contraire votre espérance. Mais afin que cette espérance ne dégénère pas en présomption ou qu'elle ne vous fasse négliger les moyens nécessaires pour vous tirer de ce désordre, marchez avec tremblement, attachez-vous uniquement à Dieu, séparez-vous de la créature qui vous perd, fuyez les moindres occasions qui pourront vous porter au mal, et espérez en la miséricorde de Dieu, qu'après vous avoir donné en ce monde les grâces de componction et de pénitence, il ne vous refusera pas sa gloire en l'autre. *Amen.*

24. Aliment.

25. Texte d'Abbeville, revu sur la subreptice et le Montausier. Pub. par Griselle sur le recueil d'Abbeville, dans *Sermons choisis.* Bretonneau, Dimanches, 2ᵉ après la Pentecôte.

26. *Puisque* se coupait au besoin par la conjonction, comme *lorsque.*

27. Discernement.

28. Par derrière.

29. Vilains.

30. Fourberies.

31. Les pamphlets jansénistes, parfaitement désignés ici, les *Provinciales* notamment. A ce tracé net et rapide, Bretonneau a substitué le renchérissement que voici.

Il faut humilier ces gens-là, dit-on, et il est du bien de l'Église de flétrir leur réputation et de diminuer leur crédit. Cela s'établit comme un principe : là-dessus on se forme une conscience, et il n'y a rien que l'on ne se croie permis par un si beau motif. On invente, on exagère, on empoisonne les choses, on ne les rapporte qu'à demi, on fait valoir ses préjugés comme des vérités incontestables, on débite cent faussetés, on confond le général avec le particulier : ce qu'un a mal dit, on le fait dire à tous, et ce que plusieurs ont bien dit on ne le fait dire à personne, et tout cela encore une fois pour la gloire de Dieu, car cette *direction d'intention* rectifie tout cela.

La malice de la fin signe le maquillage.

32. Censure méritée moins par la satire en général, que par la calomnie rimée.

33. Quelque éclairé que vous soyez.

34. Texte de la subreptice. Bretonneau, Dimanches, 7ᵉ après la Pentecôte.

35. *S'assurer :* se tenir pour certain.

36. Molière et son *Tartufe* sont déjoués dans ce passage, en termes dont Bretonneau a pris la discrétion pour une faiblesse, et voici ce qu'il substitue.

Voilà ce qu'ils ont prétendu (les esprits profanes) exposant *sur le théâtre* et à la risée publique *un* hypocrite imaginaire, ou même, si vous voulez, *un* hypocrite réel, et tournant *dans sa personne* les choses saintes en ridicule, mettant dans sa bouche etc., le faisant blâmer etc., le représentant consciencieux jusqu'à la délicatesse *sur des points moins importants où toutefois il le faut être,* pendant qu'il se portait d'ailleurs aux crimes les plus énormes : ... *lui donnant selon leur caprice un caractère de piété la plus austère ce semble, et la plus exemplaire, mais dans le fond la plus mercenaire et la plus lâche.*

Galimatias qui vient de ce que Bretonneau entend et veut expliquer de Tartufe ce que Bourdaloue dit de Cléante, pendant que le commentaire théologique sur la puce tuée avec colère achève l'absurdité du tout.

37. Nous en ôte le goût.

38. Voici le procès d'Orgon, nous y rejoignons Molière.

39. En termes d'aujourd'hui, *homme bien.*

40. Texte du recueil Phelipeaux. Pub. par Griselle dans *Sermons inédits.* Une lettre de direction, que Bourdaloue avait tirée de ce sermon, est imprimée avec les remaniements ordinaires, par Bretonneau, aux Exhortations sous ce titre : *la Prudence du salut.*

41. *Science* se disait de toute culture d'esprit.

42. Les sages de l'antiquité. Désormais il n'y a plus de sagesse que chrétienne.

43. Son erreur naturelle s'accroît par ses calculs.

44. Accord au singulier, de règle alors dans ces expressions.

45. Dans de pareilles références s'accuse l'exactitude de ces sténographies.

46. Texte de la subreptice. Bretonneau 2e Avent, IIIe dimanche. C'est dans ce sermon que Sainte-Beuve a reconnu sans preuve un portrait de la retraite de M. de Tréville, rapporté comme on-dit par Mme de Sévigné.

47. Bretonneau n'a pu souffrir *cordiale,* et le remplace par *patiente et compatissante.*

48. Mot pour mot comme La Rochefoucauld : L'intérêt parle toutes sortes de langues... même (celle) de désintéressé.

49. On s'excepte.

50. Ce que nous appelons aujourd'hui *le catholique professionnel.*

51. Accord.

52. Ici (non pas comme dans La Rochefoucauld, de l'honnête homme) *ne se formalise de rien.*

53. Réconciliation.

54. Texte du Montausier, revu sur la subreptice, sur le

recueil d'Abbeville et sur le n° 6277 de la Bibliothèque. Bretonneau, Carême, lundi de la IV⁰ semaine.

55. Assurément non, mais celle qui est en train.

56. *Entre... entre*, pris pour *de... de*.

57. Par rapport à.

58. Addition du 6277 : Accompagnées du luxe, de la vanité
et du faste qui vous rendent ridicules au monde ; car le monde
vous regarde et se moque de vous.

59. Autre addition, même source : Eh ! ces créatures du
monde par là se rendent idolâtres d'elles-mêmes, viennent
dans les églises plus ornées que ne sont les autels : *compositæ*
et *circumornatæ sunt ut similitudo templi.*

60. Assemblées du monde.

61. L'univers entier.

62. Les calvinistes.

63. Les Juifs.

64. Autre addition, même source : Je ne parle pas seulement
(pas même) de ces personnes abominables qui, enivrées d'un
amour impudique, font des rendez-vous des lieux les plus saints
pour satisfaire à leur infâme passion, pour se voir et pour y
être vues.

65. Variante et addition, même source.
...cinquième livre qu'il a fait de la Cité de Dieu. Ce médiateur,
dit-il, qui est Jésus-Christ et que nous adorons, a fait un
miracle en faveur de notre rédemption. Car, quoiqu'il soit
Dieu et qu'en qualité de Dieu il puisse être honoré par des
sacrifices, il a mieux aimé être un sacrifice lui-même. *Maluit
sacrificium esse quam sumere.* Mais, selon le même saint
Augustin, il a voulu que ce sacrifice qui se fait de lui-même
fût le sacrifice quotidien de l'Église : *hujus rei sacramentum
quotidianum.* Remarquez bien ces paroles, messieurs, qui sont
de saint Augustin, et qui sont contre les hérétiques de notre
temps. Car nous en tirons la raison et la preuve pour établir la
réalité du corps de Jésus-Christ au sacrifice de la messe :
hujus rei sacramentum quotidianum voluit esse Ecclesiæ. Et
par là, nous reconnaissons que le Saint-Sacrement depuis
son institution a toujours été dans l'Église, et que les fidèles
tous les jours en ont eu la participation.

66. Extraordinaire.

67. Autre addition, même source.
Belles paroles, dit saint Bernard. J'étais un homme perdu,
et je jouais avec les autres tandis que l'on prononçait mon arrêt

de mort. Contre quoi le Fils de Dieu, pour me délivrer de la mort, descend de son trône, quitte son sceptre, met à bas sa couronne, se dépouille de tous les ornements de sa royauté, et se mettant en la posture d'un pauvre misérable, il souffre, il pleure et gémit. Belle idée, dit saint Bernard, je suis surpris de cela, j'en demande la cause et ne la trouve point, sinon en la bonté de celui qui a voulu être une victime pour se sacrifier et immoler pour moi. Après cela, oserai-je faire une raillerie, un divertissement ou un passe-temps de cette action si sainte ?

68. Autre addition, même source.

Mais vous voulez vivre comme les autres, et faire comme eux et être semblables à ce sage païen dont parle saint Augustin, lequel professait extérieurement ce qu'il condamnait intérieurement, pour vivre selon l'usage et la coutume du monde. *Non reprehendebat in se quod in aliis culpabat.* Il adorait des dieux qu'il ne croyait pas, il faisait ce que le peuple faisait.

69. Texte du recueil Phelipeaux, revu sur celui d'Abbeville et sur le Montausier, d'où est tiré le premier exorde; quelques passages rétablis. Pub. par Griselle dans *Sermons inédits*. Bretonneau, Carême, mardi de la IVᵉ semaine.

70. Pélagienne d'une part, calviniste et janséniste de l'autre.

71. Se donne.

72. Le détail.

73. Le même excès condamné p. 414.

74. On disait *le* Lazare, comme nous disons encore *la* Madeleine.

75. Ce masculin était admis.

76. Dépendante de Dieu même.   .

77. Contre le jansénisme, qui refusait ce nom aux grâces qui n'opéraient pas par elle-mêmes en déterminant la volonté.

78. Selon les jansénistes, *efficaces*.

79. En quoi consiste précisément le mystère de la prédestination, dans laquelle on voit l'orateur suivre la théologie commune, omettant celle de Molina, plus ordinairement reçue de sa compagnie.

80. Texte de la subreptice, revu sur le recueil de Grenoble. Bretonneau, 1ᵉʳ Avent, IVᵉ dimanche.

81. Celles que les jansénistes soulevaient contre les confrères de l'orateur.

82. A la curiosité que dut allumer ce début par l'appât des polémiques en cours, l'orateur ferme la porte au nez.

83. Le devancer dans la réconciliation.

84. Dans cette lumineuse critique d'une sévérité indiscrète, l'orateur a fait exactement, en fait de direction spirituelle, l'apologie de sa compagnie.

85. Texte du recueil Phelipeaux. Pub. par Griselle dans *Sermons choisis*. Bretonneau, Carême, mercredi des cendres.

86. La station de Carême.

87. Espérer.

88. Pour *du parti lequel*, anticipation naturelle en ce temps-là.

89. Clément d'Alexandrie n'est pas saint; erreur commune.

90. Tout de suite.

91. Racheter.

92. Texte d'Abbeville, revu sur la subreptice et sur le recueil de Saint-Sulpice. Pub. par Griselle sur le recueil d'Abbeville dans *Nouveaux Sermons inédits*. Bretonneau, Carême, lundi de la IIᵉ semaine.

93. Soutenu.

94. Résolu.

95. Explication.

96. Sauver.

97. Texte du recueil de Saint-Sulpice, revu sur celui d'Abbeville et sur la subreptice. Publié par moi dans la *Revue apologétique*, juillet et août 1935. Bretonneau, Carême, vendredi de la IIᵉ semaine.

98. Que les honneurs qu'on lui rend.

99. Que rien ne pouvait retenir de se vanter. Bretonneau fait contresens en ces termes : « C'est un roi dans sa prospérité »; substituant au tableau d'une bassesse de cour qui souffre au roi l'ostentation du vice, celui de la prospérité qui l'aveugle.

100. Jeu d'esprit sur les textes, dont le mauvais exemple remonte aux Pères eux-mêmes.

101. Ce masculin est de l'ancienne langue.

102. Texte du Phelipeaux, revu sur le Montausier et sur la subreptice. Pub. par Griselle sur le premier, dans *Sermons inédits*, Bretonneau, Carême, vendredi de la IIIᵉ semaine.

103. Ce pronom à l'indéfini était admis.

104. Addition de la subreptice.

N'est-ce pas lui qui parle le premier, qui engage cette pécheresse à lui parler? N'est-ce pas lui, selon la belle pensée de saint Ambroise, qui, pour prendre cet oiseau volage, lui tend des filets au bord d'un puits où elle doit venir : *juxta fontem doctrinæ retia tetendit*, justement comme ces oiseleurs qui épient l'heure de midi et le temps le plus favorable, où les oiseaux altérés viennent à une fontaine pour boire, et qui alentour de ses eaux y mettent de petits pièges pour les prendre.

105. Maîtresse pour enseigner.

106. Par l'exemple des calvinistes, auxquels l'orateur songe évidemment.

107. Prévention.

108. Terme forgé par l'auteur.

109. Texte du Montausier, revu sur le recueil d'Abbeville, sur la subreptice et sur le recueil Perrot du Coudray. Pub. par Griselle trois fois : sur le premier dans la *Revue des sciences ecclésiastiques*, an. 1901 ; sur le second dans *Nouveaux sermons inédits* ; sur la troisième, dans les *Œuvres complètes*. Bretonneau, Carême, lundi de la Ve semaine.

110. Sujet sur lequel la compagnie de Jésus accusée de relâchement, ne pouvait être mieux justifiée que par ce discours venant de son premier orateur.

111. Rien de la casuistique courante alors sur ce sujet, par conséquent.

112. L'alinéa suivant remplacé comme suit, dans la subreptice.

Amour de préférence, que tu condamneras donc un jour de gens dans le jugement de Dieu, qui pour s'être attachés à la créature, pour l'avoir adorée et servie, auront oublié les devoirs que leur imposait la charité du Créateur : je ne parle pas de ces passions criminelles, je parle de celles qui paraissent les plus innocentes. Amour de préférence, que tu condamneras de pères et de mères, qui, ayant fait de leurs enfants leurs idoles, auront mérité que Dieu leur fasse le même reproche qu'à Héli : *quia magis honorasti filios tuos quam me, ut comederetis primitias omnis sacrificii Israël populi mei.* Hé ! amour de préférence que tu condamneras de femmes chrétiennes, qui, ayant poussé au delà des bornes les devoirs de leur amitié, auront préféré à Dieu un mari, et par conséquent violé ce grand commandement de la loi : *diliges* etc., puisque pour l'accomplir il faut préférer Dieu à toutes choses, et non seulement cela, mais encore l'aimer d'un amour de plénitude.

113. Attention.

114. En réalité.

115. Parce que, archaïsme.

116. Que le, archaïsme.

117. D'exalter.

118. Etat monastique.

119. Pub. par Griselle d'après le recueil Joursanvault dans *Sermons inédits*. J'y ai corrigé quelques fautes et biffé des répétitions. Bretonneau, Exhortations : *sur la Prière de Jésus-Christ*.

120. Que sa présence n'était plus sentie.

121. On conjuguait volontiers ce verbe ainsi.

122. Même dans l'abandon apparent de Dieu.

123. *S'attendre* à : se reposer sur.

124. Je consens volontiers.

125. Avancées en spiritualité.

126. Passage considérable pour la dévotion au Sacré-Cœur naissante alors, dont il est témoin et concourt à prouver que les révélations à Marguerite Marie n'en ont pas du tout été la cause. Le passage est omis par Bretonneau.

127. Texte du Montausier, revu sur la subreptice, le recueil d'Abbeville, et le 6277 de la Bibliothèque. Pub. sur la subreptice seule par Griselle dans *Œuvres complètes*. Bretonneau, Dimanches, 16e après la Pentecôte.

128. S'avisât.

129. Avant, archaïsme.

130. Discernement.

131. Difficiles.

132. Reproches secrets, terme de théologie.

133. En fin de Carême.

134. Variantes de ce mouvement célèbre.

Recueil d'Abbeville. Je ne sais si vous êtes satisfait de moi, mais je sais que je le suis de vous. Vous avez mille sujets d'être mécontent de moi; mais autant que je me soumets à vous, autant je suis content de vous.

Recueil 6277 de la Bibliothèque. Je ne sais si vous êtes content de moi, mais pour moi je suis content de vous. C'est peu de chose, mais c'est tout, parce que tout le reste me dégoûte (me cause du dégoût). Oui, c'est en vous, mon Dieu, que je trouve toute la douceur et la paix.

135. Texte de la subreptice et du recueil Phelipeaux. Pub. par Griselle sur la première, dans *Œuvres complètes*. Bretonneau, Mystères, Fête de tous les saints.

136. Calvinistes.

137. Il veut dire, comme plus loin, qu'on offre des sacrifices en leur honneur.

138. Texte du recueil de Reims, revu sur le Montausier; emprunts à celui de Grenoble. Publ. deux fois par Griselle, d'après Reims et Grenoble seuls, dans la *Revue des Sciences ecclésiastiques*, an. 1900, et dans *Carême de* 1578. Bretonneau, *Mystères*, 2ᵉ sermon de l'Annonciation.

139. Dépouillée.

140. Peut-être crainte de scandale risqué par ce qui va suivre, tout le reste du deuxième point est changé dans Bretonneau.

141. Vivement.

142. Ressuscité dans le ciel.

143. Texte du recueil d'Abbeville, revu sur celui de Grenoble et sur le Phelipeaux, plusieurs redites biffées. Pub. deux fois par Griselle dans la *Revue des sciences ecclésiastiques*, an. 1899, et dans *Sermons inédits*. Omis par Bretonneau.

144. Le cardinal de Bouillon, oncle de la novice. On ne sait laquelle des deux filles du duc d'Elbeuf est en cause, car toutes deux furent confondues sous ce nom, et toutes deux religieuses à la Visitation.

145. Volontaire.

146. Accablantes.

147. Soutiennent.

148. Qui suppose le combat.

149. Du 10 juillet 1694. Pub. en dernier lieu, ainsi que la suivante, par le P. Chérot, dans *Bourdaloue, sa correspondance*, 1899.

150. *Le Moyen court et facile de faire l'oraison*, ouvrage de Mᵐᵉ Guyon, imprimé cinq ans auparavant, et dont Fénelon, qui dirigeait les consciences à Saint-Cyr, y avait introduit la doctrine. Des propos tenus par Mᵐᵉ de la Maisanfort, pensionnaire de cette maison, en révélèrent l'effet.

151. Cette hérésie, inspiratrice du livre, était condamnée depuis dix ans alors, dans la personne de Molinos son docteur.

152. Mentionné par Saint-Simon comme dénonciation publique de ces erreurs, et précédant de quatre ans le grand éclat de la querelle dont elles furent cause entre Bossuet et Fénelon.

153. Mort dans cette ville en 1719 à quatre-vingt-douze ans.

154. Jésuite de famille romaine, mort l'année même de cette lettre.

155. Le même avertissement, p. 172.

156. La conduite que j'ai tenue.

157. La maison d'éducation de Saint-Cyr.

158. Terme qui révèle une direction de conscience, et place la lettre aux environs de 1688, qui fut le temps de cette direction.

159. Rang de supérieure.

160. Le roi.

FIN DES NOTES ET VARIANTES

TABLE DES MATIÈRES